Der Plärrer-Killer

Ein Augsburg-Krimi

Klaus Kessler und Helle ermitteln wieder

Peter Garski

A-Crime

Von
Peter Garski
sind
bei A-Crime
bisher erschienen:

Der Perlachmord
Lech-Leiche und Theater-Tod
(oder: der Intendant stirbt dramatisch)
Das Fuggerei-Phantom
Panik in der Puppenkiste

Kontakt zu Peter Garski:
peter.garski@gmx.de

Hinweis:
Alle Personen mit schlechtem Charakter
sind natürlich erfunden.

Der Plärrer-Killer
Peter Garski
Original-Ausgabe
A-Crime
acrime@googlemail.com
ISBN 3-923914-61-X

Lektorat: J. K. & U.H.M.-SaKo-Team
Cover-Design: www.propagandanet.de

Das Buch: Zu Beginn des Plärrers, dem großen Volksfest in Augsburg, verbrennen bei einer Wohnwagen-Brandkatastrophe zwei Schausteller. Das Ermittler-Duo Klaus Kessler und Helle wird von einer Versicherung beauftragt, den Brandstifter zu suchen. Dann findet man die Inhaberin des Riesenrades als Opfer eines brutalen Sexual-Mörders. Auch die Inhaberin der Geisterbahn wird getötet. Die beunruhigte Öffentlichkeit spricht von einem Plärrer-Killer.

Klaus Kessler, der gegen seine Schlafbeschwerden kämpft, muss dazu noch der neuen Kommissarin wegen polizeiinternen Problemen helfen den Plärrer-Killer zu finden. Auf der Suche nach dem Mörder taucht Kessler mit seinem Freund Helle in die bunte Welt der Schießbuden, Bierzelte, Glückshäfen und Karussells ein, wo Liebe, Neid, Leidenschaft, Rache und Hass tödliche Konflikte herbeibeschwören.

Können Klaus Kessler und Helle die Wahrheit finden, auch wenn die grausamen Verbrechen immer größere Kreise ziehen und immer mehr Personen verdächtig werden?

Der vorliegende dritte Augsburg-Krimi mit Klaus Kessler und Helle kitzelt wieder die blankliegenden Nerven der Leser mit der gewohnt aufregenden Mischung aus Herz, Humor, Hirn und Hochspannung.

Der Autor: In Deutschland wurde Peter Garski als Autor bekannt, weil er das Libretto zum gehassten - aber auch sehr geliebten - *Roy-Black-Musical* schrieb, bei dem die Veranstalter schon vor der Premiere pleite waren. Es gibt Gerüchte, dass Peter Garski nicht nur Aushilfspförtner im Bestattungs-Museum von Wien war, sondern auch Koch in einem berüchtigten Gefängnis in Kuala Lumpur. Auf Neuguinea soll er ein Survival-Hotel auf geleitet haben und in Venedig SM-Trainer gewesen sein. Aber viele fragen: Wer ist Peter Garski wirklich? Existiert er tatsächlich? Wer steckt hinter diesem Namen?

Für alle
Schaustellerinnen
und Schausteller,
die uns mit ihrem harten Job
das Leben so toll versüßen.

-

Und dem Fakir
einer Schausteller-Bude,
der mich als Kind beim Plärrer
mal zum Knoten halten
auf die Bühne holte,
den er dann
durch einen Zaubertrick
auflöste.

-

Und für meine Eltern
Katharina und Werner Krause,
die mir immer
ein bisschen Klimpergeld gaben,
damit ich mich zwischen
den Plärrer-Buden
herumtreiben konnte.

-

Und für die netten GI's die
mir als Kind auf dem Plärrer
irgendwas schenkten.

-

Und für eine Monika, die aus Münster kam
und sich von mir am
Autoscooter anquatschen ließ.

-

Und für die Leute
vom Teufelsrad,
wo wir als Jugendliche
stundenlang unsere
Zeit verbrachten und den Mädels
auf die Haut rücken konnten.

Die Hauptpersonen:

Klaus Kessler: Verleger, Ermittler
Helmut »Helle« Bärwasser: Verleger, Freund von Klaus Kessler

Robert Brandhorst: Werbeleiter der Schausteller
Ismail Debre: Internet-Experte
Fleur de Paris: Chanson-Sängerin
Daniel Gunn: Helfer bei Wunderle, Kunstweltladen
Sonja Hüllfig: Traumdeuterin
Sara Insagg: neue Kommissarin
Joy: Prostituierte
Roswitha Kammnagel: Leiterin des Marktamtes
Wilhelm »Gold-Willi« Kampa: Geisterbahn-Inhaber
Yvonne Kampa: Geisterbahn-Inhaberin
Karin Korb: Versicherungs-Vertreterin
Hans Lieblein: Betreuer eines Wasserkraftwerks
Max: Wirt im Mad Max
Paolo: Wirt bei AC Torres
Walter Plöckl: Spurensucher bei der Kripo
Mario Rossa: Security, Steilwandfahrer
Akire Sana Va: Grafik-Studentin
Dominik Schiblinski: Achterbahn-Inhaber
Doris Schiblinski: Achterbahn-Inhaberin
Gottlieb Schuhmann: Feuerwehrmann
Waltraud Strobel: Bierzelt-Bedienung
Renate Sucharz: Märchenkarussell-Inhaberin, Tierärztin
Ute: Freundin von Dirk Wunderle
Vladho: Restaurator und Maler für Schaustellerbuden
Stefan Weissberg: Kommissar
Helga Winkler: Riesenrad-Inhaberin
Rudolf Wirth: Fotoschießstand-Inhaber
Dirk Wunderle: baut Fahrgeschäfte für Schausteller

Kapitel 1

Gute Stimmung am Schaustellerstammtisch – Eine Frau vergisst ihre Tampons – Drei Löcher in der Hip-Hop-Mütze – Von einem Roman zur bösen Tat inspiriert – In der Tasche aus dem Urlaub ist Platz

Sie zog sich die Maske über. Eine Hip-Hop-Mütze, in die sie drei Löcher geschnitten hatte. Zwei für die Augen. Eins für den Mund. Bis über das Kinn reichte das Ding. Dann legte sie das Gerät an. Sie stand am Rande des Plärrer-Geländes. Innerhalb des Bretterzaunes. Beim Familienbad. Es war Nacht. Sie schaute auf ihre Armband-Uhr: Genau 23 Uhr 14 war es. Leise klappte sie den Deckel der grünen Plastiktonne zu. Vorher hatte sie wieder die Zeitungen und Illustrierten hineingeworfen, die das Gerät bedeckt hatten. Ihr Mountainbike hatte sie in einen der Fahrradständer beim Familienbad gestellt, in dem noch einige andere Räder standen. Ihr Auto hatte sie schon am Nachmittag auf dem großen geteerten Parkplatz an der Plärrer-Straßenbahnhaltestelle untergebracht.

Kurz nach 21 Uhr 30 war sie heute im Charly-Bräu eingelaufen. Dort saßen am Plärrerstammtisch schon die Schausteller. Die Diebolds, die Heindels, die Müllers, die Nolis, die Eberts und einige von auswärts. Es war noch Aufbautag für den Frühjahrsplärrer. Auch Osterplärrer genannt. In drei Tagen war Eröffnung. Dann begann Schwabens größtes Volksfest auf dem ehemaligen Kleinen Exerzierplatz. Die meisten Schausteller waren schon da. Vor allem die mit den großen Fahrgeschäften. Die von außerhalb. Die kleinen Buden mit Ballwurf, Spicker oder Losen, auch die diversen Imbiss-Stände, meistens von einheimischen Schaustellern, benötigen nur wenig Aufbauzeit.

Mit kurzem Hallo wurde sie begrüßt. Sie war nicht so wichtig. Keine große Nummer. Sie wurde akzeptiert, weil ihre Eltern und Großeltern mal bekannte Schausteller gewesen waren. Dann unterhielten sich die Männer wieder über ihre neuesten Anschaffungen. Sie setzte sich zu den Schausteller-Frauen. Diese redeten ausgiebig über ihre neuen Wohnwagen und Wohnwagenausstattungen. Diesmal konnte sie mitreden. Vor einem Monat hatte sie sich einen neuen Wohnwagen gekauft. Durch jahrelange Plackerei und Sparerei. Ein Prachtstück. Ihr zweiter Wohnwagen. Die anderen hatten sich oft schon nach zwei, drei Jahren einen neuen zugelegt. Die hatten auch wesentlich mehr Kohle. Wären ihre Eltern nicht pleite gegangen, damals, vor rund zwanzig Jahren, mit dem Star Cracker, dem größten Fahrgeschäft weit und breit, dann wäre sie jetzt eine bedeutende Nummer unter den Schaustellern. Man hatte ihre Eltern über den Tisch gezogen. Das würde ihr nicht passieren. Sie holte sich, was ihr zustand. Ihre Eltern waren zu ehrlich gewesen. Hatten alles brav befolgt und bezahlt. Von Bank bis Finanzamt, von Marktamt bis Hersteller. Mit ihr konnten sie das nicht machen. Und bis jetzt hatte es bestens geklappt. Hatte sie zu wenig Lohn, dann rechnete sie eben nur soviel ab, wie sie wollte. Musste sie zuviel Steuern zahlen, dann hatte sie eben nicht so viel eingenommen. Im Supermarkt oder im Kaufhaus, wenn ihr da was zu teuer war, dann nahm sie das so mit. Das war ihre Art der Preispolitik. Man musste sich wehren gegen diese Ausbeutung. Die machten doch mit einem was sie wollten. Und manche hatten mehr als sie brauchten. Mit ihr ging das nicht. Sie dachte an den Juwelier, den sie ausgetrickst hatte. Dadurch war sie an einen 5.000 Euro-Ring gekommen. Oder wie sie mit ihrer Freundin Rita die Rentner erleichtert hatte, die glaubten, ihr Bargeld sei im Kleiderschrank besser aufgehoben als auf der Bank. Die würden ihr Geld sowieso nur der Kirche vererben. Und die hatte längst genug.

Ihre Freundin Rita hatten sie erwischt. Rita musste in Aichach einsitzen. Rita wollte die Gruftis allein abzocken. Doch Rita war zu dumm dazu. Sie hatte genau den Riecher, um zu wissen, wo was zu holen war, was ihr eher zustand als den anderen. Das war ihre Begabung. Daran konnte sie nichts Verwerfliches entdecken. Was war das, wenn ein Versicherungsvertreter jemandem eine völlig unnütze Versicherung aufschwatzte? Gut, die Frau hat einen Vertrag unterschrieben, aber ihr Geld ist trotzdem weg. Das Procedere mit der Unterschrift ließ sie einfach weg. Das war der Unterschied. Hatten nicht alle, die zu viel Geld gekommen waren, durch Lug und Betrug, oder durch geschicktes Ausnützen von Gesetzeslücken, ihren Reichtum angehäuft? Das konnte sie auch. Das wollte sie auch. Sie würden bald aufstehen, die Herrschaften hier am Tisch, wenn sie hereinkam und ihr jovial die Hand geben. Beim kommenden Herbstplärrer noch nicht. Aber nächstes oder übernächstes Jahr.

Sie bestellte beim Kellner ein Hausbier. Dann holte sie ihre Skizze heraus. Sie erklärte den anderen Frauen mit der Skizze, wo ihr neuer Wohnwagen stand. Die Frauen staunten nicht schlecht über ihre Anschaffung. Gleich ging die Debatte los, wer eigentlich den besten und schönsten Wohnwagen habe. Bald schlossen die Erinnerungen an ihre ersten Wohnwagen an. Sie schaute sich um und machte sich auf ihrem Skizzen-Zettel einige Notizen. Dann faltete sie den Zettel zusammen und entschuldigte sich.

»Ich muss mal für kleine Mädchen«, sagte sie zu den Frauen. Und beim Aufstehen fügte sie hinzu – laut genug, dass es einige hörten – »zu dumm, dass ich meine Handtasche mit den Tampons im Auto vergessen habe. Ausgerechnet, wo ich ziemlich weit weg parke. Mist.«

Sie schnappte sich ihre Tasche. Eine quadratische Umhängetasche.

Eine recht großräumige Souvenirtasche mit langen Trägern von der Urlaubsinsel Mallorca.

»Willst du auf der Toilette Urlaub machen?«, witzelte Angelika Somons von der Schießbude. »Wieso nimmst du nicht noch einen Koffer mit?«, gackerte sie in die Runde. Der Lacherfolg war ihr gewiss. Sah schon etwas komisch aus, der Toilettengang einer Frau mit einer Tasche, auf der »Happy Holiday on Mallorca« stand. Eine quadratische Tasche, die umgehängt von der Achsel bis zur Hüfte reichte, in die nicht nur die Stranddecke, sondern auch Bikini, Lesestoff, Cremes, Öle, Sonnenbrille, Badetuch, Geldbeutel, Knabberzeug und Getränke gepasst hätten. Die Tasche schien gut gefüllt zu sein.

Eine anständige Frau geht nicht ohne Tasche auf die Toilette. Da war alles drin, was am Toiletten-Spiegel für die intensivste Aufbretzel-Aktion nötig war. Vom Haarspray, Kamm, Kajalstift, Wimperntusche, Parfüm, Puder, Lippenpomade, Make-up bis zum Lippenstift und eben Tampons. Sie nahm ihre Jeansjacke von der Stuhllehne und schlüpfte rein.

»Ist noch mein ganzer heutiger Einkauf drin«, sagte sie. Es würde im Trubel nicht auffallen, wenn sie eine Weile ausbleiben würde. Sie schob den Ärmel ihrer Jeansjacke hoch. Es war 23 Uhr 10. Sie ging raus. Auf dem Oberhauser Bahnhofsvorplatz war kaum was los. Die hohen Lampen beleuchteten eine leblose Fläche, die vom Charly-Bräu bis zum Bahnhofsgebäude hin gut zweihundert Meter Ausdehnung hatte. Der Brathendlwagen war bereits verschwunden. Manchmal waren es auch zwei, die sich um den Verkaufsplatz stritten. Die Bänke am Rand des Platzes hatten sich geleert. Dass jemand auf ihnen gesessen war, bezeugten die leeren Flaschen, Dosen, Verpackungen und Tüten nebendran. Vor dem Bahnhofsgebäude stand ein einsames Taxi. Würde es mal wieder einen Fahrgast der Bundesbahn zum Hauptbahnhof fahren müssen, der zu früh ausgestiegen war, weil er glaubte, hier sei schon der Augsburger Hauptbahnhof? Die Buch- und Zeitungshandlung im Bahnhofsgebäude war auch schon geschlossen. An der Straßenbahn- und Bushaltestelle mit den Glasdächern, ein paar Meter vor der Bahnunterführung, kam gerade der 35er-Bus an. Ein paar Leute stiegen ein.

Ihr Mountainbike stand links ums Eck herum. An einem Baum, am Anfang der Pestalozzistraße. Sie öffnete das Fahrradschloss. Es war ein neuartiges Fahrradschloss, bei dem man die Zahlen zum Öffnen und Schließen selber einstellen konnte. 1-6-0-3. Die Zahlen für ihren Geburtstag. Als das Schicksal beschlossen hatte, dass sie in eine Schaustellerfamilie hineingeboren wurde und damit eine Kindheit hatte, die gut begann und schlecht endete. Ihre ganze Familie war nach der Pleite auseinander gerissen. Der Vater übernahm einen Hausmeisterdienst, die Mutter ließ sich scheiden und ging zurück zu ihren Eltern ins Ruhrgebiet. Ihr Bruder wurde Automechaniker. Nur sie machte auf den Volksfesten weiter. Das Fahrradschloss öffnete sich. Sie klemmte es auf den Gepäckträger. Hatte immerhin an die zwanzig Euro gekostet. Sie radelte los. Damit sah sie niemand in ihr Auto steigen. Diese Strecke war sie schon einige Male abgefahren. Als Training. Vor allem wegen der Zeit. Nicht regelmäßig, damit sie nicht auffiel. Sie brauchte vom Oberhauser Bahnhof bis zum Plärrer-Gelände rund eine Minute. Dann blieben ihr, selbst wenn sie dafür unvorhergesehenerweise zwei Minuten brauchte, noch dreizehn Minuten. Fünfzehn Minuten hatte sie sich für diese Aktion gegeben. Das fiel nicht auf. Wer schaute schon auf die Uhr, wenn eine Frau auf die Toilette ging? Vor allem wenn sie noch ihre Tampons aus dem Auto holen musste. Das Anlegen des Gerätes hatte sie nachts in der alten Kiesgrube hinter Stätzling geübt. Sie schaffte es zum Schluss in drei Minuten. Blieben also noch zehn Minuten für die eigentliche Aktion.

Die Hip-Hop-Mütze saß perfekt. Sie überprüfte die Gurte des Gerätes auf ihrem Rücken. Einwandfrei. Es konnte losgehen. Sie zitterte ein wenig, als sie die Handschuhe überzog. Sie würde doch nicht ohnmächtig werden? Das eingenommene Beruhigungsmittel sollte sie davor verschonen. Sie hatte sich für mehrere Wohnwagen entschieden. Damit wurde die Tätersuche wesentlich schwieriger. Nahm sie an. Ob er noch im Wohnwagen saß? Dann war er fällig. Sie hoffte es. Sie fasste das Rohr mit der rechten Hand. Sie kannte das Gefühl vom Staubsauger her.

Ein paar Stunden zuvor, um 18 Uhr, hatte sie mit Gold-Willi das Geschäft gemacht. Das Bargeld hatte er im Schuhkarton mitgebracht. Sie legte die Fahrzeug-Papiere für den Wohnwagen vor ihm auf den Tisch. Eine von ihr unterschriebene Quittung bestätigte den Verkauf ihres Wohnwagens. Dann stellte sie ihm einen Whisky hin. Einen guten schottischen. Sie nahmen die Whisky-Gläser in die Hand. Sie stießen an. Er strahlte. Sie wusste, dass er glaubte, dass er sie über den Tisch gezogen hatte. Sie vergönnte ihm dieses überlegene Strahlen – in diesem Moment. Sein Strahlen war für sie wie ein Sonnenuntergang. Er passte mit seinem Bauch kaum hinter den Wohnwagentisch. Er durfte nun so um die Fünfzig sein. Nur seine Halbglatze verhinderte, dass er wie Telly Savalas, der glatzköpfige Kojak-Darsteller ausschaute. Warum hatten manche Männer nicht den Mut, ihre wenigen Haare, die sie oft kunstvoll in langen Strähnen über den glatten Kopf zogen, einfach ganz abzuschneiden? Glatze war doch im Trend. Manche Jugendliche ließen sich extra eine Glatze rasieren.

Am Goldkettchen um seinen dicken Hals, der auf einer haarigen Brust thronte, wie das schwarze T-Shirt mit V-Ausschnitt erkennen ließ, baumelten ein goldener Würfel und ein goldenes Kleeblatt. Eine goldene

Rolex umspannte sein linkes Handgelenk. Ein goldener Siegelring prangte an der rechten Hand. In einem Ohr hatte er eine goldene 7 stecken. Es war überklar ersichtlich, Gold-Willi wollte das Glück an sich binden.

»Auf deinen neuen Wohnwagen und auf deine schnelle Kaufentscheidung. Dass du schöne Stunden in ihm erlebst und viel Freude mit ihm hast. Er ist wirklich ein Schnäppchen. Erst einen Monat alt. Ich habe nur einmal drin geschlafen. Die Küche habe ich überhaupt nicht benützt.«

Sie hatte ihm erzählt, dass sie Geld brauche. Viel Geld. Sie habe aus Italien ein Angebot für ein gebrauchtes Fahrgeschäft erhalten, das sie supergünstig bekommen könne. Ein Not-Verkauf. Gefragt sei hierbei natürlich Barzahlung. Deswegen wolle sie ihm ihren neuen Wohnwagen verkaufen. Zu einem guten Preis, wenn er sich schnell entscheidet. Wenn gleich morgen, dann sogar zum halben Preis. Sie wolle wieder an die große Vergangenheit ihrer Schausteller-Familie anknüpfen, deswegen. Nach einem Tag Bedenkzeit, er musste die Sache mit seiner Frau besprechen, schlug er ein. Er handelte sie noch um 500 Euro herunter. Wenn es ihm gut tat, bitte. Sie würde für den Wohnwagen sowieso zweimal kassieren. Der Tisch musste erst noch erfunden werden, über den sie gezogen wurde.

Der Whisky brannte sich seinen Weg in ihren Körper. Als sie ihm das relativ geräumige Schlafzimmer mit Doppelbett im Wohnwagen zeigte, wollte er von ihr wissen, ob es auch was aushielte.

»Wollen wir es nicht mal testen?«, hatte er sie gefragt.

Dabei versuchte er die Hand um ihre Hüfte zu legen und sie auf das Bett zu drängen.

»Geht nicht«, hatte sie gesagt, »ich habe meine Tage, das gibt Flecken im Bett und du willst doch einen neuen Wohnwagen, oder?«

»Das mag ich aber besonders gern, wenn die Frauen mordsmäßig bluten«, bekam er diesen schmierig-geilen Blick, für den allein sie ihn schon umbringen konnte.

»Außerdem – meine Alte kriegt jeden Fleck raus«, arbeitete und formte er weiter an seiner Ekel-Visage.

»Aber ich will nicht«, entwand sie sich ihm.

Nachdem sie ihm die Wohnwagenschlüssel hingelegt hatte, erklärte sie ihm, dass damit auch die Reste ihrer Hausbar in seinen Besitz übergegangen waren. Sie hatte seine Lieblingsgetränke reingestellt. Dann reichte sie ihm noch einen Prospekt über den Wohnwagen und die Betriebsanleitung. Während er interessiert in den Unterlagen blätterte, verabschiedete sie sich. Sie verstaute das Geld, sie hatte es genau nachgezählt, in einem grauen Plastikkoffer.

Beim Verlassen des Wohnwagens fragte sie ihn noch, ob er heute Abend auch zum Stammtisch ins Charly-Bräu kommen würde.

»Vielleicht«, meinte er. »Kommt drauf an. Wahrscheinlich schon.«

Sie war für ihn schon nicht mehr anwesend.

Sie hatte Gold-Willi am Schaustellerstammtisch im Charly nicht gesehen. Ihr Wohnwagen, inzwischen verkauft, stand auf dem Plärrer-Gelände im Dämmerlicht der Straßenlaternen, gleich hinter dem Holzzaun zwischen den Wohnwagen der Achterbahn- und der Hully-Gully-Familie. In der Nähe waren die Wagen der Soundfactory- und der Flic-Flac-Familie. Alle mitten im Aufbau ihrer Fahrgeschäfte. Die meisten waren wie immer in Zeitnot. Sie kannte das aus ihrer Kindheit. Man war immer zu spät dran.

Sie schlich sich an ihren Wohnwagen. Ihr Herz raste. Ihr Finger fühlte nach dem Abzug. Klemmte er? Ausgerechnet jetzt? Der Daumen lag auf der Drucktaste. Die Drucktaste spendierte den Funken. Noch nicht drükken, noch nicht durchziehen, sagte sie sich. Jetzt noch nicht. Der Zeigefinger ihrer rechten Hand wurde pelzig. Fast gefühllos. Würde sie ihn bewegen können, wenn es drauf ankam? Sie hatte in der alten Kiesgrube geübt. Sie wusste, wie es funktionierte. Aus dem Fenster ihres Wohnwagens kam Licht, registrierte sie verdutzt. Der Vorhang war zugezogen. War Gold-Willi noch drin oder war er weg und hatte es brennen lassen? War er nur kurz weggegangen? Oder hat er Freunde zum Umtrunk in den neuen Wohnwagen eingeladen, zum Feiern? Was machen, wenn er nun daherkommt? Auch den Abzug durchziehen? Sicher. Dann eben erst ihn und dann den Wagen. Und wenn er mit jemandem drin war? Mit seiner Frau? Auch durchziehen. Sie war an diesem Punkt, an dem es kein Zurück gab. Kismet. Nichts konnte ihren ausgeklügelten Plan kaputt machen.

Sie ging leise zur Türe des Wohnwagens, darauf achtend, dass das Gerät auf ihrem Rücken nirgendwo anstieß. Sie sperrte ihren Wohnwagen unhörbar und vorsichtig mit ihrem Reserve-Schlüssel ab. Drinnen hörte sie Schlagermusik. Sie blickte sich um. Niemand zu sehen. Hinter ihr war der Wohnwagen des Achterbahn-Betreibers, eine fahrende Villa. Dessen Fenster waren dunkel.

Sie ging einige Schritte zurück. Schräg. Eins, zwei, drei, vier, fünf, sechs, sieben, acht Schritte. Das Gewicht des Gerätes machte ihr nichts aus. Sie war es gewohnt, große Lasten zu schleppen. Stundenlang. Ihr rechter Zeigefinger zog durch. Die Daumentaste klackte. Der Funke kam. Der Feuerstrahl schoss aus dem Schlauch in ihrer rechten Hand. Die Türe ihres ehemaligen Wohnwagens war ihr erstes Ziel.

Wenn er drin war, saß er in der Falle. Sie stellte sich mit dem Rücken an den Achterbahn-Wohnwagen. Zweieinhalb Meter Abstand reichten. In der Kiesgrube hatte sie ein Maßband ausgelegt, um zu sehen, wie weit sie entfernt sein musste, damit sie von der Hitze nicht verletzt wurde. Ohne Spezialkleidung, nur im Jeansanzug. Sie hatte auf minimale Leistung eingestellt. Der Abzughebel war ganz hinten. Als die waagrechte Flammensäule auf die Wohnwagentür aufprallte, formte sie sich zu einem Pilz, dessen feuriger Hut knisternd den schmelzenden Lack auf der Wohnwagentüre ableckte. Sie schwenkte das Flammenwerfer-Rohr an ihrem Wohnwagen entlang. Er begann lichterloh zu brennen. Das Gesicht von Geisterbahn-Willi tauchte plötzlich im Wohnwagenfenster auf. Er presste es gegen die Scheibe. Mit dem darauf abgebildeten Entsetzen sah es gar nicht so schlecht aus. Irgendwie ernsthaft. Dann erschien ein Frauengesicht neben ihm. Sie schrie, als sie die Flammen sah, die sich zum Fenster hochschlängelten. Sein Gesicht verschwand. Sie sah, wie der Wohnwagen wackelte. Er rüttelte wahrscheinlich an der Türe.

Das Bild mit dem Fegefeuer, das sie als Kind mit ihrer Großmutter in der von Doré illustrierten großen Familien-Bibel oft betrachtet hatte, kam ihr ins Gedächtnis. »Darin werden die sündigen Menschen geläutert«, sagte ihre Großmutter. »Die einen kürzer, die anderen länger. Je nach Anzahl und Schwere ihrer Sünden. Erst dann können sie in den Himmel kommen.« Immer wieder hatte sie die schmerzverzerrten Gesichter der Gepeinigten im Fegefeuer betrachtet. Die nackten Frauen und Männer, um deren gequälte Körper die Flammen züngelten. Dieses Bild hatte sie irgendwie erregt.

Sie ließ den Feuerpilz auf das Wohnwagenfenster klatschen. Gehörte das schmerzverzerrte Frauengesicht, das sie an Munchs Gemälde »Der Schrei« erinnerte, nicht zu Marianne? Die weibliche Grimasse war nicht genau zu identifizieren. Einige Minuten später noch weniger. Ausgerechnet Marianne mit Gold-Willi. Oder war es das Gesicht von Nicole vom Glückshafen gewesen? Sahen sich Frauengesichter im Schmerz ähnlich? Oder drehte sie jetzt durch? Egal, das hätte diese Schlampe nicht gedacht, dass ein Bettentest im Wohnwagen so heiß werden könnte. Die Frau im brennenden Wohnwagen hatte jedenfalls das falsche Los gezogen. Gold-Willis Schreie wurden vom Prasseln des Feuers erstickt. Die Angst-Schreie aus seinen Geisterbahn-Lautsprechern, das hörte sie nun, schienen nicht von ihm zu stammen. Die waren viel voluminöser, lang gezogener. Seine Angstschreie waren schrill und kurz. Damit würde jede Geisterbahn pleite machen, dachte sie und wunderte sich über ihre zynische Einstellung. Oder war es nur Galgenhumor?

Ihr Wohnwagen war in Flammen eingehüllt. Die Hitze zwang sie zum Rückwartsgehen. Sie drosselte die Brenngaszufuhr, dann drehte sie sich um und ging zum nächsten Wohnwagen. Sie zog den Feuerstoß-Abzug voll durch. Der anvisierte Wohnwagen, ein altes Modell aus den Siebzigern, brannte schnell. Viel qualmig-stinkiges Plastik, das flüssig-brennend auf den Boden tropfte. Sie setzte noch zwei weitere Wohnwagen in Brand, die dicht neben anderen standen. Vielleicht brannten einige weitere mit. Sie hoffte, dass niemand drin war. Die Fenster hatten kein Licht gezeigt und sie wusste, dass die Besitzer der Wohnwagen beim Stammtisch saßen. Sie hatte sich am Nachmittag eine Skizze von den herumstehenden Wohnwagen gemacht und die Namen draufgeschrieben. Sie schaltete den Flammenwerfer aus. Mit schnellen Schritten hastete sie über das Plärrer-Gelände. Vorbei an den Buden, die schon standen, den Zugmaschinen, den Transportwägen und an den mehr oder weniger aufgebauten Fahrgeschäften. Hinter dem Binswanger-Bierzelt hatte sie den schwarzen Plastiksack deponiert. Sie verstaute darin den Flammenwerfer aus den Beständen der einstigen Volksarmee der DDR. Sie wusste durch ihren Job bestens, in welchen Kneipen sich die Leute herumtrieben, die hehlten, dealten, falsche Ausweise, oder richtige Waffen verkauften.

Manche wurden durch Horror-Filme zu ihren Verbrechen angestiftet. Sagt man. Aber wie war das mit den Gräueltaten der Landsknechte oder Kreuzritter oder Mongolen, die noch keinen Horror-Film kannten? Sie hatte das Buch »Regenroman« der Autorin Karin Duve gelesen. Eine Frau röstete in diesem Roman den Vergewaltiger ihrer Freundin und dessen fiesen Boss mit einem Flammenwerfer zu Tode. Das hatte ihr gefallen. Ihren Plan, den Sack mit Inhalt gleich im nahe gelegenen Kanal zu versenken, hatte sie aufgegeben. Wenn sie dabei beobachtet wurde, während weiter hinten schon das Flammen-Chaos ausgebrochen war, dann war sie dran.

Als sie bei der Plärrer-Haltestelle kein Auto auf der Straße sah, lief sie mit dem gefüllten Sack auf dem Rücken über die Straße. Zum Parkplatz auf der anderen Seite. Wie der Nikolaus, der seine Geschenke schnell loswerden will, dachte sie sich. Sie ging auf dem großen Parkplatz, neben dem ehemaligen Möbel-Lederle-Gebäude, wo noch früher ein Textilwerk drin war, zu ihrem Auto. Hatte sie an einen möglichst dunklen Fleck gestellt. Bei einem Blick über die Straße zurück sah sie, dass die Flammen auf dem Plärrer-Gelände schnell größer wurden und bereits weit in den Himmel hochloderten. Ein dumpfes Knall-Geräusch war zu hören. Es klang so ähnlich wie das dunkle und kräftige Wuff! eines Bernhardiners, das dieser direkt neben ihrem Ohr ausstieß. Waren wohl die drei Gasflaschen, die in ihrem Ex-Wohnwagen in die Luft gingen. Von ihr darin versteckt. Damit hatte sie früher gerechnet. Sie verstaute den Sack mit dem Flammenwerfer im Kofferraum. Dann zog sie die Hip-Hop-Mütze vom Kopf und war sie auf den Sack im Kofferraum. Der Schweiß hatte ihr Make-up vom Gesicht gespült. Sie versuchte mit Hilfe des beleuchteten Spiegels in der Sonnenblende hastig neues Make-up aufzulegen. Das dunkle Mal zwischen Nase und Oberlippe übertupfte sie, doch nicht sehr erfolgreich. Der Schweiß war dagegen. Dann fuhr sie zur Straße. Sie würde das verdächtige Zeug im Kofferraum schon loswerden. Bald. Es gab genügend Kanäle in Augsburg. Sie fuhr mit ihrem Auto vom Parkplatz auf die Straße. Sie sah zum Plärrer-Gelände hinüber. Ihre Scheinwerfer beleuchteten ausgerechnet die Neugierigen auf der anderen Straßenseite, am Bretterzaun, der bereits mit den Plärrer-Ankündigungs-Plakaten dekoriert war.

Einige Fußgänger hatten sich an der Plärrer-Abzäunung gesammelt. Sie sah nur ihre Rücken, weil sie zum Feuer beim Familienbad schauten. Damit sah keiner auf ihr Nummernschild. Autos hielten. Es würde nicht mehr lange dauern, bis die Feuerwehr und die Polizei kamen. Möglichst schnell musste sie nun im Charly-Bräu auftauchen. Mit ihrer Tasche, in der die gesuchten Tampons waren. Im Kopf stellte sie die vorgefertigten Bauklötze für ihr Lügengebäude zusammen. Sie fuhr über die Langenmantelstraße und die Wertachbrücke in die Ulmer Straße. Dann parkte sie ihr Auto in der Nähe vom Charly-Bräu. Als sie ausstieg, zuckte sie zusammen. Branderstraße stand auf dem Schild. Ihre Knie begannen weich zu werden. Aber wieso? Nur wegen dem Wort Brand, das da drin steckte? Ach was. Es hatte alles einwandfrei geklappt. Und ihre Nerven waren ruhig wie der dickste Buddha. Sie war eher euphorisch. Sie kam sich vor wie die Schicksalsgöttin. Die Mittelchen taten ihre gewünschte Wirkung. Eigenlob stinkt, dachte sie. Aus ihrem Unterbewusstsein meldete sich ihre Checkliste. Jetzt musste sie nur noch ihre nach Feuer und Qualm riechende Kleidung loswerden. Sie straffte sich. Durchhalten. Wieder rein ins Charly-Bräu. Einige Gedanken durchjagten fieberhaft ihr Hirn. Wie kamen die zwei verkohlten Leichen in ihren Wohnwagen, würde die Polizei von ihr wissen wollen.

Sie würde sagen: »Keine Ahnung.«

Sie hatte doch zugesperrt. Die mussten eingebrochen sein. Was die dort drin wollten?

»Geld konnten sie bei mir nicht finden«, würde sie sagen.

Den Geldkoffer, in den sie Gold-Willis Schuhschachtel-Inhalt gefüllt hatte, hatte sie längst in Sicherheit gebracht. Die explodierten Gasflaschen würden keine Spuren im Wohnwagen erkennen lassen. Vor allem die Papiere waren verbrannt. Die Polizei musste mit Vermutungen und ihrer Aussage arbeiten. Die Versicherung auch.

Vor der Türe ins Charly-Bräu blickte sie auf ihre Armbanduhr 23 Uhr 34. Nicht schlecht. Fast wie geplant. Trubel umfing sie drin. War noch mehr los als vorhin, als sie hinaushuschte. Am Schaustellertisch ging's hoch her. Sie winkte den Frauen dort zu. Den zweien, die zufällig zu ihr schauten, weil sie nach dem Kellner schauten. Im Vorbeilaufen wirbelte sie triumphierend ein Tampon am Faden um den Finger. Die beiden Schausteller-Frauen, die das mitbekamen, grinsten und gackerten. Sie ging zielstrebig in den Keller zu den Toiletten. Eine der Schausteller-Frauen, die ihren Blick schon wieder von ihr weg, zur Suche nach dem

Kellner für eine Bier-Bestellung aussandte, war Helga Winkler, die Besitzerin des Riesenrades. Sie hatte vorhin erzählt, dass ihr Hund krank ist. Deswegen unterhielt sie sich mit der Sucharz vom Märchenkarussell. Die konnte Tiere behandeln.

Gott sei Dank war bei den Damentoiletten eine Kabine frei. Das hatte sie vergessen. Das hätte dumm ausgehen können. Zur Not hätte sie in die Männertoilette gehen müssen. Dann ging es rasch. Sie fühlte sich doch mächtig unter Zeitdruck, das merkte sie. Sie musste am Schaustellertisch sein, bevor die Schausteller von den brennenden Wohnwagen erfuhren. Auch wenn im Tumult sicher keiner mehr auf sie achten würde. Nur am Ende nichts verpfuschen, sagte sie sich. Ende gut, alles gut. Manchmal waren die allgemeinsten Weisheiten Balsam für die Nerven.

Sie zog sich in der abgesperrten Toilettenkabine um. Pffft. Pffft. Schnell noch Kokos-Parfüm über die Haut. Die Camouflage-Make-up-Dose raus. Deckel mit Spiegel drin aufklappen. Den feinen Schwamm im Make-up-Fach eintauchen. Dann den feinporigen Schwamm übers Gesicht tupfen und reiben. Vor allem ihr Muttermal musste verschwinden. Sie hasste diesen dunklen Fleck zwischen ihrer Nase und ihrer Oberlippe. Teufelskuss hatte dazu mal eine Nachbarin ihrer Mutter gesagt. Die war nur auf sie sauer, weil deren Gatte beim Rasenmähen ständig am Gartenzaun zu ihrem Elternhaus herumgurkte, weil er ihre Dessous auf der Wäscheleine bewunderte. Diese Giftspritze, die sich nur Baumwollunterwäsche gönnte vor Geiz, die würde nicht mal der Teufel küssen. Höchstens der Rasenmäher konnte am behaarten Gesicht der Nachbarin gefallen finden. Sie hasste diesen Fleck, weil er alle Männer zu irritieren schien, die sie küssen wollten. Er war zu einer Klippe geworden, an der schon viele Männergefühle zerschellten. Sie schminkte den Fleck deswegen immer gründlich zu.

Sie freute sich darauf, bald in den Spiegel zu schauen, um ihr makelloses Gesicht zu betrachten. Dieser dunkle Fleck zwischen Nase und Oberlippe musste verschwinden. Für die heutige Schönheits-Chirurgie kein Problem. Nur eine Frage der Euros. Die hatte sie jetzt. Genügend. Sie hätte sich jetzt jeden Hautfleck wegoperieren lassen können. Das gab ihr ein aufbauendes Gefühl.

Die Jeanshose und die Jeansjacke, die beide nach Feuer und Rauch rochen wie das Fell des Teufels, steckte sie zuerst in die Plastiktüte und dann in die Mallorca-Tasche. Dann wechselte sie ihren lilafarbenen Dessous mit den neuen aus der Tasche. Die getragenen Dessous stopfte sie in die Plastiktüte dazu. Der auffällige Brandgeruch sollte weder unter ihrem Jeans-Anzug, noch aus der Stofftasche hervordringen können. Sie konnte sich zwar kaum vorstellen, dass irgendjemandem am Plärrer-Stammtisch bei all dem Rauch von Zigarren und Zigaretten der Brandgeruch aus ihrer Mallorca-Tasche auffallen könnte.

Doch sie dachte sich: »Vorsicht ist die Mutter der Porzellankiste.« Niemand am Plärrer-Stammtisch sollte sie auch nur irgendwie mit dem Feuer auf dem Plärrer-Gelände in Verbindung bringen, wenn die Meldung von den brennenden Wohnwagen hier ankam. Wenn sie losstürzten, um nachzusehen, ob ihr Wohnwagen auch ein Opfer der Flammen geworden war, hatten sie zudem andere Sorgen.

Sie setzte sich wieder zu den Schausteller-Frauen. Es war 23 Uhr 41. Ihre Tasche klemmte sie am Boden zwischen ihre Schuhe. Da würde keiner hinkommen. Sollte was rausriechen, würde es sich unter der Tischplatte gut verteilen, bis es sich in die rauchgeschwängerte Luft der Brauerei-Gaststätte mischte.

»Mein junger Kater, der Muck, der stinkt in letzter Zeit. Der spritzt unseren ganzen Wohnwagen voll mit seinem Zeug, der ist seit ein paar Tagen läufig«, klagte Irene Diebold vom Autoscooter. »Kann ich ihn dir morgen zum Kastrieren vorbeibringen?«, wurde Renate Sucharz, die Inhaberin des Märchenkarussells mit den Tierarzt-Kenntnissen gefragt.

»Müsste gehen«, sagte diese.

Renate Sucharz holte ihren Terminkalender heraus. »Ja, klappt«, nickte sie der Autoscooter-Frau zu. »Wir werden deinen Katzenmann morgen stubenrein machen. Am besten vormittags. So um 10 Uhr. Ich bin bis um 12 Uhr zu Hause in der Praxis. Dann machen wir den Kater um ein paar Millimeter kürzer, damit Frauchen keinen Ärger mehr mit ihm hat.«

Die angetrunkenen Schausteller-Frauen lachten kreischend über diese Bemerkung. In Gedanken hatte wohl schon manche ihren läufigen Mann stubenrein gemacht.

»Jetzt, ein paar Tage vorm Plärrer-Start hast du Zeit für eine Katzenoperation. Ich weiß gar nicht, wo mir der Kopf steht«, rief Vera Hassold vom Flying Circus in die Frauenrunde.

»Geht mir auch so«, bestätigten mehrere.

»Mein Karussell läuft seit heute«, lehnte sich Renate Sucharz zufrieden zurück. »Habe ich mir angewöhnt. Mein Karussell muss immer ein paar Tage vor dem Volksfestbeginn betriebsfertig sein.«

»Wie du das nur machst ohne Mann?«, wunderte sich die Geisterbahnbesitzerin.

»Gerade deswegen. Als ich noch meinen Mann hatte, da ging's meistens auf den letzten Drücker. Jetzt müssen meine Helfer das hinstellen, wann ich will. Und das klappt einwandfrei.«

Die anderen Frauen schauten sie neidisch an.

Es war das aufgeregte Handy mit der Walkürenritt-Melodie von Dominik Schiblinski, dem Achterbahnmenschen, das die Feuernachricht überbrachte.

»Auf dem Plärrer-Gelände brennt's, unsere Wohnwagen stehen in Flammen«, schrie er seinen Stammtischkolleginnen und -kollegen zu.

Große Aufregung machte sich blitzartig breit. Sie bestürmten ihn, ob er mehr darüber wüsste. Nein, mehr wisse er nicht, seine Tochter habe ihn informiert. Sie sollen sofort kommen. Einige Wohnwagen brennen lichterloh. Gasflaschen seien explodiert. Die Feuerwehr sei schon zu Löscharbeiten aufgefahren. Notärzte, Krankenwägen und Polizei seien da. Eine richtige Katastrophe. Sie warfen hastig Euro-Scheine auf den Tisch und sprangen hoch. Dann stürmten sie zur Türe hinaus. Der Kellner hatte keine Chance, sie wegen der Rechnung aufzuhalten. Aber er hatte ein gutes Geschäft gemacht. Er hatte fast das Doppelte erhalten, als er die herumliegenden Scheine der Schausteller zusammenzählte und einsteckte.

Sie stieg in ihr Auto. Sie musste auch hin. Jetzt hörte sie ihr Herz aufgeregt schlagen. Sie war gespannt, was das Feuer, ihr Feuer, auf dem Plärrer-Gelände angerichtet hatte. Was war aus ihrem Wohnwagen geworden? Waren die verbrannten Körper zu sehen? Gab es noch andere Opfer? Diese Fragen wühlten und nagten in ihr. Jetzt wurde es ernst. Ihr Beruhigungsstoff würde noch einige Stunden anhalten. Trotzdem erfasste sie eine Unruhe. Der zweite Akt kam. Was sollte sie machen? Sollte sie verzweifelt sein oder gefasst, wenn sie vor ihrem verbrannten Wohnwagen stand? Was würde die Polizei zu ihr sagen? War schon ein Kripobeamter da? Sie nahm ein Taxi vor dem Bahnhofsgebäude zum Plärrer.

Sie würde sagen, sie habe schon was getrunken, falls das jemand interessierte.

Kapitel 2

Auftrag für Jubiläumsbroschüre wird abgesagt – Klaus und Helle bei den abgefackelten Wohnwagen – Verbrannte Körper wurden gefunden – Feuerwehrmann erklärt mögliche Brandursachen – Die Frau von der Versicherung erteilt Klaus Kessler und Helle einen Auftrag

Robert Brandhorst, der Werbeleiter der Plärrer-Leute, Inhaber einer Süßigkeiten-Bude, hatte heute Vormittag unseren Termin zur Besprechung der Jubiläumsbroschüre »125 Jahre Plärrer« telefonisch abgesagt. Wegen einer Feuer-Katastrophe auf dem Plärrer-Gelände. Gestern Nacht. Einige Wohnwagen von Schaustellern seien abgebrannt. Schlimm sei es. Sehr schlimm. Ich hätte davon sicher schon gehört. Er rufe mit dem Handy an, direkt von der Brandstelle aus, und sei von Polizei, Feuerwehr, Behördenleuten und Schaustellern umgeben. Sie wüssten nicht, wie es weiterginge. Unser Auftrag wäre deswegen erstmal auf Eis gelegt.

»Natürlich, Herr Brandhorst«, hatte ich gesagt, »da kann man nichts machen, eine Brandkatastrophe, das ist furchtbar.«

Durchs Telefon habe ich gespürt, wie der Mann bei seinem eigenen Namen zusammenzuckte.

Vor vier Wochen, bei der typischen Plärrer-Pressekonferenz, hatte ich mit Helle von Brandhorst den Auftrag erhalten, die Jubiläumsbroschüre zu erstellen. Nach Brandhorsts Brand-Mitteilung rief ich Helle an. Ich erzählte ihm von Brandhorsts Absage.

»Je besser der Auftrag, desto sicherer kommt was dazwischen«, beurteilte Helle fatalistisch die Lage.

Wir beschlossen, uns trotzdem zu treffen und uns die Sache auf dem Plärrer-Gelände anzuschauen. Wir verabredeten uns an der Haltestelle auf der Wertachbrücke. Helle saß schon auf einer Bank unter dem langen Glasdach. Er hatte eine Rätselzeitung in der Hand. Die hatte er meistens dabei, wenn er auf mich wartete. Sollte heißen: Wer weiß, wie lange ich auf dich warten muss. Wir gingen zum Plärrer-Gelände. Nach der Wertachbrücke bogen wir vor dem Autohaus rechts in die Schwimmschulstraße, dort wo sich die Augsburger Bäder befinden, vom Hallenbad bis zum Familienbad. Nahe dem Bahngleis von Augsburg nach Donauwörth.

»Wie hast du geschlafen?«, wollte Helle von mir wissen.

Seit einiger Zeit, so hatte ich ihm bei der Plärrer-Pressekonferenz, geklagt, ist mein Schlaf nicht mehr ideal. Schon beim Aufwachen fühlte ich mich wie zermatscht. Wie eine Orange, die mit der Plastiktüte auf den Boden geknallt ist. Halb aufgeplatzt ausläuft. Bei der man sich genau überlegt, ob man sie noch schälen will oder lieber wegwirft.

»Nicht besonders gut«, antwortete ich Helle wahrheitsgemäß.

Ich war so um vier Uhr in der Nacht aufgewacht und konnte nicht mehr einschlafen. Lesen konnte ich auch nicht. Ich ging in die Küche und spülte ab. Dann legte ich mich wieder hin. Bei Sonnenaufgang konnte ich noch eine kleine Schnarchrunde einlegen. Das passierte mir in letzter Zeit öfters. Eine Angelegenheit, die mich beunruhigte, weil es keine vereinzelten Nächte mehr waren, in denen ich um meinen Schlaf kämpfte. Seit einiger Zeit quälten mich auch ab und zu undefinierbare Zukunftsängste. In meinem Körper braute sich was gegen mich zusammen, vermutete ich.

»Wenn das so weitergeht, muss ich mir was einfallen lassen, wegen meinem Schlaf.«

»Bei mir hilft ein dunkles Bier. Eine Flasche habe ich immer neben dem Bett stehen«, vereinfachte Helle meine Schlafprobleme.

Aber deswegen hatten wir uns nicht getroffen. Wir debattierten beim Gang durch die Schwimmschulstraße heftig darüber, ob der Plärrer abgesagt werden würde. Unseren Auftrag konnten wir sicher abschreiben. Auch wenn er erst fürs nächste Jahr war. Wir hätten jetzt bereits unter den Schaustellern die Werbung einsammeln müssen. Vielleicht bekamen wir den Auftrag für die Jubiläumsbroschüre »150 Jahre Augsburger Plärrer«, falls wir das erlebten und nicht verhungert waren, wegen Auftrags- und Geldmangel. Na gut, der Herbstplärrer kam ja auch wieder und vielleicht konnten wir dann mit der Jubiläumsbroschüre weitermachen? Aber mit was füllten wir dazwischen unser Auftragsloch? Sollten wir doch wieder den Augsburg-Kalender für Kneipen und Geschäfte machen? Oder den Biergarten-Plan? Irgendwas, das schnell die Kasse füllte. Rechts war das Hallenbad. Mit einem Eishockey-Museum. Ich machte Helle darauf aufmerksam. Hatte er auch noch nicht gewusst. Links begann das Plärrer-Gelände. Der ehemalige Exerzierplatz. Stimmengewirr und Geräusche waren zu hören. Es klang nach Aktivitäten. Links, am breiten Gehweg mit Baumbestand, folgte ein langer Bretterzaun, hinter dem sich das Plärrer-Gelände befindet. Es war unterm Jahr meistens ein Parkplatz. Im Sommer für das Familienbad und das darin stattfindende Open-Air-Kino Lechflimmern. Manchmal wurde hier sonntags ein Flohmarkt abgehalten und manchmal baute hier ein Zirkus sein Zelt auf.

Wir schnüffelten mit hochgestellten Nasen.

»Ich riech' schon was«, sagte Helle. »Rauch.«

»Ich auch«, sagte ich.

Der Brandgeruch wurde Meter für Meter intensiver. Eigentlich mag ich es nicht, wenn sich bei Katastrophen die Menschen sensationslüstern um das Geschehen drängen. Normalerweise fuhr oder ging ich an Unfällen schnell vorbei. Erstens wollte ich keine blutverschmierten

Menschenteile sehen, die ich dann lang nicht mehr aus dem Kopf bekäme, und zweitens sollten die Helfer in Ruhe ihren Job machen können. Hier war es etwas anderes. Wir gehörten schließlich irgendwie dazu. Wir wollten sehen, was passiert war, was uns den Auftrag verhagelt hatte. Zudem kannten wir bereits einige Schausteller von unseren ersten Recherchen für die Jubiläumsbroschüre. Wir waren auch fast jeden Tag beim Aufbau auf dem Plärrer-Gelände gewesen. Beobachteten, wie der Platz vom Platzmeister vergeben wurde, wie die Verankerungen in den Boden geschlagen wurden, wie die Stangen und Balken zusammengenagelt oder -geschraubt wurden. Aus den Kartons wurden unzählige farbige Birnen gefischt, die in die Leuchtschriften eingeschraubt wurden. Ware wurde angeschleppt. Wir brauchten schließlich Fotos und Berichte über die Arbeit der Schausteller. Zudem konnten wir so leicht nützliche Kontakte knüpfen. Wir schauten über den Holzzaun, um die verbrannten Wohnwagen zu sehen.

»Und? Siehst du was?«, fragte ich Helle.

»Ich glaub dahinten, da steigt noch Rauch auf.«

Richtig, dort wo die meisten Feuerwehrautos herumstanden, war schwarzbraun verbogenes Gestänge zu sehen, das aus irgendwelchen verkohlten Bruchstücken herausragte, die vielleicht ausgebrannte Wohnwagen sein konnten. Verbogenes Rückenwandgitter von einem Kühlschrank. Aufgeplatzte Lackschichten. Zersplitterte Fenster und völlig unkenntliche Teile. Die Aufräumarbeiten waren in vollem Gange.

»Wir müssen außen rum, um mehr zu sehen«, sagte ich.

Der Plärrer hat drei Ein- und Ausgänge. Den östlichen Haupteingang bei der Haltestelle der Tramlinie 4, den südlichen bei der Badstraße, wo es durch die Bahnunterführung zum Tierheim geht und den nördlichen beim Familienbad. Er war mit rotweißem Absperrband abgeriegelt. Ein grünlederner Polizist, dessen Motorrad auf dem Gehweg stand, kontrollierte die Leute, die rein wollten. Die Marktamtsleiterin, die gerade mit dem Polizisten sprach, begrüßte uns von knapp hinterhalb des Absperrbandes.

»Sie haben zwei Verbrannte gefunden«, sprudelte es nervös aus ihr.

»Oh jemine«, antwortete Helle.

»Oh je«, antwortete ich. Wir verbissen uns erstmal jede Frage. Die Frau sah schwer mitgenommen aus.

»Fünf Wohnwagen sind ausgebrannt«, informierte uns Roland Bader, der den Aufbau der Plärrer-Beschicker, wie im Marktamt die Schausteller heißen, als Platzmeister betreute und überwachte. Er stand neben seiner Chefin Roswitha Kammnagel, die mich mit ihrem flotten Aussehen, das sie eher für das Kulturamt prädestinierte, immer wieder verblüffte. Bei einer Marktamtsleiterin denkt man eher an eine dralle Person im Dirndl als an eine modisch gekleidete Frau.

»Wo werden die Leute denn jetzt wohnen?«, erkundigte sich Helle mitfühlend.

»Die viel wichtigere Frage ist, was mit dem Plärrer geschieht«, meinte Bader. Ich fand es zwar noch wichtiger, nach den Namen der Verbrannten zu fragen, aber in solchen Situationen ist es nicht jedem gegeben, richtig zu reagieren.

Neben uns kamen Oberbürgermeister Dr. Paul Bengerle und Bürgermeister Klaus Knirscher mit ihrem Mitarbeiterstab an. Der Polizist winkte sie durch. Nebenbei unterhielt er sich mit Monika Holle, Chefin der Lokalredaktion der Augsburger Allgemeinen. Der OB ging zu der erregten Menschengruppe, die rund hundert Meter hinter dem Absperrband eine lautstarke Diskussion führte. Da waren Schausteller, Journalisten und Beamte des KDD, dem Kripo-Dauerdienst, der die ersten Ermittlungen am Brandort aufgenommen hatte. Die Gruppe öffnete sich, als OB und 2. Bürgermeister, in dessen Referat das Amt für Brand- und Katastrophenschutz eingegliedert ist, mit ernsten Gesichtern dazustießen. Nach einem kurzen Gespräch mit dem Direktionsleiter der Augsburger Polizei, Klaus Waltrich, dem Kripo-Chef Klaus Bayerl und dem Einsatzleiter Bernhard Pliefke gingen sie zu den abgebrannten Wohnwagen, wo Uwe Hillesheimer vom Erkennungsdienst seine bisherigen Beobachtungen mitteilte. Ich registrierte geballte Klaus-Kraft, der Schrecken aller Probleme. Wir wollten mehr mitbekommen. Der grünlederne Polizist behielt uns im Auge. Bei uns sammelte sich eine neugierige Menschenmenge. Die Radio- und Fernsehmeldungen hatten die Leute angelockt. Manfred Gottschalk und Siegfried Hartmann von der Mobilen Pressestelle der Polizeidirektion Augsburg bereiteten die erste Pressekonferenz der Polizei zu der Brandkatastrophe vor Ort vor. Besonders mit dem Branddirektor Klaus Habermaier und seinem Stellvertreter Christian Töpfel unterhielten sich die Bürgermeister. Einige Feuerwehrleute waren bereits am Zusammenpacken. Sie rollten die Schläuche auf, die am Hydranten angeschlossen waren oder direkt in die nahen Schwimmbecken des Familienbades führten, um Löschwasser abzuzapfen.

Der Brandgeruch zog zu uns her. Er drang in jede Stoff-Faser ein. Es war verbranntes Plastik, das den Brandgeruch derart durchsetzte, dass es ziemlich anders roch als ein normales Holz-Lagerfeuer. Noch stieg etwas blaugrauer Rauch auf über den Zuschauerköpfen. Jetzt erkannte uns Josef Eberhardt in der gaffenden Menge. Wir waren ganz vorn und gehörten auch zu denen, die das Absperrband nach innen bogen. Die von hinten drückten mächtig nach. Einige hatten sogar Kinder auf der Schulter. Mir war das schon peinlich. Manche wollten über den Zaun klettern. Sie wurden von Polizisten daran gehindert.

»Kann ich helfen?«, fragte uns Josef Eberhardt.

»Wir wollten zu Herrn Brandhorst.«

»Ist es wichtig?«

»Schon. Sehr. Wegen der Plärrer-Jubiläumsbroschüre, er will uns sagen, was nun damit geschieht. Die müsste bald in Druck.« Eberhardt erklärte dem misstrauischen Motorrad-Polizisten, dass er uns ausnahmsweise reinlassen kann.

»Da hinten ist der Brandhorst!«, zeigte Eberhardt mit ausgestreckter Hand zu einem aufgeregten Menschenknäuel.

Ein Feuerwehrler hatte einen tragbaren Schaumlöscher in der Hand, mit dem er durch die verkohlten Teile lief, mal hier, mal da auf irgendwelche glühenden Teile den weißen Schaum sprühte. Eine merkwürdige Stimmung. Die Sonne war für einen Frühlingstag ideal. Ein Tag, auf den man sich normalerweise freute. Der erste schöne Tag seit zwei Wochen. Vor vier Wochen war noch Schnee gefallen. Das SAT.1 Fernseh-Team lief an uns vorbei. Redakteurin Liane und Kameramann Karel winkten uns zu. Fotografen folgten. Wir kannten die beiden, weil sie einen Bericht über unser Buch »Die Roy Black Chronik« gemacht hatten. Ein Polizeiauto hielt am Eingang des Hallenbades an der Schwimmschulstraße. Polizisten stiegen aus.

»Hallo Klaus, was machst denn du hier?«, kam ein Feuerwehrmann auf mich zu.

Es war Gottlieb, der mit mir die Goethe-Schule in Lechhausen besucht hatte. Nach der vierten Klasse hatten sich unsere Wege getrennt. Ich zog mit meinen Eltern nach Pfersee. Er blieb in Lechhausen. Seinen Nachnamen wusste ich nicht mehr. Mit der Feuerwehruniform, besonders mit dem Schutzhelm, der ein Nackenleder hatte, erkannte ich ihn kaum. Ich stellte ihm Helle vor. Seine Uniform war teilweise von einem schmierig glänzenden Aschegemisch verschmutzt.

»Stimmt es, dass zwei Menschen umgekommen sind?«, fragte ich Gottlieb, der den zusammengerollten Schlauch im Feuerwehrtransporter verstaute.

»Sie haben verkohlte Leichenteile gefunden, die auf zwei Menschen hinweisen. Es soll sich um einen Mann und eine Frau handeln«, berichtete er. Er sagte uns noch, dass einige Gasflaschen in den Wohnwagen explodiert seien, die zusätzliche Verheerung angerichtet hätten und deswegen auch die Untersuchungen sehr schwierig wären.

»Brandstiftung?«, stellte ich eine Frage in die rauchige Luft.

»Kann sein. Wir wissen es noch nicht. Unsere Brandexperten suchen erst nach Spuren.« Ich sah einige Feuerwehrler mit Zangen und Blechschachteln in der Hand in den verkohlten Teilen herumstochern.

»Sie suchen erstmal den Brandherd oder die Brandherde. Wenn das Feuer an mehreren Stellen ausgebrochen ist, kann das ein Hinweis auf Brandstiftung sein. Dazu muss auch das brennbare Material gesichtet werden. Es gibt sogar brennbare Metalle wie Zink und Magnesium.«

»Kommt Brandstiftung häufig vor?«, wollte Helle wissen.

»Es gibt bei uns eine zynische Regel: Die Häufigkeit der Brandstiftungen spiegelt umgekehrt proportional die aktuelle Wirtschaftskraft im Lande wider«, diagnostizierte Gottlieb.

Helle und ich begannen über diese Feuerwehrweisheit nachzudenken. Wie war das gemeint?

»Bei einer Wirtschaftsflaute brennt's öfters«, half uns Gottlieb auf die Sprünge. Er trug einen aufgewickelten Schlauch über der Schulter, aus dem noch Wasser tropfte.

»Wie finden die den Brandherd heraus?«

»Weil das Feuer immer nach oben züngelt, liefert der unterste Brandpunkt die besten Hinweise«, klärte uns Gottlieb über die Arbeit der Feuerdetektive auf. »Holzböden und Holzbalken verkohlen oft schachbrettartig. Mit zunehmender Entfernung vom Brandherd wird dieses Muster größer, zum Beispiel.«

Ich sah kein Schachbrettmuster in den schwarzgebrannten Röhren, Platten, Geräten, Einrichtungen, die einige Meter vor mir lagen.

»Wurden Türen aufgebrochen? Finden sich Werkzeugspuren an den Schlössern? War der Alarm ausgeschaltet? Notorische Brandstifter erledigen ihr Geschäft gerne über das Dach. Weil sie hoffen, dass dann ihre Spuren von den Flammen vernichtet werden. Wir müssen auch klären, ob das Feuer durch einen Schwelbrand oder eine offene Flamme entstand.«

»Was könnte es hier gewesen sein?«

»Wenn es keine Toten gegeben hätte, hätte ich auf Schwelbrand getippt. Meistens brennen Wohnwagen aus, wenn Elektroleitungen durchschmoren.«

»Schau mal, der riecht überall herum«, zeigte Helle auf einen Feuerwehrler. »Wieso? Ist doch arschklar, dass es hier nach Rauch riecht.«

»Das ist unser Experte für Brandbeschleuniger. Leicht entzündliches Material wie Petroleum oder Benzin wird von verkohltem Holz aufgesogen oder sickert in den Boden. Das riecht der.«

Der Riecher setzte nun ein Gerät ein, das aussah wie ein Staubsauger, der aber vorne zischend Dampf ausstieß.

»Was macht der nun?«, interessierte sich Helle für den unbekannten Arbeitsvorgang.

»Das ist ein Dampfspürgerät. Früher stäubte man verdächtige Brandstellen mit den Chemikalien Petrobst oder Rhodakit ein. Übriggebliebene leicht entzündliche Stoffe verfärbten sich dadurch. Allerdings reagieren diese Substanzen nicht hundertprozentig korrekt. Mit dem Dampfspürgerät geht das viel besser. Das liefert sehr präzise Ergebnisse.«

»Wozu werden die verbrannten Stücke eingesammelt?«, bekundete auch ich mein Interesse an der Feuerwehrarbeit.

»Das aufgesammelte Material kommt zur Gas-Chromatographie ins kriminaltechnische Labor. Verbunden mit einem Massenspektrometer kommen die jedem Brandstifter auf die Spur. Dann kann die Polizei untersuchen, ob die Brandstiftung wegen Geldgier, Rache oder zur Vertuschung eines Verbrechens erfolgte.«

»Hast du die Verbrannten gesehen?«, fragte ich Gottlieb.

»Nein, die haben sie schon entfernt. Die werden extra untersucht. In der Pathologie. Ich habe aber schon welche gesehen. Das ist ein schrecklicher Anblick. Meistens haben wir es nur, na ja, was heißt hier nur, entschuldigt, mit tödlichen Rauchvergiftungen zu tun. Menschen, die unmittelbar im Feuer umgekommen sind wie die beiden, die wir hier gefunden haben, liegen oder sitzen oft mit angewinkelten Knien, geballten Fäusten und vor den Körper erhobenen Armen herum. Wir nennen das die Boxerhaltung.«

»Wieso das?«

»Aufgrund der starken Hitze haben sich die Muskeln unvermittelt zusammengezogen und versteift.«

Helle schüttelte es.

»Was geschieht mit den Feuerleichen?«, versuchte ich der Unerschütterliche zu sein.

»Das geht uns nichts mehr an, da musst du die Kripoleute ausquetschen.«

»Also, tschüss Jungs!« Gottlieb wurde von seinem Kommandanten gerufen.

»Hallo, Herr Kessler, kommen Sie doch mal bitte zu mir!«, rief mich Kommissar Stefan Weissberg. Mein Lebensretter in dem Fall mit dem Intendanten-Mord. Dessen Verlobte damals mit mir und Helle beim Frankenstein-Musical mitspielte. Weissberg kam aus Dresden. Er löste meine Ex-Frau ab, auch eine Kommissarin bei Augsburgs K1. Sie wurde nach der Aufdeckung des Perlachmords befördert und nach München versetzt. Zwei Polizisten machten uns den Weg zu ihm frei. Wir durften zu ihm hinter das Absperrband. Jetzt konnten wir die verbrannten Wohnwagen deutlicher sehen.

»Sie sind doch immer dabei, wenn was passiert ist«, schüttelte uns der Kommissar die Hand.

Er schien aber nicht verärgert zu sein. Ich stellte ihm Helle vor. Er machte uns mit einer Frau bekannt, die um ihn herumkreiste, wie der Sputnik um die Erde und unablässig auf ihn einredete.

»Darf ich vorstellen, das ist Frau Korb, die Versicherungsvertreterin, bei der die meisten der Schadensfälle landen.« Dann pries er mich an: »Und das ist Herr Kessler, ehemaliger Polizeipressesprecher, nun Verleger und inzwischen auch Privat-Ermittler mit hoher Erfolgsquote.«

Nanu, wieso machte der Kommissar derart viel Werbung für mich?

Ich versuchte mit einem Schnelldurchlauf der Kontrolldaten in meinem Bio-Archiv seine Absicht zu ergründen. Wieso hetzte er die Versicherungsvertreterin auf uns? Wollte er sie nur loshaben? Immerhin stand ein paar Meter weiter der Oberbürgermeister und redete heftig gestikulierend mit der Marktamtsleiterin, seinem Referatsleiter, dem Feuerwehrkommandanten und den Journalisten der Augsburger Medien. Da sollte und wollte Weissberg dabei sein. Dabei waren auch einige Leute, die ziemlich aufgelöst wirkten. Deren besorgte, verschreckte Gesichter erkennen ließen, dass sie wahrscheinlich zu den Wohnwagenbesitzern gehörten, deren fahrendes Eigentum nur noch aus qualmender Asche, verkohltem Schutt und geschwärztem Schrott bestand. Manche Frauen hatten Kinder auf dem Arm. Wo hatten die eigentlich geschlafen? Oder waren sie die ganze Nacht hier geblieben, um bei den Löscharbeiten zuzuschauen, um zu sehen, wie aus ihrer rollenden Villa ein verkokelter Aschehaufen wurde? Wann war der Brand eigentlich ausgebrochen? Die Fernsehkameras hatten ihre Augen auf diese Menschengruppe gerichtet. SAT.1 hatte den Feuerwehrchef zum Interview vor der Linse. Die Radio-Reporterin von RT.1 zückte ihr Mikro. Der AZ-Journalist notierte fleißig und gab seinem Fotografen Anweisungen. War bald zu erfahren, was mit dem Plärrer geschah? Würde er stattfinden? Was würde der OB beschließen? Weitere herbeieilende Polizisten verstärkten die Abschirmung der abgebrannten Wohnwagen, damit die Spurensucher und der Polizeifotograf ungestört arbeiten konnten.

Oder wusste Weissberg, dass ich notorisch unterversichert war? Machte er sich Sorgen um mich, wollte er mir eine Versicherung zuschanzen, um meine Zukunft sicherer zu gestalten? Gab es eine Versicherung gegen ausfallende Aufträge? Ich konnte mal diese junge Frau, wohl Anfang Dreißig, voll agil, blond, zusammengebundene Haare, mit einem herben, sparsam geschminkten Gesicht, smart mit grauem Business-Anzug gekleidet, danach fragen.

»Sie erzählen mir aber schon noch, was passiert ist, bevor Sie gehen«, fragte ich den Kommissar, der sich bereits zum OB hingedreht hatte. Weissberg schaute kurz zu uns und nickte mir zu. Das hatte ich wohl gut, wenn ich ihm schon die Versicherungs-Lady abnahm.

»Das kann ich auch«, sagte die Versicherungs-Lady.

»Für welche Versicherung arbeiten Sie?«, ging Helle geradewegs auf Frau Korb los.

»Für die Volksfürsorge«, sagte sie und reichte uns aus ihrer Brieftasche je eine Visitenkarte.

»Karin Korb« stand da, »Generalvertretung der Volksfürsorge für Augsburg«.

»Ist ja toll«, grinste ich, »dass wir die gleichen Vorderteile haben.«

»Wieso? Wie meinen Sie das?« Sie konnte darüber nicht lachen.

Helle auch nicht. Selbst nicht nach einer unauffälligen Besichtigung ihrer und meiner Vorderfront, bei der ihm keine Ähnlichkeiten auffielen.

»Na ja, ich heiße Klaus Kessler.«

»Ah so. K und K, unsere Anfangsbuchstaben meinen Sie.«

Schnell von Begriff die Frau – und als ich sagte, dass meine Visitenkarten aus wären, weil die unwahrscheinlich begehrt sind, überzog sogar ein allerwinzigster Hauch von einem Lächeln ihr Gesicht. Aber sie war schließlich nicht zum Flirten hier. Sie musste für ihre Versicherung diesen Brandschaden bearbeiten. Kein kleiner. Fünf verbrannte Wohnwagen, wenn die alle bei ihr versichert waren, wie Weissberg angedeutet hatte, konnte das schon eine Million Euro ausmachen. Die Schausteller hatten die besten und teuersten Wohnwagen. Schließlich lebten sie die meiste Zeit des Jahres darin. Es waren ihre Wohnhäuser auf Rädern. Ein fester Bestandteil ihres Images und ihres Stolzes, der unübersehbare Beweis, dass sie es zu etwas gebracht hatten. Da wurde nicht gespart. Da wurde geklotzt.

»Sie arbeiten auch als Privat-Detektiv? Wenn ich den Kommissar richtig verstanden habe. Habe ich?«

»Er ist Augsburgs beste Schnüffelnase«, haute mir Helle auf die Schulter.

Das hatte ich vielleicht dick, wenn Helle so dick auftrug. Mein Gott, jetzt hatte ich gerade mal zwei Mordfälle halbwegs gelöst, oder mitgelöst, und schon hängte mir Helle einen verbalen Verdienst-Orden um. Meine Blicke versuchten Helle an den Ohren zu ziehen. Leider war die dafür nötige Telekinese-Energie nicht vorhanden. Ich sag nur: schlechter Schlaf. Aber er sah schon, was ich meinte. Störte ihn aber nicht. Normalerweise erschütterte ihn dieser scharfe Blick von mir und war der Auslöser für eine bin-ich-wirklich-noch-dein-Freund?-Debatte. Er schien etwas zu ahnen.

»Interessant, interessant«, meinte sie. »Vielleicht können wir ins Geschäft kommen?«

»Wie das?« Mein Gift-Blick zu Helle verwandelte sich in einen Streichler. Jetzt erahnte ich seine Vorahnung.

»Ich muss erst noch mit meiner Zentrale reden, aber es ist bei uns nicht unüblich, dass wir bei solch hohen Schadensfällen zusätzlich einen guten Privatdetektiv vor Ort beauftragen. Zusätzlich zu unseren Fachleuten. Hätten Sie dafür Zeit?«

»Für was? Sie müssen doch so oder so zahlen, oder?«

»Komm darauf an«, meinte sie.

»Auf was?«

»Nehmen wir mal an, es war womöglich Brandstiftung und nehmen wir weiter an, das Feuer wurde von einem der Wohnwagenbesitzer selber gelegt, dann müssen wir diesen nicht auszahlen und können ihn auch für die Schäden bei den anderen haftbar machen. Sie verstehen?«

»Klar, dann spart sich Ihre Firma einiges, stimmt.«

»Dann folgt der Versicherungsausschluss. Da geben wir gerne etwas Geld für ein Detektivhonorar aus. Auf Erfolgsbasis. Ein Mann, der sich hier mit den Leuten auskennt und mit den Umständen vertraut ist, kann uns dabei viel nützen.«

»Das Honorar können Sie ruhig gleich auszahlen«, schmetterte Helle. »Der Klausi bekommt alles raus.«

Helle vermarktete mich hemmungslos. Und Klausi, mein Hasswort Nummer Eins, hatte er auch ausgesprochen. Vor einer Frau. Das schrie nach Vergeltung. Das machte er meistens dann, wenn er zwischen einer Frau und mir irgendwelche Vibrationen spürte. Da verniedlicht er mich gern zum kleinen Klausi, der gerade aus dem Sandkasten kommt. Er wolle nicht, dass ich mich an die Frauen verschwende, sagte er mal. Wo ich doch jetzt eine habe, sollte ich meine latente Brünftigkeit endlich abstellen. Letztes Weihnachten hatte ich die Grafikerin und Chanson-Sängerin Fleur de Paris kennen gelernt. Durch den Intendanten-Mord. Da hatte sich was angebahnt. Fleur war toll. Ist toll. In jeder Beziehung. Schon im Februar aber war sie nach Paris abgedüst. Wegen einem lukrativen Chanson-Auftrag. Auch wegen ihrer Eltern. Für einige Monate. Ich sollte sie mal besuchen kommen. Ruhig länger. Wollte ich auch, wenn mit der Plärrer-Jubiläumsbroschüre Kohle reingekommen wäre.

»Erfolgs-Honorar, das ist so eine Sache, gerade Versicherungen sitzen doch auf ihrem Geld. Wenn ich Ihnen nicht den Kopf des Brandstifters direkt auf einem Teller serviere, dann rücken Sie doch nichts raus. Wie bezahle ich meine Ermittlungs-Kosten? Allein das Honorar meines Mitarbeiters verschlingt Unsummen. Außerdem haben wir noch zwei andere Fälle am Laufen.«

Bluff as Bluff can. Das imponierte Helle. Er wurde um fünf Zentimeter größer und versuchte weitere fünf hinzuzufügen. Damit war er kurz ruhig gestellt, um meine heikle Verhandlung nicht mit irgendwelchen ungeschickten Äußerungen zu torpedieren.

»Wenn es soweit ist, falls es dazu kommt, werden wir uns schon einigen«, sagte sie. »Was haben Sie mit den Schaustellern zu tun?«, wollte sie wissen.

»Wir arbeiten für die Schausteller. Wir haben den Auftrag für eine Plärrer-Jubiläumsbroschüre«, ließ ich mal den abgeblasenen Auftrag in ihren Ohren weiterleben. Klang besser. Ich verbiss mir den Hinweis auf eine Werbung durch ihre Versicherung in der Broschüre. Momentan war der Plärrer eine Art Friedhof. Für zwei verbrannte Menschen. Auch wenn die Leichen schon auf dem Weg in die Pathologie waren. Ein gewisses Respekts-Gefühl würgte in mir den Kommerz ab.

»Verstehe. Sie kennen sich also aus in der Materie. Nicht schlecht.

Sie entschuldigen mich, ich rufe jetzt gleich vom Auto aus meine Zentrale an. Dann wissen wir gleich mehr.«

Nachdem Karin Korb aus unserem Blickfeld verschwunden war, näherten wir uns der Gruppe um den Augsburger Oberbürgermeister.

»Gut, ich sehe das ein«, sagte Bengerle gerade. »Und wenn es noch so traurig ist, aber es steht für manchen Schausteller die Existenz auf dem Spiel. Wir können ja auch nicht nach jedem Verkehrsunfall mit Toten aus Pietätsgründen die Straßen für ein paar Wochen oder Monate oder ganz sperren. Ich habe das Wort des Schaustellerpfarrers, dass wir den ersten Plärrer-Gottesdienst ganz im Zeichen dieser schrecklichen Brandkatastrophe halten.«

Der Kameramann von Augsburg-TV platzierte sich nur einen Meter vor dem OB. In den nächsten Sekunden würden wir aus seinem Mund die entscheidenden Worte hören.

»Der diesjährige Plärrer beginnt wie geplant am Samstag, 19. April und endet am Sonntag, 4. Mai. Wir werden aber an diese Brandkatastrophe und ihre Opfer denken. Leider, leider ist manchmal das Vergnügen mit der Tragik verbunden. Wir wissen, dass dies zum Leben gehört. Die Schausteller brauchen den Plärrer für ihre Existenz. Wir hoffen auch, dass von jetzt ab der Augsburger Frühjahrsplärrer ohne irgendwelche weiteren negativen Vorfälle größerer Art ablaufen kann.« Bengerle nahm noch kurz den Vorsitzenden des Schaustellerverbandes, den Schaustellerpfarrer und die Marktamtsleiterin auf die Seite. Wohl um den Zeltgottesdienst zum Plärrerstart zu besprechen. Dann schüttelte er noch den herumstehenden Leuten die Hände. Zu einigen sagte er noch tröstende Worte. War aus seinem mitfühlenden Gesicht zu schließen. Dann eilte er mit seiner Truppe davon. Kommissar Weissberg redete mit den Leuten, denen der OB mitfühlend die Hand geschüttelt hatte.

»Sag mal, ist der Mann beim Kommissar nicht der Schiblinski von der Achterbahn?« Weissberg ging mit einem Mann im dunkelblauen Monteursanzug, der seine Schultern hängen ließ, zu einem verkohlten Wohnwagen, wo eine bedrückt dreinschauende Frau im Jeans-Anzug stand. Weissberg machte sich Notizen. Wir wollten zu dieser interessanten Gruppe. Aber ein Polizist schirmte Weissbergs Gespräch ab.

»In ihrem Wohnwagen wurden die Leichen gefunden«, informierte uns Karin Korb, über die Frau beim Kommissar. Die Versicherungs-Lady hatte das Gespräch mit ihrer Zentrale beendet. Mit Erfolg?

»Wer sind die Toten?«

»Keine Ahnung. Das ist noch nicht geklärt.«

»Vielleicht die Brandstifter, die durch irgendein Missgeschick im eigenen Feuer umkamen?«, ließ ich eine möglichst intelligente Vermutung hochsteigen. Ein bisschen was hatte ich in meiner Zeit als Pressesprecher der Polizei doch gelernt. Auch wenn es schon einige Jahre zurücklag, dass ich meinen Job bei der Augsburger Polizei quittierte, um Verleger zu werden. Die Dame von der Versicherung sollte merken, dass sie einen brauchbaren Mann für die Lösung heikler Fälle vor sich hatte.

»Sicher, die waren das, wenn der Klausi das sagt«, legte Helle nach, um meinen Ruf als Augsburgs bester Privat-Ermittler bei der Versicherungs-Lady zu festigen.

»Wenn schon, dann sag doch bitte, bitte Klausi-Mausi zu mir«, funkelte ich Helle an, der mich daraufhin fast hilflos anblickte. Diese Art von einladender Drohung aus meinem Mund, die war ihm fremd. Seine innere Einstellung hatte das Gleichgewicht verloren. Sein Reaktionssystem kannte dafür noch kein Muster.

»Wieso? Ich bin doch nicht deine geliebte Französin, deine Fleur«, antwortete Helle und verriet meine aktuelle Beziehung an Karin Korb.

War mir nicht so recht. Eine gewisse erotische Spannung zwischen Auftraggeberin und Auftragnehmer war doch nicht schlecht und die war schon vorhanden, wie ich zu spüren glaubte. Sie beobachtete unauffällig aufmerksam unser Kommunikationsverhalten, unsere internen Psychostrukturen.

»Also, Herr Kessi«, sagte sie und tat mit einem kaum sichtbaren spitzbübischen Lächeln so, als wäre ihr ein Lapsus passiert, »äh, zu dumm, Tschuldigung, Herr Kessler natürlich, also meine Zentrale ist einverstanden, Sie bekommen den Auftrag, um uns bei der Untersuchung dieser Brandkatastrophe zu helfen.«

Langsam wurde sie mir trotz ihres Anzugs und diesem türkisfarbenen Seidenschal mit Brosche über dem Jackenkragen sympathisch. Das herbe Gesicht passte gar nicht so schlecht zu den Rundungen unterhalb ihrer Schulter. Sie schien sich sogar darüber zu freuen, dass sie mir diesen Auftrag geben konnte. Ich überlegte, ob es wirklich gut für meine Zukunft war, keine einzige Versicherung zu haben. Nicht mal eine Krankenversicherung. Halt, Bremse, Klaus, sagte ich mir. Meine schnelle Begeisterung war schon immer mein Freund und Feind zugleich. Wenn mir was gefiel, dann klemmte ich mich ohne wenn und aber dahinter. Da gab es dann kein Halten mehr. Ich verfolgte diese Sache mit enormer Leidenschaft. Das sei alles nur Strohfeuer, hatte mein Vater gesagt, wenn ich wieder für eine Sache sofort entbrannte und alles dafür machen wollte. Ich versuchte diese bildhaften Vergleiche, in denen Feuer eine Rolle spielte, zu verdrängen. Hier und jetzt vor den feuervernichteten Wohnwagen wohl nicht die richtigen Worte, um mir selber meine Stärke und Schwäche aufzuzeigen.

»Am besten Herr Kessler, Sie kommen heute Abend in mein Büro in der Maximilianstraße, dann besprechen wir das in Ruhe.«

»Um wie viel Uhr denn?«, wollte ich von ihr wissen.

»So ab 17 Uhr. Ich werde heute, und nicht nur heute, noch lange im Büro sein. Dieser Plärrerbrand verschafft mir reichlich Überstunden.«

»Wo ist denn Ihr Büro?«

»Steht auf meiner Visitenkarte, Maximilianstraße 66, zwischen der *Fuggerbank* und der Buchhandlung Rieger und Kranzfelder. Sie entschuldigen mich jetzt. Ich muss los.«

»Und wir werden uns mal um die Leute kümmern, die mit den verbrannten Wohnwagen zu tun haben«, schüttelte ich ihre Hand.

»Da warten Sie mal noch kurz. Über die sollte ich Ihnen zuerst was sagen, die sind alle bei mir versichert«, verabschiedete sich meine, unsere, neue Auftraggeberin.

»Mit meinem Klaus haben Sie einen guten Fang gemacht, das werden Sie nicht bereuen«, bemerkte Helle bei seiner Verabschiedung von der Versicherungs-Managerin.

»Was machen wir?«, sagte ich zu Helle, »sollen wir uns jetzt noch mit Weissberg unterhalten oder nicht?«

»Hmm – schaden kann's nicht«, meinte Helle.

»Wir kommen momentan aber nicht an ihn ran.«

Weissberg sprach mit einem der Polizisten, welche die Spurensucher abschirmten. Dieser Polizist kam auf uns zu.

»Der Kommissar meint, Sie hätten genügend mitbekommen, ich soll Sie wieder vor die Absperrung bringen.«

Das war der Dank dafür, dass wir ihn von der Versicherungs-Lady befreit haben. Aber ich konnte Weissberg nicht richtig böse sein, dass er uns des Platzes verwies. Na ja. War seine Pflicht, Unbeteiligte vom Einsatzort zu entfernen. Immerhin hatten wir durch ihn einen neuen Auftrag bekommen, der unsere aktuelle Finanzkrise lösen konnte. Einen derartigen Geldmangel hatten Helle und ich noch nie. Helle hatte sogar sein Auto abgemeldet, um Steuern und Versicherung zu sparen. Am Wochenende wollte er sein Auto mit einer Zeitungsanzeige zum Verkauf anbieten. Ich hatte schon lange keins mehr. Hatte mir vor einiger Zeit vorgenommen statt dem nötigen Fitness-Studio-Besuch möglichst viel zu Fuß zu laufen oder mit dem Fahrrad zu fahren. Wenigstens bei den Angelegenheiten in und um Augsburg. Das Fahrrad hatte ich leider vor einiger Zeit irgendwo abgestellt und es vergessen. Mir fiel nicht mehr ein wo. Damit war es weg. Geld für ein neues war mit dem Korb-Auftrag wieder in Sicht. Der Brot-Korb füllte sich wieder.

»Hallo, ihr zwei, stehenbleiben!«, rief uns eine Stimme beim Verlassen des Plärrer-Geländes nach. Der Kunstmaler Peter Schlichtherle, der sich aus der Gruppe um die Mobile Presse Station der Polizei löste, eilte zu uns. Ich wunderte mich einigermaßen: wie konnte ein Maler trotz der strengen Kontrolle bis zum Zentrum des Geschehens vordringen?

»Hier, eine persönliche Einladung zu meiner nächsten Vernissage in meinem Atelier. In dem rotziegeligen Schlösschen beim Arbeitsamt.«

Wir kannten ihn von einem sogenannten Frühlings-Startival mit bemalten Blumenkästen und einer Lesung mit Frühlingsgedichten. Er hatte mit weiteren Künstler-Kollegen skurrile Frühlingsstimmungs-Bilder ausgestellt.

»Was machst denn du hier?«, teilte ich ihm meine Verblüffung mit. »Suchst du Motive für deine Bilder?«

»Ach wo, ich bin doch bei der Polizei«, drückte er uns die Einladung zur Vernissage in die Hand und lief im Dauerlauf zur Mobilen Pressestelle der Polizeidirektion Augsburg zurück.

»Wir sollten wo hingehen und die Sache in Ruhe besprechen«, meinte Helle, der damit den Besuch einer Gaststätte anregte. Ein gepflegtes Bier war für Helle durchaus ein gutes Mittel, um seine Gedanken zu Höchstleistungen anzuregen. »Außerdem wollten wir noch über unsere Homepage reden.«

Wir hatten beschlossen, eine Homepage ins Internet zu stellen, um an Aufträge zu kommen – www.augsburg-werbung.de hatten wir uns als Homepage-Adresse gedacht. Wir beschlossen in die nächste Kneipe zu gehen. Doch bevor wir unsere Absicht durchführen konnten, tütete mein Handy. Ismail von Datamogul war dran. Der Mann, der unsere Homepage konstruieren sollte. Ich sei seit fünfzehn Minuten überfällig. Ich hätte einen Termin bei ihm wegen der Homepage. Jetzt fiel Helle ein, dass er eigentlich zu seiner Mutter müsse, wegen dem Komposthaufen in ihrem Schrebergarten.

Wir stiegen beim Eishockeystadion, am Fuße des Klinkerberges in die 4er-Tram ein. Brunntal heißt die Haltestelle. Die Tram zog den Berg hoch, der Gesundbrunnenstraße heißt, auf dem wir parallel zum Klinkerberg in die Innenstadt hochkutschierten.

»Wieso heißt das nicht Gesundbrunnen-Berg?«, fragte ich Helle, der mir auf einer Zweipersonenbank gegenübersaß.

»Frag mich was Leichteres«, studierte Helle das Fernsehmagazin mit dem einseitigen Kreuzworträtsel.

»Kaufst du dir das Heft wegen dem Fernsehprogramm oder wegen dem Kreuzworträtsel?«, versuchte ich Helle bei einer unnötigen Geldausgabe zu ertappen.

»Weder noch.«

»Sondern?«

»Das hole ich mir immer aus der Grünen Tonne. Liegt immer oben drauf. Das wirft meine Nachbarin weg. Kostet Zweieurofünfzig.«

»Was fehlt dir noch?«, beteiligte ich mich an seinem Kreuzworträtsel. Ich linste in das Gewirr aus Kästchen, Linien und Buchstaben, über die Helle seinen Kugelschreiber zwischen den Fingern pendeln ließ.

»Stadt, in der das größte Riesenrad der Welt steht?«

»Ehrlich? Fragen die das?«

»Hier muss es rein.« Helle zählte mit der Kugelschreiberspitze die Kästchen in senkrechter Anordnung für die nötigen Buchstaben.

»Wien? London? Las Vegas? Disneyland?«

»Passt alles nicht rein.« Helle legte seine Stirn in Falten.

Ich lehnte etwas abgeschlafft meinen Kopf an das Tramfenster. Ich überlegte, wo sich die berühmtesten Freizeitparks befanden. Wie hoch war das Riesenrad, das sie gerade auf dem Plärrer aufbauten? Vierzig oder fünfzig Meter, oder mehr?

Ich konnte mich erinnern, wie ich mal mit meiner Tochter drinsaß. Die Gondeln waren kreisrund und offen. Ganz oben stand die Gondel still. Der Ausblick war herrlich. Solang man nur in die Ferne schaute. Als wir dummerweise steil nach unten schauten, um zu sehen, wie hoch wir uns befanden, überkam uns die Höhenangst, die einen so komisch leicht macht, dass man meint, der Körper hat das Gewicht einer Feder und ein geringer Windhauch würde nun genügen, um einen wegzuwehen, auf dem Boden zerschellen zu lassen. »Wann fährt es weiter?«, fragte mich meine Tochter, die wie ich wohl daran dachte, dass das Riesenrad ausgerechnet mit uns ganz oben stehen bleiben würde. Lange. Furchtbar lange. Was war, wenn es kaputt war? Dann würden wir hier oben vielleicht stundenlang warten müssen, bis das Riesenrad repariert war. Bitte nicht. Waren die paar Sekunden, seitdem unsere Gondel zwischen Himmel und Erde schwebte, schon fast eine Unendlichkeit. »Gleich«, beruhigte ich sie. Doch die Gondel drehte sich nicht weiter, drehte sich nicht nach unten, damit wir bald aussteigen konnten. Sie schaukelte leicht, als meine Tochter nach meinen Händen griff. »Wir sollten uns mal ganz genau unsere Schuhe anschauen«, lenkte ich unsere Blicke auf den Boden der Riesenrad-Gondel, der rund einen halben Meter von unseren Augen entfernt war. »Hast du schon mal deine Schuhe ganz genau angesehen? Könntest du sie mir ohne hinzuschauen beschreiben? Du darfst sie zehn Sekunden anschauen und dann musst du sie mir beschreiben«, forderte ich sie auf. Das tat sie. Sehr ausführlich von der Sohle bis zur Schuhspitze. Sie spürte die wohltuende Wirkung meines optischen Tricks. Sie wollte, dass ich auch dieses Schuhbeschreibungs-Spiel mitmachte. Durch den Blick hinunter auf den Gondelboden, unsere Ersatz-Erdoberfläche, drängten wir die Höhenangst zurück. Ich schaute bei dieser Erinnerung, die mich mit einem Hauch von der damaligen Beklemmung versorgte, auf meine Schuhe auf dem Tramboden. Dann sah ich auf Helles Schuhspitzen.

»Legoland? Europapark?«, deckte ich ihn wieder mit Örtlichkeiten für seine freien Kreuzworträtselfelder ein. Diese Vergnügungsparks, die von den Schaustellern gehasst werden. Die permanenten Jahrmärkte, die ihre Besucher und Einnahmen abziehen, ihren Umsatz schmälern.

Wir saßen auf der linken Seite in der Tram. Wenn wir zum Fenster vor unserem Gesicht raussahen, erblickten wir die frischgrüne Wiese mit hell leuchtenden Frühlingsblumen, die sich mit Büschen und Bäumen bis an den Rest der alten Stadtmauer hinzog. Durch diesen Park zog sich ein kurvenreicher Weg. Auf einer buschumgebenen Bank lag ein Mann, der eine Dose über seinem Haupt balancierte. Zwei Männer und eine Frau, die Plastiktüten schleppten, gesellten sich dazu. Beim oberen Drittel des Berges kam hinter der Wiese ein Denkmal, hinter dem das Peutinger Gymnasium liegt. Das Denkmal war ein Mahnmal, das irgendein Künstler als zweigeteilten Turm gestaltet hatte.

»Für was ist dieses Denkmal gleich wieder?«, tippte ich auf Helles Knie und zeigte raus.

»Hmm. Hmm. Unbekannter Soldat?«

»Ist es nicht für die Opfer des Dritten Reiches?«

»Kann sein. Irgendsowas. Einmal im Jahr wird da ein Kranz niedergelegt, glaube ich.«

»Wir haben vergessen zu fragen, wer die Verbrannten im Wohnwagen waren.«

»Werden wir schon noch erfahren. Bei diesem Durcheinander denkt man nicht an alles.«

»Es ging doch um eine Frau und ein Mann, hast du das auch so mitbekommen?«, beugte ich mich vergewissernd zu Helle.

»Spielt das eine Rolle? Tot ist tot.«

»Schon. Wenn es aber ein Mann und eine Frau waren, dann könnte das was bedeuten.«

Rechts kam nach einer Reihe schöner alter Häuser, die von der Nibelungenstraße unterbrochen wurde, ein kleiner Park. Mich wunderte es immer, dass die Straßenbahnen mit ihren eisernen Rädern derartige Steigungen auf den eisernen Schienen schafften, dass die glatten Räder auf den glatten Schienen nicht durchrutschten. Durch das Gewicht der Straßenbahn? Ich müsste nur mal den Fahrer fragen. Bei der Haltestelle Klinkertorplatz waren beide Parks schon einige Meter hinter uns geblieben. »Bitte besorgen Sie sich einen gültigen Fahrausweis«, mahnte die Frauenstimme aus dem Lautsprecher der Straßenbahn.

»Haben wir schon gestempelt?«, fragte ich Helle.

»Klar, ich habe für dich auf meiner Streifenkarte mitgestempelt, jeder einen Streifen.«

»Wenn es ein Mann und eine Frau waren, war der Brandanschlag womöglich ein Eifersuchtsdrama«, unterrichtete ich Helle.

»Könnte es aber auch sein, wenn es zwei Frauen oder zwei Männer waren«, störte Helle meinen Gedankengang.

»Schon, ja. Normalerweise aber nicht«, blockte ich das von Helle angedeutete gleichgeschlechtliche Eifersuchtsdrama ab.

»Na gut, bleiben wir bei einer weiblichen und einer männlichen Leiche im ausgebrannten Wohnwagen. Was meint Detektiv K & K dazu? Wer ist der Täter?«

»Hast Du's mitbekommen, die Frau, der der Wohnwagen gehörte, in dem die Verbrannten gefunden wurden, die ist ja noch am Leben.«

»Habe ich mitbekommen. Ich weiß sogar, welches Fahrgeschäft sie auf dem Plärrer hat.«

»So, welches denn?«

»Keins. Sie hat ein Laufgeschäft. Ist nur Bedienung.«

Die Straßenbahn war wieder angefahren. Noch zwei Haltestellen und wir waren am Königsplatz. Links waren die Gollwitzer-Häuser zu sehen. Große Stadtvillen, fast Stadtschlösser, im Zuckerbäcker-Stil. Neben uns hatten sich zwei ältere Frauen gesetzt. Sie unterhielten sich über die Brandkatastrophe auf dem Plärrer.

»Schrecklich, gell, das Feuer auf dem Plärrer. Im Radio ist's vorhin gekommen.«

»Ja, zwei Tote. Ich hab's auch gehört. Neulich habe ich was gelesen von einem Wohnwagenbrand in Amerika. Sechs Kinder sind in einem Wohnwagen verbrannt.«

»Und die Eltern?«

»Die Mütter waren unterwegs. Die Kinder gehörten zu zwei Müttern, die sich irgendwo vergnügten.«

»Die armen Kinder. Dass sich manche Weiber immer rumtreiben müssen. Was sind das nur für Frauen?«

»Fünf Schausteller-Wohnwagen sollen auf dem Plärrer ausgebrannt sein.«

»Wie kann so was passieren?«

Ich war gespannt, auf welche Ursache das Normalvolk tippte.

»Wahrscheinlich haben die was in der Küche stehen lassen. Die kochen doch mit Gas in ihren Wohnwagen. Wenn man das vergisst auszumachen, kann es schnell passiert sein.«

Oder wenn man es absichtlich brennen lässt, dachte ich mir. Aber wer sollte außer den beiden noch im Wohnwagen gewesen sein? Die Wohnwagenbesitzerin? Die kam doch vom Schaustellerstammtisch im Charly-Bräu, hatte ich mit einem Ohr bei dem Gespräch von Weissberg mit der Wohnwagen-Besitzerin trotz ihres auf- und abwallenden Geschluchzes mitbekommen.

Helle stieg am Königsplatz in den Bus zum Herrenbach. Ich nahm die 1er-Tram und dann den 35er Bus bis zur Haltestelle Stephinger Berg. An der Haltestelle ist ein breiter Kanal. Zum Papierwerk Haindl. Jetzt UPM-Kymmene. Wurde für drei Milliarden und ein paar zerquetschte Euro an die Finnen verkauft. Was, ja was, würde ich mit drei Milliarden Euro machen? Ein noch größeres Riesenrad bauen als das größte der Welt?

Mit dem Gedanken an eine verrückte Investitions-Idee ging ich über die Kanalbrücke in die Brückenstraße ins Bleich-Viertel hinein. War das unter der Brücke der gleiche Kanal, der beim Plärrer-Gelände vorbeifloss? Ich breitete im Kopf den Augsburger Stadtplan aus. Beim Plärrer floss der Senkelbach vorbei. Dann am Arbeitsamt. Und dann? Unter der Wertachstraße durch weiter zur MAN, oder? Konnte der Senkelbach dann noch am Rande des Bleich-Viertels in die Papierfabrik fließen? Kaum. Doch die Augsburger Flüsse, Kanäle und Bäche bilden ein unentwirrbares System von blauen Adern auf dem Stadtplan. Vor dem geistigen Auge wurden schnell Krampfadern draus, die Kopfweh im Wasserkopf bereiten konnten.

Mein Frisör Klaus Eder, gegenüber dem Juze Kanalstraße, hatte sein Schaufenster mit alten Frisörwerkzeugen dekoriert. Brennscheren, Rasiermesser, eiserne Haarklammern und Ledergurte, an denen die Rasiermesser geschärft wurden. Erinnerte mich an die Folterwerkzeuge eines Inquisitors, der den Teufel in der Hexe sucht. Wir sind früher im Juze Kanalstraße, als es noch Haus der offenen Türe hieß, als Jugendliche im Rundlauf um die grüne Tischtennisplatte mit dem ausgeliehenen Schläger hinter dem kleinen weißen Ball hergejagt. Ein wenig hat sich im Lauf der Jahre doch geändert, dachte ich. Inzwischen jagst du hinter verdächtigen Leuten her, die du allerdings nicht übers Netz schmettern willst, um Punkte zu machen, sondern ins Netz der Gerechtigkeit, um Kohle zu machen. Von der Juze-Mauer schauten mich grellbunte Graffiti-Köpfe ausdruckslos an. Ich registrierte dankbar, dass mein Frisör immer noch Herrensalon Eder hieß und noch nicht Headworker oder Haarmlos oder Kopfschuss oder so. Noch gab es einige Koordinaten die mir schon länger bekannt waren, an denen ich mich einigermaßen durchs Leben hangeln konnte. Ich lief bei der Bäckerei Specht über die Straße und dann bei dem Schuhmacher, vor Blumen Flaschka, rechts in die Klauckestraße hinein. Eine Art Allee von der Brückenstraße zur Bert-Brecht-Straße bei der Kahnfahrt. An der Ecke Klauckestraße und Dr.-Port-Straße, ein paar Häuser nach der geschlossenen Kneipe Masters Voice, war das Büro von Datamogul. Ein Schild, mit einem Wikingerhelm, an der Türe, informierte über den hier ansässigen Internetservice von Ismail Debre. War er der Erfinder der Debreciner? In letzter Zeit war ich über das niedere Niveau meiner Witze verwundert. Hatte das auch mit meinem schlechten Schlaf zu tun? Fiel dadurch der Intelligenz-Level?

Sollte ich mal im Internet forschen, um mich über Schlafkrankheiten und ihre Ursachen zu informieren?

Kapitel 3

Ismail Debre erstellt Homepages im Internet – Dirk Wunderle baut auch Riesenräder – Ein unechter Fugger sitzt vor dem Kebapladen – Spannende Lektüre war in der Stadtbücherei leider im Giftschrank

Ismails Freundin saß vor dem Computer und knabberte Schoko. Er steckte gerade ein paar Kabel um. Er hatte seinen Laden für Computer- und Internetservice mit dem Namen Datamogul, nicht weit von meiner Wohnung, in der Bleich aufgemacht. In einem kleinen Laden, in dem vor vielen Jahren noch eine Milchhandlung mit Milchpumpe war. Eine rote Laufschrift im Schaufenster machte mich vor ein paar Tagen auf seine Internet-Künste aufmerksam. Schon seit Monaten hatte ich mit Helle ausgemacht, dass wir für unseren Verlag endlich eine Homepage benötigten, um unsere Bücher und Prospekte vorzustellen. Als ich vor ein paar Tagen in den neuen Computer-Laden reinschaute, erfuhr ich von Ismail, dass uns dieser für 75 Euro eine Homepage zusammenbasteln würde. Wir vereinbarten einen Termin. Der war jetzt seit rund 30 Minuten überschritten. Ismails Freundin fuhrwerkte mit der Maus vor dem Bildschirm herum. Sie schleckte ihre Fingerspitzen ab. Er stellte mir seine Freundin mit dem Namen Akire vor. Eine Thailänderin. Studentin an der Fachhochschule für Gestaltung. Nicht weit weg, im ehemaligen Hauptkrankenhaus, jetzt nur noch Haupthaus genannt. Ismail bot mir einen Klappstuhl vor seinem Schreibtisch an, wo sich die Kabel rollten wie die Schlange in der Laokoon-Gruppe.

»Sie will sich günstige Designerhosen im Internet bestellen«, erklärte Ismail die Aktivität seiner Freundin, die im Stehen durchs weltweite Internet surfte.

Ismail drängte sich an ihr vorbei und zwängte sich an seine schwarze Tastatur. Er drehte den Bildschirm zu mir. »Sie bestellt ihre Hosen gerne bei Sixties«, zeigte er auf die Homepage eines Internet-Shops für Hosen. Ich bin kein Bestell-Typ. Ich kaufe meine Sachen lieber mit Anschauen und Anfassen. Diese Päckchen-Mentalität hatte ich nicht drauf. Dieses sich selbst beschenken, ein Paket zu öffnen wie am Geburtstag oder Weihnachten, das war nicht mein Ding. Vor allem, wenn ich an die Arbeit mit der Zurückschickerei dachte.

»Sind das die Hosen, die man erst mit Sechzig anziehen darf?«, witzelte ich drauflos und tappte voll ins Fettnäpfchen.

Ismails schwarzhaarige Freundin, die muntere dunkle Augen hat, bekam ein eisiges Gesicht. Ismail tat, als habe er die Auswirkungen meines Katastrophen-Kompliments im Gesicht seiner Freundin nicht bemerkt und erklärte mir stolz seine Geräte und mit welchem Server er im Allgäu zusammenarbeitet, um seine Kundschaft ins Internet zu stellen.

»Ich kann Ihnen gleich meinen prominentesten Kunden zeigen«, freute sich Ismail. »Ähem, Schatzi, wir haben Kundschaft, könnte ich mal an den Computer?«, versuchte Ismail seiner Akire klarzumachen, dass sein Job ein wenig wichtiger sei als Hosenbestellungen.

Das fand sie nicht. »Bei Sixties gibt es nur Hosen für Leute, deren Durchmesser nicht mehr als sechzig Zentimeter ist«, schoss sie einen Missfallensblick auf Ismails Bauch, der mit Sixties-Hosen somit nichts anfangen konnte.

Ismail zuckte hilflos die Schultern. Er musste für mich, seine dummlabernde Kundschaft, büßen.

»Sie hilft mir beim Web-Design«, erklärte er.

»Helfen? Ich mache dein Web-Design«, fauchte sie.

»Neulich kam im Fernsehen der Frisör vom Jauch. Der hat in einer Talk-Show gesagt, dass er noch keine Homepage hätte«, erzählte Ismail und ließ seine Augen unauffällig die Aktivitäten seiner hosenbestellenden Freundin überwachen. »Dem seine Telefonnummer habe ich gleich herausgesucht und ihn am nächsten Tag angerufen. Der hat jetzt eine Homepage bei mir. Ich zeige sie Ihnen mal«, versuchte Ismail seine Freundin aus dem Internet zu verdrängen.

»Du Schatzi, wir wollen arbeiten«, klärte er sie über seine Absichten auf.

»Ich finde es sehr spannend, wie man Hosen im Internet bestellt«, zeigte ich mein Interesse an ihrer Tätigkeit.

»Na ja, wir sollten mal was Vernünftiges machen«, runzelte Ismail die Stirn, »noch bin ich nicht reich.«

»Ich gehe sowieso. Kommst du später zum Essen?«, fragte sie ihn.

Es schien, als hätte er es sich bei ihr leicht verdorben. Sie ging an die Bürotüre.

»Was gibt's denn Schatzilein?«, wollte Ismail versöhnlich wissen.

Er zeigte auf seinen Bauch, der sich unter dem T-Shirt deutlich sichtbar wölbte. Sollte ihr wohl bedeuten, dass sie nicht zu kalorienreich zuschlagen sollte.

»Seelachs«, sagte sie.

»Mit was?«, fragte er.

»Mit Gemüse oder mit Kartoffeln«, bot sie an.

»Gemüse würde ich sagen«, erklärte Ismail seinen eisernen Willen zur Gewichtsreduzierung.

Nachdem das Abendessen bei der Freundin geklärt war, zeigte mir Ismail die Homepage des Jauch-Frisörs. Ein lustiger Typ in Köln, der auf seinem Kopf einen Salatkopf hatte. Ebenso die Mitarbeiter, die um ihn herumstanden. Dann tippte er noch andere www-Adressen seiner bisherigen Homepage-Kunden ein. Da waren zu sehen: ein Börsenmakler, ein Installateur, ein Blumenhändler, ein Riesenradhersteller und ...

»Halt, stopp«, meinte ich. »Wer ist das mit dem Riesenrad?«

»Das ist Dirk Wunderle. Er stellt hauptsächlich Riesenräder und Achterbahnen für Volksfeste her«, klärte mich Ismail auf.

»Wie kamen Sie zu dem Auftrag?«

»Tja, das ist ein Onkel von mir.«

»Aha. Darf ich mir die Homepage genauer ansehen?«

»Sicher, die ist ganz gut gemacht. Da merkt man eben gleich, wenn der Kunde ein Gefühl für Show oder Entertainment hat.«

»Darf ich fragen, welcher Landsmann Sie sind? Italiener, Grieche, Spanier, Türke?«

»Ich habe eine deutsche Mutter und einen türkischen Vater.«

»Der Onkel, der Riesenradbauer, ist der ein Bruder vom Vater oder von der Mutter?«

»Von meiner deutschen Mutter. Der Dirk ist weltbekannt für seine Riesenräder.«

»Dirk Wunderle, Riesenrad- und Achterbahn-Fabrikation – A Little Wonder Of Big Entertainment« war auf dem Computerbildschirm zu lesen. Ein bunt leuchtendes Riesenrad drehte sich in der Mitte des Bildschirms. Das Portrait von Dirk Wunderle schaute uns, die WorldWideWeb-User, mit einem breiten Lachen an. Ismail zeigte mir die Feinheiten auf der Wunderle-Homepage, auf der er sich mit diversen Animationen austoben durfte. Da waren Bilder und Texte zur Historie des Riesenrades zu sehen. Die schönsten Riesenräder und Achterbahnen, die Wunderle bisher gebaut und in alle Welt geliefert hatte. Für den Hotel-Park bei den ölreichen Saudis, oder für den King of Pop, Michael Jackson, in dessen »Neverland« sich ein nostalgisches Wunderle-Riesenrad drehte. Jacko stand auf einem Foto mit seinem Affen auf der Schulter neben Wunderle vor dem bunten Riesenrad. Es war auch der Bau eines aktuellen Riesenrades, auf dem Gelände von Wunderle, in Sulzach bei Aichach zu sehen. Eine Web-Kamera übertrug jede Minute ein aktuelles Bild von dieser Baustelle ins Internet. Ob die Achterbahn von Dominik Schiblinski, dessen Wohnwagen abgebrannt war, auch aus der Wunderle-Produktion stammte?

»Interessant, interessant«, murmelte ich – tief ergriffen vom Würfelspiel des Schicksals – wie schnell doch immer wieder irgendwelche Zusammenhänge entstanden. Angeblich soll sich zwischen jedem Menschen der Welt zu einem anderen Menschen der Welt – sagen wir mal von mir zum japanischen Kaiser – über fünf weitere Menschen eine Beziehung herstellen lassen. Manchmal sogar eine nützliche. »Wäre es möglich, mit Ihrem Onkel irgendwie zusammenzukommen?«

»Kein Problem. Wir können ihm gleich eine E-Mail schicken«, sagte Ismail und strahlte mich an. »Sollen wir?«

Er klickte mit dem Mauszeiger auf der Homepage die rote Glühbirne mit dem Wort »Kontakt« an. Schon öffnete sich das E-Mail-Fenster.

»Fragen Sie ihn doch gleich mal, ob er die Achterbahn für einen gewissen Dominik Schiblinski, der sie gerade für den Frühjahrsplärrer aufbaut, hergestellt hat. Dessen Achterbahn sollte in unsere Plärrer-Jubiläumsbroschüre mit rein. Da könnten wir auch einen Hinweis auf Ihren Onkel bringen, falls er sie gebaut haben sollte. Und auf dessen Homepage-Macher«, stachelte ich seinen Ehrgeiz an.

»Hallo Dirk«, tippte Ismail in das E-Mail Feld ein, »hast du für einen Dominik ...«, nun wandte er sich an mich, »äh, wie schreibt man diesen Schiblinski?«

Ich kritzelte ihm den Namen auf einen Zettel.

»... Schiblinski eine Achterbahn hergestellt? Er baut es gerade auf dem Plärrer auf.« Ismail fragte nach meiner E-Mail-Adresse. Ich schrieb sie ihm auf. Den Klammeraffen, das @-Zeichen, das ich aus einem kleinen »a« entwickelte, das dann kreisartig umringelt wurde, beherrschte ich bestens.

»Wenn wir Glück haben, sitzt Dirk auch gerade am Computer und sieht unsere Mail. Dann bekommen wir gleich Antwort.« Ismail war in seinem Element.

Wir hatten aber kein Glück. Es kam nicht sofort eine Rückmail. Ich fand aber, dass ich durch diese Wunderle-Homepage schon Glück genug hatte, eigentlich schon mitten in den Ermittlungen war. Allerdings noch unbezahlt.

An der Datamogul-Türe klopfte es. Ismail öffnete.

»Haben Sie auch Computerspiele?«, streckte ein Mädchen im Pubertätsalter ihre Nase herein. Einige Zentimeter tiefer streckte ein Schwein seine Schnauze ins Büro.

»Wer ist denn das?«, zeigte Ismail auf den neugierigen Schweinekopf.

»Das ist Paula. Ein vietnamesisches Hängebauchschwein. Gehört meinem Bruder. Ich darf es ausführen.«

»Ist es auch brav?«, wollte Ismail wissen.

»Paula ist ein ganz liebes Tier. Sie folgt mir aufs Wort. Man darf sie nur nicht ärgern.«

»Soso. Für Mädchen habe ich nur ein Computerspiel hier. Die Rache der Amazonen. Ein Siedlerspiel. Magst du das?«

»Was kostet es?«, fragte das Mädchen in den Raum hinein.

»Für dich nichts. Für das Geld spendierst du der Paula mal einen leckeren Happen«, machte sich Ismail beliebt. Paula grunzte erfreut. Ismail gab dem Mädchen an der Türe einen Karton mit der Amazonen-CD. Das Mädchen machte bei der Entgegennahme einen Knicks, streichelte kurz Paula über den Kopf und dann verdrückten sich die beiden wieder. Ich schaute auf die Uhr am unteren rechten Rand des Computer-

Bildschirms. 16:38 meldete sie. In wenigen Minuten war der Termin mit der Versicherungs-Lady in der Maximilianstraße. Ich erhob mich. Ismail erklärte mir, dass er für die Internet-Präsenz unseres Verlages die Bücher und Prospekte zum Einscannen brauche, damit er Bilder fürs Web-Design habe. Dazu bräuchte er Texte für die Homepage-Redaktion. Wir vereinbarten einen neuen Termin für Übermorgen zu unserer nächsten Homepage-Session. Bis dahin habe sein Onkel vielleicht auch das E-Mail beantwortet. Ich notierte mir den Termin, dazu die Materialien, die ich mitbringen sollte und wünschte ihm noch ein schönes Arbeiten.

Ich ging los. Ich betrachtete beim Laufen meine Kleidung. War noch nicht zum Umziehen gekommen. Normalerweise bemühte ich mich, beim Antritt zu größeren Geschäften in eine seriöse Schale zu werfen. Ob meine Auftraggeberin an meiner jetzigen Kleidung Anstoß nehmen würde? Auf der schwarzen Jeans war ein weißlicher Fleck. Ausgerechnet auf dem rechten Oberschenkel. Ich versuchte ihn beim Laufen mit Spucke und kratzenden Fingernägeln zu entfernen. In der Schule, früher, hätten sie Wichsfleck dazu gesagt. Bei meiner Lederjacke hingen am gummidurchwobenen gerippten Ärmelbund vorne einige Fäden heraus. Ich schob sie mit der Fingerspitze nach innen. Hatte keine Schere zum Abschneiden dabei. Aber was soll's? Privat-Ermittler sind keine Armani-Models. Das sind knallharte Burschen, die in verhauten Slums herumschnüffeln müssen. Durch düstere Kanalisationen hasten oder im bluttriefenden Schlacht- und Viehhof durch die aufgehängten Schweinehälften in der Gefrierkammer rennen. Da war doch abenteuerliches Aussehen gefragt, auch wenn meine schlimmsten Ermittlungsorte bisher ein historischer Folterkeller und ein leeres Brunnenbecken im Botanischen Garten waren. Gefährliche Slums wurden hier im bayerisch-schwäbischen Datschiburg nicht geboten. Auch wenn sich manche Ausländer über Hüttenansiedlungen wundern, die sie für gut gepflegte Slums halten, die in Wahrheit aber nur Schrebergärten sind.

Mein Weg führte mich über die Kahnfahrt-Brücke zum Lauterlech. Ich ging an der Jakobskirche vorbei, über den Jakobsplatz und bog in die Lochgasse hinein. Ich erreichte dann über Meister-Veits-Gässchen, Brühlbrücke, Äußerer Gang, Kuttlergässchen, Bauerntanzgässchen, Weiße Gasse den Judenberg. Das ist die Häuser-Öse, die von der Innenstadt in das Lechviertel hineinführt. Ein schmaler gepflasterter Berg, auf einer Seite mit langen flachen Stufen. Die Biker preschen hier wie Steinböcke mit Rädern unten dran hinunter. Wenn die kinderwagenschiebende Mama noch einen Hund an der Leine dabeihatte, dann wurde der knapp vorbeisausende Speichenblitz, der bereits um die nächste Ecke bog, mindestens als »blödes Arschloch« tituliert. Wer ließ sein Baby schon gerne in der Mitte auseinanderrädern?

»Hallo, Klaus, wo geht's hin?«, rief mir der Stadthauptmann Gerhard

Schlich in seiner historischen Montur mit umgeschnalltem Schwert zu, der mit ebenfalls historisch gewandeten Männern und Frauen an einem großen Holztisch vor dem Kebap-Laden Ephesus, am Fuße des Judenbergs, gesellig zusammen saß. Er hatte mir bei der Aufdeckung des Perlachmord-Falles schwer geholfen. Schauspieler Heinz Schulan saß als Jakob Fugger, der Reiche, dabei. In diesem Kostüm, das ihn als reichsten Augsbürger aller Zeiten kenntlich machte, führte er die Touristen durch das einstmals goldene Augsburg vor dem 30jährigen Krieg. Würde bei mir der Reichtum auch bald einkehren? Mit dem Privat-Ermittlungs-Auftrag von der Versicherung? Wieviel sollte ich eigentlich verlangen?

Ich ging den Judenberg weiter hoch. Wieso gehörten früher die Juden zu den reichsten Leuten? Wie ging das? Doch nicht als Privatdetektive? Heutzutage gehörten Abfallbarone wie der Mannert zu den Gutbetuchten. Gehörte dem nicht auch das Haus in der Judenberg-Kurve mit dem kleinen vegetarischen Imbiss Kichererbse? Einstmals war in diesem Laden der Zeitungskiosk von Frau Fleming. Das war eine unerschöpfliche Fundgrube für die Käufer und Tauscher der sogenannten Schundhefte mit Helden wie Perry Rhodan und Jerry Cotton, die in einigen prall gefüllten Kartons angeboten wurden. Dazu eine kleine Privatbücherei, aus der man sich für fünfzig Pfennige verwegene Weltraum- und Wildwestabenteuer in Buchform ausleihen konnte, die man in der Stadtbücherei damals nicht bekam. Wegen dem Jugendschutz und so sperrten sie diese gefährliche Lektüre in den sogenannten Giftschrank. Ich war hier als minderjähriger Leser Stammkunde. Stillte damit meine Abenteuerlust. Hat sich geändert. Heute kann in der Stadtbücherei jeder ausleihen, was er will. Bei Büchern gibt es keine Altersgrenzen wie bei Filmen. Da kann der Inhalt des Buches noch so brutal sein.

Ich kam, rechts das Pow-Wow-Café, links das Capitol, auf die Maximilianstraße. Mein Blick ging schräg nach oben, traf auf das bunt bemalte große Haus der Weberzunft, das zur Innenstadt gehört, die einige Meter über dem Lechviertel liegt.

Die Fugger, die aus dem Kaff Graben kamen, hatten damals in der freien Reichsstadt eben gut eingeheiratet in die Weberzunft.

Ob die Versicherungs-Lady verheiratet war?

Kapitel 4

Biophotonen dringen in den Körper ein – Eine magische Puppe wird beschworen – Tina ist ein zierliches Luder, trägt Intimschmuck und mag bizarre Spiele – Das Totenbuch wird aufgeschlagen und gelesen

Es war Abend. Morgen Nachmittag war Plärrer-Eröffnung. Sie ging in die andere Wohnung. Im gleichen Stockwerk. In das Reich der Sonne, wie sie es nannte. Früher war es die Wohnung ihrer Mutter. Nachdem sie die Jalousie heruntergelassen hatte, öffnete sie die Kleidertruhe. Sie kleidete sich wie eine Priesterin. Am Schluss zog sie einen durchsichtigen Schleier über ihren Kopf. Auf dem weichen Teppich hatte sie ihre Energie-Pyramide aufgebaut. So oft es ging legte sie sich darunter. Sie ließ die Biophotonen in sich eindringen. Sie ließ sich ihre Absichten durch den Kopf gehen, suchte ihren Mittelpunkt. Ihre Gedanken kreisten bald um ihre Einstellung und wie es dazu kam.

Nein, sie wunderte sich nicht mehr über ihren Zynismus. Jahr für Jahr war er mehr in ihr gewachsen. Mit dem Niedergang ihrer Familie, mit den Bosheiten gegen sie, wie sie mit ihr umgingen. Auch wenn alle glaubten, nichts und niemand könne ihr und ihrer ewigen guten Laune etwas anhaben, sah es in ihr ganz anders aus. Der Neid auf das Glück der anderen hatte längst ihre Seele zerkratzt. Ihr Lächeln, mit dem sie alles schluckte, war nur der strikte Befehl zum Durchhalten. Aber irgendwann hatte sie gewusst, dass sie ein weiblicher Hiob war. Mehr noch. Die seelische Folter hatte also irgendeinen Zweck. Vom Schicksal geprüft und geschult, um dem Schicksal zu dienen. Das gab ihrem Leben einen Sinn. Selbst die niederträchtigsten Dinge ohne Klagen zu vollbringen. Oft konnte sie ihre Niederlagen in Zähigkeit umwandeln. Das Schicksal versprach ihr Erlösung mit einer Tat, die das tiefe Loch in ihrer Seele ausfüllte. Sonst wollte sie nicht mehr viel vom Leben. Sie war niemandem böse, egal, was sie ihr angetan, egal was sie ihr weggenommen hatten. Es würde nicht billige Rache sein, die sie vollbringen würde. Es war eine innere Kraft, etwas Göttliches, das sich in ihr ausbreitete. Nein, sie war nicht größenwahnsinnig, es war nur dieses Gefühl, das ihr befahl, ihren Plan zu vollenden. Menschliche Schicksalsfäden zu verknüpfen, um einigen Scheusalen endlich ihre gerechte Rechnung auszustellen. Alle dachten, sie hätte vergessen und verziehen. Alle glaubten, dass sie über den Widerwärtigkeiten des Lebens stand. Bewunderten sie deswegen sogar und sagten: »Ich könnte das nicht.«

Alle meinten, sie wäre zu den Menschen genauso lieb wie zu den Tieren. Sie ahnten alle nicht, dass es nicht sie war, die vor ihnen stand. Dass sie längst ein anderes Wesen war. Nicht mehr von dieser Welt. Sie war nur noch eine Vollstreckerin. Ohne Neid. Ohne Hass. Sie war nur das Werkzeug, die Gehilfin des Schicksals. Das waren viele Menschen, die es nicht wussten. Sie wusste es. Das gab ihr das Gefühl, auf einer Grenze zu wandeln. Zwischen Diesseits und Jenseits. Wie eine Pförtnerin, die für die Türen zwischen Leben und Tod zuständig war. Das Schicksal war der wahre Gegenspieler von Gott und Satan. Es machte die Pläne von Gut und Böse zunichte. Das hatte sie erkannt beim Lesen des Totenbuches. Das Schicksal brachte das Chaos zwischen die Fronten von Gut und Böse.

Sie stand auf und legte einen dicken Stoff mit dem eingewebten Bildnis ihres Gottes über den Tisch. In der Mitte platzierte sie um eine Tonfigur drei kleine Gefäße. An den Tisch-Ecken stellte sie Duftschalen auf, unter denen sie Teelichter anzündete. Sie legte zwei halb gefaltete Zeitungsseiten übereinander vor sich. Darauf legte sie das Totenbuch. Sie schlug das Kapitel VI auf.

Leise murmelnd las sie daraus vor sich hin:

»Magische Puppe hör mich an
Bist verurteilt auszuführen die Arbeit
Wisse du bist an meiner Statt
Von den Duat-Hütern verurteilt
Zu besäen die Felder
Zu füllen mit Wasser Kanäle
Den Sand herüber zu schaffen
Von Osten nach Westen ...«

Dann ging sie die Anzeigen in den ausgebreiteten Zeitungsseiten durch. Die Sparte Modelle nahm in den wöchentlich erscheinenden Anzeigenblättern Augsburger Extra und Stadtzeitung jeweils eine ganze Seite ein. Das Sex-Business machte mit wenigen Worten vielsagende Angebote. Als erstes stachen ihr die exotischen Frauennamen ins Auge: Coco, Vivien, Radja, Piri, May-May, Joy, Ayla, Celeste, Kiwi, Swetlana, Chantal und Pim. Jeanette ist die »Beste im Bett« und eine war »gut drauf, wenn du drunter bist«. Dazwischen signalisierten treu-deutsche Namen wie Steffi oder Susanne ordentlichen, sauberen Sex. Susannes Anzeige versprach eine »schlanke Erscheinung, die ohne Zeitdruck verwöhnt«. Steffi versprach »griechische Massage, alles inklusive«, dazu machte Steffi auch Haus- und Hotelbesuche.

So was brauchte sie. Sie würde ein Hotelzimmer nehmen und das Callgirl antanzen lassen. Wie sie wohl reagierte, wenn eine Frau sie anrief und sie bestellte? Konnte denen doch egal sein, wer ihre süßen Dienste wollte. Hauptsache die Kohle stimmte.

Eine Tina machte in ihrer Erotik-Anzeige Wortspiele für Sexspiele.

Die vier Buchstaben ihres Namens versprachen dem Leser einiges:

T – el 0173/3878569
I – ntimschmuck-Trägerin
N – aturs. u. bizz. Spiele
A ... bis zierliches Luder

Coco pries sich als »Schönheit aus Brasilien an« und lockte mit »probiere appetitliche Früchte traumhaft zimtfarben«. Vanessa war »25 J. aus Jamaika, klein, zierlich, dazu vollbusig« und hatte laut ihrer Anzeige einen knackigen Po. Tamara sah sich als »supersüßen 22-jährigen Teenie«. Ein »ungarisches Mädchen« hatte von »10.00 bis 24.00, auch Sa. und So. Zeit«. Shakira outete sich als »geile Latina«.

Sie wusste, dass sich einige Schausteller von Callgirls verwöhnen ließen. Sie kannte von einigen sehr intime Details. Sie langte nach einem Rotstift. Jetzt würde sie mal ihre Favoritinnen ankreuzen. Gina outete sich als »griffige Blondine, 37 J., OW 75 DD, top-gepfl.«. Das klang gut. Angekreuzt. Manche Frauen hatten schon enorme Busengrößen Oberweite 75 DD, das war schon gewaltig. Ihre BH-Größe war nur C. Aber heutzutage war nicht mehr klar, ob künstlich vergrößerter Busen, oder Naturwunder. Das konnte man erst wissen, nach Betrachtung und Befühlung. Männer waren busenfixiert. Erstmal kam in deren Wertungsskala die Größe, dann der Inhalt.

Sie war seit rund sieben Jahren geschieden. Sie war hinter Alfreds Verhältnis gekommen. Er gab es zu. Sie wäre sogar bei ihm geblieben. Als Arbeitsgemeinschaft. Sie das Märchenkarussell, er die Spicker-Bude. Er wollte die Scheidung. Er weniger – sein Verhältnis wollte es. Dann hatte sie so getan, als wäre die Scheidung für alle das Beste. Sie war zu Alfreds Neuer besonders nett. Überhaupt nicht nachtragend. Eher freundschaftlich. Als hätte sie ihr mit der Abnahme des Gatten einen Dienst erwiesen. Schließlich sind alle Schausteller wie eine ganz große Familie.

Kein Kreuzchen für die Rubensdame, keins für das »supergeile, feminine Transengirl« und auch keins für die »kleine aber feine Marina aus Finnland«. Für ihre Zwecke schienen auch die Entspannungsmassagen von Sonja geeignet zu sein. Ebenso die »Zärtlichen Massagen mit süßen Händen«, zu ordern bei der Nummer 0821/2082818. Die superbusige Schokomama und die »superflexible Joy« die kamen auch noch in ihre Favoritenliste. So. Wie ging es nun weiter? Sie legte die Anzeigenseiten beiseite. Dann dachte sie nach. Sie massierte dabei ihre Schläfen mit den Fingerspitzen. Kreisförmig. Dabei schloss sie ihre Augen. Dieser Wohnwagenbrand hatte sie verwirrt. War dieses Feuer ein Zeichen der Götter? Ein gutes Zeichen für ihre Pläne oder ein schlechtes?

Sie las konzentriert im Totenbuch aus dem aufgeschlagenen Kapitel:

»Zwinget mich nicht umzukehren! Schauet die Taten
Meines irdischen Lebens, die ich hier in meinen Armen trage
Zwinget mich nicht in den finsteren Tälern umherzuschweifen.
Versenket mich nicht in den Feuersee, jenen Wohnsitz des Bösen ...«

Sie hatten ihr die Männer weggenommen. Den Vater, den Ehegatten und den Sohn. Damit war ihr Leben sinnlos geworden. Sie würde ihnen auch was Wertvolles wegnehmen. Bei diesem Plärrer wollte sie ihre Absicht vollbringen. Dabei draufgehen oder nicht. Die Götter sollten entscheiden. So wie jetzt wollte sie jedenfalls nicht mehr weiterleben. Ständig den guten Kumpel spielen, der nichts krumm nahm, der immer gute Miene zum bösen Spiel machte. Sie war es leid, die Frau zu sein, die lachte, wenn es ihr nach weinen zumute war. Auch wenn das bisher ein guter Schutz war. Drei Frauen und drei Männer, die mussten dafür büßen, was sie ihr direkt oder indirekt angetan hatten. Die lebten lustig drauflos, genossen ihre Erfolge, während sie sich immer kleiner vorkam. Ihr Leben floss dahin. Teilte sich in krumme Bäche auf. Tropfte in einen Gully am Straßenrand. Diese sechs Menschen waren mit Schuld daran, dass ihr Leben keinen Sinn mehr hatte.

Die brennenden Wohnwagen mit den zwei Leichen kamen ihr dazwischen, ließen sie ihre Absicht überdenken. Wie würde es nun wirken, wenn jetzt noch Frauenleichen auftauchten? Das konnte auch zusätzlich falsche Spuren auslegen. Ging es ihr um die öffentliche Wirkung? Nein. Nur um ihr Seelenheil. Nur darum, die Lebensbilanz einiger Bescheißer zum verdienten Ende zu bringen. Um ihr selber wieder das Gefühl zu geben, nicht jede und jeder könnte sich bei ihr ungehemmt aus ihrem Lebensfundus bedienen, um seinen Glückspegel in die Höhe zu treiben. Lange genug hatte sie die tolerante, die schicksalsergebene, die alleweil verzeihende, alles verstehende Frau gegeben. Das hatten einige ausgenützt. Zu sehr. Sie gedemütigt. Sie hinterm Rücken ausgelacht . Aber das war vorbei. Ihr Plan war perfekt und praktisch.

Morgen hatte sie einen Termin im Büro des Kommissars. Wegen der abgebrannten Wohnwagen. Ihr Wohnwagen war nicht betroffen. Alle Schausteller wurden vernommen. Ihr war klar, dass die Polizei und die Versicherung auch eine Brandstiftung durch einen der geschädigten Wohnwagenbesitzer in Erwägung zogen. Irgendein Versicherungsbetrug. Sie tippte eher auf einen Unfall oder ein Eifersuchts-Drama. Ein Brand als Versicherungsbetrug wäre für einen Schausteller am Ende des Plärrers weitaus günstiger. Warum sollte ein Schausteller direkt vor dem Plärrerbeginn seinen Wohnwagen anzünden? Die meisten brauchten ihn doch, um neben ihrem Plärrer-Geschäft zu wohnen.

Früher, als ihre Mutter noch fit war, da wohnten sie beide im Wohnwagen in der Nähe ihres Karussells. Auch auf dem Augsburger Plärrer. Obwohl sie hier zwischen Lech und Wertach lebten. Schausteller müssen Tag und Nacht bei ihrem Geschäft sein. Sonst wird man unruhig. Dann besuchte sie ihre Mutter, die einen Schlaganfall erlitten hatte, täglich im Krankenhaus. Ihre Mutter war zäh. Mit dem Gehwagen machte sie Fortschritte. Sie lernte wieder zu sprechen. Zum Essen, für die Toilette und zum Baden brauchte ihre Mutter Hilfe. Für ihre Mutter hatte sie die Wohnung gleich nebenan gemietet. Nur ein paar Wochen nachdem ihre Mutter in der Wohnung nebenan war, starb sie. Den Wohnwagen hatte sie im Karussell-Lager eingemottet. Ihrer Mutter hatte sie versprochen, das Märchenkarussell nicht aufzugeben, weil ihre Mutter hoffte, eines Tages, nach ihrer Genesung, wieder drin zu sitzen und mitzuhelfen. Mutter wollte ihr eigenes Geld verdienen. Sie traute sich damals nicht, ihrer Mutter zu widersprechen, oder ihr diese Hoffnung zu nehmen. Diese Hoffnung konnte es vielleicht bewirken, dachte sie, dass ihre Mutter mit aller Macht für eine Genesung kämpfte. Mutter starb im Pflegeheim. Sie behielt die Wohnung, die für Mutter gedacht war. Sie machte daraus ihren Ort für das andere, ein zukünftiges, ein schöneres, ihr richtiges Leben.

Fast alle Standplätze auf den Volksfesten in Süddeutschland hatte sie nach Mutters Schlaganfall aufgegeben. Nur noch beim Frühjahrs- und Herbstplärrer baute sie das Märchenkarussell auf. Dadurch benötigte sie auch kein festes Personal mehr. Gott sei Dank war Johannes, der schon Helfer bei ihren Eltern war, noch so gut in Form, dass er mit ihr aufbaute. Für den waren zwei Aufbau-Aktionen im Jahr aber auch genug, weil seine Knochen schon knirschten. Morgens fuhr sie zum Plärrer und kam nachts wieder in ihre Wohnung im Uni-Viertel.

Es war hart gewesen, ihre Mutter, die einst quicklebendig war, als Pflegefall zu sehen. Mutter hatte den Schlaganfall ausgerechnet, oder gerade deswegen bekommen, als ihr Mann den Reitsalon mit den Pferden an die Yvonne verkaufen musste. Vater hatte sich eingebildet, dass sein Sohn Udo ein neues Fahrgeschäft bräuchte. Ein Sensationelles. Eine Schleuder-Kugel im Bungee-Stil. Teure Sache. Vater hatte sich dafür verschuldet. Udo bekam das Geschäft nicht in den Griff. Vater musste ständig dazuschießen. Das gab öfters Krach mit Mutter. Udo war ihr Halbbruder. Er stammte aus der ersten Ehe ihres Vaters. Yvonne, diese hinterlistige Hexe hatte Vater Geld geliehen, um die Schulden bezahlen zu können. Irgendwann konnte Vater die mit Yvonne vereinbarte Rückzahlungen nicht mehr leisten. Er musste an sie verkaufen. Vater durfte als Angestellter weiter im Reitsalon arbeiten. Eines Tages fand man Vater erhängt im Ponystall.

Mutter hatte das Märchenkarussell. Das sollte sie mal übernehmen.

Ausgerechnet. Sie hatte sich ein anderes Märchen für ihr Leben ausgedacht. Nachdem sie ins Internat gesteckt wurde, war sie nicht mehr besonders gewillt, die Schausteller-Tradition ihrer Eltern fortzusetzen. Sie wollte eigentlich Archäologin werden. Fremde Welten und verborgene Kulturen kennen lernen. Sie ließ sich dann doch überreden, Tiermedizin zu studieren, um die Pferde im Reitsalon ihres Vaters zu versorgen. Zum Wohle ihrer Familie. Schausteller halten zusammen.

Sie zog sich wieder um. Schlüpfte in ihren Hausanzug. Sie ging in ihre Wohnung zurück. Nachdem sie in ihrem Arbeitszimmer den Affen versorgt hatte, begann sie ihre Planung in die Tat umzusetzen. Zwei Stunden verbrachte sie am Computer um den Gutscheinentwurf mit einem Glückwunschkarten-Grafik-Programm fertigzustellen. Der dritte Ausdruck in Farbe war in Ordnung. Um die zwanzig Gutscheine würde sie herstellen. Das dürfte für drei Kandidaten reichen. Die Gutscheine würde sie bei Plärrerbeginn an die Schaustellermänner verteilen. Wenn die Schaustellerfrauen in den Kassenhäuschen saßen und die Männer im Bierzelt. Es würde genügen die Gutscheine in einem Kuvert an die Wohnwagentüre zu kleben. Nachmittags, wenn die Männer abgefüllt aus dem Bierzelt wankten und auf das Wohnwagensofa fielen. Bei den ledigen und bei einigen verheirateten. Und wenn eine Schaustellerfrau das Kuvert samt Nutten-Gutschein in die Hand bekam? Die würde es zerreißen. Womöglich ihrem Mann eifersüchtige Fragen stellen, der ausnahmsweise von nichts wusste. Dann konnte ihre Saat aufgehen. Es fehlte nur noch die Telefon-Nummer der Prostituierten auf dem Gutschein. Drei Männer genügten, die den Gutschein einlösten. Diese hatten dann die Arschkarte gezogen. Die waren dran. Es war ihr völlig gleich wer es war. Der Chaos-Gott würde entscheiden. War es bei ihr nicht auch immer anders gekommen als sie gehofft hatte? War ihr nicht alles zerstört worden was sie sich für ihre Zukunft erträumt hatte? Die ersten drei würden mit einem tiefen Lebensknick beschert werden. Sie war die Lotto-Fee, die Pest und Elend für die Gewinner bereit hatte. Das Los der Kandidaten bezahlte dafür sie. Hauptgewinn: Lebenslang Gefängnis. Warum spielten sie auch mit.

Sie drehte von der vollen Flasche mit der dicklich gelbblassen Flüssigkeit den Verschluss herunter, damit sie einen Finger in den Flaschenhals stecken konnte. Die Fingerspitze berührte den Eierlikör. Wie früher, wenn ihre Eltern Silvester feierten. Sie hatte sich endgültig entschlossen Vladho einzuladen.

Als er vor Plärrerbeginn in ihre kleine Lagerhalle am Rande von Haunstetten kam um die Märchenbilder für ihr Karussell auszubessern und aufzufrischen, hatten sie sich über Traumautos unterhalten. Ferrari und Porsche, das waren die Namen, die seine Augen mit einem euphorischen Leuchten ausstatteten. Sie erzählte ihm, dass ihr Mann, von dem sie getrennt lebe, eine Firma für flotte Luxuskarossen hätte. Sie könne sich da jederzeit ein neues Auto für eine Spritztour ausleihen, wenn er Lust dazu habe. Warum sollte die Inhaberin eines Märchenkarussells keine Märchen erzählen? Ein Prinz musste angelockt werden. Vladho gefiel ihr. Seine Nähe elektrisierte sie. War sie schon zu alt für ihn? Würde er sie abweisen? Das Traumauto schien ihr ein gutes Lockmittel zu sein. Sie hatte den Eindruck, er wäre abwartend stehengeblieben, wenn sie bei seinen Malarbeiten zu Dornröschen ganz dicht an seine Seite kam. Ihn wie unabsichtlich berührte, wenn sie ihm von der Prinzessin erzählte, die ein Prinz mit einem Kuss aus dem langen Schlaf erwecken musste bis er mit ihr in der weißen Hochzeitskutsche fahren durfte. Es prickelte zwischen ihnen. Sie spürte das. Er umarmte sie fast von hinten, als er ihr von einer Positur hinter ihrem Rücken aus zeigte wie der Pinsel geführt werden musste, um die rote Farbe für die Röschen aufzutragen, die an der Hecke blühten, die Dornröschens Schlaf vor Eindringlingen schützen sollte. Sie hatte seinen begehrlichen Atem gespürt. Sie wollte zu diesem Zeitpunkt aber noch kein Abenteuer, obwohl ihr Körper beim Anblick der schmiegsamen Pinselhaare, die die rote Farbe für die Rosenblüte spiralförmig verteilten, vor Lust vibriert hatte.

Jetzt wollte sie.

Sie stellte den Spiegel auf ihren Couch-Tisch, lehnte ihn an die Eierlikörflasche und schminkte sich. Sie sah dabei öfters tief in den Spiegel. Ihr klassisches Profil mit der leicht gebogenen Nase und den markanten Backenknochen gefiel ihr am besten von der Seite. Was würde der Spiegel antworten, wenn sie ihn nach der Schönsten im Lande fragte. War sie schön? Ihre dunkelbraunen, nur leicht gewellten Haare trug sie schulterlang, in der Mitte gescheitelt. Mit der Pinzette zupfte sie einige Haare zwischen ihren Augenbrauen heraus. Süße Schmerzen waren das. Die Frauen des Orients machen aus der Haar-Entfernung ein Ritual. Weil sie gerne litten? Wie war das bei ihr? Ihre schwarz glänzenden, dicken Wimpern musste sie nicht tuschen. Ihre Lippenränder betonte sie mit einem dünnen Strich. Ihre Lippen waren schön breit. Ihre Zähne waren ebenmäßig und ohne Behandlung noch ziemlich weiß. Ihr Gesicht war eher oval als rund. Obwohl sie schon über Fünfzig war, konnte sie den Status Quo einer Vierzigerin halten. Von ihrer Mutter hatte sie einen südländischen Touch mitbekommen. Ihre Hautfarbe hatte einen bräunlichen Grundton. Wie eine Frau aus der Südsee. Ihre Augen wirkten groß und waren mandelförmig. Ihre Pupillen grünbraun. Sie konnte nicht klagen. Mit ihrem Aussehen wäre sie zufrieden gewesen, wenn sie dieser seelische Schrumpfprozess nicht daran gehindert hätte ihr Leben zu genießen. Sie holte ein kleines Glas. Eigentlich war Eierlikör ein altmodisches Getränk. Mal abgesehen von einem Cocktail aus Sekt mit Eierlikör, der unter dem geschmacklosen Namen Embryo in den Diskos kredenzt wurde. Und dieser grässliche Werbespot-Ohrwurm: »Ei ei ei Verpoorten, Verpoorten aller Orten«. Aber sie liebte dieses Oma-Gesöff. Mit der vorgestreckten Zungenspitze das dickliche Schlabberzeug aus einem kleinen engen Glas herausschlecken, das war köstlich. Ob Vladho auch Eierlikör wollte? Von ihr schon. Sie würde ihm den Eierlikör ohne Glas servieren. Auf ihrer Haut. Sie wollte Vladhos Zunge beim Züngeln sehen. An ihrem Körper. Wie die Schlange an ihrer Brust. Glücksbringend. Nicht todbringend wie die Schlange bei Cleopatra. Mein Gott war sie gierig nach ihm. Würde er sie auslachen? Nein, eine Probefahrt mit dem Porsche lockte. Außerdem hatte sie selber auch noch ein hervorragendes Fahrgestell. Das Make-up deckte ihre Kummerfalten einigermaßen zu, die sich in ihr Gesicht eingegraben hatten. Ihre Figur bügelte das leicht aus. Ihr Busen war glatt, ihr Bauch makellos, ihre Schenkel wie Alabaster. So weit war der seelische Schmerz nicht vorgedrungen. Der hatte sich in ihrem Gesicht ausgetobt. Sie wusste, dass die Männer sich von farbigen Gesichtern, von Masken nur zu gerne täuschen ließen. Sie wollten dahinter kommen, wer die Maske trug. Das war nach dem Beischlaf die noch größere Befriedigung, die Frau schutzlos zu sehen. Das ist seelische Nacktheit. Der tiefste Blick in die intimste Zone einer Frau. Die Männer gierten danach und hatten Angst davor, das war ihre Überzeugung. Es soll deswegen Frauen geben, die beim Liebesakt das Licht ausmachen. Sie nahm die Creme. Marke Lierac. Neulich eingekauft. In der Ludwigstraße, neben dem Café Pino. Im Schaufenster warb der Kopf von Nofretete für Hautpflegeprodukte. Der Werbespruch dazu, mit Buchstaben aus Goldklebefolie am unteren Rand der Schaufensterscheibe, verkündete poetisch: »Wer nach 3.000 Jahren noch eine so glatte Haut besitzt, der hat bestimmt Lierac benützt!«

Vladho würde bald mit ihr im Porsche fahren. Sie würde einen leihen und so tun, als stammte dieser aus dem Autohaus ihres angeblichen Mannes. Sie hatte vorgehabt mit Vladho zu warten bis alles vorbei war. Doch sie merkte, sie brauchte die Lust. Es würde ihr Energie geben.

Sie wählte Vladhos Nummer. Er ging ran. Er könne sich den aktuellen Porsche-Prospekt bei ihr anschauen. Sie verlasse gerade das Autohaus ihres Mannes und nehme einen mit. Er könne ruhig kommen, zu ihr in die Wohnung, sie sei allein. Kein Problem. In einer Stunde?

Gut.

Sie legte auf.

Vladho wollte den Porsche-Prospekt sehen.

Kapitel 5

Plärrer-Eröffnung mit Schlägerei – Achterbahn-Schiblinski macht Stunk wegen seiner toten Frau – Helle spekuliert auf einige Biergutscheine – Der Kommissar trinkt Apfelschorle aus dem Maßkrug

Helle und ich waren ein wenig über den Plärrer gebummelt, um zur Eröffnung in das Festzelt Binswanger zu gehen. Die kandierten Früchte leuchteten in der Nachmittagssonne, die Gewehrschützen zielten auf die weißen Röhrchen mit den Plastikrosen und die runden glitzernden Gondeln der Verrückten Maus wirbelten im Kreis um eine riesige Katze, deren Pfote nach den Fahrgästen zu greifen schien.

»Als Kind habe ich von meinen Eltern fünfzig Pfennig für den Plärrer bekommen«, teilte ich Helle aus meiner Erinnerungskiste mit. »Dann bin ich fünf Mal im Kreis gerannt, hab' alles angeschaut und für den Heimweg hab' ich mir von meinem Geld eine Fischsemmel gekauft.«

Nach dem Schaller-Bierzelt stieg der Rauch über den Makrelen des Fischer-Toni auf.

»Zuerst den Fisch
dann eine Maß Bier
mein Freund
das rat ich Dir«,

lautet der Werbespruch der Fischveredler.

Beim Diebold-Superscooter drängelten sich die jungen Leute in weiten Schlaghosen aus den Siebzigern und im bunten Hippie-Look der späten Sechziger. Manche Jungs waren mit schwerem Hip-Hop-Schmuck aus chromglänzendem VW-Emblem oder goldenem Kreuz mit dicken roten Steinen, absichtlichem Kitsch und Plunder, schwer behangen. Die Mädels mit verrückter Frisur, freiem Bauch und frechem Ausschnitt versuchten cooler als der Nordpol dreinzuschauen. Manche waren trotz gerade erst aufkeimender Pubertät schon wild geschminkt. Auf den Oberarmen oder auf den Schulterblättern waren Tattoos zu sehen. Ohren, Nasen, Lippen und Bauchnabel waren gepierct. Auf der anderen Seite standen an Karls Bierbrunnen südländisch wirkende Männer in gestreiften Mafia-Anzügen mit glatt zurückgegelten Haaren. Sie beobachteten das Treiben. Suchten sie passende Mädchen für ihre Geschäfte? Das junge, herumwuselnde Scooter-Publikum fummelte permanent an seinen Handys, fotografierte sich damit und tauschte die Handy-Nummern aus. Irgendein Techno-Song hämmerte einen energischen Rhythmus, der das Knochenmark verdampfen ließ.

»Ich hab' mich als Kind immer zu den Amis hingestellt«, berichtete Helle aus längst vergangener Zeit. »Und wenn ich ganz traurig geschaut habe, dann ließen die mich mal schießen oder steckten mir eine Münze zu.«

»Hast du schon mal eine Freundin auf dem Plärrer kennen gelernt?«, wollte ich von Helle wissen.

»Ja. Eine Bedienung. Und Du?«

»Eine Kinderkrankenschwester. War aus Münster. Hieß Monika. Die hatte Beine.« Ich sah Monikas türkisledernen Minirock und ihre weißen Lacklederstiefel. Ich hatte sie am Autoscooter beschwafelt. Mich als englischen Musiker ausgegeben, der das Lokal für seinen Auftritt nicht weiß.

»Was ist aus deiner Bedienung geworden«, wollte ich in Helles Intimbereich dringen.

»Sie sagte, sie hätte einen jähzornigen Freund, der sie schlägt.«

»Gefährlich. Was hast du gemacht?«

»Ich nahm sie mit heim, um sie zu schützen.«

»Aha. Helle der Wohltäter.«

»Nach ein paar Tagen ist sie zur Polizei gerannt und behauptete, dass ich sie verprügle.«

»Bist du verhaftet worden?«

»Nein. Die kannten sie schon. Die machte das öfters so.«

»Meine Plärrer-Freundin war netter. Sie zog sogar extra nach Augsburg wegen mir.« Ich sagte aber nicht mehr, dass sie wieder wegzog, weil ich Angst vor Monikas Heirats-Plänen bekam.

Neben einem Ballwurfstand mit zerknitterten Dosen war ein Kasten mit lachenden Herzen aufgebaut. »Liebesbarometer« stand darauf. Nach dem Einwurf von 50 Cent musste man einen Griff zehn Sekunden festhalten. Wegen der zu messenden Körperhitze. Dann sprang der Zeiger auf das Ergebnis: »kühl« oder »naiv« oder »Fremdgänger« oder »stümperhaft« oder »immer müde« oder »untreu« oder »Eifersucht« oder »Leidenschaft« oder »Casanova« oder »5&1-Protz« oder »Nachtschwärmer« oder »Liebestoll«.

Ich warf 50 Cent ein. Der Zeiger sprang zwischen »stümperhaft« und »immer müde«.

»Wenn das deine Fleur sieht«, grinste Helle.

»Jetzt Du«, warf ich für Helle 50 Cent in die Kiste.

Bei Helle sprang der Zeiger auf »Leidenschaft«.

»Da kann es sich wohl nur um deine Liebe zum Gerstensaft handeln, weil das Bierzelt schon so nahe ist«, lästerte ich.

Wir gingen in das Binswanger-Zelt. Die Leute, die den Plärrer-Umzug durch die Stadt mitgemacht, und auch die, die nur zugeschaut hatten, strömten ebenfalls hinein. Wir suchten nach den Tischen, an denen die Organisatoren, die Geschäftspartner, die Prominenz und die Medienleute verstaut wurden.

»Iß und trink solang's Dir schmeckt
schon zweimal ist uns Geld verreckt«,

warnte eine Schrifttafel neben der Bühne im Binswanger-Zelt vor schädigendem Geiz, sei er auch noch so geil.

OB Paul Bengerle führte gerade im Beisein des Schaustellerverbandsvorsitzenden Josef Eberhardt und seinem Vize Michael Lutzenberger den obligatorischen Bieranstich durch. Bierzeltwirt Alois Binswanger drückte dem OB Zapfhahn und Holzhammer in die Hände. Zapfhahn ansetzen! Hammerschläge! Beifall! Jubel! Jetzt durften die Maßkrüge ausgeschenkt und serviert werden. Helle und ich stießen mit unseren Maßkrügen an. Letztes Jahr war der Anstich im Schaller-Zelt bei Erika Oelze und Louis Bartmann gewesen. Das wechselte jedes Jahr. Dieses Jahr legte die Band Käpt'n Glück nach dem Bieranstich auf der girlandengeschmückten Bierzelt-Bühne tüchtig los. Die Beteiligten am Plärrer-Umzug fädelten sich in das Labyrinth aus Tischen und Bänken ein. Nach und nach füllten sich immer mehr Plätze. Brandhorst, der Werbeleiter der Schausteller, hatte uns an einen der reservierten Tische platziert. Bei uns saßen noch einige Zeitungsleute und Stadträte. Hasenbräu-Direktor Rudi Glashauser und sein Werbeleiter Ulli Hoppert sausten durch die Tische um fleißig ihre Gewinnspielkarten, 1. Preis: ein Aprilia-Leonardo-Roller, mit 125 ccm-Motor, zu verteilen.

»Prost! Auf unseren Auftrag!«

Helle und ich stießen mit vollen Maßkrügen an.

»Wie viel Honorar rückt die Versicherung raus?«

Helle kam gleich zur Sache.

Ich beugte mich zu ihm. Aber nicht weil die anderen am Tisch nichts mitbekommen sollten, sondern damit Helle was mitbekam. Die Verstärker von Käpt'n Glück leisteten gute Arbeit. Hier sollte nicht geredet werden, sondern getrunken.

»2.500 Euro Vorkasse, wegen den Kosten. Nicht rückzahlbar. Pro Woche weitere 1.500. Vier Wochen Auftragsdauer. Erfolgsprämie 35.000 Euro.«

Ich hatte das von Karin Korb. Einen schriftlichen Auftrag hatte ich nicht bekommen. Das wäre ihr zu heikel, hatte sie mir erklärt.

»Nicht schlecht«, kommentierte Helle mein Verhandlungsergebnis mit der Versicherungs-Lady Karin Korb und ihrer Firma. »Du wirst sehen, du kannst jetzt auch wieder besser schlafen.«

Wir stießen unsere Bierkrüge wieder zusammen. Zur Bestätigung.

Konnte durchaus sein. Ich hatte mir einige Bücher zum Thema Schlaf in der Stadtbücherei ausgeliehen. Probleme sind durchaus ein Grund für Schlafstörungen. Dazu gehören auch Geldsorgen und Existenzängste.

»Jetzt müssen wir nur noch den Brandstifter oder die Brandstifterin erwischen.«

Ich schob Helle einen großen Euro-Schein hinüber. Den Verrechnungsscheck der Versicherung hatte ich einbezahlt. Die Hälfte davon hatte die Bank gleich rausgerückt. Es würde noch weitere vier, fünf Tage dauern, bis er gutgeschrieben war. Dann würde ich den Rest holen. Es gab viel zu tun, vor allem zu zahlen.

»Ob's mehrere waren?«, verkomplizierte Helle meine Frage.

»Brandstifter? Glaube ich kaum«, winkte ich ab. »Brandstiftungen werden meistens von Einzeltätern begangen. Der große Waldbrand in den USA, letzten Sommer, den hat eine Forstarbeiterin ausgelöst. Sie hatte Liebeskummer und verbrannte die Liebesbriefe ihres untreuen Freundes. Damit zündete sie den Wald an. Sie meldete auch gleich den Waldbrand, damit sie berühmt wurde. Ist aber irgendwie herausgekommen. Jetzt ist sie berühmt, aber sie wurde eingesperrt und muss bis an ihr Lebensende zahlen.«

»Der Typ, der die berühmteste Bibliothek in der Antike, die von Alexandria, anzündete, der tat's nur, um berühmt zu werden«, kramte Helle sein Schulwissen hervor.

»Ein Prosit, ein Pro-ho-sit der Gemütlichkeit«, intonierte die Kapelle Käpt'n Glück auf der Bühne. Dann kam noch »Oans, zwoa, gsuffa!«

Auf der Bühne eines Bierzelts wird bayerisch gesprochen, auch wenn es in schwäbischen Gefilden steht. Der Bandchef am Mikrophon hielt seinen Maßkrug hoch. Das Bierzeltvolk hielt ebenfalls die Maßkrüge hoch. Das Bierzelt-Ritual zur Vergrößerung des Bierumsatzes. Helle und ich auch. Wir waren guter Stimmung. Helle nahm einen Schluck vom Gerstensaft und begann in unsere Team-Arbeit einzusteigen.

»Und wenn die Wohnwagen von selber Feuer gefangen haben?«

Helle sprach meine Zweifel aus.

»Dann kann's wohl keine Erfolgsprämie geben, weil wir dann keinen Täter erwischen können. Aber die Feuerwehr und die Polizei gehen ziemlich sicher von Brandstiftung aus, hat mir die Korb erzählt.«

»Steht was in der Zeitung?« Helle linste zu meiner Augsburger Allgemeinen, die ich auf dem Biertisch liegen hatte.

»Mal schauen.«

Ich faltete die AZ auseinander. Auf der letzten Seite war über die heutige Plärrer-Eröffnung zu lesen. Über den dazugehörigen Umzug und die Attraktionen unter den Schaustellergeschäften. Über die Brandkatastrophe wurde auf der vorletzten Seite geschrieben. »Opfer des

Plärrer-Brandes identifiziert« meldete die Schlagzeile. In dem Artikel stand, dass zwei Leichen in einem abgebrannten Wohnwagen gefunden wurden. Das wusste ich schon von meinem Schulfreund, dem Feuerwehrler. Dabei handelte es sich nach den neuesten Erkenntnissen um eine Frau und um einen Mann. Eine Doris S. (37) und ein Wilhelm K. (52). Beide Schausteller. Ich drehte die Zeitung zu Helle hin. Den Zeigefinger in der Mitte des Artikels als Achse.

»Doris S Punkt, Siebenunddreißig und Wilhelm K Punkt, Zweiundfünfzig, beide Schausteller, wer mag das sein?«, schaute mich Helle fragend an. »Hast du noch die Namensliste? Könnten wir aber bestimmt auch von Brandhorst erfahren, der sitzt gleich da drüben mit den anderen Schaustellern beim OB und verteilt Gutscheine für Bier und Brotzeit«, ermittelte Helle wachen Auges. »Oder sollen wir heimlich ermitteln? Was hat die Korb gesagt?«

»Wir sollen möglichst offen ermitteln, kann ruhig jeder wissen, dass wir in dem Brandfall für Recherchen der Versicherung beauftragt wurden, meinte sie.«

Ich kramte nach der Namensliste, die ich meistens in der Innentasche meiner Jacke mittrug.

»Wieso steht in dem AZ-Artikel nicht, ob die beiden Brandopfer verheiratet waren?«, stocherte Helle weiter in der Augsburger Allgemeinen herum.

»Wenn nix drinsteht, dann waren sie es auch nicht. Jedenfalls nicht miteinander, was auch durch die abgekürzten Namen ersichtlich ist.«

»Du meinst, da könnte verbotene Liebe im Spiel sein?«

»Könnte. Was folgt daraus?«

»Gleich. Ich sag's dir gleich«, rutschte Helle unruhig auf seiner Bierbank hin und her. Er hatte wohl mitbekommen, dass der Stapel von Plärrer-Bummelpässen und die Biergutscheine in der Hand von Brandhorst immer mehr abnahm.

»Die Korb sagte, der Wohnwagen mit den Toten drin gehört einer Waltraud Strobel. Die ist angeblich Bedienung hier im Bierzelt. Diese Doris S. kann auch die Tochter oder eine Schwester von dieser Bedienung sein. Vielleicht hat sie sich den Wohnwagen nur ausgeliehen zum Übernachten? Da muss ich die Korb, oder noch besser diese Strobel selber danach fragen«, zählte ich die beachtenswerten Punkte auf.

»Genau. Und wer könnte dieser Wilhelm K. sein?«

Ich legte die Liste mit den Schaustellernamen auf den Biertisch.

»Vielleicht hilft uns die?«

Wir fanden zwei Schausteller, deren Nachnamen mit einem K begannen, Egon Küsebauch, Inhaber einer Wurfbude und einen Wilhelm Kampa, zusammen mit seiner Frau Yvonne Inhaber einer Geisterbahn. Weiter kamen wir nicht. Ein Mann stellte sich an unseren Tisch.

»Darf ich?« Kommissar Weissberg quetschte sich auf die Bierbank zwischen mich und Rosita, die blonde, umtriebige PR-Frau vom Augsburg-Journal. »Die beiden Detektive sind schon fest bei der Arbeit, wie ich sehe«, grinste Weissberg, der sich bei der vorbeilaufenden Bedienung einen Maßkrug mit Apfelschorle sauer bestellte – »aber nicht trüb!«

Wieso kein trübes Apfelschorle? War doch besser. Das große Apfelschorle sauer kam. Weissberg zückte dafür einen Gutschein. Helle wurde nervös. Er hielt es nicht mehr aus. Er stemmte sich von der Bierbank und ging ein paar Meter weiter, wo an zusammengestellten Biertischen Brandhorst mit dem Vorsitzenden der Schausteller, dem Oberbürgermeister und dem Festzeltwirt saß. Flankiert von den Bundestagsabgeordneten Christian Ruck, Heinz Paula, Claudia Roth und einigen Stadträten, sowie der Chefin des Marktamtes, ihrem Vize und dem Platzmeister.

»Sieht doch aus wie Bier!«, zeigte Weissberg auf seinen Maßkrug.

Er wusste, dass in dieser Region die Leute schräg angeschaut werden, die ohne Bier im Bierzelt sitzen.

»Auf unseren Auftrag, den wir Ihnen zu verdanken haben«, stieß ich mit Weissberg an.

Ich hatte die richtige Stelle erwischt. Die Kapelle intonierte wieder den umsatzfördernden Bierzelt-Slogan: »Ein Prosit, ein Pro-ho-sit der Gemütlichkeit. Oans, zwoa, gsuffa!«

»Die Versicherungs-Dame hat mich gleich informiert, dass ihre Firma noch einen privaten Ermittler einschalten will. Für ihre Belange. Da habe ich Sie empfohlen. Sie kenne ich bereits. Ist mir lieber. Spielen Sie noch am Theater?«

»Nein – und Ihre Verlobte?«

»Die schon. Ich glaube, jetzt bei einem Shakespeare-Stück.«

Weissberg hatte mir beim letzten Fall, dem Intendanten-Mord, das Leben gerettet. Mit seiner Verlobten, die ihm bei den Ermittlungen im Theater half, hatte ich sogar näheren Kontakt, weil sie zufällig mit mir zusammen im Frankenstein-Musical spielte.

»Wie ging das eigentlich mit dem ermordeten Transvestiten aus?«, wollte ich von Weissberg wissen.

»Haben wir gefasst.«

»Wer war's?«

»Sein Manager.«

»Nanu, davon habe ich gar nichts gelesen.«

»Können Sie auch nicht. Der hat sich erst gestern Nachmittag bei uns gestellt. Freiwillig. Sein Gewissen plagte ihn zu arg. Das wird erst nächste Woche in der Zeitung stehen. Das sind mir die liebsten Mörder.«

»Gratuliere!«

»Kein Grund zum Gratulieren. Wir mussten nämlich den Verdächtigen entlassen, den wir für den Täter hielten, Sie wissen schon, seinen Freund Peer, diesen Frankenstein-Darsteller. Das war eine Schlappe für uns.«

»Kommt vor, passiert den Besten«, tröstete ich ihn. »Dafür werden Sie diesmal den Brandstifter fassen. Augsburg ist nicht so groß.«

»Diese Stadt, dieses Augschburg wird mir ewig fremd bleiben«, offenbarte sich Weissberg.

Weissberg sprach Augschburg schon ganz schön einheimisch zischlautig aus. Der echte Augschburger liebt es, das s vor einem Konsonanten als kräftiges sch zu schprechen.

»Die Augsburger sind ein unmögliches Volk«, klagte der Kommissar, der letztes Jahr aus Dresden zur Augsburger Kriminalpolizei kam. »Man kommt schwer an sie ran.«

Vielleicht sah er mich als Kollegen an, weil ich hier vor einigen Jahren noch Polizeipressesprecher gewesen war? Weissberg hatte meine Isolde, äh, meine Gattin, also zu dieser Zeit bereits meine Ex-Gattin, abgelöst, weil diese nach dem erfolgreich aufgedeckten Perlachmord befördert und nach München versetzt wurde.

»Woisch, hosch, moinsch, kannsch, bisch ... wenn Sie diese Worte beherrschen, dann haben Sie schnell das Augschburger Herz gewonnen«, verriet ich ihm. »Wissen Sie, was ich immer sage?«

Weissberg wusste es nicht.

»Wer Augsburg überlebt, hat in New York Erfolg!«

»Langsam glaube ich das auch.«

»Diese Stadt ist Deutschlands härtester Testmarkt. Hier werden gerne neue Produkte darauf getestet, ob sie ankommen. Was in Augsburg läuft, das ist im restlichen Deutschland ein Knüller. Egal ob rauchfreie Zigarette oder Schnitzelhaus.«

»Dann werde ich hier wohl auf starke Nerven getestet?«

»Kann schon sein. Der Jahn, der einst den Wienerwald, diese Brathendl-Restaurants erfand, der eröffnete sein erstes Lokal in Augsburg. Es ging. Dann machte er die anderen auf. Es brummte.«

»Stürzte der später nicht ab?«

»Nachdem er mit seinen Gummiadlern reich geworden war, setzte er mit der Gründung eines Reisebüros zum Höhenflug an. Das ging schief.«

»Brathendl sind eben keine Kraniche.«

»Im Schlaraffenland sollen die Brathendln fliegen können.«

»Nur in den Mund.«

Man merkte, dass wir nicht weit von der Grillstation des Bierzeltes entfernt saßen. Helle stand immer noch neben Brandhorst. Ich hätte schon längst was bestellt, wenn ich nicht gewusst hätte, dass man die Gutscheine der Bedienung schon bei der Bestellung geben musste. Wegen dem Einbonieren in die Kasse.

»Jedenfalls hatte der Jahn seine Reisebüro-Idee nicht in Augsburg getestet und fiel somit auf den Bauch. Bruchlandung. Dann probierte er es hier mit einem Schnitzelhaus. In Lechhausen war das. Das ging nicht besonders. Er ließ es bleiben. Er wurde in seinen letzten Jahren lieber Heurigen-Sänger.«

Immer mehr Menschen strömten in das Bierzelt. Der sonnige Eröffnungstag lockte die Menschen auf den Plärrer. Sie durchwanderten das Zelt auf der Suche nach einem freien Platz. Besonders begehrt waren die riesigen runden Fässer zum Reinsitzen.

»Was empfehlen Sie mir zum Essen?«, fragte Kommissar Weissberg.

»Baunzen, mit Speck und Sauerkraut.«

»Baunzen? Ist das eine hiesige Spezialität? Ein Braten?«

»Verrate ich Ihnen, wenn Sie mir sagen, wer die Doris S Punkt ist.«

»Wer der Mann ist, das wissen Sie schon, ja?«

»Haben wir vor ein paar Sekunden recherchiert«, schob ich ihm die Liste mit den Schaustellernamen hin. Den Finger auf Wilhelm Kampa gerichtet.

»Korrekt, bei der verbrannten männlichen Leiche im Wohnwagen handelt es sich um Wilhelm Kampa, den Mitinhaber der Geisterbahn. Seine Frau hatte ihn als vermisst gemeldet.«

»Und wer ist Doris S Punkt?«, schaute ich in die Namensliste. »Doris Schiblinski oder Dagmar Scherghuber?«, entdeckte ich zwei eventuell passende Namen.

»Die erstere«, verriet der Kommissar, »die zur Achterbahn gehört.«

»Wissen Sie schon mehr über den Hergang der Tat?«, quetschte ich Weissberg weiter aus.

Weissberg süffelte an seiner Apfelschorle. »Zuerst sagen Sie mir, was Baunzen bedeutet, das war abgemacht.«

»Das sind dicke Nudeln aus Kartoffelteig, die echten werden in der Hand gerollt. Manche sagen auch Kartoffelwürscht dazu«, erklärte ich.

Weissberg wurde mitten in meiner Erklärung von einer Journalistin angesprochen. Wegen dem Wohnwagenbrand. Mein Blick wanderte derweil hinüber zur Grillstation, wo sich die Schweinehaxen vor einem rotglühenden Hintergrund drehten. War Kampas Haut im Feuer des brennenden Wohnwagens auch so aufgeplatzt? Hatte er auch eine Kruste bekommen? Wie sieht ein verbrannter Mensch aus? Ich weigerte mich in der jetzigen Situation, tiefer in diese Vorstellung einer schwarzrußigen Leiche vorzudringen.

»Dann nehme ich mal diese Kartoffelteigdinger«, meldete sich Weissberg zurück. »Wo ist die Bedienung?«

»Verbrennen ist wohl das Grausamste, was es gibt«, sagte ich zu ihm. »Wenn ich an die Bilder denke, bei denen die Menschen aus Hochhäusern springen, weil sie Angst vor dem Verbrennen haben, das ist sowas von entsetzlich. Das möchte ich nicht unbedingt erleben.«

Helle kam triumphierend von seinen Verhandlungen mit Brandhorst zurück. Er gab mir großzügig zwei eroberte Getränke-Gutscheine.

»Eine Bedienung wäre nicht schlecht«, gab ich dem Kommissar Recht.

Helle streckte die Hand in die Luft und schon tauchte eine Bedienung bei uns auf.

»Duggi« hieß sie, wie auf der rot beschrifteten Wäscheklammer zu lesen war, die sie in ihren Ausschnitt geklemmt hatte. Alle Kellnerinnen im Bierzelt hatten ihren Vornamen auf einer Wäscheklammer am Dirndl-Ausschnitt mit weißen Rüschen befestigt.

»Hallo Helle, ja so was, gibts dich auch noch«, begrüßte sie ihn. »Was darf ich dir bringen?«

»Eine Maß Hasen.«

Duggi nahm auch die Bestellung des Kommissars und meine auf. Die Gutscheine steckte sie in ein eigenes Fach in ihren großen Geldbeutel, den sie an einer Kette an einem Gürtel um ihre Taille hängen hatte. Dann schwirrte sie wieder davon.

»Was meinen Sie – wer hat den Brand der Schausteller-Wohnwagen auf dem Gewissen?«, wollte ich vom Kommissar wissen.

»Das könnte in meinen Augen ein Amokläufer gewesen sein.«

Weissberg nickte dem OB am Nebentisch zu, der ihm winkte. Schaute nach einem Kontakt-Wunsch aus. Dann nickte Weissberg noch mal. Das galt dem Vorsitzenden des Schaustellerverbandes neben Bengerle.

»Zu dem muss ich auch noch hin, wir müssen unsere Aussagen für die Presse abstimmen«, legte der Kommissar einen Teil seines weiteren Tagesablaufes offen.

»Wie kommen Sie auf einen Amokläufer? Ich dachte immer, Amokläufer sind nur tagsüber unterwegs und wollen möglichst gesehen werden, wenn sie die Leute umbringen, um Angst und Schrecken zu verbreiten, täusche ich mich?«

»Sie liegen schon richtig. Aber Ausnahmen bestätigen die Regel. In diesem Fall könnte es eine Ausnahme sein. Wenn die Schausteller nicht alle im Charly-Bräu gesessen hätten, wäre der Amokläufer bestimmt gut gesehen worden – bei dem Feuer.«

Weissberg verabschiedete sich von mir und ging an den Tisch, wo der OB sein Bier trank.

»Der sagt uns doch nicht die Wahrheit«, meinte Helle.

Ich zuckte die Schultern.

»Kommt mir auch so vor. Aber warum?«

Wir widmeten uns dem frischen Bier. Nachdenken war angesagt. Mein Blick fiel auf die Zeitungsseite mit dem Bericht über den Wohnwagenbrand auf dem Plärrer. Es war die Bayernseite der Augsburger Allgemeinen, die den ausführlichen Bericht von der Augsburger Lokalseite auch für die anderen Zeitungen von Nördlingen bis Lindau komprimiert wiedergab. Weiter unten erhaschten meine Augen die Überschrift: »Schlafstörungen können Impotenz hervorrufen«. Diesen Bericht von Michael Schreiner musste ich lesen. Ich schob den Maßkrug beiseite. Helle verhandelte immer noch mit Brandhorst. Konnte ich mit meinen Schlafstörungen mein zukünftiges Liebesleben abschreiben? War es doch gut, dass Fleur so lange in Paris blieb, damit sie von meinen Libido-Problemen nichts mitbekam? Noch waren wir nicht miteinander im Bett gewesen. Ich las den dazugehörigen Artikel über die erfolgreiche Suche nach Lösungen für Schlafprobleme. Da stand was von Schlafpolygraphie, von anderer elektrischer Gehirnaktivität im Schlaf, von den Anfängen der Schlafforschung. Dazu etwas über die Regeluntersuchung im Schlaflabor über zwei Diagnostik-Nächte, wobei die erste Nacht als Gewöhnungsnacht bezeichnet wird, deren Messergebnisse noch nicht voll gültig sind. Ich riss mir den Artikel, in dem die Telefonnummer eines Schlaflabors in München abgedruckt war, aus der Zeitungsseite und faltete das Papierstück zusammen. Dann steckte ich ihn in meinen Terminkalender.

Lautes Geplärre riss mich aus meiner Schlaf-Recherche.

»Die Hex' ist gut verbrannt! Diese falsche Matz, das gemeine Luder, so eine falsche Fotzn, bei der schiff ich noch auf die Asche«, tobte es aus einer Gruppe Schausteller, die auf den Promi-Tisch mit dem Kommissar zuwankte.

Vergebens versuchten einige Schaustellerkollegen den Tobenden wieder an ihren Tisch zurückzuziehen. Im Zelt wurde es merkwürdig ruhig. Selbst das Pro-ho-sit der Gemütlichkeit auf den Lippen des Bandchefs erstarb. Langsam erhoben sich die Leute ringsum von ihren Bänken. Sie witterten, dass sich ein Drama ungeahnten Ausmaßes anbahnte.

Es war Achterbahn-Schiblinski, der ausrastete. Er baute sich schwankend vor dem Promi-Tisch auf: »Sie könnens ruhig alle wissen, das war meine Alte, die mit dem Gold-Willi verbrannt ist. Das ist ihr recht geschehen. Solche falschen Weiber gehören verbrannt. Bravo Herr Brandstifter, gut gemacht!« Schiblinski klatschte in die Hände, um so was wie Beifall für die böse gute Tat anzudeuten. Er verdrehte die Augen.

»Mit zwei Kindern lässt sie mich zurück, die Ehebrecherin, die Hure, die hinterhältige.«

Schiblinski machte ein derart lautes Geständnis, dass das gesamte Bierzelt zum K1-Büro metamorphosierte.

»Wie meinen Sie das?«, versuchte Weissberg dem trunkenen Achterbahn-Inhaber noch weitere Aussagen zu entlocken.

»Die ist gut hin! Ich pfeif' auf sie. Solche Weiber gehören alle verbrannt! Die soll in der Hölle schmoren!«

Schiblinski torkelte auf den Oberbürgermeister zu. Weissberg sprang auf. Duggis Bierkrüge stoppten den Verfolgungslauf des Kommissars.

Sechs volle Maßkrüge mit Hasenbier schwemmten Weissberg weg. Dadurch gelang es Schiblinski, vor der Bühne auf einen Tisch zu klettern.

Er breitete wie ein Volkstribun die Arme aus. »Schon längst hätte ich die Hure verbrennen sollen!«, brüllte er durchs Zelt.

Die Bierzeltgäste starrten wie gebannt auf den Mann, der sein Urteil nicht rechtzeitig ausgeführt hatte. Weissberg wurde von Duggi festgehalten und gründlich gereinigt. Ihre Armmuskeln hatten fast den Umfang von Weissbergs Schenkeln.

»Jetzt reicht's Dominik, reiß dich zusammen und werd' wieder vernünftig«, versuchte Heinz Dekorsi, der Bandchef von Käpt'n Glück, den aufgebrachten Achterbahn-Besitzer zu beruhigen, wobei er das Mikrophon benutzte und alle im Zelt es hören konnten.

»Ich sage die Wahrheit und die kann jeder hören. Da haben noch einige Dreck am Stecken, die hier herin sitzen und sich wie Heilige aufspielen.« Schiblinski drehte sich unregelmäßig wie ein austrudelnder Kreisel. Er versuchte Blickkontakt mit dem Bandchef aufzunehmen. Er drohte ihm mit dem Finger. »Ich weiß auch, dass du genauso ein mieser Abstauber bist wie der Gold-Willi, diese Drecksau, die dreckige ...«

»Während der Ordnungsdienst gleich den Herrn entfernt, der nicht mehr weiß, was er sagt, machen wir weiter in unserem Programm mit Musik.« Der Bandchef überlegte bereits in Dirigenten-Pose, mit welchem Lied er die Stimmung im Bierzelt wieder heben konnte.

Das hätte er nicht machen sollen. Schiblinski brachte seine Arme auch in ausgebreitete Dirigentenstellung.

»Du geiler Bock, du kannst ganz still sein. Weiß doch sowieso jeder, dass deine Saxophonistin am liebsten bei dir bläst!«

Zupackende Schaustellerhände zogen an den Beinen von Schiblinski. Mit lautem Getöse untermalte der seinen Abgang. Der Wutschrei, der von den Lippen eines Bierzelt-Kellners kam, war kaum zu vernehmen. Schiblinski knallte auf den Biertisch, der zusammenklappte und dabei samt einer Bierbank in den benachbarten Biertisch knallte. Obwohl alle zum Schiblinski-Chaos schauten, gingen meine Blicke zu dem Kellner, der im weiten Bogen einen Maßkrug zum Dirigenten hochschleuderte. Er nahm den Maßkrug von der linken in die rechte Hand und schleuderte ihn mit einem weiteren Wutschrei hinterher. Der zweite Maßkrug traf. Der wieder nicht mehr dirigierende Bandchef sackte zusammen. Die Kapelle, die gerade loslegte, konnte jetzt auch Stockhausens lustige Noten-Truppe genannt werden. Das war Atonalität vom Feinsten, was die in ihrem Schreck boten. Der Kellner stürmte an der Bühnenseite die Stufen zur Kapelle hoch. Er riss die Saxophonistin an ihrem Pferdeschwanz. Dann trampelte er auf ihrem Saxophon herum. Die Saxophonistin, die laut Schiblinski gerne auf dem Bandchef blies, war wohl seine Frau oder Freundin. Dann nahm der wütende Kellner das geschrottete Saxophon und schlug damit auf Dekorsi ein, der regungslos am Boden lag. Die Musiker hielten den Wütenden fest. Sie zogen den ohnmächtigen Dekorsi nach hinten. Weissberg, der inzwischen fast bei dem Haufen angekommen war, in dem sich auch Schiblinski befinden musste, drehte sich verblüfft der Bühne zu. Das war ein Plärrer-Start. Fast wie einst in den Fünfzigern und Sechzigern, als noch die US-Boys mit den einheimischen Halbstarken um die Sitzplatz-Anteile und die Frauenquote in den Plärrer-Bierzelten mit Maßkrügen und Fäusten kämpften. Die Saxophonistin schien ihr Herz aufgeteilt zu haben. Die fehlende Hälfte schien den Kellner schwer zu ärgern. Die Bierzeltbühne wurde zum Wrestling-Ring. Das Publikum war begeistert. Wenn es schon nicht mehr diese Box-Zelte auf dem Plärrer gab, in denen sich ein ausgemusterter Profi-Boxer sich wegen einem Fünfzig-Mark-Schein mit einem Boxwilligen aus den Zuschauern herumprügelte, dann war doch eine Keilerei auf der Bühne nicht zu verachten. Die anderen Kellner stürmten ebenfalls auf die Bühne, um ihrem Kollegen beizustehen. Eine wunderbare Bierzeltschlägerei war ausgebrochen. Ach, wie lange hatte ich sie vermisst. Irgendwas ist faul in unserer Gesellschaft. Die Medien bläuen uns ständig ein, dass die Gewalt zunimmt, doch die Bierzeltschlägereien werden immer weniger. Was war ein Bierzelt ohne Schlägerei? So was wie ein Tubaspieler ohne aufgeblasene Backen. Herrlich. Ich eilte mit Helle zur Bühne. Schon standen die ersten auf den Tischen und Bänken, um die Kontrahenten anzufeuern. Weissberg krabbelte irgendwo auf dem Bretterboden herum, um sein verlorenes Handy zu suchen, mit dem er die Plärrer-Wache herbeirufen wollte.

»Der findet sein Handy nicht so schnell«, hoffte Helle neben mir, dessen Silberhaar mit gestutztem Entenschwanz – er war halt doch ein Rock'n Roller – sich vor Erwartung aufstellte wie der geschwollene Kamm eines Kampfgockels. Wieso engagierten die Bierzeltwirte nicht arbeitslose Schauspieler, um jeden Tag eine Schlägerei zu inszenieren? Helle schaffte es tatsächlich, sich in der immer dichter werdenden Menge eine Fluppe aus der Schachtel zu holen. Er war in meinen Augen ein Bazi-fist. Kaum im Mund, hatte ihm irgendein Ellenbogen den Glimmstängel schon wieder von den Lippen gewischt. Er versuchte sich rückwärts aus der drückenden Menge zu drängen.

»Auseinander, aufhören!« Die Plärrer-Wache zog ein.

Vier Grünkernlinge kamen. Früher, als sie in Blau waren, wurden sie Politzwetschgen genannt. Inzwischen nur noch Bullen. Auch ein Niedergang der Sprachkultur. Instinktiv verkrümelte ich mich zur Toilette. Das war noch seit meiner Jugendzeit in mir drin. Wenn sich die pickeligen US-Boys mit unseren angetrunkenen Zigarettenbürscherln prügelten, dann kam irgendwann die Military Police hereinspaziert. Mit den Buchstaben MP auf der Armbinde. Ehrlich, sie spazierten. Heiteren

Schrittes wie zum Beginn eines Ausfluges. Baumlange Kerle mit schwarzen Gummiknüppeln . Für mich weniger Phallus-Symbol als vielmehr Fallobst-Symbol. Zuerst patschten sie den Gummiknüppel in die Handfläche, wobei sie sich einen ungefähren Überblick über das aktuelle Kampfgebiet verschafften. Erst wenn die schlagstockbehandelte Meute wie die Kornkreise im Bierzelt lagen, wurde der normale Bierzeltbetrieb wieder aufgenommen, während die MP ein paar blutbefleckte Stoppelfrisurträger in ihren Jeep vor dem Plärrer schleppten. Wer das MP-Gewitter miterlebt hatte wie ich, der zog es vor, einen ruhigen Ort wie die Toilette aufzusuchen, bis das Schlagstock-Gewitter vorbei war. Da war ich wie der Hund von Pawlow, der mit Licht- und Klingelzeichen konditioniert wurde. Gewohnheiten prägen. Auch wenn die martialische MP schon seit einigen Jahren auf dem Plärrer fehlte, wanderten meine Füße automatisch zu der Zeltwand, wo ein WC-Richtungspfeil mir meinen Fluchtweg bekannt gab. Ich stand auf und ging zur Toilette. Immer dem OO-Pfeil mit dem Engelchen auf dem Nachttopf nach. Hinter dem Zeltausgang saßen zwei Bedienungen auf einem Stuhl und nahmen sich eine kurze Auszeit, die sie mit einer Zigarette füllten. Während ich mich zwischen kommenden und gehenden Männern in der Toiletten-Bude aufbaute, um eine Stange Wasser in die Ecke zu stellen, dachte ich über den Vorfall nach. Ein eifersüchtiger Mann war zu vielem fähig. Auch zum Brandanschlag auf einen Wohnwagen. Ich musste mir diesen Schiblinski näher anschauen. Erst mal schaute ich zwischen einer Reihe von Männern geradeaus, während meine Finger den Reißverschluss der Hose öffneten.

Vor mir war ein Schild:

> »Treten Sie bitte näher,
> er ist nicht so lang,
> wie Sie denken!«

Sehr lustig. Ich schaute mich um. Niemand da. Ich ging näher ran.

Beim Schließen meines Hosenfalls beschloss ich, mir in den nächsten Tagen einen Termin in einem Schlaflabor geben zu lassen.

Kapitel 6

Joys erster Gutscheinkunde – Ein Gecko klettert gerne auf dem Rucksack herum – Schwahnsinnliche Kunst ist geplant – Ein Schausteller lügt seine Frau gemein an – Gleiche Zahlen sind ein gutes Zeichen

»Geht's?« Der dicke Mann streckte sich auf seinem Klappbett im Wohnwagen aus.

War ziemlich eng hier. Ein großer Wohnwagen zwar, aber halt doch voll gestopft mit diversen Wohngegenständen. Von Spülmaschine bis Phono-Kommode. Der dicke Mann verschränkte die Arme hinter seinem Kopf und beobachtete, wie ihre Finger an seinem Hosenschlitz herumfummelten. Knöpfe! meldeten ihre Fingerspitzen. Seinen Gutschein für einen Gratis-Fick hatte sie gleich verstaut. Die Perückenfrau hatte Joys Handy-Nummer mit aufgedruckt. Sie holte ihre Digitalkamera hervor und erklärte ihm nebenbei ihr Foto-Projekt mit dem Arbeits-Titel: »Schwahnsinnliches«. War ihm in seiner Geilheit alles Recht. Solang sein Gesicht nicht mit draufkäme. Er wolle die Bilder hinterher sehen. Er habe eine Fotoschießbude. Das passt. Da würde er auch bald auf die digitale Technik umstellen. Wenn es erst mal mit dem Ausdrucken klappt. Durch ihre Projekt-Idee fühlte sie sich nicht nur als hormonelles Klärbekken für geile Männer. Sie konnte sich einreden, dass sie die Handelnde war. Sie machte die Männer zu Objekten. Zu Kunstobjekten. In zwei, drei Jahren würde sie den Kunstmarkt erstaunen. Bemalte Männerschwänze, die wie kitschige Schwäne aussahen, würden die Wände der Galerien in New York, London und Paris schmücken. Noch war sie in Augsburg. Auf dem Plärrer. Neben einem Bierzelt. Eberts Hühnerbrater-Zelt, dahinter stand der Wohnwagen ihres Kunden, hatte er ihr mitgeteilt. Sie würde ihn an einem Aufkleber der Lechhauser Volksmusik-Combo Königlich Bayerische LechGstanzler erkennen, die dort heute spielen würden. Die stimmten gerade ihren »Schwartenblues« an.

Ihr Kunde wurde frech. Jetzt kam seine Perversion zum Vorschein. Er fischte nach seinem Handy, wählte. Er schien mit seiner Frau zu reden.

»Wie läuft's Spatzl?«, fragte er. »Aha. Gut. Ich verhandle gerade mit der Marktamtsleiterin wegen einem besseren Platz. Ja, Herzilein, ich stehe gerade vor dem Bierzelt.«

Er log. Er stand nicht. Zumindest nicht der Teil von ihm, der stehen sollte. Sein Habakuk – sie gab den Männerschwänzen gleich beim ersten Anblick irgendeinen Namen – der brauchte noch intensive Massage, um vom zweiten Bauchnabel zum Fortpflanzungsorgan zu werden. Ihr Kunde rutschte in die Mitte des Klappbettes, damit sie mehr Platz für ihre Popo-Backen auf dem Klappbettrand hatte, die aus ihrem schwarzen Ledermini drängten. Das gefiel ihm. Einige Männer wollen nicht zum Kunstprojekt werden. Die glaubten wohl, ihr Schwanz sei etwas Besonderes. Oder fürchteten sich vor den kalten Pinselstrichen ihres Marderhaar-Pinsels, mit dem sie das Motiv auf die kleine Lustsäule auftrug. Es war immer ein Schwan, der auf dem fast gleichnamigen Körperteil gemalt wurde. Mal ein grüner, mal ein blauer. Heute ein roter Schwan. Manchmal hing die Latte wie eine Bogenlaterne herunter und ähnelte wirklich einem Schwanenhals. Wenn sie Habakuk bemalt hatte, würde sie ihm noch die beiden Schwanenflügel ankleben. Und wenn sie das digitale Foto im Kasten hatte, begann sie mit der finalen Massage. Ihre Finger würden zum unwiderstehlichen Orgasmus-Ring werden. Dabei mimte sie die Germanistik-Studentin. Sie kaufte sich an Tankstellen oder am Bahnhofskiosk die wildesten Sex-Magazine, um den aktuellen Wortschatz zu studieren, mit dem die Männer aufgegeilt wurden.

»Es wird dir gefallen, deine Dreilöcher-Stute wird es dir mächtig besorgen, dein Saft wird wie die Lava aus dem Vulkan an die Decke spritzen, du wirst heulen vor Lust, ich werde deine Eier in den Wahnsinn kitzeln.« Sie betete die akustische Scharfmach-Litanei herunter. Sie kam sich vor wie die Frau an der Losbude, die mit dem umwickelten Mikro den vorbeilaufenden Plärrer-Besuchern das verpasste Glück ausmalte, wenn sie ohne Loskauf vorbei liefen. Ihre Anzeige »Liebeskünstlerin Joy sucht willige Pinsel« hatte eingeschlagen. Seit einigen Monaten war sie im Einsatz. Sie hatte als Taxi-Fahrerin einige Prostituierte kennen gelernt. Im Taxi und in den speziellen Kneipen. Mit einer, Tamara nennt sie sich, hatte sie sich angefreundet. Die zeigte ihr dann, wie das Sex-Business funktionierte. Lief ganz gut an. Dann vor ein paar Tagen diese geheimnisvolle Frau im Hotelzimmer, mit diesem verrückten Gutscheinauftrag, der brachte ihr einen ziemlich fetten Betrag in die Kasse. Ergänzte sich zudem wunderbar mit ihrer Kunst-Aktion. Es konnten bis zu zehn Gutschein-Aktionen werden, hatte ihr die Perückenfrau mitgeteilt.

Joy war ihr Künstlername. Sie hatte die Taxi-Fahrerei satt gehabt. Das bisschen Kohle für so viel Aufwand. Nach ihrem Studium zur diplomierten Grafik-Designerin an der Fachhochschule für Gestaltung in Augsburg war sie job- und brotlos. Das Sozialamt wollte sie nicht betreten, um nach Almosen zu betteln. Einmal hatte sie es versucht. Das Haus für das Sozialamt hatten sie gut gewählt. Die ehemalige Stadtmetzg. Ein Renaissance-Bau von Elias Holl, der alle Metzger in diesem Gebäude unterbrachte, vor rund fünfhundert Jahren. Unten am Perlachberg. Die knochigen Schädel der Rinder, an der Seite zum Kulturhaus Kresslesmühle, warnten jeden Hilfesuchenden. Hier war keine schnelle und bequeme Kohle zu erwarten. Hier wurde man ausgeschlachtet. Das Innerste sollte sie bloßlegen, um an ein paar Kröten zu kommen. War nicht ihr Ding. Dann lieber verhungern oder auf den Strich gehen. Bis jetzt war sie nicht verhungert. Sie wollte es wie diese Französin machen, die ihre Liebesabenteuer in Romanform herausgebracht hatte. Sex in Kunst umgesetzt. Aber ehrlicher. Echter. Ihre Texte zu den Bildern würden stimmen. Diese französische Autorin namens Millet mit ihrem Buch »Das sexuelle Leben der Catherine M.« war eine Betrügerin. Seit Joy ihren Körper verkaufte, wusste sie, dass diese Millet ihre Sex-Stories an den Haaren, jedoch sicher nicht an den Schwanzhaaren, herbeigezogen hatte. Da hatte eher Dolly Buster einen Orgasmus mit einer ungeschälten Karotte als diese Kultur-Journalistin Millet mit ihren vorgetäuschten Roman-Begattern. Sie fand diese Frau so was von bääääh! Alle ihre Kolleginnen fanden diese Millet so was von bääääh! Der Huren-Job war weniger reiz- und lustvoll als die weibliche oder männliche Fantasie annahm. Aber er hatte viele skurrile Details. Wenn man dafür aufgeschlossen war.

Wie würde sie über diesen Typen schreiben, der gerade mit seinem Herzilein telefoniert hatte. Dessen Herzilein nicht wusste, was er in ihrem gemeinsamen Wohnwagen gerade mit der bestellten Nutte, oder sagen wir, was die Nutte mit ihm trieb. Ließ er sie lieber in dem Glauben, dass er ihr treu war und einen besonderen Mega-Abspritzer genoss, wenn er sie mit einer Hure betrog? Vielleicht mit dem sauer verdienten Geld von der Fotoschießbude, wo sie von morgens bis abends das Geld kassierte, wechselte, die Kugeln und Fotos nachfüllte? Oder hatte er seine Geliebte angerufen? War er ein Ferkel der Extra-Klasse? Sie hielt seinen Habakuk an der Vorhaut hoch, damit sie eine glattere Fläche zum Malen hatte. Die Augen des Schwanes fertigte sie immer mit viel Hingabe an. Sie sagte sich: Schwansaugen müssen was taugen. Sein Habakuk fing langsam Feuer. Da waren noch Ressourcen für das finale Stehaufmännchen vorhanden.

»Bis später, ich liebe dich, bussi, bussi«, hatte der dicke Mann noch ins Handy gestöhnt.

Der Stöhner war echt. Den hatte sie ihm verschafft. Mit dem Pinselstiel hatte sie in seinem winzigen Eichel-Schlitzchen herumgestochert. Das machte ihn an. Schwahnsinn.

»Nicht schlecht, wann geht's endlich richtig los?«, wollte er wissen.

Er richtete seinen Oberkörper mühsam auf und holte sich eine offene Bierdose vom Bettkasten. In Kauerstellung, auf einem Ellbogen, schüttete er was in sich hinein. Die LechGstanzler sangen was von einem Burschen, der beim Fensterln kein Glück hatte.

Der Kerl hier sollte seine Befriedigung bekommen. Er würde sie weiterempfehlen. Da waren sicher noch einige Schausteller für die Satisfaction gut. Der Fick mit ihm kam nach der Bemalung und dem Foto.

»Gleich ist dein Ständer soweit«, machte sie ihm gewaltig Vorlust. »Erst das Foto, dann folgt exquisite Extremmassage.«

Sie blitzte mit der Digi. Drei Mal. Er öffnete die Augen. Sie entfernte die Schwanenflügel von seinem Habakuk. Er schnappte nach Luft. Er ahnte, dass ihm einiges bevorstand. Eine aufputschende Mischung aus Schmerz und Lust. Sie hatte die Finger um seinen Habakuk geschlossen. Sie drückte zu. Ihr Schraubstocktrick. Langsam immer fester, fester, fester. Die Wasserfarben ließen sein Lustglied mit lauten Geräuschen durch ihre Hand glitschen.

»Wie laufen die Geschäfte?«, redete sie dahin.

»Heute war hier schon mords was los.«

»Was denn?«

»Riesen-Schlägerei«, keuchte er aus seinen zusammengepressten Lippen hervor.

»Wegen was?«

»Eifersucht«, stöhnte er. »Der Dekorsi musste ins Krankenhaus. Bühne kaputt.«

Interessierte Joy nicht besonders, was die Suffköpfe in den Bierzelten anstellten. Sie war nur neugierig, wie der rote Habakuk-Schwan auf dem Display der Digi-Kamera aussehen würde. Beinahe hätte sie der Typ hier dermaßen bequasselt, dass sie den lukrativen Auftrag von dieser Perückenfrau im Hotelzimmer vergessen hätte.

Den Anruf, dem der merkwürdige Gutschein-Auftrag folgte, hatte Joy vor ein paar Tagen erhalten. Eine Frau, dachte sie sich, was will die von mir? Bekam sie einen Auftrag als Lesben-Leckerin? Einen Dildo-Job? Nein. Es wäre schon wegen einem Mann. Ein Auftrag gewissermaßen. Sie würde gut bezahlt dafür. Sie trafen sich im Hotelzimmer. Elfter Stock. Hotelturm. Sie wurde von einer Frau mit einer dunkelbraun füllig-lokkigen Perücke im Hotelzimmer erwartet. Die Perückenhaare, die über die Schulter quollen, verdeckten das halbe Gesicht. Die Perückenträgerin hatte zusätzlich noch eine Sonnenbrille auf der Nase. Vor der Perückenträgerin lagen zwei Hundert-Euro-Scheine. Die Perückenfrau sagte nichts. Sie lud Joy zum Hinsitzen ein. Auf die andere Seite des Tisches. Dann schob ihr die Perückenfrau ein beschriftetes Blatt hin. »Bestellung!« stand da drauf. »Männer-Samen bei mir abliefern!!! Samen-Lieferanten werden sich melden. Schausteller vom Plärrer. Haben einen Gutschein.«

Die Perückenfrau schob ihr einen Gutschein hin, auf dem mit der Hand das Wort »Muster« zu lesen war. Die Perückenfrau drehte den Gutschein um. Auf der Rückseite war ein rot aufgestempeltes Auge zu sehen. Die Perückenfrau, die nicht reden wollte, war so Ende der Dreißig, Anfang Vierzig, schick gekleidet, übertrieben dick geschminkt. Die Perückenfrau stellte drei merkwürdige kleine Gefäße vor Joy auf den Tisch. Merkwürdig wegen den Deckeln. Drei verschiedene Deckelformen. Die Perückenfrau zeigte zwischen ihre Beine, dann auf das Gefäß. Joy verstand. Der gewünschte Männersamen sollte in diese

Gefäße. Joy nahm ein Gefäß in die Hand. Es passte genau in ihre Hand. Sie hob den Deckel und schaute hinein. War leer. Ob solche Gefäße in den richtigen Samenbanken zur Samen-Sammlung benutzt wurden? Wo die Männer in ihren Kabinen hockten und sich einen runterholen mussten, für die kinderlose Gattin. Oder als bezahlte Samen-Spender für eine unbekannte Empfängerin mit fruchtlosem Mann oder ganz ohne Mann oder trotz fruchtbarem Mann? Wie lange waren eigentlich Männer-Samen fruchtbar, wenn sie mal das Tageslicht erblickt hatten? Minuten, Stunden, Tage? Bei welcher Temperatur? Dazu würde sie sich ein Buch aus der Stadtbücherei holen. Ihre Schwanen-Bücher musste sie dort auch bald verlängern lassen. Doch von fruchtbarem Samen war nicht die Rede, rekapitulierte sie den Auftrags-Text.

Die Perückenfrau schob ein weiteres Blatt über den Tisch zu Joy. »Bezahlung: sofort 200 Euro, nach sofortiger Samenablieferung weitere 200 Euro!!! Es können zehn Aufträge werden. Nur die ersten drei sind mit einer Samenlieferung an mich verbunden. Aufträge ohne werden mit 200 Euro bezahlt. Absolutes Stillschweigen!!!« Die Perückenfrau hatte es mit dem Ausrufezeichen. Mancher Deutsche liebt das Ausrufezeichen. Hatte was von Befehlston an sich.

Joy fragte nicht, was die Perückenfrau mit dem männlichen Eiweiß anfangen wollte. Sie redete auch kaum. Bei dieser Bezahlung war ihr alles piepegal. Die Perückenfrau wusste nicht, wer sie war und Joy wusste nicht, wer die Perückenfrau war. Auch bei kriminellen Geschichten konnte niemand herausbekommen, wer Joy war. Nur zwei sehr verlässliche Freunde wussten über Joys wahres Berufs-Leben Bescheid. Brauchte die Perückenfrau den Samen für perverse Spiele oder für einen Zaubertrank? Völlig egal. Das Honorar war super.

Die stumme Perückenfrau, die ziemlich steif herumsaß, als Joy die Anweisungen vorlas, sah ihr ruhig zu, als sie das Gutscheinmuster, die drei Gefäße, und die zwei Euro-Hunderter in ihren Rucksack steckte. Dazu bekam sie einen Schlüssel mit dem Zettel: »Ort für die Samen-Abgabe! Schlüssel für Schließfach Nr. 23489, Deutsche Bank, Augsburg, Königsplatz«. Die Anweisungen wollte die Perückenfrau wieder zurück haben.

»Wie originell«, kicherte Joy innerlich, »ein Spritzfach in der Deutschen Samen-Bank.«

So kam Joy in den Wohnwagen neben dem Bierzelt. Ihr Kunde ließ die leergetrunkene Bierdose auf den Boden kullern. Joy setzte sich auf ihn. Sie musste aufpassen, wann er kam. Es winkten noch 400 Euro. Ihr Blick wanderte unterm Gestöhne durch den Raum. Was war das? Ein rund zwanzig Zentimeter langer Gecko kam unter der Decke hervor und krabbelte über die zitternden Beine ihres heftig schnaufenden Kunden.

»Hey, Niko«, sagte der, »hau bloß ab!«

Schien sein Haustier zu sein. Ein folgsames. Der Gecko ließ sich von der Kante des Klappbetts auf den Boden gleiten. Er entdeckte Joys Rucksack als sein Klettergelände.

Sie merkte an den Bewegungen des dicken Mannes, der mit glasigen Augen seine Beine spreizte, als sei er beim Frauenarzt, an seiner neuen Stöhnart, die nur noch ein tiefes Grunzen war, bei dem ihm der Speichel aus dem Mundwinkel lief, dass seine Lustquelle bald sprudeln würde. Mit der rechten Hand massierte sie seine Lustlanze weiter, bevor sie sich ganz über seinen Schwanz stülpte. Auf ihm ritt. Vorsichtig nahm Joy mit der linken Hand das Gefäß von der Perückenfrau, von hinten zwischen ihre Schenkel und den pochenden Habakuk. Der dicke Mann unter ihr keuchte was von »öhlla, öhlla!« Konnte eventuell »schneller, schneller!« bedeuten. Sie spürte, dass er bald kam. Sie presste das Gefäß durch ihre Po-Backen, feuchtete es damit auch an. Wusch! Einige seiner Lust-Tropfen hatte sie in das Gefäß umlenken können. Mit der freien Hand fummelte sie in seinem Gesicht, mit ihren Fingern in seinem speicheligen Mund herum. Ablenkungsmanöver. Das Handygespräch mit seinem Herzilein hatte nicht geschadet. Die Samenquelle sprudelte bestens. Sie drückte den Deckel drauf. Sie hatte zu Hause diese Aktion mit einem Gartenschlauch geübt. Er schleckte unermüdlich an ihrem Daumen.

»Guten Appetit, mein lieber Supergeili«, wünscht sie ihm. »Du bist der wildeste und heißeste aller Männer.« Das ging ihm bestens runter. Seine Zunge kitzelte ihre Handfläche. Das Samen-Gefäß verstaute sie mit der anderen Hand heimlich in ihrem schwarzledernen Rucksack.

»Warte.« Sie knöpfte ihm seine Hose zu.

»Lass mich mal die Fotos sehen«, begann er wieder zu reden.

Sie fummelte an ihrer Digi-Kamera herum. Sie streckte ihm das Display hin.

»Bestimmt megageil – oder?«

»Ich seh' nur Blumen«, moserte er enttäuscht. »Oder hast du Blumen auf meinen Zipfel gemalt?« Er sagte Zipfel. Ach, wie nett. Die Augsburger Männer hatten dieses Wort gerne in Verwendung.

»Nein, nein, es waren keine Blumen. Du lieber Himmel, mir schwant was. Es hat nicht geklappt«, log sie.

Ruckzuck hatte sie den Chip mit den Habakuk-Fotos gegen den Speicher-Chip mit den Blumen-Fotos ausgewechselt. Sicher war sicher. Manchmal wurden die Kunden aufsässig, aus irgendeinem Grund, und verlangten, dass sie ihre bemalten Schwänze wieder aus dem elektronischen Gedächtnis der Digi-Kamera löschen sollte.

Sie zog sich schnell an.

Einbruch in der Samenbank war gelungen.

»Wir können es beim nächsten Mal wieder probieren«, sagte sie und nahm ihren Rucksack in die Hand. »Kennst ja meine Nummer. Ohne den Gutschein kostet's bei mir 150 Euro. Du bist eine Kanone.«

Dann schlüpfte Joy zum Wohnwagen hinaus. Draußen empfingen sie Musik, Lärm und Lichter. Der Plärrer brodelte. Das warme Wetter sorgte für Menschen-Massen auf dem Plärrer. Auf ihrer Designer-Uhr, die mit großen Digital-Zahlen für Minuten und Sekunden die Zeit angab, war es 21 Uhr 21.

Gleiche Zahlen.

Das mochte sie.

Ein schöner Anblick.

Ein gutes Zeichen.

Kapitel 7

Kesslers Fragen sind nicht erwünscht – Der Achterbahnbesitzer glaubt nicht an den Seitensprung seiner Gattin – Die Geisterbahn sollte man besuchen – Schiblinski ist kein notorischer Ausflipper

»Wissen Sie, wo ich Herrn Dominik Schiblinski finden kann?«, fragte ich das Mädchen im Kassenhäuschen der Achterbahn. Die Achterbahn stand gleich nach einer Glücks- und einer Süßigkeiten-Bude beim Plärrer-Haupteingang. Das Mädchen sah Schiblinski ein wenig ähnlich. Wahrscheinlich seine Tochter. Bei den Schaustellern war der Familienbetrieb die vorherrschende Unternehmensform.

»Warum?«

»Ich muss mit ihm sprechen. Es ist wichtig.«

Sie kassierte erst ein paar Leute ab.

»Der ist nicht zu sprechen.«

»Für mich schon. Es geht um seine Frau, um die Brandkatastrophe – außerdem schickt mich Brandhorst.«

Sie kassierte erst wieder ein Pärchen ab, das zu den Achterbahnwagen ging, die von zwei Helfern für den Start zusammengeschoben wurden.

Sie griff sich das Handy, das neben ihr lag.

»Du Papa, da will dich einer sprechen.«

Dann fragte sie mich nach dem Namen. Ich sagte ihn ihr. Sie gab ihn weiter an ihren Vater.

»Er kommt gleich«, sagte sie dann zu mir.

Es war Sonntagnachmittag. Erst 14 Uhr. Der Trubel würde langsam losgehen. Wenn das Wetter mitmachte. Noch war es ein bisschen kühl. Es war noch nicht abzusehen, ob die Sonne mehr Wärme bringen würde, damit die Leute zum Plärrer strömten.

»Sie wollen mich sprechen?«

Ich drehte mich um. Schiblinski stand neben mir. Er hatte ölige Hände. Er war in Monteurskluft.

»Ja, mein Name ist Klaus Kessler, Sie kennen mich vielleicht schon. Wir haben uns schon mal kurz unterhalten. Bei der Pressekonferenz. Brandhorst hat mich mit der Plärrer-Jubiläumsbroschüre beauftragt.«

»Kommen Sie mit, ich muss jetzt etwas essen.«

Wir gingen zu Müllers Brotzeitoase, gegenüber dem Kassenhäuschen der Achterbahn. Die Frauen in der Brotzeitoase waren noch beim Herrichten der Lachs- und Fischsemmeln. Sie schnitten die Semmeln auf, legten die Zwiebelringe rein, dann den roten Lachsersatz oder den Fisch. Wir bestellten uns ein Getränk. Schiblinski orderte ein Schnitzel mit Kartoffelsalat. Ich nahm eine Lachssemmel. Die war schön frisch und die Zwiebelringe hingen verlockend aus der Semmel. Wir stellten uns an einen Tisch bei der Brotzeitoase. Noch spazierten wenige Leute vorbei, zum Plärrer-Rundgang.

»Meine Tochter meinte, Sie wollen mir was sagen wegen meiner Frau. Was geht Sie das an?«

»Ich bin von der Versicherung als Privat-Ermittler beauftragt.«

Karin Korb hatte gesagt, ich solle bei meinen Nachforschungen immer erwähnen, dass ich für sie im Einsatz bin. Ihre Firma bestehe auf korrektem Verhalten.

»Sie? Was sagt der Kommissar dazu? Dem wird das nicht gefallen.«

»Doch, der findet das gut. Sie können ihn fragen. Ihre Frau soll in einem brennenden Wohnwagen umgekommen sein, ist das richtig?«

Ich tat, als hätte ich seinen Skandal-Auftritt im Bierzelt nicht mitbekommen. Neben unserem Imbisswagen ruckelte das »Space Shuttle« los. Eine raumschiffähnliche silbern glänzende Kabine. Die Leute drin sahen auf einem Bildschirm eine wilde Fahrt durch das All.

»Das stimmt. Meine Frau ist im Wohnwagen der Strobel verbrannt.«

»Ich habe gehört, sie war nicht allein.«

»Geht es Ihnen um die verbrannten Wohnwagen oder was?«

»In erster Linie um die Wohnwagen wegen dem Schadensanspruch gegenüber der Versicherung. Schon. Aber das Schicksal von Menschen finde ich auch wichtig. Ihr Wohnwagen ist ja auch verbrannt.«

»Sicher. Für mich hat es sich rentiert. Dieses Feuer. Auf meine Frau läuft eine Lebensversicherung, der Wohnwagen war versichert. Damit gehöre ich sicher zum Kreis der Verdächtigen.«

Er sprach seine Selbstbezichtigung mit zusammengepressten Lippen und mit viel Bitterkeit in der Stimme. Es war klar, dass er es nicht so meinte. Dominik Schiblinski konzentrierte sich aufs Essen. Es war ihm deutlich anzusehen, dass er den Ess-Vorgang in Gedanken mitverfolgte, um sich abzulenken, um möglichst wenig Gefühle zu zeigen.

»Nach meinem Bierzeltauftritt sowieso«, schnitt er das Schnitzel in gleichgroße Teile. Er sah zerknirscht aus.

»Wie kam Ihre Frau wohl in den Wohnwagen der Strobel?«

»Die Strobel wollte ihn verkaufen. Vielleicht hat ihn Gold-Willi gekauft? Vielleicht wollte er ihn meiner Frau zeigen? Ein alter Angeber war er ja.«

Kein böses Wort über seine Frau. Schiblinskis Hassausbruch im Bierzelt musste wohl unter Alkohol-Einfluss geschehen sein.

»Wer ist Gold-Willi?«

Ich konnte es mir denken, aber ich wollte wissen, was Schiblinski zu Wilhelm Kampa einfiel.

»Der Wilhelm von der Geisterbahn.«

»Hmm. Vielleicht hat dessen Frau aus Eifersucht das Feuer gelegt?

Womöglich war er mit einer anderen drin? Vielleicht konnte die andere rechtzeitig abhauen? Vielleicht hat Ihre Frau nur helfen wollen?«

Dominik Schiblinski war anzusehen, dass er schrecklich litt. Ich wollte ihm was Gutes tun.

»Vielleicht. Vielleicht dreht sich die Sonne um die Erde? Danke, Sie müssen sich nicht bemühen. Kampas Frau war auch an unserem Stammtisch im Charly, als es passierte.«

Ich notierte mir geistig einen Besuch bei der Willi-Witwe von der Geisterbahn. Dann lenkte ich das Gespräch wieder auf die verbrannten Wohnwagen.

»Was war denn Ihr eigener Wohnwagen wert?«

»Zwei Jahre war der alt. Da hätte ich noch 150.000 Euro dafür bekommen.«

»Hatten Sie Interesse am Wohnwagen der Strobel?«

»Was sollte ich damit? Meiner war noch gut genug. Ich gehöre nicht zu den Leuten hier, die immer den neuesten und größten und teuersten Wohnwagen brauchen. Ich benötige das Geld, um die Zinsen für meinen Kredit abzuzahlen. So eine Achterbahn ist kein billiger Spaß.«

»Aha. Verstehe. Haben Sie schon mit der Frau von Gold-Willi gesprochen? Was sagt die zu der Sache?«

»Mit der kann man nicht viel sprechen. Die glaubt immer noch, dass ihr Wilhelm Opfer irgendwelcher dunklen Mächte geworden ist. Die hält wahrscheinlich mich für den Mörder ihres Mannes. Erzählt seit meinem Bierzeltausfall überall rum, dass ich aus Eifersucht ihren Willi verschmort hätte. Eine glatte Verleumdung. Ich sollte ihr dafür den Rechtsanwalt auf den Hals hetzen.«

»Und – machen Sie's?«

»Nein. Gott bewahre. Wir Schausteller wollen keine Polizei und keine Rechtsanwälte. Das gibt nur Ärger. Wir versuchen unsere Probleme selber zu lösen.«

»Wer, denken Sie, könnte die Wohnwagen in Brand gesetzt haben?«

Dominik Schiblinski stach die kleinen Schnitzelstückchen mit der Gabel möglichst exakt in der Mitte an.

»Was soll ich schon denken? Es gibt einige, die denken, es war ein Amokläufer.«

»Denken Sie mal nur, was Sie denken.«

»Was ich denke? Gold-Willi hatte viele Feinde. Kein Wunder bei seinen krummen Geschäften und seinen Weibergeschichten. Aber wer konnte schon wissen, dass er in diesem Wohnwagen zu diesem Zeitpunkt ist?«

»Das ist ein Knackpunkt. Die Eigentümerin des Wohnwagens, die konnte es vielleicht wissen, was meinen Sie?.«

»Über meine Schausteller-Kollegen sage ich nichts. Niemals. Unter keinen Umständen. Die Strobel Waltraud, die war übrigens auch am Stammtisch im Charly-Bräu, als das passierte.«

»Tadelloses Alibi«, kommentierte ich. Über seine andere Behauptung machte ich keinen Kommentar.

»Nicht ganz, ich könnte schließlich jemanden beauftragt haben.«

Schiblinski gab nicht auf, mich auf seine Spur zu hetzen. Wollte er büßen? Für was?

»Haben Sie das dem Kommissar auch so gesagt?«

»Nein. Aber Sie können es ihm sagen.«

»Der war bestimmt schon im Charly-Bräu und hat sich da schlau gemacht.«

»Hoffe ich.«

»Rentiert es sich überhaupt, seinen Wohnwagen zu verbrennen?«

»Kommt drauf an.«

»Auf was?«

»Wenn Sie ihn billiger bekommen haben als er laut Preisliste beim Händler kostet.«

»Wie geht das?«

»Ich jedenfalls habe meinen Wohnwagen ganz normal bezahlt. Ich habe für alles die Belege. Bis zur letzten Schraube. Da kann das Finanzamt ruhig kommen.«

»Sie meinen, man bräuchte eine überhöhte Rechnung?«

»Ich muss wieder los.« Schiblinski hatte seinen Teller fein säuberlich ausgegessen. »Ich muss noch arbeiten.«

»Wegen der Plärrer-Jubiläumsbroschüre, die soll jetzt im Herbst herauskommen, darf ich Sie da noch mal belästigen?«

»Sie wollen doch sicher eine Anzeige dafür?«

»Ja. Wir schreiben aber auch was dazu. Über die gesamte Geschichte des Plärrers, über die Entwicklung der Fahrgeschäfte, über die Schausteller, die sich beteiligen ...«

»Schon gut, sparen Sie sich das Blabla. Was kostet eine Anzeige?«

»Wir bringen das Jubiläumsjournal im DIN A 4 Format heraus. Eine Viertelseite Schwarz-weiß kostet 250 Euro, eine halbe Seite 450 Euro und eine ganze 890 Euro, bei vierfarbig müssen wir einen Aufschlag von 30 Prozent machen ...«

»Viertelseite. Schwarz-weiß. Hier sind 250 Euro und meine Visitenkarte. Machen Sie was draus. Und vergessen Sie nicht, mir die quittierte Rechnung vorbeizubringen.«

Schiblinski ließ mich stehen. Er eilte zu seiner Achterbahn hinüber. Er war kein typischer Schausteller. Eitelkeiten schienen ihm fremd zu sein. Er war mehr der Handwerker. Ein Nüchterner. Ein Realist. Er hatte mit seiner Semmel den Teller blitzblank geputzt. Die Serviette hatte er nicht einfach benutzt und zerknüllt. Er hatte sie wieder zusammengelegt. Das

Plastikbesteck hatte er nicht weggeworfen. Das hatte er mit der Serviette abgeputzt und eingesteckt. Sein dunkelblauer Arbeitsanzug war korrekt. Die Schultern hingen aber immer noch. Die Öl-Flecken waren nicht alt, also wurde er regelmäßig gewaschen. Seine Schraubenzieher waren nach der Größe in den Taschen festgeklemmt. Er war ein Techniker. Das musste ihn voll erwischt haben mit seiner Frau. Dieser Mann war kein notorischer Ausflipper. Bei dem brauchte es eine gewaltige Gefühls-Katastrophe, bis er aus sich herausging. Wie seine Frau wohl gewesen war? Hatte sie bei dem Handwerker die Leidenschaft vermisst, die Phantasien, die Träume, das abenteuerliche Drumrum-Flair des Jahrmarktes, das sie vielleicht bei Gold-Willi gefunden hatte? Schiblinski sprach noch kurz mit seiner Tochter im Kassenhäuschen, dann verschwand er zwischen den Balken und Stangen, über die bunte Wägen donnerten, in denen gelacht und geschrieen wurde.

Ich schaute noch eine Weile zu. Es stimmte schon, das Leben ist wie eine Achterbahn. Man setzt sich rein und bibbert dem Ziel entgegen. Von außen schaut's noch relativ harmlos aus. Mitfahren ist eine andere Sache. Manche schauten verängstigt drein, manche klammerten sich stumm fest, manche machten große Augen, manche quietschten vor Vergnügen über die rasante Fahrt auf den Schienen.

Mal rauf mal runter.

Kapitel 8

Helga Winkler macht sich Sorgen um ihren kranken Hund Chilli – Fremdes Blut tut selten gut – Eine Tierärztin kümmert sich auch um Menschen – Im herumstehenden Metallkoffer ist viel Geld

»Ich brauche dich«, hatte Helga Winkler gestern Abend, zu ihr gesagt. »Du musst dir gleich meinen Chilli anschauen, der hat was Schlimmes. Der isst nichts mehr. Er ist bald nur noch ein Gerippe. Er will auch nicht mehr raus.«

Helga Winkler, die Besitzerin des Riesenrades war eine stämmige Frau. Geradeaus, handfest, lebensfroh. Was Helga Winkler anfasste, brachte ihr Glück. Vor vielen Jahren war ihr Mann gestorben. Betriebsunfall. Dann hatte die Riesenrad-Besitzerin mit Bruno was angefangen. Eigentlich er mit ihr. Zuerst hatte Helga nur geholfen, über die Finanzprobleme von Brunos Reitsalon, den er von ihren Eltern übernommen hatte, hinwegzukommen. Irgendwann hatte ihr Helga erklärt, dass sie mit ihrem Mann ein Verhältnis habe, dass sie Bruno heiraten wolle. Eine Scheidung wäre das Beste. Ihre Ehe mit Bruno sei doch sowieso nur noch ein Trümmerhaufen. Der Reitsalon ein Betrieb mit roten Zahlen. Womit Helga keine Lüge erzählte. Ihr Bruno war ein grober Klotz, der gerne an der Flasche hing, der kein Verständnis für ihre Träume von fremden Welten hatte. Sie hatte ihn genommen, weil er als Stallknecht zum Reitsalon ihrer Eltern gestoßen war. Weil sie ein Kind von ihm erwartete.

Helga trug ihre Idee derart natürlich vor, dass es kein Widerwort gab. Sie ließ Bruno ziehen. Ein paar Meter weiter, zum nächsten Wohnwagen. Helga hatte ihn anscheinend im Griff. Auch wenn sie froh war, den Kerl an ihrer Seite los zu sein, kam es ihr wie eine Niederlage vor. Wieder hatte eine Frau mehr Erfolg als sie. Das kränkte sie. Sie beschränkte den Verkehr mit Helga auf ein Minimum. Nur wenn sie Hilfe von Bruno brauchte für den Auf- und Abbau ihres Karussells. Helga hatte nichts dagegen. Dann starb Bruno. Unfall beim Riesenrad-Transport auf der Autobahn. Ab diesem Zeitpunkt redete sie mit Helga wieder ganz normal. Als hätte es die Geschichte mit Bruno zwischen ihnen nie gegeben. Als hätte diese Bruno-Geschichte zwischen ihnen sogar etwas Verbindendes. Es gab einige familiäre Verwicklungen zwischen den Schaustellern. Innerhalb dieser vielbeschworenen großen Familie musste man vergeben und vergessen können. Sonst wurde man ausgegrenzt, ausgestoßen. Selten hatte eine Frau den Verlust ihres Mannes besser vergeben und vergessen als sie, die das zuerst zumindest versuchte, dann aber allen hervorragend vorspielte, als sie es nicht wirklich schaffte. Solche Vorfälle versuchte jede und jeder als naturgegeben anzusehen.

Wie sollte man auch weiter auf den gleichen Plätzen zusammenarbeiten, wenn diese privaten Dinge die Atmosphäre vergifteten. Die das nicht packen, die stiegen ganz aus, wählten ein Leben mit dem Kontoauszug, auf dem regelmäßige Gehaltseingänge die wichtigsten Daten waren.

Nach Brunos Tod lebte Helga als brave Witwe. Kein Lebensgefährte, keine Affären. Ihr Hund Chilli schien ihr zu genügen. Helga Winkler war eine reine Geschäftsfrau. Andere Dinge interessierten die Riesenrad-Besitzerin kaum. Im Urlaub fuhr Helga Winkler immer an den gleichen Strand in Spanien. Helga Winkler lebte nur für ihre beiden Töchter. Eine studierte an der Augsburger Universität, die kleinere war im Internat. Die sollte es mal ganz weit bringen. Entweder groß im Schaustellergewerbe einsteigen oder in der Industrie Karriere machen. Sie wusste, dass Helga Winkler weitaus mehr besaß als man vermutete. Helga Winkler verpachtete nicht nur den Reit-Salon, sondern war auch stille Teilhaberin beim Fahrgeschäft Speedy Gonzales und beim 3-D-Kino Space-Movie. Die mussten Kreditraten, Zinsen und eine Gewinnbeteiligung an Helga Winkler zahlen. Da kam was zusammen. Sie hatte das durch den Schaustellerpfarrer mitbekommen. Wusste der anscheinend vom Kirchensteueramt, wo er den Chef gut kannte.

Helga Winkler hatte zwei feste Helfer, die einen kleinen Wohnwagen neben ihr hatten. Gestern Abend war Helga Winkler zu ihr ans Karussell gekommen. Sehr aufgeregt. Wegen Chilli. Chilli war Helgas Pudel. Nachdem sie um 22 Uhr ihr Karussell zugemacht hatte, suchte sie ihre Ausrüstung zusammen und ging zu Helgas Wohnwagen. Helga wartete schon aufgeregt. Chillis Körbchen war auf der Eckbank. Dort lag das wuschelige Tierchen, das sonst unablässig herumtollte, eingerollt mit halboffenen, irgendwie verdrehten Augen. Das Mittel, das sie ihm vor einigen Tagen heimlich gegeben hatte, produzierte die erwünschten Krankheits-Symptome. Helga Winkler wischte ihrem Hund mit Toilettenpapier ständig den Schaum vom Maul. Sie hörte mit dem Phonendoskop Chillis Lunge ab.

Mit dem Otoskop schaute sie in Chillis Ohren. Nach einer kurzen Untersuchung verkündete sie ihre Diagnose: »Chilli hat eine böse Infektion. Womöglich eine beginnende Tollwut.« Sie versprach Helga Winkler, ihren Chilli wieder schnell auf die Beine zu bringen. Keine Gefahr. Sie würde morgen früh gleich die nötige Medizin besorgen und käme dann so um 10 Uhr wieder her zum Wohnwagen, um den Hund zu behandeln.

»Ist mir gleich, was das kostet«, sagte Helga Winkler. »Hauptsache, Chilli ist wieder gesund.«

Chilli war ihr ans Herz gewachsen. Die Riesenrad-Besitzerin hatte sonst keinen, der mit ihr die Nächte teilte.

Kurz nach zehn, am nächsten Tag, öffnete Helga Winkler ihre Wohnwagentüre. Die Riesenrad-Chefin brachte ihren Jungs eine Kaffeekanne in einen alten Zirkuswagen, neu hergerichtet. Die mussten ab 11 Uhr Routine- und Wartungsarbeiten am Riesenrad erledigen. Der Plärrer begann um 14 Uhr. Helga Winkler konnte in Ruhe frühstücken. Mit dem Kaffeegang konnte Helga Winkler auch ein wenig ihre Burschen kontrollieren. Helga Winkler hatte nichts dagegen, wenn die mal über die Stränge schlugen. Die Burschen mussten halt da sein, wenn sie gebraucht wurden.

Sie hatte die Tasche dabei. Es war ihr egal, ob sie jemand sah, wie sie in Helga Winklers Wohnwagen stieg. War ganz normal. Mit zwei Spritzen in der abgeschabten Ledertasche. Eine für Chilli. Eine für Helga.

»Wen sollen wir zuerst drannehmen? Dich oder Chilli?«

»Bitte erst meinen Chilli. Der hat die ganze Nacht jämmerlich gewinselt. Wurde gestern erst etwas besser nach deiner Spritze. Heut früh macht er mir allerdings einen sehr schlechten Eindruck.«

»Gut. Dann hol ihn aus dem Körbchen. Leg aber vorher eine Decke auf deine Eckbank. Da legst du ihn drauf.«

Helga machte das. Chilli hing wie ein nasses Handtuch in den Armen seines Frauchens. Er schien es nicht mehr lange zu machen.

»Hoffentlich stirbt er nicht.« Bei Helga flossen tatsächlich Tränen wegen Chilli.

»Er bekommt eine Spritze, dann braucht er nur ein wenig Ruhe. Den bekommen wir schon wieder hin. Du wirst sehen, nach zwei, drei Stunden frisst er wieder. Heut Abend kannst du schon wieder mit ihm an der Wertach spazieren gehen.«

Sie packte die Ampulle aus. Chilli musste nicht festgehalten werden. Er stierte ohne jegliche Kraft irgendwohin. Langsam versenkte sie die Spritze zwischen Chillis Ringellocken. Der Hund muckte und zuckte nicht.

»Guter Hund, braver Hund«, streichelte Helga ihren tierischen Freund.

»Nach dieser Aufregung kannst du ein paar Vitamine und Aufbaustoffe gut vertragen«, verstaute sie die geleerte Spritze. »Bitte den Unterarm freimachen.« Sie holte die Spritze für Helga Winkler heraus.

Der Schausteller-Job konnte die Menschen schon zermürben. Die Angst vor dem Wetter, die Sorge um die Einnahmen, ein Unfall im Fahrgeschäft, das ausbleibende Publikum, weil das Angebot zu altmodisch war, die Investition für das neue Fahrgeschäft – würde es einschlagen oder nicht? Das ganze Jahr unterwegs. Aufbauen. Abbauen. Der Kampf um den Stellplatz. Da konnte eine regelmäßige Aufbauspritze nicht schaden. Sie hatte viele Kunden unter den Schaustellern für ihre Wunderspritzen. Über jede und jeden hatte sie eine detaillierte Kartei-Karte angelegt. Ein guter Nebenerwerb. Brachte bald mehr als ihr Karussell. Dazu noch ihre Tierarzt-Tätigkeit. Das sparte sie für später, wenn sie zu den Ausgrabungen wollte, die auf schon lange auf sie warteten.

Draußen begann es zu regnen. Die Regentropfen prasselten auf das Wohnwagendach.

»Dann ist der Tag wohl gelaufen«, bemerkte Helga.

»Der Wetterbericht sagte was von einem schönen Wochenende, vielleicht hört's gleich wieder auf«, meinte sie.

Sie forderte Helga auf, ihren Chilli wieder ins Körbchen zu legen. Helga flüsterte ihrem Chilli Versprechungen ins Ohr, was er Tolles erleben würde, wenn er bald wieder munter war, wenn er wieder mit seinem Frauchen da drüben am Wertachufer entlangspringen konnte, um die aufgeregt schnatternden Enten ins Wasser zu scheuchen.

Der übliche Platz für die Entgegennahme der Aufbauspritze war das Wohnwagen-Bett. Helga knöpfte den linken Ärmel ihrer Bluse auf, legte ihren Unterarm frei. Ihre Adern, die blau unter der weißen Haut zu sehen waren, schlängelten sich vom Handgelenk durch die Kuhle im Ellenbogen und verschwanden hinter dem hochgerollten Blusenärmel. Wie immer schloss Helga Winkler die Augen, wenn sich die Spritze der Vene näherte. Das wollte Helga nicht sehen. Sie setzte sich auf einen Hocker und machte die Aufbauspritze fertig.

Von der Nadelspitze der Spritze perlte ein durchsichtiger Tropfen. Ihr Daumen war bereit, um die klare Flüssigkeit in Helgas Adern zu pumpen. Helga war eine kräftige Frau. Die Riesenrad-Besitzerin erinnerte an diese wuchtigen Pferde. Diese Kaltblütler. Kaltblütig, ja das musste sie jetzt sein, um diese Frau zu besiegen. Die Nadelspitze durchstach die dünne elastische Wand von Helga Winklers Vene, in der das sauerstoffarme Blut zum Herz zurückfließt. Helgas Herz würde darüber staunen, was die Vene diesmal antransportierte. Aber nicht lange. Das Betäubungsmittel würde schnell wirken. Ein Elefant konnte damit in ein paar Sekunden umkippen.

»Ruhig und tief atmen.«

Ihr Daumen schob den Kolben in der Spritze nach vorne. Helga lag flach auf ihrem Bett. Die Schuhe hatte Helga Winkler ausgezogen. Aus ihrem grün-weiß-gestreiften Kostüm, dessen Rocksaum einige Zentimeter unter den Knien endete, ragten kräftige Beine hervor.

Helgas Atem begann plötzlich zu stocken. Sie öffnete die Augen mühsam. »Mir ist eigenartig.«

»Das ist die Aufregung. Die Angst um deinen Chilli. Leg dich hin. Ich bleibe noch bei Dir.«

Sie hielt Helga die Hand. Die Riesenrad-Chefin wurde völlig schmerzunempfindlich, schlief ein. Jetzt holte sie die nächste Ampulle mit rötlichem Inhalt. Sie spritzte Helga Winkler Blut der Gruppe B. Nicht gut für eine Frau mit der Blutgruppe A. Tödliches Blut. Sie hatte es sich selbst abgezapft. Ihre Art von Blut-Rache. Bevor die Ärzte wussten, dass es verschiedene Blutgruppen gab, mussten die meisten Menschen bei einer Blutübertragung mit falschem Blut jämmerlich krepieren. Es gab Fürsten oder Päpste oder andere reiche Kaufleute, die nach einem hohen Blutverlust, bei einer Vergiftung oder einer Blutkrankheit versuchten, ihr Blut zu erneuern oder auszutauschen. Möglichst mit dem Blut eines jungen Menschen. Man erhoffte sich dadurch auch wieder etwas Jugend zu erlangen. Mit etwas Glück erwischte der Empfänger der Blutspende die richtige Blutgruppe und gesundete vorzüglich. Mit der falschen kam er unter die Erde. Und weil es ab und zu eben doch funktionierte mit der Blutübertragung, ließen sich manche auf das russische Roulett mit dem Blut ein. Blutempfänger mit AB haben die besten Chancen weiterzuleben, weil sie A, B, AB und Null vertragen.

Sie kannte die Krankheiten und Blutgruppen ihrer Aufbau-Patienten unter den Schaustellern. Von jedem hatte sie sich eine kleine Macken-Liste angelegt. Ein nützliches Archiv.

Ein dumpfes Gurgeln kam aus Helgas Mund. Nach einem kurzen Anfall war es für Helga Winkler vorbei. Einen Schäferhund einzuschläfern machte ihr auch nicht viel mehr zu schaffen, musste sie feststellen. Das Leben war aus Helgas Körper gewichen. Die stolze Frau, der das Glück nachgehechelt war, war ab sofort nur noch ein Stück Fleisch, das langsam in die Verwesung überging, dachte sie sich. Das Glück konnte sich jetzt mal um sie kümmern. Helga Winklers faszinierendes Charisma war verschwunden. Sie zog die Spritze heraus. Dabei schaute sie ihr ins erstarrte Gesicht. Sie wartete auf einen vorwurfsvollen Blick. Helgas erloschene Augen sahen nicht, wie sie aus ihrer Tasche das Bajonett holte. Hatte sie als kleines Mädchen auf dem Plärrer-Gelände gefunden. Eine verrostete Waffe, die im Krieg auf das Gewehr gepflanzt wurde. Zum Gegner-Totstechen beim Nahkampf. Legales Aufschlitzen von menschlichen Gegner-Brüsten und -Bäuchen. Im Namen der Ehre und des Vaterlandes. Das alte Bajonett hatte sie im steinchenübersäten Boden entdeckt, den ihr Lieblings-Pferd Mustafa im Ausruhzelt aufgescharrt hatte.

Sie hatten so viele Pferde für ihren Reit-Salon, dass eine Hälfte die Kinder im runden Reit-Zelt mit dem Sägespäneteppich auf dem Boden im Kreis trug und die andere Hälfte sich ausruhen durfte. Sie war gerne bei den Pferden. Sie liebte den Geruch, die großen Augen, die schnaubenden Nüstern, das glänzende Fell, den schwingenden Schweif. Warum zogen Pferde besonders die Mädchen im Teenager-Alter an? Weil man sie stundenlang streicheln konnte? Weil die schönen und großen Tiere gehorsam waren?

Vor und nach dem Ersten Weltkrieg wurden auf dem Plärrer-Gelände die Soldaten aus den Augsburger Kasernen gedrillt. Sie lernten hier das Exerzieren. Deswegen wird das Plärrer-Gelände auch Kleiner Exerzierplatz genannt. Exerzieren ist das Marschieren, Drehen, Wenden und

Stehen von Soldaten in exakten Formationen. Wobei die Fuß- und Armbewegungen in einstudierten Haltungen verschiedene Positionen mit dem Gewehr beinhalteten. Auch mit aufgepflanztem Bajonett. Dazu brüllten die Vorgesetzten, auch Schleifer genannt, mächtig herum. Dabei musste einem Soldat das Bajonett verloren gegangen sein. Sie hatte es versteckt. In ihrer Schatztruhe, der ehemaligen Wäschetruhe ihrer Oma. Die Waffe imponierte ihr. Sie fühlte sich ein klein wenig mächtig damit. Manchmal nahm sie das Putzmittel ihrer Mutter für das Essbesteck, um ihr Fundstück vom Rost zu befreien. Keiner wusste davon. Sie sammelte alle alten Dinge, die sie fand, die ihr wertvoll vorkamen.

Sie zerschnitt mit dem Bajonett die Bluse von Helga Winkler.

Dann versenkte sie das Bajonett im Herz ihrer Gegnerin. An den Rippen vorbei. Der tote Körper war ziemlich widerstandsfähig. Das hielt sie nicht auf. Sie war das gewohnt. Sie hatte in ihrer Ausrüstung als Tierärztin auch ein spezielles Messer, das sie brauchte, wenn sie bei den Kühen den vom Gas aufgeschwollenen Bauch anstechen musste. Dann konnte das Gas aus dem mächtigen Körper wie aus einem Ventil entweichen. Sie war es daher gewohnt, in Körper zu stechen.

Sie zerfetzte Helgas Bluse. Zerriss den Büstenhalter. Machte sich genauso über Helgas Rock, Strumpfhose und Slip her. Es sollte nach einer Vergewaltigung aussehen. Bevor sie das kleine Gefäß herausholte, zog sie dünne Gummihandschuhe über ihre Hände. Sie verschmierte mit den geschützten Fingern die zähe Flüssigkeit aus dem vasenartigen Behälter in und um Helga Winklers Scheide, ihrem Busen und ihrem Mund. Es sollte wie der Mord eines Triebtäters aussehen. Sie sollten einen Mörder suchen. Einen Mann. Ihr anonymes Schreiben an die Augsburger Polizei mit einigen Namen würde dafür sorgen, dass einer für den Mord an Helga Winkler verhaftet wurde. Sie packte zusammen. Sie musste los. Ihr Märchenkarussell wartete auf sie.

Wenn die Holzpferdchen heute an ihr im Klang der Jahrmarktsmusik vorbeischwebten, wird sie am oberen Rand des Karussell-Hutes das frisch restaurierte Dornröschen-Motiv vorbeiziehen sehen. Eine Fee wurde nicht eingeladen, um die Geburt der Prinzessin zu feiern. Angeblich hatte der Königs-Haushalt zu wenig goldene Teller und Tassen. Die Fee war daraufhin stockbeleidigt. Sie fing es raffiniert an, dass sich die Prinzessin mit einer Spindel, versehen mit Schlaf-Gift, beim Spinnen in den Finger stach. Die Prinzessin und der gesamte Königshof im Schloss fielen daraufhin in einen tiefen Schlaf. Dornige Rosenhecken wuchsen um das Schloss herum. Viele Prinzen, die sich zur sagenhaft hübschen Prinzessin im Dornen-Dschungel durchschlagen wollten, verendeten jämmerlich im undurchdringlichen Gestrüpp, ohne der Schlafenden den aufweckenden Kuss geben zu können.

Was würden Vladhos Küsse mit ihr anstellen?

Sie sah sich in Helga Winklers Wohnwagen um. Es sah nach einer Rauferei aus. Ihr Blick fiel auf einen großen, silbrig glänzenden, sehr wertvoll aussehenden Metallkoffer. Der stand herum, als gehörte er nicht herein. Trotz der Unruhe, die in ihr war, öffnete sie den großen Metallkoffer.

Er war voll Geld.

Sie nahm den Koffer mit.

Kapitel 9

Besuch des Schlaflabors in München – Augsburger Allgemeine meldet den Sexual-Mord an Helga W. – Helle lernt eine Traumfrau kennen – Klaus Kessler lernt am Plärrer-Café Kommissarin kennen

Am Montag drängten sich die Termine. Schlaflabor, Kommissar, Bierzelt-Bedienung, Geisterbahnbesitzerin. Zuerst musste ich mich vormittags um 10 Uhr 30 in München bei einem Spezialisten für Schlafkrankheiten vorstellen. Wegen eines Termins für zwei Nächte im Schlaflabor. Helle wollte mich begleiten. Wir konnten dabei einiges im Zug besprechen. Ich hatte eine Tasche mit digitaler Kamera und einigen Plärrer-Utensilien umgehängt. Wir trafen uns in der Buchhandlung im Augsburger Hauptbahnhof. Obwohl wir knapp dran waren, kaufte ich noch schnell eine Augsburger Allgemeine. Ich wollte Helle von dem brutalen Geschehnis auf dem Plärrer berichten, von dem ich schon seit Sonntagnachmittag wusste. Wir hasteten durch die Unterführung. Dann die Stufen hoch zum Gleis. Kaum waren wir eingestiegen, fuhr der Zug schon los. Es waren um diese Zeit noch genügend Plätze frei. Aufschnaufend setzten wir uns hin.

»Eine Frau wurde ermordet, am Samstag, auf dem Plärrer«, entfaltete ich die Zeitung. Auf der Rückseite musste die Schreckensmeldung zu sehen sein, die ich Helle zeigen wollte.

»Eine Schaustellerin?«, fragte Helle.

Ich las ihm vor: »Riesenrad-Betreiberin auf dem Plärrer ermordet. Die Schaustellerin Helga W. (51), Besitzerin des Riesenrades, fiel einem brutalen Sexual-Delikt zum Opfer. Der herbeigerufenen Polizei bot sich ein schrecklicher Anblick. Die unter ihren Kolleginnen und Kollegen beliebte Schaustellerin wurde grausam ermordet. Der Plärrer kommt nicht zur Ruhe. Die Augsburger Kripo hat für die Fahndung nach einem gefährlichen Triebtäter, der jederzeit wieder zuschlagen könne, eine Fahndungs-Kommission zusammengestellt. Erste Spuren werden verfolgt. Die Bevölkerung wird um Mitarbeit gebeten ...«

Allerdings hatte mir das Kommissar Weissberg schon gestern, am Sonntagnachmittag, per Handy mitgeteilt. Nach seinem Anruf wusste ich, dass Helga Winkler, die Inhaberin des Riesenrads, von einem gestörten Mann erstochen worden war. Es seien eindeutige Spuren gefunden worden. Spermaflecke. Während Weissberg mir das erzählte, schaute ich aus dem Fenster. Draußen nieselte es schon stundenlang. Ideales Daheimhockspielewetter. Eigentlich wollte ich mit meiner Tochter auf den Plärrer gehen. Brandhorst hatte mir und Helle im Bierzelt ein Gutscheinheft für die Buden und Fahrgeschäfte auf dem Plärrer zugesteckt. Aber bei diesem trüben Wetter war nur ein Bierzeltbesuch möglich. Für ein kleines Mädchen kein Vergnügen. Daher spielten wir lieber bei mir daheim am Computer. Wir hatten uns ein Computer-Spiel besorgt: »Rollercoaster Tycoon«. Dabei geht es um den Aufbau von Jahrmarkt-Parks mit Flugzeug-Karussell, Rutschturm, Animations-Angestellten, mit Bootsfahrten auf dem See und dazu natürlich gigantischen Achterbahnen. Der virtuelle Park auf dem Computer-Bildschirm muss mit der PC-Maus derart attraktiv gestaltet werden, dass die Besucher herbeiströmten, um viel Geld in die Kasse zu bringen. Wie verhielt es sich in Wirklichkeit, dachte ich mir. Nach all dem Schrecklichen, der Brandkatastrophe mit zwei Leichen und dem Sexualmord – würden die Besucher den Plärrer meiden? Ich gab Helle die Zeitung zum Selberlesen.

»Furchtbar.« Helle nahm die Augsburger Allgemeine entgegen. Wir fuhren gerade, nach der Überquerung des Lechs auf der neuen eisernen Brücke, durch die kleine Station Augsburg-Hochzoll. Meinte Helle die Tat auf dem Plärrer oder den Zustand der Zeitung? Er hatte sie entknüllt, auf den Polstersitzen glatt gestrichen und wieder ordentlich zusammengelegt. Provokativ exakt. Wenn ich eine Zeitung lese, ist sie hinterher ein Papierknäuel. Ich bin der Meinung, ich lese meine Zeitung nicht zweimal. Könnte sie also hemmungslos verformen, die Seiten-Reihenfolge anarchisieren. Mögen manche nicht.

»Der arme Plärrer. Erst Brand, dann Mord. Ich sage nur: neun Packen minus acht Packen«, stellte mir Helle eine Mathematik-Aufgabe.

Ich kannte das Ergebnis. Musste nicht stimmen. Hierbei war nämlich nicht logische Mathematik gefragt, sondern die emotionale Intelligenz. Helle schien die Plärrer-Schausteller zu bedauern. Nicht, weil ihm das Opfer des Triebtäters nicht Leid tat. Das war ihm halt zu intim. Er wollte das Elend anderer Leute nicht unnötig ausnützen, stellte ich Vermutungen über seinen Charakter an. War mir schön öfters aufgefallen, dass er sich gern außerhalb des Zentrums menschlichen Leids aufhielt, wenn es ging. Allerdings konnten ihn menschliche Schicksale, die ihn durch die überraschende Begegnung mit einem Menschen zuflogen, monatelang beschäftigen. Eine ehemalige Stadtsparkassen-Angestellte, die ein Bankräuber als Geisel genommen hatte, die davon ein Trauma erlitt, nicht mehr arbeiten konnte, depressiv wurde, das beschäftigte ihn. Diese Frau, neben der er an der Theke einer Kneipe namens »Kittchen« – oder war's die »Futterkrippe?« – zufällig bei einem Feierabend-Bierchen stand, die erwähnte er öfters. Frauen mit verletzten Seelen schienen ihn zu faszinieren.

»Abwarten. Mal lesen, wie sie den OB und die anderen Herrschaften zitieren, wie es mit dem Plärrer weitergeht.« Durch Helles Aufräum-Provokation fand ich die Seite mit dem Plärrer-Mord schnell.

Oberbürgermeister Dr. Paul Bengerle war mit einem Foto vom Bieranstich im Binswanger-Zelt am Hasenbräu-Fass in dem Frauenmord-

Bericht abgebildet. Neben einem Archiv-Bild von der umgebrachten Schaustellerin in einer Gondel ihres Riesenrads waren die Portrait-Fotos des Wirtschaftsreferenten, der Marktamtsleiterin und des Vorsitzenden des Augsburger Schaustellerverbandes. Darunter waren Bilder von Plärrer-Besuchern mit einem Kurzinterview zur aktuellen AZ-Umfrage: »Soll der Plärrer weitergehen?«

»Der OB meint, der Plärrer ist mit zwei aufeinander folgenden Verbrechen in seiner tiefsten Krise. Doch er überlässt es den Schaustellern, über den weiteren Plärrer-Verlauf zu entscheiden.«

»Und was sagt der Offinger dazu?«

»Warte mal. Der lässt verlauten, dass sie deswegen ein Sondertreffen anberaumt haben. Mit allen Entscheidungsträgern. Dabei werden sie abstimmen, wie der Fortgang der Dinge ist.«

Helle sah aus dem Zugfenster. Die Sonne schmuggelte sich nach Pasing durch die Wolken. Dicke Wolken. Schlossen sie sich zusammen oder trennten sie sich? Ich versuchte durch minutenlange Beobachtung durchs Zugfenster herauszubekommen, wann die Chance für die Sonne besser wurde die Wolkenlücken zu durchdringen. Der Schaffner störte meine Betrachtungen. Wir zeigten ihm unser günstiges Bayern-Ticket. Die Gleise wurden mehr und mehr. Der Münchner Hauptbahnhof empfing uns.

Bei der Rückfahrt um 15.22 Uhr von Gleis 14 im zweistöckigen Stadt-Express saß ich mit Helle im oberen Teil des Zuges.

Das Wetter war durchwachsen wie am Vormittag.

»Stell dir vor, während du mit deinem Schlafdoktor gesprochen hast, habe ich im Wartezimmer eine interessante Frau kennen gelernt«, sagte Helle.

»Inwiefern interessant?« Irgendwas an seinem Ton ließ mich neugierig werden.

»Sie hat auch Schlafstörungen.«

»Sehr interessant. Das haben alle, die dorthin gehen.«

»Moment, Moment, sie ist nicht wie alle. Sie schreibt ihre Träume in ein Buch. Machst du das vielleicht?«

Ich schüttelte den Kopf. Träume kommen und gehen. Ich war froh, dass mich die Albträume aus der Kinder- und Jugendzeit mieden.

»Sie wollte wissen, ob ich auch träume.«

»Und? Träumst du? Wahrscheinlich von einer Brauerei, die du erbst.«

»Nicht ganz. Ich habe von mir geträumt. Ich lief über das Bierzelt. Irgendwie kam ich ins Schwanken. Ich rutschte herunter und fiel in einen See, an dessen Ufer Kühe weideten. Dort verwandelte ich mich in einen Fisch. Der Brandhorst angelte dort gerade. Er erwischte meine Mutter, die neben mir schwamm. Er wollte sie als Steckerlfisch verkaufen. Ich konnte gerade noch die Angelschnur durchbeißen. Das war ein richtiger Albtraum. Den habe ich der Frau erzählt. Die wollte alles genau wissen.«

»Aha. Hat sie dir auch einen Traum erzählt?«

»Sie war von meinen Traum derart fasziniert, dass sie ihn sich aufschrieb. Sie will mich morgen treffen und mir eine Traum-Analyse machen.«

»Die kann ich dir auch machen, da brauchst du nicht extra zu der Frau nach München zu fahren. Dein Traum, der hängt wohl mit dem Plärrer zusammen. Ein bisschen Bier könnte auch eine Rolle spielen.«

»Die Frau wohnt in Augsburg. Und stell dir vor, so ein Zufall, sie wohnt am Kuhsee. Sie meinte, das sei wohl ein Hinweis, dass wir mehr über unsere Träume reden sollten. Sie ist eine Art Traumforscherin.«

»Soso. Wie heißt sie, was macht sie beruflich?«

Helle reichte mir eine Visitenkarte.

Auf der stand in goldener Schrift auf hellblauem Grund:

»Traumdeutung
Sonja Hüllfig
Innsbrucker Str. 79
86163 Augsburg
Telefon: (08 21) 15 53 44«

»Poooh! Eine äußerst interessante Frau«, betonte ich ein wenig zu sehr das Wort interessant.

»Jetzt sagst du es auch.« Helle bekam muntere Augen. Meinen Spott überhörte er.

»Wir treffen uns morgen im Hofgarten, falls die Sonne scheint. Wenn nicht, machen wir telefonisch was anderes aus. Besondere Träume, meint sie, müssten immer an einem besonderen Ort erzählt werden.«

»Kommt mir fast wie ein Rendezvous vor«, meinte ich. »Du wirst doch deiner Blacky nicht untreu werden?«

»Über meine Katze haben wir uns nicht unterhalten. Ich will mit der Frau nichts anfangen. Wie kommst du darauf? Mit der Traumdeutung lassen sich viele Lebensprobleme lösen. Sie glaubt, dass manche Tiere auch träumen können. Sie hat mir erzählt, dass die Schlafgewohnheiten der Tiere oft ganz merkwürdig sind. Manche schlafen tagsüber, manche nachts. Hast du das gewusst, dass Löwen doppelt so lange schlafen wie Beuteltiere? Bei den Delphinen und Walen schläft nur eine Gehirnhälfte. Die andere ist wach. Das Auge, das zum schlafenden Gehirnteil gehört, ist geschlossen, das andere Auge, das zum wachen Gehirnteil gehört, das sieht was. Verrückt, gell?«

»Das wär genau das richtige Gehirn für uns Privat-Ermittler. Frag doch mal deine Traumdeuterin, äh, wie heißt sie?, ob sie uns das beibringen kann«, grinste ich Helle an. Nahm er auch nicht zur Kenntnis.

»Wenn ich sie morgen treffe, soll ich ihr meinen neuen Traum erzählen. Ich soll mir ein Notizbuch kaufen und neben mein Bett legen, damit ich meine Träume gleich aufschreiben kann, wenn ich aufwache. Sie wird mir alles erklären, was dahintersteckt. Dann kann ich viel bewusster leben, sagte sie. Das ist doch toll, findest du nicht?«

»Doch, doch. Mach das. Versuch bitte möglichst viel über unseren Plärrer-Brand zu träumen. Vielleicht fallen ihr dazu ein paar gute Deutungen ein, die uns weiterhelfen.«

»Du nimmst das nicht ernst. Weißt du, diese Frau, die ist so was von intelligent. Mit der kann man sich über hochgeistige Dinge unterhalten. Ich bin gespannt, was sie morgen über meinen Traum alles weiß.«

Sollte wohl heißen, dass ich nicht für hochgeistige Gespräche geeignet bin. Aber er. Plötzlich. Er war es doch, der jeden Ansatz von Philosophie in unseren Gesprächen mit seinen platten Bemerkungen abwürgte. Das wollte ich nicht auf mir sitzen lassen. Wir stiegen am Augsburger Hauptbahnhof aus und gingen zusammen durch die Halderstraße bis zum Königsplatz. Helle stieg in den 23er-Bus Richtung Herrenbach, zu seiner Mutter. Ich nahm die Linie 4 zum Plärrer. Meine Verabschiedung fiel knapp aus.

»Das ist Sara Insagg, meine Kollegin aus dem K1«, stellte mir Weissberg um 16 Uhr am Plärrer-Café der Familie Schindhelm die Kommissarin vor. Immer noch versuchte die Sonne zwischen den Wolken einen Durchschlupf zu finden. Ab und zu gelang es ihr auch. Gegenüber den Schaustellern waren die Besucher in der Minderzahl. Sie wanderten gegen den Uhrzeigersinn durch den Plärrer. Das war schon immer so. Ein paar liefen anders herum. Das war auch schon immer so. Neben uns war die Leopardenspur. Der Fahr-Rhythmus hatte noch lange Pausen. Es fehlten die Gäste. Schon mit zwei besetzten Wagen wurde über die hügeligen Schienen gedonnert. »Smoke On The Water«, kreischte der Deep-Purple-Sänger dazu aus den Boxen. Das durchwachsene Wetter war kein Publikums-Magnet.

Die Kommissarin war wahrscheinlich Anfang Dreißig. Rote Haare. Gefärbt nahm ich an. Das Rot war zu krachig. Kurz und strubbelig. Ihr Gesicht war voller Sommersprossen. Ungefähr 1,68 Meter groß. Eher mollig als schlank. Muntere Gestik und Mimik. Munteres Persönchen. Keine von der Mundwinkel-nach-unten-Fraktion.

»Sie wird hauptsächlich den Fall Helga Winkler untersuchen. Die ermordete Frau vom Riesenrad. Eine Frau hat dafür bestimmt mehr Gespür als ich. Ich werde mich auf unseren Brandfall und die dazugehörigen beiden Toten konzentrieren. Das ist sicher auch nicht wenig.«

Ich reichte Sara Insagg die Hand. Konnte kein großes Problem sein, mit ihr zusammenzuarbeiten. Sie war mir sofort sympathisch.

»Was weiß man von den beiden Toten aus dem Wohnwagen?«, spitzelte ich zu den Dampfnudeln auf nachbarschaftlichen Tellern. Mit Vanillesoße waren diese aufgedunsenen Teigdinger recht lecker. Hätten wir eine Wasserleiche zu besprechen gehabt, wäre bei mir kein Appetit aufgekommen. Dampfnudeln sehen wie blasse, aufgeschwemmte Körperteile aus, die von einer Wasserleichte herrühren konnten.

»Nach den ersten Befunden aus der Pathologie sind die beiden Toten zu 99 Prozent im Wohnwagen umgekommen«, informierte mich Weissberg.

»Wie kann man das nachweisen?«

Ich hatte es früher schon mal einigermaßen gewusst, als ich noch Pressesprecher bei der Polizei gewesen war. Bei ähnlichen Fällen musste ich damals den Medien-Leuten schließlich Rede und Antwort stehen. Aber das war Jahre her, seit ich da ausgestiegen bin.

»In den Blutproben hat die Pathologie Kohlenmonoxid gefunden.«

»Sie lebten also noch, als sie den Rauch einatmeten?«

»Sie sagen es. Außerdem fanden sich Rußpartikel in den Atemwegen und der Lunge.«

»Und sonst, was konnten die Pathologen sonst noch herausfinden?«

Trotz der schweren Brandverletzungen, auch durch die starke Gasexplosion, konnten Brandblasen an den Leichen gefunden werden. Postmortale Brandwunden, so ließ ich mich aufklären, sind meistens hart und gelb, fast ohne Blasen und zeigen eine negative Eiweißreaktion.

»Haben Sie das auch so mitbekommen, Frau Kollegin?«, wandte sich Weissberg an die Kommissarin, die zwei Tassen Kaffee entgegennahm.

Wegen eines Windstoßes musste Weissberg nämlich seinem Hut ein paar Meter nachlaufen. Meine Kaffeetasse nahm ich selber in die Hand. Wir stellten uns an einen Tisch beim Plärrer-Café.

»Der Hut steht Ihnen gut», reimte ich versehentlich ein Kompliment.

»Es ist nicht leicht für einen Mann, einen Hut zu finden, der einem gefällt«, ließ mich Weissberg kurz seinen Hut in der Hand begucken.

»Gefällt Ihnen die Form, dann wollen Sie das Material nicht, gefällt Ihnen die Form und das Material, dann gefällt Ihnen das Hutband nicht, gefällt Ihnen die Form, das Material, das Hutband und passt er Ihnen sogar, dann hätte das Schweißband nicht aus Stoff sondern aus Leder sein sollen», schilderte er seine bitteren Erfahrungen beim Hutkauf.

Die Kommissarin betrachtete angestrengt die wenigen Plärrer-Besucher. Sie versuchte ein gelassenes Gesicht zu machen. Dabei träufelte sie eine Menge Milch in ihren Kaffee. Sie schien Weissbergs Hut-Kauf-Sketch schon zu kennen. In ihrem Gesicht zuckte mal dieser, mal jener Muskel millimeterweise außer Kontrolle.

»Wenn dann alles stimmt an Ihrem Hut, dann fragen Sie nach was?«

Weissberg baute mich ein. Welche Ehre. Nach was würde ich nun beim Hutkauf fragen? Ich gab mir alle Mühe, den Sketch nicht abflachen zu lassen.

»Was der Hut kostet?«

»Erraten. Sie wollen auf jeden Fall wissen, wie viel Asche die Ihnen abnehmen wollen.«

Asche kam mir in unserer momentanen Gesprächsrunde als Geldbezeichnung nicht besonders feinfühlig vor, fand ich. Weissberg hatte sich in Rage geredet. Sein Hutkauf musste ein Event der Sonderklasse gewesen sein. Die Kommissarin drehte sich scheinbar interessiert der Leopardenspur zu, bei der gerade verkündet wurde: »Und wieder geht's rund und wieder beginnt eine atemberaubende Fahrt!«

Weissberg bekam nicht mit, wie sich seine Kollegin verschluckte.

»Der Hut ist zu viel zu teuer. Was machen Sie dann?«

»Ich gehe wieder aus dem Hutladen.«

»Klasse Reaktion. Und wohin gehen Sie?«

»Keine Ahnung.«

»Zur Hutfabrik Lembert natürlich, an der Haunstetter Straße. Dort sagen Sie, was Sie wollen und die machen Ihnen Ihren Hut genauso und zum halben Preis wie im Hutladen«, nahm Kommissar Weissberg seinen Hut vom Kopf, der nach der Bedeckung von Crocodile Dundee, dem schrägen Krokodiljäger aus Australien aussah und hielt ihn mir noch mal derart hin, dass ich im Hut das Schild von der Hutfabrik Lembert lesen konnte.

Sara Insagg hustete stärker. Der Kommissar wollte ihr auf den Rücken klopfen, da prustete die Kommissarin aus ihrem Mund etwas Kaffee über die vielgelobte Lembert-Kopfbedeckung. Sie schlug sich vor Entsetzen beide Hände vor den Mund, der mit seinen Lachmuskeln kämpfte. Besonders gegen den Mundwinkelheber.

»Also, das darf ja nicht wahr sein«, klopfte der Kommissar mit säuerlicher Miene die hellbraunen Kaffeesprenkel von seiner dunkelbraunen Hutkrempe. »Passen Sie doch gefälligst auf. Sie haben das Talent für einen Elefanten im Hutladen.«

»Porzellanladen«, verbesserte ich.

»Ist doch völlig wurscht«, wedelte der Kommissar seinen Hut mit voller Wucht durch die Plärrer-Luft und schämte sich als eingefleischter Sachse nicht des bayerischen Ausdrucks.

»Sie sind und bleiben eine Schusseline«, drehte der Kommissar seinen Hut durch die Finger, um den Schaden zu begutachten. Da schien mehr vorgefallen zu sein. Man sollte auch bei seinem Hut stets auf der Hut sein.

»Wenn die Flecken nicht mehr rausgehen, dann marschiere ich mit

Ihnen zur Hutfabrik Lembert, dann bekommen Sie einen neuen«, bot seine Kollegin mit betroffenem Gesicht an. Ihre Respektlosigkeit war schief gegangen.

»Schon gut, nächstes Mal tun Sie nicht so viel Milch in den Kaffee«, beruhigte sich Weissberg, nicht mal humorlos. Jetzt war die Reihe an mir, das Gespräch mit wichtigeren Dingen anzureichern.

»Der Hut ist nämlich kaffeebraun. Und nicht milchkaffeebraun. Sehen Sie mal, einen normalen Kaffeefleck können Sie darauf nicht erkennen«, goss der Kommissar aus der Kaffeetasse ein paar Tropfen schwarzen Kaffee auf seinen Hut. Der Kaffee versickerte wirklich im Hutfilz, ohne eine Spur zu hinterlassen wie die Donau bei Donaueschingen. Die Kommissarin versuchte mit einer Serviette an dem Kollegen-Hut verlegeneifrig herumzuwischen. Weissberg wehrte diesen Putz-Angriff energisch ab und setzte seinen Hut wieder auf.

»Was macht man, wenn eine Leiche bei einem Feuer bis zur Asche verbrennt?«, lenkte ich das Gespräch auf das Wesentliche. Die beiden unterbrachen ihren Abtastversuch.

»Nehmen wir mal an, jemand hat jemand umgebracht und will die Leiche vom Feuer vollständig verbrennen lassen, um keine Spuren zu hinterlassen.«

»Das gelingt äußerst selten, wurde mir gesagt«, antwortete Weissberg. »Eine solche, lang anhaltende Hitze, damit das möglich ist, gibt es kaum.«

»Im Krematorium«, warf die Kommissarin ein.

»Ha ha«, imitierte Weissberg ein Lachen. Noch schienen die beiden kein eingespieltes Team zu sein, wo jeder wusste, welche Witze gemacht werden durften oder mussten. »Der Mörder ist der Krematoriums-Chef, wär mal was anderes. Was glauben Sie, wie lange eine Leiche im Krematorium bei 1.500 Grad Hitze benötigt, um zu dem Häufchen Asche zu werden, das gerade in eine Urne passt?«

»Habe leider nicht die Nummer von Jauch dabei«, fummelte die Kommissarin in ihrer Manteltasche herum, als würde sie ein Handy suchen. Sie schien ein kleiner Witzbold zu sein. Fehlversuche wie der Kaffee auf dem Hut schienen sie nicht zu entmutigen.

»Brauchen Sie auch nicht«, blaffte der Kommissar. »Ich sage es Ihnen: Zwei bis drei Stunden muss der Sarg mit der Leiche in der Brennkammer des Krematoriums liegen, die übrigens mit Gas beheizt wird. Selbst dann kann man in den Resten anorganische Stoffe nachweisen.«

Meine Kaffeetasse, die mir vor einer Minute wegen der Hitze kaum anfassbar schien, kam mir nach Weissbergs Einlassung über die legale Verbröselung eines Menschen im Krematorium fast lauwarm vor.

»Sie entschuldigen mich«, stellte Weissberg seine Kaffeetasse ab, aus der er keinen einzigen Schluck genommen hatte, »aber ich muss ins

Bierzelt, um dort die Inhaberin des Wohnwagens zu treffen, in dem die Leichen gefunden wurden«, eilte er los, wobei er seinen Hut mit einer Hand auf dem Kopf festhielt und mit langen Schritten davoneilte.

»Den Rest kann Ihnen meine Kollegin auch sagen«, rief er sich umdrehend uns zu, um mit wehendem Mantel bei der Schiffschaukel einem jungen Ehepaar mit zwei Kindern auszuweichen.

Dabei stieß er allerdings mit zwei Mädchen zusammen, die sich die Anmache von dem »ätzend geilen Opa« verbaten.

Die Kommissarin grinste schadenfroh in ihre Kaffeetasse hinein, weil sie Weissbergs unglückliche Miene sah, nachdem er sich bei den erzürnten Mädchen umsonst entschuldigte.

»Verpiss dich, ey, Opa«, zeigten sie ihm den Stinkefinger. Zwei Jungs bewunderten die Vorgehensweise der beiden Mädels im Mini. Sie näherten sich ihnen mit dazugehörigen Bemerkungen, wobei ihre verächtlich ausgespuckte Spucke durch einen neuerlichen Windstoß den Kommissar nicht besonders weit verfolgen konnte. Auch das Wort »Wichser« wurde vom Winde verweht. Kommissar Weissberg zog seinen Hut ins Gesicht und eilte mit den Händen in der Manteltasche unter den im Kreis fliegenden Menschen beim Kettenkarussell durch, ohne sich umzuschauen. Junge Leute wollten auf dem Plärrer unter sich bleiben. Alte Lustmolche, die meinten, sie könnten auf dem Plärrer ihren Harem aufbessern und hemmungslos die Datschi-Girls anbaggern, nur weil sie Netzstrümpfe trugen und den Bauchnabel kess herzeigten, bekamen eine heftige Abfuhr. Da waren starke Abgrenzungs-Gesten gefragt.

»Wollen Sie auch eine Dampfnudel mit Vanillesoße?«, verführte ich die Kommissarin zu einem Vorabendessen.

»Eigentlich bin ich auf Diät«, antwortete sie. »Doch ich will Ihnen die Stimmung nicht vermiesen. Wann bekommt man schon eine Dampfnudel spendiert?«

Während wir mit dem Plastiklöffel von unseren ballonartigen Dampfnudeln kleine Teile heruntersäbelten, ihnen etwas Vanillesoße beigaben und in den Mund schoben, unterhielten wir uns über den Plärrer-Mord, den die Kommissarin bearbeiten sollte.

»Wie kam Helga Winkler ums Leben?«, fragte ich sie.

»Sie wurde erstochen.« Sara Insagg stach mit den fünf ausgestreckten Fingern der rechten Hand gegen ihre Brust.

»Ein tiefer Stich. Exakt ins Herz.«

»Wann und wo geschah es?«

Ich wunderte mich, dass die Polizei mit mir über den neuen Fall reden wollte. Hatte der Mord an Helga Winkler was mit der Brandkatastrophe zu tun?

»Wir haben Helga Winkler in ihrem Wohnwagen gefunden. Auf dem Bett. Das heißt, sie wurde von ihren beiden Helfern gefunden. Samstagmittag. Kurz bevor der Plärrer begann. Die haben uns diesen Vorfall sofort gemeldet. Sie soll zwischen 9 Uhr 30 Uhr und 10 Uhr ermordet worden sein.«

»Wurde was Verdächtiges gefunden? Die Tatwaffe?«

»Keine Tatwaffe weit und breit. Wahrscheinlich ein großes Messer. Ein Fahrtenmesser oder ein Dolch. Einige Haare von einer roten Perükke konnte unser Spurensucher allerdings entdecken.«

»Ist ein Zusammenhang zwischen dem Mord an der Riesenrad-Frau und dem Wohnwagenbrand vorhanden?«, fragte ich die Kommissarin.

»Es könnte sein, dass der Mord mit dem Brand zusammenhängt – man weiß nie. Insofern legen wir auf Ihre Informationen großen Wert, Herr Kessler. Wissen Sie was Neues in Sachen Wohnwagenbrand? Haben Sie den Auftrag von der Versicherung, in dieser Angelegenheit zu ermitteln?«

»Den Auftrag habe ich. Ich denke, wir haben drei Hauptverdächtige. Den eifersüchtigen Achterbahnbesitzer Schiblinski, der sich selber anklagt. Er tut zwar so, als ob seine Frau dieses Schicksal verdient hätte, aber ich glaube, er leidet schwer darunter. Und wir haben die Geisterbahnbesitzerin Yvonne Kampa, deren Ehemann in seiner letzten Minute mit Doris Schiblinski im Wohnwagen beisammen war. Auf welche Weise auch immer.«

»Dominik Schiblinski und Yvonne Kampa waren zur Tatzeit, also beim Wohnwagenbrand, wir haben jetzt schließlich zwei Tatzeiten, muss ich aufpassen, beim Schaustellerstammtisch im Charly-Bräu. Das habe ich nachgeprüft«, meinte die Kommissarin.

»Die dritte Verdächtige, diese Bierzelt-Bedienung, in deren Wohnwagen die Verbrannten gefunden wurden, die war ja auch bei diesem Stammtisch«, sagte ich.

»Stimmt«, bestätigte Sara Insagg, »haben wir auch schon überprüft.«

»Weissberg trifft jetzt die Bedienung, in deren Wohnwagen die Verbrannten gefunden wurden, mal schauen, was er von der erfährt«, blickte sie mich an. »Mit der sollte ich auch bald reden. Mit Schiblinski habe ich mich schon unterhalten.«

»Was haben Sie für einen Eindruck von ihm?«

»Ein aufrechter Mensch, der nicht glauben kann, was ziemlich offensichtlich ist. Mit der Geisterbahn-Kampa muss ich auch bald reden. Ich muss zugeben, ich tappe noch im Dunkeln«, erklärte ich.

»Da geht es Ihnen genau wie mir und meinem Kollegen«, sagte die Kommissarin.

Plötzlich schien die Sonne auf uns. Die Wolken wurden weniger und verteilten sich. Der Wind war doch nicht so schlecht. Die blauen Lükken zwischen den Wolken wurden größer. Einem schönen Plärrer-Tag stand nichts mehr im Wege. Aprilwetter. Die Kommissarin drehte sich mit dem Gesicht zur Sonne, genoss die Sonnenstrahlen.

»Warum wurde Helga Winkler getötet? Was glauben denn Sie?« Mal schauen, wo's bei der Kommissarin langging.

»Offensichtlich Vergewaltigung. Schlimmster Art. Es deutet alles darauf hin.«

»Spuren?«

»Wir haben Spermaspuren vom Täter bei der Leiche gefunden. Wir lassen davon eine DNA-Analyse machen. Wir wissen dann zwar etwas, aber noch lange nicht, von welchem Mann das Sperma stammt. Wo sollen wir da anfangen? Von wem sollen wir Speichelproben nehmen? Von allen Schaustellern? Von allen Plärrer-Gästen?« Die Kommissarin versuchte auf den Löffel mit dem Dampfnudelstück auch etwas Vanillesoße dabei zu haben.

Eigentlich wollte ich von diesem Fall gar nicht so viel wissen. Ich sollte den Brand aufklären. Dafür wurde ich von der Versicherung bezahlt. Aber ein Mord ist eben eine spannende Angelegenheit. Ein Sexualmord geht in tiefe Bereiche der menschlichen Psyche.

»Die Winkler hat vielleicht ihren Mörder gekannt«, vermutete die Kommissarin. »Es war entsetzlich. Es war überall Blut. Helga Winkler war eine kräftige Frau. Ein Fremder hätte bei ihr auf viel mehr Widerstand stoßen müssen. In ihrem Wohnwagen deutete nichts auf starke Gegenwehr hin.«

»Täter aus dem Familienkreis sind es doch meistens bei solchen Verbrechen«, sagte ich, was die Kommissarin genauso gut wusste.

»Ich muss Helga Winklers Töchter erreichen. Wegen der traurigen Nachricht von ihrer Mutter. Die tun mir Leid. Das muss ich erledigen. Davor hat sich Weissberg gedrückt.« Die Kommissarin blickte auf eine Mädchengruppe, die lachend an uns vorbeizog. »Das macht allerdings keiner gern. Bei solchen tragischen Angelegenheiten wünsche ich mir immer, ich hätte einen anderen Beruf ergriffen. Wissen Sie, was die Schausteller über Helga Winkler denken?«

»Nein, weiß ich kaum was. Sie war respektiert. Jedenfalls keine Transuse. Eine Frau mit fester Hand, tatkräftig, hatte ich den Eindruck. Leitete den Verein der Schaustellerinnen. Habe ich mitbekommen, bei meiner Arbeit zur abgeblasenen Plärrer-Jubiläumsbroschüre. Da traf ich sie einmal. Diese Schausteller sind eine eingeschworene Sippschaft. Sie sagen nur Dinge über die anderen, die meistens sowieso schon bekannt sind.«

»Habe ich auch schon bemerkt. Sie wissen zwar viel übereinander, aber sie lassen nicht alles raus, jedenfalls nicht vor Fremden und schon gar nicht vor der Polizei. Auch wenn ich den Eindruck habe, dass sie untereinander öfters alte Fehden austragen.«

»Tja, da müssen Profis ran. Wie werden Sie vorgehen?«

»Die Amokläufer-Theorie meines Kollegen Weissberg, bei dem Brand, die gefällt mir persönlich nicht besonders. Ein Amokläufer wütet meistens so lange, bis es nicht mehr weitergeht. Der verschwindet doch nicht einfach. Der Schiblinski mit seiner Eifersucht, der kommt für mich am ehesten in Frage. Doch das dürfen Sie zusammen mit dem Weissberg klären. Ich soll den Mordfall Helga Winkler untersuchen. Wir haben heute einen anonymen Hinweis bekommen. Mysteriös. Zehn Männernamen werden dabei als Verdächtige genannt, die alle Mörder sein könnten. Alles Schausteller. Dem gehe ich nach. Ist immerhin eine konkrete Spur. Einen DNA-Test können wir allerdings nur auf freiwilliger Basis machen. Das dauert. Womöglich ist dann schon der nächste Mord passiert. Bei richtigen Triebtätern verkürzen sich die Abstände zur nächsten Tat immer mehr.«

Deswegen musste man das Alibi der zehn Männer überprüfen, die in dem nicht unterschriebenen Brief, von einem Tintenstrahldrucker ausgespuckt, in Schriftart Courier geschrieben, als Mörder von Helga Winkler genannt wurden. »Der Schreiber scheint gut informiert zu sein, was aus weiteren Angaben ersichtlich ist«, sagte die Kommissarin.

Deswegen nahm sie den Hinweis auch sehr ernst. Sie lud mich ein mitzukommen. Konnte nicht schaden, wenn ich auch gleich Bescheid wüsste. Sie hatte eine Kopie des Schreibens dabei. Mir fiel daran nichts auf.

»Streng vertraulich«, sagte sie. Das passte mir gut in den Kram. Ich musste einige dieser Kandidaten sowieso noch für unsere Plärrer-Jubiläumsbroschüre fotografieren. Ich hatte in meiner Tragetasche eine Schildmütze mit dem aufgestickten Slogan »Plärrer – find ich Spitze«. Sara Insagg war in einen gesteppten grünen Daunen-Anorak gemummelt. Den öffnete sie, als die Sonne alle Wolken vertrieben hatte. Ihre Schlaghose mit herumgebundenem Wildledergürtel, an dem Fransen herabhingen, war ein 70er-Retroteil. Nicht unflott, die Frau.

Sie hatte einen Rucksack lässig über einer Schulter hängen. Ich staunte nicht schlecht, als sie bei der Leopardenspur ihren Laptop herausholte. Sie quetschte Michael Heindel, den Besitzer der Leopardenspur, direkt am Kassenhäuschen aus. Es war noch nicht viel los. Die Lichter flackerten zwar und die Lautsprecher dudelten irgendeinen aktuellen Hip-Hop-Hit, doch die Wagenschlange hatte noch nicht das hektische Tempo drauf wie am Abend, wenn die jungen Leute schnell in die anhaltenden Wagen sprangen, möglichst schneller als der Rest, der auf einen freien Wagen wartete. Der Fahrchip-Abholer am Rand eines Wagens schaute gelangweilt drein. Ich ging einmal um die Leopardenspur herum. Auf einem schmalen Holzsteg in drei Meter Höhe, an einem Eisengeländer, wo sich die Jugendlichen gerne tummelten, an den gemalten Dschungel-Kulissen entlang, in denen sich die Leoparden aufhielten.

Ich stellte mich beim Kassenhäuschen zur Kommissarin. Sie machte Heindel ein Zeichen, dass sie meine Nähe nicht störte. Sie fragte ihn, was er vergangenen Samstag am Vormittag gemacht habe. Sie tippte die Antwort des Leopardenspur-Chefs gleich in ihr Gerät. Sehr modern. Hoffentlich stürzte das Ding nicht ab. Was dann? Alles noch mal? Notizblock war Notizblock. Sicher, den konnte man auch verlegen oder verlieren. Ach, was ist schon sicher?

Dann kam ich mit meinem Käppi-Foto. Ich erklärte ihm Sinn und Zweck der Übung. Jeder Schausteller wurde in unserer Plärrer-Jubiläumsbroschüre mit diesem Plärrer-find-ich-Spitze-Käppi abgelichtet. Ich reichte dem Leopardenspur-Besitzer die rotgrünweiße Schildmütze zum Aufsetzen. Sie war ihm zu eng. Ich sagte ihm, er solle den Kopf umdrehen, damit ich hinten den Plastikverschluss auf seine Kopfgröße einstellen konnte.

»Aua!«, sagte er, als ich einige seiner Haare mit dem kleinen Nippel durch das Loch des Plastikbandes einklemmte. Dann machte ich das Bild. Ließ es ihn auf dem Display sehen. Er war zufrieden. Ich steckte Digi-Kamera und Käppi wieder ein. Wir gingen weiter. Zur Schiffschaukel. Ihr Besitzer war auch einer der anonym Verdächtigten.

»Der hat kein besonderes Alibi«, berichtete sie mir.

»Wieso?«

»Er war angeblich beim Einkaufen in der Stadt.«

»Na ja, wer hat schon immer ein ideales Alibi? Ich schätze, wenn es nach dem geht, ist halb Augsburg verdächtig.«

»Schon. Aber wichtig ist es, ob besonders verdächtige Personen ein Alibi für die Tatzeit haben.«

»Ich wüsste nicht mal, was ich gestern genau gemacht habe. Vor allem was ich wann gemacht habe. Wer weiß denn wirklich, zu welcher Uhrzeit er was gemacht hat?«

»Wenn Sie ein normaler Mensch sind, dann arbeiten Sie in irgendeinem Geschäft und dann wissen Sie schon mal, was Sie von 8 bis 17 Uhr gemacht haben.«

»Und vorher? Und nachher?«

Samstagvormittag waren allerdings nur die Verkäuferinnen und Verkäufer im Geschäft. Ich wollte mich nicht weiter in dieses Thema verbohren. Wir suchten den nächsten Verdachts-Kandidaten auf. Wolfhard Springer, der Besitzer der Schiffschaukel, hatte angeblich noch im Wohnwagen geschlafen, am Samstagvormittag, während seine Frau beim Einkaufen war. Auch ein dünnes Alibi.

Nur Rudolf Wirth, der Mann mit der Fotoschießbude, bei der man mit dem Luftgewehr auf einen Bolzen schießen konnte, der ein Foto vom Schützen auslöste, wenn man die Ring-Scheibe genau in der Mitte traf, wo der Bolzen saß, der hatte ein recht gutes Alibi.

Der Mann mit dem Bauch hatte am Samstagvormittag seine Geräte gewartet. Dabei hatte er seine vier Polaroid-Foto-Anlagen überprüft. Ob sie auch richtig reagierten. Damit es keinen Ärger gab. Vor allem, wenn die Freundin nebendran ein hübsches Gesicht machte, wenn der Schütze endlich traf, musste das gehen. Wenn das nicht funktionierte, gab es lautstarkes Gemeckere. Dann musste mit der Hand ausgelöst werden. Das gefiel den Schützen überhaupt nicht. Das Foto wurde eingesteckt und ward nie mehr gesehen. Ein Foto, das sie richtig geschossen hatten, das wurde herumgezeigt. Das wollten die anderen auch mit ihrer Freundin oder Frau machen. Sagen wir im ersten Jahr der Ehe – dann noch. Bei den Wartungsarbeiten hatte sich Rudolf Wirth selber fotografiert. Behauptete er. Wir sprachen mit ihm in seinem Wohnwagen neben dem Binswanger-Zelt.

Am unteren Rand der Fotos standen Tag und die Uhrzeit. Er hatte vier Fotos. 9:16, 9:37, 9:49 und 10:51 waren eingeblendet. Die vierte Foto-Zielscheibe war defekt, deswegen brauchte er da länger.

Er gab der Kommissarin als Beweis die vier Fotos, die er zufällig noch hatte. Sara Insagg sackte sie ein. Nomen est omen.

Nach der Befragung von Rudolf Wirth stellten wir uns vor die Fotoschießbude. Wir wollten ein Beweis-Foto machen. Für den Weissberg. Damit er sehen konnte, wie gut wir zusammenarbeiten. Eine verhärmt aussehende Frau um die Fünfzig gab uns das frisch geladene Gewehr. Nach dem dritten ergebnislosen Schuss auf die Fotoschießscheibe lachte die Kommissarin: »Jetzt lassen Sie mich mal ran.« Ihr erster Schuss löste den Blitz aus. Wir bekamen das Foto überreicht. Es war ein Klaus Kessler zu sehen, der eine Sara Insagg entgeistert anstarrte. Sie steckte das Foto ein. Wir gingen in Richtung Binswanger-Zelt. Als wir an einer Schießbude vorbeikamen, überkam es mich. Ich ging hin und schnappte mir ein Gewehr. Mit dem zweiten und dem dritten Schuss traf ich. Ich bekam eine rote Plastikrose und einen Schraubendreher.

»Bitte sehr!«, drückte ich die Rose und den Schraubendreher der Kommissarin in die Hand.

»Oh, wie nett, mir hat noch nie jemand eine Rose geschossen«, freute sie sich. Den Schraubendreher hielt sie mir hin.

»Braucht ein Mann immer«, sagte sie.

»Richtig«, erwiderte ich und befestige den Schraubendreher an meinem Schlüsselbund, der mich vor dem Perlach-Mörder gerettet hatte. »Besonders wenn unser Auto kaputt geht.«

Sie schaute mich verständnislos an.

»Kommen Sie«, winkte ich ihr vom Rand des Autoscooters zu. »Wir fahren ein paar Runden.«

Ich holte drei Chips an der Kasse. Wir stiegen in eines dieser niedrigen Autos und fuhren los. Ich verstaute meinen rechten Arm um ihren

Sitz, hinter ihrer Schulter. Im Autoscooter musste lässig mit einer Hand gelenkt werden. Ich kurbelte das Lenkrad und gab Gas mitten in dem Gewusel aus vielen kleinen Autos, die über den glatten Metallboden fuhren. Der fette Bass aus den Boxen zerwummerte unseren Dialog. Ab und zu versuchte ich einen Zusammenstoß mit einem anderen Auto zu fabrizieren. Einmal gelang es. Der heftige Aufprall gegen ein anderes Auto warf uns in den Gurten nach vorne.

Die Kommissarin, die aufkreischte, drohte mir hinterher mit dem Finger. »Hat das sein müssen?«

»Klar, damit der tolle Schraubenzieher endlich mal gebraucht wird, falls unser Auto liegen bleibt.«

Nach der zweiten Fahrt setzten wir uns um und ich ließ sie lenken.

»Sie fahren prima«, lobte ich sie. »Wenn sie mal eine größere Fahrt haben, dann können sie mich ruhig mitnehmen.«

Wir stiegen aus und gingen zum Binswanger-Zelt. Erstaunlich, wie schnell die Sonne für eine warme Temperatur sorgte. Es war gegen 18 Uhr. Die Kommissarin wollte im Bierzelt noch die Plärrer-Wache treffen. Und ich die Waltraud Strobel, die Bedienung. Wir setzten uns auf den Balkon des Bierzeltes. Die Sonne war noch voll da. Unten strömten die Menschen vorbei.

»Die Vorfälle scheinen dem Besuch nicht zu schaden«, meinte ich.

»Wieso?«

»Es sind weitaus mehr Leute hier als normalerweise an einem Montagabend.«

»Die Sonne macht das.«

»Nicht nur. Ich denke, das Verbrechen auf dem Plärrer zieht die Menschen direkt an. Das gab's noch nie. Das hat was Erregendes. Da kommt die Sensationslust durch. Kommerz gegen Moral. Die Schausteller werden es schwer haben bei ihrer Abstimmung.«

»Hmmm. Glauben Sie?«

»Ja. Was halten Sie von Wirths Alibi?«

»Der ist weitaus besser dran als seine Kollegen.«

»Tja, zwei ohne Alibi und einer mit. Was machen Sie jetzt?«

»Rein gefühlsmäßig, wen finden Sie am verdächtigsten?«

»Wenn einer von den dreien ein Triebtäter ist, dann ist es nach meinem Gefühl der dicke Wirth von der Fotoschießbude«, gab ich meinen Senf dazu. »Wenn.«

Sie holte noch mal die Polaroid-Fotos von Wirth heraus. »Der wirkt auf mich auch rätselhaft. Hat so was Verdrucktes. Nach vorne gespielt freundlich. Weiter hinten kommen seine Untiefen. Wenn das seine Frau war, die uns die Gewehre gab, dann hat die bei dem nicht viel zu lachen.« Sie hatte die Fotos, sortiert nach Uhrzeit, an unserem Tisch ausgelegt. Ich schaute mich nach einer Bedienung um. Es kam eine. Auf ihrer Namens-Wäscheklammer war »Steffi« zu lesen.

»Hallo Steffi«, säuselte ich, »wir wollen was zum Trinken bestellen.«

»Bitte sehr.«

»Ein Mineralwasser«, sagte die Kommissarin.

»Ein Bier«, sagte ich. »Ist Waltraud Strobel schon hier?«

»Nein, die hat ab 19 Uhr 30 Dienst.«

Steffi ging zum nächsten Tisch.

»Ausgerechnet der hat ein relativ gutes Alibi«, zeigte ich auf ein Bild des schmierigen Rudolf Wirth.

»Ausgerechnet. Der wäre mir als Triebtäter auch am liebsten.«

Ich schaute sie mit hochgezogenen Augenbrauen an.

»Am liebsten?«

»Lieber schon als der von der Leopardenspur oder der von der Schiffschaukel. Ich meine, den könnte ich besser in die Mangel nehmen. Mit dem hätte ich absolut kein Mitleid.«

Sie hatte Recht. Dieser Wirth gehörte zu der Sorte Mensch, mit dem man kein Mitleid hat. Dem man alles anhängen konnte. Wahrlich ein geborener Unsympathikus.

»Könnte der die Daten auf den Polaroids fälschen?«

»Ich denke schon. Der kann doch das Datum und die Uhrzeit in seinen Apparaten einstellen, wie er will.«

»Wie könnten wir das feststellen, ob er die Foto-Daten gefälscht hat?«

»Schwierig. Kaum möglich. Außer er wurde dabei beobachtet.«

»Was steht auf unserem Foto?«

Vielleicht hatte Wirth die Apparate noch nicht umgestellt? Dann konnten wir ihn bei einer Falschaussage ertappen. Sie kramte unser Foto aus ihrem Rucksack. Sie las das Datum und die Uhrzeit vor. Ich schaute auf meine Uhr. Kam hin.

»Sie dachten wohl, der hat seine Geräte noch nicht umgestellt?«

»Dachte ich. Ist aber nicht so.«

»Deswegen haben Sie auf die Uhr geschaut.«

Sie beobachtete mich genau.

»Respekt. Ein waches Auge, die Frau Kommissarin.«

»Zwei.«

»Was?«

»Zwei wache Augen hat die Frau Kommissarin.«

Ah – sie fing ein Geplänkel an. Nur zu. Da bin ich dabei.

»Draußen hat man hundert Augen, daheim kaum eins.«

Mein Sprichwörterlexikon auf der Toilette war nicht umsonst. Der ideale Übergang war's nicht. Ich musste mich bei ihr auf einen höheren Witz-Level schwingen.

»Drei Verdächtige, da kommt viel Arbeit auf mich zu.«

»Dann hilft nur eins.«

»Was?« Ich war gespannt, wie weit sie mich in ihre Methoden einweihte.

»Ich muss von den Verdächtigen irgendwas bekommen, womit wir deren DNA feststellen können. Dann spare ich mir weitere zeitaufwändige Verhöre und Nachforschungen. Das wäre halt ideal.«

»Den genitalen Fingerabdruck?«

Sie schaute mich entgeistert an. Es war ihr nicht klar, ob ich so witzig oder so blöd war.

»Sie Zweitbuchbesitzer. Mit Genitalien hat es irgendwie zu tun. Wir bräuchten Spucke, Blut, Urin, ein Stück Haut oder einen Fingernagel, irgendwas vom Körper, von allen Dreien, um ihren genetischen Fingerabdruck aus dem Labor zu bekommen.«

Ich hatte mich versprochen. Ich geb's zu. War kein Witz, der genitale Dings. Durch den Vergewaltigungs-Mord hielten sich meine Gedanken im unteren Körperbereich des Mannes auf.

»Würde ein Haar auch genügen?«

»Ein Haar wäre fantastisch. Sie wissen doch, dass man in den Haarspitzen sogar die Spuren von Rauschgiftgenuss finden kann.«

»Wenn ich von Ihnen ein Foto mit dem Plärrer-Käppi machen darf?« Ich zog aus meiner Fototasche das rotgrünweiße Plärrer-Käppi. »Zur Erinnerung.« Sie setzte es auf.

»Wie sehe ich aus? Ihre Kamera wird explodieren. Ich fotografiere mich nicht gut.«

Das sagen alle Frauen. Nie waren sie auf Fotos schön genug. Wie konnte ein Foto auch die wahre Schönheit wiedergeben, vor allem die innere? Unmöglich. Die war noch viel schöner.

»Schade. Ich hätte Sie gerne in das Plärrer-Jubiläumsjournal damit reingenommen.«

»Nein, wirklich nicht. Hören Sie sofort auf.« Sie haute mich mit dem Käppi auf den Kopf, dann griff sie nach meiner Kamera. Alle Achtung. Eine gewiefte Kommissarin.

»Jetzt kann ich Ihnen leider kein Honorar als Fotomodell mehr bezahlen«, bedauerte ich mit einem Schmunzeln.

»Wie viel hätten Sie denn gezahlt?«

»Ich schau mal, was für Sie noch da wäre.«

Ich holte mein Notizbuch aus der Gürteltasche, das neben meinem Terminator steckte.

»Finden Sie nicht, dass die Harmonie oft wertvoller ist als Geld und Gold?« Ich redete absichtlich geschwollen.

Das Wort Harmonie dehnte ich auf Haaarmonie aus. Hatte ich neulich bei einem Frisörladen im Lechviertel gesehen. Die Frisöre waren zurzeit sehr kreativ in ihren Namen. Es gab einen Frisörsalon Schnittpunkt, einen Haarscharf, einen Schnipp-Schnapp, einen Hairport, einen Haarschopf, einen Scherenschnitt, was ich beim Augsburg-Durchwandern feststellen konnte.

Ihr war völlig unklar, auf was ich hinauswollte. Die verblüffte Miene von Sara Insagg gab ihr etwas Privatheit. Sie war sich nicht klar darüber, ob ich einen Dampfnudel-Koller hatte oder was. Sie versuchte mit klarer Beamten-Denke die Lage wieder in den Griff zu bekommen.

»Hier geht es nicht um Harmonie, sondern um die Aufdeckung eines Mordfalles.«

»Mitgedacht, mitgemacht.« Woher hatte ich diesen Spruch? Wahrscheinlich nicht von meiner Klo-Lektüre. Ich blätterte vor ihr im Notizbuch. Mit Großbuchstaben stand auf einer Seite LEOPARD.

»Nanu«, sagte ich, allerauffälligst verdutzt, »was haben wir denn da?«

Schien ihr nicht wichtig zu sein, was meine Aufmerksamkeit erregte. Die ankommende Kellnerin, die unsere Getränke auf den Tisch stellte und abkassierte, sorgte für weitere Ablenkung. Ich schaute zum Kettenkarussell hinüber. Leute saßen drin und warteten auf weitere Zusteiger. Gleich waren alle Sitze voll.

»Wie kommt das hier rein?« Zwischen meinen Fingerspitzen hielt ich ein dunkelbraunes Haar.

»Ich sehe nichts.«

»Damit sind Menschen Millionäre.«

»Was ist das?«

»Ein Haar. Auf der Haut eines Menschen können Millionen von Haaren wachsen.«

»Ist das Haar von Ihnen?«

Jetzt schaute sie genauer an, was ich zwischen Daumen und Zeigefinger meiner rechten Hand hielt. Direkt vor ihre Nase hielt.

»Nein. Vielleicht von Ihnen, Frau Kommissar. Für meine Voodoopuppe.«

»Von mir? Kaum.«

Wie auch. Sie hatte rote Haare. Jetzt fiel ihr Blick auf die Großbuchstaben in meinem Notizblock. Wo ich das Haar herausgenommen hatte. Wo LEOPARD stand. Sie kniff die Augen zusammen. Sie blickte mich scharf an. Sie erriet, woher das Haar stammen konnte.

»Sagen Sie bloß, Sie haben ...?«

Sie zupfte das ungefähr vier Zentimeter lange Haar aus meinen Fingern, nahm es zwischen ihre Finger.

»Ist das wirklich von dem?«

»Der Abwesende muss Haare lassen«, brillierte ich durch meine Spruch-Schulung auf der WC-Uni.

Stimmte irgendwie und irgendwie nicht. Heut früh, beim morgendlichen Leeren meiner Blase, vor dem Zähneputzen, war ich die Sprüche unter dem Buchstaben »H« durchgegangen. Sprüche mit den Stichwörtern »Hand«, »Haus«, »Herz« und »Hund« waren am stärksten vertreten. Haar war auch dabei. Haben auch: »Besser haben als hoffen.« Warum konnte ich mir solches Zeugs merken? Baute mein Gedächtnis nur die wichtigen Dinge ab und verstärkte es die banalen Dinge? War das auch eine Folge meines schlechten Schlafes?

Ich sollte mir besser merken, dass ich neues Klopapier besorgen sollte, wenn es aus ist. Nachdem heute früh die Blase einigermaßen leer war, begann auch das restliche Verdauungssystem zu arbeiten. Ich überlegte, wie ich den Ausgang meines Analkanals, der dem Mastdarm folgte, ohne Klopapier reinigen konnte. Der Anatomie-Atlas lag gleich unter dem Sprichwörterlexikon. »Voller Magen studiert nicht gern« war dort auch zu lesen. Sollte ich eine Seite aus einem der Bücher für meine Hintern-Hygiene opfern? Äußerst ungern. Bücher sind für mich Heiligtümer. Ich bekomme schon ein schlechtes Gewissen, wenn ich es mal wage, ein Buch, das ich nie lesen würde, in die Grüne Tonne zu werfen. Was tun? Die leere Papprolle auseinander nehmen und als Popo-Kratzer einsetzen? Ungern. Nur in höchster Not. Helle musste mal in einer öffentlichen Toilette seinen Socken opfern, weil kein Papier drin war. Sollte ich die Zeitungsseite von meiner Toilettenwand herunterholen, um sie auseinander zu reißen und herzunehmen? Auch ungern.. Da war der Artikel mit der Brandkatastrophe drauf. Das wäre kein gutes Zeichen, wenn ich damit meinen Hintern abputzen würde, dachte ich mir. Früher, als Kind, bei meinen Großeltern, wo das Klohäuschen noch auf dem Hof war, da hatte ich immer dann Gewissensbisse beim Hinternputzen mit den auf Postkartengröße zerschnittenen Zeitungsstücken an einer Schnur, wenn die Todesanzeigen darauf zu sehen waren. Ich legte die immer beiseite, weil ich glaubte, die besudelten Toten würden mich sonst nachts besuchen kommen.

Weitersuchen war jetzt angesagt. Hätte ich nicht gedacht, dass in der Packung WC-Duftspüler eine mehrsprachige Gebrauchsanweisung war. Mein unermüdlicher Ermittler-Instinkt – ach welch herrliche Doppeldeutigkeit – ließ mich die Schachtel öffnen. Die mehrmals zusammengefaltete Gebrauchsanweisung, Gott sei Dank auf billigem rauem Papier gedruckt, steckte neben den gelben zitronenartig riechenden, folienverpackten Duftsteinen in der Packung. Freude. Freude. Freude.

Musste ich wissen, dass man das Körbchen so ins WC-Becken einhängen muss, dass es gut vom Wasser umspült wird? Dass die Schutzfolie um den WC-Stein vollständig wasserlöslich ist? Nichtionische Tenside als Inhaltsstoffe des Oro-Fresh-Duftspülers »according to EU recommendations«, wie es auf Englisch behauptet wurde, interessierten mich viel weniger als meine körpereigenen Inhaltsstoffe, die ich endlich sauber entsorgen konnte.

»Sie sind ein Schatz«, stieß die Insagg mit ihrem Mineralwasserglas meinen Bierkrug an. Macht man normalerweise nicht. Bringt Unglück.

Während ich über meine intimen Morgenprobleme sinniert hatte, hatte sie in meinem Notizbuch weitergeblättert und gesehen, dass ich auch die Haare der anderen Verdächtigen fein säuberlich wie Lesebändchen eingelegt hatte.

»Sie Vollmilchpirat, Sie haben einen Wunsch frei bei mir.« Warum nicht drei Wünsche? Ich hatte ihr doch alle drei Haare mit meiner raffinierten Käppi-Portrait-Methode besorgt.

»Darf ich?«

Sie riss die Seiten mit LEOPARD, SCHAUKEL, FOTO heraus und faltete das jeweils dazugehörige Haar hinein. Sie fummelte eine Plastikhülle aus ihrem Rucksack, in die sie die drei Haar-Briefchen legte. »Ich werde Sie über den Ausgang der Laboruntersuchung unterrichten.«

Immerhin.

Ein Anfang war gemacht. Unsere Kommunikation erhielt eine eigene Note. Eine Polizistin von der Plärrer-Wache tippte der Kommissarin auf die Schulter. Die Kommissarin stand auf. Die Polizistin flüsterte ihr was ins Ohr.

»Wir müssen uns was anschauen, das war's dann für heute. Wir rufen uns zusammen. Sie wissen ja: Geteiltes Leid ist halbes Leid«, verabschiedete sie sich. Sie ging mit der Polizistin vom Bierzelt-Balkon. Ich sah ihnen nach, wie sie unten im Getümmel verschwanden.

Ein junges Pärchen kam an meinen Tisch. Wir prosteten uns zu. Es wurde voll auf dem Balkon. Die orangefarbene Abendsonne lieferte uns ein romantisches Tagesende. Die Plärrerlichter gingen an. Es war noch nicht Nacht, aber auch nicht mehr Tag. Ich schaute dem Treiben ringsum zu. Sie strömten unter mir am Bierzelt vorbei: Menschen. Frauen, Männer, Jugendliche, Teenies, Kinder, Babys. Gesichter, Schicksale, Niederlagen, Siege, Pläne, Gefühle, Gedanken, Lachen, Worte, Leidenschaften, Gedanken, Hoffnungen. Was steckte in jedem? Wollten sie ganz oben auf dem Riesenrad alles überblicken? Wollten sie vom Karussell des Alltags absteigen? Wollten sie bei der Schießbude des Schicksals das Glück treffen?

Was bewegte die Menschen dazu, Böses zu tun? Erkannten sie überhaupt das Böse an ihrer Handlung? War es nicht dieser unausweichliche Sog all der Menschen und ihrer Schicksale, die einen durch das Tränen-Meer schwimmen ließen, bei dem wir glaubten, wir hätten mit eigener Kraft die Wellen-Täler und Wellen-Berge gemeistert, bis irgendjemand am Ende den Stöpsel herauszog. Wie viel Maß hatte ich eigentlich schon getrunken? Der Wagen durch mein Zellen-Labyrinth begann zu schaukeln. Mein lieber Schollie ... das Festbier haute rein.

»Prost, das Hasen bringt mich zum Rasen!«, stieß ich erneut mit dem netten Pärchen an meinem Tisch an, das sich liebevoll umarmte und gemeinsam eine Bratwurst verspeiste.

Es sollten ruhig alle sehen: Auch Augsburger können im Umkreis bis zu einem Meter kommunikativ sein. Allmählich verstand ich Helle und seine Lebensansichten. Je klüger die Gedanken, desto doofer das Ergebnis, wenn man Gedanken und Ergebnis verglich, war wohl seine Anti-Philosophie. Vor zwei Zentimeter Restbier sitzend, rätselte ich an Helles Herzundhirn-Explorer herum. Hatte nicht jeder die Gabe, sich einreden zu können, seine Handlungsweise sei die richtige. Zumindest für sich und aus diesem und jenem Grund, wegen den Umständen, weil es die anderen nicht zuließen oder weil sie es nicht anders wollten? Hatte das Reich des Guten und des Bösen wirklich feste Grenzen? Glaube ich nicht. Sie überschnitten sich an unendlich vielen Stellen. Jede Sekunde woanders. Konnte einem Angst werden. Da musste jemand aufpassen. Ein guter Job für Grenzwächter. Und überhaupt, wie viele Menschen wie Polizisten, Richter, Anwälte, Sozialpädagogen, Gefängniswärter und all deren Zulieferer waren von der Konjunktur des Bösen abhängig? Wir hatten schon genügend Arbeitslose. War es dann gut, wenn die Verbrechensrate zurückging? Für diese Berufe nicht. Sie müssen allerdings der Bevölkerung vorgaukeln, dass sie alles im Griff haben. Man muss ja glauben, man braucht sie.

Ich blickte zu einer rund zwanzig Meter hohen Säule, an der ein Ring aus Sitzen langsam in die Höhe fuhr. Die verwischten Lichter der unzähligen Birnen, Strahler und Röhren zogen leuchtende Kreise, grelle Ovale, zuckende Striche in allen Farben durch das Dunkel. Crazy Wheel verrieten die pulsierenden Lichter den Namen des Fahrgeschäftes auf der anderen Seite der Plärrer-Straße. An der Mastspitze des Crazy Wheel hielt der Sitzring kurz inne. Mit kreischenden Menschen drin. Sie lieferten sich der Angst aus. Sie bezahlten sogar dafür. Der Sitzring rotierte immer schneller um die Säule. Die langen Neonröhrenlichter vom Boden bis zur Spitze ließen die Säule noch höher wirken. Gleichzeitig senkte und hob sich der Sitzring. Zum Schluss ging er in den freien Fall, was infernalisches Geplärre im Sitzring auslöste, zog noch mal ganz hoch und glitt dann gemütlich auf die Erde zurück. Als wäre nichts gewesen.

Hatte man wirklich immer alles unter Kontrolle, wie man es plante? Kaum. Schwierig genug, beim Schachspiel mit 64 Feldern und 32 Figuren, dazu ein paar Regeln, das Spiel zu gewinnen. Das Leben hat unzählige Felder, Figuren und dazu Regeln, die sich andauernd ändern. Da gibt es keine Sieger. Nur Verlierer. Außer man wollte nichts gewinnen. Dann war ein Remis möglich. Das Leben macht zu gerne Striche durch die besten Zukunfts-Aussichten. Uns allen verpasste dieses tückische Leben seinen Strich-Code. Wie sagte Plärrer-Fan Bert Brecht: Ja mach nur einen Plan. Und mach noch einen zweiten. Geh'n tun sie beide nicht, oder so ähnlich. Hatte der Brandstifter tatsächlich vorgehabt, zwei Menschen ums Leben zu bringen? In diesen grausamen Tod zu schicken? Wie würde die Bedienung auf mich wirken? Wie hatte sie den Wohnwagenbrand und die beiden Verbrannten verkraftet?

Eine Oma setzte sich mit ihrem Enkelkind an unseren Tisch. Sie hatten einen Steckerlfisch dabei, eine geräucherte Makrele, die sie aus dem Papier auswickelten und sich teilten. Direkt neben mir. Der Duft stieg mir in die Nase.

Mein Handy klingelte. Helle war dran. Die Epilepsie bei seiner Blacky hatte zugenommen. »Willst du sie nicht einschläfern lassen, das arme Tier leidet doch nur«, riet ich ihm.

»Spinnst du? Meine Blacky einschläfern, das kommt nicht in Frage. Ich hänge viel zu sehr an ihr. Da merkt man schon, dass du kein Tier hast«, war Helle empört. »Die hat doch bei dir gar keinen Auslauf«, wollte ich Helle als Tierquäler mit seiner Dachwohnung brandmarken. Ich konnte seine Unvernunft nicht begreifen.

»Freilich hat die Auslauf. Die klettert auf dem Dach herum.«

»Und wenn sie da runter fällt?«

»Katzen fallen immer auf die Pfoten, weißt du das nicht? Außerdem ist Blacky eine Spitzenkletterin. Neulich war sie sogar auf dem Kamin.«

»Ich weiß von Katzen, die wurden beim Runterfallen von spitzen Zaunlatten aufgespießt.«

»Wir haben keine spitzen Zaunlatten ums Haus.« Helle schaltete ab. Verzichtete auf eine von mir so geliebte intelligente Ping-Pong-Diskussion. Ich hatte wohl die Grenze zum Garten der Liebe für seine Blacky verletzt.

Ich soll nicht dauernd rummeckern und lieber zu der Frau vom Märchenkarussell schauen, die kennt sich mit Tieren aus, hat er von den Schaustellern mitbekommen. Vielleicht kann die seiner Blacky helfen. Ich soll sie bitte fragen, ob sie Blacky helfen kann. Und ich soll ihn deswegen unbedingt noch heute anrufen. Außerdem soll ich mir morgen früh meinen Traum merken. Vorsichtshalber. Falls er keinen hat. Weil er doch der Traumdeuterin einen Traum erzählen muss. Ich schaute auf die Uhr. Gleich 19.35 Uhr. Jetzt musste Waltraud Strobel ihren Dienst angetreten haben. Hinterher konnte ich zur Sucharz schauen. Gerade als ich beobachtete, wie die Oma mit ihrer kleinen Holzgabel das weiße Makrelenfleisch von den Gräten löste, während das Kind mit einer Mischung aus Widerwillen und Neugier im Kopf der augenlosen Makrele herumstocherte, wurde ich angesprochen.

»Herr Kessler, ist an Ihrem Tisch ein Platz für mich frei?«

»Erstens ist es nicht mein Tisch, zweitens ist noch ein Platz frei, drittens ist mein Vorname Klaus und nicht Herr«, blieb ich in komplizierten

Denkvorgängen verhaftet.

Die Frau setzte sich. Ihr rabenschwarzes Haar trug sie im Stil einer Fara-Diba-Frisur der 60er Jahre. Die Freude jedes Haarspray-Herstellers. Ihr Make-up war aus der gleichen Ära. Dünne Augenbrauenstriche. Knallroter Mund. So ein Zwitter aus Conny Francis und Petula Clark saß mir auf der anderen Tischseite gegenüber. Aus ihrer glänzenden Weste stachen zwei BH-Spitzen mit wuchtiger Basis. Mir fiel der Spätvorstellungsfilm »Tödlicher Busen« aus meiner Jugendzeit ein. Eine Frau quetschte die Köpfe geiler Männer zwischen ihre gewaltigen Brüste, bis ihnen die Luft ausging. Diese Frau konnte ich mir gut im Kassenhäuschen der Geisterbahn vorstellen. Ich nahm hastig einen Schluck. Mein Maßkrug bekam immer mehr Luft. Wer rettete mich vor einem trockenen Maßkrug? Ich war in der Stimmung nachzubestellen. Ich spürte in mir das Verlangen, mal wieder die Hopfen-Droge wirken zu lassen. In Maßen.

Die herbeieilende Bedienung, es war Waltraud Strobel, unterbrach meine Identifizierungs-Versuche bei meiner Tisch-Gegenüberin. Auf ihrer Namens-Wäscheklammer stand »Duggi«. Ich erinnerte mich, sie war es, die Helle, mich und den Kommissar schon bei der Plärrereröffnung bedient hatte, die Frau in deren abgebranntem Wohnwagen die Leichen gefunden wurden. Die Reste jedenfalls. Sie hatte einen schnellen Gang. Sie würde in ein paar Stunden genauso wieselig durch die Biertische sausen. Dieser Eindruck ihrer Power umgab sie. Sie war Bedienungs-Profi. Sie legte die Hände auf die Kante unseres Biertisches an der schmalen Seite. Ihr Blick suchte in Sekundenschnelle die Gäste heraus, die noch Wünsche hatten.

»Hallo Yvonne, Grüßgott Herr Kessler, was darf ich Euch bringen?«

»Eine Maß Bier.«

»Eine kleine gelbe Limo mit Zitrone.«

Eigenartig, wie sich die beiden Frauen taxierten. Misstrauisch bis feindlich, was aber niemand merken sollte.

»Mich wundert's, dass ich noch nicht besucht wurde«, ließ die Frau mir gegenüber vernehmen. Sie beugte sich nicht zu mir, blieb aufrecht sitzen, gestützt und gehalten von ihrem Playtex Zauberkreuz, aber ihre Busenspitzen, tausendmal erotischer als Madonnas Gaultier-Mieder, zeigten doppelt deutlich, wer der ausstehende Besucher war: Ich! Sie hatte den morbiden Zauber einer einstigen Schönheit. Ihre Frage konnte missverständlich ausgelegt werden.

»Sie sind doch der Privat-Spion von der Korb, oder?«

»Bin ich. Woher wissen Sie das?«

»Das weiß hier jeder. Bei uns spricht sich alles schnell rum.«

»Dann brauche ich nicht viel herumzureden. Nur eine Frage: Wie haben Sie mich erkannt?« Ich wollte wissen, wie der Nachrichtenfluss unter den Schaustellern im Prinzip funktionierte.

»Man hat mir gesagt, dass die Korb einen Mann mit einer auffälligen Brille, einer Hakennase, einem Dreitagebart, mit kurzen Haaren, der Zigarillo raucht, beauftragt hat, den Wohnwagenbrand zu untersuchen. Sie geistern schon genügend mit ihrem Freund auf dem Plärrer herum. So was fällt auf. Sie sind kein typischer Plärrer-Besucher. Man merkt, dass Sie was anderes suchen als nur Vergnügen. Wir haben da einen Blick dafür.«

Mein Zigarillo war gerade am Ende. Ich ließ den kurzen Stummel auf den Boden des Bierzelt-Balkons fallen.

Die Nachrichtenagentur der Plärrerleute arbeitete einwandfrei.

»Ihren Besuch habe ich schon längst erwartet.«

»Von mir? Wieso? Haben Sie auch Ihren Wohnwagen verloren?«

»Den Wohnwagen nicht. Meinen Mann.«

»Sind Sie Frau Kampa?«

»Ja, ich bin Yvonne Kampa, die Frau von Wilhelm Kampa. Seit einigen Tagen seine Witwe.« Wenn ihre Augen, die in einem See aus blauem Lidschatten lagen, mich ansahen, spürte ich, dass sie durchaus die Macht hätten, mich in ihren Bann zu schlagen. Manchmal stimmen die Vorurteile.

Sie war die Frau von der Geisterbahn. Ihr großer Busen, gepanzert mit einem soliden BH, schien sämtliche externen Trauergefühle wegen ihres toten Mannes abzuwehren. Und wenn intern welche vorhanden waren, dann hätte ihr undurchdringliches Make-up nichts rausgelassen. Ich konnte nicht mal erkennen, dass ihre Augen verweint waren. Sie war eine Frau, die nichts und niemanden erschüttern konnte. Zumindest nicht äußerlich. Sie hatte sich einen Anti-Emotions-Panzer zugelegt. Hatte sich zu einem Wesen stilisiert, das, wenn auch irgendwie altmodisch, ein optischer Anziehungspunkt war, eine Vollblutfrau, bei der man sich, wenn sie sich ausgezogen hat, wünscht, sie hätte es besser nicht getan. Aber nichts lieber will, als dass sie ihre Kleidungsstücke ablegt, um zu sehen, wie ihre täglich neu angefertigte Schale, deren Stil aus ihrer besten Zeit stammte, die nackte Wirklichkeit mit Hängebusen, Fettringen um die Hüfte, Zellulitis an den Beinen und grauen Haaren zwischen den Schenkeln versteckt, sie schwach macht. Dann könnte ein Mann diese Göttin aus einer vergangenen Ära vielleicht zur Sklavin haben, die dann hilflos gesteht, welche unzähligen Probleme ihre Seele quälen, wie schlecht sie das Leben meistert. Doch diese vitale Frau im türkisfarbenen Rock und den schwarzen Strümpfen, mit den langen Wimpern entblößt sich nur, wenn sie sich der Liebe ihres Lebens ausliefert. War ihr Mann das gewesen? War für sie nun alles vorbei, weil er sie betrogen hatte? Im Duggi-Wohnwagen mit der Achterbahn-Frau? Waren Tränen nun überflüssig? Nur unnötige Zerstörer des Make-ups, das wichtiger war als je zuvor? Das Bier in mir schien mich in einen Siegmund Freud verwandelt zu haben, der unser Unterbewußtsein an die Oberfläche beförderte.

Nun war mir klar, warum diese spürbare Barriere zwischen der Bedienung und ihr vorhin entstanden war. Wie steht man in diesem Fall zueinander? Der Mann der einen Frau verbrannte im Wohnwagen der anderen Frau? War eine von ihnen schuld daran? Steckten sie unter einer Decke? Die Vibrationen zwischen ihnen gaben mir nicht den Eindruck eines mörderischen Duos. Wäre auch ein merkwürdiges Gespann. Duggi war eine kleine Frau, die auch mit ihrer vorauseilenden Heiterkeit der Vollfrau Yvonne Kampa das Wasser in Sachen Charisma nicht reichen konnte. Dazu hatte Duggi nicht das Aussehen. Ihr Make-up war braun in braun. Keine gezielte Farben- und Formenaufteilung wie bei der Kampa. Duggi hatte eine Knubbelnase und schmale Lippen. Ihre Augenbrauen hatten keinen besonderen Schwung. Ihre Augen versteckten sich fast, obwohl sie übermütig wirken wollten. Sie musste wohl mit ihrer Mimik gegen ihre Grundeinstellung ankämpfen. Die Schöpfung hatte bei ihr an dem gespart, was sie an andere zu üppig verteilt hatte. Ohne ihr Bedienungs-Dirndl wäre sie im Bierzelt genauso wenig aufgefallen wie ein Bierfilz. Sie versuchte mit unermüdlicher Lebendigkeit zu punkten. Ihr kundenfreundliches Lächeln war von allen Bedienungen das freundlichste. Nur wenn sie sich wegdrehte, konnte ich im letzten Moment beobachten, dass ihre Mundwinkel herabfielen, dass sie eine Frau mit hängenden Mundwinkeln war. Zu der Sorte Frauen gehörte, die nie richtig zufrieden waren. Die sich zur guten Laune mit hochgezogenen Mundwinkeln zwangen.

Was war über Duggi sonst noch zu psychologisieren? Ich musste endlich den Wohnwagen-Brandstifter herausbekommen. Erfolgsgage abkassieren. Zu Fleur nach Paris fahren. Mein Körper, mein Herz, meine Seele, mein Geist brauchte sie. Oder bildete ich mir das nur ein? War Fleur vor mir nach Paris geflohen? Sollte ich mich nicht einfach auf irgendein Abenteuer einlassen, wenn es bei mir anklopfte? Abenteuer klopfen nicht an. Man ist immer mittendrin.

»Wie weit sind Sie und die Korb denn mit den Schadensfällen?«

»Ich glaube, sie will das schnell abwickeln.«

»Hoffentlich. Das Geschäft läuft nicht so besonders. Die Schausteller brauchen jeden Cent. Und Sie? Sie sollen doch einen Brandstifter suchen. Haben Sie schon einen gefunden?«

»Nein. Nur einige Hinweise. Ich muss auch noch einige Leute dazu befragen.«

»Wen denn? Mich auch?«

»Sicher, natürlich, klar, Sie auch. Aber eigentlich bin ich hier, um mit Waltraud Strobel wegen ihres abgebrannten Wohnwagens zu reden.

Wissen Sie, warum sie sich Duggi nennt?«

»Da fragen Sie mich zuviel. Wir nennen sie schon immer Duggi. Wissen Sie was, Sie können später zu mir ans Kassenhäuschen der Geisterbahn kommen. Vielleicht habe ich was für Sie. Duggi muss nicht alles mitbekommen, was wir hier reden. Auch möglichst niemand anders.«

Ich nickte stumm.

Duggi kam mit den Krügen in der Hand heran. Eine kleine Person. Keine Miss Germany. Eher burschikos. Ein Typ zum Pferdestehlen, aber keine nach der sich die Männer umdrehten – außer wenn sie Bier dabei hatte. Sie hatte einen beschleunigten, den idealen Kellnerinnen-Gang. Ein bestimmtes, selbstverständliches Lauftempo, das weder zu langsam noch zu schnell war. Jedoch schneller als normales Gehen. Den eiligen, wohldosierten, aber nicht kalkulierten Gang einer Bedienung, die keinen Schritt zuviel macht, sich in keinen Umweg verirrt, auf ihrem Weg scheinbar jeden Millimeter kennt, im Schlaf weiß, wie die Kurven um die Tische zu laufen sind, damit keine Temposchwankung ihren Gang aus dem Tritt-Rhythmus bringt.

Yvonne Kampa stellte sie eine kleine gelbe Limo hin, mir einen vollen Maßkrug. Mit schönem Schaum. Wir zahlten. Als ich ihr meinen Zehn-Euro-Schein hinhielt und Sechs sagte, machte ich ihr einen Vorschlag: »Wir sollten uns doch besser morgen treffen, bevor Sie mit der Arbeit hier anfangen.«

»Das tut mir leid, normalerweise ist um diese Zeit noch nicht viel los. Das Unglück scheint die Leute anzuziehen. Verrückt.« Sie kicherte. Sie kicherte so, dass wir merkten, dass sie auch an diesem Publikums-Erfolg teilhatte. Auf makabre Weise, mit ihrem Wohnwagenbrand.

»Morgen, wann? Ich arbeite morgen von 14 Uhr bis 18 Uhr und von 19 Uhr 30 bis 23 Uhr.« Sie gab mir vier Euro raus.

Yvonne Kampa fischte mit ihren langen roten Fingernägeln die Zitronenscheibe aus der gelben Limo. Sie nahm sie zwischen die Lippen. Sie saugte daran. Ich versetzte mich ins Innere der Zitronenscheibe.

»Wie wär's um 12 Uhr beim Ihle-Café in der Wertachstraße?«

»Gegenüber dem Arbeitsamt?«

»Genau. Dann haben Sie es hinterher nicht so weit.«

»Abgemacht«, meinte sie, zischte wieder davon und nahm ein paar Tische weiter neue Bestellungen auf.

Die Zitronenscheibe schwamm mit blutigroten Fruchtfasern auf der gelben Limo. Yvonne Kampas Lippenstift hatte sie gefärbt. Gab es nicht schon Lippenstifte, die nicht abfärbten? War das ihre Methode, um ihr Revier abzustecken? Stempelte sie damit auch ihre Männer ab? Ich kühlte mein sinnliches Gemüt mit Bier ab. Dieses Spannungsfeld zwischen den beiden Frauen reizte mich. Es kam mir vor wie ein auf den Bierzelt-Balkon ausgelagerter Lügendetektor. Ich nutzte die Chance.

»Wo waren Sie in der Brand-Nacht?« Eine Routinefrage an Yvonne Kampa. Wusste ich schon von Schiblinski. Ich wollte eine erste Frage stellen, die zeigte, dass ich den Wohnwagenbrand untersuche.

»Am Schaustellerstammtisch im Charly-Bräu.«

»Ihr Mann ist in dem Brand umgekommen. Und eine Frau.« Noch musste ich sensibel vorgehen. Ich kannte noch nicht ihre wahren Gefühle zu ihrem verstorbenen Gatten. Wie lange konnte ihre Maske halten?

»Ich habe dem Dominik immer gesagt, er solle besser auf seine Doris aufpassen. Ich habe es doch gemerkt, dass mein Willi hinter ihr her war. Schon einige Zeit. Ich habe es fast immer gemerkt, wenn er hinter einer her war.«

»Hatten Sie Ihren Mann zu der Zeit, als der Brand ausbrach, nicht vermisst?«

»Nein, der wollte noch schnell was reparieren an unserer Geisterbahn. Dann wollte er ins Charly kommen.«

Die Oma wickelte die übrig gebliebenen Gräten und den Makrelenkopf in das Papier. Sie verabschiedete sich mit ihrem Enkelkind in der einen Hand und den Steckerlfisch-Resten in der anderen von unserem Tisch. Das Pärchen ging eng umschlungen wegen der stärker werdenden Kühle auf dem Bierzelt-Balkon ins Zelt hinein. Wir hatten den Tisch für uns. Sie wollte reden. Kälte war jetzt nicht wichtig für uns.

»Was wollte er denn reparieren?«

»Das Flackerlicht bei unserem Zombie ging nicht. Wahrscheinlich hat er selber dran rumgefummelt, damit er eine Ausrede hat.«

»Ist Ihnen nicht aufgefallen, dass Doris Schiblinski auch am Stammtisch fehlte?«

»Schon. Aber der Dominik sagte, dass die Doris noch was erledigen müsste. Was von zu Hause holen. Sie würde erst am nächsten Tag kommen. Konnte sein. Schausteller sind immer unterwegs. Mal hier, mal da. Das nutzte mein Willi auch reichlich aus.«

»Es soll Mord aus Eifersucht geben.«

»Willi hätte ich höchstens wegen Langeweile umgebracht. Der war doch nur damit beschäftigt, irgendwelchen dummen Hühnern nachzulaufen. War mir egal. Er kam immer zu mir zurück. Der brauchte mich.«

»Warum habt Ihr Euch nicht getrennt?«

»Mir dann wieder einen neuen anlachen? Es kommt nichts Besseres nach, ist meine Erfahrung. Die Männer sind doch alle gleich. Sobald er seine Eroberung hatte, ging das nicht lange. Schon hatte er die nächste im Visier. Der konnte nicht anders. Er sagte, er habe als Kind zu wenig Liebe erhalten. Das wäre zu einem krankhaften Trieb geworden. Mir egal. Er war für den Auf- und Abbau der Geisterbahn zuständig. Das ist meine Verdienstquelle. Die brauche ich. Ich hatte mir vorgenommen, wenn ich genug zusammen habe, dann verkaufe ich die Geisterbahn und mache eine lange Weltreise. Ohne ihn.«

»Gehört Ihnen die Geisterbahn?«

»Voll und ganz. Willi war dermaßen hoch verschuldet, dass ihm nichts mehr gehörte oder gehören durfte. Offiziell jedenfalls.«

»Hat Ihr Mann eine Lebensversicherung abgeschlossen?«

»Auf die Frage habe ich gewartet.«

»Nicht lange. Und?«

»Abgeschlossen schon. Aber ich werde davon keinen Pfennig, jetzt Cent sehen, wenn Sie darauf spekulieren, dass ich deswegen Willi ums Eck gebracht haben soll.«

»Aha. Wer bekommt das Geld aus der Lebensversicherung?«

»Das Finanzamt. Wir sind bei denen in der Kreide. Willis Schuld.«

»Ich denke, ihr lasst einiges am Finanzamt vorbeifließen?«

»Das sagen Sie. Versteuern müssen wir was. Die stellen schon mal ihren Kontrolleur an unsere Kasse und zählen mit, wie viele Leute am Tag ungefähr reinkommen. Mal an einem Werktag. Mal an einem Samstag. Ganz blöd sind die ja auch nicht. Die wissen doch genau, dass wir nicht unsere gesamten Einnahmen versteuern. Aber wenn es einer nicht zu bunt treibt, dann übersehen die das.«

»Was ist mit dem unversteuerten Geld?«

»Sollte ein Notpolster sein. Für schlechte Zeiten. Manche hauen es auf den Putz. Manche kaufen sich Luxus und Plunder. Rolex, Diamanten, Antiquitäten, zweite Ferienwohnung und so was.«

»Wie kommt Ihr Mann mit der Frau von der Achterbahn in den Wohnwagen der Duggi?«

Yvonne Kampa überlegte.

»Er wird hinter ihr her gewesen sein. Was sonst?«

»Ich bediene nur noch drinnen!«, rief uns Duggi zu.

Kapitel 10

Eine Band nudelt die Gassenhauer herunter – Keine Angst vor dem Plärrerkiller – Schnapsverkäuferin Emma zieht mit Plastikeimer durchs Bierzelt – Ist in der Geisterbahn wirklich was versteckt?

Yvonne Kampa und ich waren die letzten Gäste auf dem Bierzelt-Balkon. Halt, zwei Tische weiter saßen noch zwei Männer und eine Frau. Der reichlich eingenommene Alkohol war ihnen anzusehen und anzuhören. Die Männer versuchten sich mit ihren Erzählungen von Heldentaten zu übertrumpfen, um der Frau zu imponieren. Diese wiederum erklärte lautstark, warum sie ihren letzten Lover in die Wüste geschickt hatte. Ein bühnenreifes Psycho-Drama. Nicht zu überhören.

Im Bierzelt schien die Hölle los zu sein. Die Band Starlight nudelte alle Gassenhauer von *Anton aus Tirol*, *Balla Balla* bis *Wooly Bully* herunter. Das Bierzelt-Volk war bester Laune. Ein Plärrer-Killer, der eine Frau gleich nebenan umgebracht hatte, konnte das nicht verhindern. Im Gegenteil. Die Überlebenden feierten sich selbst. Besonders das überdrehte Frauengekreische aus dem Bierzelt brachte die Stimmung auf ein höheres Level.

»Wir wollten Duggis Wohnwagen kaufen. Sie machte einen günstigen Preis. Sie wollte ein günstiges Fahrgeschäft kaufen. Wilhelm hatte von ihr den Schlüssel. Wir wollten uns den Wohnwagen anschauen.«

»Auch in dieser Nacht?«

»Ja. Nach dem Stammtisch. Er hatte es mir versprochen.«

Der gute Willi. Der hatte es wirklich drauf. Zwei Frauen in einer Nacht. Yvonne Kampas Mund wurde ein dünner Strich. Sie wusste, was ich dachte.

Die Schnapsverkäuferin kam vorbei.

»Magst einen haben, Yvonne?«

Yvonne mochte einen. Sie orderte bei der Frau mit dem hellblauen Schnapseimer einen doppelten Obstler.

»Sie auch?«

Ich lehnte ab. Die Schnapsfrau stellte ihren Schnapseimer auf den Biertisch. Zuerst holte sie ein Schnapsglas heraus, dann die Schnapsflasche, die sie langsam aufschraubte.

»Das mit deinem Willi tut mir leid.«

»Danke. Ist schon gut, Emma.«

»Ist ein großes Geschäft, das du jetzt allein machen musst.«

»Werde schon durchkommen, Emma.«

»Es gibt doch nichts Schlimmeres als besoffene Weiber«, sagte die Schnapsverkäuferin zu uns. Sie meinte wohl die Frau, die ihren beiden Verehrern gerade mit lallender Stimme klar machte, dass sie sehr wohl allein leben könne. Das sei das geringste Problem. Sie könne jeden Tag und jede Nacht einen Galan haben, wenn sie wolle. Das müsse nicht jeder Dahergelaufene sein, der sich auf ihre Kosten durchfrisst. Wenn sie sich wieder mit einem einlasse, dann mit einem, der rundum was taugt. Yvonne Kampa trank, davon unberührt, ihren Doppelten. Sie zeigte keine Reaktion. Schloss beim Absetzen des Schnapsglases nur kurz die Augen.

»Wer wohl die arme Helga auf dem Gewissen hat? Das muss doch ein perverses Schwein sein. Wenn sie den nicht erwischen, wird der sicher wieder eine umbringen. Hast du keine Angst in deinem Wohnwagen? So allein, ohne den Willi?«

Ich vertiefte mich in meinen Bierkrug. Versuchte Helle nachzuahmen. Mal schauen, was diese Frauen in meiner Gegenwart rausließen. Anscheinend hatte Emma irgendwie an einer Geste oder an der Haltung von Yvonne Kampa erkannt, dass sie ohne viel Rücksicht reden konnte. Natürlich beobachtete sie versteckt meine Mimik, an der sie wohl abzulesen versuchte, wie weit sie gehen konnte.

»Der soll nur kommen.« Yvonne Kampas Maske wurde noch maskenhafter.

Ging praktisch nicht, aber bei meinem Bier-Pegel sah es doch so aus.

»Hast du gehört, wen sie schon alles verdächtigen?«

»Die Gerüchteküche brodelt. Mein Willi kann's nicht gewesen sein.«

»Der Heinz Dekorsi, der Bandchef von Käpt'n Glück, der soll hinter der Helga her gewesen sein. Sie hat ihn nicht rangelassen.« Unterschwellig brachte Emma damit den Heinz als den Triebtäter ins Spiel.

War das der Heinz, der mit seiner Saxophonistin ein Verhältnis haben soll? Wie der Schiblinski neulich bei der Bierzeltschlägerei behauptete.

»Wenn jeder Mann die Frau, bei der er nicht ankommt, umbringt, dann ist bald die halbe Erde ein Friedhof. Der hat doch eine junge Musikerin, wieso soll er hinter einer her sein, die seine Mutter sein könnte?«, gab Yvonne Kampa ihr Schnapsglas zurück.

»Der Mörder muss ein kräftiger Kerl gewesen sein, der eine stattliche Frau wie die Helga überwältigen konnte.«

»Deswegen mein' ich ja, dass es einer war, den sie kannte.«

»Dann hatte sie doch einen?«

»Über ihren ewigen Verehrer wird auch viel geredet.«

»Der Tristan? Was macht der jetzt?«

»Der arbeitet inzwischen bei einer Spedition.«

»Zwischen denen war doch nie richtig was.«

»Der soll aber vor ein paar Tagen an ihrem Wohnwagen gesehen worden sein.«

»Du meinst, die Helga hat was aufgewärmt? So habe ich sie nicht eingeschätzt. Nein, die war doch nur noch für ihre Töchter da. Männer standen bei der nicht auf der aktuellen Wunschliste. Sollte sie was mit Tristan gehabt haben? Nein, die hat den immer rausgeworfen. Hochkant. Das besorgten ihre Leute. Aber man weiß nie. Gottes Wege sind unergründlich. Womöglich überkam es sie doch.«

»Vielleicht wollte er mehr als sie wollte?«

»Die war doch viel kräftiger als er. Die hätte ihn doch in der Mitte zerquetscht, nur mit den Beinen.«

»Solche Beine bräuchte ich. Meine schmerzen mich schon nach einer Runde mit meinem Kübel durchs Zelt. Wir waren mal jung und hübsch, jetzt sind wir nur noch hübsch.« Dieser Witz ging an Yvonne vorbei wie ein leiser Windhauch. Ohne jede Wirkung. Für Yvonne Kampa war die Zeit seit ihrem persönlichen Höhepunkt stehen geblieben. Sie hatte sich selbst und ihre schönste Zeit konserviert.

Das grölende Trio nebenan rief nach der Schnapsverkäuferin. Emma schnappte sich ihren Plastikeimer und zog ab.

Wo war ich im Gespräch mit der Kampa stehen geblieben? Irgendwas mit den Kampas und dem Wohnwagen der Strobel. Die Formulierung einer Allgemeinfrage war das Beste.

»Wie viel wollte Duggi für den Wohnwagen?«

»50.000 Euro, sagte Willi. Sofort. Auf die Hand. Die Hälfte, was der Wohnwagen normal kostet. Kein schlechter Preis. Der war erst ein paar Wochen alt.«

»Was hätten Sie mit Ihrem alten Wohnwagen gemacht?«

»Meine Schwester und ihr Mann wollten ihn. Denen ihrer ist winzig.«

Das Leben im Wohnwagen war für mich so was wie Freiheit auf Rädern. Die runde Bieroberfläche im Maßkrug verwandelte sich in eine Sonne. Ich dachte an fremde Länder, Völker und Kulturen. Mir war plötzlich egal, wer bei den Wohnwagen das Feuer gelegt, wer die Riesenrad-Besitzerin umgebracht hatte. Warum saß ich hier halb besoffen im Bierzelt und unterhielt mich mit einer vollgekleisterten Geisterbahnbesitzerin? Ich musste hinaus in die weite Welt. Schon längst. Sie rief mich.

»Wollen Sie was verdienen?«

»Nein, ich will in die weite Welt«, hätte ich jetzt sagen müssen. Zuerst was verdienen und dann in die weite Welt war aber auch nicht schlecht.

»Kommt drauf an.«

Sie schaute sich um.

Das Trio gestikulierte heftig. War nicht mehr auszumachen, um was es bei denen ging.

»Ich suche mein Geld. Wenn Sie es finden, dann erhalten Sie zehn Prozent.«

»Haben Sie es verlegt? Um wie viel geht es denn?«

»Um 100.000 Euro. Vor Willis Tod waren sie noch da.«

»Fünfzehn Prozent, wenn ich es finde.« Klaus Kessler knallhart.
»Abgemacht. Wenn Sie es finden. Ich brauche es ganz schnell und dringend.«
»Wo war das Geld und wie ist es verschwunden?«
»Wir hatten es in unserem Büro aufbewahrt. 150.000 Euro insgesamt.«
»Wo ist Ihr Büro?«
»Im Bismarckviertel. Aber im Büro ist das Geld nicht mehr.«
»Einbruch? Gestohlen?«
»Weder noch. 50.000 hat Wilhelm für den Wohnwagenkauf gebraucht. Meine Schwester hat Willi mit unserem Geldkoffer gesehen. Einen Tag vor dem Wohnwagenbrand.«
»Wo hat sie ihn gesehen?«
»Komischerweise ging er damit in unsere Geisterbahn. Von hinten.«
»Von hinten?«
»Wo die Tür für die Wartungs- und Reparaturarbeiten ist.«
»Ahso. Hat er den Koffer in der Geisterbahn versteckt?«
»Weiß ich nicht. Ich hab' dort schon gesucht, aber bisher leider nichts gefunden.«
»Hat er überhaupt die 50.000 der Duggi gegeben?«
»Duggi behauptete, sie habe von ihm nichts bekommen. Der Wohnwagenkauf sei nicht über die Bühne gegangen.«
»Dann könnten noch 150.000 Euro vorhanden sein. Was meinen Sie?«
»Duggi kann mir nicht in die Augen schauen. Die hat kein reines Gewissen. Ich bin mir ziemlich sicher, dass sie das Geld von Wilhelm bekommen hat. Auch wenn er der Duggi 50.000 gegeben hat, was ich nicht beweisen kann, fehlen immer noch 100.000 Euro. Das weiß ich.«
An Gold-Willis Stelle hätte ich das Geld auch in der Geisterbahn versteckt. Da kannte er jeden Winkel. Wie viele Scheine sind 100.000 oder 150.000 Euro? Die größten sind 500er. Damit bräuchte es nur dreihundert Stück. Ein Päckchen Kopierpapier mit 500 Blatt passt leicht in eine Plastiktüte.
»Aus welchen Scheinen waren die 150.000 Euro?«
»Gemischt. Vom Fünfer bis zum Fünfhunderter.«
»Passte aber alles in einen Koffer?«
»Ja. Der war randvoll.«
Wenn ich schon den Brandfall nicht lösen konnte – was sich immer mehr herauskristallisierte – dann waren 15.000 Euro Finderlohn nicht schlecht.
»Sollen wir? Ich meine, sollen wir das Geld suchen?«
Yvonne Kampa schaffte es, ihren aufrecht sitzenden Körper in eine bin-sofort-bereit-aufzustehen-Haltung zu bringen. Ich würde mich hinter ihr halten. Mich interessierten ihre Beine, ihre Figur und ihre Haltung beim Laufen.

»Wann schließt Ihre Geisterbahn?«
»Um 23 Uhr mache ich dicht.«
Ich schaute auf die Uhr. In einer Stunde war es soweit.
»Sehen wir da drin was?«
»Sind genügend Lampen da.«
»Na gut. Dann fangen wir an. Die Schatzsuche beginnt.«
Mir kam der spannende Roman »Der Schatz der Sierra Madre« in den Kopf. Von B. Traven.
Die Räuber erkennen in Travens Roman das gesuchte Gold nicht und werfen es versehentlich weg.

Kapitel 11

Klaus Kessler und Yvonne Kampa suchen Geld in der Geisterbahn – Kriminelle Suppe wird immer dicker – Dracula hat sein Opfer in den Krallen – Wilhelm Kampa war vielleicht ein Sisyphus-Casanova

Wir gingen vom Bierzelt zur Geisterbahn. Vorbei am Spiel-Casino, wo noch einige versuchten mit einem Münzenschieber ihr Glück zu machen. Vorbei am Circus Magic, wo zwei Jungs mit Spicker auf die Luftballone an der Wand warfen um ihre Begleiterinnen, die ihre Blusen bauchfrei mit einem Knoten hochgebunden hatten, zu beeindrucken. Beim Hau den Lukas!, versuchte ein Betrunkener mit einem verrutschten Trachtenhut seine Treffsicherheit zu beweisen. Niemand schaute mehr zu. Bei der Schießbude Goldener Westen kamen die Aasgeier, die Totenköpfe und der Mann am Klavier endlich zur Ruhe, die mit Lichtstrahlen aus den Gewehren in Bewegung gesetzt wurden. Die Menschen verließen den Plärrer. Die Buden schlossen. Die Fahrgeschäfte schalteten nach und nach ihre Lautsprecher ab. Die zunehmende Ruhe schien die Menschen vom Plärrer-Gelände zu vertreiben.

Angsterfüllte Schreie und das gurgelnde Lachen von einem Monster drangen aus den Lautsprechern des House Of Horror, der Geisterbahn von Yvonne Kampa. Ich betrachtete die Schreckgestalten an der Front der Geisterbahn. Ein Monsterfisch mit zuckenden Zähnen versuchte eine halbnackte Frau zu verschlingen. Aus dem Kessel, in dem die einäugige Hexe rührte, schauten zappelnde Beine heraus. An der Kasse saß eine hagere Frau. Im Jogging-Anzug. Yvonne Kampa stellte sie mir als ihre Schwester vor. Die beiden schlossen die Kasse und sperrten die Geisterbahn ab. Ein Knopfdruck ließ die Monster erstarren und verstummen. Einige Lichter ließen sie an. Die Schwester ging zu ihrem Mann an die Schießbude. Dort mithelfen, den Tag zu beenden.

Die Buden-Besatzungen ringsum machten die routinierten Handgriffe, die den Plärrer-Besuchern zeigten, dass die heutige Fete zu Ende war. Nur die Bierzelte strahlten noch keine Heimgeh-Aufbruchsstimmung aus. Die hängten noch ein paar Minuten an das Plärrer-Ende dran. Jetzt zeigte es sich, welche Mädels zu welchen Jungs gehörten. Fest hielten die Boys ihre neue Eroberung an der Hüfte oder über die Schulter umklammert. Manche Freundin, mancher Freund musste partnerlos nebenher trotten und gute Miene zum Solo machen. Die Budenstraße leerte sich wie ein Ameisenpfad, wenn die ersten Regentropfen fallen.

Zwei Männer von der Plärrer-Security, die nachts das Plärrer-Gelände bewachten, kamen mit einem Hund vorbei. Einem gefährlich aussehenden Rottweiler. Ein großer Blonder mit enormen Vorstehbauch und ein südländischer Typ grüßten Yvonne Kampa mit Handschlag und fragten, ob alles in Ordnung sei. Kurz betrachteten sie mich und stuften mich wohl unter zur-Kampa-gehörend ein. Sie begannen jetzt ihre Runden zu drehen. Die musste ich auch noch kontakten.

Wir gingen um die Geisterbahn herum. Yvonne Kampa öffnete mit einem Vierkant-Schlüssel den Hintereingang zur Geisterbahn. Die Tür klemmte etwas. Sie war ziemlich verdellt. Sie kreischte beim Öffnen in den Angeln. Wie ein Raubvogel. Gleich hinter der Türe lagen große Taschenlampen in einer Kiste. In zwei weiteren Kisten war Werkzeug. Yvonne Kampa drückte mir eine lange Stablampe in die Hand. Sie nahm auch eine.

Ich kam mir vor wie in einem Horror-Roman von Stephen King. So nachts in der Geisterbahn – allein mit der Chefin. Auf der Suche nach einem Schatz. Kings Monster würden lebendig werden. Sie würden uns das gefundene Geld entreißen. Der rote Teufel am Eingang, der die zappelnden Menschlein auf dem Spieß über dem Feuer drehte, der würde mir den Kopf abbeißen. Dann würde ich als Zombie, mit Kopf unterm Arm, in einer Ecke der Geisterbahn landen und die Besucher in ihren vorbeiratternden Wagen erschrecken müssen. Tag für Tag. Jahr für Jahr. Meine Hölle. Als Strafe für meine Sünden. Yvonne Kampa würden Kings Dämonen für die Verbrennung ihres Mannes im Wohnwagen als Hexe in ein Feuer stellen, wo sie klägliche Hilferufe ausstoßen musste, wenn die Besucher in ihren Wagen vorbeifuhren. Ich musste Stephen King Recht geben. Auch Yvonne Kampa kam durchaus in Frage für einen Mord aus Eifersucht an ihrem Mann. Aufpassen Klaus, aufpassen.

Zurück zur Wirklichkeit: Wie sollten wir hier nachts ein Geldversteck finden? Wir stolperten über Schienen und mit leuchtenden Phosphor-Zahlen versehene Kontakte, die beim Vorbeifahren der Geisterbahn-Wagen die Grusel-Figuren aktivierten. Erinnerte mich an meinen alten Wecker bei meinen Großeltern, bei dem der Zeiger und die Zahlen mir mit grünlichem Licht zeigten, zu welcher Stunde mein Albtraum geendet hatte.

»Wieso warten wir mit der Geldsuche nicht einfach bis zum Abbau?«

»Ich brauche das Geld. Spätestens übermorgen. Ich werde erpresst.«

»Wieso gehen Sie nicht zur Polizei?«

»Kann ich nicht. Ich werde wegen einer Straftat erpresst. Morgen soll ich zahlen.«

Ich wurde hellhörig. Langsam zahlte sich meine Herumstocherei bei den Schaustellern aus. Ich schien die allgemeine Abwehrfront durchlöchert zu haben. Das Ende eines Fadens streckte sich mir entgegen, der mich zu dem Knoten führen konnte, der gelöst werden musste.

»Wissen Sie, wer Sie erpresst?«

»Nein. Es muss aber jemand sein, der alles über mich und Willi weiß.«

Der Lichtstrahl meiner Stablampe beleuchtete ihr Gesicht. Jetzt kam ihr grelles Make-up bestens zur Geltung. Sie schaute richtig dämonisch aus. Teuflisch verführerisch.

Wie war das mit Inkubus und Sukkubus? Brachte ich dauernd durcheinander. Wie diese Tropfsteine von oben und von unten.

Orgie in der Geisterbahn? Ich und die Kampa? Eher die Kampa und ich. Wurde dann aus meinem Herz ein Satansbraten oder eine Götterspeise? Knutschen in der Geisterbahn, das hat jeder schon mal versucht.

Hatte es Yvonne Kampa schon mal mit ihrem Willi in einem Geisterbahn-Wagen getrieben? Oder mit jemand anderem? Vielleicht sollte ich mich mal wieder auf einen Plärrer-Flirt einlassen? Was flüsterte man einer Frau wie Yvonne Kampa ins Ohr, wenn der Puffer-Busen eine Entfernung von dreißig Zentimeter vorschreibt? Sie kam mir eher wie eine Frau vor, die es mag, wenn der Mann einfach zugreift. Nicht grapschend. Nicht aufdringlich. Es musste sein wie ein Naturereignis. Nur so war eine Yvonne Kampa zu bekommen. Damit war ich wieder auf dem quietschenden Bretterboden der Geisterbahn gelandet. Wo hatte Gold-Willi den Geldkoffer oder die Geldscheine versteckt? Neigte er eher zu einem dramatischen Versteck, oder war er ein Pragmatiker, dem es genügte, ein paar Bretter zu lösen, um darunter, zwischen Balken, Holzkeilen und Kiesboden, den Geldkoffer zu verstauen? Ich tippte bei Gold-Willi, schon wegen dem Namen, auf ein Geldversteck, das effektvoll war.

»Ist da Strom drauf?«, fragte ich, während wir mit großen Schritten über das kurvige Wagen-Gleis stiegen.

Der Lichtkegel meiner Taschenlampe warf ein helles Oval auf die Wagen-Gleise, in deren Mitte ein Stromableiter war.

»Keine Angst. Ist keine Stromschlag-Gefahr, wenn Sie drauftreten. Ich habe vorhin den Schalter ausgeschaltet und die Sicherung der Wagen herausgeschraubt«, verzog Yvonne Kampa ihren roten Mund zu einem mir tückisch erscheinenden Lächeln. Oder war es das gefräßige Maul einer Tiefsee-Krake, die im ewigdunklen Wasser zwischen skurrilen, laternentragenden Fischen auf ihre Beute lauerte?

»Das machen wir immer, wenn wir hier drin was reparieren müssen. Licht und Ton haben einen anderen Stromkreislauf.«

Wir leuchteten ein Skelett an, in dessen Schädel ein rotes Birnchen in den Augen blinkte. Die Skeletthände hielten eine blutige Sense.

»Das müsste man richten. Ein Auge brennt nicht.«

»Können Sie das?«

»Ich lange da nicht hin. Ich weiß, dass das in Ohren bestimmt verrückt klingt, wenn gerade ich das sage. Als Inhaberin einer Geisterbahn. Meine Schwester, die kann das. Die scheut sich nicht, diese Grusel-Gestalten anzufassen. Oder meine Helfer machen das.«

War das von ihr gespielt? Dieser Respekt vor grässlichen Dingen? Wollte sie mich damit einlullen, mir bedeuten, dass sie nicht imstande ist, grauenhafte Sachen zu machen?

Der Lichtstrahl meiner Taschenlampe wanderte über Yvonne Kampas Gesicht, das mich faszinierte und anzog. Ich sollte an ihrer Erpresser-Story dranbleiben.

»Wie viel will der Erpresser haben?«

»50.000«

»Aha. Und wenn Sie nicht zahlen?«

»Dann lande ich im Kittchen. Dann will er auspacken.«

Der Lichtstrahl ihrer Stablampe wanderte über eine schmale Treppe, die an der Rückseite der Geisterbahn hochführte.

»Was haben Sie angestellt?«

»Es reicht für ein paar Jahre.«

»Auf Bewährung? Wegen was kann er Sie erpressen?«

»Ist besser, wenn Sie es nicht wissen.«

Die kriminelle Suppe auf dem Plärrer wurde immer dicker. Brandstiftung, Mord, Erpressung. Wenn ich das Fettauge dieser Suppe abbekommen wollte, musste ich wohl noch in Yvonne Kampas schmutziger Wäsche wühlen.

»Wo sollen wir zum Suchen anfangen?«

»Am besten wir beginnen dort, wo sein altes Versteck war, dachte ich«, antwortete Yvonne Kampa.

»Altes Versteck?«

»Wilhelm wusste nicht, dass ich wusste, dass er in der Geisterbahn seine abgezweigte Kohle aus irgendwelchen Geschäftchen versteckte.«

Wir stiegen an der hinteren Wand in den ersten Stock der Geisterbahn. Meine Stablampe erfasste einen Vampir, der sich gerade über ein Opfer beugte und ihm das Blut aus dem Hals saugte. Ich war schon wieder bei den Monstern gelandet. Beim Theater-Mord war ständig Dr. Frankensteins Kreatur zugange. Ich sollte mal ein Lexikon der Monster herausbringen. Bald war ich Experte zu diesem Thema.

Wir waren im ersten Stock. Die Lichtstrahlen unserer Stablampen irrten durch einen langen Gang, den die Besucherwagen heraufkamen. In der Hälfte des schmalen Ganges war eine Bucht, in der Dracula sein Opfer in den Krallen hatte. Eine hübsche Frau natürlich, wie aus einem Hammer-Studio-Film mit Christopher Lee. Über das Dekolleté des Untoten-Opfers, das eine blasse aber gutgerundete Milchbar präsentierte, lief bereits Blut, das der gierige Ober-Vampir nicht mehr hinunterzuschlucken schaffte. Neben Dracula war ein geöffneter Sarg.

»Hatte er das Geld im Sarg versteckt?«

Ich dachte an Django, der immer einen Sarg hinter sich herzog. Im entscheidenden Moment klappte er den Deckel auf, holte eine MG heraus und mähte damit seine Verfolger nieder. Unbarmherzig. Alle.

»Im Sarg nicht. Wilhelm hatte es in der Frau versteckt.«

»Ein Chirurg war er auch?«

Wieso auch nicht? Wenn ich ehrlich war, verwirrte mich diese aufregende Atmosphäre in der nächtlichen Geisterbahn. Yvonne Kampa ging zu Draculas weiblicher Blutquelle. Ihre Schritte hallten in der dunklen Geisterbahn. In mir kam ein gruseliges Gefühl hoch. Dagegen konnte ich mich noch nie wehren. Ich hätte mich auch nie nachts allein auf einen echten Friedhof getraut. Meine Phantasie ist zu mächtig. Sie flüstert mir die schrecklichsten Sachen ein. Der Zwischenboden war aus Holz und Metall. Sie öffnete das rote Mieder auf dem Rücken der Puppe und zeigte mir eine Öffnung dahinter.

Sie nahm meine Hand und ließ mich die leere Öffnung im Körper befühlen. Unsere Körper waren eng zusammen. Ich konnte fühlen, dass Yvonne Kampas Körper eine weiche Reife hatte, die aus dem Stoff herausquellen konnte, um mich in einem Berg aus Lust zu begraben, wenn ich das Sesam öffne dich dazu kannte. Oder würde sie mich nur empört anschauen wie einen Dorftrottel, der wohl nicht wusste, wie man mit feinen Damen umgeht?

»Hier drin war es immer.«

»War das Geld in einer Kassette?«

»Nein, Wilhelm hatte es in einem Asbestrohr verstaut. Wegen Feuergefahr, schätze ich. Er muss was gemerkt haben. Er hat es nicht mehr in das alte Versteck zurückgetan.«

»Wie groß war das Rohr?«

»Mindestens doppelt so groß wie die Taschenlampe.«

Der Lichtstrahl meiner Stablampe zeigte mir, dass das Gerüst der Geisterbahn aus Eisenrohren bestand. Die hatten einen Durchmesser von zwanzig Zentimeter. Ihr Wilhelm konnte das Asbestrohr samt Euro-Inhalt irgendwo in diesem Gerüst stecken haben. Hatte er sich irgendwo ein Zeichen hingemacht? Welches? Und wo? Keine Chance das herauszufinden. Auch bei Tageslicht wäre das mehr als schwierig. Ja, wenn wir nach dem Abbau der Geisterbahn jedes Rohr gründlich untersuchen würden, dann vielleicht. Blieb mir nur als Hoffnung mein Gespür. Mein Glück. Ich stellte mir vor, wie mich Gold-Willi, die neue Figur in der Geisterbahn, aus seinem verbrannten Fleischfetzen-Gesicht, erheitert über meine Suche, beobachtete. Ich blieb bei meiner Annahme, dass er ein kitschig anmutendes Versteck gewählt hatte. Wie bei Draculas Blutlager. Unsere Hände vergaßen sich zu trennen, als sie meine Hand wieder aus dem Rücken der Frauengestalt zog. Wir standen Hand in Hand vor Dracula, der nur Augen für den ganz besonderen Saft hatte, wie Goethe es in seinem Faust beschrieb. Obwohl wir am Beginn einer ausbrechenden Leidenschaft waren durch das Händchenhalten, bewahrte ich Disziplin. Weil ich annahm, dass sie mich aussaugte wie die Zitronenscheibe, meine leere Hülle als Kopfkissen, womöglich als gasgefüllten Luftballon am dünnen Schnürchen verwenden würde, mit dem sie umherspazierte, ein Ballon unter vielen in ihrer Hand? Was war der ideale Gesprächsstoff, der meinen Untergang verhinderte?

»Wie lange waren Sie mit Ihrem Mann verheiratet?«

»Ungefähr sieben Jahre.«

»Kinder?«

»Nur einen Sohn.«

»Haben Sie ihm jeden Seitensprung verziehen?«

Ihre Hand löste sich von meiner. Es blieb etwas von ihrer Wärme an meiner Hand-Innenfläche zurück. Die erotische Spannung hatte sich aufgelöst. Durch die Berührung unserer Hände merkten wir, dass wir nicht füreinander bestimmt waren. Zumindest nicht in fleischlicher Hinsicht. Ihr Gefühlspanzer wurde dünner, löste sich auf. Ihr Herz hatte ihn von innen heraus geschmolzen. Irgendwas war geschehen. Weil ich nicht über sie hergefallen war, obwohl sie darauf gewartet hatte? Weil sie auch diese Spannung genossen hatte, mehr als das Hinterher? Sie schüttete mir ihre Seele aus. Kein Beichtstuhl der Welt konnte zu soviel Wahrheit stimulieren wie das House Of Horror nach unserer Hände-Trennung. Die Hölle auf Erden, die den Besuchern so viel Spaß machen kann, den Besitzern so viel Leid bringen kann.

»Er war halt so ein Kerl. Ein Mann. Der konnte nicht anders. Manchmal war ich direkt stolz auf ihn. Er legte pausenlos eine um. Manchmal hasste ich ihn deswegen. Es war eine ständige Wunde in meinem Herz, in die er mit seinen Weibergeschichten dauernd Salz streute. Und was machte ich? Typisch selbstquälerische, melancholische Wienerin. Ich leckte mir das Salz wie ein masochistisches Reh. Nur die Waltraud, die hat er nicht bekommen. Wo sie mit nicht mal besonders hübsch ist. Das hat ihn ganz wild gemacht. Ich glaube, deswegen wollte er auch ihren Wohnwagen. Mein Gott, und ich wollte mit ihm darin schlafen. Ich fühle mich so schlecht, wenn ich nur daran denke. Wieso werden wir so? Ich wollte in Waltrauds Wohnwagen irgendwie das von ihr abbekommen, was ihn derart verrückt nach ihr machte. Das ist doch nicht normal. Ich finde das alles derartig verlogen, nicht mehr natürlich. Wieso wird man als Erwachsener so?«

Sie nahm meine beiden Hände in ihre.

Dracula schien es nicht mehr besonders zu schmecken. Es war zwischen uns eher eine Stimmung wie an Silvester, wenn die schöne Zukunft wartet, keine wie bei einer Swinger-Club-Party.

»Wenn ich die Tagebücher aus meiner Kindheit lese, dann war ich ein ganz normales Mädchen aus einer Prater-Familie. Ich schrieb Gedichte und schwärmte für Stars. Wie alle normalen Mädchen das so tun.«

Lebensbeichte in der Geisterbahn. Die Frau wurde mir sympathisch. Ich wurde neugierig auf ihr Leben.

»Wie haben Sie Ihren Mann kennen gelernt?«

»In einem Tanzlokal. Er nahm mich in die Arme. Da war es um mich geschehen. Er tanzte göttlich.«

Auch Gottesanbeterinnen wurden gefressen. Von wem? War Wilhelm eine Echse? Ein Chamäleon, das sich für jede Frau verwandelte, zu einem Abbild ihrer Wunschträume wurde, um sie zu bekommen?

»Hatten Sie da schon die Geisterbahn?«

»Wilhelm hat sie uns vermittelt. Meine Familie hat sie mir finanziert.«

Während unserer Unterhaltung liefen wir die nächste Treppe hoch ins zweite Geschoss der Geisterbahn. In den Fangarmen eines Monster-Insekts zappelten hilflose Menschen. Einer steckte schon bis zu den Schenkeln im Maul. Ein Aasgeier hackte mit seinem Schnabel in den Eingeweiden einer Leiche herum. Ein Wahnsinniger futterte seine eigenen Innereien. Mahlzeit. Der Mann mit den Scherenhänden, dieser Freddy Krueger, durchsäbelte ein Barbie-Girl, deren knapper Bikini nur noch in blutigen Fransen herabhing, um möglichst wenig zu verdecken. Sex und Gewalt. Jeder verurteilte es. Jeder war davon fasziniert. Einschließlich mir.

»Nachdem er uns die Geisterbahn vermittelt hatte, verschwand er. Während dem Christkindlesmarkt in Ulm, vor sieben Jahren, zwei Tage vor Weihnachten, haben wir uns wieder getroffen. Im Tanzlokal. Er war dort Barmann. Die ersten Wochen war es wie ein Rausch zwischen uns. Er hatte einen Berg von Schulden. Deswegen wollte er nichts mit mir anfangen, sagte er. Mich nicht ausnützen. Deswegen sei er vor mir, vor unserer Liebe, geflüchtet. Ich regelte das. Mit Hilfe meiner Familie. Im nächsten Frühjahr waren wir dann zusammen. Verheiratet.«

Wilhelm schien nach Frauen süchtig zu sein. Er war ein Sisyphus-Casanova. Hatte er eine erobert, kam die nächste dran. Die Frauen waren sein Auf- und Untergang. Er holte das Geld aus den Frauen, er versteckte das Geld in den Frauen.

Unsere Lichtstrahlen trafen auf einen Werwolf, der eine junge Frau zerfleischte. Künstliche Felsen waren hier oben zu einer Schlucht aufgebaut, durch die die Totenkopf-Wagen rollten. In den Höhlen und Grotten waren die Schreckensstationen zur Horror-Wallfahrt für acht Euro eingebaut. Zwischen King Kongs pelzigen Fingern, nur Kopf und Hände des Riesenaffen ragten aus der Wand, wehrte sich eine Frau. Hatte Gold-Willi das Asbestrohr wieder als feuerfeste Schatztruhe in einer Frau versteckt? Ich ging davon aus. Der Mann war frauensüchtig.

»Wer soll das sein?« Mein Lichtstrahl fiel auf eine Gestalt, auf deren Kopf sich wütende Schlangen ringelten. Das Schwert eines antiken griechischen Helden durchbohrte ihren Busen.

»Das ist Medusa. Wer sie erblickte, der versteinerte. Herkules besiegte sie, weil er sie in seinen polierten Schild schauen ließ, der wie ein Spiegel wirkte.«

»Eine schöne Sage.« Ich mochte Sagen. Wenn ich als Kind Grippe hatte, bekam ich von meiner Mutter Wienerle in der Semmel, ein Cola, ein paar Bananen und ein Sagenbuch. Nach einer Woche wunderbarer Grippe war ich dann geheilt.

Von dieser Medusa hatte ich auch schon mal was gelesen. War es nicht Jason gewesen, der das Goldene Vlies suchte, der Medusa besiegte? Ich ließ Herkules durchgehen. Die Sagenfiguren führten ein höchst verwickeltes und gefährliches Leben. Selbst die Götter logen, betrogen und mordeten kunterbunt kreuz und quer. Jeder Ermittler würde bei Detektiv-Arbeiten in der Sagenwelt schnell graue Haare bekommen und seine Nerven auf den Stufen der Sinnlosigkeit opfern.

»Wer hat denn die Figuren gestaltet? Die sehen wirklich schrecklich echt aus.«

»Waren nicht billig. Die sind vom Wunderle.«

Irgendwas stimmte mit der Medusa nicht. Ihr Körper war bis auf einen Lendenschurz völlig nackt. Ihre abwehrenden Hände konnten das tödliche Schwert nicht aufhalten.

»Sind die Figuren aus einem Stück?«

»Zum Transport können sie zerlegt werden. Dadurch werden sie weniger beschädigt.«

Ich ging zur Medusa.

»Können sich die Schlangen auf ihrem Kopf bewegen?«

»Die werden während des Fahrbetriebs mit Pressluft gefüllt. Dann bewegen die sich.«

Die Schausteller hatten manchmal einen recht trockenen Wortschatz, um ihre, meiner Meinung nach, toll-romantische Tätigkeit nüchtern zu beschreiben.

»Lassen sich die Arme abnehmen?«

»Sicher. An der Schulter.«

»Helfen Sie mir mal? Ich habe eine Idee. Wir sollten der Dame die Arme abnehmen.«

»Welchen Arm zuerst?«

»Den hier.« Ich legte meine Hand auf den linken Arm der Medusa-Puppe. Von mir aus gesehen, der linke Arm. Ich leuchtete auf die Stelle, wo der Arm in die Schulter überging. Hier war ein feiner Spalt zu sehen. Yvonne Kampa drückte mir ihre Taschenlampe in die Hand und drehte den Medusa-Arm mit ein paar Bewegungen ab. Sie fingerte in den abgenommenen Oberarm, wobei ich ihr mit den Stablampen leuchtete.

»Leer, der Arm ist leer. Sind Sie sicher, dass das Geld in den Armen sein könnte?«, zweifelte Yvonne Kampa an meiner Annahme.

»Sicher bin ich nicht, aber es könnte sein. Mir kommt es komisch vor, dass die Arme verkehrt in der Puppe sind. Davon ist mir bei der Medusa nichts bekannt. Ist an den Fingern der Hände zu sehen.«

Wie lange würde der Händedruck von Yvonne Kampa zu spüren sein? Da steckte viel mehr drin, als ich beschreiben konnte. Auch wenn es doof klingt, es war mehr als die Fleisches-Lust. Der Funke hatte eine ganz andere Lunte entzündet. Mit dieser Frau hatte ich irgendwie längst geschlafen, kam es mir vor. Ein weiteres Mal war nicht mehr notwendig. Es war alles gespürt. Wir konnten uns anderen Dingen widmen. Es war dieses Hand-in-Hand-Gefühl, das meinen Blick auf Medusas Hände gelenkt hatten.

Yvonne Kampa streckte ihre Arme aus. Sie besah sich ihre Hände, deren Handflächen unten waren, im Licht der Stablampen. Die Daumen an ihren Händen zeigten nach innen, berührten sich fast.

»Sie haben Recht.«

Die Daumen der Medusa-Hände zeigten auch nach innen, aber sie hielt ihre Hände mit den Handflächen nach oben. Yvonne Kampa machte sich an der anderen Hand zu schaffen. Nach einigen Drehungen hatte sie den Arm in der Hand. Sie fingerte im Strahl meiner Lampe in der Öffnung des Oberarmes.

»Da ist was. Ich spür's.« Ihre Stimme war aufgeregt. »Es ist das Rohr. Ich bekomm's nicht heraus.«

»Hmm. Am besten wird sein, wir nehmen den Arm mit runter und versuchen unten bei besserem Licht das Ding rauszubekommen.«

»Wir gehen in meinen Wohnwagen. Kommen Sie.«

Wir stiegen hastig die schmale Treppe in der Geisterbahn hinunter. Es sah makaber aus, wie sie mit dem Arm in ihren Händen die Stufen hinunterstieg. Meine Stablampe imitierte den Vollmond, der dem leichenfressenden Ghul das schauerliche Licht spendierte.

Bei den Werkzeugkisten am Hintereingang schlug sie vor: »Wir sollten eine Zange oder so was mitnehmen.« Yvonne Kampa stand mit dem Arm vor der Hintertüre. Ich leuchtete mit dem Mini-Vollmond in die Kiste mit dem Werkzeug. Was würden wir brauchen, um das Geldrohr aus dem Oberarm zu ziehen? Kombizange? Beißzange? Rohrzange? Schraubendreher? Ich wühlte im Werkzeug.

Die Hintertür der Geisterbahn kreischte. Ich nahm an, dass Yvonne Kampa sie öffnete.

»Was wollen Sie?«

Mich konnte Yvonne Kampa damit nicht meinen. Sie wusste, was ich wollte. Wen konnte sie sonst damit meinen? War da noch jemand? Ich blickte kurz auf.

Eine männliche Stimme sagte: »Los, alles Geld her! Keinen Blödsinn, ich schieße!« Ein dunkler Umriss, der einer männlichen Gestalt ähnelte, stand an der geöffneten Hintertüre der Geisterbahn. Zog sie fast ganz hinter sich zu. Er warf ein Bündel Leuchtstäbe vor Yvonne Kampa. Diese abgefüllten Dinger aus den Outdoor-Shops, die man anbricht, damit sie zu leuchten beginnen. Yvonne Kampa stand in einem fluoreszierenden Lichtkreis. Wie eine Magierin im Zauberkreis. Die Lebendigen konnten den Schrecken der künstlichen Horror-Scheusale mühelos überbieten. Was war schon eine blutige Sense gegen eine ordentlich gepflegte Pistole? Mich durchlief eine Angst-Welle. Ich schob das auf die Sorge um Yvonne Kampa. Woher konnte der Kerl wissen, dass wir gerade 100.000 Euro gefunden hatten? Oder wusste er einfach, dass Yvonne Kampa Geld hatte, genügend, um sie zu überfallen?

»Waffe weg, Polizei!«, war mein Spontan-Trick.

Ich tat, als würde ich nach meiner Polizei-Waffe am Gürtel greifen. Manchmal half es.

Ich versuchte mit meiner Stablampe das Gesicht, die Augen des Eindringlings zu erwischen, zu blenden. Ein Schuss krachte. Die Kugel schlug mir die verlöschende Lampe aus der Hand. Meine Hand schmerzte durch die Prellung. Ich drückte mich mit dem Rücken an die Wand.

Ich hoffte, Yvonne Kampa würde richtig reagieren.

Langsam schob ich mich an der Wand entlang zur Hintertüre, wo eine schwarze Silhouette nach einem Mann mit Pistole aussah. Vielleicht wollte er nur ihre Tageseinnahmen? Mit einem Schrei drosch ihm Yvonne Kampa den Puppen-Arm an den Kopf. Yvonne Kampa gab kein Geld freiwillig her. Es war wohl leichter, eine Bank als einen Schausteller zu überfallen. In den Angriffswutschrei der Geisterbahnbesitzerin mischte sich ein Schuss. Ein zweiter. Wo blieben die Plärrer-Wache und die Plärrer-Security? Die Plärrer-Wache war nach Plärrer-Ende wohl schon abgezogen. Aber die beiden Männer mit dem Rottweiler, die mussten die Schüsse doch hören. Sollte ich das Risiko eingehen und mich in das unübersichtliche Getümmel stürzen? Die dunkle Silhouette war verschwunden. Wo war Yvonne Kampa? Hinter ihm her? Wo war der Arm mit dem Geld? Wo war der Verbrecher? Ich wollte zur Hintertür springen. Ich stolperte. Über Yvonne Kampas Körper. Hoffentlich war sie nicht getroffen worden? »Wie geht's?«, fragte ich sie.

Sie sagte nichts. Sie stöhnte. Leise. Irgendwelche unverständlichen Laute. Ich kannte dieses gurgelnde Geräusch. Mein Freund Werner war nach einem Aufprall gegen einen Laster innerlich verblutet. Da war auch dieses Geräusch, diese Luft, die sich durch das Blut zur Lunge zwängen musste, es bald nicht mehr schaffte, die Lunge mit Blut statt mit Sauerstoff füllte. Yvonne Kampa schien schwer getroffen zu sein. Sie bewegte sich kaum.

»Das Geld. Das Geld.« Letzte Worte einer Sterbenden? Genauso klug und eindrucksvoll, so lapidar und nichts sagend wie alle letzten Worte, die nicht von irgendwelchen Überbringern für die Nachwelt zurechtgefeilt wurden.

Was würde ich mal sagen? Musste ich mir langsam Gedanken machen. Dieser Ermittler-Job war bisher mein gefährlichster. So nah am Tod war ich noch nie. Die Kugeln, die Yvonne Kampa trafen, hätten auch mich treffen können. Vielleicht galten sie mir und gingen nur daneben? Ein lästiger Schnüffler sollte womöglich beiseite geräumt werden. Für immer.

Ich versuchte ihr Gesicht zu ertasten. Ich bekam einige Geldscheine zwischen die Finger. Der Puppen-Arm war bei dem Abwehrmanöver wohl kaputt gegangen. Ebenso das darin versteckte Geldrohr. Die Kampa röchelte. Es klang nicht gut. Kam ihr Ende? Was tun? Stablampe holen und nachschauen? Keine Zeit verlieren und die Plärrer-Security finden? Mit dem Handy den Notarzt anrufen? Ich suchte mein Handy in der Gürteltasche.

Ein Schlag in mein Genick tat höllisch weh. Dachte die Plärrer-Wache, ich sei der Täter, der Yvonne Kampa überfallen hatte? Wollten sie mich überwältigen? Kurz und schmerzvoll? Ein weiterer Schlag gegen meinen Kopf beendete meine kurze Fragestunde. Ich kippte um. Dann bekam ich noch einen Tritt in die Magengegend. Das tat weh. Ich schnappte nach Luft wie ein zappelnder Koi-Karpfen im nassen Tuch auf dem metallenen Behandlungstisch eines herumfingernden Tierarztes. Ich schickte meinen Blick, der aus einem voll und einem halb geöffneten Auge kam, das ekelhaft schmerzte, möglichst konzentriert durch die Hintertüre, erspähte so was wie einen überfüllten Abfall-Container, schief angelehnte Räder, einen umgestürzten Kinderwagen und einige Wohnwagen. Die Lichter des stillstehenden Riesenrads spiegelte sich in einem Wohnwagenfenster. Alles nur schemenhaft zu erkennen. Konnten auch andere Gegenstände sein. Ich versuchte eine schnelle Erkennung, um vielleicht irgendwo dazwischen eine verdächtige Bewegung wahrzunehmen. Die bunten Plärrerlichter gelangten nicht hinter die Rückwand der Geisterbahn. Nur ein paar beleuchtete Wohnwagenfenster warfen ihre rechteckigen Lichtflächen auf Wäscheleinen, Wagendeichseln, Elektrokästen und Stromkabel. Produzierten ein Wirrwarr von Licht und Schatten, das meine Augen mühevoll sortierten, damit mein Logistik-Zentrum die richtige Peilung bekam. War der Schütze auch der Triebtäter, der Plärrer-Killer? Auch der Amokläufer, der die Feuersbrunst unter den Wohnwagen ausgelöst hatte? Ich kam nicht hoch. Mein aufgestützter Arm sackte kraftlos zusammen. Sauweh tat er auch.

»Was ist hier los?«

Die Plärrer-Security war angekommen.

»Bleiben Sie stehen!«

»Los, Obelix, fang ihn, fass ihn.«

Es waren zwei Stimmen. Sie schienen einen Hund dabei zu haben. Ich rief nicht um Hilfe, damit sie sich hoffentlich auf den Pistolen-Schützen konzentrierten.

Die Plärrer-Security wusste, dass die Hintertüre vom House Of Horror normalerweise nicht offen stand.

»Ist hier jemand?«

»Ja, hier drin. Sie ist schlimm getroffen«, rief ich dem Mann zu. Ich versuchte mich aufzusetzen. Wenn ich mich mit zwei Handflächen am Boden abstützte, ging es einigermaßen. Sein Taschenlampenstrahl wanderte über den Körper der Kampa. Sie regte sich nicht mehr. Ihre Brust hob und senkte sich nicht. Der Blonde mit dem Vorstehbauch, dessen Security-Uniform äußerst knapp saß, fühlte nach ihrem Puls.

»Die ist tot.«

»Erschossen«, bemerkte ich.

Er kam zu mir herüber. Leuchtete mir ins Gesicht: »Waren Sie das?«

Kacke. Jetzt wurde ich auch noch als Mörder verdächtigt. So schnell konnte das gehen. »Der, der abgehauen ist, der war's«, versuchte ich den aufkommenden Verdacht gegen mich zu entkräften. »Den sollten Sie verfolgen.«

»Macht Mario schon. Mit Obelix.«

»Obelix hat ihn. Komm her, schnell Thomas!«

»Haltet ihn fest!«, rief Thomas zurück.

»Ich komme mit«, erklärte ich. Ich streckte die Hand aus, damit er mich hochziehen konnte. Er zog mich hoch. Er tat das aber so vorsichtig, dass ich merken sollte, dass ich ihn nicht überwältigen konnte, wenn ich die Absicht hätte. In einer Hand hatte er eine Spraydose. Ich nahm an Pfefferspray.

»Hey Mario, wo bist du?«, rief Thomas.

»Hierher! Komm hierher!« Die Stimme mit dem Italo-Akzent kam aus den Gassen, die von den Wohnwagen der Schausteller gebildet wurden. Ein Schuss krachte. Wieso kam niemand aus den Wohnwagen? Waren Schuss-Geräusche auf dem Plärrer nicht auffallend? Trauten sie sich nicht heraus? Eine Wohnwagentüre öffnete sich. Noch eine.

»Bleiben Sie bitte im Wohnwagen!«, rief Thomas.

»Hier ist die Plärrer-Security, wir haben alles im Griff!«

Kapitel 12

Mario hat ein schnelles Motorrad – Verfolgungsjagd durchs nächtliche Augsburg – Auch John F. Kennedy starb an einer Schusswunde – Auch die Heilige Afra wurde verbrannt – Ist eine Flucht möglich?

Als wir bei Thomas' Kollegen ankamen, kniete der neben dem winselnden Rottweiler, dem irgendwo aus dem Kopf Blut herauslief. Die Hundebeine zuckten über den Boden.

»Obelix, Obelix, Mario, was ist passiert?« Obelix konnte es nicht mehr sagen. Thomas legte den Kopf seines Hundes auf sein Knie. Es war ihm egal, dass das Hundeblut seine Security-Hose einfärbte. Obelix verdrehte die Augen. Aus seinem Maul kam blutiger Schaum. Er würde es nicht mehr lange machen.

»Da vorne, da laufe der Kerl. Er hat Pistole. Hat auf Obelix geschosse'.« Marios Arm wies in Richtung Plärrer-Südausgang.

»Schnapp ihn Dir! Der ist fällig«, bellte Thomas. »Ich rufe die Polizei. Und die Sanitäter.«

Ich lief mit dem zweiten Security-Mann mit. Hinter dem Flüchtigen her. Der rannte zum südlichen Plärrer-Ausgang, dort wo die Badstraße in die Holzbachstraße einmündet, der Ausgang, der gerne von den Plärrer-Besuchern benützt wird, die zur altgewohnten Straßenbahnhaltestelle Brunntal gingen.

»Kenne du ihn?«, fragte mich Mario.

Der Security-Mann, der vor mir lief, sprach das Deutsch leicht unperfekt. Wie viele Italiener, die schon lange in Deutschland waren und unsere Sprache einfach durch das tägliche Leben lernten. Ich mochte das. War mir sympathisch. Erinnerte mich an meine Azubi-Zeit in der Neuen Augsburger Kattunfabrik, am Vogeltor, wo heute der Einkaufspalast City-Galerie ist. In der NAK, wie die Stoffdruckerei abgekürzt genannt wurde, arbeiteten damals viele Italiener. Viele kamen als Gastarbeiter aus Calabrien. Das ist sozusagen die Sohle des italienischen Stiefels. Ein Landstrich, wo nicht gerade die wohlhabenden Italiener lebten. Als wir an die Holzbachstraße kamen, schwang sich unser Kandidat auf der anderen Straßenseite aufs Motorrad.

»Ich würde ihn nur zu gerne kennenlernen«, quetschte ich heraus.

»Jetzt komme Spannung«, sagte Mario.

Der Verfolgte warf seine Maschine an. Blubb-blubb-blubb-blubb. Ein Viertakter. Sah aus zwanzig Meter Entfernung nach einer Honda aus.

Was sollte spannend werden?

Jetzt war es vorbei. Der andere würde flüchten. Wir würden dumm hinterher schauen. Anti-Spannung. Ich rannte zu dem anfahrenden Motorrad. Noch schmerzten meine Glieder. Vor das Motorrad würde ich mich nicht werfen. Aber vielleicht konnte ich ihm den Lenker herumreißen? Ihn anrempeln, vom Motorrad stürzen? Die Honda schoss den Fußweg entlang. Beim Deko-Schneider schaute er kurz links und rechts, dann gab er Gas. Der große grüne Drachen an der Wand des Deko-Hauses sah mit mir ein rotes Motorrad-Rücklicht nach dem Lokal Mr. Pepper, früher ein Wiener Wald mit Biergarten, und nach einem Asia-Essen-Lieferservice, rechts um die Ecke biegen. Wo war Security-Mario geblieben? Neben mir hielt ein Motorrad.

»Wir werde' sehe', was schneller ist. Italienisches Motorrad oder japanisches.«

Marios Motorrad war eine Ducati. Ein eigenartiges Gerät. Verschrammt, verbeult, aber doch gepflegt. Sah nicht gerade wie ein normales Motorrad aus. Eher wie ein Geländefahrzeug.

»Ich weiß, wo der Typ hinfährt, nehmen Sie mich mit.«

Nichts wusste ich. Notlüge. Oder sagen wir so, ich wusste, dass er dorthin fahren würde, wo wir ihn nicht finden sollten.

»Aufsteige' Kumpel, festhalte', schnell.« Er setzte einen nostalgischen Motorradhelm auf. Halbkugelig, gesichtsfrei. Aus den Fünfzigern.

Ich klemmte mich hinter ihn. Er gab Gas. Die Maschine klang nicht schlecht. Das tiefe Wummern des Motors wurde aufgeregt hell. Es schien kein Problem zu sein, den Honda-Fahrer zu erwischen.

Wir schossen hinter ihm her. Auch rechts um die Kurve, den Klinkerberg hoch. Das rote Rücklicht der Honda war nur noch ein leuchtender Blutstropfen im nächtlichen Augsburg. Hoch zur Schaezlerstraße, die geradeaus zum südlichen Königsplatz führt. Konnten wir den Verbrecher unschädlich machen? Marios Ducati bäumte sich auf. Wir fuhren einige Meter auf dem Hinterrad. Dann schossen wir vorwärts. Der leuchtende Blutstropfen wurde größer, nahm die Gestalt einer glühenden Kohle an. Zwischen uns und dem Verfolgten war niemand auf der Straße, die von Lampen erhellt wurde. Hinter uns kamen einige Autos. Wir konnten ihn einholen. Mario drehte am Gasgriff. Doch wie sollte ich den Pistolenschützen festhalten?

»Ich fahre ihn an, schräg, von Seite, verstehe Du? – dann, du packe ihn«, drehte sich mein Fahrer um. Die Wortfetzen flogen an meinen Ohren vorbei.

Aha, volles Risiko also. War mir auch Recht, mir schmerzte sowieso noch mein ganzer Körper von den Schlägen des Pistolenschützen. Ich dachte an sein Opfer Yvonne Kampa. Mein letzter Blick auf sie hatte mich eine mutige Frau erkennen lassen, die womöglich wusste, dass dieser Kampf um eine Hand voll, besser einen Arm voll Geld, ihr Leben kosten konnte. Der Typ musste gefasst werden. Da mussten wir mit harten Bandagen ran.

Verflucht, warum wurde ich denn bei traurigen Anlässen oft ironisch? Ich dachte daran, dass Yvonne ihren Wilhelm im Jenseits nun besser bewachen konnte, wenn er hinter ein paar süßen Engeln her war.

»Da, siehst Du, er biege links ab, vorne an Kreuzung«, brüllte Mario in den Fahrtwind, der mir seine Worte zutrug. »Gleich fahre' wir ihn über Haufe'.« Mario kümmerte sich kaum um Verkehrsregeln. Richtig so. In diesem Fall. Genausowenig kümmerte er sich um der, die, das vor den deutschen Hauptwörtern. Er ließ sie meistens weg. Richtig so. Mochte ich auch nicht. War mir noch nie klar, warum es der Tisch und die Lampe und das Bett heißt. Wegen dem Geschlecht der Hauptwörter wird erklärt. Ist der Tisch männlich, weil er Beine hat? Hat doch eine Frau auch. Links rauschte die Annaschule an uns vorbei. Hatte deren Leiterin, nicht mal im Augsburg-Journal bei einem Bericht mit Liebesbeichten prominenter Augsburg-Frauen verraten, dass sie es mit ihrem späteren Mann, dem Karikaturisten Erich Paulmichl, frischverliebt, im Urlaub, auf einem Hotelbalkon, leidenschaftlich getrieben hat? Bei Songs von Frank Sinatra. Bei welchen Songs würde ich meine nächste Liebesstunde haben? Chansons? Unnütze Gedanken. Diese Mörder-Verfolgungsfahrt war lebensgefährlich. Ich würde vielleicht im Rollstuhl zu einer Prostituieren müssen. Konnte ja eine Scheibe von Frank Sinatra, dem Mr. My Way, zu ihr mitnehmen. Dann müsste ich bei meinen Liebes-Aktionen nicht mehr John Lee Hookers rasantes Boom, Boom, Boom auflegen. Manche Wege haben ein grausames Ziel. Meine grauen, einstmals schlauen Zellen hatten sich im Verfolgungsrausch selbständig gemacht. Sie verbissen sich hartnäckig in das Grammatik-Problem. Ausgerechnet wir logik- und ordnungsliebenden Deutschen wählten die Artikel zu den Hauptwörtern, auch Substantive genannt, völlig emotional aus. Das muss schiefgehen. Längst ist unsere Wirriwarri-Sprache international abgehängt. War es auch diese instinktiv durchgeführte Grammatikreform was mir Marios Italo-Deutsch derart sympathisch machte? Ich wusste jedenfalls was Mario meinte. Wir waren jedenfalls noch dran an dem Honda-Fahrer. Bald war sogar Nahkampf angesagt.

Der Abstand zwischen ihm und uns war durch unsere schnelle Ducati auf rund hundert Meter zusammengeschmolzen. Ich konnte sehen, wie der Typ sich auf seiner Maschine umdrehte, während er bei der Kreuzung beim Kaffeehaus Eickmann, der Stadtbücherei und dem Gerichtsgebäude, nach links zum Theater abbog. Wenn wir ihn rammten, dann musste ich mich wohl auf den Verbrecher werfen? Hoffentlich lag er unter seinem Motorrad eingeklemmt. Hatte er noch eine Kugel in seiner Pistole? Hatte er die Pistole noch? War nicht zu erkennen in der Dunkelheit. Hoffentlich bremste mein Fahrer noch rechtzeitig ab, bevor er die verfolgte Honda anfuhr.

Der Typ feuerte auf uns. Zwei Schüsse. Ich hörte die Kugeln an uns vorbeipfeifen. Wie viel Schuss hatte er in seiner Pistole? Wie viele hatte er schon abgegeben? Hatte er unterm Fahren ein neues Magazin in die Pistole gesteckt?

Wir bogen auch ab, ohne groß das Tempo zu verringern. Unsere Maschine begann herumzuschwänzeln. Ich klammerte mich an der Hüfte meines Fahrers fest. Ich sah uns über die Straße schlittern. Bitte nicht auf der Kreuzung, wenn gerade von allen Seiten Autos herankamen. Überhaupt komisch, dass spät in der Nacht Autos durch Augsburg fuhren. Zahlreich auch noch. Wo kamen die her? Der Honda-Fahrer ließ seine Maschine aufbrüllen und donnerte an der silbrig glänzenden Ostern-Skulptur vor dem Theater vorbei. Würde der Killer uns noch ein Ei legen? Konnten wir ihn hartkochen? Fortuna, bitte übernimm!

Wir kratzten bei der Linkskurve an der Kreuzung mit einem Fußpedal den Boden. Wenn jetzt was schief ging, landeten wir in der Wiese vor dem Gerichtsgebäude. Mir war lieber, der Plärrer-Killer auf der Honda landete auf der Anklagebank im Gericht. Aus einem Kellerfenster des Gerichtsgebäudes drang Licht. Konnte wohl kaum die Erleuchtung sein, mit der die Augsburger Justitia die Gerechtigkeit suchte. Zu oft musste ich da drin schon erleben, dass wir das Urteil genauso gut hätten auswürfeln können. Womöglich suchten die Gerichtshelfer zwischen den Akten noch die verloren gegangene Festplatte des Sohnes vom ehemaligen bayerischen Ministerpräsidenten, der mit Waffengeschäften fette Millionenprovisionen gemacht haben soll?

Eine winzige falsche Bewegung am Lenkrad hätte uns bei diesem Manöver aus der Bahn geworfen.

»Was meine Du? Wo fahre unsere Mann hin?«

Die Grottenau führt vom Kennedyplatz aus vor dem beleuchteten Theater beginnend mit einem leichten Gefälle an der mächtigen Grottenau-Post vorbei, östlich ins Herz von Augsburg. Endete ich wie John F. Kennedy mit einer Schusswunde aus der Waffe eines Unbekannten? Jedoch nicht in den Armen einer hübsch gekleideten und flott frisierten Jackie. Nein, eher in den Armen eines Marios, geboren irgendwo zwischen Mailand und Sizilien, von dem ich sonst nichts wusste, außer seinem nächtlichen Beruf als Plärrer-Security.

Einige Möglichkeiten zum Abbiegen waren links und rechts der Grottenau geboten: Theaterstraße, Ludwigstraße, Kesselmarkt, Annastraße. Geradeaus flacht die Karlstraße ab bis zur Kreuzung, wo's dann den Leonhardsberg mit stärkerem Gefälle, fast steil, hinuntergeht. Die Freude jedes Fahrradfahrers.

Nun musste ich meine Ankündigung einlösen. Dass ich wusste, wo der Kerl auf der Honda hinwollte. Ich hatte keine Ahnung. Zurück würde er kaum fahren. Die Ampel vor uns, wo links in der Grottenau-Apotheke bunte Salzwasserfische im beleuchteten Aquarium schwammen, schaltete auf Rot. Hundert Meter dahinter, wo links der Eingang in die Ludwig-Passagen ist, kam wieder eine Ampel, die auch auf Rot schaltete. Damit war das Honda-Rücklicht untergetaucht. Die Honda war diesmal bei Orange durchgeprescht. Wir fuhren bei Rot durch. Die nächste Kreuzung konnte die Entscheidung bringen. Wir waren nur noch rund fünfzig Meter vom Honda-Fahrer entfernt.

»Zum Dom, er wird Richtung Dom fahren.« Schrie ich in den Fahrtwind.

Das war sogar eine durchdachte Vermutung. Zum Rathaus, rechts weg, wo gleich eine Polizei-Inspektion war, konnte es für den Killer doch recht gefährlich sein. Geradeaus den Berg hinunter, war auch sehr riskant, weil er innerhalb der roten Welle war. Am Fuße des Leonhardsberges wartete Augsburgs gefährlichste Kreuzung. Täglicher Crash war vorprogrammiert. Die Querstraße Mittlerer Graben hatte zu oft vierrädrige Blechgeschosse für den unerwünschten Zusammenprall in der Kreuzungs-Mitte parat.

Der Killer war kurz vor der Kreuzung. Es war noch nicht zu erkennen, für welche Richtung er sich entscheiden würde. Wir mussten uns auch entscheiden, damit wir noch eine Chance hatten, ihn zu kriegen. Wenn wir erst abbiegen würden, wenn er abbog, dann konnte er jetzt leicht im Straßengewirr der Augsburger Innenstadt entkommen.

»Links, bei der nächsten Kreuzung links!«

»Si Si! Va bene!« Mario ging an seine sprachlichen Wurzeln zurück.

Aus welcher Gegend, aus welchem Ort in Italien stammte er?

Mario akzeptierte mich als Pfadfinder. Ich merkte, dass er sich in der nächsten Sekunde links reinlegen würde. Wir waren schon ziemlich verwachsen. Wie die Mistel mit ihrem Gastbaum. Wieder musste ich mich gegen mein Gefühl mit meinem Fahrer in die linke Kurve legen. Als ungeübter Motorrad-Sozius war man versucht, sich nach rechts zu beugen, weil man Angst hatte, das Motorrad kippt nach links um. Das war aber verkehrt. Dadurch konnte das Motorrad aus der Steuerung geraten. Hinten auf einem fahrenden Motorrad zu sitzen ist sowieso unangenehm. Man fühlte sich ausgeliefert. Lieber fuhr ich mit dem Raumschiff allein zum Andromeda-Nebel, wenn ich am Steuer sitzen durfte. Doch hinter Mario, meinem jetzigen Fahrer fühlte ich mich sicher. Absolut sicher. Das lag daran, wie er mit seiner Ducati umging. Er fuhr trotz der überhöhten Geschwindigkeit so souverän, dass ich keine Zweifel an seinen Fahrkünsten hatte.

Die Verfolgungsjagd durchs nächtliche Augsburg machte mir langsam Spaß. Ich presste mich ein wenig fester an den Rücken meines Fahrers. Meine Finger falteten sich vor seinem Bauch zu einem festen Klettverschluss. Damit hatten sie auch gleich die richtige Bet-Stellung, falls doch was passierte.

Ein Auto kam vom Dom herunter. Wir gerieten in den zweifachen Scheinwerferstrahl. Rechts, vom Rathausplatz her, kam eine Radlerin. Wurde kurz vor der Kreuzung überholt vom einen Riesenjeep. Mario schlängelte sich mit seiner Ducati und mir durch den plötzlichen Verkehr, nur Millimeter an der Stoßstange des Riesenjeeps vorbei. Mario lenkte, bremste, gab Gas, schleuderte, lenkte, bremste. Uff!

»Mamma mia!«

Wir standen bei den Augsburger Stadtwerken, beim Durchgang, wo uns beinahe eine gelbe Briefkastensäule gestoppt hätte. Ich hing ein wenig auf dem Rücken von Mario, mein Kopf war über seinem. Mit viel Kraft konnte ich bei der letzten heftigen Bremsung der Ducati die Fliehkraft besiegen. Sonst wäre ich im Schaufenster der Stadtwerke gelandet. Platz ist da genügend, wo ein verzweifelter Dekorateur versucht, einen enormen Glaskasten mit Stofffiguren von Igeln und Hasen, die in einem Zug durchs Schaufenster gondeln, recht und schlecht aufzufüllen. Wenigstens hätten die Stoffstacheln des Igels nicht weh getan. Waren wir der Hase und der Plärrer-Killer der Igel, der uns abblitzen ließ? Wo war er? Die Mädels auf den Werbepostern für die Karocard blicken freundlich wie immer um uns Spar-Pro*cent*e anzubieten. Sollten wir uns die Verfolgung sparen?

»Porca miseria.« Es hörte sich wie italienisches Gefluche an.

Wohin war der Honda-Fahrer verschwunden? Es hatte ausgesehen, als müsse er sich genauso wie wir durch den Verkehr lavieren. Unfall war keiner. Also wo war er? Stand er nur hinter einem Eck und beobachtete uns? War er schon über alle Berge. Was in Augsburg durchaus seine Richtigkeit hat: Milchberg, Predigerberg, Butzenbergle, Hunoldsberg, Judenberg, Eisenberg, Perlachberg, Leonhardsberg, Schmiedberg, Stephinger Berg, Klinkerberg. Fortuna, wo bist Du? Sprich zu mir!

Wie war das bei den Verfolgungsjagden im Film? Die blieben durch irgendeinen Instinkt absolut richtig hinter dem Verfolgten. Dafür sorgte schon der Regisseur. Wo war der Regisseur für unseren Film? Auf der schrägen, geteerten Terrasse, die einen Absatz hatte, dort vor dem Fahrradladen Härter, oben links am Schmiedberg, setzte sich jemand auf ein Motorrad. Das musste er sein. Es hatte ihn geworfen.

»Mario! Dort drüben! Dort ist er!«

Mario hatte mit einem Blick erfasst, wo ich den Verfolgten sah, dann versuchte er seine Ducati zu starten. Er trappte mehrmals den Kickstarter. Dann heulte der Motor auf. Wir schossen über die Straße. Der Honda-Fahrer stand hinter einer parkenden Autoreihe vor einem breiten Fußweg, der an vielen Geschäften vorbeiführte. Seine Maschine blubberte wieder los. Die Jagd war gleich zu Ende. Wir würden ihn kriegen. Das Verkehrsschild, jedenfalls der Mast, das graue Eisenrohr, am Rande des Fußweges vor dem Schmuckladen, verhängte sich im Pedal unserer

Ducati, als Mario um das Auto herumwollte, hinter dem der Plärrer-Killer uns unter seinem Motorradhelm entgegensah. Wie ein Raumfahrer draußen im dunklen Weltall, bestückt mit Lichtfetzen aus diversen Leuchtreklamen, der auf den Erst-Kontakt mit den Außerirdischen wartet. Ahnend, dass es nicht gut ausgehen kann. Was macht der Kerl? Er wirft was auf uns! Mario verzog mit einem Aufschrei den Ducati-Lenker. Er bretterte gegen den Laden von Optiker Stief. Irgendwas schepperte den Fußweg entlang. Haben wir den Auspuff verloren? Eine Schraube? Ein Pedal? Das davonklirrende Metallteil klang anders. Festes massives Eisen scheppert so durchdringend, wenn es über den Randstein schlittert.

Die Honda machte einen Satz nach vorn. Fuhr den breiten Fußweg hoch. Ohne Licht und Rücksicht auf entgegenkommende Passanten.

»Er habe getroffe'. Mich. Am Hals.«

Mario rieb sich den Hals. Der Honda-Fahrer hatte seine kugellose Pistole nach Mario geworfen. Die war über den Bordstein gekleppert und gescheppert. Mario ließ das Hinterrad seiner Ducati kurz durchdrehen. Eine Gruppe Jugendlicher, die bei uns auftauchte, schrie uns unflätige Komplimente nach. Ein fliegender Teppich konnte kaum besser über den Fußweg schwebend dahinflitzen. Mir kam es vor, als hätten wir die Bodenhaftung verloren.

Ohne Licht war der Typ schwer zu verfolgen. Durch das helle Licht der Straßenlaternen an der Kurve, die um den Dom herumführte, sahen wir ihn aber zwischen den glänzenden Straßenbahngleisen in Richtung Frauentorstraße davonfahren. Hatte der Kerl zwei Pistolen? Es knallte vor uns. Wieder und wieder.

»Er habe Probleme.« Mario kannte dieses Geräusch.

Das waren Fehlzündungen der Honda. Ich hatte das Gefühl, als ob der Plärrer-Killer langsamer geworden war, seine Maschine ruckweise beschleunigte. Vielleicht war bei seinem Sturz vorhin was am Motor beschädigt worden? Irgendwie fair vom Schicksal, uns eine weitere Chance zu geben. Wir fuhren an den drei Heiligen vorm Dom vorbei. Ulrich mit wehendem Mantel auf seinem Pferd, das Kreuz angriffslustig in den Himmel gehalten, wie er einst wohl gegen die Hunnen auf dem Lechfeld vorgegangen war. Daneben standen Simpert mit dem Wolf und die Afra am Marterpfahl, um den schon das Feuer züngelte. Afra war laut Sage einst von den Römern verbrannt worden, weil sie als Liebesdienerin des Venustempels zum Christentum überwechselte. Hin zu einem Jesus, der ohne einen Funken Erotik der neue Glaubensführer wurde. Komisch, dass Jahrhunderte später die christliche Kirche Frauen verbrannte, weil sie zu sündig lebten.

Manche Dinge verkehren sich im Lauf der Welt. Alles eine Sache des Standpunktes. War der Typ auf der Honda gar nicht so böse, wie wir annahmen? Warum hatte er Yvonne Kampa erschossen? Aus Rache? Aus berechtigter Rache? Hatte die Kampa auch jemanden ermordet? Hatte Yvonne Kampa die Wohnwagen angezündet? Hatte der Honda-Mann für die Kampa die Brandstiftung erledigt und hatte sie ihn aber nicht wie versprochen ausbezahlt? Hatten seine Drohungen nichts genützt, um an das Flammen-Honorar zu kommen? Wollte er mich nur erschrecken? Abschrecken? Fragen. Fragen. Fragen.

Die Straße war wie ausgestorben. Die Leuchtschriften an den Hauswänden flitzten vorbei. Unser Abstand zum Plärrer-Killer verringerte sich nach dem Dom zwischen Multy Copy, den Restaurants La Rucola und August, dem Mozarthaus, Hohes Meer, Romantik-Hotel Augsburger Hof, Ristorante Stella Maris und der Weinstube Müller Zentimeter um Zentimeter.

Wie viel wir wohl draufhatten? Achtzig? Neunzig? Hundert? Mehr? Meine Arme schlossen sich wieder fester um die Hüfte meines Fahrers.

Bei der Kreuzung vor dem Fischertor bog der Honda-Fahrer mit einer tollkühnen Rechtskurve ins Pfärrle ab. Das war so gewagt, dass ich annahm, der Kerl rutscht mit seiner Maschine ins beleuchtete Schaufenster der Metzgerei Reiter, der Metzgerei mit dem Logo, bei dem ein Metzger auf einer Sau reitet. Dann würde unser Mann als roter Pressack zwischen zersplitterten Glasregalen enden.

Alle Achtung, der Honda-Fahrer war ebenfalls ein Meister der zwei Räder. Sein Kurvenbogen endete exakt am linken Randstein. Dann zog er die Maschine wieder in die Mitte der Straße, das Pfärrle. Nach dem Hotel am Fischertor, dem Wirtshaus im Zuckerhof und der Entspannungsoase – die brauchte ich jetzt noch nicht, noch war absolute Spannung angesagt, bis der Täter erwischt wurde – war es vorbei mit lustig. Unglaublich aber wahr, der Kerl vor uns schaffte es, ohne groß abzubremsen, in der Mitte des Stephinger Berges, rechts, nach dem leicht maroden Aquariumgeschäfts, mit diesem eigenartigen blauen schummrigen Licht im Schaufenster, unvermutet abzubiegen.

Ich hatte mich schon auf eine Rutschpartie über die nächste Kreuzung am Ende des Stephingerberges eingestellt. Sah bereits Funken durch die Nacht stieben, die beim Schlittern unserer Maschine über den Straßenboden entstanden. Ein Auto konnte uns erwischen, das einsam durch die Nach brauste, etliches über 60, nicht erahnend, dass sich ein Motorrad vor seinen Bug schob, das den Autofahrer, der vielleicht schon an sein warmes Bett dachte, in einen furchtbaren Zusammenstoß verwickelte, nach dem die Glassplitter die Straße verzierten.

Mein Fahrer war aber erst recht ein Profi. Er schien bei seinem Gegner mit allem zu rechnen. Er machte auch diesen kleinen bedeutungslos aussehenden aber sehr wirkungsvollen Schlenker und bog dicht hinter ihm rechts ab. Es ging das gepflasterte Gallusbergle – noch ein Augsburger Berg – hinauf, das oben aussah, als sei es eine Sackgasse, die an einer kleinen Kapelle endet. Über große Pflastersteine. Links alte Stadtmauer, rechts Häuser.

Hatten wir ihn jetzt? Ich hatte das Gefühl, mein Fahrer ließ sich nicht mehr abschütteln. Er wollte den nicht laufen lassen, der den Hund seines Kollegen abgeknallt hatte wie einen, na? Fiel mir jetzt nicht ein, weil der Honda-Fahrer, dessen Scheinwerferkegel auf der alten Mauer der kleinen Kapelle immer größer geworden war, plötzlich verschwand.

Stand er mit den bösen Mächten im Spiel? Hatte er sich aufgelöst? War eine Tarnkappe im Spiel? Fuhr er gerade über eine Rampe in das Ufo der Aliens? Oder hatte er einen Durchschlupf gefunden? Meine Arme umklammerten meinen Fahrer ganz fest.

Ich erinnerte mich. Da war ein Fluchtweg. Unser Heimatkundelehrer mochte dieses Gässchen besonders gern: Da hinab. Es ist sehr eng, führt bei der kleinen Kapelle, die von russisch-orthodoxen Gläubigen benutzt wurde, zum Gallusplatz beim Stephansgymnasium durch und ist nur drei Meter lang. Höchstens. Luther soll durch diesen superschmalen Weg nachts vor den Häschern des Papstes geflohen sein, uns also entgegen, nachdem der Reformator mit dem Papst-Legaten in Augsburg um die Wahrheit in der Religion gestritten hatte. Luther, der bockig war und dem Papst-Mann ständig widersprach, befürchtete wohl zu Recht, dass es ihm bald so erginge wie einstens seinem tschechischen Reformator-Kollegen Johannes Hus. Der wurde 1415 n. Chr. trotz des kaiserlichen Versprechens eines freien Geleits zum Konzil in Konstanz am Bodensee als Ketzer verbrannt. Also Vorsicht bei hohen Herrschaften.

Wir schafften den Engpass, ohne anzustoßen.

Ich schloss die Augen.

»Er muss abgeboge' sein, irgendwo!«

Mein Fahrer folgerte richtig. Nur der Augsburg-Altstadt-Insider wusste jetzt auch wohin. Es gibt viele schmale Gassen in Augsburg, die durch die Bezeichnung Gässchen bekannt geben, dass sie nicht von Leuten passierbar sind, die als Kleidergröße X-Quadrat hatten. Die bleiben da drin stecken wie das Kiwi-Stückchen im Trinkhalm, der die Aufgabe hat, die Frühlingsbowle aus dem Glas aussaugen zu helfen. Das dünnste, engste, schmälste ist das Anstoßgässchen. Es heißt nicht umsonst so. Mein Fahrer schien es zu kennen. Bravo!

»Molto bene! Grandioso!«, brüllte ich zu meinem Fahrer vor.

In meiner Zeit als Textilkaufmann-Azubi bei der NAK hatte ich von den Gastarbeitern ein wenig Italienisch gelernt. Zum Beispiel: »Non avere paura il mio cane non morde!« Wegen unserem Hund, der Boxerin Blanca, wenn ich beim Spazierengehen auf italienische Kinder traf. Das bedeutet auf Deutsch »Keine Angst, mein Hund beißt nicht.«

Das Anstoßgässchen ist kaum mehr als einen Meter breit. Auf dem Rücksitz des Motorrads hielt ich es für die hohle Gasse, durch die wir kommen mussten, wenn wir wie bei Wilhelm Tell von Küssnacht herkamen. Wir streiften mit unseren rechten Knien leicht die Mauer des Hauses, in dem sich ein kleines Häufchen Punks einquartiert hatte. Mit einem Tempo von bestimmt 30 bis 40 km/h.

Von einer Fensterscheibe grinste mich ein weiß aufgemaltes Punkt-Punkt-Strich-Kreis-Gesicht schadenfreudig an. Jaja - Schadenfreude ist die schönste Freude. Aua! Das musste ein Loch in der Hose geworden sein mit aufgeschürfter Haut beim Knie. Unser Motorrad kam ins Schleudern. Wir bretterten gegen die linke Hausmauer. Oooouuuuuuh! Bitte, bitte nicht meine Kniescheibe zerquetschen. Mein Knie schmerzte. Prellung? Quetschung? Kniescheibe kaputt? Knochen gesplittert? Dann rentierte sich ein Krankenhausaufenthalt, wenn die Ärzte gleich noch meine Schlaf-Störungen untersuchten. Mein Fatalismus überraschte mich selbst. Ich presste meine malträtierten Knie an die Maschine. Ein Pferd würde jetzt unter mir zerdrückt zusammenbrechen. Es war aber zu eng zum Umfallen. Wir kamen durch wie die Metallkugel im Flipper, die von Bumper zu Bumper gestoßen wird auf der Punktejagd nach einem Freispiel. Mein Fahrer fluchte wie ein Rohrspatz. »Porca di miseria!«

Das war knapp. Ich kam mir vor wie ein Stück Parmesan, das auf einem Hobel lag und darauf wartete, in die Spaghetti gerieben zu werden. A la Bolognese. Wir schossen den Weg bei der Jugendherberge hinunter. Die Motoren der beiden Motorräder wummerten durch die menschenleeren Gassen. Hätte mich ja nicht gewundert, wenn einige von den Motorrad-Geräuschwellen gelockerte Dachplatten auf uns heruntergeprasselt wären. Zwei Männerhände drehten heftig und pausenlos an ihren Gasgriffen am rechten Ende der Lenker. Die beiden Motoren heulten manchmal einstimmig, manchmal zweistimmig auf- und abschwellend wie Draculas rotäugige Wölfe. Das Springergässchen, das durchaus Springergasse heißen konnte, hinab und wohin?

Mein Fahrer war ein Vollblut-Italiener. Mit einer Hand lenkte er. Mit der anderen fischte er sein Handy irgendwo heraus und telefonierte mit irgendjemandem auf Italienisch. Das funktionierte nur, weil er diesen Topfhelm aus den Fünfzigern aufhatte, der die Ohren nicht verdeckte.

Wahnsinn. Hatte ich eine Überlebenschance?

Jetzt kam ein Ort, ein kleiner Platz, der zu den unbekanntesten in der Augsburger Altstadt gehört. Hier sieht es aus wie in einer italienischen Altstadt. Eine Kombination aus breiter Treppe, schmalem Bergpfad und einer unregelmäßigen Kreuzung, in die vier Gässchen auf verschiedenen Ebenen einmünden. Geradeaus war eine Baustelle. Gelbe Lichter zuckten. Ein Durchkommen war nicht möglich. Selbst auf dem Fußweg nicht. Alles war aufgerissen. Vor einigen Tagen war hier ein verrostetes

Gasrohr bei den Bauarbeiten hochgegangen. Ein Arbeiter, der mit dem Presslufthammer das Gasrohr erwischte, starb bei der Explosion. War auch in der AZ gestanden. In den umstehenden Häusern kam aus den Fenstern kein Licht. Nur ein paar Gaslaternen leuchteten.

Geradeaus ging's also nicht mehr. Zurück war er auch nicht gekommen. Wo war der Killer hin? Die Treppe runter? Den Weg runter? Führte beides in die gleiche Gasse. Aber dann? Links über die Brücke zum Liliom-Kino? Rechts an der Weinstube Sedlmaier entlang zum Schmiedberg? Ging es da vor der Weinstube nicht auch rechts hoch, wieder zum Gebäude der Stadtwerke?

Mir fiel eine schöne Liedzeile ein: »Dein Herz ist für mich wie ein Labyrinth, aus dem ich keinen Ausgang find'...« Schön. Hitverdächtig. Würde ich leider wegen meiner Schlafkrankheit wieder vergessen. Mein Gedächtnis war seit einigen Wochen schlechter geworden. Wesentlich. Ich war mir sicher. Wegen dieser Apnoe. Dieses Atem-Aussetzen im Schlaf, wie in dem Zeitungs-Bericht gestanden war.

Es war ein kleines Wunder fällig, damit wir den richtigen Weg nahmen. Mario steckte sein Handy ein. Das Vorderrad unserer Ducati zeigte auf die Treppe. Er würde doch nicht? Warum nicht den schmalen Weg an der verwachsenen Mauer entlang?

»Festhalte' mein Freund. Es komme Entscheidung.«

Meine Arme versuchten einen Schraubstock zu imitieren, der Marios Hüfte auf Wespentaille formen wollte.

Das leise Honda-Blubbern, das wieder lauter wurde, kam von unterhalb des Abhanges. Es kam von unten rechts. Wir mussten ihn kommen sehen. Er musste an den hellen Fenstern des Installationsgeschäftes Ostertag vorbei. Das Licht der Gaslaterne zeigte uns das Ende der Treppe. Irgendwo ertönten aufgeregte männliche italienische Stimmen. Normalerweise rufen nachts die Frauen aus den Fenstern, um sich wegen der Lärmbelästigung zu beschweren.

Das Vorderrad der Ducati zeigte auf die Treppe. Mario gab Gas. Ganz gleichmäßig mehr. Im schnellen Schritt-Tempo holperten wir die Treppe hinab. Mario hielt die Maschine exakt auf einer geraden Fahrlinie. Ich war derart eng an Mario gedrückt, dass ich fast wie ein siamesischer Zwilling mit ihm verbunden war. Der rechte Teil der Treppe ist bei den Skatern beliebt. Neben dem Eisengeländer war ein rund dreißig Zentimeter breiter glatter Rand. Schon öfters hatte ich mich gefragt, für was der mal gut war. Schoben hier vor vielen Jahren die Leute mit dem Schubwagen irgendwelches Zeug hoch und runter? Heutzutage preschen die Skater hier auf ihren rollenden Brettern hinunter. Machen unten Hüpfer. Kommen knallend auf dem Boden auf. Landen selber neben dem Brett, oder wieder drauf, wenn sie es konnten.

Wir hatten den ersten Treppen-Absatz hinter uns. Die Honda kam von rechts herangeblubbert. Warum so langsam? Wusste der Fahrer nicht mehr weiter? Sah er den schmalen Weg über die Brücke zum Liliom nicht? Überlegte er, wie er uns entkommen konnte? Vielleicht aus Schreck hielt er genau vor uns die Honda an. Das Helm-Visier drehte sich uns zu. Der Plärrer-Killer sah seinem Ende entgegen. Uns. Mario drehte auf. Seine Ducati wurde zum fahrenden Torpedo. Das Ziel war klar. Ich sah über Marios Schulter unseren Gegner. Wir stießen mit voller Wucht in die Honda, die vor uns wie eingefroren stand. Krachpeng! Irgendwelche Maschinenteile stieben umher, schepperten gegen Wände, Treppe und Mauern.

Mit scharfen Dolchfräsen, die aus den Radnaben hervorkamen, hatten sie die Speichen von Ben Hurs Rennwagen zerstört. Ich kam mir vor wie ein Astronaut. Ich drehte mich schwebend in einem Knäuel aus Motorrädern und Menschen. Der Tod hatte seine Lupe, seine Zeitlupe auf mich gerichtet. Dieser Sadist, er wollte wohl ganz genau sehen, ob mein Schädel am Boden aufplatzte oder mein Brustkorb von einem Motorradlenker eingedrückt wurde.

Wann würde die Fruchtblase platzen, in der das Klausi-Embryo fast schwerelos wie im Weltraum herumruderte? Wann musste ich sterben? Wann erblickte ich das Dunkel der Unterwelt? Ein Chaos aus kreischenden Lauten drang von weit her an mein Ohr.

»Wer die Treppe hinauf will, der geht Stufe für Stufe«, verkündeten mir schwarze Buchstaben, Schriftart Times. Sie zogen vor meinen Augen vorbei wie ein Bildschirmschoner, bei dem unter Marquee dieser Text von einer unbekannten Macht eingegeben wurde. Sammelten sie gerade die Beigaben für mein Grab zusammen? Auch das Sprichwörterlexikon von meinem Klo? Wir wollten die Treppe eigentlich hinunter. Es musste für meinen aktuellen Bildschirmschoner besser eingegeben werden: »Von hohen Treppen fällt man hart.«

Mario hatte sich schneller hochgerappelt. Er folgte dem zur Kanalbrücke davoneilenden Plärrer-Killer, bei dessen herumliegender Honda sich das Hinterrad drehte. Das Vorderrad war verklemmt. Auf der Mauerbrüstung der Kanalbrücke waren die Gaslaternen festgeschraubt. Irgendwas Automäßiges schien den schmalen Weg über die Kanalbrücke zu verstopfen. Ich lag am Boden und schaute dem Film zu. Der Plärrer-Killer hangelte sich an einem Laternenmast auf die Mauerbrüstung der Kanalbrücke hoch, auf der er langsam weiterlief. Vorsichtig, denn einige Meter tiefer flossen zwei Kanäle vorbei. Übereinander. Das wusste ich. Diesen versteckten Weg mochte ich, weil ich es immer wieder gerne sah, wie der Stadtbach in seinem eisernen Bett über den Kanal drüberfloss. Das war für mich das geheime Augsburg. Reizvolle Orte, die nicht jeder kannte. Mario hangelte sich auch an der Laterne hoch auf die Kanalbrückenbrüstung. Er ließ nicht locker. Der Plärrer-

Killer drehte sich um. Er versuchte Mario hinunterzustoßen. Ich musste helfen. Komm hoch Klausi, mach. Ich versuchte den Kokon aus Schmerzen, der sich über mir geschlossen hatte, zu durchbrechen. Noch gehorchte kein Glied meinem Willen.

Wann stand ich wieder auf meinen zwei Beinen? Sekunden, Minuten, Stunden nach dem Crash? Wieso sah es im Jenseits aus wie vorher im Hierseits? Musste ich einen Publikums-Joker setzen? Es ging wieder. Ich bewegte meine Glieder. Langsam. Alles tat weh. Ich musste Mario zur Seite stehen. Bei jedem Schritt, den ich zu ihm hin machte, taten mir gleich mehrere Stellen im Körper weh.

Jetzt sah ich, was den Weg über die Kanalbrücke verstopfte. Links unten war der Biergarten des Liliom-Lokals Platwo. Es war ein trapezförmiger Anhänger. Ähnlich einem Pferdetransporter, der an das Auto gehängt wurde. Seine Deichsel zeigte zu mir. Wie kam das Ding dorthin?

Hinter mir tauchten italienisch rufende Gestalten auf. Sie überholten mich, den humpelnden Privat-Ermittler, der sich nicht mal fragte, warum er noch am Leben war. Sie stürmten auf die beiden kämpfenden Gestalten zu. Sollte der Handy-Einsatz meines Fahrers keine artistische Einlage gewesen sein? Hatte er damit seine Freunde zur Hilfe gerufen? Aber woher kamen sie so schnell? Eine völlig überflüssige Frage kam mir auch noch: Mario konnte nicht nur gut Motorradfahren, er schlug auch gut zu. Der Mann mit dem Motorradhelm wankte. Irgendwie konnte sich der Honda-Fahrer aus dem Kampf lösen, bevor die anderen Italiener dazu kamen. Er versetzte Mario im Laternenlicht einen Stoß. Mario krümmte sich mit einem italienischen Aufschrei. Er stürzte die Brüstung auf der Kanalseite hinunter. Er konnte sich aber mit den Händen am Laternenmast festhalten.

Der Plärrer-Killer rannte über die Mauerbrüstung zu den Sieben Kindeln, sprang herunter, rannte über die Straße und verschwand im Gässchengewirr auf der anderen Seite.

Kapitel 13

Die Nase blutet – Eine Heilige fährt durch Deutschland und hilft – Im sardischen Club gibt es guten Wein und Informationen – Eine junge englische Steilwandfahrerin hat Mario Rossa schwer beeindruckt

Marios Landsleute schrien auf wie der Gefangenenchor aus Nabucco, den ein Nashorn von hinten angriff. Zwei Männer beugten sich über die Mauerbrüstung und zogen Mario an den Armen langsam hoch. Mario schimpfte wie ein Rohrspatz. Dann kletterte er vorsichtig zwischen seinen Helfern von der Brüstung. Er sah mich. Er eilte besorgt auf mich zu.

»Mama mia. Du lebe noch. Ich denke scho', wir müsse' dich von Wand kratze'. Come stai?«

Wie's mir geht? Seine freudige Umarmung verwandelte meinen Körper in ein schmerzgeplagtes Bündel, aber nicht aus unempfindlichem Lehm, sondern aus Fleisch, Knochen, Sehnen und Nerven. Hochsensible Nerven, die mich schon beim leisesten Windhauch über meine Haut aufbrüllen ließen.

»Madonna! Deine Nase blute'.«

Richtig. Meine Nase tropfte. Hatte ich überhaupt noch eine? Ich langte hin. Irgend so ein glitschiger Knubbel saß da in meinem Gesicht. Er zog ein Papiertaschentuch aus seiner Jackentasche, das er mir reichte. Ich presste es über meine Nase.

»Komm, wir gehe' mit meine Freunde, zu unsere' Club.«

Ich nickte zuerst, blieb aber stehen, weil ich sehen wollte, was da geschah.

Zwei Männer zogen den merkwürdigen Wagen, der dem Fluchtmotorrad den Weg versperrt hatte, zwischen den Mauerbrüstungen aus der Kanalbrücke hervor. Sie zogen den Wagen an uns vorbei. An der Rückseite des Wagens war eine Glasscheibe angebracht, durch die eine hellblau gekleidete Madonnen-Statue zu sehen war. Brennende Kerzen im Wagen, der innen wie eine Grotte gestaltet war, erleuchteten die rund eineinhalb Meter hohe Statue.

»Maria Sardinia, unsere Heilige«, erklärte mir Mario. »Sie ist Wochenende bei uns.«

»Aha – und was geschieht hier mit ihr?«

»Wir habe am Sonntag Messe mit ihr. In unsere Club. Sie ist Wunderheilige. Wird durch ganz Deutschland gefahre'. Überall wo sind unsere Landsleute.«

»Ein Wunder hat sie schon geschafft«, mimte ich den Gläubigen.

»Wie meine du das?«

»Sie hat den Kerl aufgehalten, den wir verfolgt haben.«

»Hätte ihn lieber schnappe' wolle'. Er ist Mörder. Wir müsse' am Sonntag noch viel zu Maria bete', damit wir ihn noch erwische'.«

»Wie kommt der Wagen mit der Maria eigentlich auf die Brücke?«

Ich glaubte nicht an eine wundersame Marien-Erscheinung wie einst in Lourdes.

»Ich habe telefoniert mit meine' Freunde' im Club. Sie solle' baue' Sperre, äh, wie sage man ...?«

»Barrikade?«

»Exactamente, baue' Barrikade. An Brücke, mit Marias Wage', am schnellste'. Stecke drin soweiso. Habe genomme' falsche' Weg.«

Einige Italiener hatten die beiden Motorräder vom Boden aufgehoben. Jetzt sah ich, wie der Laden hieß, an dem wir zerschellt waren: Installation Ostertag. Vielleicht konnte der einige herumliegende Teile gebrauchen?

»Stehe' lasse', kann man nicht mehr schiebe'. Rad klemme.« Mario streichelte kurz über den Sattel seiner Ducati, bei der das Vorderrad verbogen war, wie ich beim näheren Hinsehen bemerkte. Ich versuchte, meinen Hals kaum zu bewegen, weil jede kleinste Halsbewegung infernalische Schmerzen verursachte. Daher ging ich aufrecht wie ein Held, obwohl ich mir eher wie Sancho Pansa nach dem Angriff auf die Windmühlen vorkam, oder wie Ben Hur, dessen Rennwagenpferde ihn in vollem Karacho einige Runden durch den Sand des Kolosseums geschleift hatten.

»Vierzig Jahre sie hat mich getrage', ich könnte heule'.«

Marios Freunde standen fast regungslos dabei. Sie empfanden das wohl als einen herzzerreißenden Abschied unter guten Freunden. Er wendete sich von seinem zerbeulten und verbogenen Motorrad ab. Zwei Männer trugen es weg. Er ging voraus. Wir folgten durch die Gasse, die sich Schritt für Schritt verengte. Es war wie ein kleiner Trauerzug. Vor uns Maria Sardinia, gezogen von gebückten Männern. Vorbei an Augsburgs erstem Frauenhaus. Jetzt ein Esoterik-Laden namens »Regenbogen«. Mit Glückskristallen und Bachblüten im Schaufenster. Hinter dem kleinen Esoterik-Shop räumten einige Männer Sperrmüll, bestehend aus alten Schränken, einem durchgesessenen Sofa, zerwetzten Polstersesseln, einer Waschmaschine, einem Fernseher und einem Schreibtisch, dessen Platte auf einer Seite herunterhing, aus der Gasse.

»Das war andere Barrikade.«

Mario zeigte auf die Sperrmüllreste mitten in der Gasse.

»Hast du von der Baustelle oben gewusst?«

»Ja. Arbeiter, bei Gasexplosion, der dort umgekomme', das war Cousin von mir. Sehr, sehr schlimm.«

Mit dem Handy auf dem Motorrad hatte Mario also dafür gesorgt, dass seine Freunde die Gasse für den Plärrer-Killer nach allen Seiten versperrten. Wir warteten, bis der Sperrmüll weggeräumt war. Dann nahmen Mario und seine Clique eine nicht weit entfernte Treppe in Angriff. Oh Gott, schon wieder eine. Ich hatte nicht nur ein Schleuder-, sondern auch ein Treppentrauma. Das war mir klar. Diese Treppe aus Betonstufen und Eisengeländer schwebte frei in der Luft. Zwischen den Stufen konnte man durchsehen. Das auch noch. Mario kam zurück. Er war schon fast oben, da blickte er zu mir zurück. Ich stand noch vor der ersten Stufe und zitterte am ganzen Körper. Er kam und stieg die Stufen zu mir herunter.

»Mach Auge' zu, mein Freund«, sagte er zu mir. »Ich bringe dich da hinauf. Hattest du nicht auch Vertraue' zu mir, als gesesse' du hinter mir, auf meine' Motorrad?«

Hatte ich gehabt. Er fasste mich um die Schulter. Wir kamen oben an. Eine Tafel neben der Türe verkündete: »Circolo Sardo 4 Mori.«

»Das ist unser sardischer Club.« Mario schob mich zur Türe hinein. Circolo-Presidente Giovanni Cossu begrüßte uns mit Handschlag.

Wir setzten uns alle an einen großen Tisch. Einer brachte uns einen wohltuenden Espresso. Dazu stellten sie eine Amarettoflasche auf den Tisch. Wir unterhielten uns über das Vorgefallene. Die Männer lobten sich gegenseitig für ihren blitzartigen Barrikaden-Bau, schilderten sich den Kampf zwischen uns und dem Kerl hinter dem wir her waren aus allen Blick- und Erzählwinkeln. Mario, der Security-Mann vom Plärrer, mein Fahrer, war ein Sarde. Geboren auf der Insel Sardinien im Mittelmeer. Damit zwar auch Italiener, aber in erster Linie Sarde. So ähnlich wie bei den Korsen ist das.

Mario, mit Nachnamen Rossa, wie ich bald erfuhr, erzählte wort- und gestenreich seinen sardischen Club-Freunden unsere Verfolgungsjagd durch Augsburg. Da blieb selbst der Riesenfernseher, in dem langbeinige Bikini-Mädchen Nummern herumtrugen, völlig unbeobachtet. Obwohl Mario auf Italienisch unseren Teufelsritt durch die nächtlichen Gassen schilderte, bekam ich doch soviel mit, dass wir den Handbewegungen nach mindestens genauso geschickt wie die Starwars-Jäger durch die Felsensäulen auf einem Wüstenplaneten, millimeterknapp an den gefährlichen Hausecken vorbeigezischt waren. Es war zwei Uhr in der Nacht, als ich nach mehreren Gläsern Rotwein erfuhr, warum Mario derartig gut Motorrad fahren konnte. Vor seiner Zeit als Security-Mann war er Steilwandfahrer gewesen. Mario erzählte mir von seiner Karriere auf den Volksfesten und Messen. Er war einer der Männer und Frauen, die mit ihren Motorrädern an einer senkrechten Wand durch einen Holzkessel, mit einem Durchmesser von neun Metern, gerne auch Todeskessel oder Todeswand genannt, gebraust sind. Nicht nur auf dem Oktoberfest in München, auch auf dem Plärrer und anderen Volksfesten zwischen Nord- und Bodensee, zwischen Alpen und Dänemark.

»Durch questo maledetto Metallkugel bin ich gefahre' nicht so gerne, weißt du, wenn du fahre Loopings, dauernd, dann dein Mage' springe auf und ab, dann werde dir schlecht.«

Ich war als Kind auf dem Plärrer fasziniert vor dem Todeskessel gestanden. Der Motorenlärm zog mich an. Auf einer kleinen Bühne zeigten die Todeswand-Fahrer ihre Fahrkünste. Sie standen oder knieten freihändig auf dem Sattel ihrer Maschine, die im Stand, mit den Reifen auf vier Rollen fuhr, wobei der Ansager die Geschicklichkeit und den Mut seiner Motorrad-Artisten dramatisch anpries. Ausführlich erwähnt wurde auch die Gefahr im Todeskessel.

Mario nahm die Weinflasche wie ein Mikro vor den Mund. »Ich habe es noch immer in Ohre', wie Recommandeur uns ankündige: Meine Dame' und Herre', darf ich sie bitte', trete' sie näher an unsere Todeswand. Wir starte' hier auf dreieinhalb Zentner schwere' Maschine' an sechs Meter hohe' Wand. Die Fahrer zeige' Ihne' verschiedene gefährliche Kunststücke. Sie fahre' zuerst freihändig, dann reiche' sie sich Hand im rasende' Tempo. Bei Applaus von Publikum werde' sie noch tollkühner. Es folgt Sensation, das Tagesgespräch allerorts, wo wir gastiere'. Zwei Fahrer beginne' wilde Verfolgungsjagd. Wenn der eine überholt, er stürze sich dicht vor Vorderrad des Überholte' in die Tiefe. Meine Dame' und Herre', wenn sie nicht mit eigene' Auge' gesehe', dann werde' sie nicht glaube'. Lasse' Sie sich diese' Wahnsinn auf Räder' nicht entgehe', löse' sie jetzt bitte Karte', in wenige' Minute' kommt Start, ein neues Renne'.« Diese fehlenden n's am Wortende, fehlende Worte, eine wilde Grammatik, das machte seine Sätze nicht entsetzlich, sondern italienisch-charmant. Es war wie Musik in meinen Ohren. Ich hatte einen Logenplatz bei Marios Konzert.

Mario schenkte aus seinem Mikro unsere leeren Gläser nach. Ich applaudierte. Während er sich mit seinen Freunden auf Italienisch unterhielt, kamen mir Kindheits-Erinnerungen hoch. Paolo, der Wirt vom Vereinsheim Torres, im Textilviertel hinter dem Glaspalast, stellte eine neue Flasche Rotwein auf den Tisch. Dazu etwas sardischen Schinken, Käse und Oliven.

»Heute stehe Todeswand nur noch auf Oktoberfest. Früher, als noch Gebrüder Mack, die Manfredinis, Zanon-Truppe, Engländer und Varanne-Brüder fuhre', es gab sogar noch mehr Steilwandgeschäfte in Deutschland. Besondere Attraktione, weißt Du, das ware' naturalmente, die Fraue'. Kitty Matthieu, Nerina und Loretta Zanon, auch Nanda Manfredini, Sonja Straetemans, Erika Dabbert und auch Maureen Swift aus englische' Badeort. Die war scho' mit siebzehn Steilwandprofi. Ahh, du, ich sag' dir, eine fantastico Frau. Auch ich bin gefahre' mit Frau. Mit meiner Tochter.«

Mario küsste die Luft. Aus seiner abgeschabten Brieftasche fingerte er eine alte Visitenkarte hervor. Die hielt er mir vor die Augen.

»The worlds youngest wall of death rider and trick cyclist Maureen Swift. On tour reply to: ...« konnte ich lesen. Er schwelgte in seinen Erinnerungen. Gestenreich erklärte er seinen Tischnachbarn in halb italienischen, halb deutschen Sätzen, damit ich das einigermaßen mitbekam, die Vorzüge der mutigen Engländerin im Todeskessel, die von Vater und Mutter zum 18. Geburtstag eine Steilwand geschenkt bekommen hatte.

»Maureen war grandioso Frau. Sie habe mir gut gefalle'. Aber heiratete eine' Deutsche'. Ich dann Italienerin.«

»Was ist mit dieser Maureen passiert?« Mich interessierte das Schicksal von Maureen Swift. Sie war auch in der Welt der Volksfeste, der Wohnwagen, der Schaugeschäfte zu Hause.

»Maureen ging in 50er' mit Wissingers auf Steilwand-Tour durch Deutschland. Eigene Steilwand sie hatte eingelagert, dann verkauft als Bauholz. Weißt du, sie wollte nur fahre', fahre', fahre'. War ihre Leidenschaft. Sie heirate dann Steilwandfahrer Siegfried Sluppke.«

»Und dann?«

»Sie bekomme' Baby dann. Er arbeite dann als Vertreter für Bremse'-Firma. Maureen gebe auf, wege' Familie, capisce? Das sie hätte nicht tun solle'. Sie war nicht mehr glücklich. Grande Miseria. Nach Scheidung sie starb bald. War erst um Vierzig. Das ist Tragico.«

Wir stießen auf Maureen Swift an.

Einmal durfte ich als Zwölfjähriger mit meinen älteren Brüdern Ludwig und Alfred beim Plärrer mit in die Todeswand. Wir standen oben am Rand des Kessels. Unten am Kesselboden waren der Ansager und die Fahrer. Es wurde kurz erklärt, was gleich ablief. Dann donnerten die Maschinen los, hoch in die Wand. Dort kreisten sie, verfolgten und überholten sich. Die Fahrer standen einhändig auf dem Pedal oder rückwärts auf dem Sattel. Ich staunte schwer über die Leistung zweier Fahrer und einer Fahrerin. Die Bretter, auf denen wir standen und lehnten, vibrierten. Ein paar Zentimeter vor meinen Augen schossen die Maschinen vorbei. Der sonore Klang der kreisenden Motorräder verdichtete sich rhythmisch. Ich war im Banne der Motoren.

»Manche tödlich verunglückt, accidente mortale«, schilderte Mario die Gefahr im engen Holzkessel.

Er zählte die Namen seiner Kollegen auf, deren Leben bei der Kreisfahrt im waagrechten Zustand draufging.

Ein paar Sarden hatten sich vor dem Fernseher gruppiert, ein paar standen an der Theke und einige saßen bei uns am Tisch, um mit mir Marios Erzählungen zu lauschen.

Mario zog eine große Kaffeetasse heran und erklärte mir, mit welchen fahrerischen Tricks er die schwierige Fahrt in der Todeswand gemeistert hatte. Ich kratzte mit dem Löffel meinen espressodurchtränkten Zucker vom Tassenboden, schob ihn wie einen Dauerlutscher in den Mund und hörte gebannt zu.

»Ich bin mit meiner Frau in Wohnwage' zu Arbeit in der Todeswand gefahre'. Erste Mal sie war nicht besonders begeistert. Nächstes Mal frage sie mich dann scho', wann es losgehe.«

Die Uhr hinter der Theke, eingefasst mit Kork, einem Naturprodukt aus Sardinien, interessierte mich nicht mehr.

Jetzt erfuhr ich die Geheimnisse, die mich schon als Kind interessiert hatten.

Kapitel 14

Zwei Frauen werden ermordet – Der Kommissar versucht einen Kaffee zu trinken – Ein Polizist wird unverhofft verdächtigt – Klaus Kesslers ehemalige Mitarbeiterin gestaltet originelle Marionetten

Ich lag noch im Bett und kurierte meine Blessuren von der Verfolgungsjagd mit dem Motorrad aus, als mich die Kommissarin auf meinem Handy erreiche, das ich gerade ausschalten wollte. Ich erkannte ihre Nummer auf dem Display. Die Kommissarin fasste sich kurz, als sie merkte, dass ich ziemlich lädiert war. Ich sagte ihr, dass ich sie sowieso heute angerufen hätte.f Wegen der gestrigen Schießerei in der Geisterbahn. Sicherlich habe ihr schon die Plärrer-Security oder die Plärrer-Wache geschildert, was dort vorgefallen war. Ich schilderte ihr trotzdem kurz die Schießerei in der Geisterbahn aus meiner Sicht und die folgende Verfolgungsjagd.

»Sie waren da dabei? Bei der gestrigen Schießerei in der Geisterbahn? Bei der Verfolgung auch? Ohne Scheiß, das waren echt Sie?«, staunte die Kommissarin. Ich hörte sowas wie Bewunderung raus.

Von einem gewissen Thomas Kronemann von der Plärrer-Security, der ihr den tödlichen Überfall auf Yvonne Kampa bereits heute Vormittag, kurz nach Dienstbeginn, persönlich im Polizeipräsidium geschildert hatte, war sie informiert worden. Sie wusste auch von seinem Kollegen, der mit einem fremden Mann die Verfolgung des Pistolenschützen aufgenommen hatte. Diesen Kollegen, einen gewissen Mario Rossa, hätte sie auch schon vorgeladen. Für heute Nachmittag. Dann wäre es wohl am besten, wenn ich auch möglichst schnell vorbeikommen würde, bei ihr, meinte sie. Auch noch heute. Ich schilderte ihr meinen desolaten Zustand und versuchte einen Tag herausschinden.

»Wissen Sie was«, tönte sie großzügig. Ich gebe Ihnen zwei Tage zur Regeneration.«

»Danke, das ist aber sehr nett von Ihnen«, stammelte ich.

»Danken Sie nicht mir, danken Sie dem Kalender«, sagte sie. »Morgen ist nämlich der 1. Mai und damit ist Feiertag. Ich erwarte Sie also am 2. Mai, das ist ein Freitag, bei mir im Büro zur Aussage. Ist Ihnen zehn Uhr vormittags recht?«

Ich sagte zu. Dann nutzte Sie meine Dankbarkeit aus. Sie wollte noch wissen wie mein Verhältnis zur erschossenen Yvonne Kampa gewesen sei, die bereits vom Staatsanwalt zur Autopsie freigegeben worden war. Ob ich den Pistolenschütze irgendwie kenne. Ihr Vorgesetzter meinte, man könnte mich ja auch als einen Komplizen betrachten. Diesen Verdacht könne ich doch hoffentlich entkräften.

Nach dem unangenehmen Gespräch mit Sara Insagg schleppte ich mich in die Küche. Ich bereitete mir Kamillentee zu, den ich unter größter Anstrengung in einer Tasse an meinen Bettrand transportierte. Unterwegs rutschte mir der Teebeutel aus der Tasse und fiel auf den Boden. War mir gleichgültig. Sollte er dort liegen bleiben, bis er Wurzeln schlug. Ich konnte mich nicht bücken. Mir tat alles weh. Von oben bis unten. Ich war kaputt. Out of order. Außer Betrieb. Mein geplagter Körper hatte weitaus mehr blaue Flecken als das Sams im Gesicht.

Nach meiner Aussage bei der Kommissarin verkroch ich mich schnell wieder ins Krankenbett. Ich war wie ein Zombie durch Augsburg gegangen und gefahren. Ich wollte schnell zur Kommissarin und schnell wieder heim. Die Stadt machte mir einen merkwürdigen Eindruck. Es war eine sonderbare Stimmung, die ich so nicht kannte. Heitere Gesichter waren Mangelware. Die Kommissarin behandelte mich schonend. Sie tat, als würde sie mir alles glauben. Wahrscheinlich nahm sie mir meinen schlechten Zustand ab. Ich unterschrieb das Protokoll, das ich nur noch schnell querlas.

Kaum war ich in meiner Wohnung wieder im Krankenbett, klingelte es an der Türe. Ich rührte mich nicht. Ich wollte niemanden hören und sehen. Ein Schlüssel drehte sich im Türschloss. Helle kam herein. Ich hatte ihm meinen Schlüssel gegeben, falls ich mal meinen vergessen würde. Er brachte mir zwei Tafeln von meiner geliebten Haselnuss-Schokolade mit und die Augsburger Allgemeine. Helle setzte sich neben mich auf den Bettrand.

Er sagte nur: »Lies! Das ist der absolute Hammer!«

Ich setzte mich mit einem Schmerzstöhner kerzengerade im Bett auf, als ich im Lokalteil die Überschrift sah: »Wahnsinn: Zwei weitere Frauenmorde stellen Augsburger Kripo vor ein Rätsel!« Vor drei Tagen war Yvonne Kampa erschossen worden und gestern hatte man die Leiche der Marktamtsleiterin gefunden. Wohl nach meinem Besuch bei der Kommissarin. Die Augsburger Allgemeine schrieb davon, dass die Leute bereits vom Plärrer-Killer sprachen. Es wurde darauf hingewiesen, dass die Kriminalpolizei fieberhaft an der Aufdeckung der Morde arbeite. Noch wurde die Arbeit der Augsburg Polizei in einem positiven Licht geschildert. Mit Sara Insagg war ein längeres Interview geführt worden, wobei sie betonte, dass man schon einige fahndungstaugliche Spuren hätte. Man wisse allerdings noch nicht völlig sicher, ob es sich tatsächlich um einen Serientäter handele. Jede weitere kleine Spur könne ihnen helfen den Mörder dingfest zu machen. Sie appellierte an die Mitarbeit der Bürger.

»Willst du wissen, was die anderen Zeitungen über die Augsburger Frauenmorde schreiben? Die lassen an der Augsburger Polizei kein gutes Haar. Ich könnte dir einen ganzen Kiosk voller Zeitungen und Magazine vorbeibringen, die Augsburg als Mordburg bezeichnen.«

»Erbarmen! Bitte nicht. Ich bin schon fertig genug.«

»Du musst schnell auf die Beine kommen«, meinte Helle. »Der Weissberg und die Insagg wollen mit dir reden. Ganz dringend. Sie haben mich angerufen, weil sie dich nicht erreichen können. Sie brauchen deine Hilfe. Du sollst morgen, um elf Uhr vormittags, ins Ihle-Café am Königsplatz kommen.«

Ich zeigte auf mein Handy, das ich ausgeschaltet hatte: »Das bleibt noch ein paar Tage aus. Ich muss mich regenerieren. Jetzt wache ich auch noch wegen den Schmerzen in meiner Schulter auf. Oder willst du deinen Freund Klaus Kessler im Rollstuhl durch die Stadt schieben?«

Ich erzählte Helle von meiner wilden Verfolgungsjagd auf dem Rücksitz von Marios Motorrad. Das gefiel ihm. Ab und zu, in den Pausen, schob er mir ein Stückchen Haselnuss-Schokolade in den Mund, die er auf meiner Bettdecke im Aluminum-Papier zurechtgelegt hatte.

Am nächsten Tag traf ich Weissberg und Insagg wie von ihnen gewünscht im Ihle-Café am Königsplatz. Ich stellte zuerst mein Tablett mit Kaffee und Kuchen an einem freien Tisch ab. Vorsichtig, ohne mich viel zu bewegen. Das Kommissar-Duo kam gerade vom Tatort, dem Marktamt, das sich im Stadtmarkt, bei der Fleischhalle befindet. Kommissar und Kommissarin hatten nervöse Augen. Roswitha Kammnagel, die Chefin des Marktamtes, war vergewaltigt und erstochen worden. Dieselben Spuren wie bei Helga Winkler. Das Kommissar-Duo sprach zuerst davon, dass mit den letzten beiden Morden in Augsburg eine Hysterie ausgebrochen war. Die Bevölkerung rief nach mehr Sicherheit. Die Polizei schickte seit heute Zweierstreifen durch die Stadt. Präsenz zeigen. Deutschlands Medien hatten sich auf Augsburg gestürzt wie die Aasgeier auf die Überreste einer Gazelle, welche der Löwe übriggelassen hatte. Manche erinnerten sich daran, dass es noch weitere ungeklärte Frauenmorde zwischen Lech und Wertach gab, die schon Jahrzehnte zurücklagen. Die Polizei war schwer unter Druck geraten. Der Plärrer-Killer musste schnellstens gefunden werden.

Doch das war nicht die Sache, die ihre Augen nervös machte.

»Ich weiß nicht, wie ich es sagen soll«, druckste Kommissar Weissberg herum. Er hob seine Kaffeetasse hoch und stellte sie wieder ab, ohne daraus getrunken zu haben. Die Kollegin sollte es sagen.

»Es geht darum, dass wir gegen jemanden ermitteln müssen, gegen den wir nicht gerne ermitteln«, presste Kommissarin Insagg die Worte mühsam zwischen ihren Lippen hervor.

Jede Silbe schien ihr dabei weh zu tun. Welchen Promi meinte sie? Sie zerbröselte ihr Croissant, das sie mit dem Messer aufschneiden wollte, um es mit Butter und viel Erdbeer-Marmelade zu füllen, fast bis zur

Unkenntlichkeit. Sie konnte nach meiner Ansicht als eine Mörderin mit Messer sicher ausgeschlossen werden.

»Um wen handelt es sich denn?« Ich versuchte mit einem sachlichen Ton die beiden Kripo-Leute wieder aufs Gleis zu bringen.

»Um einen Kollegen.« Weissbergs Gesicht versuchte sich zu verhärten. Wollte keine Regung zulassen. Wurde aber eher ein Pudding.

»Wer ist es?«

»Das sagen wir Ihnen, wenn Sie unsere Idee gut finden, wenn Sie einschlagen.« Weissberg hob wieder die Kaffeetasse. Diesmal bis kurz vor seine Lippen. Weiter nicht. Er beugte sich zu mir. Seine Stimme wurde leise, sehr leise, fast unhörbar.

»Wir haben den Verdacht, dass einer unserer Kollegen irgendwas mit dem Mord an der Marktamtschefin Roswitha Kammnagel zu tun hat.«

»Wie das?« Ich war jetzt wirklich neugierig auf eine Antwort.

Was taten sich bei der Augsburger Polizei für Abgründe auf? Eine Krähe hackt doch der anderen kein Auge aus. Da musste schon was Handfestes vorliegen, dass die Kripoleute einen Kollegen einer Tat verdächtigen.

»Bei der ermordeten Marktamts-Leiterin haben wir Samenspuren gefunden. Wir haben sie blitzschnell untersuchen lassen. Es sind die gleichen wie bei Helga Winkler, der Riesenradfrau.«

»Ein Serientäter?« Ich detektivierte.

»Geht nicht«, sagte die Insagg.

»Der Mörder von Helga Winkler, den wir zumindest dafür hielten, ist nämlich seit fünf Tagen in U-Haft«, gab Weissberg bekannt.

»Sie wissen schon, der unsympathische Kerl vom Fotoschießstand. Seine Haare stimmten bei der DNA-Probe mit den Samenspuren überein, die wir bei Helga Winkler und Roswitha Kammnagel gefunden hatten«, ergänzte die Insagg.

»Mhm, der, den wir beide dafür hielten – na also, Profiarbeit«, hob ich die Kaffeetasse hoch, setzte sie triumphierend an den Mund und demonstrierte dem aufgeregten Weissberg, wie man Kaffee trinkt, der mit Milch und Zucker durch Umrühren mit einem kleinen Löffel von mir verfeinert worden war.

»Ja, Ihr Haar war wunderbar«, sagte die Insagg.

»Jetzt kein Geturtle, bitte.« Weissberg war wohl sauer über meine Kaffee-Akrobatik.

Er rempelte seine Kaffeetasse um. Sein inneres Unbehagen machte ihn nervös. Der Kaffee breitete sich auf seinem Tablett aus. Durchtränkte das Croissant, weichte es auf. Es sackte langsam zusammen. Der Kaffee schlängelte sich um das Milch- und Marmeladendöschen herum. Umzingelt wie der Mann vom Fotoschießstand von der Kripo. Mit meiner Hilfe.

»Ich frage Sie Herr Kessler, wie kann bei der ermordeten Marktamtsleiterin die gleiche Samenspur sein wie bei der von Helga Winkler? Geht das, wenn der Samenspender vor dem Mord an der Marktamtsleiterin schon hinter Gittern sitzt?«

Diesmal bremste ich meine Kaffeetasse auch vor den Lippen ab. Stellte sie wieder ab. »Nein. Das geht nicht.«

»Nein. Das geht nicht«. Insagg bestätigte meine Vermutung.

»Wie geht es dann?«, dachte ich jetzt weiter.

»Das ist unser großes Problem«, sagte Weissberg. Er schaute zu den Menschen hinaus, die über den Königsplatz eilten. Vielleicht wusste einer von denen, die an der Ampel hielten, wie das Rätsel zu lösen war?

»Ein Nachahmungstäter?« Ich arbeitete an der Lösung.

»Nein. Kein Nachahmungstäter.« Die Insagg schob ihre beschmierten Croissant-Stückchen ohne Rücksicht auf herunterfallende Brösel in den Mund. »Geht auch nicht.«

»Die Stichwunde im Körper von Roswitha Kammnagel war exakt die gleiche wie bei Helga Winkler.«

»Hmmm. So was.« Ich blickte auch durch die hohen Glasscheiben zu den vorbeilaufenden Menschen hinaus. Manche liefen zielstrebig, manche bummelten. Mein Blick wanderte durch die hastenden Menschen hindurch. Jeder konnte ein Mörder sein. Auch ich. »Die Stichwunde kann nur der Winkler-Mörder wissen, oder, oder, oder, hmm, jemand, der die Ermordete gesehen hat. Die beiden Helfer der Winkler vielleicht?«

»Dachten wir auch. Die haben aber ein bombensicheres Alibi. Schon nachgeprüft. Wussten Sie, dass die ermordeten Frauen immer rote Perücken trugen?«

»Die hat ihnen der Mörder aufgesetzt«, erweiterte die Kommissarin mein Wissen.

»Das haben wir der Presse nicht gesagt, damit wir eine Spur haben, die nur wir kennen.«

Weissberg hatte mit seinem Tassenrand endlich seine Lippen erreicht. Seine Augen trafen meine. Er wirkte unsicher. Als würde er von mir verhört. Er nahm einen kurzen Schluck. Er packte aus.

»Die Frau eines Kollegen hat uns heute früh ihr Herz ausgeschüttet. Wir waren geschockt«, sagte Weissberg.

»Echt geschockt«, sagte die Insagg.

»Warum?«, fragte ich.

»Ihr Mann, der bei uns im K1 als Spurensucher und Fotograf tätig ist, hatte ihr vor einigen Tagen eine rote Perücke gekauft ...«, sagte Weissberg.

»... die musste sie aufsetzen, als er mit ihr schlafen wollte«, setzte Sara Insagg fort.

»Manche Männer glauben, dass Rothaarige wildere Frauen sind«, blickte ich unwillkürlich auf Insaggs rote Haarpracht und schämte mich stellvertretend über das Vorurteil mancher Männer. Insagg schien dieses Vorurteil mit Stolz zu tragen. Ihre Zungenspitze schleckte fast provozierend die rote Marmelade aus dem Mundwinkel.

»... dann hat er ihr noch mit einem Messer ihre Dessous aufgeschnitten«, machte die Kommissarin weiter.

»... wobei er behauptete, er wolle mit ihr den Fall Winkler durchspielen«, blieb der Kommissar an der unangenehmen Sache dran.

»Hmm. So was.« Das hätte ich auch gerne mit der Insagg probiert.

»Wer kann den Samen des ersten Mörders bei der zweiten Leiche anbringen?«, formulierte die Kommissarin eine rethorische Frage.

Die Antwort war jetzt klar.

»Sie können sich's denken«, sagte der Weissberg.

»Nein«, sagte ich, »der doch nicht – oder?«

»Unser Spurensucher, für den ist das kein Problem«, meinte Sara Insagg.

Weissberg beugte sich über seine Kaffeetasse. Er wollte keinen Blick von mir abkriegen.

»Tja. Hmm. Das ist hart«, sagte ich.

Hartes Holz will eine starke Axt, hätte meine WC-Bibliothek gewusst.

»Sie können uns helfen«, sagte Weissberg.

»Wie das?«

»Dieser Kollege ist ein extremer Elvis-Fan«, sagte die Insagg.

»Die Marktamtsleiterin war auch Elvis-Fan«, meinte Weissberg.

»Elvis-Fans gibt es viele«, konterte ich. Wie passte Elvis zu den Augsburger Frauenmorden?

»Wir haben im Papierkorb der Marktamtsleiterin diesen Notizzettel gefunden«, legte Weissberg einen Zettel vor mich hin.

»Golden Boy Elvis, Original-LP, m. Sign. v. Elvis, Rarit., Cover, Barfüßerstr. 10, bis Sa., 3.5. reserviert!«, stand darauf.

»Den Zettel könnte unser Kollege gelesen haben, bevor er ihn wegwarf«, sagte die Insagg.

»Und?«

»Womöglich will unser Kollege diese Elvis-Scheibe abholen. Heute ist Freitag, der zweite Mai. Wir wissen, dass das Cover ein kleiner Schallplattenladen bei der Barfüßer Kirche ist«, sagte Weissberg.

»Weiß ich auch. Und wie kann ich Ihnen helfen?«

»Sie gehen da hin und fragen, ob es diese Elvis-Scheibe gibt. Sie hätten Interesse. Ganz einfach«, sagte die Insagg.«

»Ich? Die werde ich nicht bekommen, wenn sie für die Kammnagel reserviert ist«, sagte ich.

»Vielleicht hat die Kammnagel die LP bereits abgeholt. Bevor sie ermordet wurde. Oder eben Plöckl. Wir werden bei der Durchsuchung ihrer Wohnung darauf achten. Das ist eine wertvolle Spur für uns. Wir haben nicht viele. Wir müssen jeder nachgehen. Ohne viel Zeit zu verlieren. Wenn einer womöglich behauptet, er holt die Platte für die Kammnagel, dann wäre er noch fälliger als fällig«, sagte Weissberg. Mit grimmigem Gesicht. Schuldige Kollegen waren ihm ein Gräuel.

»Da Plöckl weiß, dass diese Elvis-Scheibe nicht abgeholt werden kann, könnte er einfach sein Interesse dafür anmelden. Dann wird er sie bekommen«, äußerte die Kommissarin ihre Vermutung.

»So dumm wird er nicht sein«, erwiderte ich.

»Er weiß ja nicht, dass wir ihn verdächtigen«, sagte die Insagg.

»Sammler haben einen krankhaften Besitztrieb, der ihre Vernunft ausschaltet«, wusste Weissberg.

»Auch Polizisten machen Fehler«, sagte die Kommissarin leise.

Weissberg putzte inzwischen mit der vierten Serviette seine Kaffeepfütze im Tablett auf. Mit der siebten oder achten würde er es schaffen.

»Vor allem wenn sie nicht im Dienst sind«, ergänzte Weissberg schief grinsend.

»Helfen Sie uns?«, schaute mich die Kommissarin bittend an. »Wir werden uns erkenntlich zeigen.«

Ich schlug ein.

Sie zeigten mir ein Foto ihres verdächtigen Kollegen. Walter Plöckl hieß er. Sie gaben mir das Foto. Ich musste Weissberg und Insagg hoch und heilig versprechen, dass ich alles höchst vertraulich behandelte. Ich konnte dann sicher sein, dass sie mich in Zukunft mit besten Informationen versorgten, wenn ich ihnen in diesem delikaten Fall behilflich wäre. Mein Wohnwagenbrand harrte noch seiner Lösung. Natürlich hofften sie, dass sich die Plöckl-Affäre als dummer Zufall, als Missverständnis herausstellen würde.

Sie verabschiedeten sich.

Ich ging gleich los zur Barfüßerstraße. Durch die Annastraße, über den Rathausplatz, den Perlachberg hinunter. Der Löffelkleppler saß in der Annastraße und schlug seine Löffel zusammen. Dazu brummte er in einem Singsang irgendwelche Worte. Ich warf einige Münzen in seinen Hut, der vor seinem Stuhl auf dem Boden lag. Sollte er sich was zum Trinken kaufen. Einmal hatte ich mir seine Hände angeschaut, in denen er die Esslöffel hielt, die er zusammenschlug, um sowas wie Musik zu machen. Nur ein paar Finger waren korrekt gewachsen. Einige andere waren Missbildungen. Manche Menschen hatten einfach Pech. Was war dagegen schon mein bisschen schlechtes Atmen beim Schlafen?

Unwesentlich.

Beschwingt bog ich durch die Gasse mit dem Gänselieselbrunnen. Psychologen sollen festgestellt haben, dass bei Umfragen das Glücksgefühl bei Menschen stieg, wenn sie vor der Befragung mit einem

Rollstuhlfahrer im gleichen Raum waren. Das Elend des nächsten ließ das eigene etwas verblassen. Kurzzeitig wenigstens. Auf dem Rathausplatz standen schon die Stühle der Freiluftgastronomie. Die Frühlingssonne hatte viele Menschen vor das Augsburger Rathaus gelockt. Auch beim Kulturhaus Kresslesmühle, unterhalb des Perlachberges, saßen schon Gäste im Freien. Nach der Mittleren Lech-Gasse kam an der Ecke, wo es rechts zum Eingang der Barfüßer Kirche ging, ein Laden, der mir einen neuen Eindruck machte. Ein Marionetten-Laden. Die Puppen an den Fäden waren mit viel Liebe zum Detail hergestellt worden. Eine Frau im weißen Kittel saß hinter einer Werkbank.

Im Schaufenster baumelten viele farbenprächtige Marionetten. Darunter ein Schornsteinfeger, eine Hexe, ein Sultan auf einem fliegenden Teppich, eine Bauchtänzerin und ein Sherlock Holmes. Wie würde der englische Meisterdetektiv herausbekommen, wer der Mörder war? Was würde er kombinieren? Ich sah durchs Schaufenster in den Puppenladen. Die Künstlerin, die gerade an einem zukünftigen Puppengesicht herumformte, eine mächtige Zinkennase entwickelte, blickte auf. Sie kam mir bekannt vor. Ich ging rein.

»Hallo Klaus«, sagte sie. Ja sowas. »Was machst du hier? Willst du eine Marionette kaufen?«

Es war Christa Gutknecht, meine ehemalige Sekretärin, als ich noch Polizeipressesprecher war. Sie stand auf und drückte mich herzlich an sich. Sie hatte schon vor mir die Polizei verlassen. Wollte irgendwas anderes machen. Ich erinnerte mich gerne an sie. Sie machte nicht nur einen hervorragenden Büro-Kaffee, sondern brachte mit ihrer fröhlichen Art immer eine gute Stimmung in unser Team.

»Den Sherlock Holmes könnte ich brauchen«, sagte ich.

»Wieso? Bist du in einem Kriminalfall verwickelt?«

»Woher weißt Du? Ich untersuche die Brandsache auf dem Plärrer. Und nebenbei soll ich den Plärrer-Killer erwischen.«

»Der die Schausteller-Frauen auf dem Gewissen hat. Schrecklich. Sie sollten den Plärrer endlich absagen.«

»Der Plärrer ist morgen, am Sonntag, sowieso schon vorbei.«

»Tatsächlich? Ich dachte der geht diesmal ausnahmsweise bis zum Montag.«

»Na gut, noch zwei Tage, also da braucht man nix mehr abzusagen.«

»Stimmt. Bist du wieder im Polizeidienst?«

»Nein. Sowas wie Privat-Ermittler. Ergab sich zufällig. Ich muss noch vor zum Cover.«

»Willst du eine Platte kaufen? Stehst du noch immer auf den langweiligen J.J.Cale?«

Eine gute Sekretärin kannte die Vorlieben ihres Chefs. Auch die musikalischen. Klar stand ich noch auf J.J.Cale. Keiner konnte so herrlich lässige Musik fabrizieren wie der Mann aus Tulsa, der mit seiner Gitarre im Schaukelstuhl zu spielen schien.

»Was wird das?« Ich schaute zu dem Kopf, an dem sie herumknetete.

»Das? Das könnte ein Zauberer oder ein Alchimist werden. Da kann er so eine große Nase gebrauchen. Der muss in seinem Labor an seinen Tinkturen schnuppern, damit er das Zaubermittelchen entwickeln kann, mit dem er Sand zu Gold verwandelt.«

»Das Mittelchen bräuchte ich auch, dann könnte ich dir den Sherlock Holmes abkaufen. Den bräuchte ich. Der würde meine Fälle in Nullkommanichts lösen.« Ich zwirbelte ein Preisschild in meinen Fingern.

»Jetzt hör mal, so teuer sind meine Marionetten auch wieder nicht. Die sind alle handgemacht. Das hat seinen Preis.«

Christa schubste mich lachend zum Laden hinaus. Bevor ich weiterging, sah ich, dass der englische Meisterdetektiv an den Fäden durch eine große Lupe spähte. Ich sollte vielleicht manche Dinge auch genauer betrachten. Mich nicht zu sehr vom Geschehen, von den Emotionen leiten, manchmal geradezu wegspülen lassen. Nicht nur wie ein Flipperball auf die Aktionen des Schicksals reagieren. Nicht nur auf mein Glück hoffen. Mit Helle öfters Überlegungen anstellen, Schlüsse ziehen. Gezielter vorgehen. Mir Listen mit Namen anlegen, Querverbindungen herstellen. Aber hatte ich nicht bisher mit meiner Methode der Emotions-Fahndung ausreichend Erfolg gehabt?

»Übrigens«, sagte Christa, »schau, ich habe vor kurzem geheiratet.« Sie zeigte auf ihr Namensschild an der Ladentüre. Ich musste zweimal hinschauen. Tatsächlich. Aus einer Christa Gutknecht war eine Christa Fugger geworden.

Die Welt war reich an Überraschungen.

Ich ging an den kleinen Läden vorbei. Auch an der Wundertüte mit ihren Jugendstillampen. Ließ ich mich von der Wundertüte Leben zu sehr zuschütten? Oder war meine Chaos-Methode auch eine Art, dem Verbrechen auf die Spur zu kommen? Ich tröstete mich damit, dass es damit schon zwei Mal funktioniert hatte.

Der *Jailhouse Rock* von Elvis ertönte in meinem Kopf. Der wilde Song von der Musiker-Party im Gefängnis. Dorthin gehörte der Plärrer-Killer schon längst, damit er nichts mehr anstellen konnte. Was würde passieren, wenn sich durch meine Nachforschungen herausstellen würde, dass ein Polizist der Plärrer-Killer war? Auf jeden Fall würde das ein rabenschwarzer Tag für die Augsburger Polizei sein. Wer hätte da noch Vertrauen? Deutschlands Medien würden über sie herfallen. Das würde lange haften bleiben. Wäre vertuschen nicht doch die bessere Methode, um die Glaubwürdigkeit der Polizei zu bewahren? Nein, es war wohl besser, auch Kriminelle in der Polizei zu ermitteln. Sonst wäre das ein Freibrief. Ist es nicht besser, einer Polizei zu vertrauen, die auch in ihren eigenen Reihen die Bösewichte aussortiert? Also Selbstheilungskräfte besitzt. Sicher. Die alten Menschen würden sagen, das hat es früher nicht gegeben. Da war die Polizei noch eine richtige Polizei. Die war ohne jeden Tadel. Sie vergaßen nur: Das war damals die Polizei, in der gerne was vertuscht wurde, was nach Nestbeschmutzung aussah. Zudem waren früher die Zeitungen zensiert, oder bekamen nicht alles mitgeteilt, damit der Staat einen starken Eindruck machen konnte.

Ich hatte einige Verantwortung, das wurde mir klar, als ich vor dem Cover stand. Wie war ich in dieses Schlamassel nur wieder reingeraten? War ich nicht von der Polizei weg, damit ich dem Elend der kriminellen Welt entfloh?

Erstens kommt es anders, zweitens als man denkt.

Kapitel 15

Golden Boy Elvis ist eine begehrte Rarität – Im Wasserkraftwerk steht ein Flammenwerfer – Wer gegen das Turbinengitter gepresst wird, kann leicht ertrinken – Paolo serviert uns speziellen Espresso

»Schallplatten und CDs, An- und Verkauf, Cover, Music & Books« stand in goldenen Buchstaben auf einem auberginefarbenen Schild über dem kleinen Laden neben der Tram-Haltestelle Barfüßerbrücke. Ich kannte den Laden. War hier vor einiger Zeit, nach einem Fotostudio in der kleinen Ladenreihe, eingezogen, die sich an die Barfüßerkirche schmiegte. Im Cover-Schaufenster hing ein Poster von Elvis als Cowboy. Auf weißen Ziegelsteinen standen die aufgeklappten LP-Cover von Pink Floyd, Bob Dylan, The Troggs, The Kinks, den Rolling Stones und den Moody Blues. Auf dem mit blauem Stoff ausgeschlagenen Schaufensterboden lagen Singles von T-Rex, Sweet, David Bowie, Manfred Mann, Slade und den Bee Gees. Ein großes Farbfoto des Augsburger Popstar-Fotografen Helmut Hien, der hier vorher sein Fotostudio hatte, zeigte den dürren, froschmauligen Aerosmith-Sänger wie der versuchte das Mikro zu verspeisen.

Ich ging hinein. Mal schauen, ob schon jemand die reservierte Elvis-LP abgeholt hatte. Sozusagen im Auftrag der Augsburger Polizei. Ich war nun hier im Cover der Undercover-Agent für Weissberg und Insagg, witzelte ich innerlich. Aus den kleinen Boxen im Cover kam der Boogie-Sound von Status Quo.

»Die neue George Harrison habe ich schon da«, sagte der Inhaber zu einem Kunden. Auch wenn ich früher eher ein Fan der Rolling Stones war, wusste ich, dass George Harrison Gitarrist bei den Beatles gewesen war. Vor ein paar Jahren wurde er in seinem Schloss überfallen. Vor einigen Tagen war er an einem Tumor oder sowas gestorben.

Der zweite tote Beatle nach John Lennon, der durch die Schüsse eines Attentäters auf den Friedhof gekommen war. Die Stones hatten schon in den 60ern ihren ersten Gitarristen Brian Jones durch Ertrinken im Swimmingpool verloren. Auch die Pop- und Rockwelt hat ihre Verbrechen. Manche glaubten sogar, dass Elvis, der an einer Vielzahl von dubiosen Medikamenten draufging, womöglich vergiftet wurde.

»Ich nehme noch das Buch *Story und Songs kompakt* von den Beatles, das finde ich eine gute Idee, dass das im CD-Format gemacht ist, das werde ich in meiner Beatles-Ausstellung unterbringen«, sagte der Mann in leicht fränkischem Dialekt. Es war der Geschäftsführer des Bekleidungshauses Wöhrl, der ein leidenschaftlicher Sammler von Beatles-Gegenständen aller Art ist. Er hat in seinem Haus einen ganzen Raum mit unzähligen Beatles-Reliquien bis hin zu Beatles-Krawatten.

»Hallo Mani!« Ein stämmiger Mann mit einem runden Kopf und einer runden Nickelbrille kam in den Laden.

Ich ließ meine Finger gerade über die LPs mit dem Buchstaben P laufen und stieß dabei auf Pretty Things. Das waren aber gewiss keine hübschen Dinger. »Yes I need LSD«, brüllten die vor vielen Jahren. Sie waren die Punk-Väter.

Der Inhaber, der einen Pferdeschwanz trug, stand bei einer blauen Wendeltreppe, an einem runden eisernen schwarzen Tisch und diskutierte mit dem Radio-DJ Michael Symolka darüber, wer wohl die erste Rock-Oper geschrieben hatte. Die Pretty Things, die Kinks oder die Who. Der Neuankömmling wurde vom Cover-Inhaber gefragt: »Sag mal Hans, was gibt's Neues von der Polizei?« Nanu, dachte ich mir, um welche Kriminalität mag es hier gehen? Raubkopien von CDs, Bootlegs oder was?

»Wegen was?« Der stämmige Hans im Bundeswehr-Parka baute sich vor dem runden Tisch auf. Noch zwei, drei Leute hier drin und es wurde eng zwischen den Kisten und Regalen mit den CDs, LPs, DVDs und den Musik-Videos.

»Wegen dem Ertrunkenen an deinem Wehr. Neulich.«

»Der Fall ist inzwischen geklärt. Wahrscheinlich konnte der Junge nicht schwimmen.«

Ich bekam beim Plattenwühlen zwischen den Buchstaben R und S mit, dass der stämmige Mann mit der Nickelbrille beim Glaspalast ein Wasserkraftwerk leitete, bei dem vor ein paar Tagen ein ertrunkener Junge im Alter von 16 Jahren gefunden wurde.

»Aber stell dir vor, was ich gestern im Rechen meines Kraftwerkes gefunden habe«, machte Hans den Cover-Inhaber neugierig.

»Flaschenpost?«, beteiligte sich Mani am Ratespiel.

»Falsch, einen Flammenwerfer«, antwortete Hans.

Ich wurde hellhörig. Meine Finger verharrten bei einer LP von Ten Years After. Ich hatte schon bemerkt, dass sich der Laden auf die Oldies der 50er, 60er und 70er spezialisiert hatte. Ein paar New-Wave Scheiben der 80er waren auch dabei.

»Wie kann da ein Flammenwerfer reinkommen?«, wollte der Cover-Inhaber wissen.

»Den muss jemand reingeworfen haben«, sagte der Stämmige.

»Wer wirft einen Flammenwerfer in einen Kanal?«, wunderte sich der Cover-Inhaber.

»Keine Ahnung. Vielleicht wollte derjenige ihn loshaben?«

Der Wöhrl-Geschäftführer kam die eiserne Wendeltreppe herunter. Er hatte noch nach Beatles-Singles Ausschau gehalten.

»Bei dem Beatles-Buch bin ich übrigens Redakteur«, verriet der Cover-Inhaber dem Beatles-Sammler.

»Dann will ich von Ihnen eine Unterschrift da rein haben«, wünschte sich der Beatles-Sammler.

Vor dem Geschäft hielt ein Mofa. Ein Mann mit Helm stieg ab. Konnte das der verdächtige Kripobeamte sein, der die begehrte Elvis-LP holen wollte? Als der Mofa-Fahrer seinen Helm außerhalb des Ladens abnahm, konnte ich erkennen, dass es sich nicht um den verdächtigen Kripo-Mann handelte, dessen Foto ich einstecken hatte. Der Mann unter dem Mofa-Helm trug einen Vollbart und eine Brille. Er kam zur Ladentüre herein.

»Du musst aufpassen, im Internet ist ein ganz gefährlicher Virus aufgetaucht, der löscht dir die ganze Festplatte«, warnte der Mofa-Fahrer den Cover-Inhaber.

»Danke für den Hinweis, Mani«, sagte der Gewarnte. Noch ein Mani? Oder wie? Es war Manfred Blank, der Bassist von der Country-Band des Bud Hennessie.

Der Wöhrl-Mann zahlte und verabschiedete sich mit den Worten: »Nicht vergessen, die Beatles-Ausstellung in unserem Kaufhaus in Roth beginnt am kommenden Freitag, Sie sind natürlich herzlich eingeladen.«

»Alles klar Herr Volkert«, rief ihm Cover-Mani nach. Gerhard Zimmermann, der Presseagent für Schlager-Produkte kam herein. »Ich suche alle Titel von Renè Carol. Rote Rosen, rote Lippen ...«, begann er die Supersehnsuchtsschmalzstimme aus der Wirtschaftswunderzeit nachzuahmen.

»... roter Wein, laden dich ein ... jaja, schon gut«, könnte oben im ersten Stock, im Single-Regal sein. »Ist gerade wieder ein Schwung Raritäten hereingekommen«, bremste ihn Mani.

Der Carol-Fahnder stieg die Wendeltreppe hoch. Er schaute fragend durch das Treppengeländer. »Hat der Veit eigentlich schon das Doors-Buch fertig?« Cover-Mani wurde vom nächsten Neuankömmling an der Antwort gehindert.

»Grüezi, ich bin der Timm. Ich bringe den Sandino-Kaffee für den Panzerknacker«, schleppte ein sportlicher Mann mit der T-Shirt-Aufschrift www.jokers.de in seinen Armen mindestens sechs Kaffeepackungen durch den Laden voll Gedränge. Eine abgebildete Kaffeekanne mit grüner Mütze streckte kämpferisch ihren Schnabel als Faust in die Luft. War Kaffee gut für Revolution? Was bedeute *Revolution No. 9* von den Beatles gleich wieder? Im süßen Oldie-Sumpf gingen meine Erinnerungen vorsichtig spazieren.

»Hey, Mani, hasch du was was da von Girlschool?«, zwängte sich ein blonder Mann in Glitzerkleidung wie Alvin Stardust in den 70ern durch die Cover-Türe herein. Um seinen Hals hingen Kopfhörer. Am Silbergürtel seiner rosarotsamtenen Hot-Pants hatte er einen MP3-Player für die gratis heruntergeladene Rock-Musik aus dem Internet.

»Nein Hugo, leider nix da. Nur was von Hanoi Rocks.«

»Von dene hab i scho alles. Soundmäßig. Also, dann, Rock'n Roll forever!«, fuhr sich der Girlschool-Sucher durch seine blondgraue Mähne, zeigte das Victory-Zeichen aus Zeige- und Mittelfinger und drückte sich wieder hinaus. Eine Geburt war nicht viel schwieriger um an Sauerstoff zu kommen. »Geht's no?«, waren Hugos Abschiedsworte an die staunende Gemeinde. Die drinnen und die draußen.

»Spirituals, ich brauche unbedingt CDs mit Spirituals«, fuchtelte eine junge Frau mit Brille und langen Beinen in der Cover-Luft herum, die noch relativ wenig besiedelt war. Sie hieß Jeannette und sang beim Gospel-Chor von Königsbrunn, erfuhren wir schneller als sich eine Plattennadel auf die Rille senken konnte. Wie sie auf das Thema Getreide-Allergie kam, erschloss sich mir nicht. Irgendwie schaffte sie es sogar unter die anwesenden Leute zu bringen, dass sie eine dreibeinige Katze hatte, Stuhlflächen beflechten konnte und ihr Opa Kunz ein von den Nazis verfolgter Künstler war, der einst nicht weit weg vom Cover, da bei der Pilgerhausstraße, sein Atelier hatte, in dem sie als Kind herumtollte. Sie mache bald Weihnachtskarten für einen Asylanten-Basar. Ihre Mutter macht Stadtführungen. Zweisprachig. Wir erfuhren auch, dass diese Jeannette in einer Menschenrechts-Kommission war, wobei der Paula und die Roth, die da rumsitzen im Bundestag, zu Berlin, mal wieder wegen deren Schlappheit einen Rüffel von ihr bekommen würden. Konnte sie mit diesen Kontakten auch bei meiner Brandstifter-Ermittlung helfen? Ich bewunderte ihre Kommunikations-Künste. Beispielhaft. Wieso war ich mit dem Plöckl-Verdacht hier noch nicht viel weiter gekommen? Sollte ich mich beraten lassen? Meine Finger liefen gerade über die LPs von Pink Floyd. Teacher, let us kids alone! Hmm. Vielleicht eine Teacherin? Weg war sie. Das Kommunikations-Wunder. Da musste ich selber durch.

»Bei dem habe ich mal gearbeitet«, zog Hans eine Scheibe heraus und hob sie hoch. Auf dem LP-Cover war der Musiker Mitch Ryder aus Chicago zu sehen.

»Von dem kenne ich nur den Hit *Devil In A Blue Dress*«, schaltete ich mich ins Gespräch ein. »Was hast du bei dem gemacht?«

Unter Plattenfans mit dem gleichen Musikgeschmack ist ein Du nicht verkehrt.

»Ich bin von Augsburg weg, fuhr nach Hamburg und sah eine Anzeige in einer Zeitung, in der ein Rockgitarrist gesucht wurde. Die Anziege war von Mitch Ryder.« Er stellte sich als Hans Lieblein vor.

»Ich suche die LP *Golden Boy Elvis*«, wandte ich mich nach einer kurzen Unterhaltung mit Lieblein an den Cover-Inhaber.

»Die wollen viele«, sagte der. »Die ist sehr selten. Ich hab' zwar eine, die ist allerdings schon reserviert. Heute Vormittag hat sie die Post gebracht. Sollte schon vor ein paar Tagen kommen. Habe ich bei Ebay im Internet ersteigert. War teuer.«

»Schade«, sagte ich. »Die hätte ich gerne gehabt. Ich sammle Elvis. Was kostet denn diese Scheibe?«

»Zweitausend.«

»Euro?«

»Ja, Euro.«

»Wacker, wacker. Ich würde sie trotzdem nehmen.«

»Die ist weg. Reserviert. Da werde ich nicht so schnell wieder eine reinbekommen. Sie können jedoch Ihren Namen und Ihre Telefonnummer da lassen«, sagte der Cover-Inhaber, »falls die Platte nicht abgeholt wird, was ich aber kaum glaube.« Er zeigte auf die Elvis-Scheibe, die er vor sich auf dem Tisch liegen hatte. »Ihre Chancen erhöhen sich allerdings von Stunde zu Stunde. Es ist schon 15 Uhr vorbei. Die Frau wollte sie eigentlich heute Mittag abholen. Sie macht mir nicht den Eindruck, dass sie unpünktlich ist. Sie ist eine Stammkundin. Die hat bis jetzt alles gekauft, was sie bei mir reserviert hat.«

»Wenn sie nicht abgeholt wird?«

»Um 16 Uhr mache ich heute zu. Ich warte noch bis Montag-Abend. Aber nächsten Dienstag, da wären Sie am Zug.«

Ich gab Mani meine Telefon-Nummer, damit er mich anrufen konnte, wenn die Platte nicht abgeholt würde.

»Hi!« Ein junger, großgewachsener Mann kam in den Laden und schob sich an Manis Tisch durch.

»Mein Sohn Simon«, sagte der Cover-Inhaber zu Hans.

»Der sieht dir aber nicht besonders ähnlich«, meinte Hans, was mir auch aufgefallen war.

»Kommt mehr nach seiner Mutter, einer Italienerin.«

Simon hatte ein Problem. Eine wahnsinnshohe Handy-Rechnung, die er nicht zahlen konnte. Er hatte das Handy erst seit einem Monat. Vor Freude über den Handy-Besitz hatte er frisch drauflos telefoniert. Die Italiener reden eben gerne. Besonders gerne mit dem Handy. Vater und Sohn debattierten über Ratenzahlungen. Ich empfahl meine Lösung: Handy mit Guthabenkarte. Konnte nicht überzogen werden. Wurde in die Debatte mit einbezogen.

»Und ich habe Ärger mit der Web-Seite für unsere Band«, ließ Mofa-Mani die Probleme weiter anschwellen. »Obwohl die nichts taugt, will der Web-Designer einen Haufen Kohle von uns. Jetzt hat er uns verklagt, weil wir nicht alles bezahlt haben.«

Sollte ich auch von meinen Problemen erzählen? Ich konnte sie spielend alle übertrumpfen. Das eigene Problem ist immer das größte.

»Salve, Mani!«, ertönte es, als wieder jemand in den Cover-Laden kam. Es war Manfred Hecker, der Gitarrist der Theken-Tornados, die ich von einem Konzert im Country-Corner kannte. Cover-Mani grüßte Gitarren-Mani. Mofa-Mani debattierte mit Simon und Hans über die Abzocker-Tricks bei Handys. Manis make the world go round ...

Hans sah auf seine Armbanduhr. »Ich muss jetzt zu meinem Kraftwerk schauen.«

»Ich würde gern mal sehen, wie ein Wasserkraftwerk funktioniert«, sagte ich zu Hans. »Kann ich mitschauen?«

»Kein Problem«, meinte Hans. »Am besten kommst du gleich mit.«

»Mach ich.«

Das Wasserkraftwerk liegt hinter dem Glaspalast, neben dem neuen OBI-Markt, am Proviantbach. Auf der anderen Kanalseite waren die Kleingärten der Hasenzüchter zu sehen. Auf dem Weg erklärte mir Hans, dass der im Wasserkraftwerk gewonnene Strom bei den Stadtwerken eingespeist wird. Er könne keinen Urlaub machen weil er jeden Tag mehrmals in das Kraftwerk muss, um die Maschinen zu kontrollieren. Bei einem Notfall muss er gleich auf der Matte stehen. Egal ob bei Tag oder Nacht. Wenn die Turbine streikt oder ein anderes Gerät durchdreht, wenn das nötige Wasser fehlt, dann ruft ihn das automatische Not-Telefon an und er muss sofort ins Kraftwerk kommen. Er öffnete eine Türe im hohen Drahtzaun der das Grundstück beim Wasserkraftwerk umgibt. Wir gingen über eine kleine Treppe zur Vorderseite des Wasserkraftwerkes aus roten Ziegelsteinen. Vor dem Wasserkraftwerk teilte sich der Kanal. Ein Zufluss führt zum Wasserkraftwerk. Der normale Kanal geht am Wasserkraftwerk vorbei.

»Wie funktioniert denn der Rechen?«, wollte ich von Hans wissen, als wir davor standen.

»Das Gitter vor dem Kraftwerk hält die Äste, das Laub und ähnliche Dinge von der Turbine fern«, schilderte dieser die Schutzmaßnahme. »Die Wasserströmung hat kurz vor dem Rechen eine solche Kraft, dass kein Mensch mehr herauskommt. Wer hier hineinfällt, der muss mit hoher Wahrscheinlichkeit ertrinken.«

Hans hatte bereits einige Wasserleichen an seinem Rechen entdeckt.

»Selbstmörder, Kinder, oder alte Menschen, die weiter oben im Kanal reingefallen sind«, vermutete Hans.

»Einem konnte ich noch das Leben retten«, erzählte er. »Der wurde überfallen, dabei angestochen und beim Schwabencenter in den Kanal geworfen. Das stand auch in der Zeitung. Den konnte ich herausziehen. Dann habe ich den Notarzt gerufen. Der konnte ihn noch retten.«

Hans demonstrierte mir die Funktionsweise des Rechens. Mit einer starken Hydraulik konnte der einarmige Metallrechen, der mit rund vier Metern die Breite des Kanals hatte, in das Wasser vor dem Gitter bis zum Boden des Kanals eintauchen. Dann presste sich der Rechen gegen das Gitter und kam wieder hoch. Der Rechen schaufelte einige Äste und Grünzeug heraus.

»Wo ist denn dieser Flammenwerfer?«, wollte ich wissen.

»Den habe ich im Kraftwerk in einer Abstellkammer verstaut.«

Im Kraftwerk vibrierte es. Die Wasserturbine drehte sich unsichtbar im blaugestrichenen Gehäuse. An einer Wand waren die Kontrollkästen. Sonst war der Turbinenraum ziemlich leer. Nur ein kleiner orangener Kasten, der Dynamo, der die Drehungen der Turbinen-Achse in Strom umsetzte, stand in der Mitte des Raumes. Mit einem Knopfdruck konnte Hans das Wehr langsam senken und die Wassermassen des Kanals schossen immer stärker durch. In der Werkzeugkammer hatte Hans den Flammenwerfer verstaut. Ich betrachtete das Gerät. Ich kannte solche Waffen aus den Landserheftchen, die ich in der Jugend geschmökert hatte. Weil die Abenteuer des Cowboys Bill Jenkins nicht ausreichten. Später löste der lässige G-Man Jerry Cotton den tapferen deutschen Landser, der laut blauschwarzweißem Landser-Heft den Zweiten Weltkrieg nie verloren gab, in den Groschenheften ab, um meine literarische Abenteuer-Lust zu stillen. Besonders beim Kampf um Stalingrad wurden in den Landserheften diese Flammenwerfer eingesetzt. Ihre meterlangen Feuerzungen fuhren in die Häuser und verbrannten den Gegner. Hans stellte den Flammenwerfer, an dem einige vertrocknete Wasserpflanzen hingen, vor uns an die Wand. Wir unterhielten uns über Feuer und Krieg.

Ich bestaunte das eigenartige Gerät, den Flammenwerfer.

»Wie funktioniert so ein Ding?«

Hans kannte sich aus mit der militärischen Ausrüstung.

»Ich sammle Militaria-Bücher, das fasziniert mich, obwohl, oder gerade weil ich nicht beim Militär war«, begründete er seine Kenntnisse von Panzern, Kanonen und Flammenwerfern. »Der Flammenwerfer wird beim Nahkampf verwendet. Per Gasdruck wird mit einem Rohr brennendes Öl aus einem Tank verspritzt. Solche höllischen Geräte werden seit dem Ersten Weltkrieg eingesetzt. Sie können auf dem Rücken getragen werden, sie können aber auch in Fahrzeuge eingebaut werden.«

»Wie weit geht so eine Flammenwerferflamme ungefähr?«

»An die 30 Meter.« Wenn der Feuerteufel auf dem Plärrer dieses Gerät benutzt hatte, konnte er die Wohnwagen aus sicherer Entfernung anzünden.

»Woher stammt dieser Flammenwerfer?«

»Das sieht für mich wie ein russisches Gerät aus. Könnte aus den Beständen der DDR-Volksarmee stammen«, fachsimpelte Hans.

»Wie kommt der Flammenwerfer wohl in den Kanal?« Ich zog ein paar Stirnfalten, die meine Frage unterstreichen sollten.

»Ich schätze, den wollte jemand beiseite räumen«, antwortete Hans.

»Aber ist es nicht klar, dass es gefunden wird, wenn man es in einen Kanal wirft?«

»Nicht unbedingt. Zumindest nicht gleich. Das kann irgendwo hängen bleiben. Unter Wasser. Bleibt dann unentdeckt bis zur nächsten Kanal-Ablassung. Meiner Meinung nach gibt es bessere Verstecke für solche Geräte. Vor allem hätte ich es vorher in sämtliche Einzelteile zerlegt«, meinte Hans.

»Vielleicht musste es schnell gehen?«, vermutete ich.

»Das glaube ich auch. Ich kann mir gut vorstellen, dass es für den Besitzer eines Flammenwerfers mehr als peinlich ist, wenn er bei einer Verkehrskontrolle von der Polizei mit diesem Gerät in Zusammenhang gebracht wird.«

Sollten wir mal unser Ermittler-Team vergrößern müssen, wäre Hans ein guter Kandidat als Kollege.

»Was machst du mit dem Flammenwerfer?«, wollte ich wissen.

»Habe ich mir auch schon überlegt. Ob sich wohl die Polizei dafür interessiert? Könnte mit diesem Wohnwagenbrand auf dem Plärrer zusammenhängen.«

Dieser Hans war ein Ass. War es gut, wenn die Polizei den Flammenwerfer bekam? Konnte das mir und meinen Ermittlungen schaden?

»Na ja – könnte. Ich kenne den Kommissar gut, der mit dem Fall betraut ist, dem kann ich Bescheid sagen.«

»Ehrlich? Woher kennst du den?«

»Ist mit mir verwandt. Über ein paar Ecken.«

Ich ließ mir Hans' Telefonnummer geben.

»Es wird sich ein Kommissar Weissberg bei dir melden«, sagte ich zu ihm, »dem kannst du vertrauen.«

Das Wasser des Kanals strömte dunkelgrün.

»Den muss ich retten«, rief Hans, der einen jungen Hund entdeckte, der verzweifelt der starken Strömung vor dem Kraftwerk-Rechen zu entkommen suchte. Doch der starke Sog der Turbine zog ihn langsam zum Rechen, an dem ihn das Wasser zerdrücken würde.

»Halt dich fest!«, rief Hans dem winselnden Hund zu.

Er hielt dem Tier eine lange Holzstange, mit der er normalerweise irgendwelche Teile aus dem Kanal fischte, vor den Kopf, während der Hund hektisch mit den Beinen im Wasser paddelte. Der Hund versuchte sich in der Holzstange festzubeißen. Er rutschte jaulend ab. Er ahnte, dass es um sein Leben ging. Hans hielt ihm wieder die Stange hin. Jetzt kam mir die Bedeutung des Sprichwortes »jemandem die Stange halten« in den Sinn. Diesmal schaffte es der Hund. Er verbiss sich mit aller Kraft. Hans zog ihn ans Ufer. Ich legte mich auf die alte Betonböschung des Kanals, um den Hund an den Rückenhaaren und einer Pfote rauszuziehen. Der Hund stand zitternd vor uns. Er hatte nicht mal die Kraft, sich zu schütteln. Er torkelte vor Erschöpfung in die Brennnesseln.

Ein junges Mädchen kam angerannt. Sie rief weinerlich »Hobo, Hobo, wo bist du? Hobo, hierher, komm zu mir!« Ihr gehörte der junge Hund aus dem Kanal. Sie war glücklich über seine Rettung. Sie bedankte sich überschwänglich bei uns. Erstaunlich, wie sehr Menschen an ihren Tieren hängen. Ich begann Helle zu verstehen.

Ich ging dann mit Hans zur nahe gelegenen Kantine des AC Torres, dem italienischen Verein für Fußball- und Boccia-Spieler. Die Torres-Baracke lag hinter dem Glaspalast. Vor der Baracke war eine kleines Dach im Freien, unter dem im Sommer seine Gäste saßen. Die Gastarbeiter, die mal in den Augsburger Textilfabriken wie NAK, SWA, Martini, Prinz, Dierig oder Riedinger gearbeitet hatten. Die Textilstadt Augsburg hatte seit den Siebzigern ausgedient.

Wirt Paolo, ein Sarde, servierte uns an der kurzen Theke in seiner dämmrigen Baracke zwei Tassen Espresso. Paolo war der letzte Arbeiter im nahe gelegenen Glaspalast gewesen, wo die Firma SWA, ausgeschrieben Spinnerei und Weberei Augsburg, ihren Sitz hatte. Statt einer Auszahlung erhielt Paolo das Grundstück neben dem Glaspalast, mit zwei Fußballplätzen und einem Bocciaplatz.

»Bon giorno, hallo mei' Freind, grüß Dich!«, erklang es von einem Tisch in der Kantine, wo vier Italiener Karten spielten. Es war Mario Rossa, der Steilwandfahrer, der mit mir den Gangster auf dem Motorrad durch das nächtliche Augsburg verfolgt hatte.

»Wie geht's deinem Motorrad?«, fragte ich ihn.

»Repariere ich selber, weißt Du. Bei Mad Max, alte Tankstelle bei Jakobertor.«

Mario erklärte mir, dass sich im Mad Max, das einem Kalabresen gehörte, die Biker trafen und dort in einer Werkstatt an ihren Motorrädern herumbasteln können und bei der dazugehörigen Kneipe über ihre Maschinen fachsimpelten. Ich könne ja mal vorbeischauen. Er sei dort fast jeden Tag, meistens ab 18 Uhr. Nach der Motorradbastelei trinke er dort einen Schluck. Die anderen Kartenspieler wurden ungeduldig. Sie redeten auf Mario ein. Italienisch. Mario musste sich wieder um das Glück in seiner Hand kümmern.

Ich ging an die Theke zurück und quatschte mit Hans über den Flammenwerfer in seinem Kraftwerk.

»Wo bekommt man in Augsburg einen Flammenwerfer her?«, fuhr ich mir über meine Bartstoppeln.

»Keine Ahnung. Eine Anzeige kann man für sowas schlecht aufgeben«, vermutete Hans Lieblein während er sich am Kopf kratzte.

»Nein. Solche Sachen werden in dubiosen Kneipen verdealt.«

»Ich habe schon mal gesehen, wie in einer Kneipe in Oberhausen eine Pistole über den Tisch gewandert ist. Aber ein Flammenwerfer, das ist was anderes, ein solches Gerät, das fällt in einer Kneipe zu sehr auf.«

»Wird wohl im Kofferraum transportiert.«

»Frei Haus wird so ein Teil wohl kaum geliefert.«

»Könnte mir vorstellen, dass es irgendwo am Stadtrand, im Industriegebiet, eine Lagerhalle, eine Hütte gibt, wo solche Geräte gelagert sind.«

»Oder irgendwo in der Landschaft.«

Es stellte sich bei weiteren Espressi speciale heraus, dass Hans wegen seiner Militaria-Literatur in Antiquariaten herumwühlte wie ich. Er wegen Bücher über Waffen. Aus allen Ländern, Armeen und Zeiten.

Wo waren aber die Typen zu finden, die Waffen an Leute ohne Waffenschein verkauften? In solchen Dimensionen. Kriegsgerät. Wie bekam ich das heraus? Musste ich in die schummrigsten Kneipen gehen? Ich würde Helle den Flammenwerfer bei Hans abholen lassen. Ich wollte das Ding genauer untersuchen. Vielleicht fanden sich Hinweise auf den Wohnwagenanzünder? Helle musste sich als Kommissar Weissberg bei Hans ausgeben. Ein fauler Trick. Sicher, doch notwendig. Für uns. Hans würde keinen Verdacht schöpfen, weil ich ihm Weissberg angekündigt hatte. Wenn wir das Gerät genügend untersucht hatten, würde es Weissberg von uns erhalten. Klaro.

Damit war das Täuschungsmanöver nur halb so schlimm.

Fand ich.

Kapitel 16

Klaus muss für Helle träumen – Beim Märchenkarussell denken die Erwachsenen an ihre Kindheit – Die thailändische Suppe schmeckt köstlich – Tiefe Schubladen im Schrank können sehr viel bedeuten

»Was hast du geträumt?«

Halbverschlafen hatte ich am Montagmorgen nach dem piependen Handy am Bettrand gesucht. Helle war dran. Er hatte heute Nachmittag wieder einen Termin mit seiner Traumdeuterin. Er hatte nichts geträumt. Zumindest konnte er sich nicht mehr daran erinnern. Aber mir fiel plötzlich ein, dass ich das vereinbarte Gespräch mit der Bierzelt-Bedienung völlig verschwitzt hatte. Es war auch zuviel Trubel gewesen. Und dieser miese Schlaf. Ich fühlte mich wie gerädert. War der Plärrer schon vorbei? Nein, heute war er noch.

Ich rappelte mich hoch. Stellte mich ans Schlafzimmerfenster. Lehnte mich müde aufs Fensterbrett. Draußen war es schon hell. Der Himmel verriet noch nicht genau, welches Wetter auf uns zukam. Der Abrisskran war aufgefahren. Das Nachbarhaus wurde abgerissen. Ein Neubau sollte wenige Meter hinter unserem wilden Garten entstehen. Die Baggerzähne drückten die Dachziegel ein. Ein Mann mit Schlauch spritzte Wasser über den aufwallenden Staub. Ich kannte niemand aus dem Nachbarhaus. Insofern konnte ich ohne viel Mitleid zusehen. Bald sahen die Holzbalken aus den Löchern im Dach hervor.

»Bist du noch da?«

Helle hatte ein Problem, das hörte ich an seiner Stimme. Er selber habe leider beim Aufwachen seinen Traum vergessen. Weil Blacky Anfälle gehabt hatte.

Ich hatte auch ein Problem, das sicher größer war. Ich hatte keinen Wohnwagenbrandstifter. Selbst den Plärrer-Killer hatte ich nicht erwischt. Ich hatte einen schweren Kopf von der langen Nacht. Was hatte ich geträumt? Ich musste in Zukunft mein Handy vor dem Einschlafen ausstellen, nahm ich mir vor. Damit solche Aufweck-Anrufe bei mir nicht möglich waren. Hatte ich mir schon oft vorgenommen. Wieso vergaß ich das immer? War alles die Schlafstörung. Nicht mehr lange. In ein paar Tagen lag ich im Schlaflabor. Dann würde das geklärt und hoffentlich bald bereinigt, was meinen gesunden Schlaf hartnäckig verhinderte.

»Meinen Traum erzähle ich dir später. Mein Akku ist bald leer. Wir treffen uns am besten um 17 Uhr auf dem Plärrer. Nachforschungen betreiben.«

»Geht nicht, ich treff meine Traumdeuterin schon um 14 Uhr. Da brauch' ich einen Traum.« Helle war hartnäckig.

Mit der Traumdeuterin schien sich was anzubahnen. Da musste ich einen Traum für ihn haben. Freundespflicht. Ich ging mit dem Handy in der Hand in das Bad. Vorher drückte ich beim CD-Player auf Start. Momentan hatte ich *In The Skies* von Peter Green drin. Hatte mir Fleur zum Abschied geschenkt. Die lief pausenlos.

Ich hatte von einem Wald geträumt. Darin eine Lichtung mit hohem Farn, auf den die Sonne schien. Mitten im Farn standen vier Büroschränke. Ich bahnte mir einen Weg durch den dichten Farn zu den Büroschränken, die viele Schubladen hatten. Bunte Schmetterlinge kamen aus einer Schublade. Aus einer anderen Schublade nahm ich einen Stein. Die dritte Schublade konnte ich herausziehen und herausziehen und herausziehen, es war kein Ende der Schublade abzusehen, in der ich einen geheimnisvollen Gegenstand vermutete. Das erzählte ich Helle mit einigen Ausschmückungen.

Komisch, dass mein Handy-Akku so lange hielt.

»Das hast du wirklich geträumt?«

Helles ungläubige Stimme drang an mein Ohr, als ich das kalte Wasser über den Waschlappen an der linken ausgestreckten Hand laufen ließ.

»Wahrscheinlich wegen der Sucherei nach den vielen Tätern«, deutete ich meinen Traum. Mal schauen, was seine Traumdeuterin darin erkennen konnte.

Helles Stimme verschwand in einer Tonverzerrung. Es zischte, klongte, brubbelte im Handy. Weg war er. Die Schrift »Bitte Akku laden!« verschwand von meinem Handy-Display. Akku aus. Ich würde ihn vom Büro aus anrufen.

Während ich am Rand meines flachen Futon-Bettes die Socken anzog, schaute ich in meinen Terminator. Nur ein Termin stand da: 17 Uhr, Plärrer. Karin Korb, die Versicherungs-Lady, musste ich auch anrufen. Ein Bericht in Sachen Wohnwagenbrand stand an. Ich drehte den Wasserhahn mit dem roten Punkt auf, hielt die Zahnbürste darunter. Der Gasboiler schaltete sich ein. Sollte ich auch meinen Feuerwehrler anrufen? Vielleicht hatte er wieder ein paar Neuigkeiten? Aus welchen Gründen konnte eine Wohnwagen-Gasflasche explodieren?

Als ich das Haus verließ, mussten bereits zwei Männer mit dem Schlauch den Abriss-Staub eindämmen. Die Morgensonne sandte schon seit einiger Zeit ihre Strahlen zu uns. Damit kam der aufwirbelnde, grauwolkige Staub aus dem zusammenbrechenden Dach bestens zur Geltung. Konnte ich den Staub der Vermutungen, der Ungewissheiten, der Gerüchte, der Verdächtigungen beseitigen, der mir den Blick auf die Wahrheit verstellte? Ich ging über die Brücke bei der Kahnfahrt. Würde ich im Sommer mit Fleur unter der Brücke rudern können? Sie an der Schulter fassen, zu mir herziehen? Ihr einen Kuss dort unten im dämmerigen Halbrund geben können, wo die Wellen auf die untere Brückenrundung Sonnenlichtreflexe werfen, die in schnell vergehenden Mustern ineinander laufen. Gut, dass ich bald meinen Schlaflabor-Termin hatte. Wenn es dann mit Fleur zu einer Bettszene kam, war ich wieder topfit, wenn die mich durchgelassen hatten. Der Schlafarzt hatte gesagt, dass oft schon eine kleine Nasenoperation hilft, dann ist die Gefahr einer drohenden Impotenz gebannt. Also doch: Wie die Nase des Mannes, so auch ...

Weder Helle noch Karin Korb, noch meinen Feuerwehrler hatte ich erreicht. Ich war frustriert. Ich saß hinter meinem Büroschreibtisch und sah auf die Schule auf der anderen Straßenseite. Ich würde es nicht mehr lernen, mal konsequent zu arbeiten. Nicht gleich aufzugeben. Ich war sehr frustriert. Da half nur eine gute thailändische Suppe im Ban Thai- Imbiss von Ma Lai. Oben in der Wintergasse. Oder war's schon die Dominikanergasse? Eine Gasse mit zwei Namen. Furchtbar. Der Thai-Imbiss neben dem Römischen Museum eben. Ich verließ mein Büro am Gänsbühl. Vor mir fummelte ein junger Blinder mit seinem weißen Stock vor seinen Füßen herum, um den Weg richtig einschätzen zu können. Neben meinem Büro war ein Blindenheim. Bald konnte ich mir auch einen weißen Stock zulegen. Ich war doch mit Blindheit geschlagen. Ich hatte den Eindruck, dass ich noch nie so dumm in einem Fall herumtappte wie diesmal.

»Und, wo geht's heute hin?«, fragte ich den Blinden von hinten.

»Wir haben heute Chor-Probe. Aber erst kaufe ich mir noch ein Bier für heute Abend.«

Ganz normale Wünsche.

»Macht bestimmt viel Spaß, im Chor zu singen?«

»Da mache ich nicht mehr lange mit. Die regen mich auf. Die singen alle falsch.«

Und ganz normale Probleme. Blinde hören halt besonders gut. Stärken können auch von Nachteil sein.

Ma Lais rosafarbene Krabbensuppe im Ban Thai-Imbiss schmeckte köstlich. Das lebhafte thailändische Geschnatter mit ihren Freundinnen in der Küche heiterte mich auf. Udo kam rein. Kannte ich noch aus meiner Zeit als Polizeipressesprecher. Er war damals Grafiker in dem Werbebüro, das für uns die Drucksachen herstellte. Er hatte einen Ordner dabei. Er war ins Frauengeschäft eingestiegen. Er vermittelte Frauen aus aller Welt. Er zeigte mir seine Schätze aus Brasilien, Mexiko, Afrika, den Philippinen und Thailand. Ordentlich archivierte Frauengesichter in Klarsichthüllen, die auf ihren Traummann warteten.

»Was du da alles erlebst, ich sag' dir, da könnte ich ein Buch schreiben. Auf die komischsten Männer triffst du da.«

»Fang gleich an, das bringen wir heraus.«

»Mit was anfangen?«

»Mit dem Buch schreiben«, erwiderte ich.

Weil aber ein Mann mit gebratenen Nudeln, Bambussprossen, Morcheln und Hühnerfleisch an unseren Stehtisch kam, wollte Udo seinen Frauen-Vermittlungs-Ordner zuklappen.

»Was kostet bei Ihnen eine Frau?«, wollte der Mann wissen, der von unserem Gespräch etwas mitbekommen hatte.

»Das sind Menschen, mit einem Herz, mit einer Seele, wie du und ich, wir sollten zuerst über andere Dinge reden, wenn Sie an einer Frau aus meinem Katalog interessiert sind«, begann Udo sein Verkaufsgespräch.

Ich wollte mein Handy aus der Gürteltasche ziehen. Doch nach dem Aufladen des Handy-Akkus hatte ich es im Büro liegen gelassen. Vielleicht war inzwischen Helles Handy eingeschaltet. Wo er wohl seine Traumdeuterin traf? Es war mittlerweile 13 Uhr 57.

Durch das Schaufenster des Thai-Imbisses sah ich auf der anderen Straßenseite an einem Haus das Schild »Antiquariat Schmid«. Ah, ein Laden für alte Bücher, die es in den normalen Buchhandlungen nicht mehr gab. Antiquariate gehörten zu meinen Lieblings-Orten. Rumstöbern. In alte Welten und Zeiten versinken. Besonders gern tat ich das im Antiquariat Die Eule, in einem Hinterhof der Annastraße, dem Laden von Uwe Woeste. Erreichbar durch eine schmale Passage gegenüber von Bücher Gondrom, zwischen einer Waffenhandlung und einem Modeschmuckladen. Uwe ist ein ehemaliger Schulfreund aus der Handelsschule Neumann. Ein braver, stets korrekt gekleideter Schüler war er, von dem ich gedacht hatte, dass er womöglich mal Buchhalter, aber niemals Buchhändler werden würde.

Aus dem Ban Thai raus und rüber ins Antiquariat. Ein Schäferhund zwischen den Bücherbergen musste erst überstiegen werden, bis ich an die Regale des Antiquariats vordrang. Ich suchte nach Büchern über den Schlaf. Aus der Stadtbücherei hatte ich mir schon einige in dieser Richtung ausgeliehen. Hätte nicht gedacht, dass über ein derartig ruhiges Thema eine solche Bücherlawine verfasst wurde. Ich sah ein Buch über Traumsymbole. Das legte ich mir zu. Schließlich musste ich wissen, was meinem Freund Helle von dieser mysteriösen Frau, die er mir komischerweise nicht vorstellen wollte, eingeflüstert wurde. Helle war leicht zu manipulieren. Besonders von Frauen, denen er eine besondere Bedeutung zumaß. Mit dem neu erworbenen Buch unterm Arm drückte ich mich durchs Kaffeegässchen, lief die Maximilianstraße hinunter.

Die Sonne vermittelte mir Frühlings-Gefühle. Die Straßencafés waren voll. Die Mädchen und Frauen waren bunt angezogen. Ich wurde schwärmerisch. Waren Mädchen und Frauen nicht wie Schmetterlinge? Ich wollte keinen fangen. Keinem den Flügel beschädigen. Erst den Fall lösen. Den Auftrag ordentlich durchführen und abschließen. Mit dem Traumbuch unterm Arm ging ich zum Königsplatz los, um von dort aus mit der 4er-Tram ganz gemütlich zum Plärrer runterzugondeln.

»Halt, warte mal, Herr Kessler, nicht so schnell.« Eine bekannte Stimme hinter mir ließ mich den Kopf drehen. Helle war's.

»Wo kommst du her? Ich dachte, du bist mit deiner Traumdeuterin zusammen?«

»War ich. Du, das war sowas von spannend. Diese Frau weiß so viel. Stell dir vor, sie meint es gäbe sogar Menschen die sich von selbst entzünden.«

»Wie kommt sie darauf?« Hatte Helle mit ihr über den Wohnwagenbrand gesprochen? Das sollte er lieber mehr mit mir tun. Ich war sein Partner.

»Sie hat dazu einige Bücher. Hat sie mir gezeigt. Wir haben uns über den Wohnwagenbrand unterhalten, dabei ist sie draufgekommen. Klasse, was?«

Meine Bücher waren für Helle in der Vergangenheit höchstens als Unterlage für einen wackeligen Tisch geeignet gewesen. Da nagte was in mir. Helle hatte einen überirdischen Glanz in den Augen.

»So ein Käse. Das wirst du doch nicht glauben«, versuchte ich Helles Begeisterung für die abwesende Frau herunterzumachen.

Ich merkte, dass meine relativ gute Stimmung in Grantigkeit umzuschlagen begann.

»Doch, sie sagt, es gibt solche Menschen. Es gibt Fälle von Selbstentzündung. Das könnte auch in dem Wohnwagen auf dem Plärrer passiert sein. Einfach toll, was die alles weiß.«

»Wo habt ihr euch getroffen? Wo kommst du her?«, wollte ich von dem Thema weg, ohne mich mit Helle zu streiten.

»Im Römischen Museum. Sie will sich doch immer an besonderen Plätzen mit mir treffen. Wegen der besonderen Atmosphäre.«

»Was hat sie zu deinem Traum gesagt?« Eigentlich meinem.

»Der sei etwas ganz Besonderes. Da stecke viel Bedeutung drin. Sie war begeistert.«

Wir stiegen am Königsplatz in die Vierer ein.

Ich stempelte meine Streifenkarte. Helle seine.

»Was hat sie zu den Schränken im Farn gesagt?«

»Das ist mein Leben. Aufgeteilt in fünf Phasen. Kindheit, Jugend, Erwachsensein, Alter.«

»Aha. Und was ist die fünfte Phase?«

»Das Jenseits.«

»Na sowas. Die Schubladen, was meinte sie zu denen, mit den Schmetterlingen und dem Stein?«

»Die Schmetterlinge sagen, dass ich ein Leben ohne Hast und nach Herzenslust in Gottes freier Natur führen will, dass ich Sehnsucht nach einem Leben voller Phantasie und Schönheit habe. Frei von den Härten des Alltags. Dazu kommt auch die Suche nach Freiheit.«

»Kommt hin«, meinte ich, während mein Blick bei der Fahrt den Gesundbrunnenberg hinunter auf das Eckhaus an der Nibelungenstraße auf halber Höhe des Berges fiel. Hier hat die Hebamme ihre Praxis, die meine Ex-Frau bei der Geburt unserer beiden Kinder betreut hatte. Mir fiel dabei ein, dass ich in den nächsten Tagen meine Tochter wieder für das Wochenende abholen konnte, sollte. Mein Sohn war mit seinen Freunden, der Band und seiner Musik beschäftigt. Was war mit dem Stein, mit den Schubladen im Traum?

»Nächste Haltestelle Plärrer.«

Wir stiegen aus. Die Sonne schien. Es waren schon viele Leute, die am frühen Nachmittag durch den Plärrer liefen.

»Wie geht's deiner Blacky?«

»Nicht besser. Sie hat weiter Anfälle. Ich bin ratlos. Ich muss mit ihr zum Tierarzt.«

»Die Traumdeuterin meinte, der Stein, das sei die Krankheit meiner Blacky. Das sei ein hartes Gewicht, das mein Herz belaste.«

Schön, dass meine Träume sich auch um die Katze meines Freundes und Kollegen kümmerten.

Renate Sucharz saß in einem kleinen ausrangierten Wohnwagen, der mit Märchenmotiven bemalt war. Mit diesem Modell, angehängt an einen VW-Käfer, war man in den späten Fünfzigern in den Urlaub nach Italien gefahren. Wir sahen nur ihr Gesicht mit einem klassischen Profil und dunkelbraunen, in der Mitte gescheitelten Haaren, ihren Hals und etwas von ihrer Schulter durch das Fenster im Kassenhäuschen. Sie war dezent geschminkt. Ihre Augen hatten uns sofort geortet. Sie hatte diesen Blick, wie fast alle Frauen an den Volksfest-Kassenhäuschen, der woanders hinsah, aber doch nichts übersah.

Gerade als wir mit ihr zu reden anfangen wollten, kamen ein paar Eltern mit ihren Kindern an die Kasse. Ich schaute mich um. Links und rechts vom Kassenhäuschen waren Stellwände aufgebaut. Bemalt mit Märchenmotiven. Da stiegen die Erinnerungen an die Kindheit hoch: Tischlein deck dich, Der standhafte Zinnsoldat, Hänsel und Gretel, Der Fischer und seine Frau, Der kleine Muck, Kalif Storch, Schneewittchen, Aschenputtel. Das waren die ersten Abenteuer, die einen als Kind bewegten, die eine wilde Welt präsentierten, in die wir staunend eintauchten, die uns nach mehr wunderbaren Erlebnissen süchtig machten. Im Märchen war alles möglich und es siegte immer die Gerechtigkeit. Die Bösen wurden bestraft. War hier die Wurzel für meine Lust zur Verbrecher-Jagd zu finden? Warum scheute ich nicht die Gefahr beim Entdecken der Hintergründe, der Wahrheit? Weil der Teufel mit den drei goldenen Haaren mein Lieblings-Märchen war? Was war wohl Helles

Lieblings-Märchen? Ich musste ihn nicht fragen. Bestimmt war es Hans im Glück, der sein schweres Gold gegen ein praktisches Pferd tauschte, der am Ende, völlig befreit von der Last des Besitzes, zum glücklichen Menschen wird. Und damit reich ist. Das Märchenkarussell drehte sich mit den alten Holzfiguren. Ein Elefant mit aufgemalter Reitdecke, zwei weiße Schwäne, ein gestreifter Tiger, ein krähender Hahn, ein Löwe mit aufgerissenem Rachen und eine Hochzeitskutsche für die Märchenprinzessin mit ihrem Märchenprinz.

Das historisch anmutende Märchenkarussell glich einem mit bunten Bildern bemalten überdimensionalen Pilz. Die Eltern setzten ihre Kinder auf die Holztiere, die mit dünnen eisernen Stangen an der Unterseite des Karussell-Daches befestigt waren. Wenn sich das Karussell zu drehen begann, fuhren die Kinder in eine andere Welt. Sie hielten sich an den Ohren, Hörnern oder Köpfen ihrer Reittiere fest. Sie schaukelten in der Luft, schwebend, begleitet von alter Karussell-Musik in das Abenteuerland, das jetzt vor ihnen lag. Jetzt konnten die Helden ihrer Märchen auftauchen, sie mitnehmen zu ihren spannenden Erlebnissen mit Ungeheuern, Hexen, Zauberern, Kobolden, Zwergen, Feen, Elfen und Drachen, zu aufregenden Geschehnissen, bei denen mit viel List, Glück und Zauberkraft das Gute immer siegt.

Die Eltern versuchten ihren Nachwuchs im Auge zu behalten. Diese winkten, wenn sie auf der Kreisfahrt durch das Wunderland der Kinderträume an ihren stolzen Erzeugern vorbeizogen. Die Eltern bekommen feuchte Augen, weil sie an ihre Kindheit denken. An ihre Fahrt auf dem Märchenkarussell. An ihre Gedanken und Träume, ihre Wünsche und Hoffnungen. Dann fällt ihnen ein, was daraus geworden ist. Sie schauen ihren Ehepartner an. Entweder froh, diesen zu haben, oder genervt, diesen immer noch zu haben. Sie denken an das Schicksal, das ihnen alles vermasselt, oder viel gegönnt hat.

Die scheppernde Jahrmarktsmusik, die früher von einer Konzertorgel kam, bei der eine bunt angemalte Konzertmeister-Figur vor den Orgelpfeifen mit auf- und abruckenden Armen dirigierte wehte über den Platz. Am Rand des aufspielenden Orchestrions von der Größe eines Zirkuswagens, schwebten zwei freche Engelchen in kurzen Röckchen, die links und rechts mit ihren nackten Ärmchen und wippenden Flügeln auf dem Rücken mit kleinen Hämmerchen aufs silbern glänzende Glockenspiel schlugen. Nachdem wieder eine neue Runde Karussell angesagt war, die Eltern die Chips gekauft hatten, die Kinder auf den Holzfiguren saßen, ein Helfer alles kontrolliert hatte, die Chips einsammelte, das Karussell sich zu drehen begann, stellte ich uns bei Renate Sucharz vor. Sie war in einem dunklen Hosenanzug. Eine sportlich-elegante Erscheinung, die relativ kühl wirkte.

»Grüß Gott, wir sind Klaus Kessler und Helmut Bärwasser.«

Sie hatte die Seitentüre ihres fahrbaren Kassenhäuschens geöffnet, damit wir besser miteinander reden konnten. Sie konnte dabei weiter Chips durch ihr unten offenes Kassenfenster verkaufen. Ihre Beine waren übereinander geschlagen. Ihre Frisur war ein schwarzhaariger Pagenkopf. Sie machte einen freundlich distanzierten Eindruck. Jede ihrer Bewegungen schien überlegt. Trotzdem schien in ihr eine Menge Temperament zu stecken. Ihre roten Lippen zeigten beim Reden porzellanweiße Zähne. Ihre geschwungenen Lippen, deren Rand sie dezent abgesetzt hatte und ihre mandelförmigen Augen mit langen Wimpern, die einen sanft-melancholischen Ausdruck herstellen konnten. Sie war ein Frauentyp der noch mit 99 als Model engagiert werden konnte. Sie hatte feine Falten im Gesicht, die die Lebendigkeit ihres Mundes und ihrer Augen wirksam unterstrichen. Sie beugte beim Reden mit uns ihren schlanken Körper nach vorn und faltete die Hände auf ihren Knien. Ihr Gesicht schaute zu uns hoch. Da war aber keine Unterwürfigkeit festzustellen. Aus diesem Gesicht war überhaupt nichts abzulesen, was momentan eine charakterliche Einschätzung ermöglicht hätte.

»Sie untersuchen den Wohnwagenbrand habe ich gehört.«

»Auch. Wir kommen aber wegen etwas anderem.«

»Und das wäre?«

»Wir haben gehört, dass Sie sich mit Tieren auskennen.«

»Wie meinen Sie das?«

»Na, Sie behandeln doch kranke Tiere, das haben wir von einigen Schaustellern gehört.«

»Während des Plärrers habe ich meine Tierarztpraxis geschlossen, da habe ich genug Arbeit beim Karussell.«

»Meine Katze ist schwer krank, vielleicht können Sie mir trotzdem helfen?«, sagte Helle und faltete dabei auch seine Hände.

»Normalerweise kümmere ich mich während des Plärrers höchstens um die Tiere der Schausteller. Was hat denn Ihre Katze?«

»Epileptische Anfälle. Ganz schlimm.«

»Wie oft am Tag?«

Helle und die Sucharz erörterten das Krankheitsbild von Blacky. Eine Frau kam mit einem kleinen Karton. Sie gab der Sucharz den Karton. Die beiden Frauen unterhielten sich kurz.

»Ich bin Frau Schindhelm vom Plärrer-Café«, schüttelte sie mir die Hand, nachdem sie das Kassenhäuschen in gebückter Stellung verlassen hat. »Frau Sucharz sagte mir gerade, dass Sie Verleger sind und Bücher herausbringen. Meine Schwägerin will ein Buch über das Schaustellerleben schreiben. Wäre das was für Sie?«

»Gute Idee«, kommentierte ich. »Könnte man machen.«

»Haben Sie Zeit? In ein paar Minuten ist bei mir im Wohnwagen ein

Kaffeekränzchen mit einigen Schausteller-Frauen. Das machen wir immer am Plärrer-Schluss, bevor wir wieder auseinandergehen.«

Das klang nach viel Information. Ich hatte Zeit. Helle keine. Er hatte sich neben dem Kassenhäuschen postiert. Sah schon aus wie sein Stammplatz. Immer wenn es eine Verkaufspause zuließ, setzte er das Gespräch über seine kranke Katze mit Renate Sucharz intensiv fort.

»Was war in Ihrem Karton?«

»Mein Hamster. Der hat was. Sein linkes Auge läuft stark.«

»Ist die Sucharz eine gute Tierärztin?«

»Sie behandelt die Tiere mit viel Liebe. Wir gehen alle gern zu ihr.«

Ich ging mit Frau Schindhelm zu ihrem Wohnwagen. Stand direkt hinter ihrem Plärrer-Café. Es war nicht das neueste Modell, aber er war immerhin derart geräumig, dass sich fünf Frauen und ein Mann um den Tisch herum platzieren konnten. Frau Schindhelm schenkte Kaffee aus und verteilte Waffeln mit Sahnehäubchen. Das bekam ich auch.

»Das ist Claudia Seusch, meine Schwägerin, sie hat die Käfigschaukel mit Überschlag. Sie will ein Buch über ihr Leben als Schaustellerin schreiben«, stellte mir Frau Schindhelm die zukünftige Autorin vor, der ich die Hand schüttelte.

»Klaus Kessler, Verleger. Vielleicht können wir Ihr Buch in unserem Verlag herausbringen. Haben Sie schon was geschrieben?«

»Ein paar Seiten. Ich habe diesen Winter damit angefangen. Sie könnten mir noch einige Tipps dazu geben.«

»Gerne.« Wo brennts denn, wollte ich sie fragen. Ließ es aber besser. »Schreiben Sie chronologisch, beginnend bei Ihrer Geburt, oder von jetzt aus in Rückblenden?«

»Ich fange mit dem Leben meiner Großeltern an.«

»Geht auch.«

»Würden Sie das mal durchlesen und mir über mein Geschreibse ehrlich Ihre Meinung sagen?«

»Gerne. Sie müssen es mir nur zeigen.«

»Ich nehme es morgen mit auf den Plärrer. Kommen Sie einfach bei mir an der Überschlagschaukel vorbei.«

»Gut. Mach ich.«

Die meisten Frauen kannte ich bereits von meiner Arbeit für das Plärrer-Jubiläumsjournal. »Die Stars hinter den Kulissen« wollte ich den Bericht überschreiben, der von den Schausteller-Frauen handelte. Zuerst drehte sich das Gespräch um die ermordeten Schaustellerinnen und wer der Plärrer-Killer sein konnte. Die Leiterin des Marktamtes wurde nicht besonders bedauert. Sie schien in dieser Runde nicht viele Pluspunkte zu haben. Nützte auch nichts, dass sie Witwe war. Bei ihr vermuteten sie als Täter vielleicht einen Schausteller, der sich an ihr rächen wollte. Weil sie ihn äußerst schlecht behandelt hatte. Weil er wieder nicht den gewünschten Standplatz auf dem Plärrer bekommen hatte.

»Die besten Plätze haben bei der doch ganz bestimmte Leute bekommen«, wurde gesagt.

»Gibts schon was Neues vom Wohnwagenbrand?«, fragten sie mich. Sie wussten alle, dass ich von der Versicherung darauf angesetzt war.

»Leider nein, ich tappe noch im Dunkeln«, gab ich bekannt auch wenn es sich um einen Fall mit viel Feuer handelt.

»Ich glaube, der Polizei geht's dabei auch nicht besser«, blockte ich gleich eventuell aufkommende Kritik ab.

»Viel Mitleid haben die Leute nicht mit uns, das kann man überall hören und spüren. Da wird von Versicherungsbetrug und verwahrlosten ausländischen Schausteller-Gehilfen gesprochen, die schon mal zum Spaß eine Frau aufschlitzen. Die halten uns Schausteller doch immer noch für ein lockeres Völkchen, das in den Tag hineinlebt und es mit den Gesetzen nicht so genau nimmt«, erregte sich die Frau des Schießbudenbesitzers über die öffentliche Meinung.

»Weil auf dem Plärrer immer Gaudi ist, glaubt keiner, dass wir hart arbeiten«, analysierte die Frau aus dem Reit-Salon die Gedankengänge des Publikums.

»Wenn ich daran denke, wie es früher war«, lenkte die Frau vom Süßwarenstand den Blick in die Vergangenheit.

»Wir haben nach dem Krieg mit einer gebrauchten Maschine für Zukkerwatte angefangen.«

Jetzt gings rund. Einige hatten noch Erinnerungen an die Aufbauzeit nach dem Krieg. Dann wurde noch darüber getratscht, dass sich die Sucharz vom Märchenkarussell seit neuestem einen jungen Liebhaber samt Porsche leistete. Es wurde ihr vergönnt, teilweise, weil sie ihre Mutter bis zum Tod hingebungsvoll gepflegt hatte. Teilweise, weil sie sich liebevoll um die Tiere der Schausteller kümmerte. Ich stellte meine Ohren auf Empfang. Gesprächsstoff war auch, dass ein Schausteller, es wurde vermutet, dass Dominik Schiblinski beim Fahrgeschäftebauer Wunderle ein gigantisches Fahrgeschäft in Auftrag gegeben habe. Finanziert mit der Lebensversicherung seiner verbrannten Frau. Schiblinskis gute Beziehungen zu irgendeiner Bank, oder besser die Beziehung von Schiblinskis Frau, einer ehemaligen Miss Augsburg, zu einem halbseidenen Bank-Chef wurde erwähnt. Dann wurde noch über die Nachfolge der ermordeten Marktamtsleiterin spekuliert.

»Der Kunkel und der Ipfelkofer, das waren noch unbestechliche Marktamtsleiter«, verkündete die Frau aus der Losbude Glücksbaron.

Inzwischen war die Likörflasche geöffnet worden. Die Schausteller-Frauen bekamen rote Backen, glänzende Augen und debattierten immer hitziger.

»Diesem Rohrherr würde ich sogar zutrauen, dass er seine Chefin auf dem Gewissen hat, der wollte doch schon längst Chef im Marktamt werden«, meinte die Frau vom Glücksbaron. »Dem hat's doch schwer gestunken, dass sie ihm eine Frau vor die Nase gesetzt haben.«

»Es soll aber auch der Triebtäter, dieser Plärrer-Killer gewesen sein, nach den Erkenntnissen der Polizei«, brachte ich mein Wissen ein. Was war in dieser Runde darüber zu hören?

»Das hat der Rohrherr doch nur so ausschauen lassen. Der ist doch mit allen Wassern gewaschen, vor dem fürchten sich sogar die hartgesottensten Schausteller«, trompetete die Frau vom Kasperletheater.

»Jetzt musst du ihn nicht so in die Pfanne hauen, nur weil der dich verschmäht hat«, korrigierte die Chefin von der Kindereisenbahn den geäußerten Verdacht.

»Habt ihr's schon mitbekommen, die Frau vom Calypso will aufhören.«

»Die dicke Müllerin? Deren Busen bis zum Bauch hängt und der Bauch bis zum Knie?«

Das Geschnatter wurde undurchschaubar. Ich versuchte nicht mehr, die Herkunftsorte der klatschenden Schallwellen auszumachen.

»Welche Dings? Meinst du die Holli Betty? Die ist jetzt über 80, der reichts jetzt, hat sie gesagt. Die mag nicht mehr. Was die schon alles mitgemacht hat. Die kennt das Schaustellergewerbe noch aus der Zeit als unsereins mit den von Pferden gezogenen Wohnwagen ankam.«

Jetzt sprudelte es aus den Schausteller-Frauen heraus.

»Ich weiß noch, wie wir mit unserem Teufelsrad nach dem Zweiten Weltkrieg in Bielefeld sauschlechte Zug-Waggons zum Transport gekriegt haben. Unser Traktor, die Zugmaschine für unsere Transportwägen, der ist durch den morschen Boden des Waggons gekracht. Bis heut nehm ich das Backpulver vom Dr. Oetker nicht mehr. Das kommt nämlich aus Bielefeld.«

»Mein Onkel, der Feldl Rudi, hat mal in den Fünfzigern die Idee gehabt, die Völkerschauen auf dem Volksfest mit einer Hawaii-Schau wieder zu beleben. Der hat ein Hawaii-Dorf aufgebaut, hat hundertfünfzig Südseeinsulaner einfliegen lassen. Über dreißig lebende Papageien und ein paar Flamingos hatten die als Dekoration.«

»Was haben die Hawaiianer denn gegessen? Hoffentlich nur Kokosnüsse. Mir reichts schon, wenn ich für meine Angestellten jeden Tag Frühstück, Mittag, Brotzeit und Abendessen machen muss. Und das alles zwischen dem Kasse-Sitzen.«

»Die Männer fühlen sich nur für den Aufbau, den Abbau, die Reparaturen, die Technik eben, zuständig.«

»Wisst ihr noch, der Huber und seine Sophie mit der ersten Achterbahn, ganz aus Holz?«

»Bis auf die Schienen natürlich.«

»Jaja. Die hatte ein Zimmermann gebaut. Damit war kaum Geld zu machen. War zu schwierig, mit der rumzureisen und sie aufzubauen.«

»Was haben die Hubers dann gemacht?«

»Sie haben sie in den Prater verkauft. Dort konnte sie fest, für immer aufgestellt werden.« Jetzt war natürlich eine Runde Wien angesagt.

»Meine Urgroßmutter hat auf dem Prater ein Ringelspiel mit ihrem Mann gehabt.«

»Was ist ein Ringelspiel?«

»Na, das sagt man in Österreich zu einem Karussell. Kennst den Spruch nicht: Das Leben ist ein Ringelspiel, da wird oft manchem bang, dem einen ist zu kurz die Tour, dem anderen zu lang.«

»Als Kind habe ich auf dem Prater noch den berühmten Meerestaucher gesehen.«

»Was hat der gemacht?«

»Im braunen Gummianzug mit der schimmernden Kupferhaube ist der im Zelt in einen großen Bottich gestiegen. Zwei Burschen haben dann schmutziges Wasser reingepumpt, bis der Taucher unterm Wasser verschwunden ist.«

»War das alles?«

»Nein, der hat unter Wasser den Namen eines Besuchers auf die Kreidetafel geschrieben. Da haben wir gestaunt.«

»Der soll auch mal auf dem Plärrer gewesen sein. Sieht man auf einer alten Postkarte.«

»Meine Eltern fuhren noch mit einer Schaubühne, der Welt-Attraktion, über alle großen deutschen Festwiesen. Die hatten noch die Dame ohne Unterleib, die siamesischen Zwillinge oder die Gorilla-Frau, die am ganzen Körper behaart war.«

»Ich kann mich an die Familie Oistermann erinnern, die hatten eine Schaubude mit einer Zwergenstadt. Das waren alles Liliputaner, kleinwüchsige Menschen. Das kannst du heute nicht mehr bringen.«

»Bei meinen Eltern war auch ein Liliputaner-Ehepaar. Sie waren Artisten. Die wurden auch für Spielfilme engagiert. Die waren sogar aus Augsburg. Ich mochte sie am liebsten. Die haben sich viel mit mir als Kind abgegeben.«

»Schausteller-Kinder kennen entweder hundert und mehr Schulen quer durch Deutschland, oder wandern ins Internat. Ich bekam immer Bauchweh oder musste weinen, wenn meine Eltern mich im Internat besuchten und wieder wegfuhren.«

»Kinder oder Geschäft. Beides geht selten zusammen. Wir Schausteller-Frauen müssen viele Opfer bringen.«

»Wie läuft euer Traumschiff?«

»Viel besser als das Speedy. Das kam nicht an.«

»Hattet ihr vorher nicht den Fliegenden Teppich?«

»Der ist mit uns direkt in die Hölle geflogen. Wegen einem technischen Defekt musste der zurück ins Herstellerwerk nach Holland. Die gingen dann pleite. Der Fliegende Teppich war futsch und das nicht gerade geringe Anschaffungsgeld bekamen wir auch nicht mehr.«

»Ihr habt es gut, mit den großen attraktiven Fahrgeschäften nehmen sie euch auf jedem Volksfest. Schießbuden wie wir haben es schwer. Die gibt es überall, massenweise.«

»Wir müssen mit unserem Traumschiff jedes Jahr über dreihundert Bewerbungen an alle Marktämter schicken. Sonst werden wir auch nicht genommen. Ehrlichkeitshalber muss ich sagen, dass manche aktiven Marktamtsleiter hinter uns her sind, uns anschreiben oder anrufen, damit ihr Volksfest eine besondere Attraktion bekommt, damit die Leute angelockt werden. Das schon. Doch ihr dürft nicht vergessen, dass wir mit den großen Fahrgeschäften alle paar Jahre was spektakuläres Neues bringen. Das kostet richtig dicke Geld. Unsummen sind das.«

»Was kommt bei euch nach dem Traumschiff?«

»Verrate ich nicht. Geschäftsgeheimnis. Das können wir nur finanzieren, weil uns der Gorki-Park in Moskau das Traumschiff abkaufen will.«

»Die Sedlmairs haben ihr Karussell einem Scheich in Saudi-Arabien verkauft, der hat das ins Kinderzimmer stellen lassen.«

»Manche Fabrikanten nehmen das alte Geschäft in Zahlung, richten es her und verkaufen es in den Osten.«

»Wie schnell kann ein Motor im Karussell kaputt gehen. Das sind gleich wieder zehn- oder zwanzigtausend Euro, die du plötzlich haben musst. Da hat's ein Imbiss-Stand schöner. Da verschmort höchstens mal eine Bratwurst.«

»Wenn du keinen guten Standplatz hast, nützt dir das beste Essen nix. Volksfestbesucher, die sich an anderen Buden bereits den Bauch vollgeschlagen haben und dann erst bei mir vorbeikommen, die haben keinen Hunger mehr. Abends machst du dann ein langes Gesicht, wenn du in die leere Kasse schaust.«

»Das Geld, das liebe Geld, es hat uns alle im Griff. Freude und Spaß wollen wir der Welt schenken und selber rennen wir hinter jedem Cent her.«

»Was willst du machen? Wie willst du sonst über die Runden kommen? Anschaffungs- und Wartungskosten, laufende Kosten wie Versicherung, Platzmieten und Löhne, das summiert sich. Fürs Alter soll auch noch was gespart werden.«

»Schon vierzehn Verstöße gegen das Arbeitsrecht haben sie bei der Überprüfung von sieben Fahrgeschäften auf dem Plärrer festgestellt, habe ich gehört.«

»Die machen ein Tamtam. Mit vierzig Polizisten kommen die vom Arbeitsamt, um die Mitarbeiter zu durchleuchten.«

»Einen, dem die Abschiebung droht, haben sie mitgenommen und einen anderen noch wegen angeblich fehlender Papiere.«

»Die sollen uns in Ruhe arbeiten lassen und lieber die Konzerne und Banken untersuchen, wo die viel größeren Verbrecher sitzen, die dem Staat Millionen und Milliarden abzocken. Da trauen sie sich nicht.«

»Junger Mann zum Mitreisen gesucht!, das Schild hänge ich gar nicht mehr raus. Deutsche machen das nicht mehr.«

»Wenn wir die Polen und Rumänen nicht hätten, dann könnten wir dicht machen. Deutsche wollen diesen Knochenjob nicht mehr machen.«

»Manchmal muss man sich um seine Arbeiter richtig kümmern. Von der Wäsche bis zur Rasur.«

»Wenn einer zu wilde Haare hat, dann drück ich ihm Geld in die Hand und sag: Gehns gleich zum Frisör, wir machen hier keine Rübezahlausstellung.«

»Gestern musste ich bei unserem heißblütigen Casanova Giovanni wieder ein 14-jähriges Groupie verscheuchen. Was so ein hübscher Kerl Mädels anzieht, nur weil er cool im Autoscooter arbeitet.«

»Ich vergönns meinen Jungs ja, aber Knutscherei beim Geschäft will ich auch nicht haben. Sieht nicht gut aus.«

»Bei mir ist auch das Betreten des Personalwagens für betriebsfremde Personen verboten.«

»Manchmal verschlafen die bei einem Mädchen und kommen nicht zur Arbeit, weil sie Angst haben, geschimpft zu werden.«

»Es gab schon Tage beim Aufbau, da haben alle Mitarbeiter durchgedreht und sind einfach abgehauen. Da mussten wir alleine aufbauen. Aber wir sind noch immer rechtzeitig fertig geworden zum Volksfest-Beginn.«

»Ja, da machst was mit. Wenn ich nur mehr schlafen könnte, aber wann? Arbeiten bis um elf oder zwölf, um sieben in der Früh wieder raus aus den Federn. Das schafft dich schon.«

»Kannst ja im Winter ausschlafen.«

»Mal ganz davon abgesehen, dass wir unseren Scooter herrichten müssen für die neue Saison, stehen wir dann mit unserem Glühweinstand auf dem Christkindlesmarkt.«

Frau Schindhelm erhob sich. »Vor lauter Schwätzen hätten wir beinahe den Geburtstag unserer Sofie vergessen. Sie lebe hoch, hoch, hoch!«

Dem Geburtstagskind wurde gratuliert.

»Unser Frauenstammtisch hat für dein Geschenk zusammengelegt. Hier ist ein Gutschein für ein Wochenende zum Markt- und Schaustellermuseum in Essen. Mit zwei Übernachtungen im teuersten Hotel der Stadt. Weils in Essen ist, darfst auch einmal groß Ausgehen zum Essen. Gilt für dich und deinen Mann.«

Dieser Einfall wurde jubelnd beklatscht. Die Gläser wurden gehoben. Das Geburtstagsgedicht sollte endlich vorgetragen werden. Die Frau vom Süßigkeiten-Stand erhob sich.

Sie las das selbstgemachte Gedicht für das Geburtstagskind vor:

»Das Leben einer Schaustellerfrau
ist einmal mühsam und einmal heiter,
doch das Kämpfen und Reisen geht immer weiter.
Sie muss kochen, pflegen und vieles tun,
kommt selten dazu sich auszuruhn.
Im Geschäft den ganzen Tag über stehen,
nach Kasse und Finanzen sehn,
Gesuche schreiben, Kinder kriegen und betreuen
und auch noch ihren Mann erfreuen,
Camping fahren und Dinge putzen,
die andere nur verschmutzen.
Wahrlich eine große Schau
ist das Leben einer Schaustellerfrau
doch sie ärgert sich darüber nie
weil sie machts mit Herz – unsere Sofie.«

Applaus im Wohnwagen.

Laut palaverten die Schausteller-Frauen, die Sofie umringt haben. Als der Wecker klingelte, rafften sich die Schausteller-Frauen auf. Die viereckige Flasche Eckes Edelkirsch war leer. Sie mussten wieder zu ihren Fahrgeschäften und Buden. Mit heißgeredeten Köpfen drückten sie sich aus dem Wohnwagen. Nur noch Frau Schindhelm und die zukünftige Buchautorin saßen mit mir zusammen.

»Wenn Sie mein Manuskript lesen, dann werden Sie staunen, wie das Schaustellerleben wirklich ist. Viel weniger romantisch und nicht das freie unabhängige Leben, das mancher bei uns vermutet. Früher wurden wir oft als Zigeuner bezeichnet. Manche Lehrer stellten mich in der neuen Schulklasse als Zigeunerkind vor. Das ist vorbei, aber noch immer umweht uns ein Hauch von zwielichtigem Milieu. Zu Unrecht.«

Ich beäugte die Reste von meiner Waffel. Würde ich sie noch schaffen? Ein Schluck Kaffee konnte dabei helfen.

»Wir Schausteller sind Geschäftsleute, die eben viel unterwegs sind, bei denen die Frauen besonders viel arbeiten müssen.« Sie zog ein Buch aus der Tasche. »Hier, das hat mich zu meinem Buch angeregt.«

»Mit Romantik hat unser Beruf nichts zu tun« war auf dem Cover des rotbraunen Buches von der Autorin Birgit Götz zu lesen. »Münchner Schausteller-Frauen erzählen aus ihrem Leben.«

»Ich lese Ihnen daraus kurz was vor: Oft monatelang sind die Schausteller-Frauen im Wohnwagen unterwegs. Allein oder mit Familie. Was erleben sie im Alltag auf den Festplätzen, hinter den glitzernden Fassaden, wo sie mit ihren Wohnwagen dicht an dicht mit den Kollegen stehen, ständig umgeben von der Geruchs-, Lichter- und Geräuschkulisse des Rummelplatzes?«

»Was haben denn Ihre Eltern und Großeltern gemacht?«, fragte ich die zukünftige Buchautorin.

»Unser Familienclan ist seit Generationen auf den Volksfestplätzen unterwegs. Wir sind ein Volk im Volk. Wir bleiben meistens unter uns. Eine Schaustellertochter heiratet einen Schaustellersohn und umgekehrt. Ausnahmen bestätigen die Regel. Deswegen ist es gar nicht so verkehrt, wenn man uns als eine große Familie bezeichnet. Mein Buch beginnt mit meinen Urgroßeltern, mütterlicherseits. Das waren noch echte Zirkus-Leute. Die Großeltern mussten sich die bayerische Staatsangehörigkeit noch mit Goldtalern erkaufen.«

Dieses Schaustellerinnen-Buch könnte eine neue Wimschneider werden. Statt Herbstmilch könnte das Buch »Zuckerwatte und Märchenkarussell« oder so heißen.

»Meine Mutter hat wie ein Lehrjunge von ihrem Mann jeden Handgriff gelernt, damit sie weiß, wie man ein so großes Kettenkarussell aufstellt. Mein Vater hat geahnt, dass er nicht sehr lange lebt. Sein Motto war: Was man selber macht, das gehört einem. Während der Saison hat sie drei Leute beschäftigt. Wenns ging, immer die gleichen. Die wussten blind, was zu tun war. Als mein Vater genau am letzten Tag des Frühjahrsplärrers 1960 gestorben ist, mussten meine Mutter und ich alles allein machen. Meine Mutter hat immer gesagt: Ein guter Schausteller pflegt sein Publikum. Man macht eine lange Fahrt zu einem anständigen Preis. Dann kommen die Leute gern. Wir hatten manchmal so schlechte Plätze, dass meine Mutter heimfahren musste, um Geld aus ihrem Sparstrumpf zu holen, damit wir das Platzgeld und unser Personal zahlen konnten. Aber sie hat immer zu mir gesagt: Man darf nicht verzagen und nicht verzweifeln. Immer an das Gute glauben, das Schlechte kommt von selber.«

»Sie haben doch einen Autoscooter, wie sind Sie denn zu dem gekommen?«

»Reingeheiratet. Mein Ewald ist einer von drei Söhnen der Schaustellerfamilie der Lachners. Jeder von denen hat ein Volksfest-Geschäft.«

»Wie geht's dem Ewald?«, wollte Frau Schindhelm wissen.

»So recht und schlecht. Vor zwei Jahren ein Herzinfarkt. Voriges Jahr ein Schlaganfall. Er ist noch in der Pflegeklinik.«

»Das Leben ist ungerecht«, fügte ich mitfühlend hinzu.

»Viele Männer in unserem Gewerbe werden leider nicht sehr alt. Der eine verunglückt beim Transport, beim Auf- oder Abbau tödlich, der andere kriegt den Herzkasper oder den Krebs oder sonst was«, wurde lamentiert.

»Er wird sich schon wieder erholen«, tröstete Frau Schindhelm.

»Ich besuche ihn, so oft es geht. Seit einigen Tagen macht er auf mich wieder einen besseren Eindruck. Wenn ich meine Tochter und meinen Sohn nicht hätte, würde ich jetzt ganz schön alt ausschauen. Da denkt man schon öfter drüber nach, ob sich das Leben im Wohnwagen noch rentiert, ob man nicht lieber aufgeben soll. Doch was dann? Manchmal könnte ich einfach abhauen. Aber ich weiß genau, hinterher würde es mir furchtbar Leid tun ohne mein Schaustellerleben. Ich würde eingehen wie eine Blume ohne Wasser. Ich hab's ja jetzt wieder gemerkt. Wenn das Frühjahr kommt, dann kann ich es nicht mehr aushalten, bis es wieder rausgeht. Schon Wochen vorher packe ich die Sachen für die Reise zusammen. Ich brauche dieses Leben. Es macht auch viel Spaß. Wer die Schausteller-Luft einmal geatmet hat, der braucht sie immer wieder.«

Kapitel 17

Eine Pyramide wird hinter Aichach gebaut – Gruselige Käfer bilden einen Körper – Hyänen buddeln Knochen aus – Katzen haben eine Göttin – Osiris wird vom unseligen Seth in zahlreiche Stücke zerlegt

Der Plärrer war seit ein paar Tage vorbei. Wir fuhren mit Ismail zu Dirk Wunderle. Ismail hatte einen protzigen dunkelgrünen Lotus. Allerdings war der Schlitten schon etwas ramponiert und hatte Rostflecken.

»Woisch, habe ich günstig von meinem Schwager bekommen«, erzählte der Internet-Experte über die Herkunft des mondänen Autos. Sein türkischer Schwager war Gebrauchtwagenhändler. Dem hatte er auch eine Homepage gemacht.

Es regnete. Die Scheibenwischer waren gut beschäftigt. Ismail hatte den Besuch bei seinem Onkel gemanagt. Wunderle würde uns einiges über die Schausteller im Allgemeinen und im Besonderen erzählen können. Während der Fahrt schilderte mir Ismail Wunderles Karriere. Wunderle kannte viele Schausteller persönlich. Hinter Aichach lagen Wunderles Produktionshallen. Er zählte zu den ganz Großen im Bau von Fahrgeschäften. Als Kunstmaler für die Buden der Schausteller hatte er in einem engen Atelier in der Augsburger Altstadt begonnen. In der Schmiedgasse. Einst das Paradies der Antiquitätenhändler. Er malte zu Beginn seiner Karriere Märchenmotive für Karussells, Bratwürste für die Imbissbuden oder Skelette und Ungeheuer für die Geisterbahnen. Einen überdimensionalen Steckerlfisch für die Makrelengriller oder Blasmusiker vor der Zugspitze fürs Bierzelt.

Nach und nach drang Wunderle in die Domäne der Fahrgeschäftebauer ein. In den Achtzigern begann er mit dem Bau von nostalgischen Jahrmarkts-Karussellen, die scheinbar mit Dampf angetrieben wurden Oder mittelalterliche Karusselle, die sich nur mit der Kraft der Hände im Kreis drehten. Selbst Pop-König Michael Jackson legte sich für seinen Vergnügungspark Neverland ein zweistöckiges Nostalgie-Karussell von Wunderle zu.

Dirk Wunderle lebte mit seiner Freundin Ute und mit zwei Hunden zusammen. Nach der Begrüßung führten sie uns mit Regenschirmen zur Produktionshalle.

»Seit einigen Wochen habe ich einen schönen Auftrag. Den muss ich euch zeigen.«

In der Halle war Wunderles neuester Auftrag aufgebaut. Die Panik-Pyramide. Laut Dirk Wunderle eine spannende Mischung aus Geisterbahn, Adventure-Game und 3-D-Phantasie.

»Die Pyramiden-Besucher werden durch die Grabkammer der Hatschepsut gehen«, erklärte uns Wunderle, wie die Gäste des Volksfestes, wo die Panik-Pyramide aufgebaut würde, in die dunklen Pyramiden-Grüfte vorstießen, um sich zu gruseln. Die Pyramidenspitze war in der Mitte der Halle aufgebaut. Um die Spitze herum waren Räume zu sehen, die wie Studioräume, wie imitierte Zimmer von Fernsehserien aussahen. Oben offen. Gut beleuchtet.

»Durch die Mumien-Filme liegt die Panik-Pyramide natürlich voll im Trend. Wir werden einige Effekte aus den Mumien-Filmen übernehmen. Haben Sie die gesehen?«

»Den ersten auf Video. Den zweiten nicht. Nur darüber gelesen. Die Szene mit den Käfern, die einen Körper bildeten und dann auseinander stoben, die war schön schaurig und dieser geisterhafte Priester.«

Eine Mitarbeiterin malte gerade Hieroglyphen an goldüberzogene Säulen, die links und rechts neben einem Felsentor standen.

»Wird alles wie original«, blähte sich Wunderle stolz auf. »Ich habe mir dazu viel Literatur besorgt. In diesem Fall haben wir dazu einen Auftraggeber, der sich mit der Materie allerbestens auskennt.«

»Wer ist der Auftraggeber?«

Fragen kostet nichts.

»Darf ich leider nicht sagen. Der will das nicht. Meistens wollen die Schausteller nicht, dass ihre Kollegen davon erfahren, was sie gerade in Auftrag gegeben haben. Besonders wenn es sich um etwas Größeres handelt wie zum Beispiel eine Achterbahn oder eine Geisterbahn.«

»Ich dachte, die Schausteller wollen immer, dass alle Welt erfährt, was sie Tolles machen?«

»Schon. Wenn es steht. Ist auch etwas Aberglauben dabei. Es soll nicht gut sein, glauben die Schausteller, wenn über das neue Geschäft zu viel gesprochen wird, bevor es fertig ist. Außerdem bringt ein neues Fahrgeschäft viele Neider mit sich. Neue, besondere Fahrgeschäfte bekommen viel leichter einen Standplatz auf den einträglichen Volksfesten. Das gibt immer etwas Unruhe in dem Völkchen. Neider sind nicht weit. Die Marktämter wollen ständig Attraktionen, um die Besucherscharen zu ihrem Volksfest anzulocken. Ist wichtig bei der enormen Konkurrenz durch die Freizeitparks. Große Attraktionen erhalten von den Marktämtern oft eine günstigere Platzmiete.«

»Was kommt in die Panik-Pyramide rein?«, interessierte ich mich für Wunderles Bauwerk.

»Wir haben die Panik-Pyramide mit zwölf Stationen aufgebaut. Es ist eine Art Wallfahrt durch die Welt der alten Ägypter. Zuerst kommt die Götterwelt der Pharaonen.« Wunderle erzählte wie ein Wasserfall. Er wusste Faszinierendes aus der altägyptischen Sagenwelt.

»Der Ur-Gott ist Atum, Ursprung des Universums. Einst hat er sich als männlich-weibliches Wesen selbst begattet. Er zeugte mit Hilfe seiner Hand die Zwillinge Schu, die Luft und Tefnut, die Feuchtigkeit.«

»Mit Hilfe seiner Hand?«, wollte ich biologische Feinheiten im Götterleben aufspüren.

»Atum soll Schu ausgespritzt und Tefnut ausgespuckt haben. Das Dr. Sommer-Team im Bravo-Heft nennt sowas onanieren. Atum wurde in Helioplis in einem Stein, dem Vorläufer der Obelisken, auf einem Urhügel verehrt. «

Wir standen vor dem Felsentor.

»Ist mehr eine Porno-Pyramide.« Ismail grinste schräg. Sein Gesicht wurde von leichter Röte überzogen.

»Wo ist dieser Witzbold?« Helle wurde zum Bildungsbürger. Oder hatte er Wichsbold gesagt?

»Keine Sorge, Ismail, Atums Selbstbefriedigung ist nicht zu sehen. Unsere Panik-Pyramide soll auf dem Volksfest von der ganzen Familie besucht werden können. Deswegen halten wir uns mit erotischen Bildern zurück. Wissen Sie, was ich pervers und pornographisch finde?«

Wir schauten ihn an. Mit was würde uns Wunderle nun schocken?

»Zu sehen, wie Menschen gemacht werden, das darf man den Kindern nicht zeigen, aber sie können ruhig sehen, wie Menschen getötet werden.«

Wunderles Bart begann zu zittern. Wusste Wunderle was von den Spermaspuren bei den ermordeten Schausteller-Frauen? Sollte ich ihn später drauf ansprechen? In der Zeitung war was gestanden, glaubte ich.

Ich konnte mich noch an eine Schaubude auf dem Plärrer erinnern, wo leicht bekleidete Mädchen die Männer mit einer gewagten Strip-Show ins Innere lockten.

»Schu und Tefnut vereinigten sich und gebaren Geb und Nut.«

»Ist das die Schutzgöttin der Nutten?« Ismail hopste um das Göttergewimmel herum. Es waren neun Figuren, die Wunderle zu einer mächtigen Menschen-Pyramide gestaltet hatte. Auf Atum standen die anderen Götter.

»Geb ist die Erde und Nut der Himmel. Kann schon sein, dass für manche Männer eine Nutte ein Engel ist«, führte uns Wunderle zur nächsten Abteilung seiner Panik-Pyramide. »Nut und Geb hatten vier Kinder: Osiris und Seth, die gegensätzlichen Götter von Ordnung und Unordnung und Isis und Nephtys. Isis war die Schwester-Gemahlin von Osiris, sie war für die alten Ägypter das Vorbild in Sachen treuer Ehefrau und fürsorglicher Mutter. Nephtys heiratete Seth und ist die Göttin der Bestattungen. Wir kommen jetzt zur Mumien-Produktion.«

Hatte Ismails Freundin nicht Isi zu Ismail gesagt? Ich verbiss mir eine Bemerkung zur Ähnlichkeit, zumindest in den Worten Isi und Isis.

Zwei düstere Gestalten mit Schakal-Köpfen bewachten als Relief das Eingangstor in den Mumien-Raum. Wunderle ging uns voraus.

»Anubis, der Totengott herrscht über die Unterwelt«, zeigte Wunderle auf ein Wesen mit dem schwarzen Schakal-Kopf.

Wunderle drückte mit seiner Schulter die Flügeltüre auf. Wir kamen in einen dunklen Raum, wo im Hintergrund durch UV-Licht phosphoreszierend strahlende Sterne in Bogenform zu sehen waren.

»Das ist Nut, die Himmelsgöttin. Sie wird vom Luftgott Schu über die Erde gehoben. Auf Nuts Körper sind die Gestirne, die am nächtlichen Himmel leuchten.« Wunderle schilderte gestenreich, dass Nut ihre himmlischen Kinder, die Sonne, den Mond, die Sterne täglich neu im Osten gebiert und sie dann nachts im Westen hungrig mit dem Mund verschlingt. Wunderle wollte dieses Motiv mit einem »gigantischen, teilweise beweglichen Gemälde an der Decke« umsetzen.

»Jetzt wirds brutal«, erklärte er eine Szene mit etlichen Figuren.

»Der Wüstengott Seth ermordete den Fruchtbarkeitsgott Osiris. Seth zerstückelte den Körper von Osiris in etliche Teile und zerstreute diese über Ägypten. Isis, die Schwester und Frau von Osiris suchte die Leichenteile ihres brüderlichen Gatten zusammen. Leider fielen Osiris' Genitalien in den Nil, wo sie drei Fische verschlangen. Der zusammengepuzzelte Osiris konnte mit Isis als Falkenweibchen sogar einen Sohn namens Horus zeugen.«

»Wie das?« Mein Biologiewissen war mit diesem historischen Zeugungsakt unzufrieden.

»Er bekam einen künstlichen Penis«, erläuterte Wunderle das Geschehen bei den Göttern am Nil.

»Boahh!«, trompetete Ismail. »Da war was los bei den Ägyptern.«

Ich versuchte mir vorzustellen, was aus dem Christentum geworden wäre, wenn Jesus nach seiner Auferstehung zwei Kinder mit Magdalena oder einer anderen Frau gezeugt hätte. Dann hätte ich das Neue Testament viel unterhaltsamer gefunden. Dazu noch eine eifersüchtige Ehefrau für Jesus, einige neidische Nachbarn, ein paar Seitensprünge, eine böse Schwiegermutter, ein geiziger Schwiegervater mit viel Kohle und dann eine Scheidung voller Schmutzwäsche. Warum ist ihm das nicht passiert? Dann wüssten wir jetzt wenigstens, wie solche Dinge christlich zu regeln sind. Ich mochte diese Helden und Götter nicht, die vorzeitig abhauten. Ich mochte auch keine Menschen, die einen Streit beendeten, indem sie abhauten. Es gibt Frauen, die im Streit sagen: »Ich gehe jetzt und komme nie wieder!« Die Kinder hören das und plärren los. Wenn man daraufhin sagt: »Dann geh doch endlich!« plärren die Kinder noch mehr. Schrecklich. Eine emotionale Mine im endlosen Schlachtfeld der Beziehungen.

Wunderle drückte auf einen Knopf und einige Punktstrahler beleuchteten eine schauerliche Szene. Die Beine, die Arme, die Schenkel, die Hände, die Brust und der Unterleib von Osiris baumelten im Kreis um

Isis herum. Ein riesiger Falke flog mit dem Osiris-Kopf im weit aufgerissenen Schnabel durch die Luft. Eigentlich war die Isis fest an der Decke installiert, aber es sollte ausschauen, als ob die Göttin in Falkengestalt den Kopf von Osiris zur wiederzubelebenden Bastelarbeit heimtransportierte.

»Das Isis-Blut ist ein Wunder wirkendes Amulett in Knotenform«, erzählte Wunderle. »Es könnte an der Kasse verkauft werden. Ich habe dem Auftraggeber vorgeschlagen, an der Kasse einen Souvenir-Shop einzurichten, wo vom Skarabäus-Käfer bis zur Mini-Mumie alles zu kaufen ist. Der Mythos Ägypten kommt doch immer gut an.«

Wie sich doch die Sagen glichen. Wenn Marien-Statuen Blut weinten, konnten dort auch Wunder geschehen. Selbst heutzutage noch.

»Was machen die Tiere da Abscheuliches?« Ismail war entsetzt. Bei einer Szene zerrten gierige Hyänen ein menschliches Skelett aus der Erde. Sie balgten sich zähnefletschend um die Knochen.

»Weil es öfters vorkam, dass die aasfressenden Hyänen oder Schakale die Leichen in den Friedhöfen ausbuddelten, wurde der Totengott Anubis auch als Herrscher der Schakale dargestellt.«

»Sind das ausgestopfte Tiere?«, wollte Helle wissen. »Die schauen so echt aus«.

»Nein. Die würden nicht so lange halten. Bei uns ist fast alles aus Polyester. Das wird dann bemalt oder mit bestimmten Stoffen überzogen, wie hier diese Hyäne mit einer pelzartigen Kunstfaser, die wir dann mit Flecken bemalen, damit sie nach einer echten Hyäne ausschaut«, streichelte Wunderle dem Viech liebevoll über den Kopf, das auf einem Stück Wirbelsäule herumzubeißen schien. »Die Knochen sind allerdings echt«, sagte Wunderle und hob von einem Stück Alufolie einen kleinen Knochen hoch.

»Ich tippe mal auf Hühnerknochen, kahlgefieselt von meinem Wickel-Spezialisten Daniel aus Ghana.«

Ein Afrikaner, der fleißig eine Mumie mit schmalen Stoffstreifen einwickelte, drehte sich grinsend um. Seine Zähne strahlten weiß aus dem dunkelhäutigen Gesicht.

»Wird schon noch aufgeräumt, Chef«, sagte er. »Bin noch nicht ganz fertig mit dem Teil.«

Er stocherte kurz mit seinem Daumennagel in seinen Zähnen herum, um einige Fasern des Brathendlfleisches zur Weiterverwertung aus den Zwischenräumen zu lösen. Er hatte Erfolg. Er begann munter zu kauen.

»Daniel hat mit seiner Frau einen Kunstladen in Augsburg«, klopfte Wunderle auf Daniels Schulter.

»Wo denn?«, fragte ich.

»Jakoberstraße, direkt gegenüber der Courage-Kneipe.«

»Nicht weit weg von meinem Büro. Schau ich mal vorbei.«

»Klar. Freu ich mich.« Daniel legte die eingewickelte Mumie auf einen Tisch, um sie bemalen zu können.

In der Halle klangen unsere Worte hallig. Wie in einer Riesengruft.

»Aus Horus, dem Sohn von Isis und dem zusammengestückelten Osiris, leiteten die ägyptischen Priester die Herkunft ihrer göttlichen Herrscher, der Pharaonen ab«, erzählte Wunderle weiter aus der Sagenwelt der alten Ägypter.

Mit dem Finger fuhr Wunderle einige der Hieroglyphen-Zeilen nach und übersetzte die merkwürdigen Zeichen aus Figuren und Symbolen für uns:

»Verlass dich nicht auf die Länge der Jahre
sie überschauen die Lebenszeit in einer Stunde
der Mensch bleibt übrig nach dem Sterben
dann werden seine Taten gerichtet
das Dortsein währt ewig
daher ist es töricht, wer tut, was die Richter missbilligen
wer aber zu ihnen kommt, ohne Unrecht getan zu haben
der wird dort sein wie ein Gott
frei schreitend wie die Herren der Ewigkeit«

Wunderle verharrte. Es war keine gespielte Ergriffenheit. Er wendete sich uns zu.

»Dieser Text ist ungefähr 2000 vor Christus niedergeschrieben worden«, wusste Wunderle, der uns noch mehr über den Jenseitsglauben der alten Ägypter erzählte.

Ein rotes Spotlight beleuchtete das Bild, auf dem der Totenrichter, der mit einer Waage das Herz eines Menschen gegen das Gewicht einer Feder aufwiegt, zu sehen war. Das Herz des Menschen war die Sammelstelle für die guten und die schlechten Handlungen seines Besitzers. War es schwerer als die Feder, war der Kandidat schlecht dran.

»Damit der verstorbene Pharao seine Reise durch das unterirdische Reich der Toten, die er in einer Barke antrat, einigermaßen fit überstand, wurde sein Leichnam mumifiziert«, schilderte Wunderle den Jenseitsglauben der ägyptischen Könige.

Der Tote verlor nach altägyptischer Vorstellung nach dem Tod, beim Übergang vom Diesseits in das Jenseits, nicht seine Identität. Der Tote führte im Jenseits ein Leben wie im Paradies. Allerdings kam er dahin nur, wenn der Totenrichter feststellte, dass sein Herz durch böse Dingen nicht zu schwer war. Ansonsten starb der Kandidat ein zweites und letztes Mal – somit für immer und ewig.

»Jetzt kommen wir in einen Raum, in dem wir sehen werden, wie die

Mumien hergestellt wurden«, erklärte Wunderle mit spannungserzeugender Flüsterstimme.

Wir gingen in einen Raum, in dem nicht gearbeitet wurde. Dirk Wunderle steckte einen Baustellenscheinwerfer ein. Laut quietschend öffnete sich das Maul bei einem riesigen Schakal-Kopf. Das Tor, durch das wir die Mumien-Werkstatt erreichten.

»Wir wissen von Herodot, wie eine Mumie hergestellt wurde«, sagte Wunderle. »An den Wänden sehen Sie Darstellungen aus dem Grab von Amenemope in Theben, die eine Mumifizierung zeigen. Hier werden wir den Besuchern der Panik-Pyramide zeigen, wie die Mumifizierungs-Priester in den Einbalsamierungsstätten die Leichen für die Ewigkeit herrichteten.«

Wunderle zündete in den Ecken des Raumes kleine Öllampen an, wie sie auch die altägyptischen Leichenwäscher benutzten. Unsere Schatten flackerten an der weißen Polyester-Wand.

»Der Körper musste möglichst trocken gelegt werden, damit er nicht so schnell verfaulte, verschimmelte und vermoderte. Deswegen wurde das wässrige Gehirn mit einem Metallhaken durch die Nasenlöcher herausgezogen. Durch Einschnitte mit einem scharfen Stein in der linken Bauchseite wurden die Eingeweide herausgenommen. Diese wurden extra einbalsamiert, in Leinenbündel gewickelt und in Krüge verpackt. Bis zu siebzig Tage wurden die ausgehöhlten Leichen in Natronlauge gelegt. Dann wurde der entwässerte Körper gesalbt und mit verschiedenen Ölen und Harzen behandelt, damit er in Mumienbinden gewickelt werden konnte.«

Ich bekam eine Gänsehaut.

Mir wurde es als Kind bereits ganz schwummerig, wenn meine Oma Josefa mit den Fingern die Weihnachtsgans ausnahm und sie mit einer Füllung voll stopfte. Einige Innereien der Gans wanderten bei ihr in die Bratpfanne. Geschmeckt hat's dann. Außer – ich hätte die Gans gekannt. Doch Oma hat mir nie verraten, welche von ihren Gänsen sie für den Weihnachtsschmaus hergenommen hatte. Die Gänse meiner Oma hatten auch nie Namen.

Wunderles Freundin kam. Lud zum Kaffee in die Küche. Wir verließen die Fertigungshallen. Wir gingen durch den Garten zum Haus. Der Regen hatte aufgehört. Das Gras war feucht. Wir gingen über nasse Steinplatten. Zwischen Büschen und Felsen waren skurrile Figuren versteckt. Karussell-Pferde mit abblätterndem Lack standen im Hausgang. Darüber konnten wir unsere Garderobe legen. Wir mussten Pantoffel anziehen. Dann setzten wir uns in ihre Wohnküche, die mit bunten Flickenteppichen ausgelegt war. An einer Wand stand ein gut gefülltes Bücherregal.

»Meine kleine Bibliothek«, erklärte uns Wunderle stolz. »Literatur über Volksfeste und das ganze Drumherum. Da hat schon der André Heller drin gestöbert, als der seinen Künstler-Jahrmarkt plante.«

Während sich Wunderle vor seinen Büchern postierte, setzten wir uns an den Tisch. Wunderles Freundin hatte Kaffee gemacht. Auf dem Tisch stand eine Vase mit Blumen aus dem Garten. Sie stellte uns Kaffeetassen hin. Dann schenkte sie uns Kaffee ein. Die Milch stellte sie in einem kleinen Schnabelkännchen vor Helle, der sich artig bedankte. Nach Gebrauch reichte er sie weiter. Ich wollte mir Zucker nehmen. Ich griff nach einer Dose auf dem Tisch. Es war eine alte Dose. Sicher noch eine Zuckerdose von den Großeltern. Ich nahm sie in die Hand. Als ich den Deckel von der Dose nehmen wollte, sah ich eine alte Aufschrift: »Mumia«.

»Was ist denn da drin?, fragte ich.

»Mumien-Pulver. Das war früher eine teure Heildroge, zu bekommen fast in jeder Apotheke. Wurde gewonnen aus den zerriebenen Substanzen aus schwarzem Harz das aus dem Inneren der uralten einbalsamierten Leichen stammte«, erzählte uns Ute.

»Mahlzeit. Wohl bekomm's.« Mich schüttelte es. »Glaubten die Leute wirklich, dass das gegen Krankheit hilft?

»Sicherlich, sonst hätten es die Apotheken damals nicht gegen viel Geld verkaufen können. Ein Kilo des Pulvers aus dieser Dose kostete 12 Goldmark, und das war damals eine schöne Menge Geld«, erzählte Ute mit der Kaffeekanne in der Hand neben ihrem Dirk stehend, der bestätigend nickend zuhörte. »Schaut Euch doch mal das Etikett auf der Dosenrückseite an!«

Ich drehte die alte Dose. Aus der verblichenen Schrift des mit Hieroglyphen umrandeten Etiketts war noch zu entziffern: »Pharmawerk E. Merck, Mumia vera Aegyptica, Darmstadt, 1924«.

Ich ließ die seltsame Dose am Tisch herumgehen.

»Makaber, das ist doch wie Kannibalismus. War das den Leuten nicht klar?«, wunderte ich mich. »Man stelle sich nur mal vor, dass die Ägypter unsere Vorfahren pulverisieren und verspeisen, wie würde uns das gefallen?«

Dirk Wunderle legte einen Arm um seine Ute, die darauf achtete, dass kein Kaffee aus der Kanne schwabbte, während sie heftig wurde.

»Verzweifelte Menschen sind eben bereit, jedes Mittel zu nehmen, wenn sie daran glauben, dass Heilkräfte darin stecken«, versuchte Ute die Ursache für die absonderliche Mumien-Futterei zu finden. »Leicht verdientes Geld hielt diesen Leichenhandel sehr lange aufrecht.«

»Das ist doch bei uns auch nicht viel anders«, mischte sich Ismail ein. »Heutzutage lassen sie sich Schafshormone spritzen oder kaufen sich gleich eine neue Niere von einem armen indischen Jugendlichen. Krank, so krank ist das«, gab er vor sich hinmurmelnd angewidert von sich.

»Wenn man's genau betrachtet, dann beruht das Mumien-Pulver aus Verstorbenen auf einem Missverständnis«, erzählte Ute weiter, die sah, wie sich unsere Abscheu im Gesicht schnell wieder in Neugier verwandelte. »Das Wort Mumie kommt aus dem Persischen und bezeichnet ein schwärzliches Pulver oder Bitumen, das bereits von einem gewissen Dioskurides im ersten Jahrhundert vor Christi in der Heilkunde genutzt wurde. Weil diese Kohlenwasserstoffprodukt von allergrößter Seltenheit ist, ging man irgendwann dazu über, dieses begehrte Pulver aus Mumienteilen herzustellen. Die Grabräuber hatten kein Problem mit Mumien-Lieferungen.«

»Und stellt Euch vor, sogar für die Papierfabrikation mussten die armen Mumien eine Weile herhalten. Schiffsladungen voll Mumien wurden in die Papiermühlen geschafft, die auf die Leinenumwicklungen scharf waren«, dehnte Dirk Wunderle das Thema aus.

»Wohlhabende Europäer gestalteten das Auswickeln von Mumien als spannenden Event«, berichtete Ute aus der Vergangenheit. »Zum Beispiel der Preußenprinz Friedrich-Karl, der brachte von seiner Ägyptenreise 1883 eine Mumie mit nach Berlin. Diese ließ er dann vor erlesenem Publikum in seinem Jagdschloss - angeblich im Interesse der Wissenschaft - auf seinem Billardtisch auswickeln.«

»Diese Preußen«, seufzt Helle, der es wahrscheinlich bedauerte, dass sich die Wissenschaft nicht um wichtigere Dinge kümmerte. Zum Beispiel, wie aus Kaffeebohnen Bier gewonnen werden konnte.

»Sie können die Dose ruhig aufmachen«, ermunterte mich Ute geheimnisvoll lächelnd.

Ich schraubte den Deckel von der Mumia-Dose, die wieder bei mir angelangt war. Ich sah Zuckerstücke in verschiedenen Formen. Glückszucker von Südzucker. Kannte ich. Ich nahm ein herzförmiges weißes Zuckerstück heraus und versenkte es in meiner Kaffeetasse. Vielleicht half es gegen meine Liebeskrankheit?

»Erzähl doch mal was über die Schausteller, die du kennst«, animierte Ismail seinen Onkel. »Mit denen erlebst du doch immer so unwahrscheinlich tolle Sachen.«

»Meistens komme ich mit ihnen gut zurecht. Aber einige sind schon merkwürdige Vögel. Kein Wunder, ist ja auch kein normaler Beruf, durch die Gegend zu ziehen und mal da oder da sein Geschäft aufzubauen.«

»Ich wills nicht ganz genau wissen, aber ich habe gehört, dass die Schausteller Schwarzgeld horten. Auch um ein neues Fahrgeschäft kaufen zu können«, bohrte ich Wunderles Redefluss an.

Wunderles Freundin schenkte reihum Kaffee ein.

Wunderle musste lachen.

»Das mit dem Schwarzgeld, das war mal. Aber eine schöne Geschichte ist die mit dem alten Hartung von der Schießbude. Eines Tages also kam er zu uns mit seinem Mercedes Diesel. Der wollte ein neues Karussell von mir haben. Als er in meinem Hof parken wollte, fuhr er über einen Randstein. Achsenbruch. Konnte ich nicht verstehen. Der Hartung war nicht so dick. Normalerweise hätte der Mercedes das aushalten müssen. Ob ich auch Bargeld annehme, wollte er von mir wissen. Ute und ich zählten einen ganzen Nachmittag lang sein Geld.«

Ute stand am Küchenfenster bei der Kaffeemaschine, schloss die Kaffeetüte mit einer Büroklammer und bestätigte die Geschichte.

»Der Hartung hatte in seinem Auto einen doppelten Boden eingebaut. Ehrlich. Wir mussten erst den Beifahrersitz rausbauen, damit wir an das Geld rankamen.«

Ich glaubte ihm die Geschichte. Gold-Willis Versteck in der Gruselgestalt war nicht weniger fantasievoll.

»Es waren nur Münzen. Einemark-, Zweimark- und Fünfmarkstücke. In mehreren Blechschachteln.« Wunderle lachte wieder. Ihm kam wohl die eigenartige Situation von damals ins Gedächtnis. »Gebäckschachteln war'n das. Ich glaub', Antwerpener Gebäck stand drauf. Acht oder neun solcher Schachteln. Voll mit Münzen. Die mussten wir mit dem Sackkarren einzeln reintransportieren, so schwer waren die.«

»Unser Tisch hat sich durchgebogen, als wir das Geld hier abzählten.« Ute brachte noch einen fehlenden kleinen Löffel an den Tisch. Setzte sich zu der Kaffeerunde dazu.

»Wie viel war's?« Helle rührte im Kaffee.

»Mehr, als wir dachten. Er sagte, das habe er in drei Jahren angespart. Ordentlich versteuert. Wers glaubt wird selig.«

»Da standen richtige Geldtürme auf unserem Tisch«, erinnerte sich Ute.

Ismail rührte noch einen kleinen Löffel Zucker in seinen Kaffee.

»Die beiden wollen auch was wissen wegen der Vorfälle auf dem Plärrer. Sie sind von der Versicherung als Privatdetektive engagiert.«

»Ehrlich?« Ute verschränkte ihre Hände vor der Brust. Die Hunde legten sich zu ihren Füßen.

»Habt ihr von dem Wohnwagenbrand und den Morden auf dem Plärrer gehört?« Ich verschränkte im Sitzen die Arme. Eine Stellung, die nicht zu meinen Lieblingsstellungen gehört. Da steckt zu viel Abwehr drin, sagen die Körpersprache-Experten. Aber – wie's kommt, so kommt's. Ich hatte nicht vor, meine Gestik durchdacht aufzubauen. Das überließ ich den Show-Leuten, Managern und Politikern.

»Gelesen und gehört. Fast ein Massaker.« Wunderle bekam ein ernstes Gesicht.

»Furchtbar, einfach furchtbar«, bekam Ute schmale Lippen. »Ausgerechnet bei den Schaustellern, die sowieso ständig um ein gutes Image in der Öffentlichkeit kämpfen müssen.«

»Schlimmer wie im alten Ägypten.« Helles Gedanken weilten noch bei den Schreckenstaten der Götter am Nil.

»Tsts.« Ute machte Ismail, der anfing, sich eine Zigarette zu drehen, mit einer scheibenwischerähnlichen Geste ihres rechten Zeigefingers darauf aufmerksam, dass ihre Vorhänge keinen Rauch vertragen.

»Dirk, du hast mir doch neulich was von einem ähnlichen Fall auf dem Erlanger Bergfest erzählt. Wie war das?«

»War vor zwei Jahren. Die Kellnerin in einem Weinzelt wurde vergewaltigt und ermordet.«

»Hat man den Täter gefasst?« Ismail schlüpfte in die Rolle von Memoli. Ein türkischer TV-Serien-Detektiv, der mit geschleckten Haaren, einem Mongolenbärtchen und einem Schwarm hübscher Frauen die Gangster in der High Society von Istanbul dingfest machte.

»Du kannst auf der Terrasse rauchen. Es regnet nicht mehr«, versuchte Ute von diesem unangenehmen Thema abzulenken.

»Nein. Den hat man bis heute nicht gefasst.« Dirk Wunderle ging an sein Regal. »Ich finde keine gute Abbildung von Kanopen. Ich brauche die.« Er schien über die Verbrechen auf dem Plärrer nicht gerne reden zu wollen.

»Für was sind denn diese, äh, Kanapees?«

»Kanopen, nicht Kanapees, meine liebe Ute. Da legt man sich nicht drauf, da legt man was rein. Na, die waren für die Eingeweide der Leichname, die zu Mumien werden sollten.«

Die Stimmung war zu schön, um weiter* bei den Frauenmorden auf dem Plärrer zu bleiben. Ich glaubte nicht unbedingt an einen Sexualmörder, der die deutschen Volksfeste unsicher machte. Ich konnte ja mal Sara Insagg auf diesen Fall ansprechen.

»Wir sollten den neuen Auftrag, diese Panik-Pyramide, auf der Wunderle-Homepage einbauen«, lehnte sich Ismail zurück. »Könnte ich mit einem Spiel kombinieren. Einen Skarabäus in der Pyramide fangen, oder sowas. Mit einer Flash-Animation.«

»Klingt gut, Ismail. Machen wir.« Wunderle blätterte in dem Buch *Kleopatras versunkener Palast.* »Hier, schaut mal, das ist die Katzengöttin Bastet.« Wunderle legte das Buch auf den Tisch.

»Katzengöttin?« Es war das erste Mal, dass ich Helle nach einem Buch greifen sah. Schätzte mal wegen seiner kranken Katze.

»Konnte dir Renate Sucharz in Sachen Epilepsie mit deiner Blacky helfen?«

»Die hat der Blacky Medizin verschrieben. Wenn es nicht besser wird, soll ich halt mit meiner Blacky zu ihr in die Praxis kommen.«

»Ist es besser geworden?« Ich verbiss mir den Witz, ob seine Blacky nun auch dieses Mumia-Pulver einnehmen müsse.

»Bis jetzt schon,«, sagte Helle mit echter Freude in der Stimme.

Wunderle beugte sich über den Tisch. Blätterte in dem Buch vor uns. Irgendwie war bei unseren letzten Sätzen eine gewisse Spannung entstanden. Ute schien sich am Kaffee zu verschlucken.

Wunderle legte uns ein weiteres Buch auf den Tisch. »Töchter der Isis. Die Frau im alten Ägypten.«

Er begann hastig zu erzählen: »Hier drin ist Bastet, die Göttin mit dem Katzenkopf, abgebildet. Zu ihrem Fest kamen die Pilger scharenweise in die Nil-Delta-Stadt Bubastis. Mit Booten waren sie unterwegs, tranken, sangen, klatschten und musizierten. Es wurde getanzt. Manche entblößten sich völlig. Beschwipste Frauen verspotteten dabei die nüchternen Frauen.«

»Wolltest du dieses Bubastis nicht auch in die Panik-Pyramide einbauen?«, fragte ihn Ute.

»Zuerst muss ich ein gutes Bild mit Kanopen finden. Ihr habt mit Renate Sucharz zu tun?« Wunderle ging wieder zum Bücherregal. Er ließ seine Hände suchend über die Buchrücken wandern.

»Nur wegen Helles Katze. Die hat Epilepsie.«

»Ah so. Tiere waren den alten Ägyptern ganz wichtig. Die Familien verbrachten gerne frohe Stunden zu Hause mit Spielen, mit ihren Kindern, auch mit ihren Haustieren. Hunde, Katzen, Gänse und Affen hüpften da herum.« Ute kraulte ihre beiden Hunde, die sich an ihre Beine drückten. »Ich mag Hunde lieber. Katzen haben so was Tückisches, was Hinterhältiges, die folgen einem nicht.«

»Reiche Ägypter ließen ihre geliebten Haustiere auch mumifizieren und für viel Geld in kleinen Särgen bestatten«, blickte sich Wunderle am Bücherregal zu uns um. Was würde Helle mit seiner Blacky tun, wenn diese von ihm ging?

»Moment, hier steht was Lustiges«, beugte sich Helle tiefer über das Buch. »Trotz der nützlichen Arbeit, die Hunde leisteten, waren sie nicht überall geschätzt, und viele Ägypter interpretierten die Treue und Anhänglichkeit des Hundes als Zeichen demütiger Unterwürfigkeit und Schwäche.«

Die Hunde bei Ute hoben ihren Kopf und knurrten. Helle schien den Angriff auf die Katzen nicht überhört zu haben. Dirk Wunderle, dem eine gewisse Unruhe anzumerken war, lehnte sich mit dem Rücken ans Bücherregal.

»Wusstet ihr, dass die Pharaonen-Polizei auf den Märkten dressierte Affen hatte, die den Dieben ins Bein bissen, damit diese nicht davonlaufen konnten«, erzählte Dirk Wunderle aus der Kriminal-Historie.

»So einen Polizei-Affen bräuchtet Ihr auch, um Euren Ubeltäter zu stellen«, lachte Ismail, der sich aus der Pralinenschachtel, die uns Ute hinhielt, flink eine golden eingewickelte Süßigkeit herausholte.

Kapitel 18

Vladho testet einen Gutschein – Auf dem Busen war Eierlikör – Drei berühmte Worte werden verbissen – Ein Frauenbuchladen ist auf der anderen Seite– Der Nuttenjob wird nicht mehr lange ausgeübt

Nachdem Vladho die Wände in seiner Galerie gestrichen hatte, setzte er sich hin. Es lief ganz gut. Er würde im Juni seine Galerie eröffnen können. Die Eröffnungsausstellung würde mit seinen eigenen Bilder sein und mit den Bildern von Freunden. Er wollte nicht immer nur restaurieren und kitschige Bilder für die Schausteller malen. Er entkorkte eine Flasche Wein. Den hatte er sich verdient. Morgen würde er beginnen, die Bilder aufzuhängen. Er musste noch Elke anrufen. Am besten, sie brächte ihre Bilder schon morgen Abend vorbei. Er holte sein Notizbuch mit seinen Adressen und Telefonnummern heraus. Dabei fiel ihm der Gutschein entgegen, den er sich ins Notizbuch gesteckt hatte. Der Gutschein für eine Liebesstunde mit einer gewissen Joy, den er bei Renate heimlich eingesteckt hatte. Auf der Rückseite hatte der Gutschein ein rotes aufgestempeltes Auge. Er kannte dieses Auge. Es stammte von altägyptischen Abbildungen.

Woher Renate diesen Gutschein hatte? Sie war doch nicht lesbisch. Davon hatte er nichts bemerkt. Er dachte an die erste Nacht bei ihr. Er hatte von ihrem Busen Eierlikör geschleckt. Mehrmals. Hatte ihn toll angetörnt. Mit reifen Frauen ließ sich Sex einfach besser genießen.

Am nächsten Morgen hatten sie in ihrem Bett ihre Archäologie-Bücher angeschaut. Er verlegte gerne Fliesen im Jugendstil oder im Art-déco-Stil. Da steckten viele Elemente aus der Kunst der alten Ägypter drin. Sie hatte ihm erzählt, dass sie Archäologin werden wollte. Nicht Schaustellerin wie ihre Eltern. Vorher hatte sie noch Tiermedizin studiert. Dann begann sie ein Praktikum als Archäologin in Mittelamerika. Sie ging nach China und Afrika. Bei den sensationellen archäologischen Arbeiten an der Mittelmeerküste vor Alexandria erreichte sie die schlimme Nachricht. Vom Tode ihres Vaters in Augsburg. Sie fuhr zu seiner Beerdigung heim. Einige Wochen später wurde ihre Mutter zum Pflegefall, bevor sie auch verstarb. Sie übernahm das Karussell ihrer Eltern. Auch als astrologische Beraterin verdiente sie sich etwas dazu. Sie hatte im Radio täglich ihre Horoskop-Sendung. Dazu arbeitete sie als freie Journalistin für die Astro-Woche. Sie hatte mit Vladho unter ihrer Energie-Pyramide geschlafen, nachdem er bekundete, dass er auch ein Pharaonen-Fan war. Am nächsten Morgen war sie mit Vladho in seine neue Galerie gefahren, bevor sie auf den Plärrer ging, um ihr Karussell einzuschalten. Nachdem er ihr erzählt hatte, dass er Lichter und Möbel für seine Galerie brauchte, Einladungen drucken und eine Homepage einrichten müsse, hatte sie ihm nach einem langen Abschiedskuss gesagt, dass sie ihm das alles, die Möbel, die Lichter, die Einladungskarten, sogar die Homepage, zur Einweihung seiner Galerie schenken würde. Sie sei vor einiger Zeit zu Geld gekommen. Durch eine kleine Erbschaft. Außerdem wolle jemand ihr Karussell kaufen. Sie hätte dazu schon eine Vorkasse erhalten. Seine Liebesschwüre hatten gewirkt. Er freute sich. »Ich liebe dich auch«, hatte sie ihm zugeflüstert. Ihre Zungespitzen, befeuchtet mit Eierlikör, hatten sich dann getroffen.

Vladho streckte seine Füße aus. Er machte eine Pause in seiner Galerie. Er füllte das Weinglas nach. Es lief gut. Alles lief gut. Frau, Arbeit, Kunst – alles bestens. Er hatte den Gutschein in der Hand. Er wählte die angegebene Handy-Nummer.

»Hallo, hier ist Joy, was wünschen Sie?«, hörte er ihre Stimme. Eine tolle Stimme. Etwas langsam, aber sehr lasziv.

»Ich habe einen Gutschein, den möchte ich gerne einlösen«, versuchte er möglichst cool seinen Wunsch mitzuteilen.

»Welchen Gutschein?«, fragte Joy.

»Für eine Liebesstunde.«

»Was ist auf der Rückseite?«

Vladho drehte den Gutschein um.

»Ein rotes Auge.«

»Welches Auge?«

»So ein ägyptisches. Die Augenbraue ist ein gebogene Linie, aus den Augenwinkeln führt ein Strich bis zum Ende der Augenbraue, unter dem Auge sind zwei Striche, die wie Beine aussehen, auf dem das Auge laufen kann. Ein Bein hat einen Haken am Knie und eins ist gebogen und hat dort, wo die Zehen sind, eine im Kreis auslaufende runde Spirale, einen runden Punkt. Genügt Ihnen das?«

»Das haben Sie schön geschildert, Sie bekommen dafür einen Bonus von 15 Minuten. Wo muss ich hinkommen?«

»In die Schmiedgasse. Wissen Sie die?«

»Sicher. Da ist doch der Frauenbuchladen Elisara – oder?«

»Richtig. Und fast genau auf der anderen Seite ist meine Galerie. Wie lange werden Sie brauchen?«

»Vielleicht zehn Minuten. Wo muss ich klingeln?«

»Meine Galerie hat noch keine Klingel, ich eröffne sie erst. Die Türe ist offen wenn Sie kommen.«

»Dann fahre ich am besten gleich los.« Damit war Joys Stimme aus Vladhos Telefon verschwunden.

Es wurde eine Sex&Art-Orgie. Sie malte ihn an. Er malte sie an. Er lief nach Mitternacht zur Tankstelle und holte Wein. Als Renate bei ihm anrief, ging er nicht hin. Sollte er sie fragen, warum sie diesen Gutschein hatte? Jetzt, wo er sich in diese Joy verknallt hatte. Tatsächlich verliebt war bis über beide Ohren. Sie hatten sich gesehen und es war über sie gekommen. Sie hatten zuerst miteinander geschlafen. Dann waren sie ins Gespräch gekommen. Wen er in seiner Galerie ausstellt. Welche Kunst ihm gefiel. Was er für Kunst mache. Was sie für Kunst mache. Nicht miteinander geschlafen. Sie hatten sich nur bemalt und geküsst. Zuerst hatten sie ihre Spucke im Mund vermischt. Bei minutenlangen Zungenküssen. Sie hatten die Farbe mit ihrer Spucke angerührt und sich dann bemalt. Er ihre Brüste. Sie sein Lustglied. Er malte auf jede Brust ein ägyptisches Auge. Sie malte ihm einen Skarabäus drauf. Dann fotografierten sie sich mit der Digi-Kamera.

Sie sahen sich dann fast jeden Tag. Vladho wollte sie heiraten. Auch wenn sie nicht sagte, wer sie wirklich war und woher sie kam. Sie merkte, dass er sie manchmal verfolgte, aber sie konnte ihn immer abschütteln. Sie sagte ihm, dass sie ihren Nutten-Job noch bis Juni machen würde. Dann sei Schluss damit. Dann wolle sie mit ihm zur Hochzeitsreise nach Italien fahren. Sie wolle eine Hochzeitsreise vor der Hochzeit. Nach der Italien-Reise würde sie ihn heiraten. Die Hochzeitsfeier soll in seiner Galerie sein mit ihren Bildern. Er sagte, das gefiele ihm.

»Das machen wir, mein Regenbogen-Äugchen«, sagte er zu ihr. Sie nannte ihn »mein Skara-Baby«.

Sie holten den Atlas heraus und berieten ihre Hochzeitsreise. Von Augsburg nach Bozen, Verona, Venedig, Florenz und Rom. Er würde seine Galerie eröffnen, dann vier Wochen ausstellen, dann mit ihr losfahren. Dann Hochzeit. Dann als Künstler-Ehepaar leben. Egal, mit wie viel Geld. Hauptsache glücklich. Die kleine Wohnung über der Galerie würde reichen. Zusammen malen, zusammen leben, zusammen lieben. Die Zukunft öffnete ihre Türe für die zwei.

Vladho würde Renate reinen Wein einschenken. Sie konnte ihn nicht kaufen.

Joy fuhr nach Hause. Sie legte sich aufs Bett. Sie hatte geahnt, dass ihr die Kunst den Weg zeigen würde.

Sie war keine Nutte von der Sorte einmal Nutte immer Nutte.

Sie hatte auch das Rauchen aufgehört, als sie es wollte.

Kapitel 19

Blacky hat epileptische Anfälle – Ein Wasserschaden bringt die Menschen zusammen – Die Tierärztin ist nicht da – Horus sitzt im Käfig und wartet auf seine Banane – Ein Reiseprospekt liegt herum

»Hier wohnt sie.« Helle drückte auf die Klingel.

Es war ein paar Minuten nach 18 Uhr. Wir waren mit der 3er-Tram ins Univiertel gefahren. Die Haltestelle ist direkt an der Universität. Wir mussten nur noch ein paar Meter bis zur Tierarztpraxis von Renate Sucharz laufen. Helle hatte ein Stück Stoff über den Tragekäfig getan, in dem er seine Epilepsie-Katze mitschleppte. In der Tram hatte ich ihm meinen neuesten Traum erzählt. Er hatte wegen Blacky den Termin mit seiner Traumdeuterin auf den nächsten Tag verschoben.

Gestern Nacht hatte Blacky wieder einen schlimmen epileptischen Anfall gehabt. Mehrmals. Sie war gegen die Wand gerannt. Sie hatte aus der Nase geblutet. Helle war fix und fertig. Das hatte Blacky seit Wochen nicht mehr. Ich sagte nichts mehr vom Einschläfern. Ich hatte Helle von meinen Antiquariats-Streifzügen sogar zwei Katzenbücher mitgebracht. Eins über Katzen-Märchen und eins über Katzen-Geschichten aus der Weltliteratur. Ich war in Konkurrenz, hatte es aber noch nicht voll geschnallt.

Mit der Medizin und der Behandlung von Renate Sucharz waren bei Helles Katze die Anfälle rückläufig. Helle hatte kaum geschlafen. Seine tiefen, sorgenvollen Augenringe waren nicht zu übersehen. Er hatte auch nichts geträumt. Heute früh hatte er bei der Sucharz angerufen, wegen einem baldigen Termin. Jetzt standen wir vor der verschlossenen Türe.

»Komisch«, sagte Helle, »sie hat 18 Uhr gesagt. Um 18 Uhr könne ich mit Blacky bei ihr vorbeikommen. Heute. Das ginge. Da sei sie da. So eine Frau sagt das doch nicht, wenn sie nicht da ist.«

Wir klingelten noch mal. Nichts rührte sich. Eine Frau kam im Hausgang hastig die steinernen Stufen von oben heruntergeeilt.

»Wollen Sie zu Frau Sucharz? Ist sie da?«

»Nein. Niemand da. Wir haben schon drei Mal geklingelt.«

»Das ist dumm. Ich habe einen Wasserschaden. Der Schlauch meiner Waschmaschine ist kaputt. Das Wasser rinnt in den Fußboden. Vielleicht in die Wohnung der Frau Sucharz?«

»Hmmm. Sie ist auch telefonisch nicht zu erreichen. Wir wissen nicht, wo sie ist.«

»Was ist da los?« Eine Frau kam von unten. »Frau Sucharz ist nicht hier. Sie ist im Urlaub. Kann ich Ihnen helfen?«

»Meine Waschmaschine, oje, Frau Ruhland, das Wasser geht durch den Boden. Ich wohne über Frau Sucharz. Vielleicht kommt das Wasser schon durch ihre Decke?«

»Das haben wir gleich. Keine Panik, Frau Hosp.« Die Frau hatte einen Schüsselbund in der Hand.

Sie suchte nach einem Schlüssel und steckte diesen in das Schloss von Sucharz' Wohnungstüre.

»Und was wollen Sie?«, fragte sie mich und Helle nebenbei.

»Wegen meiner Katze, die ist bei Frau Dr. Sucharz in Behandlung«, erklärte Helle seine Anwesenheit.

»Seine Katze hat Epilepsie. Wir kennen Frau Sucharz. Um 18 Uhr sollten wir vorbeischauen.«

»Da haben Sie leider Pech. Frau Sucharz macht Urlaub in Ägypten, auf dem Nil, bei den Pyramiden und so. Hat sie mir vor einigen Stunden eröffnet. Ein Spontan-Urlaub, sagte sie. Günstiger Last-Minute-Flug. Sie hat in der Hektik sogar ihren Reisekatalog bei mir vergessen.« Die Wohnungstüre öffnete sich.

»Kommen Sie rein«, sagte die Frau von unten, die sich als Loria Ruhland vorstellte. »Ich habe die Schlüssel, weil ich die Pflanzen und den Affen von Frau Sucharz versorge, wenn sie nicht da ist.«

Wir gingen alle in die Wohnung von Renate Sucharz. Helle hielt den Katzenkäfig mit Blacky in der Hand. Die Frau mit dem Wasserschaden blickte zur Decke hoch.

»Meine Waschmaschine steht im Bad«, erklärte sie. »Hier unten müsste das Bad auch neben der Toilette und dem Kinderzimmer sein. Ist genau unter mir. Die gleiche Wohnung.« Sie ging zum Bad der Sucharz. »Ojeoje. Ein bisschen Wasser kommt schon durch die Decke«, begutachtete sie die nassen Flecken über ihr.

»Sie sollten mal ins Behandlungszimmer schauen«, rief die Frau.

»Schauen Sie hier mal an die Decke. Eine Katastrophe.« In dem Zimmer, in dem Renate Sucharz die Tiere behandelte, lief an der Wand das Wasser fast in Bächen herunter. Ein Affe kreischte im Käfig, als er uns sah. Loria Ruhland gab ihm zur Beruhigung eine Banane.

»Das ist Horus«, stellte sie ihn uns vor. »Ein liebes Tier.«

»Was machen wir bloß?«, jammerte die Frau mit der Waschmaschine.

»Wir schauen mal zu Ihrer Wohnung hoch. Haben Sie wenigstens das Wasser schon abgedreht, zumindest den Haupthahn an der Waschmaschine?«

»Ich weiß nicht. Ich bin so durcheinander«, jammerte Frau Hosp.

»Bleiben Sie mal hier beim Horus. Wir schauen oben mal nach«, sagte Loria Ruhland und zog die Hosp mit sich.

»Die arme Frau Doktor. Wir müssen was tun.« Helle stellte den Korb mit Blacky neben den Affenkäfig auf eine Kommode.

Der Affe begann zu kreischen und zu kläffen. Blacky tobte in ihrem

Käfig herum. Ich war ratlos. Helle suchten nach alten Zeitungen, um das Wasser auf dem Boden im Behandlungszimmer aufzuputzen. Der Affe tobte dermaßen in seinem Käfig, dass ich den Korb mit Blacky ins Wohnzimmer stellte. Konnte sein, dass ihn Blackys Geruch aufregte. Helle hatte aus dem Zeitungsständer einige alte Zeitungsausgaben herausgeholt. Wir gingen damit ins Behandlungszimmer. Horus hatte sich beruhigt. Wir legten die alten Zeitungen über dem feuchten Teppichboden aus. Ich erwischte dabei eine Doppelseite der Zeit mit der Sparte »Wissen.« Ich schob meine Brille näher an die Augen. Unter der Überschrift »Des Pudels Paranoia« versenkte ich mich kniend in einen längeren Artikel über Therapeuten und Verhaltensforscher, die das Haustier als Patienten entdeckt haben.

»Horch mal, hier stehts: die Hunde sind typische Angstkotzer und die Katzen klassische Stresspinkler. Bei dir riechts auch manchmal so katzenpissig in der Wohnung«, wollte ich Helles Liebe zu Blacky mit Hilfe des deutschen Sauberkeitswahns untergraben.

Bekannte sich Helle bei unseren politischen Diskussionen doch zur Ideologie des deutschen Konservatismus. Warum, konnte er mir nicht richtig erklären. War seine Bauchstimmung eben. Wollte wie so viele zur Unternehmerseite gehören. Wenigstens ideologisch, wenn schon nicht materiell. Der Hund, ja, das ist ein deutsches Tier. Der pariert auf Befehl. Aber Katzen – sind das deutsche Tiere? Kaum. Die folgen doch so gut wie nie. Schlimm genug, dass Helle um diese Traumdeuterin herumschwanzelte, auch Blacky schien ihm wichtiger zu sein als unsere Zusammenarbeit und unsere Freundschaft. Meine Probleme interessierten ihn weitaus weniger als Blackys.

»Mit deiner Nase ist einiges nicht mehr in Ordnung«, legte Helle mit kühler Stimme eine weitere Zeitungsseite auf den nassen Teppichboden. »Wieso soll meine Blacky eine Stresspinklerin sein?«

»Es reicht schon, wenn man ein Möbelstück in der Wohnung umstellt, steht hier. Hat dir nicht deine Traumtante empfohlen dein Schlafzimmer umzubauen, wegen der negativen Energieströme?«, nahm ich die akustische Klatsche für die Zweifliegenzerdetsch-Methode in die Hand.

»Hoffentlich kommt nicht mehr soviel Wasser nach«, sagte Helle. »Sonst müssen wir uns was einfallen lassen.«

Damit war klar, dass er keine Lust hatte mit mir zu streiten. Weder über Blacky noch über Sonja Hüllfig. Na gut, zurück in die Gegenwart. Dann erfuhr er eben nichts von meinem Kindheitstrauma. Erfuhr nicht warum ich ein Gegner von Haustieren bin. Es war der Hase meiner Kindergartenfreundin, der mich in die Finger gebissen hatte, statt die von mir mitgebrachte Karotte zu fressen. Weil ein Tropfen Blut aus der Bisswunde austrat, begann ich tränenreich loszuheulen. Meine Kindergartenfreundin lachte mich daraufhin als Feigling aus, statt mich zu trösten und meine Verletzung zu bewundern. Damals stellte ich in meinem Herzen eine Tafel auf: Niemals Haustiere!

Horus bleckte seine Zähne. Er rüttelte an seinem Käfig-Gitter.

»Oben läuft kein Wasser mehr. Jetzt müssen wir nur noch hier alles gegen einen größeren Schaden absichern.« Loria Ruhland und Marianne Hosp holten Putzlappen und Putzeimer. Horus hüpfte vergnügt in seinem Käfig, als er die Frauen erblickte.

Unsere Auftrocken-Aktion wurde gelobt.

»Hat Frau Sucharz den Affen schon länger?«, wollte ich meinen Info-Horizont erweitern.

»Horus? Den hat jemand vor einigen Monaten hier gelassen. Der wollte Horus einschläfern lassen. Das hat Renate Sucharz nicht gemacht. Sie hat ihn behalten. Sie kann keinem Tier was zuleide tun. Ich kenne keine bessere Tierärztin.«

Blacky wurde unruhig in ihrem Tragekäfig. Sie fauchte. Helle wollte mit seiner Katze heim. Er redete beruhigend auf Blacky ein.

»Mach bitte kein Gedöhns mit deiner Katze«, regte ich mich auf. »Für die Behandlungskosten von Blacky hättest du dir fünf neue Katzen kaufen können.«

Helle widmete dieser Bemerkung keine Aufmerksamkeit. »Meine Blakky gibt es nur einmal«, knurrte er kurz wie ein bissiger Hund hinterm Gartenzaun. Von Loria Ruhland bekam ich einen Blick, in den sich reines Unverständnis, sagen wir ruhig zu 100 Prozent, eingenistet hatte.

»Lieber Gassi gehen statt Pillen schlucken«, startete sie einen Vortrag über die Vorteile von Haustieren. »Wissen Sie, ich arbeite als Altenpflegerin. Sie glauben gar nicht, welche positiven Auswirkungen schon ein Wellensittich auf ältere Menschen haben kann. Die Tiere können den recht eintönigen Alltag im Altenheim mit Frühstück, Mittag-, Abendessen, nervenden Schrullen von Mitbewohnern, zwackenden Gelenken, ermüdendem Herz, etwas abwechslungsreicher gestalten. Statt den jammernden Alten gegen ihre Wehwehchen nur Medikamente zu verabreichen, haben wir ihnen einen Wellensittich ins Zimmer gestellt. Jeder Tag hatte wieder eine Struktur und einen Sinn. Morgens die Decke vom Käfig nehmen, füttern, tränken, Körner kaufen, am Fenster sitzen und dem Zwitschern lauschen, den Vogel unterrichten und ein echtes Erfolgserlebnis haben, wenn er dann endlich Hansi sagt. Dann kann die Oma ihren Enkeln von Hansis neuestem Kunststück erzählen, statt nur wieder über ein Zipperlein zu klagen. »Bring doch deiner Blacky auch mal ein Kunststück bei«, spitzte ich Helle an, der mich mit einem gewissen Anteil von Abscheu anschaute, sagen wir um die 33,33 Prozent. »Die ist doch völlig unnütz, kostet nur und ...«

»Sagen Sie das nicht«, fiel mir Loria Ruhland ins Wort, »Tiere sind eine wunderbare Medizin. Wenn mein Vater mit unserer Colliehündin nach seiner Arbeit in den Wald spazieren ging, vergingen seine Kopfschmerzen. Haustiere sind gut fürs Gemüt, für die Gesundheit und fürs Immunsystem.«

»Hörst Du?«, streichelte Helle seine Blacky, die er auf den Arm genommen hatte.

»Der ältere Mann drüben im Nachbarhaus, der Herr Fischer, der vergisst sogar sein schlimmes Knie, wenn sein Hund mit ihm spielen will. Selbst wissenschaftliche Studien sagen, dass nicht nur Scheidungskinder ihre Trauer und Wut mit einem Hund besser verarbeiten, sondern sie helfen auch gegen Streß. In den USA werden bei Therapien von Multipler Sklerose Pferde oder bei autistischen Kindern Delphine oder bei Drogenabhängigen und Magersüchtigen Lamas sozusagen als Ko-Therapeuten eingesetzt«, strömte es aus Loria Ruhland heraus.

Helle gab ihr seine Blacky zum Streicheln in die Arme.

»Haustiere haben keine Nebenwirkungen und sind die beste Vorbeugung gegen körperliche und geistige Gebrechen«, schwärmte sie und kraulte die schnurrende Blacky hinter den Ohren. »Streicheln und spielen senken den Blutdruck, entspannen und setzen Glückshormone frei. Außerdem lenken sie vom ärgerlichen Alltag, von Knöllchen, Kollegen und verregneten Tagen ab.«

»Stimmt. Seit ich die Blacky habe, sind meine blöden Schwindelgefühle völlig verschwunden.«

»Sonst noch was? Vielleicht trinkt dir Blacky heimlich das Bier weg?«

»Vielleicht würden deine Schlafprobleme mit einem Haustier verschwinden«, revanchierte sich Helle.

«Ich gehe gleich morgen in die Tierhandlung und besorge mir Goldfische, womöglich beruhigen die bei hemmungslos herumquatschenden Menschen«, versuchte ich die Achse der Tierlobbyisten zu bekämpfen, die mich irgendwie nervte.

Wir waren meiner Meinung nach hauptsächlich hier um von Renate Sucharz etwas über die Plärrer-Morde zu erfahren. Tiere als Allgemeinmediziner interessierten mich in diesem Zusammenhang nicht. Überhaupt nicht.

»Manchmal kann er richtig beleidigend sein«, entschuldigte mich Helle bei Loria Ruhland, die mit ihm zusammen seine Blacky liebevoll-vorsichtig in den Tragekäfig zurück verfrachtete.

Helle verabschiedete sich von uns, als uns Loria Ruhland nach der Aufregung zu einem Getränk in ihre Wohnung einlud, nachdem sie mitbekommen hatte, dass Helle und ich einen Verlag hatten. Sie hatte ein esoterisches Märchen in der Schublade. Das sollte ich mir anschauen. Loria Ruhland hatte ihre Wohnung unterhalb der von Renate Sucharz. Ich nahm die Einladung an. Beim Rausgehen schnappte ich mir instinktiv den Reisekatalog, den sie im Wohnungsflur auf der Schuhkommode hatte liegen lassen. Auf dem Titelbild waren zwei Schnorcheltaucher und Fische im glasklaren Wasser abgebildet.

Marianne Hosp ging lieber in ihre Wohnung zurück, um dort Ordnung zu machen. Loria Ruhland schlug mir grünen Tee vor. Nahm ich an. Endlich mal keinen Kaffee. Sie setzte das Wasser auf. Ich stand im Wohnzimmer vor der offenen Terrassentüre.

»Manchmal kommt ein Igel zu mir. Immer so um halb acht. Ich habe ihm was hingestellt.«

»Dann müsste er in ein paar Minuten auftauchen«, sagte ich nach einem Blick auf die Armbanduhr.

Mein Handy meldete sich.

»Hallo? Ist dort Kessler? Hier ist Sara Insagg, die Kommissarin, was machen Sie gerade?«

Die Verbindung war nicht gut. Ich ging auf die Terrasse. Die untergehende Sonne malte über dem Univiertel rote Streifen an den Himmel. Ein schöner Sommerabend.

»Ich bin gerade Teil eines Putzkommandos, das einen Wasserschaden in der Wohnung von Renate Sucharz beseitigt hat.«

»Das passt hervorragend«, teilte Sara Insagg mir mit. »Wissen Sie, wo die Sucharz gerade ist?«

»Im Urlaub, in Ägypten«, meldete ich.

»Noch nicht ganz«, klärte mich Sara Insagg auf. »Momentan steht sie auf dem gleichen Parkplatz wie ich.«

»Hoi. Und wo ist der Parkplatz?«, verhörte ich die Kommissarin.

»In Königsbrunn. Beim Aldi-Markt an der alten Bundesstraße nach Landsberg. Nähe Königstherme, wissen Sie wo das ist?«

»Beschatten Sie die Sucharz?« Dumme Frage. Von mir. Was sonst.

Ich zog die Terrassentüre langsam zu. Brauchte niemand mitzubekommen, dass wir uns über die Sucharz unterhielten, die einen merkwürdigen Weg zum Nil gewählt hatte. Der Ruhland-Garten bestand nur aus Wiese. Mit Steinen. Der Garten nebenan, nur getrennt durch einen niedrigen Drahtzaun, war voller Blumen und Büschen. Rechter Hand war ein weiterer Garten, der auch nur aus Wiese bestand.

»Eigentlich nicht. Ich habe mich hinter einen Mann geklemmt, der womöglich der Mörder von Yvonne Kampa ist. Sie wissen schon, der auch auf Sie geschossen hat. Beim Plärrer. In der Geisterbahn.«

Den musste ich mir greifen. Mit dem Motorrad war er mir und Mario entwischt. Schande. Neue Jagd, neues Glück. Und sei es zusammen mit Sara Insagg. Eine Verfolgungsjagd mit einer Kommissarin war auch mal was Spannendes.

»Ich komme sofort!« Ohne viel zu überlegen spuckte ich die drei Worte aus. Ich hatte das Gefühl, dass sich was Größeres anbahnte.

Ich wusste nicht genau, wo Sara Insagg war. Noch war mein Hirn nicht in die Gänge gekommen, um die notwendige Logistik zu erstellen, da half mir die Kommissarin bei der Erstellung des Fahrplanes.

»Nehmen Sie ein Taxi zum Aldi-Markt, Königsbrunner Hauptstraße, Ecke Gartenstraße, hinter der Königstherme. Da stehe ich mit meinem Privatauto, einem dunkelblauen Space-Wagon. Der vermeintliche Täter ist mit einer Frau zum Einkaufen im Supermarkt. Die Sucharz steht ein paar Autos neben mir. Mir kommt es vor, als beobachte sie auch die beiden. Deswegen, lieber Herr Kessler, hätte ich Sie gerne hier. Sie kennen doch den Mann, der Yvonne Kampa erschossen hat. Kommissar Weissberg ist seit einigen Tagen mit seiner Frau im Urlaub. Am besten Sie rufen mich alle paar Minuten vom Handy aus an, falls ich weiterfahren muss, damit Sie dranbleiben können.«

Ich rief noch auf der Terrasse ein Taxi. Dann verabschiedete ich mich hastig von der verdutzten Loria Ruhland, die gerade den grünen Tee in zwei Tassen einschenkte. »Wenn wir mit der Katze meines Freundes wieder vorbeikommen, dann zeigen Sie mir Ihr Märchen-Manuskript.«

»Nehmen Sie es halt mit zum Lesen!« Sie wedelte mir mit dem Manuskript im Hausgang hinterher, was ich nicht mehr registrierte.

Ich eilte schnell zur Haustüre hinaus.

Den eingerollten Reisekatalog in der Hand.

Kapitel 20

Drei Autos fahren in den Süden – Die Kommissarin macht interessante Diäten – Am Brenner werden Sonnenbrillen gekauft – Der Reisekatalog für Ägypten weckt bei der Fahrt nach Verona viel Interesse

Mein Taxi hielt vor dem Supermarkt-Parkplatz. Ich bezahlte und stieg aus. Ich suchte das Auto der Kommissarin. Sie öffnete die Autotüre und winkte mich heran. Ich stieg in den roten Kia der Kommissarin.

»Sie wollten doch mal eine längere Autofahrt mit mir machen. Könnte sein, dass Sie jetzt die Gelegenheit dazu bekommen«, begrüßte mich die Kommissarin.

»Sie verwechseln mich da anscheinend mit jemand.«

»Kaum. Sie waren damals von meinen Fahrkünsten im Autoscooter so begeistert, dass Sie anfingen von einer längeren Fahrt mit mir zu träumen.«

Mir dämmerte es. Ich zeigte ihr meinen Schlüsselbund, an dem ich den von ihr auf dem Plärrer geschossenen Schraubendreher befestigt hatte. Der umfangreiche Schlüsselbund hatte mir schon gegen den Perlach-Mörder geholfen.

»Keine Panne kann uns aufhalten. Wo soll's denn hingehen?«

»Schön. Schon gut. Quasseln einstellen. Passen Sie jetzt besser auf, was da vorne passiert.«

»Wo? Was passiert?«

»Sehen Sie das eng umschlungene Liebespaar, das gerade seinen Einkaufswagen in den weißen Porsche einlädt? Beim Ausgang.«

»Neben dem gelben Renault?«

»Ja. Diese beiden scheint Renate Sucharz zu verfolgen.«

»Kennen Sie die?«

»Ihn könnten Sie kennen. Denken Sie nach. Wer ist es?«

»Hmm. Weiß nicht.«

»Er heißt Vladho und hat wahrscheinlich Yvonne Kampa erschossen.«

»Der? Kann ich jetzt nicht sofort bestätigen.«

»Schnallen Sie sich an. Wir fahren denen nach. Sie haben noch etwas Zeit für eine Identifikation.«

»Sie fahren los!« Ich warnte die Kommissarin.

Sara Insagg drehte den Zündschlüssel um.

Der weiße Porsche schob sich vom Parkplatz auf die Straße. Ein schwarzer BMW schlug die gleiche Route ein. Wir hinterher.

»Sehen Sie, die Sucharz bleibt ihnen auf den Fersen.«

Sah ich.

»Fährt die Sucharz normalerweise nicht einen grünen Golf?«, schaltete die Kommissarin in den dritten Gang ihres koreanischen Motors.

»Keine Ahnung.«
»Laut unseren Daten hat sie einen Renault.«
»Dann hat sie sich den BMW ausgeliehen. Wegen dieser Verfolgung heute?«
»Sie meinen, sie wusste, dass sie ein schnelles Auto braucht?«
»Schaut so aus.«
»Keine schlechte Theorie. Langsam verstehe ich, warum Weissberg meint, ich solle Sie nicht unterschätzen.«
»Hatten Sie das?«
Sie grinste mich an. Frech, aber nett. Sie hatte nicht.
Ich sah verstohlen nach links zur Kommissarin, die ihre linke Hand entspannt auf dem vierspeichigen Lenkrad liegen hatte. Sie drehte am Radio. Es kam *One Nite Stand* von Sarah Connor. Wir schauten uns bei diesem Lied nicht an. Rechts kam der kleine Ort Graben.
»Von hier kam der Fugger-Clan, der in Augsburg durch geschickte Heiratsstrategie ein Textil- und Bankenimperium aufbaute«, ließ ich Heimatkunde lebendig werden.
»Jaja - mit dem Schwarzgeld von Bischöfen. Geld, das die Priester offiziell nicht haben durften und deswegen heimlich dem Fugger liehen. Gegen Zinsen. Was damals Katholiken wie dem Fugger bei Todesstrafe verboten war. Durften nur die Juden damals«, lästerte sie über unseren tollen Fugger. Sie machte aus ihm einen Kriminellen.
Ich dachte mir: Ob das Heinz Schulan, der Fugger-Schauspieler, den ich neulich am Judenberg sah, den Augsburg-Besuchern bei seinen Führungen genau so unverblümt erzählte?
»Die Juden waren lange in ägyptischer Gefangenschaft. Ich habe gehört, Renate Sucharz will nach Ägypten fahren«, gab ich meine Information mit einem gelungenen Übergang preis.
»Da hat sie sich den kürzesten Weg ausgesucht. Woher haben Sie diese Ente?«
»Hat mir eine Nachbarin verraten«, entrollte ich den Reisekatalog, den ich in der Hand hielt.
»Woher weiß die das?«
»Hat ihr die Sucharz gesagt. Angeblich für zwei Wochen. Diese Nachbarin versorgt den Affen der Sucharz. Den Reisekatalog habe ich bei ihr in der Wohnung gefunden. Vorhin.« Ich blätterte im Reisekatalog, den ich auf meinen Knien platziert hatte. »Hier bitte. Seite 18.«
»Was ist auf Seite 18?«, schaute die Kommissarin die Straße entlang, auf der sich einige Autos vor uns ein Milchtransporter breit machte.
»Ägypten – Eintauchen in faszinierende Geschichte«, las ich vor.
Der Werbetext befand sich bei einem Bild mit vier hintereinander liegenden Pyramiden, vor denen ein vermummter Araber zwei Kamele mit Sattel an einem langen Strick hinter sich herzog.

»Wie sind Sie in die Wohnung von Frau Sucharz gekommen? Und wann war das?«

»Vor zwei Stunden ungefähr. Mit der Nachbarin, einer gewissen Loria Ruhland, die die Wohnung der Sucharz betreut, wenn diese auf einem Volksfest in einer anderen Stadt ist – oder eben im Urlaub.«

»Die hat sie einfach so reingelassen?«

»Nein. Wegen der Katze meines Freundes und einem Wasserschaden.«

»Klingt sehr mysteriös. Geht's ein wenig genauer?«

»Wenn ich Ihnen das haarklein erzähle, dann sind wir bei der Hälfte der Geschichte bestimmt schon in Kairo.«

»Dann lieber nicht. Was kostet so ein 14-tägiger Ägypten-Urlaub?«

»Moment, haben wir gleich.« Ich verwandelte mich in ein Reisebüro. »Wollen Sie zum Roten Meer ab Seite 26 oder ins Land der alten Könige ab Seite 80?«

»Land der alten Könige. Wenn schon.«

»Gut, dann auf zur Seite 80.«

Die Kommissarin versuchte ständig den lästigen Milchtransporter zu überholen. Aber die entgegenkommenden Autos waren dagegen. Ich versenkte mich nur allzu gerne in den Reisekatalog. Sie schien mir eine risikofreudige Überholerin zu sein. Bereits zweimal hatte sie schon angesetzt. Einmal hatte sie den Milchtransporter fast schon zur Hälfte überholt, als uns ein Auto mit Lichthupe entgegenkam, das meine Chauffeurin zum Abbremsen zwang, um wieder brav hinter dem Milchtransporter herzuzuckeln. Links zogen Kloster- und Lagerlechfeld vorbei. Im Radio kam Johnny Cash.

Sie brachten der Titel-Song aus seinem neuen Album *The Man Comes Around*:

»And I heard, as it were,
the noise of thunder:
One of the four beasts saying: Come and see!
And I saw
And behold, a white horse ...«

»Starker Song«, war meine Meinung. »Der alte Johnny Cash hat's drauf. Der Songtext klingt irgendwie biblisch mit diesen vier Biestern, von denen eines reden kann.«

»Ja, stimmt. Ich liebe seine Live-Scheibe mit dem Konzert aus diesem berühmtberüchtigten amerikanischen Gefängnis«.

»St. Quentin? Da wäre ich auch gerne dabei gewesen.«

»Dafür wären Sie ins Gefängnis gegangen?«

»Sagen wir mal für diesen einen Tag, wo er dort auftrat.«
»Waren Sie eigentlich schon mal im Gefängnis?«
»Zu Besuch, oder wie meinen Sie?«
»Als Verurteilter.«
»Bis jetzt noch nicht. Aber könnte bald sein.«
»Was haben Sie angestellt?«
»Ich habe gestohlen.«
»Sie? Was denn?«
»Diesen Reisekatalog. Aus der Wohnung von Frau Sucharz.«
»Das habe ich nicht gehört«, grinste sie mich an. »Wussten Sie's? Hier war mal Johnny Cash als US-GI stationiert. Als Spezialist für abgehörte Signale im Äther«, erzählte mir Sara Insagg.
»Musikerohren sind halt doch die besseren Lauscher«, kommentierte ich. Wie machten eigentlich die alten Ägypter Musik?
»Menschen und Steine am Rande des Nils erzählen jahrtausendealte Geschichten«, las ich aus einer Doppelseite im Reisekatalog vor, der drei Schiffe mit dem Namen MS Crown Prince, MS Adonis und MS Regina auf dem blauen Nilwasser vor grünen Palmenhainen und gelben Sanddünen im Hintergrund zu einer Nilkreuzfahrt anbot. Idylle. Paradies. Nichts-wie-hin-Stimmung.
Ägyptische Temperaturen hatten wir allerdings schon im Auto. Die Sonne knallte herunter. Sara Insagg schob das Autodach zurück. Der Fahrtwind tat gut. Links floss der Lech statt des Nil. Statt der Palmen standen Ahornbäume mit dichtem Laub am Rande unserer Straße. Sie warfen alle hundert Meter ein paar Quadratmeter Schatten auf unseren fahrenden Backofen. Ich legte meine Jacke auf den Rücksitz.
»Und, wie teuer?« Die Kommissarin hatte kein Herz für die Schönheit Ägyptens.
»Bei einer Nilfahrt auf der luxuriösen MS Regina mit drei Decks, fünfundfünzig Doppelkabinen, zwei Suiten, die geschmackvoll eingerichtet sind,« malte ich Wort für Wort aus dem Katalog den Urlaub aus, »mit Dusche, WC, Bidet, Haartrockner, Klimaanlage, TV, Bordvideo, Musikkanal, internem Telefon und Kühlschrank« kostet der Spaß ...«
»Ja, was?«, schaute sie mich an, wie einen Vorwerk-Vertreter der zu Demonstrationszwecken des tollen Staubsaugers eine Ladung Wüstensand auf ihren Wohnzimmerteppich kippen wollte.
»... bescheidene 1.824 Euro bei vierzehn Übernachtungen.«
«Damit kann man bis zum Mond fliegen.«
»Bis zum Mars womöglich. Ach was. Sind doch nur Peanuts«, haute ich auf den Putz. Wer angibt hat mehr vom Leben. Vielleicht auch von den Frauen?
Gehörte die Kommissarin zu den Frauen, deren Lebensqualität sich allein über die Preise entschied? Die Frauen waren für mich tabu, die

sich damit ergötzten, irgendwas irgendwo noch billiger bekommen zu haben als ihre Freundin oder sonst wer. Die ständig durch die Gegend fuhren, um das 5-Kilo-Waschpulverpaket um drei Cent günstiger zu bekommen als im Laden nebenan.

Ich blätterte weiter im Reisekatalog.

»Die Tour Nofretete – Von Luxor bis Assuan hätte ich noch anzubieten. Mit Besuch des Tals der Könige, der Memnonkolosse und dem Tempel von Ramses II. in Abu Simbel.«

Ich wurde in die Autolehne gedrückt. Sara Insagg gab Gas. Wusch. Wir waren vor dem Milchtransporter. Sie schaute triumphierend lächelnd nach vorn. »Wenn Sie lieber dreizehn Muskeln für ein Lächeln bewegen als dreißig Muskeln für ein Stirnrunzeln, dann kommen Sie mit in eine ganz besondere Welt: Die Urlaubswelt« versprach der Reisekatalog auf den ersten Seiten, wo sich am Strand eine junge Frau lachend auf den Rücken eines Mannes geschwungen hatte. Noch waren wir der Heimat der Allgäuer Milchkühe mit einem milchfreudigen Euter von täglich zehn Litern näher als den Pyramiden von Gizeh.

»Warum fährt die Sucharz nicht nach Ägypten, sondern hinter den beiden her?«

»Das scheint ihr wichtiger zu sein. Außer sie will über das Mittelmeer nach Ägypten.«

»Käse, dann bräuchte sie keinen Reisekatalog mit Flugreisen, oder?«

»Kaum. Höchstens für die Vorfreude.« Ich blätterte weiter. Das passte nicht. Dieses Puzzle-Stück musste ich an den Rand meiner Ermittlungen legen. Die Touren hatten alle bekannte Namen aus Ägyptens Geschichte. Tour Ramses, Tour Cheops oder Tour Pharao.

»Die Tour Horus bietet oberägyptische Impressionen. Vom Totentempel Amenophis III. bis zur Licht- und Tonshow in Karnak, wo Ptah, der Schöpfergott oder Chons, der Mondgott verehrt wurde.« Ich stockte. »Der Affe von Renate Sucharz heißt übrigens Horus«, fiel mir ein.

»I wanna be sunshine, lalala ... Was Sie alles wissen. Wie heißt der Affe? Moschus?« Sara Insagg sang gerade bei *Daylight In Your Eyes* mit. Ihre Gesichtsmuskeln waren voll aktiv.

»Horus.«

»Lassen Sie mich kurz nachdenken. Horus, das ist eine ägyptische Gottheit, soweit ich weiß. Stimmt's oder habe ich Recht?«

»Alle Achtung, Frau Kommissar. Horus ist der Sohn von Isis und Osiris, ein Himmelsgott in der Gestalt eines Falken.«

»Respekt, Herr Kessler. Respekt. Nicht schlecht ...«

»... Herr Specht«, ergänzte ich. Sie hatte sich ein Frühstück verdient. Eins mit mir. Mit wunderbaren Semmeln von meinem Bäcker. Ich mochte diesen Spruch. Der Bäcker bei mir ums Eck heißt Specht. Und seine Ware war in keinster Weise schlecht. Wenn ich morgens seine Nusshörnchen knabbere, bekomme ich immer das Gefühl, der Tag wird gut. Was will man mehr von einem Nusshörnchen erwarten? Die Bäckerin fragte mich immer »Na, darfs was Spechtakuläres sein?« Ich schätze lustige Verkäuferinnen.

»Woher stammt dieses eminente Wissen?«

»Vom Plärrer, witzig was?«

»Vom Plärrer?«

»Indirekt. Da gibt es einen Mann namens Wunderle, der baut Fahrgeschäfte für den Plärrer. Den habe ich besucht, bei Recherchen wegen dem Wohnwagenbrand. Der baut gerade eine so genannte Panik-Pyramide. Darin kommt auch ein Horus vor. Gezeugt von der Göttin Isis mit ihrem toten Göttergatten.«

»Gruselig.«

»Das ist Sinn und Zweck der Übung. Diese Panik-Pyramide soll eine ganz neue Art von Geisterbahn werden. Er hat mir nur nicht verraten, wer sie bei ihm bestellt hat.«

»Warum nicht?«

»Geschäftsgeheimnis, sagte er.«

»Sie haben das doch nicht einfach nur aus Klatschsucht erwähnt, dass der Affe von Renate Sucharz Horus heißt, nehme ich an.«

»Na ja. Könnte durchaus ein Zusammenhang bestehen.«

»Zwischen was?«

»Zwischen Renate Sucharz und der Panik-Pyramide.«

»Sie meinen, die Sucharz könnte diese Pyramide in Auftrag gegeben haben. Sowas ist doch bestimmt ein teurer Spaß?«

»Laut Wunderle ein Auftrag von 500.000 Euro. Aber ihm genügte eine Anzahlung von 100.000 Euro«, erzählte ich von meinem Gespräch mit Wunderle.

»Und der Rest?«

»Der wird wie ein Kredit behandelt und wenn das Geschäft aufgebaut ist in monatlichen Raten zurückbezahlt.«

»Und wenn alles bezahlt ist?«

»Dann gehört dem Kreditnehmer die Panik-Pyramide.«

»Ich dachte immer, die Schausteller kaufen ihre Geschäfte auf einen Sitz.«

»Das war mal. Bei derart hohen Summen ist das kaum noch möglich. Wer hat denn soviel Geld unter der Matratze? Die Banken geben Schaustellern kein Geld, zumindest nicht ohne Sicherheit wie Häuser oder Grundstücke.«

»Woher hätte eine Renate Sucharz 100.000 Euro?«

»Von ihrem Märchenkarussell sicher nicht.«

»Woher dann?«

»Yvonne Kampa wurden von dem Gangster, Vladho soll er heißen, sagten Sie, ziemlich genau 100.000 Euro abgenommen. Vielleicht steckt die Sucharz mit ihm unter einer Decke? Die Schausteller-Frauen munkelten was von einem blutjungen Liebhaber der Sucharz.«

»Lassen Sie mich weiterdenken: Dieser Vladho da vorne im Porsche, den Renate Sucharz anscheinend auch verfolgt, könnte dieser ominöse Liebhaber sein, der Yvonne Kampa überfallen und erschossen hat.«

»Der den Tipp für das Schwarzgeld von Renate Sucharz hatte, oder in ihrem Auftrag handelte ...«

»... der aber das Geld mit einer anderen verjubeln will, so wie es ausschaut«, dachte die Kommissarin weiter.

»Übler Bursche.«

»Sie kann ihn aber auch nur aus Eifersucht verfolgen«, sagte die Kommissarin. »Weiß vielleicht nichts von dem Raubüberfall ihres jungen Lovers. Oder hat etwas davon erfahren und will ihn deswegen zur Rede stellen?«

»Kann auch sein«, senkte ich meinen Blick wieder in den Reisekatalog. Was konnte nicht alles sein. Wahrheit kann ungemein vielschichtig sein. Die reine Wahrheit kann niemand erkennen. Sie ist nicht zu riechen und nicht zu schmecken. Einen Suppenwürfel zum Beispiel, den kann ich erkennen. Mit verbundenen Augen. Der intensive Geschmack an der Zungenspitze am ausgepackten Würfel ist eindeutig. Hatte ich Hunger? Bei solchen Fragestellungen sicher bald.

»Wie alt ist die Sucharz? Wie alt ist der Porsche-Fahrer?«

»Wie alt ist seine Begleiterin?«, setzte ich das Rätselspiel fort.

Wie alt die Kommissarin neben mir wohl war? Jetzt hatte sie was Keckes an sich, wirkte jugendlich. Anfang Dreißig? Mitte Dreißig? Egal. Ihre Lebendigkeit, die mich ansteckte, machte einige Jährchen gut.

Im Radio kam Chris Rea mit *On The Beach*. Italien hat auch schöne Strände. Hoffentlich ging die Verfolgungsjagd an einen Strand. Eine Badehose müsste ich mir besorgen, dann könnte ich mich neben der Kommissarin auf dem Sand ausstrecken. Gegenseitiges Eincremen fördert den zwischenmenschlichen Kontakt, dachte ich mir, während ich im Reisekatalog blätterte, in dem fröhliche Menschen auf einer roten Luftmatratze zu sehen waren, die durch das klare Wasser trieb, neben Bikini-Girls, die ihre Beine vom Rande des Swimmingpools in die glitzernden Wellen hängen ließen. Ich versuchte die Kommissarin einzuordnen. War sie ein Rita-Pavone-Typ? Diese kleine freche Italienerin, die ihre Nation einst als burschikoser Plärrhals schockte. *Wenn ich ein Junge wär*, hieß ihr Hit auf Deutsch. Sara Insagg war deutlich sichtbar kein Junge.

Ihre Kordjacke hatte die Kommissarin auf den Rücksitz gepfeffert. Sie trug ein buntes Batik-Shirt. Mit Ausschnitt. Um ihren Hals hatte sie einen Stein an einem Lederband hängen. Etwas Brustansatz war zu sehen. An einem Lederbändel hing eine Versteinerung an ihrem Hals. Ihre roten Haare waren noch verstruwwelter als sonst. Sollte ich sie an meinen Gedanken teilhaben lassen? An welchen? Sollten sich private und dienstliche vermischen? Zog sie mich an? Die Knie in ihren weißen Jeans, deren Stoff sich über den Schenkeln glatt spannte, bewegten sich beim Kuppeln und Schalten.

»Neu. Auf den Spuren von Agatha Christie, erleben Sie das Flair der Zeit der Agatha Christie. Unterbringung in den Traditionshotels Mena House Gardens, Old Winter Palace, New Wing und Old Cataract«, las ich vor.

»Ehrlich. Steht das da?« Sara Insagg beugte sich ein wenig zu mir.

Die Autos vor und hinter uns fuhren im Schritt-Tempo. Sie knabberte an einem Apfel. Ihr Batik-Hemd berührte das linke obere Eck des Reisekatalogs, der vor Erregung zitterte. Der Schweiß der Kommissarin, der sich mit ihrem Parfüm vermischt hatte, war ausdrucksvoll weiblich.

»Eine zweiwöchige Nilkreuzfahrt. Vielleicht muss man einen Mord auf dem Nil herausbekommen?«

»Hat die Agatha Christie einen Ägypten-Krimi geschrieben?«

»Ich weiß was von einem Mord im Orient-Express.«

Ich versuchte in dem Reisekatalog Hinweise darüber zu finden. »Sie besichtigen einen unfertigen Obelisken in einem unterirdischen Bergwerk. Außerdem segeln Sie mit einer Feluke zu den Botanischen Gärten und dem Philae-Tempel auf der Nilinsel Agilkia. Von detektivischen Aufgaben ist nichts zu finden.« Der winzige Mann mit weißem Turban und langem Umhang im Wald aus riesigen Steinsäulen mit Hieroglyphen auf dem Katalog-Foto bei der angebotenen Agatha-Christie-Tour sah noch ganz lebendig aus.

»Angenommen, wir wären in einem Roman von Agatha Christie, wären dann Renate Sucharz, unser Porschefahrer und seine Begleiterin in unsere Plärrer-Morde verwickelt und wie?«

Sara Insagg schaltete einen anderen Gang rein. Es ging etwas schneller weiter. »Mein Floh hat über 90 PS«, lobte sie ihr Auto.

»Bei Agatha Christie wäre der Porschefahrer in Wirklichkeit der Bruder von Renate Sucharz, der von seiner jungen Begleiterin mit falschen Liebesversprechen nach Rom gelockt wird, um auch dessen Schwester dorthin zu locken, damit sie dort im Kolosseum von Löwen aus einem Zirkus zerfleischt wird. Motiv: Die Schwester hat nämlich den Vater der Begleiterin betrogen und ihm dessen Superrutsche im Zoo von London, mieserweise durch einen inszenierten Unfall im Löwenkäfig, abgenommen, bei dem der Vater starb.«

»Sie haben eine wild wuchernde Phantasie«, schaltete die Kommissarin ihren Kia auf den ersten Gang herunter. » Was verbindet wohl die drei Menschen, die wir verfolgen? Was meint Ihre Phantasie?«

»Wir haben's nicht so schön wie eine Krimi-Autorin, die sich ihre Motive und ihre Täter ausdenken kann. Wir wissen nicht, ob Renate Sucharz den Mann, die Frau oder beide verfolgen will«, warf ich Worte wie Suppenwürfel in unsere Vermutungssuppe.

»Mit etwas Glück werden wir es herausbekommen.«

»Und etwas Zeit.« Diese Ergänzung schien mir notwendig.

Falls die Sucharz doch über den Landweg nach Ägypten wollte. Sagen wir über Österreich, Italien, Jugoslawien, Griechenland, Türkei, Syrien, Libanon und Israel. Wir waren in einer langsamen Autoschlange. Ich blätterte wieder im Reisekatalog.

»Sehen Sie noch die beiden Autos?«

Ich reckte meinen Hals.

»Nein. Aber abgebogen sind sie auch nicht.«

»Sehe ich auch so.«

Wir fuhren an Landsberg vorbei. Richtung Mittenwald und Innsbruck. Der zweispurige Verkehr wurde dichter. Unüblich um diese Zeit. Die Insagg überholte gnadenlos. Sie machte sich unbeliebt. Gehupe ertönte. Aus den Fenstern der anderen Autos kamen böse Blicke. Oder diverse Gesten mit dem Finger. Bald waren wir wieder drei Autos hinter dem BMW von Renate Sucharz. Einige Autos weiter vorn rollte der Porsche. Wo wollten die alle hin? Freitagabend war's. Sie wollten nach Hause. Wir, der Porsche und der BMW hatten unseren festen Platz in der Autoschlange, die sich bis Österreich nicht auflöste. Eine wunderbare Art der Verfolgung. Wir kamen an sattgrünen Wiesen vorbei. Die Bäume hatten dichtes grünes Laub. Ein Bilderbuch-Sommertag. Auch noch am Tagesende. Der Himmel färbte sich in der Abendsonne von orange nach dunkelrot. Blauviolette Streifen mischten sich dazwischen. Silberne Schattierungen kamen dazu. Romantik pur.

»Ich mag Sonnenuntergänge, Sie?«

»Ich auch. Ist das für Sie eine Dienstfahrt?«

»Weniger Dienst, mehr Erholung. Schadet nicht.«

»Bleiben wir an denen bis Italien dran?«

»Wenn die so weit fahren, wieso nicht? Offiziell habe ich seit zwei Stunden frei. Bis Montag früh um elf Uhr. Gleitzeit. Italien ist doch eine Reise wert.«

»Sind wir noch auf der Romantischen Straße?«

»Bis Peiting. Dann kommt die Deutsche Alpenstraße.«

»Woher wissen Sie das?«

»Habe früher mein Geld als Reiseführerin verdient.«

Nach einer Baustelle, bei der Planierraupen, Bagger, Absperrungen und Hinweisschilder herumstanden, wurde die Autoschlange etwas schneller. Dornstetten, Hohenfurch, Schongau.

»Muss ich mich an Ihren Benzinkosten beteiligen?«, fragte ich sie.

»Wenn Sie mich in Venedig zum Essen einladen, dann nicht.«

»Soso. Sie wissen schon, dass wir in Venedig landen werden?«

»Wenn ich verliebt wäre wie die beiden, dazu in einem weißen Porsche unterwegs, dann würde ich nur nach Venedig fahren.«

»Gefährlicher Ort.«

»Wieso? Ich finde ihn total romantisch.«

»Tod in Venedig.«

»Thomas Mann. Schöne Geschichte. Da ging's aber mehr um gleichgeschlechtliche Liebe.«

»Wie gebildet. Fast hätte ich es vergessen zu fragen, aber woher wissen Sie eigentlich, dass der Fahrer im weißen Porsche der Pistolenschütze ist, den wir suchen?«

»Von unserem V-Mann.«

»Wie das?«

»Die Pistole, eine relativ seltene Marke, eine Smith & Wesson, Sondermodell Competitor, Kaliber 44 Magnum, rund 1500 Gramm schwer, Trommelkapazität sechs Patronen, bot unser V-Mann in einem Königsplatz-Lokal an. Diese Competitor ist mit variabel anlegbaren Zusatzgewichten am Lauf zur Verlagerung des Schwerpunktes, mit einem Sporthahn und -abzug, sowie Triggerstop, eine typische Sportschützenwaffe. Einer hat sie erkannt. Und zwar der, der sie an einen gewissen Vladho verkauft hat. Der wusste auch, dass dieser Vladho mit einem weißen Porsche durch die Gegend braust. Auch das Kennzeichen wusste er. Ein gemieteter Porsche, wie wir herausbekamen. Der Porsche wurde vor ein paar Stunden von einer Streife gesichtet und mir gemeldet. Damit war mein Wochenende gerettet.«

Unser Wochenende.

»Was meinen Sie, könnte das der Pistolen-Held sein?«

»Der Mann könnte der Typ sein, der auf Yvonne Kampa und mich geschossen hat. Durchaus.«

Von den Beobachtungen her, bei meiner nächtlichen Verfolgungsjagd mit Mario, konnte es der Kerl sein, der mir entkommen war. Die Figur, die Schultern, die Gestik, der Gang, das kam schon hin. Jedenfalls nach der kurzen Zeit, die ich vorhin hatte, um ihn vor dem Supermarkt zu beobachten. Hundertprozentig konnte ich es aber nicht behaupten, weil der Verbrecher einen Motorradhelm getragen hatte.

»Sein Motorrad. Auf wen ist das angemeldet?«, fragte ich.

»Das war gestohlen.«

»War zu erwarten. Wie sind Sie überhaupt auf den gekommen? Wo hatten Sie die Pistole her?« Endlich konnte ich die Fragen anbringen, die mich brennend interessierten.

»Wir haben die Pistole gefunden.«

»Wo?«

»Raten Sie mal. Sie sind ja nach dem Überfall auf Yvonne Kampa verschwunden. Leider. Wegen ihrer Verfolgungsjagd. Wurde dann von Mario Rossa bestätigt. Offiziell, das wissen Sie, zählen Sie aber trotzdem zu meinen Verdächtigen im Todesfall der Geisterbahnbesitzerin. Sie könnten der Komplize gewesen sein. Ich lasse aber das Kronzeugen-Gesetz bei Ihnen gelten.«

Galt dieses Gesetz überhaupt noch? Oder wieder? Ich mochte es nicht. Der Kronzeuge log doch das Blaue vom Himmel, um für Polizei und Staatsanwalt wichtig zu sein. Das war denen natürlich egal, solange es in ihr Verdachts-Schema passte. Nur zu oft wurde nach der Devise vorgegangen: besser ein falscher Täter als gar keiner. Die Öffentlichkeit wollte einen Sündenbock. Die vermeintliche Hexe gestand in der Folterkammer auch alle Perversitäten mit dem Teufel, die der Inquisitor von ihr hören wollte, damit sie endlich ihre Erlösung auf dem Scheiterhaufen fand.

»Logo, als Komplize veranstalte ich eine Verfolgungsjagd, bei der ich draufgehe. Das glauben Sie wohl selber nicht.«

»Glaube ich auch nicht.«

»Ich habe es Ihnen doch gesagt, dass der Typ, nachdem er keine Kugel mehr im Lauf hatte, die Pistole nach Mario, meinem Fahrer, geworfen hat. Wir hatten keine Zeit, uns um die Pistole zu kümmern. Ich sah auch nicht, wo sie liegen blieb.«

Nach der Motorrad-Verfolgung hatte ich auch die Sache mit der Pistole der Insagg erzählt. Sie wollte auch wissen, wie viel der Räuber erbeutet habe. Ich sagte nicht die ganze Wahrheit. Ich hätte nur ein paar Scheine herumliegen sehen. Das bereute ich hinterher teilweise. Da war mir eine krumme Idee durch den Kopf gegangen. Falls ich den Täter fand, mit dem Geld, das bestimmt Schwarzgeld war, konnte immer noch über eine gerechte Geldverteilung nachgedacht werden. Wer hatte was davon, wenn es die Polizei bekam? Die ließen es womöglich in den Staatshaushalt fließen, mit dem einige Politiker wieder ihre überflüssige Lobby fütterten. Helle und ich, wir würden es hingegen über unsere diversen Verlags-Aktivitäten wieder in den Wirtschaftskreislauf stekken. Arbeitsplätze schaffen. Den Aufbau West vorwärts bringen. Da war doch nichts dagegen zu sagen.

»Haben Sie gesagt. Richtig. Doch dort haben wir sie nicht gefunden.«

Sara Insagg schaute unbeweglich durch die Scheibe nach vorne. Die Sonne war untergertaucht. Es war dunkel geworden. Die Autos fuhren mit Licht. Die Ortsschilder flimmerten im Scheinwerferlicht.

Rotenbuch. Bayersoien.

»Wo dann?«

Ich fingerte im Seitenfach der Autotüre nach Landkarten. Links und rechts wurden die vorbeiziehenden Berge höher und auch felsiger.

»Wir haben die Pistole überhaupt nicht gefunden. Kinder haben sie aufs Rathaus-Revier gebracht. Die haben sie beim morgendlichen Schulweg entdeckt. Sie steckte im Gully-Gitter. Der Griff schaute raus.«

»Toll. Super. So stinkeinfach möchte ich auch an Beweise kommen.«

»Nicht neidisch werden. Kommissar Zufall gehört eben mit zu unserem Dream-Team.«

»Hoffentlich bekommt der das meiste Gehalt. Ein Klassemann.«

»Der wird aus der Kaffeekasse bezahlt. Weil wir gerade beim Geld sind, haben Sie gewusst, dass Yvonne Kampas Sohn eine Belohnung für die Ergreifung des Mörders seiner Mutter ausgesetzt hat?«

Plötzlich tauchte ein Kampa-Sohn auf. Hatte sie mir davon erzählt? Ich konnte mich nicht erinnern. Stammte er von einem Mann vor Wilhelm Kampa? Wusste dieser Sohn von dem versteckten Geld? Wollte er es haben?

»Hat er? Wie viel?«

»35.000 Euro.«

Das war die Summe, die ich bei der Aufdeckung des Wohnwagenbrandes erhalten hätte. Wenn ich aufgedeckt hätte. Wenn der Hund nicht geschissen hätte, hätte er einen Hasen erwischt. War nichts draus geworden. Musste mich mit der Aufwands-Entschädigung zufrieden geben. Zwar hatte mir Karin Korb noch eine Aufklärungsfrist bis Ende des Jahres eingeräumt, aber für mich war der Wohnwagenbrand gegessen. Nicht zu knacken. Wir brauchten aber Geldnachschub für unseren Verlag. Wir mussten noch den Druck unseres Freizeitführers bezahlen. Die Honorare für einen Grafiker, eine Redakteurin und eine Korrektorin waren auch noch zu begleichen. Die Rechnungen waren überfällig. Die würden uns bald mit Mahnungen auf die Pelle rücken. Der Freizeitführer brachte erst Geld, wenn er in den Buchhandlungen lag. Helle war seit einigen Tagen mit der Auslieferung beschäftigt. Also, dranbleiben. Das war das Wichtigste im Privat-Ermittler-Job. Zur Not zweimal Belohnung abkassieren. Beim Kampa-Mord war ich voll involviert. Der lag mir näher als der Wohnwagenbrand. Auch wenn es mich manchmal anödete, irgendwo hinter irgendwem her zu ein. Immer wieder erfolglos. Nette Leute zu Mördern und Brandstiftern stempeln, die nur aus Zufall in meinem Verdachts-Netz zappelten.

Unterammergau. Oberammergau. Kloster Ettal.

»Haben Sie keinen Hunger?«, fragte mich die Kommissarin.

»Ich hab' was zum Knabbern dabei«, zog ich einen Snickers-Riegel aus meiner Jackentasche. »Wollen Sie die Hälfte?«

»Danke, danke. Nein, ich bin auf Diät«, lehnte die Kommissarin ab.

»Welche Diät machen Sie denn?«, wollte ich von ihr wissen.

»Die Brigitte-Diät.«

»Hilft's?«

«Ist für mich nicht die richtige. Ich sollte vielleicht die Kloster-Diät der Heiligen Hildegard von Bingen probieren.«

»Wieso, wollen Sie auch heilig werden?«

»Nein. Nur etwas dünner.«

»Noch dünner?« Indirekt ein Kompliment.

Ich fand sie genau richtig. Sie hatte die richtige Kilozahl, um mich zu reizen. Die Rundungen stimmten. Dürre Models sind ja nett zum Anschauen, aber zum Anlangen bevorzuge ich keine Skelette. Wer will sich schon blaue Flecken beim Schmusen holen.

»Ich will nur ein paar Kilo abnehmen damit. Ich werde nach diesem Wochenende damit anfangen.«

»Was darf man laut Heiliger Hildegard denn essen?«

»Dinkel, Edelkastanien, Fenchel und so Zeugs.«

Mich schüttelte es innerlich.

»Für Hildegard waren Lebensmittel wie Erdbeeren, Pfirsiche, Aal und Schweinefleisch so genannte Küchengifte. Fenchel und Edelkastanie haben dagegen besondere Heilkräfte,« dozierte die Kommissarin über gesunde Ernährung.

»Ich bräuchte eher eine Diät gegen schlechten Schlaf«, lenkte ich vom ungünstigen Thema ab.

»Vielleicht versuchen Sie es mit der Mond-Diät«, empfahl mir die Kommissarin.

»Wie funktioniert die?«

»Hängt mit dem Mond-Rhythmus zusammen. Ist ganz einfach, bei abnehmendem Mond werden Fette und Kohlehydrate weggelassen und beim zunehmenden Mond gegessen, genossen und gefeiert.«

»Die gefällt mir. Die mache ich. Was haben wir heute für einen Mond?«

»Ich glaube abnehmenden.«

»Sage mir, was du isst und ich sage dir, wer du bist. Ich unterteile die Menschen in vier Ess-Typen«, walzte die Kommissarin das Thema aus wie einen Datschiteig.

»Zu welchem Ess-Typ gehöre ich?«

»Traditionell und gut, würde ich sagen.«

»Sowas. Und was heißt das für meinen Charakter?«

»Sie riskieren keine Experiment, sehnen sich nach Heimat, laufen nicht jedem Trend hinterher, finden Tugenden wie Ehrlichkeit, Fleißigkeit, Treue nicht schlecht.«

»Hm. Kommt nicht ganz hin«, verweigerte ich die angebotene Schublade und versuchte mit den Zähnen die Snickers-Verpackung zu öffnen. Eigenartig, dass die Verpackungen manchmal so stabil waren. Eher verlor man ein paar Zähne, bis die aufgingen. Ich gab auf. Auch eine Diät, die Verpackung-geht-nicht-auf-Diät. Ich verstaute den Schokoerdnuss-Riegel wieder und erfreute mich über eine Schafherde am Rande der

Straße, die von einem alten weißbärtigen Hirten mit Hund betreut wurde. Ich tröstete mich mit der Erkenntnis, dass es hundertjährige Dicke nicht gibt. Man muss nur lange genug durchhalten.

Ich blickte die Straße entlang zum Horizont. Die Berge wurden höher. Die Bäume wuchsen nur mehr bis zur Hälfte der Berghöhe. Felswände schoben sich in der beginnenden Dämmerung an unseren Seitenfenstern vorbei. Garmisch Partenkirchen, Krün, Mittenwald.

Die Kommissarin setzte mal wieder zu einem Überholmanöver gegen einen Lastwagen an.

»Diese dicken Brummer halten nur auf«, meinte sie ungeduldig.

Ob sie sich auch als dicken Brummer empfand? Manche Probleme wurden nur dadurch immer größer, weil man sich dauernd mit ihnen beschäftigte. Beim Scharnitzpass kamen wir über die österreichische Grenze.

»Wir sind bald in Italien, wie wär's denn mit einer Spaghetti-Diät«, witzelte ich, um das Gespräch am Laufen zu halten.

»Sie werden lachen, es gibt eine Spaghetti-Diät.«

Na sowas.

»Wie geht die? Nur Spaghetti essen? Auch schon zum Frühstück?«

»Nein, Sie dürfen die Spaghetti nicht kochen, Sie müssen sie trocken knabbern.«

»Wie Salzstangen?«

»Genau.«

Ich schaute hinter die Berge. Geistig. Dachte an die italienische Lebensfreude. Chianti, Buon giorno, Azzurro, Bella Italia. Wie ein Hamster Spaghetti knabbern? Konnte man nicht Bulimie bekommen, wenn man es mit den Diäten übertreibt? Die Kommissarin blickte neugierig in mein Gesicht. Meine düstere Miene als spaghettiknabbernder Hamster mitten in Oberitalien schien sie zu amüsieren.

Sie prustete los.

»Keine Ahnung, wie die Spaghetti-Diät funktioniert.«

Dicke Leute haben oft mehr Humor. Ist mir schon öfters aufgefallen.

»Wie viele Diäten gibt es eigentlich?«

»Schon so über hundert, glaube ich.«

»Welche haben Sie schon versucht?«

»Muss ich überlegen.« Sie zählte an den Fingern ab: »Malibu-Diät, Ananas-Diät, Taou-Diät, den Pudel-Plan, Molke-Fasten, Millionärs-Diät und was noch? Ich glaub, die Zitronensaftkur und die Eskimo-Diät.« Irgendwie kam mir der Sicherheitsgurt nun enger vor.

»Ihre Ideal-Diät muss eben noch erfunden werden«, tröstete ich sie.

»Das glaube ich auch bald. Manche lassen sich für viel Geld den Busen operieren«, besuchte sie plötzlich ein anderes Gesprächsfeld.

Wollte sie ihren Busen verkleinern? Jetzt musste ich was zu ihrem

Busen sagen. Aber was? Ihr Busen ist einwandfrei. Oder: Ich wäre froh, wenn ich so einen Busen hätte, äh, wenn ich eine Frau wäre?

Als die Autoschlange beim Seefelder Sattel stockte, sich wieder ein Stau anzukündigen schien, langte die Kommissarin nach hinten, zu ihrem Rucksack. Sie holte einen Karton Orangensaft hervor. Dann noch zwei Pappbecher aus dem Handschuhfach. Sie schenkte ein.

»Austrinken, damit es nicht eitert«, gackerte sie. Ihr schien die Fahrt mächtig Spaß zu machen. »Gestern Nacht habe ich meinem Freund den Laufpass gegeben. Der konnte sich nie entscheiden.«

Das war also der Grund ihrer guten Laune. Wollte sie mir damit was sagen? Etwas Zwischenmenschliches? Die Autoschlange kroch wieder los. Wir stellten die Pappbecher in die Cupholder.

»Woher wissen Sie eigentlich so genau, dass in dem schwarzen BMW Renate Sucharz sitzt?«

»Ich habe sie einsteigen sehen.«

»Woher kennen Sie sie?«

»Ich habe mit ihr gesprochen.«

»Wegen was?«

»Ist das ein Verhör?.«

»Weissberg hat gesagt, für die Überwachung ihres Kollegen wollen Sie sich erkenntlich zeigen.«

»Ja, dieser Fall belastet uns schwer. Sie haben uns dabei aber noch nicht weitergeholfen.«

»Bis jetzt. Die fragliche Elvis-Scheibe wurde übrigens abgeholt.«

»Was? Wirklich? Woher wissen Sie das?«

»Der Mani vom Plattenladen hat mich angerufen. Gestern Abend. Ich hatte mich auch als Interessent für die Scheibe eintragen lassen.«

»Und?«

»Ich bekomme sie nicht mehr. Ihr Kollege Plöckl hat sie abgeholt.«

»Wissen Sie das genau?«

»Ich habe mir den Namen buchstabieren lassen.«

Im Gesicht von Sara Insagg war es Schluss mit lustig.

»Deswegen muss er noch nicht der Mörder der beiden Frauen nach Helga Winkler sein«, beeilte ich mich zu sagen.

Sie war fassungslos. Es schaute aus, als würde sie die Kontrolle über ihren Wagen verlieren. »Könnte womöglich sein, dass Plöckl bei einem Besuch im Plattenladen einfach nur mitbekommen hat, dass die Elvis-LP zu haben war. Da hat er zugeschlagen. Dummer Zufall.«

Kommissar Zufall auf Abwegen? Das kommt davon, wenn das Gehalt aus der Kaffeekasse bezahlt wird. Ihr Blick durchbohrte die Alpen, die vor uns hochstiegen. War dahinter die Wahrheit über ihren Kollegen? Der Sara-Insagg-Tunnel war in der Entstehung. Sie fing sich.

»Wissen Sie was, das sagen wir dem Weissberg. Am Montag. Halt, der ist ja noch im Urlaub. Also, wenn er aus dem Urlaub zurück ist, dann soll er entscheiden, was zu tun ist. Ich bin jetzt auch nicht im Dienst.«

Wir lauschten *Like A Rolling Stone* von Bob Dylan aus dem Radio. Es waren nur ein paar Kilometer durch Österreich, bis die italienische Grenze kam. Wir versuchten mit wilden Vermutungen herauszubekommen, wo das Ziel unserer Verfolgungs-Kandidaten war. Während ich mich für Rom entschied, glaubte die Insagg weiterhin an Venedig. Während ich der Insagg Details von meiner nächtlichen Verfolgung erzählte, bei der mir Vladho entkommen war, bog dessen Porsche bei einer Raststätte vor Innsbruck ab. Dann die Sucharz, dann wir. Nach dem Zirler Berg, kurz vor Innsbruck, kam eine scharfe Linkskurve, nach der es gleich auf einen Rastplatz ging.

Der weiße Porsche und der schwarze BMW fuhren auf den Parkplatz der Raststätte. Vladho und seine Begleiterin gingen hinein. Die Sucharz blieb im Auto. Nachdem die beiden drin waren, gingen wir hinterher. Wir liefen so, dass uns Renate Sucharz nicht sehen konnte. Unser Pärchen holte sich einen Kaffee an der SB-Theke und setzte sich an einen etwas versteckt gelegenen Tisch. Wir kauften uns eine Cola, stellten uns aber beim Zeitungskiosk an einen Stehtisch. Wir konnten das verliebte Duo, das sich Küsse auf die Nasenspitze gab, durch eine Pflanzenwand ganz gut beobachten. Vladhos Begleiterin ging auf die Toilette. Nachdem sie zurückgekommen war, blätterten sie in Prospekten. Dabei unterhielten sie sich rege, streichelten sich zärtlich ihre Hände. Auf ihren Gesichtern war so etwas wie ein Stück Paradies zu entdecken. Vladho blickte sich ab und zu verstohlen um. Sie standen auf, ließen ihre Kaffeetassen stehen und gingen wieder auf den Parkplatz hinaus. Ich lief schnell zu ihrem Tisch hin. Ich hatte gesehen, dass ihnen bei der Küsserei ein Prospekt auf den Boden gefallen war. Den hob ich auf. Dann eilte ich der Insagg nach, die auch schon auf den Parkplatz ging. Wir fuhren wieder den beiden Autos hinterher. Nachdem ich mich angegurtet hatte, schaute ich mir den Prospekt an. »Aida in Verona« war zu lesen. Angestrichen war der morgige Termin der Oper in der Arena von Verona.

»Um was geht's bei Aida? Was weiß die Ex-Reiseführerin noch?«, fragte ich die Insagg.

»Ich glaube, das ist eine Oper von Giuseppe Verdi«, sagte sie. »Erstmals aufgeführt zur Einweihung des Suezkanals, so um 1870 herum«, meinte sie weiter.

»Sie kennen sich aber aus«, bewunderte ich ihr Wissen.

»Tja, ich höre nicht nur pausenlos Rockantenne. Manchmal auch Klassik-Radio«, erklärte sie. »Um auf Ihre Frage zurückzukommen, in Aida geht es um eine Pharaonen-Tochter, die von einem erfolgreichen Feldherrn verschmäht wird, weil er eine andere liebt.«

»Alles klar. Dahin wollen die beiden«, zeigte ich ihr den Prospekt, den ich gefunden hatte.

»Dann brauchen wir keine Angst zu haben, dass wir sie verlieren«, meinte sie. »Sie haben sogar das Hotel mit zwei Herzen markiert, in das sie gehen wollen«, verkündete ich stolz meine Entdeckung.

Irgendwo vor dem Brenner verloren wir Porsche und BMW aus den Augen. Ihre rotleuchtenden Rücklichter vermischten sich in der Nacht mit unzähligen anderen Rücklichtern. Wir zeigten keine Anzeichen von Panik. Wir würden sie in Verona wieder sehen. Wir gingen in die erste Italo-Bar, direkt am Brenner, um dort den ersten italienischen Espresso zu bestellen.

»Zwei Espresso«, sagte ich.

»Due Espressi«, sagte sie.

Sie sprach das Italienisch in dem Singsang aus, der es recht echt anhören ließ.

»Die können wir brauchen«, zeigte ich auf einen Drehständer mit Sonnenbrillen. Neben den Ansichtskarten. Wir probierten ein paar aus. Lachten über unser Aussehen. Ich nahm eine verspiegelte, sie eine runde Sonnenbrille.

»Gut gemacht, Herr Kessler«, lobte sie mich beim Nippen am Espresso und tätschelte dabei meinen linken Oberschenkel.

Wir saßen auf Barhockern. Jetzt begann ich langsam daran zu denken, wann und wo wir übernachteten. Ich betrachtete sie ab und zu von der Seite. Komisch, wie viele Gesichter manche Menschen haben, wenn man sie aus verschiedenen Winkeln und bei unterschiedlichem Licht betrachtete. Jetzt, wo es Nacht war, das Neonlicht der Bar Licht spendete, erhielten die Gesichtszüge der Kommissarin weitere interessante Ausdrucksweisen. Wenn sie lächelte, so richtig vergnügt, dann dachte sie wohl auch schon an unsere Übernachtung.

Mollige Frauen gehen meistens flotter ran.

Das hatte ich schon öfters erlebt.

Kapitel 21

Mit der Kommissarin in einem Bett – Folgen auf die Nüsse Küsse? – Der Nachtportier hat was mit der Kommissarin – Die Tickets für Aida sind meistens ausverkauft – Klaus Kessler schläft bei Erotik ein

Wir fuhren mit eingeschalteten Autoscheinwerfern über den Brenner. Lichter von Straßenlampen, Fenstern, Tankstellen, Schaufenstern und Leuchtschriften zogen an uns vorbei. Von bunten Neonlampen geformte italienische Wörter wie Ristorante, Farmacia, Banca, Cinema, Discoteca, Polizia, Teatro, Informazione. Kurz vor 23 Uhr kamen wir in Verona an. Wir gingen zu dem Hotel, das in dem verlorenen Prospekt mit zwei roten Filzstift-Herzen markiert war. Das Torcolo war ein einfaches Hotel, ziemlich nah bei der Opern-Arena. Am Empfang stand ein Mann in Hotel-Uniform. Er winkte ab. Sara Insagg ließ sich davon nicht schrekken. Sie ging mit dem Mann sprachlich in den Clinch. Sie verstrahlte einen Cocktail aus Charme und Erotik, der jedem Mann mundete. Der Mann am Empfang wurde weich.

»Normalerweise ist in diesem Hotel nichts mehr frei. Er könnte uns aber ein Doppelzimmer zur Verfügung stellen, das für wichtige Leute ständig reserviert ist. Oder sollen wir nach einem anderen Hotel schauen?«, fragte sie mich. »Aber normalerweise ist bei Aida nichts mehr frei.«

»Ich kann ohne weiteres im Auto schlafen«, meinte ich.

»Schmarrn«, sagte sie gespielt empört. »Sie brauchen keine Angst zu haben, ich tue Ihnen nichts.«

»Ich meinte es andersherum.«

Schade, irgendwie hatte ich mich schon damit abgefunden gehabt, dass sie über mich herfiel. Ein Verhältnis mit einer Kommissarin konnte nicht schaden, geschäftlich gesehen. Fleur war selber schuld, wenn sie ewig in ihrem Paris herumgammelte. Ich war auch nur ein Mann. Unser Gepäck beschränkte sich im Prinzip auf Handtasche und Rucksack. Mir drückte sie den Rucksack in die Hand. »Damit Sie nicht so nackt ausschauen.«

Etwas Übung hatte ich mit Kommissarinnen. Meine Ex-Gattin war auch Kommissarin im K1 von Augsburg gewesen.

»Eine Nacht oder zwei Nächte?« Sara Insagg sah mich erwartungsvoll an. Wir mussten uns in das Übernachtungsformular des Hotels eintragen.

»Zwei Nächte«, antwortete ich.

Wenn was ging, dann sollte schon viel gehen.

Wir bekamen das Zimmer Nr. 322. Sie ging zuerst duschen. Ich holte mir ein Bitter Lemon aus dem Zimmerkühlschrank, dazu eine Schachtel gesalzener Erdnüsse und warf mich aufs Bett. Dann schaltete ich den Fernseher ein. Mit der Fernbedienung zappte ich mich durch diverse italienische Programme. Bunt, Bikinis, Busen und viel parlare. War nur logisch, dass dieses Land von einem Fernsehmogul geführt wurde. Wie würde die Insagg aus der Dusche kommen? Mit umgeworfenem Badehandtuch? Mit Dessous? Nackt? Ich fand, das Leben war doch eine Wunder-Wolke, auf der ich in die Zukunft schwebte. Angetan mit schwarzem T-Shirt und schwarzer Unterhose. Wunderhose?

Ich versuchte mit den Zähnen die Plastiktüte mit den Erdnüssen zu öffnen. Vom Snickers-Flop ließ ich mich nicht entmutigen. Als es mir gelang, verstreute ich die Erdnüsse übers Bett. Einige blieben in der Tüte. Sara Insagg kam aus dem Bad. Oho! Sie hatte tatsächlich in ihrer kleinen Handtasche eine Art dünnen Abend- oder Morgenmantel gebunkert. In Dunkelblau mit goldenen Sternchen. Sie sah aus wie ein Zauberer. Unter dem Flatterteil schien sie nichts anzuhaben. Schnell hob sie die Bettdecke und schlüpfte darunter. Dann löschte sie unser Licht.

»Ich bin sowas von müde, Sie nicht? Machen Sie doch den Fernseher aus. Wir können viel Schlaf gebrauchen.«

»Mach ich. Bin auch müde. Gute Nacht.«

Ich drückte auf den roten Knopf bei der Fernbedienung. Die Mattscheibe wurde dunkel. Das grüne Neonlicht einer Bar zuckte durch unser Hotelzimmer. Ich stand auf und zog den dicken Vorhang zu. Das zuckende Licht kam nur noch schwach in unser Zimmer. Ich zog mich unter der Bettdecke aus. Schaltete das Handy aus und legte es auf das Nachtkästchen. Hatte sowieso keinen Wert hier in Italien. Sie hatte sich mit dem Rücken zu mir hingelegt. Es waren nur ihre roten Haare zu sehen. Ich schlüpfte unter die zweite Bettdecke. Es ging mir wie der Prinzessin auf der Erbse. Ich spürte an manchen Körperstellen die herumliegenden Erdnüsse. Deswegen musste mich aber keine Prinzessin heiraten. Auch nicht Prinzessin Sara Insagg.

Was war das? Ich hörte schmatzende Geräusche. War sie schon eingeschlafen? So schnell? Träumte Sie davon, mich zu vernaschen? Erzeugten ihre Lippen Kuss- oder Saug-Geräusche? Ihr Körper begann sich mir zuzudrehen. Sollten diese Mundgeräusche mich animieren? Sie taten es. Jetzt ging's los. Wurde es eine heiße Nacht mit der molligen Kommissarin? Ihre Fingerspitzen berührten meine Haut. Tastend. Suchend. Uuuuuh. Sie reizten mich. Mal an der Brust, mal an der Hüfte, mal am Knie. Ich hielt einfach still. War doch schön, auch mal verführt zu werden. Ich ahnte, was ihre Finger wollten. Meine Augen gewöhnten sich langsam an die Dunkelheit, die von den Lichtzuckern rhythmisch aufgehellt wurde. Ich sah, wie ihre Finger sich ihren Lippen näherten, wie sie von ihrer Zunge abgeschleckt wurden. Ein Bild der Lüsternheit.

Wurden die meisten Kalorien nicht durch heiße Sex-Gymnastik verbrannt? Wenn diese Zunge über meinen Körper wanderte, ach, wie würde jede Pore meiner Haut jubilieren. Komisch, seit ich in Italien war, nahm meine Sprach- und Denkweise sowas Melodramatisches an. Waren Romeo und Julia jemals so weit gekommen wie Sara und Klaus? Konnte das legendäre Liebespaar außer Küssen auch noch andere körperliche Lüste verspüren? Hatten sie sich vorher schon entleibt? Meine Fragemaschine arbeitete in jedem Moment des Lebens. Was schoben die Finger von Sara Insagg zwischen ihre Lippen? Waren es die Erdküsse, äh, Erdnüsse, die im Bett herumlagen? Eine neue Diät?

»Schlafen Sie weiter. Ich muss noch was erledigen«, sagte sie unvermittelt zu mir.

»Was?« Mein Körper gab Entwarnung.

»Zu dumm. Der Mann an der Rezeption hat gesagt, dass der Nachtportier eventuell noch Karten für die morgige Aida-Aufführung hat.«

Ziemlich schnell hüpfte sie aus dem Bett, zog sich ihre Sachen an, öffnete unsere Zimmertüre und war verschwunden. Sollte ich ihr hinterher? Heimlich auf sie aufpassen? Konnte nicht schaden. Ich schaute durch den Türspalt auf den Hotelflur. Sie war nicht zu sehen. Von weit hinten hörte ich den Aufzug. Ich schlüpfte in meine Jeans. Einen Turnschuh fand ich nicht auf die Schnelle. Das T-Shirt hatte ich schon an. Die Hotelgänge waren mit Teppichboden ausgelegt. Also barfuß los. Ich schlich zur Treppe. Ich wollte keine Aufzuggeräusche verursachen. Das Hotel hatte vier Stockwerke. Sehr verwinkelt gebaut. Konnten zwei oder drei Häuser ineinander zu sein. Wie kam ich zur Rezeption? Weil ich barfuß über den Teppichboden durch die Hotel-Gänge schlich, war von mir nicht viel zu vernehmen.

Als ich die Treppe zum Erdgeschoss auf Zehenspitzen hinunterging, drangen leise gesprochene Worte an mein Ohr. Italienisch. An der Rezeption brannte eine kleine Lampe. Ein kleiner Fernseher lief. Doch die Stimmen kamen woanders her. An der Bar sah ich sie. Die Insagg saß auf einem Barhocker an der Hotelbar und schaufelte Spaghetti in sich hinein. Sie scheute sich nicht, vor den Augen des Nachtportiers die langen Spaghetti mehr in den Mund zu zutzeln als zu gabeln. Wie ein verhungerndes Baby an der Mutterbrust kam sie mir vor. Die Ärmste. Die Erdnüsse hatten ihre Ess-Lust geweckt. Wie bei einem Alkoholiker. Ein Bissen, eine Erdnuss hatte genügt, um die Sucht ausbrechen zu lassen. Der Nachtportier hatte eine Hand um ihre Schulter gelegt. Er flüsterte ihr unablässig ins Ohr. Sie nickte, sagte ab und zu auch was Italienisches. Machte einen sehr vertraulichen Eindruck, die Szene. Kannte sie ihn von früher? Besser? Knabberte er etwa an ihrem Ohrläppchen? Ich wandte mich ab. Sie konnte sich am Ohrläppchen knabbern lassen, von wem sie wollte. Konnte, sollte, musste mir egal sein.

Ich schlich zu unserem Zimmer zurück. Es befand sich übrigens direkt neben der Wäschekammer, wo die Zimmermädchen die Bettwäsche, die Handtücher und das Putzzeug deponierten. Ich lag wach im halbleeren Doppelbett. Sollte ich dankbar sein, dass sie mich mit ihrer Liebe verschont hatte? Oder kam sie gleich und stürzte sich auf mich? Angeheizt durch den Nachtportier? Frauen, die Diät machen, sollen nichts mit Erotik am Hut haben. Die sind derart mit dem Kalorienzählen beschäftigt, dass sie keinen Gedanken für sinnliche Gefühle haben. Sagt man. Habe ich schon öfters gehört. Aber wenn sie ihre Ess-Lust gestillt hatte, vielleicht wollte sie dann auch ihre Liebes-Lust stillen?

Schliefen die Gäste im Zimmer nebenan bereits? Kamen sie noch? Waren das womöglich Vladho und seine Freundin? Glaubte ich kaum. Die würden doch bestimmt einige Stunden im Bett herumbalgen und Lustgeräusche verursachen, die sich nicht von der Hotelzimmerwand aufhalten ließen. Bei denen war die Liebe doch noch ganz frisch. Das war ihnen aus der Ferne anzusehen. Nach meiner Uhr war es kurz nach zwei Uhr. Na ja, manchmal schliefen auch Jungverliebte nach ein paar leidenschaftlichen Stunden ein. Wachten wieder auf. Machten weiter. Schliefen wieder ein. Wachten um sechs Uhr auf und machten dann wieder weiter mit ihren Liebes-Aktionen. Ich stellte mir die Komik vor, wenn die Insagg mich auf Touren brachte, wenn ich zwischen ihren Brüsten und Schenkeln herumtobte und sie womöglich Brunftschreie der Sonderklasse, so um die 200 Phon ausstieß, also derart laut, dass unsere Zimmernachbarn an unsere Wand, noch besser, an unsere Türe klopften. Wenn ich nackt im Bett hockte und die Insagg an der Türe Vladhos Lärmbeschwerde entgegennehmen musste. Mein Mundwinkel, beide, zogen sich Richtung Ohr. Weit hoch. Solch eine Szene konnte Shakespeare nicht besser erfinden. Billy Wilder vielleicht? Ich, von Jack Lemmon gespielt. Die Insagg von Doris Day? Oder von der Marilyn Monroe? Welche Schauspielerin machte mich eigentlich derartig an, dass ich sie im Bett haben wollte? Mir fiel keine ein. War eine Leere im Gehirn auch verantwortlich für die Leere im Bett?

Aus der Wand hinter meinem Kopf drang plötzlich ein Gerumpel. Hinter dieser Wand war die Wäschekammer. Dann hörte ich eine männliche und eine weibliche Stimme. Aus Sätzen wurden schnell einzelne Wörter. War unser Tennis-Held, Boris Becker, auch Gast hier im Hotel? Musste ich aufstehen, um einen Samenraub beim Penis-Helden zu verhindern? Sollte ich es zugeben? Ich presste ein Ohr an die Wand am Kopfende meines halbleeren, oder positiv gesagt, halbvollen Bettes. In der Wäschekammer ging es ab! Heftigst. Es war nicht möglich, die Stimmen zu erkennen. Es war sowas wie ein männliches Brummen und weibliche Quietscher. Mal in langsamen Intervallen, mal in schnellen. Mal leiser, mal lauter. Mal zärtlich, mal wild. Das Ganze endete nach rund

Kapitel 22

Kann Zahnpasta in den Nasenlöchern wirklich das Schnarchen verhindern? – Die Kommissarin beschließt, ihre Diät in Italien lieber auszusetzen – Zuerst wird abwechselnde Beschattung angedacht

»Aufwachen! Frühstück!« Sara Insagg, die gutgelaunte K1-Mitarbeiterin zog die Vorhänge unseres Hotelzimmers auf. »Sie haben aber merkwürdig geschlafen«, gluckste sie.

»Wie denn bitte?«, fragte ich.

»Mit dem Rücken an der Wand sitzend, mit dem Prospekt in der Hand, Licht an, Fernseher an.«

Auf dem Weg in den Frühstücksraum, den wir mit aufgesetzten Sonnenbrillen betraten, damit uns niemand erkannte, erzählte sie mir, dass sie mich an den Füßen in die waagrechte Lage gezogen habe. Voller Mitleid mit meinem Rücken. Dann habe sie mich zugedeckt. Dann hätte ich geschnarcht. Sie wollte mir schon Zahnpasta in die Nasenlöcher drücken, damit sie schnarchlos schlafen konnte. Wir erzählten uns beim Frühstücken, während wir unauffällig Ausschau nach Vladho und seiner Begleiterin hielten, von allen möglichen Tricks, um die Schnarcher vom Geschnarche abzubringen. Sie schwörte auf Zahnpasta in den Nasenlöchern. Wenn sie eintrocknete, sei jedes Schnarchen vorbei. Ich erzählte ihr ein bisschen von meinem Schlafproblem.

Den Traum, an den ich mich plötzlich erinnerte verschwieg ich ihr lieber.

»Wohin sind Sie gestern Nacht plötzlich verschwunden?«, fragte ich sie beim Butterschmieren auf die Weißbrotscheibe.

»Ich hatte einen Hungeranfall. Wegen Ihrer blöden Erdnüsse. Ich fragte den Nachtportier, ob er mir was zum Futtern besorgen könne. Ich konnte in meinem Flatterdings nicht mehr raus. Stellen Sie sich vor, dann hat der mir in der Küche Spaghetti Arrabiata gemacht. Toll, gell? Die Italiener sind einfach ein gästefreundliches Volk. Finden Sie nicht?«

»Aha. Und dann?«

»Ich habe mich mit ihm unterhalten. Über Verona und Aida.«

»Aha. Ganz schön lange.«

»Was ist los mit dir mein Schatz, aha...«

»Trio«, erriet ich sofort. »Ich lieb dich nicht, du liebst mich nicht ...«

»Der Nachtportier wusste wirklich viel. Ein charmanter Mann zudem.«

Ihre Augen begannen leicht zu leuchten. Sie betrachtete vom Tisch aus das Frühstücksbüfett. Was sie sich nach der Salami noch holen könnte.

»Sowas, Ihnen schmeckt es ja gewaltig«, wollte ich mehr über die Hintergründe Ihrer verloren gegangene Gelüstekontrolle erfahren.

»Ich habe beschlossen, in Italien mit meiner Diät auszusetzen. Lebenslust darf keine kleinlichen Grenzen haben.«

»Gute Idee«, lobte ich sie.

Ich schlürfte etwas Orangensaft.

»Was ist nun mit den Karten für Aida heute Abend?«, fragte ich Sara Insagg.

Sie zog aus ihrem Handtäschchen zwei Tickets. »Habe ich vom Nachtportier. Da sind zwei nicht gekommen. Die waren zufällig übrig.«

»Was haben die gekostet?«

»Och, vergessen Sie's, geht auf meine Kappe.«

War das ihr Liebeslohn? Jetzt musste ich mich schon mit zwei verdächtigen Polizisten herumschlagen. Einer konnte ein Triebtäter sein. Eine konnte ihren Trieben beim Falschen nachgegangen sein.

»Was machen wir heute in der Zeit bis zum Oper-Beginn?«, begann ich mit ihr den Tag in Verona zu planen.

»Hmm. Wir schauen uns die Stadt an, schlage ich vor. Und ab 19 Uhr können wir in die Arena. Oder später, es geht erst um 21 Uhr los.«

»Können wir machen. Wir sollten uns auf jeden Fall dieses Archäologie-Museum anschauen. Das ist auf dem Prospekt angekreuzt. Da könnte sich was abspielen.«

»Sie haben Glück, Archäologie interessiert mich.«

»Jetzt hätten wir beinahe vergessen, dass wir uns um Vladho und seine Begleiterin kümmern müssten«, fiel mir ein, als die beiden vom Frühstückstisch aufstanden und eng umarmt davongingen.

»Die beiden fahren übermorgen, am Sonntag, wieder zurück nach Deutschland.«

»Woher wissen Sie das?«

»Hat mir der Nachtportier gesagt.«

»Mal eine dumme Frage: Wieso sind wir eigentlich hier?«

»Ich dachte, dieser Vladho hat vielleicht Kontakt zur Mafia. Doch scheint er eher eine Wochenend-Spritztour mit seiner Freundin zu machen. Schlecht wäre es allerdings nicht, wenn ich nebenbei seine Fingerabdrücke bekommen könnte.«

»Haben Sie auf der Pistole welche gefunden?«

»Ja. Die könnten wir vergleichen.«

»Wir besorgen uns ein Glas oder eine Tasse oder einen Teller von seinem Frühstückstisch.«

»Schon erledigt. Die Schwester des Nachtportiers arbeitet hier als Bedienung. Sie besorgt uns Kaffeetassen, Besteck und Gläser vom Tisch unseres Pärchens.«

»Mich irritiert nur dieses Kreuz auf dem Stadtplan«, kramte ich den Verona-Prospekt hervor.

Ich erzählte ihr von der Archäologie-Leidenschaft der Renate Sucharz.

Ebenso von meiner Vermutung, dass sich Vladho – mit oder ohne Begleiterin – und die Sucharz womöglich in dem Museum bei dem alten römischen Theater treffen wollen.

»Warum sollten sie sich in Italien treffen? Warum nicht einfach in Deutschland?«, fragte mich die Kommissarin, die ihre Büfett-Gänge mit einem Früchtecocktail beendete. Ich holte mir noch mal ein weiches Ei.

Ihr schmeckte es. Sie strahlte. Die Absetzung ihrer Diät tat ihr gut. Ihre Munterkeit paarte sich mit Lebenslust. War schon ein merkwürdiges Gefühl, mit Sonnenbrille zu frühstücken. Hatte ich noch nie gemacht. Die anderen dachten bestimmt, das Nachtleben habe uns um die Augen herum gezeichnet.

»Tja, vielleicht will die Frau Sucharz dem Vladho irgendwas Bestimmtes in dem Museum zeigen?«, vermutete ich. »Vielleicht besorgt sie oder er etwas hier in Verona und sie erledigen die Übergabe in dem Museum«, kombinierte ich.

»Sollen wir den ganzen Tag in dem Museum herumlungern, um das mitzubekommen?«, schmollte Sara Insagg im Voraus. Das mochte ich gar nicht. Im Voraus etwas Schlechtes vermuten. Mein übereifriger Einsatz im Dienst der Wahrheit und Gerechtigkeit schien ihr nicht zu gefallen. Überhaupt nicht. Sie holte mit ihrer Gabel die Schinkenscheibe von meinem Brot.

»Strafe«, grinste sie. »Wegen Übereifrigkeit.«

Jaja, sie war eben auch nur eine Beamte. Beamtin. Beamte erhalten ihr Gehalt immer. Ergebnisse sind da nicht wichtig. Hauptsache, sie sitzen ihre Arbeitszeit ab. Beamte saugen unseren Staat aus. Die letzten Vampire. Wenn die Insagg wenigstens mich ausgesaugt hätte. Gestern Nacht, statt in der Wäschekammer mit dem Nachtportier meinen kostbaren Schlaf mit ihren Orgasmus-Schreien zu stören. Sie schleckte genussvoll ihre Fingerspitzen ab. Sie steckte mich mit ihrer Ess-Lust an. Ich holte noch was vom Käse.

»Wissen Sie was, wir wechseln uns ab. Dann hat jeder was vom Tag«, machte sie einen Vorschlag.

Die Sonnenstrahlen, die durch die Fenster des Frühstückraumes kamen, wurden wärmer. Es schien ein heißer Tag zu werden. Gerade richtig für ein bisschen Bummelei durch enge, kühle Gassen und ein schattiges Plätzchen im Straßencafé. Eine Eisdiele würde sich auch finden lassen. Was meinte sie mit Abwechseln?

»Abwechselnde Beschattung? Wie soll das funktionieren?«

»Einer verfolgt die beiden, sagen wir so zwei Stunden, dann ruft er den anderen auf dem Handy an und der übernimmt. Genial, nicht? Verstehen Sie, was ich meine?«

»Schon«, sagte ich. »Es kann nur nicht funktionieren.«

»Warum nicht?«

»Die beiden sind vor rund zehn Minuten aus dem Hotel gegangen.«
»Warum haben Sie mir das nicht gesagt? Na?«
»Sie waren derart in Ihrer Frühstückslust aufgegangen, dass ich sie nicht mit irgendwelchem Kleinkram stören wollte«, erklärte ich.
Sie sollte es ruhig merken, dass es unserer Sache nicht diente, wenn sie mit mir Katz und Maus spielte.
»Dann können wir meine großartige Idee der geteilten Beschattung vergessen.«
Sie hantierte mit der Serviette herum. Putzte damit so lange in ihrem Gesicht hin und her, bis ein Lächeln zu sehen war.
War das die weiße Flagge?
Bot sie den Waffenstillstand an?
»Vergessen wir's«, sagte ich.

Kapitel 23

Im archäologischen Museum von Verona treffen Klaus Kessler und Sara Insagg auf eine bekannte Person – Bei patissada de cavallo macht ein Magen Unmutsfalten – Eine Brücke ist zweifach eine Brücke

Wir gaben unseren Schlüssel an der Rezeption ab. Dann starteten wir zum archäologischen Museum. Zu Fuß. Durch Veronas Altstadt. An der großen Arena vorbei, bei der schon geschäftiges Treiben wegen der abendlichen Aida-Aufführung herrschte. Wir mussten zur Brücke Ponte di Pietra über die Etsch. Ein paar Meter später waren wir schon am Museo Archeologico. Es war im ehemaligen Kloster San Girolamo untergebracht. Und wer kam uns entgegen, als wir zum Eingang strebten? Na? Genau, die Sucharz. Gut, dass wir unsere Sonnenbrillen seit dem Frühstück nicht abgenommen hatten. War eine Übergabe von irgendwas schon erfolgt? Dann müsste Vladho noch im Museum sein. War er aber nicht. Auch nicht seine Begleiterin.

Wir schauten uns die Fundstücke an. In den Glasvitrinen standen und lagen griechische Vasen, etruskischer Schmuck, zusammengestückeltes Hausgeschirr der Römer.

Die Kommissarin sprach mit der Frau an der Kasse.

»Wir und die Frau Sucharz waren heute – bis jetzt – die einzigen Besucher, hat sie gesagt«, übersetzte mir die Insagg. »Nachmittags kommen mehr Leute.«

Es war ungefähr 11 Uhr.

»Hätten wir die Sucharz verfolgen sollen?«, fragte ich die Kommissarin, die einen Museumsprospekt in die Hand nahm.

»Dazu sehe ich keinen Grund«, meinte sie. »Wir sind eher wegen Vladho hier.«

Wir gingen wieder in Veronas Altstadt zurück. Wir beschlossen mit dem Auto der Kommissarin die Umgebung von Verona zu erkunden.

In den Städtchen Cerea und Bovolone konnten wir neu gemachte Antikmöbel bewundern. Hier ist eine Möbelindustrie entstanden, die es versteht, von gotischen Schränken bis Jugendstil-Spiegeln alles herzustellen. Fälschungen vom Feinsten. Dabei wurde uns klar, woher der nie versiegende Nachschub der deutschen Antiquitätenhändler kam. In Bovolone existiert sogar eine Schule für Möbeldesign. Im Weinort Soave an den Ausläufern der Monti Lessini suchten wir uns nachmittags eine nette Trattoria, um unsere Mägen zu beruhigen. Ich war mit dem Benzingeld dran. Sara Insagg schien nun eine Gegen-Diät zu machen. Sie begann ihr Essen, das pranzo, mit antipasti, dann orderte sie den »primo piatto« mit »faraona al vino rosso«, Perlhuhn in Rotweinsauce, dann den secondo piatto, bestehend aus »castrato in umido«,

Hammelfleisch, mit contorno. Ich studierte eifrig die Menükarte und erkundigte mich bei der Kommissarin nach der Bedeutung der italienischen Speisen.

»Polestro in tecia«, das Hühnchen nach Jägerart klang recht appetitlich. Bei »patissada de cavallo« jedoch machte mein Magen leichte Unmutsfalten.

»Das ist geschmortes Pferdefleisch«, erklärte mir die Insagg.

Ich nahm die Bohnensuppe mit Nudeln, die ich als pasta e fagioli von der Karte buchstabierte. Hinterher noch ein lokales Leibgericht: Stockfisch mit Zwiebeln, Knoblauch, Sardellen, Parmesankäse und Milch sowie einer Prise Zimt. Dazu tranken wir natürlich weißen Soave-Wein aus der gläsernen Halbliterkaraffe. Zwischen den hin- und herfliegenden Wörtern von Kommissarin und Kellner wie Aqua gassata, cipolla, patate, verdura, bollito, si, no, uno, due, prego, scusi, bene, grazie, per quanto tempo, oggi, domani unterhielten wir uns über Vladho und die Sucharz.

»Wer mag wohl Vladhos Begleiterin sein?«, stellte ich eine Frage in die Luft der italienischen Provinz Venetien, zwischen Gardasee und der Adria.

Lässig tunkte ich mit der letzten Brotscheibe die Suppenreste auf. Wir saßen auf einer Terrasse vor dem Lokal unter einem Sonnenschirm. An einem Kreisverkehr. In der Mitte eine Pflanzeninsel. Es gab was zum Sehen.

»Das überlege ich auch schon die ganze Zeit, welche Rolle die Frau an der Seite von Vladho spielt«, rätselte die Kommissarin mit.

Ich holte wieder den Verona-Prospekt hervor, den ich vom Boden der Raststätte aufgehoben hatte.

»Wieso haben die das Archäologie-Museum angekreuzt und dann nicht besucht?«, versuchte ich in der beginnenden Hitze eine produktive Frage loszuwerden.

»Vielleicht sind sie nach uns ins Museum?«, überlegte die Insagg, während sie mit sich selber bereits erörterte, ob sie eine Nachspeise und dann einen Espresso bestellen sollte. »Oder sie wollten sich gar nicht im Museum treffen und die Sucharz verfolgt die beiden wie wir, aus irgendeinem Grund? Komisch finde ich nur, dass ausgerechnet die Sucharz in das Museum geht, das die beiden auf ihrem Prospekt angekreuzt hatten.«

»Hat die Sucharz eine Tochter? Könnte Vladhos Begleiterin die Tochter von Renate Sucharz sein?«

»Wieso fragen Sie? Meinen Sie, die Sucharz spielt die Aufpasserin? Soweit ich weiß, hat die Sucharz keine Tochter«, sondierte ich den Kaffeeklatsch der Schausteller-Frauen.

Ich vermutete, die Insagg nahm mich zur Ablenkung ins Kreuzfeuer. Sonst hätte sie womöglich ihren Teller ausgeschleckt. Es schien ihr zu schmecken. Sie studierte schon wieder il menu, die lange Speisekarte.

»Was meinen Sie zu Connolo?«

»Was ist das?«

»Connolo, das sind Teigröllchen, die mit süßem Käse, Nougat und kandierten Früchten gefüllt sind. Dolces, Süßigkeiten.«

»Was hat Ihnen eigentlich der Nachtportier nach den Spaghetti noch als Nachspeise an der Hotelbar serviert? Dolce vita?«

»Woher wissen Sie, dass ich an der Hotelbar gegessen habe? Haben Sie mir etwa nachspioniert?« Sie schaute mich spöttisch, leicht verächtlich an. Wie einen V-Mann aus der Neo-Nazi-Szene.

»Ich machte mir Sorgen, ich wollte wissen, wo Sie hingegangen sind. Sie hatten einen regelrechten Blackout.« Sie sollte ruhig wissen, was ich wusste.

»Dankeschön, Herr Bodyguard, dass ich noch lebe.« Sie giftete richtig. »Dass mich die Mafia noch nicht an einen Harem weiterverkauft hat.«

»Die Araber mögen mollige Frauen«, stichelte ich.

»Gut zu wissen, dann bestelle ich mir jetzt noch eine große Portion Gelati. Mit Sahne. Damit mein Marktwert noch höher steigt.« Sie war empört. »Und wenn Sie es ganz genau wissen wollen, der Nachtportier hatte gestern gar keine Zeit mehr für mich, der wurde von der Hotel-Direktorin mitgenommen, um eine streunende Katze aus dem Hotel zu scheuchen.«

»Raffinierte Lügnerin, die Kommissarin«, dachte ich.

Oder hatte ich mich doch getäuscht, als ich glaubte, aus der Orgien-Kammer neben meinem Hotelzimmer auch deutsche Lustlaute zu hören? War es ein wenig Eifersucht, die mich da fehlleitete? Vielleicht konnte diese Nacht eine Identifizierung ihrer Lustlaute bringen? Wenn sie nah genug neben mir lag. Ich kratzte eine rhetorische Kurve.

Vor unserer Speise-Terrasse floss der Samstagsverkehr vorbei. Ich verdünnte meinen Weißwein mit dem Mineralwasser aus der anderen Karaffe, an deren Außenseite der Wasserdunst bereits durch die nachmittägliche Hitze einen Feuchtfilm bildete. Die Sonne knallte herunter. Keine Temperatur zum Denken. Konnte sich deswegen die Mafia in Italien derart ausbreiten, weil die Polizisten in Italien weitaus schlechtere Denk-Bedingungen hatten als wir im nördlicheren Europa? Ausgenommen natürlich Commissario Brunetti in Venedig, wo die Kanäle wie bei uns in Augsburg bei Hitze für ein gemäßigtes Klima sorgten. Mir fiel der Vergleich Augsburgs mit Venedig im Heimatkundebuch »Mein Augsburg« ein. Dort war zu lesen, dass Augsburg mehr Brücken hat als Venedig.

»Wie viele Brücken hat eigentlich Venedig?«

Der Kellner jonglierte gerade den Eisbecher mit der rechten Hand vor die Kommissarin, nachdem seine linke Hand ihren Teller und ihr Besteck weggenommen hatte. Dabei flirtete er ungehemmt mit ihr. Sie schien bei den Italienern einen Stein, eine Kiesbank im Brett zu haben. Sollte sie. Ich war nicht verheiratet mit ihr. Absolut nichts hatte ich mit ihr. Jawoll!

Ich nahm wieder den Verona-Prospekt zur Hand, der uns schon einige Hinweise gegeben hatte. Ich las vor: »Verona ist stolz auf die zinnenbewehrte Brücke der Scaliger. Gemauert aus rotbraunen Ziegelsteinen. Sie überquert beim Castelvecchio die Etsch.« Von der Scaliger-Brücke war ein großes Foto im Prospekt. Die Brückenbögen, die sich von einem quadratischen Turm zum anderen über den Fluss spannten, den die Italiener nicht Etsch, sondern Adige nennen, sind aus weißen schmalen Steinen, die wie die Zähne im Oberkiefer eines Totenschädels wirken. Der Prospekt zitierte aus einem Reisebericht von Montaigne: »Verona hat sehr hübsche Plätze und Märkte. Auch herrscht an Inschriften kein Mangel, denn selbst wenn die kleinste Traufe ausgebessert wird, geschieht dies nie, ohne dass sich Bürgermeister und Handwerker mit ihrem Namen darauf verewigen ...« Ich betrachtete mir das Bild der Scaliger-Brücke genauer. Da war eine Zahl in der Brücke. Schaute auf den ersten Blick aus wie eingemeißelt. Eine Jahreszahl?

»Wählen Sie mal auf Ihrem Handy 0172 993 192 5«, sagte ich zur Insagg, die sich heimlich unterm Tisch ihre Schuhe von den Füßen schob, sich ausstreckte, die Hände von den Stuhllehnen baumeln ließ, die Sonnenbrille von der Frisur wieder ins Gesicht schob. Der Kellner drehte für sie die Markise noch weiter herunter. Überfreundliche Blicke aus den Augen der Kommissarin belohnten ihn.

»Wieso rufen Sie die Nummer nicht an?«, wollte die Kommissarin wissen. »Was ist mit der Nummer?«

»Hier, sehen Sie, hier ist die Nummer«, schob ich ihr das Foto mit der Scaliger-Brücke vor die Nase. Was ich für das Erbauungsdatum der Brücke gehalten hatte, wobei die Zahlen mit Serifen tatsächlich recht geschickt gestaltet waren, wie in Stein gehauene Zeichen, entpuppte sich als Handy-Nummer. Als Jahreszahl war sie doch zu lang. Der Fingernagel meines rechten Zeigefingers drückte unter dieser Zahl eine Linie ins Papier.

»Warum rufen Sie nicht an?«

»Habe ich schon probiert, aber mein Handy ist hier in Italien nicht zu gebrauchen. Ich schätze, Ihres ist da besser geeignet«, aktivierte ich die Kommissarin.

Sie wählte die Handy-Nummer aus dem Brückenfoto. Dann nahm sie das Handy ans Ohr. Die Kommissarin blinzelte mir zu, stellte den Daumen nach oben. Es schien sich jemand zu melden.

»Ja, hallo, hier ist Sonja Schotter von der Telekom, es geht um ihre

Handy-Rechnung, sie ist mit dem Vermerk »unbekannt verzogen« an uns zurückgekommen, dürfte ich Ihre neue Adresse haben?« Die Kommissarin blinzelte mir erneut zu. Ich hob auch den Daumen nach oben. Das machte sie gut.

»Wie? Sie sind nicht umgezogen? Sie sind doch Frau Anneliese Koch – oder?«

Sie schaute konzentriert in ihre Espresso-Tasse.

Tat ich auch. Der Espresso schaute mich an wie ein geblendetes Auge von Samson, dem starken Mann, der durch den Verrat einer geliebten Frau namens Delila seiner Kraft spendenden Haare beraubt wurde, woraufhin ihm seine Gegner die Augen ausstachen. Als blinder Sklave musste er dann den Mühlstein drehen. Würde sie den Namen, der zu der Nummer gehörte, mit dem Trick herausbekommen?

»Sie heißen Malke? Anneliese Malke? Nicht? Judith Malke? Ja, gut, dann hat sich das erledigt. Entschuldigen Sie, dann liegt hier ein Irrtum unsererseits vor.«

Sie steckte ihr Handy in den Rucksack neben ihrem Stuhl.

»Bravo!«, lobte ich sie. »Gut gelogen. Im Auftrag der Wahrheit..«

»Können Sie mit dem Namen etwas anfangen?«

»Malke? Malke? Nein, mit diesem Code-Wort geht bei mir keine Datei auf.«

»Dann merken wir ihn uns erst mal«, sagte sie und winkte dem Kellner. »Il conto, per favore.«

Wir fuhren nach Verona zurück.

Wir wollten den berühmten Balkon der Julia sehen. Wo sie Romeo ihre Liebe gestand. Zuerst liefen wir durch enge Gassen, vorbei an alten Mauern, bedeckt mit Namen und Herzen. In einem Innenhof steht die Statue von Julia. Mit blankgeriebenem Busen. Die Berührer werden auf Liebesglück hoffen. Wie kam ich da ran, ohne dass die Kommissarin mein Tun mitbekam?

»Ist das nicht Renate Sucharz?«

Die Kommissarin zeigte mir eine Frau, die auf einen Briefkasten zuging. Wir setzten unsere Sonnenbrillen auf. Sie war es. Sie warf was hinein. Dann tauchte sie wieder in den Touristenscharen unter.

»Das ist kein normaler italienischer Briefkasten.«

Die Kommissarin betrachtete den roten Briefkasten aus Gusseisen. Ein Plakat mit der Überschrift »Dear Juliet« hing dahinter an der Wand. Darunter waren einige Zeilen in verschiedenen Sprachen. »Lass deine Nachricht für Julia hier!«, war auf Deutsch zu lesen. Ein Postbote im hellblauen Hemd kam. Er leerte den Briefkasten. Die Kommissarin sprach auf Italienisch kurz mit dem Mann, der die Post aus dem Briefkasten in einen kleinen Sack steckte.

»Das war Renato«, klärte sie mich auf. »Ein pensionierter Postbote.

Er sammelt die Briefe an Julia ein. Das macht er jeden Tag. Damit der Kasten nicht überquillt.«

»Und dann?«

»Sie werden alle beantwortet. Von einem Club di Giulietta. Das sind einige Frauen aus Verona. Über fünftausend Briefe im Jahr mit irgendwelchen Liebesproblemen beantworten die. Die machen das ehrenamtlich. Gesponsert wird der Club von einem Süßwarenfabrikanten namens Tamassia.« Die Kommissarin demonstrierte mir, was sie in kürzester Zeit rausbekommen konnte.

»Was die Sucharz wohl an die Julia geschrieben hat? Welches Liebesproblem wird sie quälen?«

»Dazu müssten wir ihren Brief an Julia lesen können.«

»Wo hat denn dieser Julia-Club seinen Sitz?«

»In der Via Galilei.«

»Nummer?«

»Keine Ahnung.«

»Sollen wir hinschauen? Vielleicht finden wir den Julia-Club?«

»Hmmm. Dürfte schon zu spät sein. Es ist gleich 19 Uhr. In wenigen Minuten öffnet die Arena.«

Ich riss einen Zettel aus meinem Notizblock. Ich kritzelte einige Worte drauf. Deckte mit dem Rücken meine Schreiberei ab. Machte auf pubertäre Heimlichtuerei. Dann faltete ich den Zettel zusammen und warf ihn in den roten Briefkasten.

»Was haben Sie für ein Liebesproblem?«, grinste mich Sara Insagg penetrant lange an.

Kapitel 24

Aida in der Arena – Leichte Zweifel verfolgen Klaus Kessler – Der ägyptische Feldherr verliebt sich in eine Sklavin – Eine biblische Plage bricht über die Zuschauer herein – Es wird Dante deklamiert

Um halb acht abends saßen wir in der Arena. Zwischen einer italienischen Familie. Die picknickten. Wir durften die Salami, die Oliven, den Käse und das Weißbrot weiterreichen. An die Kinder, an die Oma oder an die Tante und deren Familie. Schnell gehörten wir dazu. Wir durften mitessen.

»Sehen Sie, wo die beiden sitzen?«, fragte ich die Insagg.

»Sie sind noch nicht da.«

»Woher wissen Sie das?«

»Auch vom Nachportier. Der hat denen zwei Karten auf den Rängen verkauft. Nummer 618 und 619. Habe ich mir gemerkt.«

Ich schaute auf unsere Karten. Wir hatten Nummer 1124 und 1125. Ich ging kurz nach vorne, um 618 und 619 zu orten. 618 und 619 waren fünf Reihen vor uns. Ziemlich in der Mitte. Sie waren noch frei.

Die Plätze ringsum füllten sich nach und nach. Eine angenehme Stimmung voller Geplauder, Lachen und emsiger Gestik. Sara Insagg und ich genossen die Atmosphäre. Wir redeten wenig. Ich hing meinen Gedanken nach. Mir kamen wieder leichte Zweifel. Ein Nachtportier, der soviel Informationen rausrückte, der will schon mehr als nur am Ohrläppchen einer Touristin knabbern. Die Ränge füllten sich nach und nach. Um 20 Uhr 30 war es schon ziemlich voll.

Durch die hohen Fensterbögen der Arena-Mauer, die schon teilweise verfallen war, konnte ich den blauen wolkenlosen Himmel sehen. Wir saßen mit dem Rücken am Eisengitter, das uns, den letzten Rang, vom Weg am oberen Rand innerhalb der Arena abtrennte. Das garantierte keine gute Aussicht auf das Geschehen bei Aida. Jedoch einen guten Überblick über das Publikum, das vor uns saß. Vladho und seine Begleiterin kamen kurz vor Aufführungsbeginn. Sie drängten sich Händchen haltend durch die vollbesetzte Reihe durch, zu ihren freien Plätzen. Regte niemanden auf. Italiener freuen sich über Frischverliebte.

»Wo haben Sie den Verona-Prospekt?«

Ich holte ihn aus der Jackentasche.

»Hier, wieso? Da steht nicht viel drin über Aida.«

»Das nicht. Warten Sie. Wir können jetzt was Wichtiges erfahren.«

Sie klappte den Prospekt auf. Als sie das Foto der Scaliger-Brücke vor sich hatte, nahm sie ihr Handy. Sie wählte. Vor uns begann ein Handy zu piepen. Ich konnte sehen, dass es Vladhos Begleiterin war, die ganz schön aufgeregt mit ihrem Handy herumfuhrwerkte.

»Sie hat es ausgeschaltet.« Die Kommissarin lächelte zufrieden.

»Verstehe. Jetzt wissen wir, dass die Handy-Besitzerin eine Judith Malke ist.«

»War schließlich nicht klar, dass die Handy-Nummer zu Vladhos Begleiterin gehörte.«

»Sie haben sich eine Belohnung verdient.«

»Ein Bett voller Erdnüsse würde mir genügen.«

Sie strahlte mich an. Ihr Mund war kussreif.

»Schauen Sie, wer da kommt.«

Ihr Mund war nicht mehr kussreif.

Eine Frau mit Sonnenbrille und Strohhut setzte sich zwei Reihen hinter Vladho und Begleiterin.

Es war die Sucharz. Mit diesem Blumenkleid war sie auch im Archäologie-Museum gewesen. Woher wusste sie, wo die beiden saßen? Was würde geschehen? Ich rechnete nicht mit einem Blasrohranschlag wie beim Augsburger Theatermord, meinem vorigen Fall. Warum sollte die Sucharz was gegen die beiden planen? Drehte meine Fantasie da nicht durch? Schreibt man einen Ich-habe-ein-Problem-Brief an Julia und bringt dann jemanden um, der wahrscheinlich das Problem ist? Im Theater vor vielen Menschen?

»Ist doch merkwürdig, dass die Sucharz hinter Vladho und der Malke sitzt«, bemerkte ich.

»Habe ich mir auch gerade gedacht«, sagte die Insagg.

»Nehmen wir mal an, die Sucharz ist auf den Vladho eifersüchtig ...«, begann ich kurz vor Vorstellungsbeginn zu überlegen.

»... und die Sucharz will ihn oder sie oder beide dafür über die Klinge springen lassen«, überlegte sie weiter.

»Sie hat eine große Handtasche ...«, war ich an der Reihe, »... in der das Mordinstrument wartet.« Ich wusste, wie schnell man eifersüchtig werden konnte.

Die Kommissarin winkte einen Jungen herbei, der Programmhefte für Aida verkaufte. Sie las darin und murmelte italienische Wörter vor sich hin.

»Steht da was drin über die Oper? Singen die auf Italienisch?«, fragte ich die Kommissarin.

»Die singen auf Italienisch. Der Programm-Text ist dreisprachig. Also, die Handlung spielt in Memphis und Theben, zwei Städten in Ägypten zur Zeit der Pharaonen. Radames, der ägyptische Feldherr, verliebt sich in Aida, eine äthiopische Sklavin am Pharaonenhof. Diese ist die Tochter des Königs von Äthiopien. Doch ausgerechnet Amneris, die Tochter des Pharao, ist auch in den Feldherrn Radames verknallt. Sie ist daher schwer eifersüchtig auf Aida.« Die Kommissarin zog für die Details das Programmheft zu Rate. Sie schien sich wirklich im Urlaub zu

fühlen. Dieses Gefühl hatte von mir noch nicht so ganz Besitz ergriffen.
»Wie es immer so geht«, ergänzte ich. Es sollte sarkastisch klingen.
»Wenn die Sucharz die Pharaonentochter wäre, Vladho der Radames und seine Begleiterin die Aida, könnte es dann sein, dass die Sucharz auch von der Eifersucht geplagt wird?«, spann ich die Aida-Story in unsre Gegenwart. »Wie geht denn der Eifersuchts-Konflikt bei Aida weiter?«, wollte ich wissen.
Sara Insagg übersetzte wieder aus dem Programm.
»Tja, Radames muss ausgerechnet gegen Aidas Vater in den Krieg ziehen.«
»Hartes Schicksal für Aida. Ihr Geliebter muss gegen den eigenen Vater kämpfen, auwei«, begann ich langsam den Inhalt und die Verstrickungen in der Verdi-Oper zu begreifen.
»Radames gewinnt die Schlacht gegen die Äthiopier. Zur Belohnung gibt der Pharao dem Radames die Hand seiner Tochter Amneris. Unter Radames Gefangenen ist auch Aidas Vater. Dieser will, dass Aida ihrem geliebten Radames ein militärisches Geheimnis entlockt, um die Ägypter besiegen zu können. Er verrät es ihr auch – natürlich ohne Absicht. Das wird aber bemerkt.«
»Oh je«, ahnte ich schon, wie es weitergeht.
»Die beiden Verliebten, Aida und Radames, wollen daraufhin flüchten. Radames wird zum Tode verurteilt wegen Verrats. Aida kann sich verstecken. Radames wird lebendig eingemauert ...«
»Harte Strafe«, kommentierte ich.
»... zusammen mit Aida«, vollendete Sara Insagg ihre kompakte Express-Wiedergabe der Aida-Oper. »Sala nel palazzo del Re a Menfi ... äh ja, hier steht's, das Bühnenbild, das wir gerade sehen, ist der Palast des Pharaos zu Memphis. Aufgepasst, jetzt geht's los!«, sagte die Kommissarin, legte das Programmheft auf ihre Knie, faltete die Hände darüber und schaute erwartungsvoll zur Bühne vor.
Scheinwerfer warfen ihr Licht in der beginnenden Dämmerung auf den Pharaonentempel. Es wurde ruhig in der Arena. Erwartungsvolles Schweigen machte sich breit.
Ich bückte mich nach vorne, um besser sehen zu können. Vor allem wollte ich sehen, ob die Hand der Sucharz, die langsam in ihre Tasche glitt, mit einer Waffe, wahrscheinlich einer handlichen Pistole, daraus hervorkam und sie Vladho oder seine Begleiterin in den Hinterkopf schoss. Oder beiden? Da war nichts Genaues zu sehen. Zu viele Menschen. Zu dunkel. Wie konnte ich da was verhindern? Sollte ich mich einfach neben die Sucharz drängen und ihr die Tasche wegnehmen? Wie ein Taschendieb? Sie würde schreien und man würde mich für verrückt erklären, wenn keine Pistole in der Sucharz-Tasche war. Einmauern würde man mich nicht, doch es würde viel Ärger geben. Warum

war die Kommissarin neben mir derart gelassen? Sie schien sich wirklich auf die Oper zu freuen. Renate Sucharz hielt ein Opernglas in der Hand. Ich rutschte unruhig hin und her.

»Was haben Sie?«, fragte mich die Kommissarin.

Ich hatte vor Erregung leicht pfeifend ausgeatmet.

»Ich beobachtete unser Trio da vorne«, sagte ich.

Dabei erntete ich von unserer netten italienischen Familie um uns herum, die vor einigen Minuten ihre gesamten Fressalien, Wasser- und Weinflaschen in diversen Kühlboxen lautstark verstaut hatten, mahnende Blicke. Eine zarte Geigenmelodie erklang aus dem Orchestergraben. Die Kommissarin legte einen Zeigefinger auf ihre Lippen. Ich verstand, die Zuschauer wollten Verdi sehen und nicht Wagner hören, ausgelöst durch meine deutschen Bemerkungen. Zwei Männer in typischen Kostümen, die man von den Zeichnungen aus den Pharaonen-Grüften kennt, traten auf die Bühne vor den Säulengängen.

»Der Oberpriester und Radames«, flüsterte mir Sara Insagg ins Ohr. Sie hatte weiche Lippen.

»Si, corre voce chel' Etiope ardisca sfidarci ancora, e del Nilo la valle e Tebe minacciar«, sprach der Oberpriester auf Radames ein.

Mir war es ganz recht, dass ich nichts verstand. So konnte ich viel besser auf das Geschehen zwischen der Sucharz und dem Pärchen vor ihr aufpassen. Die Sucharz blickte mit ihrem Opernglas nicht nur auf die Bühne, um die Mimik der beiden Sänger zu betrachten. Das Opernglas der Sucharz richtete sich auch in andere Richtungen. Wie auf der Suche nach Ausgängen aus der Arena.

Die Dämmerung kippte schnell in Dunkelheit um. Die Lichter auf den Scheinwerfertürmen wurden intensiver. Die Bühnenstrahler tauchten die Statuen, das große Tor, durch das man die Pyramiden und Paläste von Memphis erblicken konnte, in ein fantastisches Licht. Das alte Ägypten lebte wieder. Ich konnte nicht mehr genau sehen, was die Sucharz tat. Mir lief der Schweiß vom Kopf über den Hals, über Brust und Rücken bis zur Unterhose. Hier wurde er durch meine sitzende Haltung aufgesaugt. Unangenehm. Ich hasse dieses Gefühl, wenn die Kleidung am Körper klebt. Oouuuuaaaah! Jetzt konnte ich es nur noch hören, wenn die Sucharz schoss. Aber auch das konnte in der Musik untergehen. Sie würde sich bestimmt eine laute Stelle aussuchen.

Als die Pharao-Tochter dem Radames auf der Bühne begegnete, wurde die Musik bereits heftiger. Nachdem ein Bote was von einem Überfall der Äthiopier meldete, die plündernd und mordend gegen Theben zogen, entfachten die schrillen Töne von Flöten, Oboen, Klarinetten und Fagotten eine kriegerische Stimmung auf der Bühne.

Am Ende des zweiten Aktes, nachdem Radames die Schlacht gegen die Äthiopier gewonnen hatte, war auf der Bühne mächtig was los.

Vor dem Ammontempel jubelte das Volk. Der Pharao wartete auf einem baldachinüberwölbten Thron auf den Sieger. Neben ihm seine Minister, Priester, Hauptleute, Wedel- und Wappenträger. Als die siegreichen Truppen von Radames mit den Schätzen der Besiegten und ihren Gefangenen kamen, tönten auch die langen ägyptischen Trompeten los. Der Triumphmarsch. Kerzen wurden vom Publikum angezündet.

Tausende von Zuschauern waren in der Arena wie elektrisiert. Viele sangen die bekannte Melodie mit. Wenn die Sucharz jetzt eine Kugel durch Schädeldecke und Gehirn gejagt hätte, wäre, zumindest der dazugehörige Knall, in diesem Moment, keinem aufgefallen. Mir blieb nichts anderes übrig als abzuwarten. Ob am Schluss der Oper nicht nur Radames und Aida eingemauert starben, sondern auch Vladho und seine Begleiterin als Leichen die Oper hinter sich ließen.

»Pur se tu m'ami ancor s'apre una via di scampo ...«

»Aida will mit Radames flüchten«, flüsterte mir ergriffen Sara Insagg ins Ohr.

Einige Ränge vor uns entstand plötzlich Bewegung. Unruhe schien aufzukommen. Hatten Vladho und seine Freundin das Fluchtmotiv aufgenommen? Wollten Sie es für sich umsetzen? Hatten sie die Sucharz hinter sich gesehen? Hatte die Sucharz bereits auf sie geschossen? Daneben? Jemanden verletzt? Schwarze Zuschauer-Silhouetten bildeten sich vor der beleuchteten Bühne, auf der das Bühnenbild das Ufer des Nils zeigte. Wo zwischen Felsen Palmen wuchsen, auf den Felsen ein Isis-Tempel, bei Sternennacht und Mondschein. Irgendwelche Zuschauer wollten vor uns ihre Plätze verlassen. Lag schon eine Tote, ein Toter, oder zwei Tote zwischen den Zuschauern, die eine solche Panik auslösten?

»Was machen wir, wenn da unten Vladho und seine Freundin raus wollen?«, flüsterte ich der Kommissarin ins Ohr.

»Wir müssen hinterher, dann ist es was Wichtiges«, flüsterte sie zurück.

Oh Gott, jetzt durch die Zuschauer? Bitte nicht. Aufregung schien auch die Zuschauer um uns herum zu ergreifen. Wegen Vladhos Flucht? Seine Freundin mitzerrend? Die Sucharz hinterher? Ein Getümmel war vor uns entstanden.

Irgendein merkwürdiges, sehr intensives Geräusch, das nicht nur von der Bühne zu kommen schien, erfüllte die Luft.

Unsere italienische Familie blickte zum Himmel und einige riefen sich zu: »Que che?« Die Leute ringsum standen auf. Das unheimliche Geräusch, ein Surren, kam von oben. Auf der Bühne war es stumm geworden. Aida und die anderen Schauspieler blickten ebenfalls nach oben.

Eine Wolke aus Heuschrecken fiel über uns her. Verona und dessen Umgebung, so meldeten am nächsten Tag die Medien, wurde von einer gigantischen Heuschrecken-Armee heimgesucht. Anscheinend hatte der Scirocco, der Wind aus Afrika, die Plagegeister übers Mittelmeer bis nach Italien getrieben. Als die krabbelnde und wuselnde Decke aus Heuschrecken über das Opern-Publikum herfiel, entstand in Sekunden ein Chaos. Alle wollten nur noch raus.

»Heuschrecken! Überall! Entsetzlich. Was machen wir?«, klammerte sich die Kommissarin an mich.

Ich wischte mir gerade ein paar Grashüpfer aus dem Gesicht. Ich konnte sie auch in meinen Haaren fühlen. Wie ihre langen Beine sich überall festklammerten. Sie machten mir keine Angst. Ich hatte mehr Angst vor der Angst der anderen. Die Leute neben mir, die lustige italienische Familie war plötzlich hysterisch geworden. Sie riefen durcheinander. Sie begannen zu schieben. Der Druck an meinem Rücken wurde stärker. Ich hoffte, dass sie uns nicht an einem Gitter oder an einer Mauer zerquetschten. Eigentlich waren die Heuschrecken ungefährlich. Was sollten sie uns schon tun? Vielleicht ein bisschen zwicken? Auffressen konnten und würden sie uns bestimmt nicht. Unter meinen Füßen knirschten hunderte von Heuschrecken, die von meinen Schuhsohlen zermatscht wurden. Ekelhaft. Das Flügelgeschwirr hatte eine an- und abschwellende Intensität, die mit einer minimalen Klangveränderung zusammenhing.

»Wir dürfen uns nicht an den Rand drängen lassen«, schrie ich der Kommissarin ins Ohr.

Auch wenn es zu dieser Pharaonen-Oper passte, war der Heuschrekken-Überfall bestimmt kein Gag der Veranstalter. War die Heuschrecken-Plage nicht eine der zehn Plagen, die der jüdische Gott über das Reich des Pharaos kommen ließ, damit die gefangenen Juden gehen durften? Die fraßen damals am Nil alles auf den Feldern und den Bäumen weg. Die Wüstenheuschrecken fliegen in riesigen Schwärmen umher, zusammengesetzt aus vielen kleinen Gruppen. Immer wenn eine Gruppe an den Rand des Schwarms gerät, versucht sie wieder in die Mitte zu kommen. Im Jahr können Wüstenheuschrecken um die 3.000 Kilometer zurücklegen. Ein Heuschreckenschwarm kann die gleiche Menge fressen wie eine Million Menschen und mehr für ihre Ernährung brauchen. Die Richtung der Heuschreckenschwärme wird vom Wind bestimmt. Es musste ein starker Wind gewesen sein, der die fliegenden Wüstennager übers Mittelmeer getragen hatte.

Ich versuchte den Druck hinter mir, verursacht von den nachschiebenden Leuten aus unserem Rang, zu widerstehen. Keine Chance. Wir hatten Glück. Sie schoben uns in einen Ausgangs-Tunnel. Wir wurden aus der Arena hinausgeschoben. Draußen flohen die Leute in die umliegenden Restaurants, Bars, Läden oder Kirchen. Am Boden wimmelte es von Heuschrecken. Die Bibel, die sie unter zehn Bezeichnungen kennt, sagt von ihnen: »Sie haben keinen König, und doch schwärmen sie alle geordnet aus.« Der Heuschreckenschwarm wogte in unterschiedlicher Dichte herum. Die Menschen riefen durcheinander. Die Autos standen auf den Straßen. Einige waren ineinander gefahren. Geschlittert über eine Schicht zermatschter Heuschrecken. Orange und blau zuckten die Lichter von Feuerwehr, Krankenwagen und Polizei. Fahrzeuge der Straßenreinigung waren auch schon unterwegs.

Ich war mit Sara Insagg in ein Café geflüchtet. Beim Dante-Denkmal. Die Kellner unseres Cafés waren in vollem Einsatz. Sie schüttelten die Heuschrecken von den Tischdecken ihrer Tische auf dem Platz. Mit Besen und Schaufeln räumten sie die zappelnden Heuschrecken auf einen Haufen. Eine graubraune zuckende Masse. Es sah infernalisch aus. Der steinerne Dante, in der Mitte des Platzes vor unserem Café, sah ungerührt dem schaurigen Treiben zu. Kamen die auch in seiner Untergangs-Literatur, der Göttlichen Komödie, vor? Hatte nicht schon das Buch der Bücher die Heuschrecken als einen Schrecken der Apokalypse aufgeführt?

Dann kam der Hagel.

Es donnerte und blitzte. Ein Sommergewitter begann. Jetzt schien auch der Himmel Jagd auf die Heuschrecken zu machen. Ringsum prasselten Hagelkörner herunter. Sie schlugen auf den Autos ein. Es klang wie wenn alle Dämonen das Drum-Musical »Stomp« spielten. In wenigen Sekunden hatte sich über die Heuschrecken ein Teppich aus weißen Eiskörnern gebreitet. Die himmlische Macht machte die Insektenplage aus Afrika restlos nieder. Die Kellner drängten herein. Das Café war überlaufen. Manche Hagelkörner waren groß wie Pflaumen. Die italienische Nachrichtenagentur Ansa meldete zerstörte Campingplätze am Gardasee. Einige Touristen wurden verletzt. Die Hagelschauer suchten ganz Venetien heim. Aber nach einigen Minuten war auch dieser Spuk vorbei.

Die Straßenreinigungsmaschinen fuhren wieder los. Die Leute in unserem Café erwachten aus ihrem Schock. Eine Plage hatte die andere ausgelöscht. Praktisch. Gott war mal wieder mit Italien. Er hatte eben noch nicht mitbekommen, dass der Kiosk auf dem Petersplatz auch an Minderjährige Porno-Comics verkaufte. Alle bestellten sich Espresso. Wir stellten uns mit dem Espresso zu den anderen Gästen, die hinausgegangen waren, um sich unter dem Vordach die Lage auf dem Platz zu betrachten. Gebildet wird dieser Platz vom Palazzo della Ragione, Palazzo del Capitano und dem Palazzo del Governo, ein Wohnsitz der Scaliger, in dem Dante zeitweise als Gast eingezogen war. Dante wurde wegen seinem aufmüpfigen Mundwerk aus Florenz verbannt. Er starb in Ravenna. Wegen seiner Knochen stritten sich Florenz und Ravenna.

Vor dem Denkmal mit dem sinnenden Dante auf der Piazza dei Signori baute sich ein blondlockiger junger Mann unübersehbar auf und deklamierte:

»Die Vorsehung, die immer hier teilt ein
Die Pflichtenfolge, ließ des Himmels Erben
Nach allen Richtungen hin stille sein,

Als ich vernahm: »Siehst du mich so verfärben,
Erstaune nicht! denn spreche ich davon
Siehst alle diese du sich auch so färben,

Er, der sich unten anmaßt meinen Thron
Den Thron, den Thron, den meinen, heutzutage,
Der leer steht vor dem Aug von Gottes Sohn,

Ließ werden meinen Friedhof zur Kloake
Voll Blut und Stank, und nicht hat der meine,
Der hier hinunterstürzte, Grund zur Klage.«

Die Farbe, die vom Sonnenwiderscheine
Die Wolke abends und am Morgen zeigt,
Sah ich bedecken alle Himmelshaine.

Wie einem züchtigen Weib, das überzeugt
Von seiner Unschuld und vor fremd Vergehen
Bereits beim bloßen Hören Scham bezeigt ...«

War das Dante, was dieser Verrückte vor dem Dante-Denkmal uns vorlas? Applaus brandete auf. Es störte niemand, dass Dante auf Deutsch dargebracht wurde. Die Italiener lieben dramatische Gesten. Die Kellner hatten das Gemisch aus Hagel und Heuschrecken mit Besen und Schaufeln zusammengeschoben. Nur ab und zu hüpften unter den Tischen einzelne Heuschrecken hervor. Überlebende der Katastrophe. Gnadenlos wurden sie zertrampelt. Ihre Schreckensherrschaft hatte ein Ende. Die Leute hatten erkannt, dass Grashüpfer keine Killer-Tiere sind. Eher harmlose Tierchen, wenn man genauer hinsah.

»Irgendwie bin ich froh, dass das alles passiert ist«, sagte ich zur Kommissarin.

Meine Stimme mischte sich unter das allgemeine Stimmengewirr. Richtig fröhlich klang das italienische Sprachwirrwarr. Die Leute setzten sich wieder an die Tische auf dem Platz. Dante wirkte auch nicht mehr so steif. Den Dante-Rezitator hatten einige Mädchen umringt.

Eine große Kehrmaschine brummte vorbei. Heuschrecken und Hagel wanderten durch rotierende Besen in den Abfallcontainer auf der Kehrmaschine. Die Hagelkörner begannen zu schmelzen. Das Schmelzwasser schwemmte die erschlagenen Heuschrecken durch die Rinnsteine. Viele kleine Wasserleichen. Gerade noch gut als Fischfutter für die Karpfen im städtischen Weiher. Noch vor wenigen Minuten hatten sie als dunkles Insekten-Heer vom Himmel die Menschen zur Verzweiflung getrieben, an Armageddon denken lassen. Heimgesucht von einer biblischen Plage wie bei den alten Ägyptern, weil sie Moses und seine Juden nicht in die Freiheit ziehen ließen. So schnell kann Schrecken zur Erbärmlichkeit werden. Tröstlich.

Wir setzten uns an einen Tisch, ganz nah beim steinernen Dichter, der ein Buch in den Händen hält. Einen Verona-Krimi?

»Ich auch«, sagte sie. »Im geheimen habe ich befürchtet, dass die Sucharz dem Vladho oder seiner Freundin oder beiden das Gehirn aus dem Schädel pustet, ein Messer in den Rücken rammt oder ein Beil auf den Kopf haut. Bestellen Sie sich was, ich gebe auf den Schreck was aus.«

»Danke. Mache ich.« Ich griff nach der Karte. Dann bestellte ich Campari Soda. Auf Eiswürfel verzichtete ich. Die Kommissarin schaute in die Speisekarte, was sie der Spaß kostete.

Eine Heuschrecke krabbelte über unsere Tischdecke. Jetzt besah ich mir genau das ungefähr fünf Zentimeter lange Tier mit den winzigen Zacken und Krallen an den sechs Beinen. Am Kopf zwei lange dünne Fühler. Sie war hellbraun gefärbt mit dunkelbraunen Flecken. Auf dem Rücken hellbraun-durchsichtige Flügel. Konnte das ein Quälgeist sein? Ich nahm den langstieligen Zuckerlöffel aus der Zuckerdose, um das Tier zu zerdrücken.

»Stop!«, hielt die Kommissarin meine Hand fest. »Es reicht. Jetzt können wir Gnade walten lassen.«

Ich legte den Zuckerlöffel zurück und beobachtete die Flucht des Tieres aus dem Ort, den sie beinahe mit ihren Brüdern und Schwestern erobert hätte. Getragen vom Wind aus der Wüste. Die Heuschrecke flog gegen die nächste Straßenlaterne, taumelte zum Dante. Der blonde Poet, der bereits einen Arm um ein Mädchen gelegt hatte, zerschmetterte die herabfallende Heuschrecke mit seinem Buch von der Göttlichen Komödie. Nebenbei.

»Ich habe in dem Chaos nicht mehr mitbekommen, wo die Sucharz und Vladho mit seiner Freundin abgeblieben sind, Sie etwa?«

»Ich war sehr froh, dass sie uns nicht zerquetschten wie die Heuschrecken.«

»Ehrlich gesagt, mir ging es genau so.«

»Es soll Völker geben, die essen Heuschrecken«, fingerte die Kommissarin nach der Speisekarte. Das durfte doch nicht wahr sein.

»Die haben mächtig Eiweiß«, tischte ich etwas Wissen aus der Tierwelt auf.

»Eiweiß selber hat überhaupt keinen Geschmack«, behauptete sie. »Ich könnte nun was zum Essen vertragen.«

Wir gingen durchs nächtliche Verona ins Hotel zurück. Nur noch vereinzelt lagen winzige Hagelkörner herum. Manchmal schwirrte eine verirrte Heuschrecke durch die dunklen Gassen. Der Himmel riss langsam auf. Die Sterne wollten wissen, was da unten geschehen war. Nach einem kleinen Abendessen im Hotel, bei dem wir beide uns versicherten, dass wir hundemüde waren, beschlossen wir aufs Zimmer zu gehen. Als wir an der Rezeption vorbeikamen rief uns der Nachtportier zu: »Un attimo, prego, c'e qualcosa d'importante, per la signora.«

»Gehen Sie schon mal vor, ich glaube Giuseppe weiß noch was Wichtiges«, gab mir Sara Insagg den Zimmerschlüssel. »Und verminen Sie das Bett nicht mit Erdnüssen«, rief sie mir lachend nach. »Wir haben uns einen tiefen Schlaf verdient.«

Ha, ha, ha. Sauwitzig.

Womöglich würde sie diesem Giuseppe was von unserem Erdnuss-Event erzählen. Der würde sich totlachen über meinen misslungenen Annäherungsversuch bei ihr. In mir bohrte was. Ein dünner Wurm fraß sich durch mein Herz. Ja, es wurmte mich. Dieses Rumgetue von ihr mit dem Nachtportier. Weil sie doch schon längst merkte, dass ich über ihre herzlich-lockere, fast intim anmutende Plauscherei mit diesem Giuseppe nicht glücklich war. Und weil ich immer noch unermüdlich daran arbeitete, dass meine Toleranzgrenze in diesem Fall keine Selbstschuss-Anlagen, oder Trugschluss-Anlagen, aufbauen sollte.

Nur der baldige Schlaf konnte mich vor weiteren miesmachenden Gedanken retten. Ich war mir sicher, dass ich gleich einschlafen würde. Da war keine Verfeinerung mehr möglich. Da konnte eine nackte Kommissarin ins Bett kommen, ich würde schnarchen wie ein Grizzly-Bär. Die Geschehnisse in den letzten Stunden hatten mich geschafft.

Machte mir doch nichts, wenn das wieder dieser Nachtportier war, der bei Insaggs Spaghetti-Orgie an ihr rumgemacht hatte, womöglich den Aufruhr in der Wäschekammer mit ihr verursacht hatte. Und wenn sie jedes Spaghetti von Mund zu Mund reinschlangen, das war mir doch sowas von egal. Sowas von Wurscht. Ich hatte meine Fleur. Konnte ich sie hier vom Hotel aus anrufen? Welche Auslandsnummer brauchte man von Italien nach Frankreich? Und wie ging das, wenn ich ihre Handy-Nummer wählte? Erst ins Bad, sagte ich mir, dann einen Anruf-Versuch vom Zimmertelefon aus starten und dann sofort ab in die Federn. Ich würde mich einfach hinlegen, keinen Fernseher anmachen, die Hotelbar in Ruhe lassen, mich in voller Montur unter die dünne Sommerdecke begeben und weg sein. Bevor ich mich hinlegte ging ich ins Bad.

Zähne putzen. Ich nahm ihre Zahnbürste. Ich grinste verschlagen in den Spiegel, kam mir vor wie der Koch, der dem Gast, der ihm von einem besseren Essen in einem anderen Restaurant vorschwärmte, heimlich in die Suppe spuckte. Ich überlegte mir sogar ob ich die Zahnbürste hinterher überhaupt auswaschen sollte. Fleurs Handy war nicht zu erreichen. Schon wieder mal. Da musste Absicht dahinterstecken.

Frustriert legte ich mich aufs Bett. Angezogen. Die Hände verschränkt unterm Kopf. Neben mir eine Flasche Piccolo aus der Minibar auf dem Nachtkästchen. Ich griff nach der Fernbedienung fürs TV. Ich drückte und drückte. Die Mattscheibe blieb dunkel. Ich stand auf und presste meinen Daumen auf dem ON-Knopf. Das Gerät blieb aus. Na gut, dachte ich, dann muss hier der Nachtportier ran. Der sollte auch mal was für sein Geld tun, nicht nur Touristinnen anbaggern. Bevor ich das Hotelzimmer verließ, steckte ich die Erdnüsse aus der Hotelbar in meine Jackentasche.

Die Rezeption war nicht besetzt. Nanu? Kein Nachtportier, keine Sara Insagg. Was die wohl Wichtiges zu besprechen hatten – und wo? Sollte ich nun die Wäschekammern nach den beiden absuchen? Eifersüchtig nachspionieren? Nein, ich wollte mich nicht derart erniedrigen. Mit einer unbestimmten Art von Ärger in mir, den ich auch gar nicht näher ergründen wollte, stürzte ich mich in das Nachtleben von Verona.

Es war halb vier in der Frühe als ich zu unserem Hotel aufbrach. Mein Schädel brummte von dem Techno-Gebummse in der letzten Disco. Ich war gut abgefüllt. Die Erdnüsse hatte mir eine dunkelhäutige Bardame, die angeblich aus dem Senegal kam, aus der Hand geschleckt. Sie hatte mich sogar mitgenommen. Ich wollte noch im Hotelzimmer eintreffen, bevor die Kommissarin aufstand, falls sie in unserem Zimmer schlief. Ich wollte ihren vorwurfsvollen Blick genießen. Hoffentlich würde sie mir sagen, dass sie sich um mich Sorgen gemacht hatte.

Ich irrte durch die laternenbestückten Altstadtgassen von Verona. Der Name unseres Hotels war mir entfallen. So was ähnliches wie meine Gangart, irgendwas mit torkeln. Wenn ich in eine bestimmte Richtung ging, wurde ein undefinierbarer Lärm, der mit Geschrei durchmischt war, Schritt für Schritt lauter. Das zog mich an.

Als ich nach einer besonders engen Gasse bei einem kleinen Trinkwasserbrunnen um die Ecke bog, erblickte ich Menschengetümmel. Feuerwehr, Polizei, Notarzt waren da im Einsatz. Nach der Plage mit Heuschrecken und Hagel jetzt noch das Feuer. Wollten die himmlischen Mächte Silvio Berlusconi verjagen? Wegen dem sündigen TV-Programm? Bei einem großen Haus drang dichter Rauch aus den Fenstern. Ich erschrak, wurde auf einen Schlag fast nüchtern. Das war unser Hotel, das hier brannte.

Wo war die Kommissarin? Ich musste sie retten, wenn sie noch drin war. Ich drängte mich durch die Menschenmenge. Manche Leute waren im Schlafanzug oder Nachthemd. Aus den benachbarten Häusern schauten die Leute heraus. Sie debattierten mit den unten stehenden Leuten.

»Aiuto! Fuoco! Pompieri! Fuoco!«, rief eine Frau hysterisch, die aus dem Hotel stürmte.

Ich verstand irgendwas von Pompeji. Ich hielt es nicht mehr für unwahrscheinlich, dass nach Heuschrecken und Hagel auch noch ein Vulkanausbruch folgte. Doch wo war der nächste Vulkan? Stromboli und Vesuv lagen einige hundert Kilometer südlich von Verona. Wie kam ich zu unserem Hotelzimmer, wo die Kommissarin vielleicht gegen die Flammen kämpfte? Die Gasse rund um das Hotel war von der Polizei abgesperrt.

Ich hätte die Kommissarin nicht allein lassen dürfen. Was musste ich auch derart kleingeistig-sauer reagieren, nur weil sie sich mit einem Nachtportier unterhielt, den sie vielleicht schon länger kannte als mich? Wenn ihr was passierte, war das meine Schuld, warf ich mir vor. Mein Kopf dröhnte. Wie kam ich zu dem Hoteleingang? Die Menschen vor mir bildeten eine undurchdringliche Mauer. Ich benützte den Trick, den ich als Kind schon benützte, um bei den Faschings- oder Plärrerumzügen in die vorderste Reihe zu kommen. Ich ging in Hundestellung und versuchte auf Händen und Knien durch die Beine meiner Vorderleute hindurch zu krabbeln. Und wenn es noch so blöd und peinlich war, das war ich der Kommissarin schuldig. Nach der Rettung würde der erste Kuss kommen, mit dem längst fälligen Du.

»Durchhalten! Ich komme!«, rief ich ihr telepathisch zu.

»Halt! Hiergeblieben!« Eine Hand packte mich am Kragen meiner Jacke. Seit wann sprach die italienische Polizei deutsch?

Ich schaute über die Schulter nach oben. Ich versuchte weit über mir den Mund zu entdecken, der mich an meinem Frontdurchbruch derart hinderte.

»Mensch, Kessler, was machen Sie nur?«, fragte mich ein Mund, der zu einem weiblichen Rothaarsommersprossen-Gesicht gehörte, das sich missbilligend hin- und herbewegte.

»Öhh. Sowas. Sie?« Ich war perplex.

Als ich sportlich hochschnellen wollte, um Sara Insagg von Angesicht zu Angesicht gegenüberzustehen – damit meine beschämende Bodenhaftung vergessen lassen wollte – taumelte ich in ihre Arme. Sie hielt mich fest.

»Schön zu wissen, dass der Fahnenflüchtige mit Fahne zurückkehrt«, lästerte sie über meinen Mundgeruch, der cirka fünf Zentimeter vor ihrem Gesicht voll zur Geltung kam. »Unser Hotel brennt und Sie treiben sich herum«, schüttelte sie empört den Kopf. »Wo waren Sie nur, ich habe Sie gesucht? Ich dachte schon, Sie kommen in dem brennenden

Hotel um. Ich hatte richtig Angst um Sie.« Sie ließ mich wieder los.

»Mich gesucht? Wohl zusammen mit dem Nachtportier, was?«, konnte ich mir nicht verbeißen, einige säuerliche Ärgerfalten durch mein Gesicht zu ziehen.

»Sie sind ein richtig kindischer Typ«, kühlte ihre sorgenvolle Stimme ab. »Haben Sie was Wertvolles auf dem Zimmer?«, wanderte sie stimmlich auf eine formelle Ebene.

Sie schien keine Lust auf Streit zu haben. Ich schon. Doch das war wohl nicht der geeignete Zeitpunkt um meinen aufgestauten Ärger rauszulassen. Hier half nur extreme Introvertiertheit.

»Nein. Sie etwa?« Wenn ich zu bocken begann, war für mich jedes auszusprechende Wort eine Zumutung.

»Ich hatte dort ein Beweismittel aufbewahrt«, sagte sie. »Ein Glas aus dem Vladho getrunken hatte. Wegen der Fingerabdrücke. Das dürfte damit wohl hinüber sein. Hatte mir Giuseppe besorgt.«

Ich konnte die in mir aufkeimende Schadenfreude nicht unterdrücken. Blöd. Damit hätten wir Vladho wahrscheinlich identifizieren können. Hatte sie nicht gesagt, dass auf der Pistole aus dem Gulli Fingerabdrükke waren? Nicht nur die von den Kindern?

»Aber etwas habe ich gerettet.« Sara Insagg zog ein Besteck hervor. »Da sind auch Fingerabdrücke von unseren Kandidaten drauf. Auf dem Messer die Fingerabdrücke des Mannes. Auf der Gabel, die der Frau.«

Das Besteck war in einem durchsichtigen Plastikbeutel. Spurensicher verpackt. Ich unterband jegliche Bewunderungsmimik.

Aus dem brennenden Hotel wurden Koffer, Kleider und Taschen herausgeschleppt. Bei einer Frau öffnete sich der Koffer. Eine andere Frau stolperte über die herausquellende Wäsche. Manche suchten ihren Partner oder ihre Kinder.

»Ich finde das sehr merkwürdig, dass gerade in unserem Hotel Feuer ausbricht«, bemerkte ich sachlich zur Kommissarin.

»Ich war's nicht, auch wenn ich Sie am liebsten rösten möchte. Ich fühle mich direkt hintergangen von Ihnen, wenn ich nun feststellen muss, dass Sie sich vergnüglich volllaufen lassen haben, während ich um Sie zitterte«, sah sie mich wütend aus engen Augenschlitzen an.

Dann versuchte sie mit einem schrägen Grinsen unsere Stimmung zu heben. Vergeblich. Ich grinste nicht mit. Ging nicht. Wegen ihr war ich doch in die Nacht abgehauen. Sie war der Auslöser unserer Krise. Sie und ihr Papagallo. Ich starrte auf die wuseligen Feuerwehrleute die eine lange Leiter ausfuhren. Hoch zu einem älteren Mann, einem Engländer, der »Help! Please help me!«, aus einem geöffneten Hotel-Fenster rief. Ab und zu verschluckte ihn der austretende Rauch.

»Ich dachte jetzt eher an Renate Sucharz als Brandstifterin, die ihren betrügerischen Liebhaber samt Konkurrentin a la Plärrer-Wohnwagenbrand einäschern wollte, um den treulosen Gesellen dann in die Etsch zu streuen«, machte ich mit unterkühlter Stimme einen halbgaren Witz, um ihr zu beweisen, dass ich mit Stil bocken konnte.

Ein kleiner Hinweis meines Psychogrammes für spätere gemeinschaftliche Lebenssituationen, die allerdings bei unserer gegenwärtigen zwischenmenschlichen Krise niemals zustande kommen konnten.

Wir beobachteten wortlos die Löscharbeiten. Wir vermieden es, uns länger als Sekundenbruchteile anzuschauen. Aus den zersprungenen Hotelfenstern kam dichter Qualm. Aus einem Fenster im dritten Stock wurde ein hilfloses Ehepaar geborgen. Es durfte in den hochgefahrenen Korb der Feuerwehr steigen. Weitere Polizei- und Krankenautos kamen. Dieser Tag würde in die Chronik von Verona als der größte Katastrophentag aller Zeiten eingehen.

»Womöglich hatte der Brandstifter, oder die Brandstifterin, es auf uns abgesehen?«, mutmaßte die Kommissarin. »Deswegen habe ich auch mit dem Nachtportier gesprochen, weil ich rausbekommen wollte, was Renate Sucharz, was Vladho und seine Begleiterin trieben, ob sie noch im Hotel waren.«

»Mhmm.« Ich schaute angestrengt, wie die Sanitäter eine Frau auf die Bahre legten und ihr eine Sauerstoffmaske aufsetzten.

»Wenn Sie es ganz genau wissen wollen, Giuseppe ist ein alter Bekannter, war sogar mal ein Freund von mir. Den kenne ich noch aus meiner Zeit als Reisebegleiterin. Ist schon lange her. Der versprach mir, dass er aufpassen würde, damit uns nichts passiert.«

Mille Grazie, lieber Giuseppe. Ich war wohl nicht in der Lage, auf uns aufzupassen. Ich erhöhte meinen Bock-Faktor. Nur weiter so. Ich erhaschte mit einem Blick einen niedergeschlagenen Ausdruck in ihrem Gesicht. Das behagte mir nicht. Sie sollte nur mitbekommen, dass mir an ihr was lag. Dass ich unter unserer angeknacksten Sympathie-Aura litt, aber nicht in der Lage war, das gefühlsmäßig gekonnt auszudrücken.

»Wie bekommen wir heraus, ob Renate Sucharz oder ob Vladho und seine Begleiterin noch im Hotel sind?«, hielt ich die notwendigste Kommunikation aufrecht.

Wir konnten in dem Chaos keine Renate Sucharz und keinen Vladho mit Begleiterin entdecken. Sara Insagg ging zu einem italienischen Polizisten und redete mit ihm. Sie wies sich als deutsche Kollegin aus.

»Die wissen bis jetzt noch nicht viel«, kam sie zurück. »Ich kann die hiesige Polizei in ein paar Tagen anrufen, dann können sie mir mehr über die Brandopfer sagen«, zuckte sie die Schulter. Sie wirkte niedergeschlagen. Ich hätte sie umarmen sollen. Es hätte uns gut getan. Aber es ging nicht. Ich war ratlos, wie ich uns aus unserer Gefühls-Misere erlösen konnte. Konnte es sein, dass ich mich in was reingesteigert hatte?

Dass ich zu vermessen war, glaubte, dass eine jüngere Frau mich anhimmelte, mich toll fand, mich begehrte? Das bedurfte einer Klärung. Sicherlich. Doch ich fand leider den Einschaltknopf für die seelische Kläranlage nicht.

Wir warteten bis der Hotelbrand gelöscht war und die Aufräumungsarbeiten begannen. Weder Vladho, noch seine Begleiterin, noch Renate Sucharz hatten wir dabei gesehen. Waren sie umgekommen? Waren sie nicht im Hotel gewesen, als das Feuer ausbrach? Die Kommissarin würde sich das Gleiche fragen. Warum also weiterreden? Ich trottete wortlos hinter ihr her, als sie zum Parkplatz ging, wo ihr Auto stand.

»Das war's dann wohl, ciao Verona«, stieg die Kommissarin in ihren roten Kia ein.

»Si si«, antwortete ich bewusst unoriginell.

Wir fuhren bei Sonnenaufgang von Verona nach Augsburg zurück.

Es war eine schweigsame Fahrt. Ich begann die Null-Worte-Diät. Sie war geknickt. Sie hatte sich diesen Ausflug wohl schöner vorgestellt. Ich war sauer, auch auf mich, vor allem auf mich, weil ich wegen einem Nachtportier das Hotel verlassen hatte und deswegen womöglich den Brand nicht verhindern hatte können. Außerdem war ich übellaunig, weil sie diese Fahrt als umsonst abtat. Hatten wir nicht damit begonnen, uns mehr als sympathisch zu finden? War ich nicht drauf und dran gewesen mit ihr was anzufangen? Außerdem war ich hundemüde.

»Sie können auf dem Rücksitz pennen«, erkannte sie meinen elenden Zustand.

Komisch, dass sie eine derartige Kondition hatte. War sie doch wesentlich jünger als ich? Zu jung für mich? Wäre ich nach einer weiteren gemeinsamen Nacht mit Herzinfarkt aus dem Hotel getragen worden? War der Hotelbrand mein Glück? Mir kam wieder meine Schlafkrankheit in den Sinn. Hatte ich in Italien völlig vergessen. Oder auch durch den Spaß mit der Kommissarin. Wollte ich auf sie einen lebendigen Eindruck machen, um einen flotten Zweier anzubahnen? Hatte ich mir und ihr was vorgegaukelt? Musste ich mein munteres Junggeblieben-Getue nun büßen? Es gelang mir auf dem Rücksitz nicht die wahren Ursachen zu ergründen. Ich war nämlich schnell im Land der Träume. Mir war das schöne Wetter egal. Auch die sattgrünen Wiesen und die bunten Blumen am Rand der Straße. Damit war zumindest eine stressfreie Fahrt garantiert, dachte ich mir, als ich die Beine anzog und den Kopf zwischen die Arme legte, damit wenig Sonnenlicht durch meine geschlossenen Augenlider drang. Hoffentlich lag das Katastrophen-Gebiet, das Katastrophen-Wochenende, in jeglicher Hinsicht, bald hinter uns.

»Haben Sie die Erdnüsse eingesteckt, die in unserer Minibar gestern Nacht fehlten?«, schupfte die Kommissarin mich im Halbschlaf beim Zirler Berg mit der Hand an der Schulter.

Sie hatte Recht, die Minibar war aufgefüllt worden. Auch mit einer Schachtel Erdnüssen.

»Sie haben ja in der Mini-Bar gehaust, wie die Vandalen in Rom. Das wird eine teure Rechnung«, sprach sie gegen die Windschutzscheibe.

Das Wort Rechnung riss mich etwas aus dem Schlaf.

»Wieso Rechnung, brummelte ich zwischen den Armen hindurch. »Unser Hotel hatte doch gebrannt. Niemand hatte uns eine Rechnung ausgestellt.

»Ich gab meinen italienischen Kollegen meine Adresse in Augsburg. Damit mir die Hotelrechnung schicken können. Die Hotel-Besitzer sind mit dem Brand schon genug gestraft, sie sollten nicht auch noch auf fällige Rechnungen verzichten müssen. Meinen Sie nicht auch? Wenn Sie was aus der Mini-Bar genommen haben, dann müssen wir das auch bezahlen. Haben Sie?«

Sie schaute mich erwartungsvoll an. In ihrem Blick war etwas Versöhnliches. Würde Sie unsere Hotelrechnung begleichen? Das wäre ein feiner Zug, den ich nicht mit dummen Bemerkungen gefährden sollte. Dann hatte sie sogar ein Anrecht auf die Erdnüsse.

»Hmm, äh,«, murmelte ich verschlafen von hinten.

»Was jetzt?«

»Ich hatte die Erdnüsse eingesteckt.«

»Die Fahrerei macht hungrig. Ich würde mich jetzt über ein paar Erdnüsse von Ihnen total freuen«, machte sie ein Friedensangebot mit einem kurzen Blick über die rechte Schulter zu mir.

Ich überlegte mir, ob ich ihr Friedensangebot annehmen sollte.

»Hat mir wohl die Disko-Mieze abgenommen, als sie mit mir ganz eng tanzte«, wollte ich sie aus erklärlichen Gründen reizen.

»Schade, ich hätte mich jetzt darüber echt sehr gefreut«, sagte sie mit leicht trauriger Stimme, die mein Herz in ein Nudelsieb verwandelte, durch dessen Löcher sich blasse Maden wie weichgekochte Spaghetti durchschoben.

Ja, ich fühlte mich madig. Komisch, dass man ausgerechnet jemandem weh tun will, den man gern hat.

»Wollten Sie nicht wieder eine Diät beginnen? Der Nachtportier hat Sie doch wie ein Gans vollgestopft«, rutschte es mir kleinlich-gemein über die Lippen, was ich sofort bereute.

Damit verriet ich ihr meine unausgegorenen, verletzenwollenden Gedanken. War zwar nur hingemurmelt. Doch die Kommissarin hatte es mitbekommen.

»Ach, wissen Sie«, flötete sie mit einer Portion Unbeschwertheit, die ihr gut gelang, in die Morgensonne, die durch den Bergkamm brach, »das bisschen Essen bekommt man mit den sechs Tibetern wieder ganz schnell weg. Da sehe ich kein Problem. Wirklich nicht.«

Sechs Tibeter? Handelte Deutschlands berühmtestes Gymnastik-Buch nicht von fünf Tibetern? Wollte sie mir für den nachfolgenden Rücksitzschlaf noch eine beunruhigende Anspielung mitgeben? Sollte ich ihr sagen, dass die Flammen auch ihre Zahnbürste vernichtet hatten, die ich nicht abgespült hatte?

»Hier. Ein Verona-Souvenir«, streckte ich ihr eine CD hin.

»Wo haben Sie die her?«

»Geklaut. Hatte eine Bardame neben ihrem Bett.«

Sie nahm die CD aus der Hülle. Sie legte sie ein.

»So weit sind Sie gekommen?«

Heruntergekommen hätte Sie sagen können. Tatsächlich kam ich in dem Wohnblock am Stadtrand von Verona, wo mich die Dunkelhäutige mit der langen Zunge in den 7. Stock hoch lotste, wieder schnell zum Ausgang hinunter. Unfreiwillig. Mein finanzieller Background war der Bardame zu niedrig gewesen. Sie hatte mich sang- und klanglos rausgeworfen. Diese CD hatte ich allerdings bei ihr mitgehen lassen. Eine gesunde Portion Unmoral musste sein.

»Ach was, die habe ich für Sie gekauft. Ganz legal. In einem Plattenladen. Als kleine Erinnerung an unsere Fahrt.«

Dann rollte ich mich wieder zusammen.

Johnny Cashs sonore Stimme sang mich langsam in den Schlaf:

»The Armageddon, no Shalam, no Shalom.
Then the father will call his chickens home.
The wise men will bow down before the trhone.
And at his feet they'll cast their golden crown.
When the man comes around.
Hear the trumpets, hear the pipers.
One hundred million angels singin'.
Multitudes are marchin' to the big kettle drum.
Voices callin', voices cryin'.
Some are born and some are dyin' ...«

Kapitel 25

Schlaflabor hat gutartige Wucherung in Kesslers Nase entdeckt – Mario wird im Mad Max gesucht – Gerti bedient Gysi – Gege sucht sein Feuerzeug – Geigenmusik als Medizin – Eine Indianerin wirft Dart-Pfeile – Auf der Theke wird ein Verwundeter schnell verarztet

Mit der Tastenkombination Alt + F4 fuhr ich meinen Computer herunter. Gespeichert hatte ich vorher. Mir war nach einem Weizen. Ich hatte an den Texten für die Plärrerbroschüre gearbeitet. Sie sollte nach der Aufregung beim Frühjahrsplärrer zum Herbstplärrer erscheinen. Es war kurz nach 18 Uhr. Früher konnte ich bis Mitternacht und länger am Computer tippen. Das war vorbei. Seit ich schlecht schlief, war auch meine Arbeitsleistung stetig gefallen. Aber Ende Oktober, nach dem Herbstplärrer, hatte ich endlich den Termin zur Operation meiner Nase. Das Schlaflabor hatte festgestellt, dass eine tumorartige Wucherung, Gott sei Dank gutartig, in meiner Nase den Atem beim Schlafen nicht in der nötigen Menge in den Körper einströmen ließ, die für einen guten Schlaf notwendig war. Nach der Operation sollte mein Schlaf und damit auch meine Kondition wieder besser werden.

»Hallo, willkommen beim Neuen Augsburg-Verlag«, begrüßte mich Helles Anrufaufzeichner. »Sprechen Sie Ihre Wünsche nach dem Piep-Ton auf das Band«, forderte mich seine Stimme auf. Zwischen »Sprechen Sie« und »Ihre Wünsche« machte Helles Stimme eine ewig lange Pause. Verflixt. Das regte mich auf. Wie oft schon hatte ich ihm gesagt, das müsse er neu und professioneller besprechen. Das ginge dummerweise nicht, sagte er mir immer wieder. Diese Kiste, so nannte er das Gerät, spinne halt.

»Es ist 18 Uhr, hier ist Klaus, gehe jetzt ins Mad Max beim Jakobertor«, sagte ich drauf. »Will dort Mario Rossa treffen. Kannst ja vorbeischauen.«

Wie lang ich dort bleiben wollte, sagte ich nicht. Ein bisschen Risiko musste er schon auf sich nehmen, wenn er unsere Freundschaft noch ernst nahm.

War er schon wieder mit dieser Traumdeuterin unterwegs? Das nahm zu. Wenn ihm die Frau gefiel, warum nicht? Er sagte zwar stets, dass es nur um seine Träume und eine neue Lebenseinstellung ging. Die Sache zog sich hin, ohne dass ich genau erfuhr, was da gespielt wurde. Auch recht, dann trinke ich mein Weizen eben allein.

Draußen nieselte es. Durch die Dämmerung schaute ich auf die Max-Schule. Ich drückte mich mit dem Rücken an die Haustüre, um die Lage einzuschätzen. Würde es bald mehr schütten? Ich war zu faul, um noch mal reinzugehen und einen Schirm zu holen. Ich zog den Kragen meiner

Samtjacke enger. Der Herbst kündigte sich spürbar an. Ich setzte darauf, dass es ein dünner Dauerregen blieb.

Ich ging vom Gänsbühl aus am breiten Stadtbach entlang, am Fünffingerlesturm vorbei, zum Jakobertor. Hier sollte irgendwo – nach den Worten von Mario Rossa – diese Werkstätte mit Kneipe sein. Ich ging über die große Kreuzung vor dem Jakobertor, wo der Stadtbach unter den Straßen durchfloss, zum Kilo-Buch-Laden von Alex in der Argonstraße hinüber. Hier konnte man sich die Bücher saubillig nach Gewicht zulegen. Ich schnappte mir ein Buch über Schlafstörungen. Alex kannte das Mad Max.

»Das ist nicht weit. Du gehst jetzt Richtung Lechbrücke, auf der rechten Seite. Am Wienerwald vorbei und schon zwei, drei Häuser weiter ist das Mad Max.«

Nach dem Wienerwald, bei dem laut Werbeständer gerade eine Aktions-Woche mit gebratener Ente und Blaukraut lief, kam erst eine griechische Kneipe namens Saloniki, eine für immer geschlossene Metzgerei und dann ein baufälliger Altbau. Dahinter lag die ehemalige Esso-Tankstelle an der Lechhauser Straße. Vom Dach wehten bunte Fahnen. Von Stars and Stripes bis zum Union Jack. Hinter einem rund fünfzig Meter langen Drahtzaun, der das Gelände zur Straße hin abschloss, standen Autos und Motorräder. Ich ging durch das geöffnete Gittertor. Vor der Kneipe stand ein Sofa, das aus dem Heck eines Straßenkreuzers bestand, in dem der Rücksitz eines Amischlittens eingebaut war. Ich drückte die Kneipentüre auf. Hinter der Türe sprang ein schwarzer Dobermann auf. Ich wich instinktiv zurück.

»Keine Angst, der Duke ist brav«, beruhigte mich eine dunkelblonde Frau mit leicht münchnerischem Dialekt, die hinter der Theke stand.

Sie schüttete aus einer Tüte Erdnüsse in kleine Porzellanschalen auf der Theke. Ich dachte an die Kommissarin. Sollte ich sie anrufen? Hierher einladen? Was konnte ich mit ihr bequatschen? Geschäftlich. Hinter der dunkelblonden Frau war ein Motorrad an die Wand geschraubt. Die Reifen waren in Kopfhöhe.

»Was magst' trinken?«, fragte sie mich.

»Ein Weizen bitte.«

»Wie hast' uns denn gefunden?«

»Ich wollte den Mario in der Werkstatt besuchen«, sagte ich.

»Mario? Welchen Mario?«

»Den Mario Rossa. Den Steilwandfahrer.«

»Mario Rossa? Steilwandfahrer? Kenne ich nicht. Momentan ist auch niemand in der Werkstatt. Da musst' warten, bis der Max kommt. Der kennt sich mit der Werkstatt-Belegung aus.«

Weitere Gäste kamen herein. Max nicht. Die Kneipe war der ehemalige Kassenraum der früheren Tankstelle. Also eine kleine Kneipe. Was aber die Kommunikation sehr förderte. Schnell kannte ich meinen Nachbarn zur Linken. Der hieß Steffen, hatte einen glattrasierten Kopf und war Brummi-Fahrer. Rechts von mir war ein Arno, der aus Cuxhaven kam und Flugzeugbauer war. In Haunstetten bei Aerospace. Eurofighter. Geheimsache. Neben ihm ein blondes Mädchen mit munteren Augen. Sie hieß Brita und war auch Flugzeugbauerin. Auch Geheimsache. Weil Arno Stammgast im Mad Max war, hing ein Fähnchen seiner Heimatstadt Cuxhaven an dem Motorrad an der Wand. Brita kam aus Delmenhorst. Der Stadt von *One Nite Stand*-Sängerin Sarah Connor, die mal Deutschlands »Wetten, dass ...«-Gucker mit einem durchsichtigen Kleid und einem fehlenden Höschen zum Putzen der Mattscheibe ermunterte.

»Kennst du diese Sarah Connor?«, fragte ich sie.

Sie drehte sich gerade eine Zigarette.

»Ich glaube, ich habe sie mal bei einem Talentwettbewerb in der Disko gesehen.«

»Gehst du gern in die Disko?«

»Nö. Ich bin kein Disko-Häschen. Ich gehe lieber in Rockkneipen wie hier. Gibt's eigentlich noch andere in der Art in Augsburg?«

Als Herausgeber des Buches »Augsburgs beste Kneipen von A-Z« fühlte ich mich bei dieser Frage für eine ausführliche Antwort zuständig. Vielleicht hatte sie auch noch Lust auf einen Kneipen-Bummel? Der Abend schien eine aufregende Zukunft zu haben. Meine Schlappheit hatte sich etwas gelegt.

»Na ja, als Rockkneipe würde ich das Kerosin, Hermanns Musikkneipe, den Circus und vielleicht noch das Madhouse in Lechhausen durchgehen lassen. Eine Rockfabrik hätten wir auch noch.«

»Doch soviel. Hat mir jemand Feuer?«, schaute Brita mit der Zigarette zwischen den Fingern in die Runde. Mit einem kecken Auge. Das andere versteckte sie unter ihrem blonden Haarbüschel, das sie gekonnt herunterhängen ließ. Brummi-Fahrer Steffen holte eine Streichholzschachtel aus seiner Lederjacke. Er schob Brita die Schachtel hin.

»Huch, was ist das?« Brita schob die geöffnete kleine Schachtel mit einer Geste des gespielten Schreckens auf der Theke von sich.

Gerti schaute neugierig in die geöffnete Streichholzschachtel.

»Ein Viech, ein grausliches.«

Steffen lachte. Er ging hinter meinem Rücken herum und stellte sich zu Brita.

»Das Tier ist noch von meiner Montage-Arbeit in Russland. Eine Pferdebremse. Die sind dort riesig. Ich musste der die Flügel abschneiden, sonst hätte sie gar nicht in die Streichholzschachtel gepasst.«

Gerti schob den Mini-Tiersarg auf der Theke in Richtung Steffen.

»Auch keine schlechte Methode, um anzubandeln«, meinte sie ganz trocken zu mir. Wir beobachteten beide den Annäherungsversuch.

Brita schien vor der beschnittenen Pferdebremse keine Angst zu haben. Mit ihren roten Fingernägeln holte sie das Wesen aus der Zündholzschachtel und begaffte es. Sie outete sich dabei als Leser von Stephen King, von dem sie alles kannte. Na dann. Brita versuchte den Mini-Tiersarg an Steffen zurückzugeben.

»Huch. Es geht baden«, rief Brita, als das tote Insekt mit einer Länge von fünf Zentimeter ins Bierglas von Steffen fiel. Plumps. Steffen schaute verdutzt drein.

»Hast du eine Gabel?«, fragte er Gerti, die daraufhin schnell durch die Schwingtüren hinter ihrem Rücken in die Küche eilte und für Steffen das gewünschte Fanggerät herbeiholte.

»Ich habe mich an das Tier gewöhnt«, angelte der Brummi-Fahrer das biernasse Tier aus seinem Glas.

Er wischte es mit einer Serviette ab und legte es wieder in die Streichholzschachtel. Brita sah ihm dabei mit der unangezündeten Zigarette aufmerksam zu.

»Dann bekomme ich kein Feuer?« Brita ließ die Zigarette erinnernd zwischen den Fingern wackeln.

»Selbstverständlich. War nur die falsche Schachtel.«

Steffen holte aus der Lederjacke eine andere Streichholzschachtel. Ratsch. Die kleine Flamme am Streichholz entzündete Britas Glimmstängel. Sie unterhielten sich über die Bücher von Stephen King, vom *Friedhof der Kuscheltiere* bis zum aktuellen Titel und warum das mit Kings Roman-Folgen-Idee im Internet nicht geklappt hat. Sie tauschten die Namen der Figuren aus, die in verschiedenen Romanen des Horror-Meisters vorkamen. Dann erzählte er ihr, wie er bei einer Fahrt mit seinem Truck durchs verschneite Sibirien seine Autoreifen verheizen musste, als er im tiefen Schnee stecken blieb, damit er nicht erfror.

Ich schaute mich ein wenig um. An den Wänden hingen alte Autoschilder aus den Vereinigten Staaten. Zwei Fernseher liefen in zwei verschiedenen Ecken. In drei Metern Höhe. Der gleiche Musiksender in beiden. Aber die Musik, die aus den Mad Max-Boxen kam, war nicht die gleiche wie in den Flimmerkisten. Sie war hardrockiger. Ich drehte mich auf meinem Barhocker um. Durch das Glasfenster, das vom Dach bis zum Boden reichte, war der abendliche Verkehr auf der Lechhauser Straße zu sehen. Es nieselte immer noch. Manche Autos hatten schon Licht eingeschaltet. Auf der anderen Straßenseite lockte ein Reifenhändler mit billigen Angeboten. War dort nicht auch mal eine Tankstelle gewesen? Eine Aral? Auf dem Holzsims, der bei der Glasfront als Theke diente, standen diverse ausgebaute Getriebeteile. Sie sahen mit ihren Zacken und Rundungen wie moderne Skulpturen aus. Dobermann Duke erhob sich umständlich von seiner haarigen Totenkopf-Decke. Das linke Ohr hing ihm herunter. Dadurch sah er nicht besonders gefährlich aus.

»Was hat denn das Verkehrsschild mit dem Datum zu bedeuten?«, wollte ich von Gerti wissen. Das Datum war mit schwarzem Filzer draufgeschrieben worden.

»Das war der Tag, als Max mit seiner Maschine dieses Schild überfuhr und dann sein Gesicht auf der Straße aufpolierte. Ich musste ihn dann wieder hochpäppeln.«

Gerti suchte im Kühlschrank nach einem Power-Bat-Energie-Cola, das sie mit einem weiteren Getränk mischen sollte, weil der junge Mann am rechten Ende der Theke einen Drink namens Kalaschnikow für sich bestellt hatte.

»Was kommt da noch rein Gysi?«, wollte Gerti von ihm wissen.

»Viel Wodka und ne Kaffeebohne.«

»Bist du mit dem DDR-Anwalt Gysi verwandt?«, fragte ich den Mann mit der runden Intellektuellen-Brille, wie sie Bert Brecht und John Lennon getragen haben. Sie war ein leichter Gegensatz zu seinen deftigen Prolo-Trinksprüchen wie »Ho ho ho – morgen fick'n wir 'n Weihnachtsmann in' Po!«

»He, ick kenn' zwar den Gysi persönlich, aber he, ick bin mit dem weder verwandt noch verschwägert.«

Der Gysi an meiner Theke erzählte, dass er schon mit 14 in der ehemaligen DDR in den Knast gewandert sei. Einige Zeit.

»Das war Verrat, he, sag ick Dir!« Er betrachtete das leere Glas vor sich. »Egal! Vorbei. Vergessen. Ihre eigenen Leute haben die gequält, diese Bande«, haute er die Faust, an die sich eine hellbraune Ledermanschette anschloss, auf die Theke, dass die Gläser hüpften. »Gerti, he, ick will nochmaa' so'n Kalaschnikow«, orderte er im Berliner Dialekt.

»Wie kommt ein Berliner in den DDR-Knast?«, wollte ich von Gerti wissen, die auf Gysis Deckel einen Strich machte.

»Der ist aus Ost-Berlin«, antwortete sie.

»Ahso. Heißt der wirklich Gysi?«

»Glaub ich nicht. Doch er war schwer beleidigt, als ich das erste Mal seinen Namen mit zwei i's auf den Deckel schrieb. Ich musste das erste i mit einem y ausbessern. So ist der drauf.«

Neben mir tauchte ein Gast auf, der nach seiner Bier-Bestellung in einem Brief las. Er machte dazu ein enttäuschtes Gesicht. Er war etwas kleiner als ich. Hatte eine eingeknickte Nase.

Wenn sie meine Nase bei der Operation aus Versehen verschandelten? Wohl das schönste Teil in meinem Gesicht. Meine Augenbrauen sind buschig. Meine Oberlippe schiebt sich über die Unterlippe. Weil seit Jahren meine Haare weniger wird, kommt mein runder Schädel, manche sagen auch Kartoffelkopf, immer deutlicher ans Tageslicht. Es war meine erste Operation. Da hatte man schon einige Befürchtungen, wie das – mitten im Gesicht – wohl ausging. Würde ich nach der Narkose wieder aufwachen? Oder wurde ich nur örtlich betäubt? Ich sollte mich endlich mal erkundigen deswegen. Wieder kamen in mir einige Ängste hoch wegen der Operation. Ich sollte mich ablenken.

»Schlechte Nachrichten?«, sprach ich den eifrigen Brief-Leser neben mir an.

»Kannste sagen«, wandte er sich an mich. »Ist von meiner Ex. Ich soll sie endlich in Ruhe lassen. Sie will nichts mehr von mir wissen. Versteh ich nicht. Ich weiß doch, dass sie mich noch immer liebt, dass sie nicht von mir loskommt.«

»Manchmal muss man sich trennen, auch wenn's weh tut«, versuchte ich mich als Lebensberater.

»Mensch, was wir zusammen alles erlebt haben, verstehste, so was bindet doch fürs ganze Leben«, erzählte mir der Mann, der auch Weizen trank und sich als Jürgen bei mir vorstellte.

Er schien dem Dialekt nach aus Thüringen zu kommen. Vor längerer Zeit war er mal Amateur-Boxer gewesen. Inzwischen ist er nur noch ein Wrack. Seine Knochen brechen häufig. Er habe Knochenkrebs. Ich nahm die Zuhörer-Stellung ein. Kinn auf den übereinander liegenden Händen. Jürgen erzählte von seinen Abenteuern mit seiner Ex, die er in einer Kneipe kennen gelernt habe. Damals, als er noch LKW-Fahrer war. Als Subunternehmer bei einer großen Spedition. Seine Ex war Bedienung. Er habe sie in der Kneipe Lech-Alm an der Hochzoller Lechbrücke kennen gelernt, wo er mit seinem Laster parkte. Mit der Bemerkung, »weißt du, dass du einen verdammt geilen Po hast«, habe er sich an sie rangemacht. »Wenn du heute hier Schluss hast, dann lade ich dich zu einem Champagner ein«, hatte er ihr beim Erst-Kontakt versprochen.

»Es war bei uns wie Magie, verstehste. Als die Kneipe zumachte, ging sie mit mir Hand in Hand zu meinem LKW. Sie konnte nicht anders, das hat sie mir später gesagt. Wir tranken dann in meiner Schlafkabine Champagner, wie ich es ihr versprochen hatte.«

»Wo war der Champagner her?«

»Von meinem LKW, verstehste. Ich hatte Champagner geladen. Echten, aus Frankreich, für einen Feinkostladen.«

»Guter Start«, befand ich. »Und wie ging's weiter?« Ich hatte mir vorgenommen, mit Frauen erst wieder nach meiner Nasenoperation und deren Ausheilung was anzufangen. Vorerst mussten mir die Führungsschichten anderer genügen.

»Meine Ex hat viel mit mir erlebt, das schreibt sie mir auch hier, verstehste. Einmal haben wir bei einem Gewitter im Zelt übernachtet. Wir hatten wild gezeltet. Im Harz. Am nächsten Tag schien die Sonnc. Wir sind nackt auf einem Jeep über die Felder gebraust. Sie hat laut gesungen. Vor Freude. Sie hat sich noch nie so frei gefühlt, das hat sie mir gesagt, verstehste.« Hatte ich auch solche herrlichen Erinnerungen zu bieten? Wie war das gewesen mit meiner Zaubersüßen in der letzten Reihe im Kino? Vergangenheit. Ich brauchte Zukunft.

»Bei so einem tollen Start kann der spätere Alltag dann tödlich sein«, wollte ich den Untergang ihrer Liebe analysieren.

Ich hatte meine Trennung schon eine Weile hinter mir. Allerdings trieb sich meine neue Flamme in Paris herum. Seit Monaten schon. Meiner Meinung nach konnte ich die Geschichte mit Fleur beerdigen. Was hatte ich geglaubt? Wieso sollte sich eine flotte, tolle Chanson-Sängerin ausgerechnet mit mir abgeben? Pustekuchen. Das hätte ich mir schon nach der gemeinsamen Weihnachtsfeier, voriges Jahr, in ihrer Wohnung abschminken sollen. Ohne feste Freundin in der Nähe war ich nur ein halber Mensch. Selbst auf ein kurzes Verhältnis hatte ich keine Lust. Die Frauen machten in letzter Zeit sowieso einen weiten Bogen um mich. Spürten sie, dass ich ausgebrannt und lustlos war? Oder war ich in dieser miesen Verfassung, weil ich keine Frau im Arm und im Bett hatte? Da schien sich die Katze in den Schwanz zu beißen.

»Ich wurde krank, ihr Sohn arbeitslos. Das packte sie nicht, verstehste. Weißt Du, was sie mir hier schreibt?« Jürgen stellte sein Weizenglas neben meinem ab.

»Nein, was?«

»Sie versucht nun alle negativen Erfahrungen aus unserer Beziehung in positive umzuwandeln, damit unsere Trennung einen Sinn bekommt. So ein Mist. Sie hätte sich nicht trennen müssen, verstehste. Ich habe von ihr viel gelernt. Das gebe ich zu. Sie ist ein paar Jahre älter. Das hat mir gut getan. Sie hat mir gezeigt, dass man an viele Dinge auch geistig gelassen herangehen kann. Mensch, was war ich vor ihr jähzornig und immer auf Streit aus. Das hat sie mit mir abgebaut. Dafür danke ich ihr. Ja, ich liebe sie immer noch. Ich geb's zu. Am Schluss kam sie nur noch zu mir, um mit mir zu vögeln. Ich will aber mehr von einer Frau, verstehste?«

Das kannte ich bis jetzt nur andersrum. Das wunderte mich bei einem ehemaligen Boxer. Ein wirklich weicher Kern in einer rauen Schale.

»Dafür hat sie von mir gelernt, verrückte Sachen zu machen, ein freies Leben zu führen, die Zufälle zu genießen, sich nicht von irgendwelchen Konventionen und der Erziehung einschränken zu lassen. Jede Sekunde des Lebens bewusst zu inhalieren«, schwärmte er weiter.

»Einmal hat sie mich angerufen, auf meinem Handy, dass sie krank ist. Wir lebten da bereits schon in zwei Wohnungen, verstehste. Ich war gerade am Königsplatz. Warte mein Engel, sagte ich zu ihr, ich bringe dir Medizin, die wird dir sicher helfen. Welche Medizin? wollte sie wissen. Warte, sagte ich. Du wirst schon sehen.«

»Welche Medizin?«, schloss ich mich neugierig seiner Ex an.

»Wusste ich auch nicht gleich, welche, verstehste. Ich ging vom Kö aus durch die Fußgängerzone. Da hörte ich eine wunderbare Geigenmusik. Es war ein russischer Geiger. Der spielte wie ein Gott, verstehste. Den fragte ich, was er dafür verlangte, wenn er mit mir mitkäme und ein kleines Konzert gäbe. Dann rief ich meinen Engel an und sagte ihr, sie solle das rote Kleid anziehen, das ich ihr mal geschenkt habe. Mit dem solle sie rauskommen, wenn ich in einer halben Stunde bei ihr klingle, verstehste.«

Ich brummelte was Ungenaues.

»Sie kam gleich raus und war ganz weg von der Geigenmusik des Russen. Ihre Krankheit war dann auch weg, verstehste.«

»Verstehe. Ich seh schon, du bist ein Romantiker«, bemühte ich mich seinen Charakter zu beschreiben, der meinem recht ähnlich war.

Er faltete den Brief zusammen. Steckte ihn weg.

Wir prosteten uns zu.

»Auf die Frauen«, sagte ich.

Dort wo die Theke linkerhand an die Wand anschloss, saß ein Mann von kleiner Statur, dem eine Frau mit Glitzerkleid in sein Ohr schrie. Gerti nannte ihn Bruno. Sie sagte mir, dass er mal Elektroingenieur bei Haindl-Papier gewesen war. Der wartete alle Maschinen des Werks, bis er durch einen Unfall aus der Bahn geworfen wurde. Frührentner.

AC/DC dröhnte gerade mit *Hells Bells* aus den Boxen. Am anderen Ende der Theke grölte ein stämmiger Mann mit Stiernacken heftig mit. Dabei ging er in die Knie, legte sein Kinn auf den Thekenrand und heulte wie ein einsamer Wolf zum Motorrad an der Wand hoch. Er zog sein Hemd aus. Dann ging er in der Kneipe von Gast zu Gast und ließ sein Tattoo auf dem Oberarm bewundern, das unter dem kurzen Ärmel seines weißen Unterhemdes zu sehen war: Das Logo der von ihm angehimmelten Hardrocker mit dem Blitz zwischen den Buchstaben AC/DC.

»Der Gege, das ist der wahnsinnigste AC/DC-Fan«, ließ mich Gerti wissen.

Bruno bekam von Gege Feuer mit dem Feuerzeug, nachdem Bruno das AC/DC Logo mit dem Finger befühlt hatte. Gege brüllte ihm dazu was Längeres ins Ohr. Bruno verzog sein Gesicht.

»Auf die Frauen«, beteiligte sich an meinem Trinkspruch auch ein Robert, der mit Bruno, Jürgen und Gege zusammen den Kneipen-Boden absuchte, um Geges Feuerzeug zu entdecken, das dieser verloren hatte.

Drei Frauen kamen herein. Eine war wie eine Indianerin angezogen. Dunkelbraune Wildlederjacke mit langen Fransen. Ihre bunte Indianer-Kette aus Glaskugeln, Holzstäben und blankgeschabten Knochen schlang sich in mehrfachen Kreisen um den Hals. Die Kette lag auf ihren großen Brüsten wie eine Hängebrücke, die über einen Canyon führt, in dem bereits die Sioux zum Überfall lauern.

Hinter dem Frauen-Trio kam ein Rocker mit kurzem Vollbart und roter

Strickmütze herein, die fast so flach war wie das Käppchen des Papstes. Allerdings war die rote Strickmütze des Rockers vom Motorradclub »Devils Eye«, wie auf seiner bestickten Club-Jacke über der normalen Jeans-Jacke zu lesen war, am Rande hochgerollt. Aus der Mütze schlängelte sich ein Haarzopf auf die Schulter, der verzwirbelt und verfilzt war wie das Haar der Reggae-Leute, die auch Rastafaris genannt werden, in deren Kirche statt Weihrauch der Geruch von Haschisch-Rauch zirkulierte. Die Zopfhaare wurden von verbogenen Abzeichen zusammengehalten, wie sie Bergsteiger auf ihren Wanderstöcken anbringen. Ein bayerischer Rastafari halt, wie dieser Polizisten-Beleidiger Hans Söllner eben, der seinen Haschisch-Bedarf als Kult-Mittel seiner Religion anmelden wollte.

Dahinter kam der Kumpel des Rastafari-Rockers herein. Der hatte schulterlange Haare. Auf seinem linken Ohrläppchen klebte ein längliches Pflaster. Er hatte orthopädische Schuhe an. Die waren so kurz angefertigt, dass sie aussahen wie die Hufe von empfindlichen Rennpferden, die in weichen Futteralen stecken, bevor die Tiere auf die Rennbahn geführt werden. Im Mittelalter wären das Teufelsfüße gewesen. Der Mann sah nicht nach Satan aus. Eher wie ein normaler Kneipengast, dem das Bier schmeckte.

Die Indianerin, deren dunkle Haare in viele lange Zöpfchen geflochten und von blauen Fäden durchzogen waren, stellte sich dicht neben mich. Sie hatte drei Dart-Pfeile in der Hand. Ihre runden dunkel umrandeten Augen die ihre Brillengläser ziemlich ausfüllten, suchten den 20er-Sektor im Dart-Automaten, der neben der Kneipen-Türe, vier Meter vor ihr, postiert war.

Der Rastafari-Rocker stellte sich hinter sie. Er hatte auch Dart-Pfeile in der Hand. Er beobachtete sie. Die Indianerin, die eine schwarzglänzende glatte Lederhose anhatte, pendelte sich mit ihrem rechten Arm auf das Ziel ein. Insgesamt hatte sie eine gewichtige Statur und war bestimmt 1,80 Meter groß. Ihre Schenkel waren kräftig. Trotzdem hatten ihre Schritte, mit denen sie sich an der Abwurflinie platzierte, etwas Graziles. Und ihr Gesicht mit den sinnlichen Lippen überstrahlte bei einem gelungenen Dart-Treffer ein fröhlicher Ausdruck. Aus einer mächtigen Eiche wurde eine zarte Birke. Als sie den Rastafari-Rocker mit ihren Treffern übertraf, verlängerte sie mit ihrem Daumen die Stupsnase, wedelte mit den Fingern und streckte die Zunge heraus. Weil eine aufgeregte Frau mit Nasenring zur Türe hereinkam, die sofort zu Gerti an die Theke stürmte, musste die Indianerin ihren dritten Dart-Wurf stoppen. Die Nasenringfrau hatte einen kleinen Vogelkäfig in der Hand.

»Gerti, sag mal, wer hat einen Wellensittich?«

»Wieso?«

»Stell dir nur vor, ich habe heute Abend, als ich heimkam, diesen

Wellensittich bei mir im Hausgang gefunden.« Sie zeigte auf den hellblauen Vogel in ihrem Käfig.

»Der wird jemandem in dem Haus weggeflogen sein.«

»Eben nicht. Der war schon im Käfig. Ich habe überall im Haus Sturm geklingelt.«

»Bringst du ihn ins Tierheim?«

»Ich habe vorhin dort angerufen. Ging niemand ran. Ich brauche für den Wellensittich Futter. Der geht mir sonst ein. Das hat doch nur jemand, der einen Wellensittich hat.«

Hatte ich Wellensittichfutter?

»Einen Apfel hätte ich im Büro, den könnte ich holen«, bot ich an. »Den mag der Wellensittich bestimmt. Klein geschnitten.«

Einen Apfel hatte sie ihm schon gegeben. Körnerfutter bräuchte er halt unbedingt, der kleine Flatterkerl.

Früher hätte ich sicher Wellensittich-Futter gehabt. Egal wie. Schon wegen der Frau. Ich hätte es ihr besorgt. Jetzt sah ich lieber die Perlen im Weizenglas hochsteigen, während meine Stimmung wieder fiel. Die Nasenring-Trägerin, unterhielt sich mit Gerti über die richtige Wellensittich-Ernährung. Ich bewunderte Gertis Mund. Ihre Lippen konnten sich beliebig formen. Ich mag Frauen mit lebhafter Mimik. Zwei Männer kamen herein. Jugoslawen, schätzte ich. Sie erkundigten sich nach dem Preis für den gebrauchten 7er-BMW, der vor der Türe stand. Gerti verwies auf den abwesenden Max. Ich saß fast in der Mitte der Theke.

»Das ist Manu, meine Verlobte«, stellte mir der Rastafari-Rocker eine Freundin der Indianerin vor. »Wir machen bald eine richtige Rockerhochzeit.«

Manu hätte ihn vom Alkohol geheilt. Hätte ihm klargemacht, dass ein Joint – fast jeden – zum Freund macht. Er kiffe lieber. Das sei viel friedlicher. Alkohol habe ihn aggressiv gemacht. Neben ihm stand eine Flasche Apfelschorle. Wäre er länger beim Alkohol geblieben, hätte er vielleicht schon längst jemanden totgeschlagen. Womöglich einen Polizisten. Wegen dem harmlosen Hanf-Anbau im Garten hätten sie ihn vors Gericht gezerrt. Er sei vor der Haftstrafe nach Indien geflohen. Als er mit einem Bus aus der Türkei zurückkam, hätten sie ihn an der deutschen Grenze gleich mit Handschellen abgeführt.

»Ich hatte eine Dose mit Bienenwachs dabei. Damit schmiere ich das Mundstück meines Didgeridoos ein, das ich mir in Indien selbst gebaut hatte. Mit dem Wachs machten die einen Opiat-Test, die Blödmänner. Irgendwann kamen sie drauf, dass es vielleicht doch nur Wachs war, das eine dunkle Farbe hatte. Ich hielt ein Feuerzeug an das Wachs hin, bis es schmolz. Die schauten so was von bescheuert drein, als ich ihnen sagte, dass sich meine Angaben mit dieser Methode einfacher und schneller hätten überprüfen lassen.« Wie hatte Weissberg gesagt, oder war es Sara Insagg? Auch Polizisten machen Fehler. Und sogar ich, obwohl ich kein Polizist war. Es war schon ein Fehler gewesen, den Auftrag von Karin Korb anzunehmen.

Ein Mann im Anzug kam herein. Mit weißem Hemd und Krawatte. Er schwankte. Seine Hände suchten nach dem nächsten Griff. Seine Frisur hatte blonde Strähnchen. Er war ziemlich betrunken. Um bei Gerti Cola-Rum zu bestellen, legte er sich mit dem Oberkörper über die Theke, versuchte Gertis Hände zu halten und ihr tief in die Augen zu schauen.

»Was magst du trinken, ich lade dich ein«, machte er sie an.

Der Strähnchen-Typ hatte ein Janus-Gesicht. Er konnte bei seinen eigenen Witzen sympathisch dreinschauen, aber im nächsten Moment entglitt ihm die Kontrolle über sein Antlitz und er bekam eine fiese Visage mit einem steil herunterfallenden Mundwinkel.

Hinter ihm kam eine kleine Frau mit gelockten Haaren herein, begleitet von einem Typ, der etwas Zigeunerhaftes hatte. Sie stellten sich zu dem Januskopf. Redeten auf ihn ein. Zupften und zerrten an ihm. Er schüttelte sie ab. Bestellte wieder bei Gerti. Rief auch was von Freibier für alle. Gerti versuchte ihn ganz normal zu bedienen, wollte sich dadurch aus einem beginnenden Drama raushalten. Bahnte sich Streit an? Wollte da einer die Nutte an den Mann bringen? Musste der Januskopf die Nutte noch zahlen? Die Situation hatte was Explosives. Oder war diese Frau keine Nutte, sondern die Gattin des Januskopfes? Die Welt ist voller Rätsel.

Ich sollte mir lieber Gedanken um Dinge machen, die mich betrafen. Meine Nase nicht überall hineinstecken. Nein, mir keine Gedanken um meine Nase machen, sondern um Leute wie diesen Vladho, die mich ausknipsen wollten. Wieso war der nicht zu finden? Warum ließ ich diese Sache derart schleifen? Erst hatte ich den Wohnwagenbrand versanden lassen, dann machte ich mir Gedanken, ob ich mich mehr um die rothaarige Kommissarin kümmern sollte als um den schießwütigen Kerl, der mich abgehängt hatte. War dieses Desinteresse auch eine Folge meines schlechten Schlafes? Meines Frauen-Minus'? Würde meine operierte Nase auch diese Fälle wieder aktivieren? Ich griff nach meiner Nase. Ich rieb sie, wie Aladin seine Wunderlampe. Würde der Djinn hervorkommen und den Tumor aus meiner Nase auf meinen Wunsch hin entfernen? Ich dachte an den Flaschengeist, der zwar Wünsche erfüllte, aber sie wurden erst durch ein vorheriges Unglück möglich gemacht. War es in Wirklichkeit nicht so, dass wir von der Misere anderer Menschen unseren Nutzen hatten?

Ein depressiver Strudel schien mich zu erfassen. Plötzlich war rings um mich alles wie eingefroren. Irgendwie unreal. War meine Witzigkeit, mein vermeintlicher Charme, mit dem ich noch die genervtest guckende Supermarkt-Kassiererin kurz vor Ladenschluss an einem scheinbar nicht aufhören wollenden Warenband zu einem sonnenscheinigen Lächeln brachte, nur übergestülptes Getue, um meine tiefsitzende Traurigkeit, meine Einsamkeit, meine Verlorenheit zu bemänteln? Gleich würde ich in den Armen des Amateur-Boxers liegen, um mich auszujammern.

Was war zu tun, Klausi?

Ich sollte mich mal wieder richtig besaufen. Das dürfte erstmal die optimale Psychotherapie sein. Helle kam sowieso nicht mehr. Ich sollte auch keine Aufträge als Ermittler mehr annehmen. Ich sollte einfach das machen, was ich machen wollte, warum ich damals als Pressesprecher der Augsburger Polizei kündigte: Prospekte, Broschüren und Bücher. Nun hatte ich weder den Fall mit den ausgebrannten Wohnwagen gelöst, noch den Fall mit der erschossenen Geisterbahninhaberin. Und die Plärrerbroschüre wurde wahrscheinlich auch nicht rechtzeitig fertig. Ich fühlte mich inmitten der brodelnden Kneipenstimmung irgendwie verlassen. Eine kühle Leere umfing mein Herz. Alles kam mir sinnlos vor. Sollte ich in ein anderes Land gehen? Weit, weit weg? Hatte mich Augsburg ausgesaugt? War hier keine Zukunft mehr für mich?

Der Januskopf erlöste mich mit seinen nächsten Worten von einer anrollenden Depressions-Lawine.

»Zehn Jahre bin ich verheiratet. Nie bin ich fremdgegangen. Gelegenheit dazu hätte ich genug gehabt. Da kann ich doch an meinem Hochzeitstag einmal betrunken sein, oder?«

Bei diesem Statement balancierte der Januskopf sein gut gefülltes Cola-Rum Glas durch die Luft und stieß dort symbolisch mit all denen an, die seinen Worten lauschten, oder den Fetzen davon, die bei »Highway To Hell« bis zu den diversen Gästeohren durchdrangen. Meine Stiefelspitzen wippten mit. Aber was tu ich zu Fuß auf dem Highway? Zur Hölle kam ich auch mit einigen weiteren Weizen. Ich streichelte mein Weizenglas.

Helle kam zur Türe herein. So was. Er blieb beim betrunkenen Januskopf hängen. Der klopfte ihm auf die Schulter. Kannten sie sich? Der Januskopfige bestellte für Helle, der mir zuwinkte, bei Gerti einen Drink. Der Zigeunerartige schimpfte auf Helle ein. Glaubte er, dass Helle, statt ihn, den Januskopf ausnehmen würde? Ich schob mich dazu. Diese Personenkonstellation hatte zuviel Sprengstoff, schien mir. Helle beruhigte mich. Der Januskopf war ein Schulfreund aus der Herrenbachschule.

»Mensch Helle, was würdest du tun? Ich habe meiner geliebten Frau zum zehnten Hochzeitstag ein Auto geschenkt. Einen Smart. Sie war stinksauer. Jawoll. Ich hätte ihr einen Alfa Romeo Spider versprochen. Alle wollen was von mir. Furchtbar. Widerlich. Was sagst du dazu?«

»Dann nimm ihn halt Du«, riet ihm Helle.

»Jawoll. Du sagst es. Aber was mache ich mit meinem alten Auto?«

»Verkaufen«, riet ihm Helle. Ich kam mir vor wie an der Börse.

»In der Schule hast du mich immer abschreiben lassen. Helle, weißt du noch? Alle wollten was von mir, außer dir. Du warst mein bester Schulfreund«, umklammerte der Januskopf Helle. »Weiß du was, Helle, ich schenke dir mein altes Auto. Jawoll. Immerhin ein Golf.«

Er legte den Autoschlüssel vor Helle auf die Theke.

»Wirklich? Wo steht es?« Helle fackelte nicht lange herum. Sehr vernünftig. Einem geschenkten Gaul schaut man nicht ins Maul.

Aber wie sah Helles zukünftiger Gaul, der dann auch mich tragen durfte, denn aus?

»Welche Farbe hat der Golf?«, wollte ich Helle die Sucherei etwas erleichtern.

»Zitronengelb. Sehr auffällig.«

»Aber wo steht mein Auto?« Helle ging schon davon aus, dass er es fand. Insofern war seine Frage unlogisch.

»In Stuttgart«, antwortete der Januskopf.

»Wo genau?« Helle war sich nicht sicher, ob er richtig gehört hatte.

»Ich war gestern Nacht in Stuttgart. Dort habe ich ein gutes Geschäft gemacht. Jawoll. Wir haben noch darauf getrunken. Ich konnte nicht mehr fahren. Ich hab's stehengelassen und bin mit dem Zug nach Augsburg. Jawoll. Jawoll. Der Golf muss bei einem Lokal stehen, das Goldenes Lamm, oder Goldener Hirsch oder Goldener Adler, irgendwas mit Gold heißt. Finde die Karre und sie gehört Dir. Jawoll. Du bist Zeuge«, nahm mich der Januskopf jetzt in den Arm, wovon ihn der Zigeuner-Typ und die Frau mit mehreren Händen abhalten wollten.

Zum Beweis, dass er es ernst meinte mit dem Auto-Geschenk, drückte der Januskopfige Helle die Golfschlüssel in die Hand, dann legte er meine Hand über Helles Hand und schlug durch. Helle ließ sich von ihm das Autokennzeichen sagen. Der Zigeuner-Typ und die kleine Frau zerrten den Januskopf aus der Kneipe. Sie wollten weitere Schenkungen vermeiden, außer, sie wurden an sie gemacht. Helle lieh sich von mir 100 Euro für eine sofortige Zugfahrt nach Stuttgart.

»Ich hol dich dann mit dem Auto hier ab«, grinste Helle mir zu, bevor er in die vernieselte Nacht eilte.

Das würde er heute kaum noch schaffen. Drei Stunden Zug bis Stuttgart, dann einige Stunden Auto-Suche, dann, falls er Glück hatte, Rückfahrt mit dem Auto zwei Stunden. Dann wäre er mit seinem neuen Auto frühestens sechs bis acht Stunden wieder hier. Würde ich überhaupt so lange durchhalten? Begann so eine Wirtshaus-Karriere? Mit einer Mischung aus Frust und Ausgebranntsein? Es war wie Hohn, dass auf der Theke drei Petroleumlampen flackerten. Gerti drehte deren Docht etwas hoch.

Ich ging an meinen Platz bei den Dart-Spielern zurück. Duke schien sich wieder durch die Gäste-Füße zu schlängeln. Der letzte Schluck aus dem Weizenglas lief durch meine Kehle. Ich prostete im Stillen auf Helles neues Auto. Würde er es finden? Hatte er mehr Such-Glück als ich? Wo blieb eigentlich Mario? Ich war doch hier, um Mario zu finden. Ich versuchte Duke, der sich mit dem Kopf an meine Schenkel drückte, mit den Fingern hinterm Ohr zu kraulen. Dukes Kopf fühlte sich wie ein Menschenkopf an. Es war nicht Duke, es war AC/DC-Gege, der auf allen Vieren nach seinem kostbaren Feuerzeug suchte. Ein Dupont mit Chinalack.

Ein Taxi kam in den Hof des Mad Max. Der Fahrer kam herein.

»Ist hier ein Robert?«, schrie er den Kopf durch die halbaufgedrückte Türe gesteckt. Robert, ein sehniger Mann mit wieselflinken Augen und braungebranntem kantigen Gesicht in Lederklamotten, der sich gerade mit Arno, Brita und Steffen über Buch und Film »Herr der Ringe« unterhielt, meldete sich. Der Taxi-Fahrer drückte Robert eine Schatulle in die Hand. Robert öffnete die Schatulle neben mir.

Was wäre, wenn darin womöglich der Ring wäre, den der Hobbit Frodo herumschleppte, der Ring, den Zauberer Sauron geschmiedet hatte, mit dem man über die ganze Welt herrschen konnte? Sollte ich ihn mir schnappen? Wollte ich schon nach vier Weizen über die ganze Welt herrschen? War es spannend, ein Gott zu sein? Nein, es war pfurzlangweilig, ein Wesen zu sein, das immer wusste, was passierte. Mir tat dieser Gott Leid. Jawoll, verstehste. Er würde zwar wissen, dass Gege sein Feuerzeug ausnahmsweise mal in der linken Hosentasche hatte. Aber was brachte das? Und warum wusste er das? Weil er es so eingerichtet hatte. Megahypersuperpfurzlangweilig. Wie ein Osterei, das man sich selber versteckt. Wollte ich weiter ein Wurm bleiben, den die Sorge nach dem nächsten Euro beherrschte? Blieb mir nichts anderes übrig. Spannend war's immerhin. Meistens. Vor allem als weizentrinkender Wurm konnte man es auf dieser blauen Kugel, die durch den Weltraum rotierte, ganz gut aushalten.

In Roberts Schatulle lagen aber nur drei Dart-Pfeile.

»Hab' ich mir von dem Taxi-Fahrer aus meiner Lechhauser Stammkneipe Waldhorn holen lassen, dort wird noch auf echten Dartscheiben gespielt«, erklärte mir Robert. »Das hier sind Turnier-Dart-Pfeile, die ich mir aus England mitgebracht habe. Die haben ein Gewicht von je 43 Gramm. Da steckt schwer Drive drin. Die können eine Schädeldecke durchschlagen.«

Er legte mir einen Dart in die Hand. Tatsächlich, dieser Metall-Pfeil fühlte sich nach einer gewissen Wucht an. Robert schloss sich den Dart-Spielern an. Ich brachte mich unauffällig in Sicherheit, ging aus Roberts Wurfbahn, verkrümelte mich hinter Bruno, der zwischen historischer Schreibmaschine und ausgebauter Kurbelwelle saß und gerade die seltsame Frau im Glitzerkleid vom Barhocker hob, von der er sich verabschiedete, weil es ihr im Mad Max wohl zu laut und zu chaotisch war. Sie hatte einen eigenartigen Tippel-Schritt drauf, als sie sich durch die Dart-Gruppe schob.

»Meine Ehemalige«, erläuterte mir Bruno sein Verhältnis zu ihr.

Der Automat, in dessen vorgelöcherte Plastikscheibe die Pfeile versenkt wurden, meldete mit rotleuchtenden Zahlen die Wurf-Ergebnisse.

Die Nasenringfrau stürmte mit ihrem Wellensittich-Käfig zur Türe. Gerti war eingefallen, dass ein Martin früher einen Kanarienvogel hatte, der Zombie hieß. Sie hatte Martin auf dem Handy erreicht. Der hatte zufällig noch übriges Vogelfutter. Martin war im Madhouse.

Zur Tür stürmte im gleichen Augenblick ein Mann herein, mit Narben im Gesicht, der seine schwarzen Haare zu einem hüpfenden Pferdeschwanz gebunden hatte. Seine Zimmermannsjacke mit einer doppelten Reihe aus silbern blinkenden Knöpfen war an den Schultern stellenweise durchnässt. Die südländische Frau, mit einigen attraktiven Rundungen, die dicht hinter ihm hereindrängte, klappte ihren Schirm zusammen. Duke sprang von seiner warmen Totenkopfdecke auf, um sein Herrchen zu begrüßen. Die Nasenringfrau und der Pferdeschwanzträger stießen vor dem Dart-Automaten zusammen. Wie vom Blitz getroffen jaulte Duke mit einem fast menschlichen Schrei auf. Er war nicht vom Blitz, sondern von Roberts Dart-Pfeil getroffen. Das war in dem Gemenge aus Wellensittichkäfig, hüpfendem Pferdeschwanz und attraktiven Rundungen nicht sofort zu erkennen.

»Duke hat's erwischt«, erkannte der Pferdeschwanzträger, den ich als den erwarteten Max einschätzte, der er auch war, die Krisen-Situation. Keiner bekam mehr mit, dass Gege sein edles Feuerzeug, das ausnahmsweise in der linken Hosentasche war, entdeckte und triumphierend hoch hielt. Alle starrten auf Max, der mit beiden Händen Duke am Hals festhielt. Der Dart-Pfeil steckte in Dukes herabhängendem Ohr.

»Gerti, los, schnell, mach die Theke frei, sofort«, befahl Max. Gerti blickte mich eine Tausendstelsekunde ratlos an, dann fegte sie einfach mit der Hand alle Gläser von der Theke.

Alle starrten auf Duke, der mit hilflosen Augen sein Herrchen anblickte. Der 43 Gramm schwere Dart-Pfeil hatte sich tief in sein Ohr gebohrt.

»Das tut mir aber leid«, sagte Robert.

»Schon gut, da kannst du nichts dafür«, erwiderte Max. »Ich hätte einfach besser aufpassen sollen. Ist ganz allein meine Schuld.«

Die Frau mit dem Vogelkäfig schlich sich hinaus. Sie hatte schon ihr Tier-Problem. Max, der Kneipen-Chef, betätigte sich als Gabelstapler und hob den angeschossenen Duke auf die Theke.

»Brav liegen bleiben«, streichelte Max seinen Duke.

Max kniete sich recht vorsichtig auf einen Barhocker, um Dukes Verwundung besser zu überblicken.

»Bring mir eine Serviette, bitte und mach die Musik aus«, sagte Max zu Gerti. »Einer muss Dukes Vorderbeine halten und einer seine Hinterbeine.«

Brita griff nach den Hinterbeinen, Bruno nach den Vorderbeinen von Duke. Gerti reichte Max eine frische Serviette.

»Tapfer sein Duke, tapfer«, flüsterte Max seinem Hund ins Ohr, das durch den Pfeil leider wie vernagelt war.

Ein dünner Faden Blut lief aus Dukes Ohr. Max umwickelte mit der Serviette den Dart-Pfeil und zog behutsam daran.

»Alle mitzählen«, rief er uns zu. »Eins, zwei und drei!«

Der gemischte Frauen-/Männerchor übertönte fast Dukes durchdringendes Geheul. Das war mir neu, dass ein Hund wie ein Kind jammern kann. Max hielt den Dart-Pfeil mit Serviette in der Hand, den er bei unserem lauten »drei« mit einem Ruck herausgezogen hatte. Gerti gab die Serviette mit Inhalt an Robert weiter. Der putzte verschämt seinen blutigen Dart-Pfeil und legte ihn zurück in die Schatulle. Duke stand wie erlöst auf der Theke. Er schüttelte sich. Er ließ ein kurzes Wuff! los. Max kniete sich zu ihm auf die Theke, umarmte seinen geliebten Duke, drückte sich freudig an den zitternden Hundekörper.

Allgemeiner Applaus.

»Ich bräuchte wieder Platz für die Getränke«, grinste Gerti, genauso froh wie Max.

Die attraktive Südländerin freute sich mit. Nachdem Max für Duke wieder den Gabelstapler spielte, umarmte und küsste sie ihn. Achja, Helden werden von den schönsten Frauen belohnt.

»Ich gehe in die Werkstatt, dort ist der Verbandskasten«, sagte Max zu Gerti.

»Der Klaus da, der sucht einen Mario, der in der Werkstatt sein soll«, brachte mich Gerti bei Max ins Gespräch.

Während Dukes winzige, fast unsichtbare Wunde am Ohr von allen Mad-Max-Gästen gesucht und dann bestaunt wurde, die ihn auch streichelten, was ihm sehr behagte, ihn aufbaute – sein Körper zitterte immer weniger – stellte mir Max seine attraktive südländische Begleiterin als Roberta vor, die für den malträtierten Duke in der Küche Futter und Wasser besorgte.

»Sie ist Marios Tochter. Sie ist mit ihm in der Todeswand gefahren. Ich habe sie beim Münchner Oktoberfest kennen gelernt«, erzählte er von Roberta. »Mario ist übrigens schon seit einiger Zeit in der Werkstatt«, teilte er mir auf dem Weg dorthin mit

Der Regen hatte nun aufgehört. Wir gingen über den Hof, um eine große Pfütze herum, deren Wasserspiegel sich beruhigt hatte, hin zur Werkstatt-Türe, durch deren Milchglas Licht nach außen schimmerte.

»Das hat die Gerti nicht mitbekommen, dass der Mario schon eine Weile hier ist.«

»Hallo, mei' Freund«, begrüßte mich Mario herzlich, wie es eben seine Art war. »Das ist der Mann, der mit mir Kerl mit Pistole verfolge hat, was ich dir erzähle habe«, sagte er zu Max.

»Gratuliere, eine hübsche Tochter hast du«, sagte ich beim Händeschütteln zu Mario.

»Ah, hast du Roberta gesehe'? Sie ist meine Älteste. Sie fuhr mit mir. Wir ware' Sensation in Todeswand: Mario und Roberta, das Tornado-Team«, kündigte er mit dem Schraubenschlüssel, wie ein Szepter in der Hand, das berühmte Motorrad-Duo an, das vor Jahren durch den Todeskessel gedonnert war.

Marios Ducati, die bei unserer Verfolgungsjagd beim Liliom gegen die Wand geprallt war, lehnte an der Wand. Sie sah wieder gebrauchsfähig aus.

»Duke wurde verletzt. Am Ohr. Ich hoffe, das wird nichts Schlimmes«, berichtete Max dem erstaunten Mario. »Ich sollte mit ihm zum Tierarzt gehen. Duke hat sowieso schon Probleme mit diesem Ohr. Da muß mal wieder die Frau Doktor Sucharz ran«, sagte Max.

Mario putzte seine öligen Hände an einem Lumpen ab.

»Die im Uni-Viertel, Salomon-Idler-Straße. Eine Renate Sucharz? Die mit dem Märchenkarussell«, sagte ich.

»Exakt. Das ist sie. Wenn Duke was hat, gehe ich zu ihr.« Max räumte ein paar Zündkerzen auf.

»So ein Zufall.« Ich staunte. »Ich kenne sie wegen der Katze meines Freundes.«

»Die Frau macht wahnsinnig viel mit. Die hat's nicht leicht. Die schuftet sich zu Tode. Der hat das Leben mehr als übel mitgespielt.«

»Kommt, lasse uns was trinke'«, legte Mario seine Hände auf unsere Schultern und schob uns zur Werkstatt-Türe.

Diesmal gingen wir als frisch vereintes Trio mitten durch die Pfütze. Nichts konnte uns auseinander bringen. Eine neue Männerfreundschaft war geschlossen. Max reichte Roberta, die bei Duke kniete und dem Hund auf Italienisch die feinen Zutaten seines Futters erklärte, den Verbandskasten. Gerti verabschiedete sich. Sie war bei ihrer Oma zum Abendessen eingeladen. Mario bekam von seiner Tochter einen Rotwein vorgesetzt. Ich ließ mir von Max ein neues Weizen ausschenken und nahm die Chance wahr, vielleicht was Neues über Renate Sucharz zu erfahren.

»Ich hab' was gehört, dass sie Pech mit ihrem neuen Freund hatte«, ließ ich einen Versuchsballon steigen.

»Die Renate hat immer Pech mit ihren Männern«, stieß Max mit mir an.

»Die anderen Schaustellerinnen haben was erzählt, dass Renate Sucharz einen jungen Liebhaber habe.«

»Du meinst den Vladho. Den kenne ich. Der hat hier schon seine Motorräder repariert. Ein Motorrad-Narr. Fuhr früher Rennen. Erfolgreich sogar. Sein letztes, eine Harley, steht immer noch in meiner Werkstatt. Die wollte er schon vor ein paar Wochen fertig machen. Wahrscheinlich ist er mit Renate in Urlaub gefahren. Meine Adresse hat er von Renate bekommen.«

Sollten sich Mario und Vladho womöglich kennen? Das musste ich herausbekommen. Hatten Sie mir was vorgespielt? War die Motorradjagd gefaked?

»Kennst du diesen Vladho näher? Haben Mario und Vladho sich gekannt?«

»Vladho ist Montenegriner oder Albaner, glaube ich. Er restauriert Gemälde. Bessert auch die Bilder an den Schaustellerbuden aus. Dabei hat er wohl Renate kennen gelernt«, breitete Max sein Wissen aus.

»Kennst du Vladho?«, fragte Max Mario, der gerade Spaghetti auf seine Gabel rollte, die ihm seine Tochter serviert hatte.

»Vladho? No.« Mario schüttelte seinen Kopf, wobei die dünnen Nudeln, die er gerade nach und nach mit den Lippen hineinzog, wie Urwaldlianen im Wind schaukelten.

»Habe ich mir gedacht. Vladho kam nur vormittags in meine Werkstatt, um seine Motorräder aufzumotzen. Mario ist nur abends hier.«

Schade. Musste ich schauen, was Max zum Kapitel Renate Sucharz noch wusste.

»Sie soll wegen ihm eifersüchtig gewesen sein.«

»Das war sie öfters. Vladho war aber auch hinter jedem Rock her. Sie glaubte, sie könne ihn mit einem tollen Auto an sich binden. Sie ist bestimmt zwanzig Jahre älter als er. Oder mit einem Ägypten-Urlaub. Sie ist total verknallt in ihn. Direkt hörig.«

»Daraus entstehen dann die Morde mit dem Brotmesser, wenn was schief läuft«, brachte ich das Gespräch auf kriminelle Exzesse bei den Beziehungen zwischen Mann und Frau.

»Also, wenn der Vladho fremdginge, würde ich nicht die Hand ins Feuer legen, dass Renate nicht durchdreht, sich selber was antut. Aber ermorden würde Renate niemanden. Sie will helfen. Besonders den Tieren. Das sei ihr Daseinszweck, hat sie mir mal gesagt.« Max sah zu, wie Roberta für ihren Vater Rotwein aus der Flasche nachschenkte. »Ein Brotmesser allerdings würde sie nicht nehmen. Dann schon eher eine Pistole, glaube ich.«

»Hat sie eine?«

»Schon bevor ich sie kannte, war sie in einem Verein für Sportpistolenschützen. In letzter Zeit sogar mit Vladho.« Das merkte ich mir.

»Es soll Mörder geben, die lieben ihren Schäferhund abgöttisch«, versuchte ich den Unterschied zwischen Tier- und Menschenliebe in der Psyche des Menschen herauszuarbeiten.

»Wenn ich Renate wäre, dann könnte ich für nichts garantieren. Sie hat's schon verdammt schwer. Ihr Vater beging Selbstmord wegen einer gierigen Kollegin, ihr Ehegatte wurde von einer anderen Kollegin abgeworben und ihr Sohn ist ein Junkie.«

»Was? Sie hat einen Sohn?«

»Weiß kaum jemand. Der Roland. Durch ihn lernte ich sie kennen. Der besorgte mir früher günstige Ersatzteile. Für Autos und Motorräder. Weiß der Teufel, woher er die hatte. Ich hatte sogar kurz was mit ihr. War nichts Wesentliches.«

Max nahm einen Schluck. War Renate Sucharz auf junge Männer abonniert? Ein Anti-Vater-Effekt? Oder wollte sie einen jungen Freund, der den missratenen Sohn ersetzen sollte?

»Auf Duke«, sagte ich und nahm gleich noch einen Schluck Weizen.

»Genau, auf Duke«, stimmte mir Max mit erhobenem Bierglas diesem Trinkspruch von mir zu.

»Wie hat Renate Sucharz eigentlich Vladho kennen gelernt?«

»Er hat die Bilder an ihrem Karussell restauriert.«

»Hatte Renate Sucharz auch Ärger mit der Marktamtsleiterin?«, bemühte ich mich noch mehr von Max zu erfahren.

Es machte mich stutzig, dass im Zusammenhang mit Renate Sucharz die Namen von zwei Schaustellerinnen aufgetaucht waren, die ermordet wurden. Hatte sie einen Killer beauftragt? Um sich zu rächen? Keine blöde Frage, fand ich. War der Mensch vom Fotoschießstand dieser Killer? Oder Vladho? Oder gar Spurensucher Plöckl von der Kripo?

Es waren immer die gleichen Fragen, leicht variiert, je nach aktuellem Einfluss, die meine Gehirnzellen wie ein Labyrinth durchwanderten. Hatte derjenige, der's war, von Renate Sucharz den Auftrag, die Morde als Tat eines Triebtäters hinzudrehen? Aber wieso?

Max ließ mich nachdenken, wobei meine Augen zum TV-Gerät abwanderten, in dem sich gerade irgendwelche Typen in einer Sendung mit dem Titel Jackass in Röhren einen schlammigen Berg hinunterrollen ließen. Auf der Hälfte der Strecke purzelte der dämlich glotzende Typ aus der schmutzig gewordenen Röhre heraus, wie die Füllung aus meiner Frühlingsrolle, neulich im Ban Thai-Imbiss, als ich sie senkrecht essen wollte und nicht mehr daran dachte, dass ich auch schon das untere Ende abgebissen hatte. Nachdem meine Augen feststellten, dass der Typ aus der Röhre nach dem Herauspurzeln nicht viel dämlicher grinste als vorher, wanderten sie wieder zu Max.

»Ist mir nichts bekannt. Renate kam mit allen Marktämtern ganz gut aus. Sie hatte da kaum Probleme. Ihr Sohn, der Roland, der soll aber eine länger Affäre mit der Augsburger Marktamtsleiterin gehabt haben.«

»Gehabt haben?«

»Ist schon länger rum, nach meinem Erkenntnisstand. Der Dame gefiel es nicht, ständig die hohen Rechnungen von Roland zu begleichen. Sie gab ihm einen Lochsocker.«

»Einen was?«

»Einen Arschtritt.«

»Aha. Wo ist dieser Roland jetzt?«

»Tot. Angeblich. Goldener Schuss.«

»Wann?«

»Vor einem Monat oder länger.«

»Habe ich nichts mitbekommen.«

»Der soll in Indien abgenippelt sein. Renate hat ihn seit einigen Jahren einfach nicht mehr erwähnt. Er konnte nicht aufhören. Er hat sie sogar bestohlen.«

»Wo wird er begraben?«

»Das ist die Frage. So eine Überführung kostet viel Geld. Doch es ist gar nicht sicher, ob er tot ist und wo sich seine Leiche aufhält.«

Aus dem Gespräch von Roberta und Mario hörte ich öfters ein Wort heraus, das wie Verona klang.

»Redet ihr über Verona?«, fragte ich Mario.

Max ging mit Duke ins Freie. Er hatte im alten Waschkessel im Hof Kesselfleisch angesetzt. In eine alte Blechtonne steckte er Holzlatten hinein.

»Meinst du diese Frau, die verkehrtes Deutsch redet, die den Einbürgerungssprachtest nicht schaffen würde?«

»Nein. Ich dachte, ihr redet von der Stadt Verona.«

»Si«, nickte Roberta. »Wir reden von der Stadt Verona. Meine beste Freundin wohnt dort. Die Stadt von Romeo und Julia.«

»Der kannst du einen Brief über dein Frauen-Problem schreiben«, gab ich Jürgen einen Tipp.

»Wem soll ich was schreiben?«, löste Jürgen seinen Blick vom Fernsehschirm.

Der zeigte gerade, wie irgendwelche Pubertisten ein Auto mit Kunstblut derart scherzhaft dekorierten, dass es hinterher für harmlose Tankstellen-Mitarbeiter aussah, als hätte der Autofahrer einen Menschen brutal auf seine Stoßstange genommen. Vorsicht, Hirnschiss-Kamera. Oder alles nur gestellt? Wie bei diesen perversdoofen Talkshows, wo sich unbekannte Schauspieler hemmungslos austoben durften.

Warum fiel ich nicht von der Erde? Warum wurde man von einer Frau geliebt und von den anderen nicht? War ich in einer Krise? In einer mentalen?

»Der Julia in Verona. Die hilft bei Problemen. Besonders bei happigen Liebesproblemen. Obwohl, meinen Brief hat sie bis heute nicht beantwortet«, griff ich wieder zum tröstenden Weizenglas.

Jürgen machte Augen wie Fragezeichen.

»Du hast Julia geschrieben und keine Antwort von ihr erhalten? Si? Das gibt es nicht«, wunderte sich Roberta. »Vielleicht hast du zu sehr geschmiert, beim Absender? Die Briefe an Julia werden von mindestens einem Dutzend Mädchen, wie sagt man, gewissenhaft, bearbeitet. Ich weiß das. Meine Freundin, von der ich gerade gesprochen habe, die gehört auch zu denen.«

»Ehrlich?«, war ich perdautz.

»Si. Ich kann sie fragen wegen deinem Brief. No problema. Schreib mir deinen Namen auf. Ich rufe sie dann an. Die wird sich wundern.«

Roberta sprach mit ihrem Vater einige Worte Italienisch. Über Julia? Über die Spaghetti? Über mich? Über Max? Komisch, dass eine andere Sprache so vielsagend klingt, obwohl man nichts versteht. Auch Frauen sind so lange von mysteriöser Schönheit, so lange sie eine unbekannte Sprache sprechen. Sollte ich auch eine Thailänderin nehmen? Ich würde ihr allerdings nie Deutsch beibringen. Dann wären für mich alle Reize erloschen.

Durch die Glasfront sah ich, wie Max im rechten Teil des Hofes versuchte, unter einem nass herunterhängenden Sonnenschirm mit seinem Feuerzeug einen weißen Brennwürfel anzuzünden. Auf der anderen Straßenseite sah ich eine weiße Leuchtschrift auf rotem Grund: Kia Motors. War das nicht die Automarke der Kommissarin? Ich dachte an ein rotes Auto, an eine rothaarige Kommissarin, mit der ich es mir wohl verscherzt hatte. Weil ich aus Eifersucht wegen dem italienischen Nachtportier Rot gesehen hatte. Duke sprang um Max herum. Max hatte ihm einen abgerissenen Streifen vom unbenutzten Geschirrtuch als Verband fürs verletzte Hunde-Ohr verpasst. Ich schrieb meinen Namen auf einen Bierdeckel. Dazu schrieb ich den Namen von Renate Sucharz. Ich gab Roberta den Bierdeckel. Mario Rossa verabschiedete sich mit einem dicken Lob über die schmackhaften Kochkünste seiner Tochter.

»Diese Frau«, ich unterstrich mit meinem Zeigefinger den Namen Renate Sucharz auf dem Bierdeckel-Rand, »hat der Julia auch einen Brief geschrieben. Ich glaube, dass sie von einem schlimmen Verbrechen weiß, das in Augsburg passiert ist«, erklärte ich Roberta. »Deine Freundin in Verona soll doch bitte nachschauen, ob diese Frau ein Verbrechen in ihrem Brief erwähnt hat. Es ist ganz, ganz wichtig. Deine Freundin kann damit vielleicht ein Menschenleben retten«, sah ich Roberta verschwörerisch an. Mit einem ernsten Blick, der keine fünf Weizen kannte, sondern eher von einem Zuckerstück im Löffel voller Klosterfrau Melissengeist, abstammte.

Die Flammen draußen in der verrosteten Blechtonne schlugen hoch. Funken flogen in den nächtlichen Augsburger Himmel. Der aufkommende Wind trieb sie in den Süden. Was war aus mir geworden? Wieso quälte mich eine undefinierbare Furcht? War es die Vermutung, dass ich meine Gedanken nicht mehr in den Griff bekam? Dass ich in einer Nervenklinik landete? Aber war es nicht egal, wenn man verrückt war, merkte man doch nicht, dass man verrückt war, oder? Ich spürte, wie ich den Boden unter den Füßen verlor. Der Druck in meiner Nase setzte sich durch meinen gesamten Körper fort. Ich war durch und durch verunsichert. War es nicht so, dass die Schmerzen immer stärker wurden, je mehr man sich auf diese eine Stelle konzentrierte, von der man annahm, dass sie der Krankheitsherd war, der Anfang seines Untergangs? Und verstärkten die überreizten Nerven nicht jeden kleinsten Schmerz ums Tausendfache?

Ich dachte an die Kartoffelfeuer in meiner Kindheit. Wenn wir barfuß über die Felder liefen, die getrockneten Kartoffelkräuter zusammensammelten und auf einen Haufen warfen. Wenn wir einzeln herumliegende Kartoffeln in die Glut warfen, um das dampfende Innere später mit dem Taschenmesser aus der verkohlten Schale herauszuschälen. Ich versuchte mich in meine Kinderseele zurückzuziehen. Wo ich noch ein eigener Kosmos war. Ohne innere Anfechtungen. Ohne Gedanken über Gedanken. Ohne Gefühle über Gefühle. Ohne Ängste über Ängste. Ich musste es eigentlich nur zugeben. Dann war mein Leiden vielleicht vorbei. Ich war allein.

Wo war Fleur? Ich hatte sie aufgegeben. Es sollte nicht sein. Ich gehörte zu den Menschen, zu denen ich nie gehören wollte: zu den einsamen. Selbst Helle hatte eine Frau gefunden. Oder sie ihn. Und ich lieferte ihnen mit meinen Träumen die Erfüllung ihrer Träume. Wie ist diese Welt grotesk und absurd. Mein Grinsen überzeugte mich nicht davon, dass ich die erste Krisenwelle ohne Schaden überstanden hatte.

Die Barhocker standen bereits mit den Füßen nach oben auf dem Tresen. Nur noch Max und ich waren in der Kneipe. Wir unterhielten uns über Vladho und Renate Sucharz. Ich hatte Max von dem Motorradrennen durch Augsburg erzählt.

»Mario ist ein Spitzenmotorradfahrer, aber Vladho ist ein absoluter Draufgänger«, kommentierte Max mein Erlebnis auf dem hinteren Teil des Ducati-Sattels.

Wir schauten uns daraufhin in seiner Werkstatt die Maschine von Vladho an, die er nicht abgeholt hatte.

»Was mich wundert«, meinte Max vor der Maschine, »ist, dass Vladho normalerweise sofort auf seinem auffrisierten Bike über die Autobahn brettern wollte. Da ist was faul.«

Wir gingen zum verrosteten Ölfass, aus dem noch einige Flammen hochzüngelten. Wir hielten die Hände hin. Es war kühl geworden.

»Hast du keinen Hunger?«, fragte mich Max.

»Doch«, antwortete ich.

Mond und Sterne schienen satt zu sein. Sie waren nicht mehr in der Lage, für ihr Licht Löcher in die Wolken zu fressen. Der Himmel war sternen- und mondlos. Max holte uns noch einen Teller Kesselfleisch mit Innereien und Sauerkraut aus dem ehemaligen Waschkessel aus der Waschküche seiner Oma. Wir ließen es uns vor der Wärme ausstrahlenden Tonne munden. Auf einem Camping-Tisch unterm schlabbrigen Sonnenschirm hatte Max eine Flasche Wodka positioniert. Die leerten wir auf gut russisch. Ohne Gläser. Ich erzählte Max davon, dass ich Vladho und Renate Sucharz in Verona bei Aida getroffen habe.

»Davon hat sie mir mal irgendwas erzählt. Sie wollte Vladho als Geburtstagsüberraschung ein Wochenende in Verona mit Aida-Oper schenken. Weil sie doch Ägypten-Fan ist. Sie hat dort schon an Ausgrabungen teilgenommen, hat sie mir erzählt. Dann hat sie die Tickets nicht mehr gefunden. Sie hat mich deswegen direkt verzweifelt angerufen. Ob ich die Aida-Tickets eingesteckt hätte. Aus Versehen, mit den Papieren von Duke. Hatte ich nicht. Ich habe deswegen Dukes gesamte Tierheim-Akten durchwühlt. Die Frau war fix und foxi. Aber wenn du sie dort getroffen hast, hat es ja noch geklappt mit den Karten.«

Gerade als ich weiter über das Verona-Abenteuer mit Heuschrecken-Plage und Hagel auspacken wollte, da drang Scheinwerferlicht durch den Hof des Mad Max. Wenn mich mein Gefühl nicht sehr täuschte, war das meine rothaarige Kommissarin Sara Insagg, die vom offenen Feuer angelockt worden war. Hatte sie auf der Heimfahrt meine vom Feuer verzerrte Dämonenfratze erkannt, oder hatte sie endlich Vladhos Werkstatt eruiert. Aber wie?

Meine wodka-getränkten Gehirnzellen wussten sofort eine plausible Antwort: Sara Insagg hatte in der Stadt eine Frau aufgehalten, von der sie annahm, dass sie einen Wellensittich gestohlen hatte, weil sie nachts einen Vogelkäfig durch Augsburg schleppte. Diese Frau wiederum hatte ihr erzählt, dass sie im Mad Max von einem gewissen Martin Zombie-Futter bekommen sollte. Ihr sei dabei ein Kerl verdächtig vorgekommen, der sie mit einem Apfel-Trick in die Wohnung locken wollte. Bestimmt ein Triebtäter. Ausgeschaut habe er so.

Die Kommissarin würde staunen, wenn ich sie zu einer Fahrt mit Vladhos Maschine einladen würde. Zum wild Zelten in den Westlichen Wäldern. Wir konnten uns von Max eine Petroleumlampe ausleihen. Das Zelt konnten wir aus seinem Sonnenschirm bauen. Spontaneität war gefragt. Echte Liebe kann nur spontan entstehen. Jawoll, verstehste. Gefiel mir immer besser, mein neuer Slogan. Jawoll, he, verstehste, war noch besser. Dieser Jürgen hatte Recht, man musste den Zufall genießen. Auf der Seele zergehen lassen. Max würde uns bestimmt den Schlafsack leihen, den er auf das Motorrad geschnallt hatte, das an die

Kneipenwand geschraubt war. Liebe in der freien Natur. Was gab es Schöneres? Wenn ich ehrlich zu mir war, musste ich zugeben, dass meine Fernliebe zu Fleur de Paris nur eine Flucht vor dem nächsten festen Verhältnis war. Duke machte mal wieder kräftig Wuff! Er konnte Gedanken lesen. Vielleicht sollte ich auch mit einer Totenkopfflagge schlafen? Noch lieber aber mit Sara Insagg im Schlafsack. Dieser Spontan-Reim zog meine Mundwinkel mindestens bis zur Geheimratsecke hoch. Ein Scheinwerferkegel knallte auf das Gesicht von Max. Einer auf mein Gesicht. Wir legten die Hände über unsere Augen. War es ein roter Kia? Ihr koreanischer Floh mit den praktischen Cupholdern?

»Blödmann! Schalt das Licht aus. Der hat Nerven. Wir haben schon längst zu. Sperrstunde, es ist Spärrr-stunnn-däääää«, rief Max zu dem Auto, dessen Fahrertüre sich öffnete. »Es gibt nix mehr!« Komisch, dass er annahm, dass es sich um einen Mann im Auto handelte. Meine Mundwinkel suchten bereits den Haarwirbel an meinem Hinterkopf, wo sie sich fröhlichst treffen wollten, wenn ich Max mit meiner Kommissarin bekannt machen konnte.

»Wer will eine Runde mit meinem neuen Auto fahren?«, hörte ich Helles Stimme aus der Nacht.

Kapitel 26

Mit Karin Korb zum Lechflimmern – KK macht sich an KK heran – Moulin Rouge ist leider nicht anregend – Nächtlicher Spaziergang an der Wertach – Ein kuscheliges Liebesnest ist nicht zu verachten

»Hier KK! Dort auch KK? Habe Freikarten fürs Lechflimmern! Haben Sie heute Abend Lust? Lade Sie ein zu Moulin Rouge. Treffpunkt 20 Uhr vor Familienbad * K&K = K!«, las ich das SMS auf meinem Handy-Display. Ich saß gerade im Straßencafé von Feinkost Kahn in der Annastraße. Vor mir ein Buch über die Geschichte der Volksfeste. Ich wäre schon früher im Straßencafé gewesen, um die herabscheinende Sommersonne und den blauen Himmel zu genießen, wäre mir in der Schlosser'schen Buchhandlung nicht das Buch über die Sitten fremder Völker in die Hände gefallen. Blätter, blätter, blätter. Dann entdeckte ich noch ein Buch mit Märchen von Katzen. Ein nettes Geschenk für Helle, der mit seiner Blacky so viel erleiden musste. Dann spazierte ich mit den beiden Büchern unterm Arm zum Straßencafé neben dem Eingang zum Stadtmarkt.

Ich setzte mich neben die Figur eines gigantischen Hummers. Dann piepte das Handy. Das K&K-SMS kam. Was meinte sie mit diesen K-Wörtern? Kintopp & Kommunikation = Karriere? Oder Kompetenz & Kondition = Kohle? – oder Kaviar und Knutschen = Kamasutra? Moulin Rouge, das war doch dieser Streifen über den berühmtberüchtigten Club in Paris, wo einst die schärfsten Beine des Universums beim wilden Can Can durch die schwüle Luft flogen, um die Augen der Männer herauszupressen, wie es das Gummihündchen beim Zusammenpressen machte, das bei meiner Tochter als Schlüsselanhänger fungierte.

Karin Korb wartete auf mich am Eingang zum Familienbad, das während der Lechflimmern-Zeit auch der Eingang zum Open-Air-Kino ist. Ich musste zweimal hinschauen. Sie war sommerlich locker gekleidet. Orangefarbene Cordjeans mit Blümchen, dazu gestreiftes bauchfreies Top unter einer bunt karierten lackstoffartigen Jacke. Ich blätterte wieder im Geist das Wörterbuch durch: K& K? Kultur & Kavalier = Küsse? Sogar ihren harten Business-Blick hatte sie zu Hause gelassen. Wenn ihre Mundwinkel den Börsenkurs angezeigt hätten, hätte jeder Aktienbesitzer glücklich gestrahlt. Sie gingen steil nach oben als sie mich vor sich erblickte.

War es Absicht, dass sie den Film *Moulin Rouge* für unser erstes Privat-Treffen herausgesucht hatte? Ging es da nicht um einen Erotik-Tempel, wobei ein fieser Kohletyp eine hübsche, begnadete Tänzerin ins Bett kriegen wollte? Ich hatte unter meiner alten Lederjacke nur mein schwarzes T-Shirt an. Nicht zu vergessen die schwarze Unterhose unter der schwarzen Jeans. Typische Grafikerklamotten eigentlich. Bei mir allerdings eine Sache der Bequemlichkeit. Nach der Trennung von meiner Frau trug ich meine Kleidung in den Waschsalon. Wenn alles schwarz war musste ich vor der Waschmaschine kniend nicht nach Farben sortieren. Musste auch nicht wegen mehreren Farben mehrere Maschinen einfüllen, damit auch mehr zahlen. Von der Unsichtbarkeit der Flecken auf schwarzem Textil ganz abgesehen.

»Wo haben Sie die Freikarten her?«, fragte ich die Versicherungs-Lady.

»Ich habe eine Anzeige im Lechflimmern-Programm geschaltet«, unterwies sie mich im Bereich Vorteile des Sponsors beim Sponsoring.

»Ellen Gratza und Franz Fischer, die Lechflimmern-Manager haben mir für jeden Film im Open-Air-Kino im Familienbad je zwei Karten zugesandt.«

Wieso hieß dieses Open-Air-Kino Lechflimmern? War doch an der Wertach, die nur ein paar Meter hinter dem Familienbad vorbeifloss? Sie ließ die Karten abreißen. Wir holten uns von dem Stühleberg vier Stühle, die wir vor dem Schwimmbecken in das Gras stellten. Zwei zum Reinsitzen, zwei zum Füße drauflegen. Die meisten Leute hatten Decken und Schlafsäcke dabei. Hatte ich nicht drangedacht, dass es bei Einbruch der Dunkelheit kälter werden konnte. Die Korb anscheinend auch nicht.

»Hoffentlich kommt keine große Kälte«, lachte sie mich mit einem Blick an, der bedeutete, dass sie auch nicht an solche Kältekiller gedacht hatte.

Womöglich war es ein Spontaneinladungs-SMS, was ich bei ihr trotz des lässigen Kleidungsstils nicht ganz glauben konnte. Womöglich – aber noch hatte sie aus mir den Verdacht einer karrieresüchtigen Business-Frau nicht gänzlich vertrieben.

Wir saßen Stuhl an Stuhl auf der Badewiese. Vor uns die große weiße Leinwand. Es herrschte noch nicht die nötige Dunkelheit für den Film-Start. Ich hatte uns zwei Getränke in Pappbechern geholt.

Sie legte ihre linke Hand auf meinen rechten Unterarm.

»Wie ist Ihr Wissensstand beim Wohnwagenbrand?«

»Nichts wesentlich Neues. Über die drei Hauptverdächtigen habe ich Sie ja schon informiert. Dominik Schiblinski von der Achterbahn, Yvonne Kampa von der Geisterbahn und die Inhaberin des Wohnwagens mit den beiden Toten. Aber alle drei haben nach meiner Ansicht ein einwandfreies Alibi.«

»Die Feuerwehr kann auch keinen eindeutigen Hinweis auf Brandstiftung finden«, sagte sie.

Die ersten Werbe-Trailer begannen über die Leinwand zu flimmern. Sie holte ihre Nil-Zigaretten, die Schachtel im vornehmen Blau, hervor.

Sollte ich ihr mehr über Renate Sucharz erzählen? Besser nicht. Wer weiß wo das hinführen würde. Ich suchte nach Feuer. Vergebens. Sie war schneller. Sie zog ihr Feuerzeug. Ich konnte gerade noch gleichziehen mit dem Hervorfingern meiner zerknautschten Schachtel mit Al Capone Zigarillos. Die glühenden Tabakstengel wärmten uns zwar nicht, aber der hochsteigende Rauch vereinte sich über unseren Köpfen.

Als sie das bemerkte, flüsterte sie mir ins Ohr: »Ist Ihnen auch schon kalt?«

»Ihnen?«

»Ja, ich bibbere schon ein bisschen«, knöpfte sie ihre Jacke zu.

Ich stellte meine beiden Stühle noch enger neben ihre. Dann zog ich meine Lederjacke aus und legte sie über ihre Brust.

»Das ist aber nett von Ihnen«, beugte sie sich zu mir. »Ich streichle Sie dafür ein bisschen. Macht auch warm.« Ihre Finger krochen unter meiner Lederjacke hervor und rieben über meinen rechten nackten Arm, der aus dem T-Shirt-Ärmel hervorkam.

»Hilft wirklich«, sagte ich.

Sie zündete sich wieder eine Nil-Zigarette an. Was sollte man sonst tun. Der Film war Langeweile im Quadrat. Keine Handlung und noch weniger Erotik. Trotz Kokotten auf der Leinwand keinerlei Anregung für kokette Knutscherei bei K&K: Da blieb zum Zeitvertreib nur die Raucherei. Auch wenn ihre Finger manchmal in meinen kurzen T-Shirt-Ärmel hineinkrochen, hielt ich mich zurück. Sie hatte ihren aktiven Tag. Sie sollte ihn haben. Sie war mir fast ein bisschen zu aktiv. Sie kam mir vor wie der Heizer auf der Lok, die noch nicht schnell genug zieht, die noch ein paar Schaufeln Kohlen vom Heizer braucht um die richtige Hitze für den antreibenden Dampf zu entwickeln.

Es wurde gehüstelt. »Mit Ihren Kippen verunreinigen sie die Wiese«, giftete eine ältere Frau hinter uns.

»Wir räumen die hinterher schon auf«, zischte Karin Korb zurück.

»Ruhe!«, zischte jemand im Publikum.

»Rauch ist ungesund, besonders für die Mitraucher«, gab die ältere Frau keine Ruhe.

»Ruhe!«, zischte wieder jemand im Publikum.

»Wissen Sie was«, sagte KK zu mir, »der Film ist stinklangweilig, es wird kalt und die Leute sind ekelhaft, lassen Sie uns gehen.«

Wir standen auf. Wir gingen.

»Normalerweise laufen hier Spitzenfilme«, sagte sie beim Weg zum Ausgang.

»Äh, unsere Kippen ...«, zog ich mir die hingereichte Lederjacke an.

»Die soll diese dumme Kuh aufräumen. Oder wer will. Das schafft Arbeitsplätze«, erläuterte mir die etwas aufgebrachte Versicherungs-Lady ihr Arbeitsplatzbeschaffungs-Programm

Wir standen etwas ratlos vor dem Kassenhäuschen des Familienbades. Drinnen waren noch Dialog-Fetzen aus *Moulin Rouge* zu vernehmen. Nicole Kidman würde wohl den Goldenen Schnarchzapfen für den Streifen bekommen.

»Wollen Sie heimgehen? Wo wohnen Sie? Darf ich Sie begleiten?«

Ich hatte das Gefühl wir waren uns näher gekommen und wir könnten uns noch näher kommen.

»Eigentlich will ich noch nicht heim.«

»Wie wärs mit etwas Action in der Rockfabrik?«

»Sind wir dafür nicht zu alt?«

»Man ist nur so alt wie man sich fühlt.«

»Ich fühle mich heute wie ein Teenie.«

»Also auf in die Rockfabrik. Wir tun einfach so als wären wir die Chefs. Die dürfen etwas älter sein.«

»Sie sind ein verrückter Kerl. Wie kommen wir hin? Mit meinem Auto?«

»Lieber nicht, wir haben schon einiges getrunken.«

»Sie haben Recht. Wie dann? Mit dem Taxi?«

»Ach wo. Wir gehen an der Wertach entlang. Ist romantischer. Dauert nur ein paar Minuten. Beim Laufen wirds uns auch wieder wärmer.«

»Ist das nicht gefährlich? Nachts an der Wertach?«

»Da ist noch nie was passiert.« Ob das stimmte?

Den Hemdkragen ihrer Jacke knöpfte sie nicht zu. Ich konnte ihren Brustansatz sehen. Sie wirkte aufgedreht, fast mädchenhaft locker. Ich vergaß, dass sie schon einiges Leben hinter sich hatte. Womöglich eine Scheidung. Oder zwei. Oder mehr. Die Sonnenbank hat ihre Haut gebräunt. Sie wirkte drahtig. Voller Energie. Der Hauch von unbefangener Fröhlichkeit gab ihr etwas offene Weichheit.

»Gut. Dann gehen wir. Achtung Rockfabrik, wir kommen«.

Sie war in Aktiv-Laune. Da konnte noch einiges passieren. Sie schob ihre Hand in meine Lederjackentasche. Ich schob meine dazu. Wir gingen eng aneinander unter der Wertachbrücke beim Kaufhaus Jung, aber auf der anderen Uferseite, hindurch. Auf einem schwach beleuchteten Fußweg am linken Ufer unterhalb der Schrebergärten entlang. Tatüü tataaa! Blaulicht kam von der Brücke. Die Polizei war wieder im Einsatz.

Vor uns auf dem Weg bewegten sich Gestalten. Wir stießen auf zwei Typen, die heftig debattierten und hastig an Zigaretten zogen. Die beiden teilten gerade ihre Beute auf, als Karin und ich ankamen. Schienen Pelzmäntel zu sein. Die hatten in einem Pelzmodenladen eingebrochen. War das der Grund für die Polizei mit Blaulicht? Sie schauten uns verblüfft an. Karin zückte aus ihrer Handtasche das Handy. Sie gab Meldungen ab wie »Polizeistreife eins sofort ans Wertachufer, die beiden Pelzräuber befinden sich hier vor uns, Polizeistreife drei bitte auch ans

Wertachufer kommen, dringend, ebenso Polizeistreife vier und fünf.«

Warum sie die Polizeistreife zwei ausgelassen hatte war mir nicht klar. Ich griff auch in die Jackentasche, als würde ich meine Dienstwaffe ziehen. Die beiden krabbelten eiligst das Ufer hoch und verschwanden mit Verwünschungen auf den Lippen. Die Pelzmäntel ließen sie liegen.

»Zwei Gangster in die Flucht geschlagen. Das ist doch ein Grund zum Feiern«, sagte sie.

Die Flasche Sekt, mit denen die beiden Pelzräuber ihren gelungenen Raubzug feiern wollten, war unser. Stammte wahrscheinlich aus dem Kühlschrank des beraubten Pelzgeschäftes. Während ich am Korken herumfummelte, schleppte sie die Mäntel auf die Kiesinsel.

»Ich hasse Pelzmäntel, da werden nur Tiere geschunden und geschlachtet um die Eitelkeit einiger Frauen zufrieden zu stellen«, sagte sie. »Die vernichten wir. Die lassen wir schwimmen.« Frauen mit Tieren schienen in letzter Zeit mein Schicksal zu bestimmen.

Karin legte die Pelzmäntel auf der Kiesinsel, die an das Ufer stieß, auf einen Haufen.

»Wie haben wir das gemacht?«

»Spitze. James Bond könnte einiges lernen von uns.«

Pflopp! Der Sektkorken knallte. Wir tranken das sprudelige Gesöff aus der Flasche.

Die kopfgroßen Felsen in der Wertach schauten sozusagen noch mit dem Haaransatz aus dem Wasser. Das Mondlicht wurde von dünnen Wolken am Himmel zerstreut. Die Mondsichel sah aus, als würde uns der Himmel seine silberne Zunge rausstrecken. Der himmlische Weichzeichner tat seine Wirkung. Wir kuschelten uns in das Nest aus den Pelzmänteln.

»Es ist kalt. Darf ich mich an dich kuscheln?«, fragte sie.

»Noch, viel, viel, viel, viel enger«, flüsterte ich.

Dem ersten Kuss folgten weitere. Meine Finger versuchten Neuland zu entdecken. Ich küsste sie und fand dabei unter ihrem T-Shirt neue Küsten. Wenn ich ehrlich zu mir gewesen wäre, aber wer ist das schon in diesem Zustand, hätte ich gemerkt, dass ich irgendwie mechanisch vorging.

»Frauen sind manchmal wie Landschaften«, dachte ich mir.

Manchmal segnete Mondgöttin Luna unsere aufkeimende Liebe mit Direktbestrahlung. Was ist schon eine Sonnenbank gegen eine Mondbank auf der Kiesbank?

Wir wollten nackt sein.

Erotik mit halb heruntergezogener Kleidung kann schnell lächerlich werden. Meine Hose wurde irgendwie heruntergefummelt. Bei ihr ging es schnell. Meine Füße stachen ab und zu aus dem Pelzmantel-Wirrwarr-Nest hinaus. Das bisschen Kühle an meinen Zehen machte mir nichts. Die Herzens-Hitze war entscheidend. Der Zeitungsartikel von der drohenden Impotenz bei schlechtem Schlaf kam mir in den Sinn. Würde ich es zu ihrer Zufriedenheit bringen? Mir wurde direkt mulmig. Ich sah Fleur de Paris am Zweiffelturm mit trauriger Stimme singen: »Ganz Paris träumt von der Liebe ...« Würde sie sich in die Seine stürzen, wenn sie mich jetzt sähe? Meine trüben Gedanken konnte ich nur vertreiben, indem ich auch ein gewisses, ja ziemlich starkes geschäftliches Interesse an diesem Techtelmechtel zwischen Versicherungs-Lady und Privat-Ermittler entdeckte.

Meine Füße steckten schon bis zu den Knöcheln im kühlen Wertachwasser. Ich kühlte ab. Stieg das Wasser? Hatten sie irgendwo ein Wehr geöffnet? Ich musste mich irgendwie über Karin drüberrollen, die Pelze nach mir ziehen, damit wir wieder mehr in die Mitte der Kies-Insel kamen. Raus aus dem Wasser. Gewurstel und Gekuschel. Lustiger und unvergesslicher Chaos-Sex.

Üppiger Erzählstoff für die Enkel.

Karin hatte mit ihrer Kleidung auch ihren steifen Geschäfts-Charme abgelegt, der heute sowieso nur in dünnster Ausgabe vorhanden war. Sie flüsterte mir Sachen ins Ohr, mit denen sie die Chefredakteurin von Magazinen wie Schlüsselloch, Sexy, Coupé oder Praline werden konnte. Wir umklammerten uns. Ich versuchte mich von Leidenschaft übermannen zu lassen. Irgendein Ding stieß gegen unsere Zehen.

»Meine Zehen sind jetzt schon ganz nass, das wird doch nicht von dir sein, du Wilder«, feuerte mich Karin Korb an.

»Ich werde dich gleich überschwemmen«, brachte ich mich verwegen unter Leistungsdruck.

»Da ist was«, sagte Karin.

»Wo?«

»Schau, da, an unsern Füßen.«

»Moment.«

Bevor ich den Gegenstand inspizierte, der sich zwischen unseren Füßen und einem Felsbrocken in der Wertach verfangen hatte, drückte ich nebenbei den Aus-Knopf an meinem Handy. Wär ja zu blöd, wenn es mitten in der Nacht, mitten in der Wertach, mitten in der schönsten Liebesszene zu klingeln beginnen würde. Es war sowas wie ein Weidenkorb.

»Schaut aus wie der Korb mit dem sie einst Moses als Baby im Nil aussetzten.«

Es war die Tochter des Pharaos, die beim Baden den schwimmenden Korb im Schilf sah.

»Für Körbe bin ich zuständig«, sagte Karin. »Hol ihn mal raus. Hoffentlich ist da kein Baby drin.«

Eine schöne Bibel-Geschichte. Wusste sie auch, dass Gott dem erwachsenen Moses als feurige Flamme im Dornenbusch erschienen sein soll? Damit sollte Moses auf die Flucht seines Volkes aus der Knechtschaft der Ägypter vorbereitet werden.

»Das wär' ja was.«

Wollte uns der Himmel, dessen halbes Mondauge uns so gut beobachtet hatte, ein Zeichen zukommen lassen? Wollte der Himmel uns sagen, dass wir endlich ein Kind machen sollten – oder dass wir keins machen sollten? Ich beugte mich zu dem Weidenkorb, der mit einem Strick zugebunden war. Karin zündete sich vor Aufregung eine Zigarette an. Sie leuchtete mir mit dem Feuerzeug, dessen Flamme nach und nach kleiner wurde.

»Lassen wir's einfach weiterschwimmen«, versuchte ich die Angelegenheit zu bereinigen. War was Doofes in dem Korb, dann war unser pelziges Liebesnest bald verwaist. »Ist vielleicht eine Korb-Post, so 'ne Art Flaschenpost aber mit einem Paket drin.«

»Ach komm, das ist ein Geschenk des Himmels. Für unsere Liebe. Oder liebst du mich nicht?«

Karin nahm mein Gesicht zwischen die Hände. Sie schaute mich tief an. Ich wusste noch nicht, ob es Liebe oder Leidenschaft war. Wollte sie sich von meiner Lust anstecken lassen? War keine mehr da. Schlechter Schlaf macht brav reimte ich. Ich wollte mich bei ihr als Mann nicht blamieren und eröffnete ein neues Tätigkeitsgebiet: Ich klappte das Taschenmesser an meinem Schlüsselbund auf. An einer Schnur, die über den Deckel des Weidenkorbes lief und verknotet war, hingen zwei Figuren. Nach kurzem Säbeln konnten wir die Schnur, die den Weidenkorb zusammenhielt, entfernen.

»Mach's auf! Bin schon gespannt.«

Sie leuchtete mir mit dem Feuerzeug, das nur noch eine schwache Flamme hatte. Ich hob den Deckel von dem Weidenkorb. Es war nichts Genaues in der unteren Weidenkorb-Hälfte zu sehen. Ich fühlte mit den Fingern vorsichtig rein. Eine glitschige Masse füllte den Boden des Korbes. Sie fühlte auch mit rein.

»Was kann das sein?«, murmelte sie. Ihr angewidertes Gesicht presste sich an meins. In ihrer Stimme schwang leichtes Unbehagen mit.

»Weiß nicht. Fühlt sich an wie irgendwas, sagen wir mal, irgendwas aus der Metzgerei.«

Sofort bereute ich meine Äußerung. Das war nicht das richtige Statement für eine romantische Nacht mit beginnenden Liebesgefühlen. Allerdings kannte ich das Anfass-Gefühl bei Innereien. Konnte aber auch ganz was anderes sein. Schon öfters wurden meine Sinne in dunklen Fühlkisten getäuscht. Eklige Maden waren nur feuchte Nudeln. Tote Fische nur nasser Stoff. »Bitte nicht.«

Ihre Stimme ließ erkennen, dass sie bei irgendetwas Schrecklichem womöglich der Hysterie die Regierungsgewalt übergeben würde. Der Alltag beginnt auch um Mitternacht. Wir hätten uns lieben können. Bis zum Morgengrauen. Eingewickelt in gestohlene Pelzmänteln. Sollte es womöglich ein Baby, oder Teile von einem Baby sein, das eine unglückliche Mutter in der Wertach entsorgen wollte? Zerstückelt? Zersägt? Zerlegt? Zerhämmert? Meine Haare sträubten sich noch um einige zusätzliche Millimeter, als ich den Gedanken an ein weiteres Opfer des Plärrer-Killers hatte. Ein missbrauchtes Kind? Pervers getötet? Oh Gott, bitte nein. Augsburg war doch nicht Sodom und Gomorrah. Der Leichenberg mit ungeklärten Mordopfern war hoch genug. Karins unterschwellige Angst steckte mich an. Sie steigerte sich in Hysterie hinein.

»Wirf es weg! Es ist was Scheußliches.«

Karin riss mir den Korb aus den Händen und warf ihn im hohen Bogen in das Wasser. Er platsche irgendwo in die dunkle Wertach, schwamm weg. Jetzt wusste ich nicht, was wirklich in dem Korb war. Ich sollte es wegwerfen, sie tat es aber. Welcher Frauentyp war Sie? War sie was für mich? Das musste ich noch analysieren, sie daraufhin weiter beobachten. Auf jeden Fall: Ade Liebes-Abenteuer.

Karin durchsuchte unser Pelzlager. Zwei rotgestrichene Affen-Figuren, nicht ganz so lang wie mein kleiner Finger, lagen zwischen den Pelzmänteln. Sie waren mit Bast verbunden. Der Bast ging durch die Löcher, die sich in der Brust der Affen befanden, wo ungefähr das Herz sitzt. Auf dem Rücken war der Bast verknotet. Mit einer Schleife.

»Merkwürdig«, brummelte ich und gab ihr die beiden Figuren in die Hand.

»Ja wirklich, sehr merkwürdig. Was mag das bedeuten?«

Ihr Feuerzeug verlosch langsam. Es wurde fast schwarz um uns. Frau Silberzunge im Himmel schwieg. Eine langgezogene Wolke machte sie unsichtbar. Meine Augen gewöhnten sich an die Dunkelheit.

»Vielleicht haben weiter oben an der Wertach irgendwelche Leute ein mystisches Fest abgehalten und den Korb ausgesetzt. Voodoo oder Schwarze Messe oder sowas?«

Sie drehte und wendete die beiden Figuren. Sie spürte wahrscheinlich was ich dachte. Sie gab sie mir.

»Es ist schön mit Dir. So abenteuerlich. So wild. Das gefällt mir schon.« Ihre Hände griffen wieder nach mir.

Ich flüchtete mich in meine Kleidung.

Sie zog sich auch an.

Wie ging's weiter?

Kaum war der Sex zwischen mir und Karin zerstoben, wusste ich, dass eine Verbindung zwischen uns nur im Sex bestehen konnte. Und selbst das würde nicht lange gut gehen. Ihre Gier war zu heftig. Einige Drehungen zu viel. Dieser Sex machte nicht oft Spaß. Dann wurde es übermäßig anstrengend. Ich würde zu ihrem Hengst werden. Da war dann nur noch Leistung gefragt. Von oben. Von unten. Von vorn. Von hinten. Wie ein lebendiger Kolben. Nichts für mich. Sie wollte Karriere machen. Wenn schon einen Mann, dann wollte sie einen Wasserträger. Dann war die Karriere leichter möglich. Keine Gefühle aufkommen lassen, die zu Verrücktheiten führen könnten. Lieber mit etwas kühlen Gefühlen im Versicherungskonzern aufsteigen. So würde das laufen. Schon ein Klaus Kessler konnte ihrem Lebensplan gefährlich werden.

Hatte man ja gesehen.

Das galt aber auch umgekehrt.

Kapitel 27

Daniel aus dem Kunstweltladen gibt Bücher mit – Auf Akires Schulter sitzt eine grüne Echse – Judith Malke hat zwei Handys – Akires beste Freundin ist bereits seit mehreren Tagen verschwunden

Ich musste meine Bücher zum Thema Schlaf bei der Stadtbücherei zurückgeben. Hatte ich schon zweimal verlängert. Sonst musste ich noch was zahlen. Als ich in der Jakoberstraße mit meinen Büchern unterm Arm entlang lief, sah ich nach der Fuggerei einen Warenständer auf dem Fußweg, in dem Muscheln in allen Formen lagen. Auf der anderen Straßenseite war die Brecht-Kneipe Courage, bei der der Kopf von Bert Brecht mit Zigarre als Schild über dem Gehweg hängt. Die Muscheln glänzten in der Sonne. Das zog mich an. Da erwachte Sehnsucht in mir. Nach Meer, Wind, Wellen, Strand. »Kunstwelt« war auf dem Schaufenster zu lesen, in dem Schmuck aus Asien und Afrika lag.

»Was machst du mit den Büchern?«, sprach mich ein dunkelhäutiger Mann an, der die Ladentüre geöffnet hatte. Er schüttelte mir lachend die Hand.

Es war Daniel, den ich beim Bau der Panik-Pyramide in der Fertigungshalle von Dirk Wunderle kennen gelernt hatte.

»Die muss ich zurückbringen.«

»Kannst du mir einen Gefallen tun? Ich muss auch Bücher zurückbringen. In die Stadtbücherei. Sind von Dirk Wunderles Kundschaft. Die mit der Pyramide. Hat sie dem Dirk geliehen. Habe ich ihm versprochen. Ich kann aber nicht weg. Meine Frau Erika ist beim Arzt.«

»Kein Problem. Wie viele sind's denn?«

Es waren vier Bildbände über das Leben der alten Ägypter. Er hatte sie in einer *Kunstwelt*-Stofftasche verstaut. Ich steckte meine zwei Schlaf-Bücher dazu. Martina, meine Cousine saß am Ausleih- und Rückgabeschalter. Ich legte die Bücher vor sie hin.

»Kannst du mal bitte schauen, wer sich diese Bildbände ausgeliehen hat?«

»Darf ich normalerweise nicht.«

»Ausnahmsweise. Für einen Verwandten. Ich will einen Verein für die Freunde der Pharaonen eröffnen.«

»Ehrlich? Du?« Sie fuhr mit dem Strichcode-Scanner über das Buch *Suche nach Unsterblichkeit*. »Das Buch wurde in letzter Zeit zweimal ausgeliehen.«

»Von wem bitte?«

»Von einer Renate Sucharz und einer Judith Malke.«

»Ehrlich?« Jetzt war es an mir, ungläubig dreinzuschauen. »Die Adresse von Judith Malke bräuchte ich noch, bitte.« Ich schnappte mir von meiner Cousine einen Kugelschreiber und einen Werbezettel, der auf der Rückseite leer war. Dann notierte ich: Judith Malke, Neidhartstr. 24, 86152 Augsburg.

»Bei der ist noch ein Buch überfällig.«

»Welches?«

»Ein Buch über Mumien.«

»Wo ist denn die Neidhartstraße?«

»Im Bismarckviertel. Eine Seitenstraße von der Bismarckstraße.«

»Bist du sicher?«

»Natürlich. Da wohnt meine Kollegin.«

»Prima. Danke. Ciao!«

Ich schob ihr die restlichen Bücher hin. Die Kunstwelt-Stofftasche knüllte ich zusammen und steckte sie in die Tasche meiner Bomberjakke. Ich stürmte los.

Judith Malke, das war die Frau, die Vladho im weißen Porsche nach Verona begleitet hatte. Wieso hatte sie das gleiche Buch wie Renate Sucharz ausgeliehen? Die beiden Frauen schien mehr zu verbinden als nur der Pistolenheld. Waren die beiden Frauen Geschäftspartner? Von wem hatte Dirk Wunderle den Auftrag für die Panik-Pyramide? Dahinter konnte eine Dreiecksgeschichte stecken.

Auf einem Klingelschild bei der Neidhartstraße 24 stand: Sana Va und Malke. Mit wem wohnte sie zusammen? Welche Nationalität verbarg sich hinter Sana Va? Ich nahm an, was Asiatisches. Ich klingelte. Der Türöffner summte. Im dritten Stock war das Türschild mit Sana Va und Malke. Ich klingelte noch mal. Die Türe öffnete sich. Akire kam heraus. Akire, die Freundin von Ismail, unserem Homepage-Designer.

»Nanu«, war ich verdutzt. Sie auch. Auf ihrer Schulter saß eine graugrüne Echse.

»Sie sind doch Herr Kessler? Was wollen Sie hier? Schickt Sie womöglich Ismail?«

»Äh, nein. Ich wollte zu Judith Malke.«

»Die ist leider nicht da. Was wollen Sie von ihr?«

»Sie hat ein Buch aus der Stadtbücherei, das ich gerne ausgeliehen hätte.«

»Ich weiß nicht, wo sie sich herumtreibt. Wollen Sie kurz hereinkommen? Ein Tässchen Tee?«

»Gern. Heißen Sie Sana Va?«

»Ja. Akire Sana Va.«

»Thailändisch. Richtig?«, erinnerte ich mich an unser erstes Treffen.

»Genau«, zerstreute sie meine Befürchtungen, ich könnte schon die ersten Alzheimerschübe haben.

»Ist das Tier auf ihrer Schulter auch aus Thailand?«

»Nein. Das ist Otto. Ein Gecko. Den hat Judith mitgebracht.«

»Aha. Wo ist denn Judith Malke?«, fragte ich gespannt Akire.

»Das wenn ich wüsste. Judith ist schon einige Tage fort. Ich mache mir Sorgen.«

Wir gingen in die Küche. Akire stellte Teewasser auf, suchte nach der Tüte mit dem grünen Tee.

»Ist sie öfters weg? Was macht sie beruflich?«

»Sie ist Grafikerin. Ich studiere auch Grafik-Design. Dieses Jahr gestalte ich meine Abschlussarbeit«, sagte sie. Dann machte sie einen Gedankensprung: »Es kommt schon vor, dass Judith mal zwei oder drei Tage nicht kommt. Das ist normal. Aber dieses Mal ist Judith schon zwei Wochen fort.« Ihr Blick bat mich um einen klärenden Satz.

Ich wusste doch nicht seit wann ihre Wohnkollegin weg war. Welches Feedback erwartete sie von mir?

»Sie ist seit zwei Wochen nicht mehr hier gewesen, so sagt man richtig auf Deutsch, glaube ich.«

Ach so, sie hatte von mir eine Kritik ihrer Deutschkenntnisse hören wollen. Sie stopfte mit ihren Fingern die Teeblätter in das Aufguss-Sieb der Kanne. Dann goss sie das kochende Wasser darüber. Sie stellte die gläserne Teekanne, in der sich das Wasser langsam verfärbte, zwischen uns. Dann noch für jeden eine Tasse mit Unterteller, für jeden einen kleinen Löffel und zwischen uns eine Schale mit weißem Kandiszucker.

»Ich wäre froh, wenn ich immer so perfekt deutsch sprechen würde wie Sie. Wo ist Ihre Mitbewohnerin hin? Wissen Sie's?«

»Sie sagte, sie besucht für ein paar Tage ihre Schwester in Köln. Wenn was ist, soll ich sie mit ihrem Handy anrufen.«

Akire ging zur Küche hinaus. Sie kam mit einem Handy zurück. Sie legte es auf den Tisch. Otto, der dabei von Akires Schulter über den Unterarm zu Akires Hand mit dem Handy gekrochen war, durfte das Handy auf dem Tisch bewachen.

»Ist das Judiths Handy?«

»Ja. Es ist ihr privates.«

»Haben Sie bei der Schwester schon angerufen, wo ihre Mitbewohnerin bleibt?«

»Da meldet sich niemand. Ich habe es mehrmals probiert, jeden Tag. Nichts.«

»Wie ist die Nummer von diesem Handy?«

Akire zog eine Schublade aus dem Küchenschrank. Das Besteck klirrte. Sie holte einen Zettel heraus. Sie sagte mir eine Nummer, die ich mir notierte.

»Lassen Sie mich mal was machen.« Ich schaltete das Handy von Judith ein. Otto beäugte mich dabei misstrauisch.

Dann holte ich mein Handy heraus und wählte diese Nummer. Das Handy auf dem Tisch blieb ruhig liegen. Otto kroch über das Handy.

»Rührt sich nicht.« Otto kroch langsam weiter.

»Was wollten Sie damit bewirken?«

»Ich habe die Nummer gewählt, die Sie mir gegeben haben.«

»Judith hat zwei Handys. Eines hat sie mitgenommen.«

»Zwei Handys? Wieso?«

»Eines privat und eins geschäftlich. Wegen ihren Grafik-Aufträgen. Sie will Berufliches und Privates trennen. Das ist ihr sehr wichtig. Das hier sollte das private sein.«

Ich drückte bei meinem Handy auf die Wiederholungstaste und wartete welche Stimme sich meldete.

»The person you called is temporarly not available ...« Diesen Spruch hatte ich öfters gehört bei der Nummer von der Scaliger-Brücke. Als ich aus Verona zurückkam, hatte ich ein paar Mal versucht über diese Nummer Kontakt mit Judith Malke aufzunehmen. Nie ging sie an ihr Handy. Hatte sie sich bereits ein drittes zugelegt? War ihr der Anruf in Verona, wegen der falschen Stadtwerke-Rechnung verdächtig vorgekommen? Hatte sie das Handy mit der Brücken-Nummer in den Sondermüll geworfen?

»Welche Nummer hat das geschäftliche Handy?«, fragte ich Akire.

Sie zeigte auf die zweite Nummer des Zettels aus der Besteckschublade. Diese stimmte mit der Nummer von der Scaliger-Brücke überein, wie mir ein Blick in mein Telefonbüchlein mitteilte. Darunter stand noch in Druckbuchstaben: Vladho 0175/994565132. Diese Nummer notierte ich mir auch.

Ich wählte die Brücken-Nummer. Es ertönte die Melodie *Killing Me Softly*. Otto erschrak über das musizierende Handy neben ihm. Er wollte nicht mit einem Song gekillt werden. Er kroch recht flott zum Tischrand. Akire ließ ihn über ihre ausgestreckten Finger, Hand, Unterarm, Oberarm auf ihre Schulter laufen. Er verschwand in ihrem schwarzen, glatten, typisch asiatischen

Haar, das ihr über die Schultern floss.

»Ist das Buch, das Sie von Judith haben wollen, sehr wichtig für Sie?«

Sie war bemüht ein perfektes Deutsch zu sprechen.

»Ich bräuchte es unbedingt für meine Arbeit. Es geht um das alte Ägypten.«

»Ich kann in Judiths Zimmer nachsehen. Wie heißt das Buch?«

Ich kam nicht dazu den Buchtitel zu sagen. Das Handy auf dem Küchentisch spielte wieder die Sehnsuchts-Melodie »Killing me softly with his song ...« Ich riet Akire den Anruf entgegen zu nehmen. Sie hob das Handy an ihr Ohr?

»Ja, hallo?«, sagte sie.

Dann hörte sie eine Weile zu. Sie verdrehte dabei ihre Augen. War

Judith dran? Oder Vladho? Oder wer? Akire streckte das Handy mit einem Igitt-Lächeln von sich. Sie drückte energisch den Aus-Knopf.

»Wer war's?« Ich bückte mich neugierig zu ihr.

»Es war ein Mann. Er fragte nach einer Joy und was es kostet.« Ihr Blick kehrte langsam zurück. »Er fragte mich sehr unanständige Dinge. Was mag das bedeuten?«

Ihr Gesicht verriet mir, dass sie ahnte, was das bedeuten konnte.

»Vielleicht ist das nicht Judiths Handy«, bot ich einen Ausweg an. Es sah so aus, als würde Judith unter dem Namen Joy Geld verdienen. Mit Männern. Ein Call-Girl? »Vielleicht ging es um eine Grafiker-Arbeit für einen Sex-Shop?«

»Nein. Sparen Sie sich Ihre witzigen Bemerkungen. Der Mann wollte schlimme Dinge von mir.« Akire biss sich in die Unterlippe. Ihre Mandelaugen verfinsterten sich. Sie griff nach der Teekanne wie nach einem Rettungsring.

»Auf diesen Schreck trinke ich noch eine Tasse Tee. Wollen Sie auch noch eine?«

»Danke, ich habe noch.« Ich fühlte mich leicht unwohl, an der Grenze der Peinlichkeit. Durch meine Rettungsaktion für Judith war ich in ein Fettnäpfchen getappt.

»Kann es sein, dass Judith eine, eine ...? Was meinen Sie?« Ihr Deutsch versiegte. Sie versuchte eine sachliche Stimme zu haben. Was ihr nur zu fünfzig Prozent gelang.

»Eine Prostituierte ist? Sieht fast so aus.«

»Das hätte ich doch bemerken müssen. Wir leben doch schon über ein Jahr zusammen.«

»War sie oft weg? Musste sie überraschend weg? War sie nachts viel weg?«

»Das habe ich nicht so mitbekommen. Durch meine Webdesign-Arbeit bei Ismail, die oft Tag und Nacht dauert, war ich selber oft nur unregelmäßig in der Wohnung.«

»Haben Sie ein Foto von Ihr?«

Akire holt ein Foto, bei dem sie mit Judith auf einer Bergspitze unter einem Gipfelkreuz saß. In typischer Bergwanderer-Kleidung. Beide hatten rote Backen. Von ihren Gesichtern war durch Mützen und Schals nicht viel zu sehen. Sie machten Brotzeit.

»Sportlich, sportlich. Hat Judith Männer in Eure Wohnung mitgebracht?«

»Außer Vladho niemand. Nie.«

»Vladho? Wie sieht dieser Vladho aus?«

Sie beschrieb ihn derart, dass es der Vladho sein konnte, den ich mit Mario auf dem Motorrad verfolgt hatte, der mit Judith in Verona war.

»Haben Sie schon mal Vladho angerufen?«

»Sicher. Öfters. Ich habe deswegen schon Blasen an den Fingern.«
»Und?«
»Die Nummer scheint nicht zu existieren.«
Ich wählte Vladhos Handy-Nummer.
»Diese Nummer ist uns nicht bekannt«, sagte die Frauenstimme. Sackgasse.
»Woher kennt Judith den Vladho?«
»Er ist Bilder-Restaurator. Sie erzählte, sie hätte ihn in der Herz-Jesu-Kirche in Pfersee bei der Arbeit gesehen. Dort hat sie Fotos gemacht. Sie liebt diese Kirche. Sie ist im Jugendstil gebaut. Kennen Sie diese Kirche. Ich finde, sie wirkt eher orientalisch als katholisch.«
Wieso hatte Renate Sucharz und Judith Malke das gleiche Buch interessiert?
»Sagt Ihnen der Name Renate Sucharz was?«
»Diesen Namen kenne ich nicht.«
»Hat Judith Geschwister? Eltern? Verwandte?«
»Eine Schwester in Köln. Und sie erzählte von ihrer Mutter in München, die von ihrem Vater getrennt lebt. Er soll im Ruhrgebiet leben. Ihre Mutter soll taubstumm sein.«
»Hmm. Hartes Schicksal. Wo wohnt die Mutter?«
»Wenn ich wüsste. Ich muss dazu in Judiths Zimmer herumkramen.«
»Darf ich mitschauen?«
»Stört es Sie, wenn ich eine Zigarette rauche?«
»Nein, ich rauche manchmal Zigarillo. Draußen. Wenn ich gute Laune habe.«
Mit zittrigen Fingern zog sie eine Zigarette aus der Packung. Sie suchte nach Feuer. Ich fingerte eine Zündholzschachtel aus meiner Bomberjacke. Dabei legte ich die zwei Affenfiguren von der missglückten Pelzmantel-Nacht mit Karin Korb an der Wertach auf den Tisch. Ich gab ihr Feuer. Sie holte sich einen Aschenbecher.
»Woher haben Sie die zwei Affen?«
»Die waren an einen Korb gebunden. Kennen Sie die?« Eigenartiges Gefühl, wenn ein Gegenstand wie eine Frau heißt, mit der mal was war.
»Die Figuren kenne ich«, sagte Akire leicht betroffen. Otto tauchte vollständig ins Haar ab. Fraßen Affen Geckos?
»Die sind von Vladho. Einen hat er Judith geschenkt. Einen hat er selbst um den Hals getragen. Judith hat mir ihre Figur ganz stolz gezeigt. Genau an diesem roten Lederbändel trug sie die Vladho-Figur um den Hals. Aber komisch, ich glaube, sie hatten kein Loch.«
Sie zeigte auf die Löcher in der Brust der geschnitzten Holzaffen.
»Die muß jemand später hineingemacht haben. Wo haben sie eigentlich diese Figuren gefunden? Das schockiert mich.«
Ich erzählte ihr, dass ich sie in der Wertach gefunden hatte.

»Mein Gott. Kann das sein? Sind Judith und Vladho in der Wertach ertrunken? Warum? Wieso?« Akire begann ein Gesicht zu machen, das nicht mehr viel negative Energie brauchte um loszuheulen.

Ich stand auf. Ich ging zu ihr. Sie hatte sich auf die geblümte Couch neben dem Küchenschrank geworfen. Sie vergrub ihr Gesicht in den Händen. Ein gedämpftes Schluchzen war zu hören. Ich versuchte sie zu trösten.

»Das muss nicht bedeuten, dass die beiden ertrunken sind. Kann sein, dass die beiden einen längeren Urlaub irgendwo in Italien machen, oder einfach ausgestiegen sind. Diesen Schmuck kann es in jeder Geschenkboutique geben.«

»Nein. Vladho hat Judith gesagt, er hat sie nur für sie geschnitzt. Das habe ich gehört. Vladho ist kein Mann der lügt.«

Akire schaute mich kurz protestierend an. Ich hatte eine zweifelnde Miene aufgesetzt. Hatte sie den Eindruck, ich wolle das Andenken ihrer Freundin beschmutzen? Dann schluchzte sie weiter. Noch wirkten meine optimistischen Worte nicht. Die negativen schienen überzeugender zu sein. Otto reckte seinen Kopf aus ihren Haaren heraus. Akires zukkende Bewegungen schienen ihn zu irritieren. Das war ihm unbekannt.

»Vielleicht finden wir in Judiths Zimmer einen klärenden Hinweis?«, versuchte ich in Joys Welt vorzudringen.

Akire öffnete die Türe zum Zimmer ihrer Mitbewohnerin. Links war eine Sitzgruppe mit kleiner Couch. Rechts ein Schreibtisch mit Computer und Drucker. Das Fenster war in der Wand gegenüber der Türe. Die Musik-Anlage stand zwischen Sitzgruppe und Fenster. Die Jalousie war nach oben gezogen. Der Computer war ausgeschaltet. Neben der Tastatur lag ein kleiner lederner Rucksack. Akire sank in den Stuhl vorm Computer. Otto verschwand gemächlichen Schrittes im Rucksack. Das Zimmer war perfekt aufgeräumt. Wo sollte ich nachsehen, was finden, was mir Informationen über den Plärrer-Brand oder die Plärrermorde brachte? Akire schaltete den Computer ein.

»Ich schicke Ismail ein E-Mail. Ich sollte heute noch bei ihm arbeiten. Unter diesen Umständen kann ich das nicht.«

Akire tippte ihre Botschaft an Ismail ein. Ich ging zum kleinen Buchregal über der Musik-Anlage. Da lag der Bildband aus der Stadtbücherei über die Mumien. Auf dem Bildband stand ein kleines Gefäß. Ungefähr fünf, sechs Zentimeter hoch. Es hatte auf dem Deckel einen Falkenkopf. Akire tippte immer noch. Sie hatte Ismail viel zu erzählen. Wahrscheinlich musste sie die furchtbare Neuigkeit loswerden. Das Gefäß war altägyptischen Ursprungs, das war zu sehen. Ich setzte mich auf die Couch und blätterte in dem Mumien-Buch.

»Haben Sie das Buch gefunden?«

»Ja. Es ist das Buch aus der Stadtbücherei«, hob ich ihr das Buch über die ägyptischen Mumien entgegen. Untertitel: »Zeugnisse des Pharaonenreiches.«

Einige Dinge aus dem Buch kannte ich schon vom Pyramiden-Bauer Wunderle. Ich blätterte zurück. War da nicht ein Gefäß abgebildet, das dem kleinen Gefäß im Bücherregal ähnelte? Eine Art Vase mit einem Vogelkopf. Ich las den Text dazu. Aha. Bei dem Ding handelte sich um eine Kanope. »Die Kanopen dienen zur Aufnahme der bei der Mumifizierung aus dem Körper entnommenen inneren Organe Leber, Lunge, Milz, Magen und Darm«, konnte ich über das Gefäß erfahren. Es waren Kanopen mit vier verschiedenen Deckeln abgebildet »welche die vier Horus-Kinder Amset (Menschenkopf, schützt die Leber), Duamutef (Schakalkopf, schützt Magen und Lunge), Hapi (Paviankopf, schützt Lunge und Milz), Kebechesenuef (Falkenkopf, schützt die Unterleibsorgane) zeigen.« Judiths Gefäß hatte einen Falkenkopf als Deckel. Ich betrachtete es genauer. Ich hob den Deckel herunter. Innen war nichts zu sehen. Ich schnupperte hinein. Es roch eigenartig. Nicht nach Gewürz oder Parfüm. Allerdings war mir dieser Geruch nicht unbekannt. Ich klemmte den Deckel wieder drauf. Das kleine Gefäß steckte ich unauffällig in meine Stofftasche. Aus den Augenwinkeln sah ich eine digitale Kamera auf dem Fensterbrett.

»Ich mach mal das Fenster auf, wegen dem Rauch.«

»Das ist lieb von Ihnen. Das habe ich vor Aufregung völlig vergessen, dass es Joy nicht mag, wenn ich in ihrem Zimmer rauche.«

Ich öffnete das Fenster. »Schöne Aussicht.«

Akire hackte in die Computer-Tastatur. Ismail bekam einen Roman von ihr. Ich schaltete, vom Rücken gegen Akires Blicke geschützt, die digitale Fotokamera ein. Zwei Bilder waren zu sehen. Ein Bild zeigte einen winkenden Mann im weißen Porsche. Wahrscheinlich Vladho. Auf dem dritten Bild war die Statue von Julia in Verona zu sehen. Ich versuchte den Speicherchip für die Fotos aus der Kamera zu entfernen. Es klappte nicht. Schade, wäre gut gewesen für weitere Nachforschungen. Aber wer weiß. Jede Digital-Kamera braucht für die Einspeicherung der Bilder auf die Computer-Festplatte eine spezielle Treibersoftware. Bis ich die bekam, als Download vom Internet oder auf CD vom Hersteller, das konnte dauern und einige Nerven rauben. Bei Geräten, die nicht wollten, wie ich wollte, wurde ich zum Berseker. Wahrscheinlich verlängerte der nichtrauswollende Bilderchip das Leben meines Computers. Sollte ich mir von Akire die Digital-Bilder als JPEG-Datei per E-Mail senden lassen? Das ginge einfacher.

Aber wie sollte ich ihr meinen Wunsch erklären? Sie brauchte wirklich nicht zu wissen, dass ich nach Wohnwagenbrandstifter und Frauenmörder fahndete. Ich zeigte Akire den Ausdruck von der Stadtbücherei, den mir meine Cousine herausgelassen hatte. Darauf war der Buch-Titel des Mumien-Buches vermerkt und der Abgabe-Termin, der bereits um einige Tage überschritten war.

»Ich lasse das Buch auf mich eintragen«, erwiderte ich ihren fragenden Blick. »Die Mahngebühr erledige ich.«

Ich verabschiedete mich von ihr. Otto lugte aus dem schwarzen Lederrucksack, ob sich die Lage beruhigt hatte. Akire setzte ihn wieder auf ihre Schulter. Dann gingen wir zur Türe. «Bitte einen Gruß von mir an Ismail dazuschreiben und fragen wie es unserer Homepage geht«, verabschiedete ich mich von Akire. Sie hielt mir die Türe auf.

Otto streckte mir seine gespaltene Zunge entgegen.

Kapitel 28

Klaus Kessler spendet Kerzen – Im Sarkophag verschwindet eine Botschaft – Es gibt nur einen Vladho – Geplaudere mit der Kommissarin und dem Kommissar im Straßencafé – Die Kanope ist verdächtig

Mit der Kanope und dem Mumien-Buch in der Kunstwelt-Stofftasche verließ ich das Bismarckviertel, lief durch den Kitzenmarkt, an der Ulrichskirche vorbei, zum Ulrichsplatz. Der Platz, dem Lüpertz' Aphroditestatue nicht vergönnt war. Sie war mit ihrem rotbemalten Gesicht und der knubbeligen Figur in den Augen einiger Augsbürger zu hässlich für eine Liebesgöttin. Das war ein deutschlandweiter Kunstskandal. Die heilige Afra, die ehemalige Venusdienerin, die wegen ihres Glaubens an Christus verbrannt wurde, durfte wenigstens im Sarkophag in der Gruft der Afra-Kapelle in St. Ulrich ruhen.

Ich ging in die Afra-Gruft, in die ein schmaler Gang neben dem Altarraum hinunterführt. Vor dem Afra-Sarkophag ist ein Eisenblech, auf dem brennende Kerzen stehen. Ich spendete auch eine Kerze. Den Euro dafür ließ ich in die Kasse beim Kerzenvorrat scheppern. Die Kerze sollte für meine Eltern sein. Eine kleine Bestechung, um den Geist meiner Mutter zu aktivieren. Sie besaß manchmal hochdetektivische Fähigkeiten. Wenn ich nur daran dachte, wie sie meinem Vater bewies, dass er ein Verhältnis hatte, von dem sie nur den Vornamen wusste. Sie ließ von einer Freundin eine Ansichts-Karte schreiben, unterschrieben mit dem verdächtigen Vornamen und schickte diese Karte ab. Adressat: Werner Kessler. Die Karte holte natürlich meine Mutter aus dem Briefkasten und hielt sie als eindeutigen Beweis ihrem Mann unter die Nase. Sie tobte. Sie weinte. Sie drohte. Er versprach, das Verhältnis sofort zu beenden. Ich zündete die Kerze für meine raffinierte Mutsch an.

»Hilf mir bitte, den Mörder von Yvonne Kampa und den Brandstifter der Plärrer-Wohnwagen zu finden«, sah ich in die kleine gelbe Kerzenflamme. Zwei Wünsche für eine Kerze waren womöglich zu viel.

Ich zündete eine zweite Kerze an. Auch bezahlt. Für den ertappten Papa. Sicher ist sicher. Noch ist nicht klar, mit welcher Moral Geister ausgestattet sind. Ich stellte meine Stofftasche auf dem steinernen Sarkophag der Heiligen Afra ab, die vor vielen hundert Jahren den Männern Liebe gab – gegen Spenden für den Venustempel. War Afra schön gewesen? Der Sarkophag ist aus grob behauenem Stein. Ein ausgehöhlter Steinsarg, auf dem ein schwerer Steindeckel liegt. Ich zog das Mumien-Buch aus der Stofftasche. War Judith schön? Gewesen? Ich holte das Foto, das Akire und Judith dick vermummt auf dem Berggipfel zeigte, aus dem Buch. Die Kerzen flackerten plötzlich unruhig. Kam jemand in die Gruft? Erzürnte sich Afras Geist über meinen Fotodiebstahl? Judiths Gesicht war das Gesicht einer jungen Frau, die in bester Laune mit ihrer Freundin die Besteigung eines Berges feierte. Das Gesicht auf dem Foto war zu klein, um einen Charakter deuten zu können. Eine Miss-Wahl konnte mit den paar Quadratmillimetern nackter Haut, aus der fröhliche Augen unter schmalen Brauen, ein voller Mund und eine Stupsnase schauten, nur mit sehr viel Schmiergeld durchgeführt werden.

Schritte kamen die rotziegelige Grufttreppe herunter. Ich legte das Foto schnell in das Buch. Als ich das Buch hastig mit einem Vorsicht-sonst-wirst-du-ertappt-Gefühl zuklappte und in die Stofftasche stekken wollte, verhedderte ich mich mit dem Buchumschlag in den Trägern der Stofftasche und das Foto flatterte heraus. Normalerweise reagiere ich blitzartig. Wenn ich ein Glas vom Tisch remple, dann fange ich es oft noch einen Zentimeter vor seinem Aufprall am Boden auf. Meine Finger schossen zum herabfallenden Foto. Es witschte mir mit einem ungeahnten Schlenker seiner Flugbahn an den Fingern vorbei. Es gibt viele Methoden, sich unsichtbar zu machen. Von Tarnkappe bis Tarnfarbe. Aber der Trick des Fotos war neu. Der dunkle Spalt zwischen Steindeckel und Steinsarg ist nur ein paar Millimeter breit, doch er genügte dem Foto, um darin zu verschwinden. Afras Briefkasten erinnerte mich an den von Julia in Verona. Zwei Frauenschicksale, vereint durch meine Schusseligkeit.

Eine ungeklärte Spur fiel mir ein: Würde ich eine Nachricht aus Verona bekommen und erfahren was Renate Sucharz an Julia geschrieben hatte? Ich musste mal wieder im Mad Max mit Roberta sprechen.

Welcher Geist hatte mich vor Afras Sarkophag bestraft? Hoffentlich nicht der von Joy. Ich wollte nicht, dass sie sich jetzt schon mit Afra im Jenseits über ihre Kundschaft unterhielt. Über die diversen Probleme bei einem solch heiklen Liebes-Job, der viel emotionale Intelligenz benötigt. Mir war lieber, sie lebte noch und konnte mich zu Vladho führen. Ich verließ die Gruft, in die ein älteres Ehepaar kam. Würde mein winziger Brief in Julias Briefkasten beantwortet werden? Bis jetzt hatte ich von Veronas berühmtester Bürgerin noch keine Antwort erhalten. Von Afra würde noch weniger eine schriftliche Nachricht kommen.

Mit vielen Gedanken im Kopf schlenderte ich vom Ulrichsplatz aus die Maximilianstraße hinunter. Augsburgs Prachtstraße. Leider mehr Parkplatz als Boulevard. Die Gehwege müssten breiter sein, mit Bäumen, Skulpturen oder sowas. Aber war ich Stadtplaner? Werde ich dafür bezahlt? Da kommen bei einem Straßengestaltungs-Wettbewerb Leute wie ein Architekt namens Bammel auf die geniale Idee, überhaupt nichts zu gestalten und verkaufen das als den großen Wurf. Erinnerte mich irgendwie an des Kaisers neue Kleider.

Weil die nachmittägliche Sonne aus dem Westen wärmende Strahlen über die Hausdächer schickte, suchte ich nach einem Straßencafé auf der Ostseite. Wer winkte mir beim Straßencafé Sommacal zu? Weissberg und Insagg saßen wie gerufen an einem runden Tisch mit Kaffeetassen vor sich. Ich war gespannt, welche Geschicklichkeitsspiele der Kommissar diesmal mit seinem Kaffee anstellte.

»Hallo«, begrüßte ich die beiden. »Darf man sich dazu setzen? Ich hätte einige Neuigkeiten.«

»Bitte sehr. Wir hören.« Sara Insagg zog mir den Stuhl zurecht.

Ich legte die Stofftasche auf einen freien Stuhl. Der Inhalt würde Insagg und Weissberg elektrisieren. Man musste aber der Polizei nicht gleich alles verraten. Ich war für Tauschhandel. Jedenfalls auf dem Info-Markt.

»Von Judith Malke gibt es sogar ein Foto.« Von ihrem Freund auch, aber es war mir momentan zu umständlich das zu erklären.

»Das könnten wir brauchen. Wo ist es?« Sara Insagg spürte, dass ich einen Köder auslegte.

»Bei der Heiligen Afra.«

»Interessant. Wo hat sie es? In ihrem Foto-Album?«

Weissberg verfolgte unser Geplänkel, während er den Henkel der Kaffeetasse studierte.

»In ihrem Sarkophag.«

»Wie originell. Wohl mit dem Wunsch, dass die Heilige Afra diese Judith für Sie finden soll.«

»Das geht nur, wenn man eine Kerze spendet.«

»Haben Sie?«

»Zwei sogar.«

»Für die Afra und für wen noch?«

»Für die Aufklärung der Verbrechen.«

»Danke. Können wir gebrauchen.« Weissberg wollte einen Finger durch das Henkel-Loch der Kaffeetasse schieben. Ging nicht.

»Sind Sie mit Ihrem Kollegen Plöckl, dem Elvis-Sammler schon weiter gekommen? Ist er der Plärrer-Killer?«

Sara Insagg und Stefan Weissberg wirkten angeschlagen, reif für eine vorgezogene Pensionierung.

»Das Foto von dieser Judith ist mir vorhin dummerweise in den Sarkophag der Afra gerutscht.«

»Sollen wir ihn polizeilich öffnen lassen?« Die Kommissarin machte mit den Händen Baggerkrallen.

»Kommt drauf an. Wir können es auch zu dritt probieren, ob wir den Steindeckel auf die Seite schieben können, um das Foto rauszuholen.«

»Ist diese Afra, äh, Judith, überhaupt wichtig?« Weissberg befühlte die Kaffeetasse, um festzustellen, wie heiß sie noch ist. »Wer sind diese Judith und dieser Vladho? Was spielen sie für eine Rolle?«

»Das sind diese zwei Verdächtigen in den Plärrer-Mordfällen, von denen ich Ihnen schon erzählt habe, das Pärchen, das nach meinen Kenntnissen nach Italien geflüchtet ist. Er hat Yvonne Kampa erschossen. Sie ist womöglich seine Komplizin.«

»Nachnamen von den beiden haben Sie keine?« Weissberg entdeckte den Löffel neben seiner Kaffeetasse. Er nahm ihn wie einen Zauberstab. Er rührte im Kaffee. Bedächtig. Kontrolliert.

»Von der Judith schon. Sie heißt Malke. Von dem Vladho nicht.«

»Manchmal hilft die einfachste Methode. Wie schreibt man diesen Vladho?«

»Mit Vau, ell, ah, de, ha, oh.« So jedenfalls war sein Name auf dem Zettel mit Akires Handy-Nummern geschrieben.

»Vladho mit ha?«, vergewisserte sich Weissberg.

»Ja, mit ha«, bestätigte ich.

»Ungewöhnlich, das ist gut.« Weissberg nahm sein Handy. Er wählte, dann sprach er hinein. »Bitte klären Sie mir gleich ab, wie viele Männer in Augsburg mit dem Vornamen Vladho gemeldet sind. Ich buchstabiere Viktor, Ludwig, Anton, Dora, Helmut, Otto. Und rufen Sie mich schnellstmöglich zurück.« Weissberg legte sein Handy neben die Kaffeetasse.

»Das haben wir gleich.«

Selten habe ich einen Mann bewusster seinen Kaffee trinken sehen. Jede Bewegung schien ideal gesteuert zu sein. Wieso ging dann ein Schwabb auf sein Handy? Weissberg wischte verlegen mit der Serviette sein Handy sauber.

»Die Fingerabdrücke auf dem Besteck aus Italien sind die gleichen wie auf der gefundenen Pistole von Ihrem Verfolger. Damit war es wohl dieser Vladho, der die Geisterbahnbesitzerin erschossen hat.«

Wie hatte sie dem Kommissar erklärt, wie sie an das Besteck von Vladho gekommen war? Doch nicht mit ihrem Techtelmechtel mit dem italienischen Nachtportier? Weissbergs Handy meldete sich.

»Wie viele? Nur? Sind Sie sicher? Adresse? Telefon?« Weissberg kritzelte auf die Serviette. »Wir haben Glück«, tat er uns kund. »In Augsburg gibt es tatsächlich nur einen Vladho mit ha, der ordentlich gemeldet ist. Laut Einwohnermeldeamt. Illegale kennen die ja auch nicht.«

Endlich konnte ich mir einen Eisbecher bestellen. Das Handy-Tüten hatte die Bedienung an unseren Tisch gelockt. Nachdem sie sich versichert hatte, dass es nicht ihr Handy war, das anscheinend den gleichen Klingelton hatte, bemerkte sie mich. Kommissarin und Kommissar lieferten sich einen polizeiinternen Dialog.

»Und wo wohnt er?«

»In der Neuburger Straße 78.«

»Wenn es dieser Vladho ist.«

»Das wissen wir, wenn wir dorthin schauen. Sie kennen ihn doch.«
»Sollen wir gleich hinfahren?«
»Wäre das Beste.«
»Na, dann los.«
Sie suchten nach ihren Geldbeuteln.
Ich unterbrach den beginnenden Abgang des Kommissar-Duos.
»Diese Judith, die Freundin von Vladho, die finde ich nicht uninteressant.«
Ich holte die Mini-Kanope aus meiner Jackentasche. Ich stellte das Gefäß mit dem Falkenkopfdeckel zwischen die Kaffeetassen von Insagg und Weissberg.
»Was ist das?« Sara Insagg hatte mehr Interesse an haushaltswarenähnlichen Gegenständen.
»Eine Kanope. In Verkleinerung. Keine echte. Habe ich bei Judith Malke gefunden, die sich als Prostituierte Joy nennt. In die echten Kanopen legten die ägyptischen Mumifizierer die Innereien der Leichen rein, die ihnen in die Finger kamen.«
Ich holte das Buch aus der Stofftasche, schob es ein wenig in Richtung Sara Insagg. Frauen sind die größeren Literatur-Freunde. Ich blätterte vor ihr die Seite mit den Kanopen auf.
»Ich schätze, der Inhalt dieser Kanope kann uns weiterhelfen. Der sollte genau untersucht werden. Meiner Meinung nach ist auch Judith Malke irgendwie in ein Plärrer-Verbrechen verwickelt.«
Weissberg rieb sich die Hände. »Ich muss sagen Herr Kessler, Sie helfen uns da schon ganz schön.«
Das Eis kam. Ohne Sahne. Ich löffelte einige 3-D-Figuren in den Sorten Kokos, Pistazie, Mokka und Kirschjoghurt.
»Was soll da drin sein?« Weissberg hob den Falkenkopfdeckel von der Kanope.
»Lassen Sie das Ding nicht zu lange auf, sonst verdunstet das wenige, was noch drin ist«, flehte ich ihn an. »Könnte uns einen Mörder liefern.«
Weissberg schnuffelte in das Gefäß hinein. »Hmm. Muffelig. Was könnte es sein?«
»Mir kommt es vor wie eine männliche Körperflüssigkeit, wie die, durch die Ihr Kollege Plöckl in den Verdacht des Triebtäters kam«, formulierte ich diplomatisch herum.
Direkt verklemmt kam ich mir vor im Zeitalter, wo bereits schon die pornolastigen Talkshows von Gerichtssendungen aus dem Nachmittagsprogramm der TV-Kanäle verdrängt wurden. Wegen zu hohem Langeweile-Faktor. Sara Insagg hob ihren Blick aus dem Mumien-Buch.
»Sie meinen Spermien? In diesem Dings könnten Spermien sein?«
Die vorwitzige Kommissarin streckte den Zeigefinger ihrer rechten

Hand aus. Sie tat so, als würde sie wie eine Naschkatze den Finger in die Mini-Kanope stecken, über deren Bedeutung sie gerade nachgelesen hatte. Wie die elegante Frau bei der Katzenfutter-Werbung, bei der man den Verdacht hat, sie schleckt sich nach Öffnung der Dose genüsslich die Finger ab.

»Kein Problem, ich kläre das«, grinste sie.

»Machen Sie bloß kein dummes Zeug«, versteifte sich Weissberg im Straßencafé-Stuhl. Er griff nach Insaggs Hand mit der Kanope. »Sie vernichten womöglich Beweismittel, wenn Sie das tun«, ächzte er.

Er sah sich verschämt um. Als wüssten die Gäste ringsum, dass eine Augsburger Kommissarin gerade im Begriff war, wildfremdes Männer-Sperma einer Geschmacksprobe zu unterziehen.

»Vielleicht ist das auch was Giftiges?«, versuchte er die Kollegin durch Handfesthalten von ihrem Vorhaben abzubringen.

»War nur Spaß«, befreite diese ihre Hand.

»Sie sollten den Inhalt jedenfalls untersuchen lassen«, sagte ich.

»Die Laborleute jammern dauernd über hohen Stress, was soll ich denen sagen?«, versuchte Weissberg mir ein Argument zu entlocken.

Wenn ich meine Argumente für eine Laboruntersuchung im Schnelldurchlauf abcheckte, würde ich als Laborleiter diesen dubiosen Fund ablehnen, wenn nicht ganz hinten anstellen. Nur weil eine Prostituierte irgendwas mit Plärrer-Leuten zu tun hatte, musste in der Kopie eines historischen Gefäßes noch lange nicht die Wahrheit stecken.

»Vielleicht kann es Ihren Kollegen entlasten?«, fiel mir ein. »Vielleicht ist der nicht der Plärrer-Killer, der die Frauen niedergemetzelt hat?«

Weissberg nickte. Insagg vertiefte sich wieder in das Mumien-Buch.

»Hier, diese Hatschepsut, das war eine weibliche Pharaonin und eine hervorragende Regentin.«

»Ich weiß, ich weiß, Sie wollen die erste Augsburger Polizei-Chefin werden«, lachte Weissberg etwas gequält. »Doch zuvor müssen Sie noch den Plärrer-Killer fangen.«

»Wir lassen den Inhalt der Kanope genauestens mit DNA und Pipapo untersuchen«, sagte die Kommissarin. »Mein Gefühl sagt mir, dass uns Herr Kessler wertvolles Infomaterial präsentiert.«

Sie schaute mich bedeutungsvoll an, mit einem Blick wie »wir können auch in Augsburg ein bisschen Verona spielen, du als Radames und ich als Aida« wollte sie ihren Zuckerlöffel in die Kanope stecken, statt in die daneben stehende Zuckerdose.

»Schluss! Jetzt hört aber der Spaß wirklich auf«, zog Kommissar Weissberg die Mini-Kanope neben seine Kaffeetasse.

»Tschuldigung, so wild bin ich auf gewisse Indizien auch nicht«, sagte die Kommissarin süffisant. »Ich war in Gedanken.«

Sie versenkte ihren kleinen Löffel kichernd in der Kaffeetasse.

Sie pfiff leise den Triumphmarsch aus Aida. Also gut, ich musste noch mal angreifen bei ihr. Bald war wieder Plärrerzeit. Ich könnte mit ihr die neue Panik-Pyramide besuchen. Wunderle hat mir dafür einige Freikarten versprochen.

»Ist hier noch ein Plätzchen frei?«, schnappte sich Sybille Schiller, die Kultur-und Klatschreporterin der Augsburger Allgemeinen, einen Stuhl an unseren Tisch.

Die Sonne hatte bereits viel Mühe, ihre Strahlen über die hohen Dächer der Fuggerhäuser auf der anderen Straßenseite in unsere Richtung zu schmuggeln.

»Mir fehlen noch ein paar gute Meldungen für die Samstagsausgabe«, stieg sie in unsere Gesprächsrunde ein.

»Eine meiner Lieblingskneipen, Masters Voice in der Bleich hat zugemacht«, öffnete ich den Info-Staudamm. »Die Köchin Claudia ist jetzt bei einem Italiener namens Pastissimo oder so und der Wirt Markus ging nach Kloster Holzen«, offenbarte ich eine Sensations-Nachricht.

»Sonst ist nichts los?«, gähnte Sibylle Knüller und bestellte einen Cappuccino. »Das ist ja der neue Gecko des Schaustellers noch interessanter.«

»Gecko? Ich habe vorhin einen Gecko namens Otto gesehen«, brachte ich mich ins Spiel.

Vielleicht konnte ich noch irgendwie bei einer Meldung von Sibylle Schiller auftauchen. Am besten mit Foto. Ihre Spalte war die meistgelesene der AZ. Wer da drinstand, war Gesprächsstoff für die nächsten Tage in ganz Datschiburg.

»Der verschwundene Gecko des Schaustellers hieß Nikolaus«, referierte die Sybille Schiller ihre aktuelle Meldung.

»Von welchem Schausteller?«

»Rudolf Wirth von der Fotoschießbude. Den jetzigen, den neuen Gecko, den ihm seine Kollegen geschenkt haben, den hat er Jojo getauft. War übrigens eine Idee von mir.«

»Reden Sie von dem Wirth, den wir auch schon in der Mangel hatten?«, beteiligte sich die Kommissarin.

Sibylle Schiller nickte.

Mir dämmerte was. Ich stieß den Fuß der Kommissarin unter dem Tisch an.

»Wir lassen Sie jetzt alleine«, sagte diese, als Weissberg die Kaffee-Rechnung zahlte. »Dann können Sie Ihre Nachrichtenbörse ungestört weiterführen.«

Sie stand auf. Weissberg stand auf.

»Beinahe hätte ich es vergessen. Sie wollten mir doch noch diese Adresse aufschreiben, Sie wissen schon«, sagte Sara Insagg zu mir.

Sie pflanzte sich neben meinen Stuhl. Ein Sonnenstrahl, vielleicht der letzte des Tages, ließ ihr Haar erröten. Welche Adresse wollte sie von mir? Meine? Ich hatte doch keine Wäschekammer, wo sie am liebsten ihre Zeit mit Männern verbrachte.

»Dieser Otto, dessen Adresse bräuchte ich«, half sie mir milde lächelnd auf die Sprünge.

Ich riss aus meinem Notizblock eine Seite. Darauf schrieb ich: Otto lebt b. J. Malke/A. Sana Va, Neidhartstr. 24 – stammt evtl. v. Wirth/Fotoschießstd. – Kanopen-Inh. dito? Am Boden der Kanope, die ich zu Sara Insagg hoch reichte, war ein rot aufgemaltes Auge auf zwei geschwungenen Linien zu sehen.

Nachdem Sybille Schiller auch weg war, genoss ich Löffelspitze für Löffelspitze mein Eis. Im Mumien-Buch entdeckte ich die Sage vom Auge des Horus. Der böse Seth riss in Gestalt eines schwarzen Ebers dem schlafenden Horus das Mond-Auge aus. Seth warf das Horus-Auge über den Rand der Erde. Der Nachthimmel war mondlos geworden. Horus rächte sich an Seth, indem er diesem den Hoden abriss. Thot, ein Freund von Horus, fand das Mond-Auge im Chaos jenseits der Weltgrenze. Thot flickte das zerbrochene Horus-Auge zusammen und steckte es dem Halbblinden in die leere Augenhöhle. Der Nachthimmel hatte seinen leuchtenden Mond zurück. Seitdem wird das Horus-Auge, auch Udja-Auge genannt, das aussieht wie ein Auge auf zwei Beinen, verwendet, um die Unversehrtheit zu garantieren.

Hat dieser Vladho auch Judith was angetan? Ist sie deswegen verschwunden?

Zwei Mädchen mit Geigenkoffer liefen an mir vorbei. Sie waren auf dem Weg zum Musikunterricht in das Leopold-Mozart-Konservatorium. Die Abendsonne verschwand für kurze Zeit hinter dem Turm der Moritzkirche. Es wurde frisch.

»Killing me softly with his song ...«

Diese Melodie wurmte durch mein Ohr.

Kapitel 29

Helle staucht Klaus wegen den Frauengeschichten zusammen – Ärger wegen Fleur – Aus Italien kommt ein Fax – Helles Rauchwolken variieren in ihrer Gestalt zwischen Herzen, Paragraphen, Gitterstäben und Totenköpfen – Julia hat einen Brief gefunden

Es regnete dünne nasse Fäden. Ein trüber Herbstregen am Nachmittag. Ich traf Helle im Café zu den Barfüßern. Es klebt versteckt an der Rückseite der Barfüßerkirche. Eine Kirche ohne Kirchturm. Das Café liegt schön versteckt, hinter den Häusern, zwischen Kanälen und Stadtbach. Muss man erst einen Durchgang mit kleiner Treppe zwischen einer Ladenzeile durchqueren, die an die Vorderseite der Barfüßerkirche hingeklebt ist. Auch der Schallplattenladen Cover gehört dazu. Wo jetzt das Café ist, wohnten früher Fischer, die aus dem Stadtbach ihre schuppige Beute holten.

Wir saßen an einem runden Tisch zwischen Theke und Garderobe. Ich besorgte mir eine Serviette, um die Regentropfen von meiner Brille zu putzen. Helle suchte nach einem Aschenbecher.

»Eine ist erlaubt«, stellte ihm die Bedienung den Aschenbecher hin.

»Morgen um 14 Uhr, bin ich bei der Korb. Scheck holen«, informierte ich ihn.

»Wieviel steht noch aus?«

»Nach meiner Rechnung noch die Spesen und die Erfolgsprämie.«

»Das will Sie dir morgen geben?«

»Ich hoffe. Gesagt hat sie es.«

»Dann kannst du sie ja auch gleich wegen meiner Autoversicherung fragen.«

»Hmmm. Wenn ich ehrlich bin, dann muss ich zugeben, dass ich keine rechte Lust habe zu dieser Korb zu schauen, das könntest du doch genauso machen«, brummelte ich vor mich hin und hoffte damit meinen Unwillen deutlich merken zu lassen.

»Warum ich? Jetzt plötzlich. War da vielleicht irgendwas mit euch oder wie?«, wollte Helle wissen.

»Kaum.«

»Also doch. Du wirst auch nie gescheiter.«

»Wenn du das mitgemacht hättest was ich erlebt habe. Und überhaupt. Dann würdest du nicht so daherreden.«

»Was war da schon wieder? In letzter Zeit jammerst du nur noch herum und bist unausstehlich.«

»Wenn du wüsstest.«

»Ich weiß aber nichts. Also rede gefälligst.«

»Ich war mit der Kommissarin in Verona. Auf Recherche.«

»In Verona? Du meinst nicht die Feldbusch?«

»Witz komm raus du bist umzingelt. In Verona in Oberitalien.«

»Aha, Romeo gespielt, was? Und wer war deine Julia? Die Kommissarin etwa?«

Hätte nicht gedacht, dass Helle die berühmteste Liebesgeschichte der Welt kannte und wo sie spielte. Über was unterhielt er sich denn so mit seiner Traumdeuterin?

»Geschwätz. Wir mussten drei Leute beschatten. Renate Sucharz, einen gewissen Vladho und dessen Begleiterin.«

»Was? Beschatten oder begatten?«

»Blöder Witz. Warum hackst du ständig auf mir rum? Ist irgendwas?«

»Du mit deinem testosterongesteuerten Hirn. Du leidest doch an Stangenfieber. Kein Rock ist vor dir sicher. Du hast doch kein Interesse an unserem Verlag. Alles bleibt liegen. Und was du als Detektivarbeit vorschiebst, das ist doch nur deine Schürzenjagd. Bei dir geistern nur noch die Weiber im Kopf rum.«

»Weißt du überhaupt was Testodings ist? Das hast du doch nur bei deiner Traumdeuterin aufgeschnappt.«

»Lass die aus dem Spiel. Es geht jetzt nur um Dich.«

»Ich muss mich doch immer opfern. Du hältst dich aus den Frauengeschichten immer brav heraus, wenn's ernst wird. Wie sollen wir denn was erfahren, wenn ich nicht das Vertrauen der Frauen gewinne?«

»Haha, opfern. Schmarren. Rede dich nicht derart billig raus. Einen Tag die Korb, einen anderen Tag die Insagg, einen Tag die und den anderen Tag die, und wer weiß wer in der Nacht drankommt. Und deine Fleur, für die hast du dann natürlich keine Zeit mehr. Aber weißt du was, so eine Frau wie sie hast du sowieso nicht verdient.«

»Die meldet sich überhaupt nicht mehr bei mir.«

»Du kannst mir viel erzählen. Ständig ist dein Handy ausgeschalten. Ich kenne dich doch. Vielleicht solltest du dich mal entscheiden was du wirklich willst und ausnahmsweise mal mit dem oberen Teil deines Körpers denken. Dann kämen wir vielleicht weiter. Nicht nur mit unserem Verlag, sondern auch mit unseren Ermittlungen.«

Ich versuchte dem Gespräch eine andere Wendung zu geben. Langsam wurde es mir zu heikel.

»Wenn du unter diesen Schlafstörungen leiden würdest wie ich. Heute Nacht habe ich wieder höchstens zwei Stunden geschlafen.«

Aber Helle hörte nicht auf.

»Das kannst du mit deinem Harem auch nicht beheben. Im Gegenteil. Die Fleur hat ganz recht, wenn sie sich nicht mehr bei dir meldet, die ahnt, was mit dir los ist. Erst neulich habe ich mit ihr gesprochen.«

»Du mit ihr? Wieso? Weshalb? Wann?« Ich wurde unruhig.

»Sie hat dich nicht erreicht. Dein Handy war mal wieder aus.«
»Der Akku spinnt. Ich brauche einen neuen.«
»Ich hatte den Eindruck, sie macht sich Sorgen um Dich.«
»Ich kann sie auch nicht erreichen. Weder telefonisch noch schriftlich. Alle Briefe an sie kommen zurück.«
»Deswegen hat sie ja bei mir angerufen. Sie hat eine neue Adresse in Paris. Sie musste aus ihrer alten Wohnung Hals über Kopf ausziehen. Momentan wohnt sie bei einem Musiker. Willst du die Adresse?«
Helle zog einen Zettel aus seiner Brieftasche.
»Ich habe sie mir aufgeschrieben.«
»Gib her!«
Ich steckte den Zettel zusammengefaltet, ohne einen Blick auf Helles Geschreibsel zu werfen in die Tasche meiner Jeans.
»Mensch Klaus, überleg dir doch endlich mal was dir wichtig ist. Und das mit deiner Versicherungstante regelst du gefälligst selber. Ich bin doch keine Schachfigur auf deinem Spielbrett.«
»Aha. Das hast du wohl aus meinem letzten Traum, den ich dir erzählen musste. Dafür kannst du mich schon brauchen.«
Ich war zerknirscht. Vielleicht hatte Helle Recht. Ich war erstaunt, wie Helle in meine Psyche eindrang. Sollte er sich über mich öfters Gedanken machen, als ich annahm? Sollte diese Traumdeuterin es tatsächlich geschafft haben, Helles geistige Blockade zu durchbrechen, was mir in jahrelanger Therapie nicht gelungen war? Ich kam schwer ins Grübeln.
Helle ging nach draußen. Er schien wirklich aufgeregt zu sein. Unsere Diskussion nagte schließlich am Fundament unserer Freundschaft. Zumindest sah ich durchs Caféfenster, dass er nervös und nachdenklich an seiner Zigarette zog. Er hatte sogar ein ernstes, fast sorgenvolles Gesicht. So hatte ich ihn noch nie erlebt.
Sollte ich mir tatsächlich darüber klar werden, wie es weitergehen sollte? Stilisierte ich meine Schlafstörung nicht zu sehr als Ausrede meiner Versagensängste? Wieso wohnte Fleur bei einem Musiker? Was hatte Helle Fleur wirklich erzählt? Wie weit hatte ihn die Traumdeuterin bereits manipuliert? Hat sie Helle zum Vorreiter für Frauenrechte umgepolt? Das war doch nicht mehr mein Helle, den ich kannte, der die Rundungen eines Bierglases weitaus interessanter fand als die bei einer Frau. Sollte ich mir noch weiter Gedanken über Helle machen, oder doch lieber über mich? War ich etwa eifersüchtig? Wahrscheinlich. Dieser Zustand häufte sich. Erst bei der Insagg, dann bei Helle. Mein Charakter-Gerüst war wohl aufgeweicht. Warum versuchte ich ständig die Frauen als Quellen meiner Nachforschungen herzunehmen? Wieso glaubte ich, dass jedes Lächeln einer Frau der Anlass für eine schnellstmöglich durchzuführende Eroberung wäre? Würde ich bald in meine seelischen

Abgründe stürzen? War ich selber Schuld an meinem Verhalten? Ich konnte doch nichts dafür, wenn sie alle hinter mir her waren. Nur wenn ich mal mit dem Gedanken an eine feste Beziehung spielte, dann zogen sie sich zurück. Wie Schneckenfühler bei Berührung. Bin ich nur ein Spielzeug für Frauen? Glaubten die das? Und wieso? Sind Musiker und Italiener begehrter? War das meine Midlife-Crisis? Hatte sie mich eingeholt? Wollte ich mir jedes Mal aufs Neue beweisen, was für ein toller Mann ich doch war? Wollte ich das wirklich?

Helle blickte sich um. Dann schnippte er seinen Zigarettenstummel in den vorbeifließenden Stadtbach. Er kam zurück ins Café. Die Schultern seiner Jacke hatten winzige nasse Flecken von den Regentropfen, die ihn trotz des Vordaches erwischt hatten. Demonstrativ schaltete ich vor Helles Augen mein Handy ein. Wenn Fleur Helle anrufen konnte, dann konnte Sie erst recht mich anrufen. Sie war an der Reihe.

Wie auf Befehl fing es an zu musizieren.

Mein Handy klingelte. Mario war dran. Mario Rossa, der Steilwandfahrer.

»Hallo Klaus«, sagte er, »ich habe für dich eine Nachricht. Wegen dem Brief an Julia. Du weißt schon.«

Das Gespräch versprach länger zu werden. Ich ging aus dem Café. Unter das Vordach. Der Regen war schon längst zum Dauerregen geworden. Im Wasser des unter die Barfüßerbrücke hineinfließenden Stadtbaches breiteten sich durch die herabfallenden Tropfen Wellenkreise aus. Jetzt kam es mir: Das war wirklich eine Brücke. Eine bebaute. Mit Läden. Wie die Ponte Vecchio in Florenz über den Arno. Schade, dass dies nur von hier aus gut zu sehen war. Augsburg versteckte seine Reize zu gut. Wir sollten mal ein Buch über Augsburgs Kanäle und Bäche machen, dachte ich mir. Verona hatte für seine Touristen wenigstens einen Briefkasten für Liebesprobleme. Na gut, den Schauspieler Heinz Schulan hatten wir, der auf den Spuren des reichen Jakob Fugger als so genannter deutscher Medici mit den Touris durch die »Immer-wieder-Renaissance«-Stadt zog. Blieben deswegen die italienischen Gastarbeiter gerne hier zwischen Lech und Wertach, weil Augsburg so viel italienisches Flair hat und sie sich hier zu Hause fühlten?

»Was ist mit dem Brief an Julia?«

»Gianna habe Brief gefunde'.«

»Gianna?«

»Si, Gianna, Tochter von Schwester meiner Frau. Die zu Fraue' und Mädche' gehöre, die beantworte' alle Briefe an Julia.«

»Was hat sie gefunden?«

»Bist du nicht gut aufgelegt?«

»Wieso?«

»Du klinge so.«

»Nein. No. Ich stehe im Regen. Fast. Ich bin nur gespannt wegen diesem Brief. Ist es der von Renate Sucharz?«

»Brief nur ist mit zwei Buchstabe' unterschriebe'.«

»Welche?«

»Großes R und großes S.«

»Woher weißt du das?«

»Sie hat Brief mir gefaxt.«

»Hast du ein Fax?«

»No. Ich brauche keins. Sardische Club hat eins. Wo ich jetzt bin im Momento.«

»Mit dem Fax?«

»Si. Mit dem Fax.«

»Ich komme gleich. Fünf Minuten. Wartest du bitte?«

»Si. Kein Problem. Mario warte.«

Ich steckte das Handy weg, ging ins Café zurück.

Die Bedienung holte gerade Helles Aschenbecher vom Tisch. Helles Finger schoben eine Zigarette in die Verpackung zurück. Er legte die Speisekarte über die Zigarettenschachtel. Ich zahlte an der Theke unseren Kaffee.

»Wir müssen in den sardischen Club«, sagte ich knapp zu Helle, während ich meine Bomberjacke vom Kleiderhaken an unserem Tisch holte.

»Wann?«

»Jetzt. Sofort.«

»Wer zahlt?«

»Schon erledigt. Zur Feier einer guten Nachricht.«

»Welche?« Helle schlüpfte in seinen Mantel. »Regnets draußen noch?«

»Und wie. Mehr als vorher. Jetzt wäre ein Schirm nicht schlecht.«

»Wenn Sie ihn wieder zurückbringen, dann können Sie ihn haben«, zeigte die Bedienung auf einen Schirm mit Zirbelnüssen im Schirmständer. »Den hat die Stadtführerin Hanna Corniels hier vergessen.«

Wir versprachen es ihr.

»Was machen wir im sardischen Club?«, wollte Helle von mir wissen, der mit mir kaum Schritt halten konnte, als wir die Barfüßerstraße in Richtung Schmiedgasse überquerten. Eine schmale Gasse, in der früher fast nur Antiquitätenläden wie Wagner und Elefant gewesen waren. Auch Augsburgs erster Second-Hand Laden Elli Bauer. Nur hieß das damals noch Gebrauchtkleidung. Jetzt waren hier Läden für Hanfwaren, Inlineskater oder Frauenbücher. Ein Schmuckshop hieß Goldfisch und ein Rollschuh-Laden Mad Motion. Zeitgeistnamen halt.

Was konnte mir das Fax aus Italien verraten? Konnte ich Sara Insagg ein Haar aus der Suppe entfernen, das ihre Ermittlungen behinderte?

Wir hielten zu zweit den Regenschirm zwischen uns. Helle hatte mehr den Griff in der Hand. Ich die kühle Metallstange vom Griff zum Schirm, die nur langsam wärmer wurde. Der Regen war vom Nieseln ins Geprassel übergegangen. Am Ende der Schmiedgasse, im Vorbeilaufen, waren durch ein Fenster zwei Frauen zu sehen, die in einem Raum, dessen Boden unterhalb des Gassenbodens lag, Berge von Bettfedern reinigten. Prallrunde hellblaue Plastiksäcke mit überquellenden weißen Daunenfedern standen in dem beleuchteten Raum mit speziellen Waschmaschinen. Eine Frau hatte silberne Haare. Eine Frau war rothaarig.

Mir war ziemlich klar, warum ich an Sara Insagg dachte.

Es folgte der Laden von Betten Huber. Decken, Kissen, Betten.

Ich dachte mir ein Spiel aus. Wenn die Kommissarin in einem der Betten eine Erdnuss fand, die ich dort versteckt hatte, würde ich ihr von dem Fax erzählen.

Die Schmiedgasse endet am Fuße des Leonhardsberg, wo früher links am Eck der FCA-Spieler Haseneder seinen Lotto-Laden hatte. Hieß so nicht der deutsche Fußballstürmer, der damals in der Schweiz gegen Ungarn das entscheidende Tor zum Gewinn der WM geschossen hatte? Hatte Helmut Haller, das Augsburger Fußballwunder, die Tochter eines Bettengeschäfts-Besitzers geheiratet? Dann zog Immobilien Rahn in Haseneders Laden. Dieser Rahn hatte sich entleibt, weil seine Pläne von einem Immobilien-Imperium schief gingen. Der Laden war wieder zu mieten. Autos kamen den Leonhardsberg herunter. Dicht hintereinander. Wo kamen so viel Autos her? Wie konnten sich die Leute das leisten? War es das wert, sein Leben mit Arbeit zu verschwenden, um mit einem Auto den Leonhardsberg herunterfahren zu können?

»Sollen wir bei der Ampel rübergehen?«, störte Helle meine Gedanken, die ziellos herumirrten.

Ich zog Helle über die breite Straße. Wir kamen beim Alten Stadtbad auf der anderen Seite an. Beim Ristorante Albero Verde, einst Grüner Baum, bogen wir in die Gasse Mauerberg hinein. Hohe Altbauten bildeten eine Gassen-Schlucht. Links vorn waren an der Hauswand grüneiserne Fensterläden, auf die Weintrauben aufgemalt waren. »Weinstube Sedlmeir« war zu lesen.

»Hier haben sie eine Barrikade aus Sperrmüll aufgebaut, als ich mit Mario diesen Vladho verfolgte«, erinnerte ich Helle an meine Verfolgungsjagd. »Kennst du die Story?«

»Hast du mir schon mindestens dreimal erzählt.« Er nahm mir den Regenschirm aus der Hand, der durch meine Gesten beim Erzählen nicht mehr den Raum über unseren Köpfen gegen den Regen absicherte.

»Mario wartet im sardischen Club auf uns. Er hat eine heiße Botschaft«, machte ich mich wichtig.

Helle stapfte neben mir die frei schwebende Treppe mit den offenen

Stufen an der Betonwand hoch, die zum höher gelegenen Eingang des sardischen Clubs führte. Jetzt fiel mir ein, an was mich diese Treppe erinnerte: an versteinerte Fischgräten von riesigen Urzeittieren. Helle bemühte sich beim Stufensteigen, obwohl er eine Stufe hinter mir war, den Schirm über mich zu halten. Deswegen reckte er seinen Arm vor. Ich schaute mich um zu ihm. Er machte betont unschuldige Augen. Seine Haare waren vom Regen nass.

»Du kannst jetzt gleich beliebig viele Zigaretten qualmen. Bei den Sarden soll es wenige Nichtraucher geben.«

»Dann nichts wie rein«, zog Helle mit dem Schirm an mir vorbei. Ich hinterher.

Mario stand an der Bar. Vor sich ein kleines Rotweinglas. Er begrüßte uns herzlich. Wir bestellten uns auch einen sardischen Roten. Draußen wurde es dunkel. Durch das grau-in-grau Wetter war der Abend bereits angebrochen.

»Hier ist Fax«, schob mir Mario das dünne, sich zusammenrollende Papier zu. Ich musste die Schreibschrift erst ein wenig studieren, bis ich aus den Worten Sätze bilden konnte.

Ich hielt das Fax unter die Lampe über der Bar.

»Liebe Julia, bitte hilf mir!
Eine Frau will meine Liebe stehlen. Sie hat kein Recht dazu.
Diesmal werde ich um meine Liebe mit allen Mitteln kämpfen.
Einer Nutte überlasse ich mein Glück, meine Zukunft, nicht. Ich werde ihm verzeihen. Ich bin an der Situation nicht unschuldig. Sie nützt ihn nur aus. Ich verzeihe ihm, wenn er zurückkommt. Bald. Bis der Bau der Pyramide abgeschlossen ist – spätestens. Wenn nicht, werden sie wie Aida und Radames enden.
Was soll ich sonst tun?
Ich scheue auch vor dem Schlimmsten nicht zurück.
Wieso muss immer ich so viel Unglück haben?
Ich habe keine Lust mehr, mit meinem Schicksal für das Glück der anderen zu bezahlen. Das sollen jetzt andere tun.
Liebe Julia, du bist freiwillig gestorben. Aus Liebe. Ich bin schon viele Tode gestorben. Aus Liebe. Jetzt will ich leben. Ich habe mit ihnen abgerechnet. Vielleicht hättest du dich auch wehren sollen? Was meinst Du? Erlöse mich von diesen quälenden Fragen.
Habe ich richtig gehandelt?
Deine ratlose
R.S.
Noch was:
Antwort bitte per E-Mail an Horus-Online@web.de «

Ich las den Brief laut vor. Helle suchte in seiner Zigarettenschachtel nach einer weiteren Kippe. Vergebens. Seine Finger zitterten leicht. Ich konnte seinen Gedankengang erraten. Er hatte für seine Blacky bald keine Tierärztin mehr. Mario bot Helle eine Zigarette an.

»Das hat Roberta gut gemacht«, lobte ich Marios Tochter.

Das Julia-Team in Verona hatte angenommen, dass R.S. Renate Sucharz bedeutet. Zudem war der Brief auf Deutsch. Wer den Brief aufmerksam las, konnte darin durchaus die Andeutung zu einem Verbrechen sehen.

»Was glaubst Du, wer diese R.S. ist?«, fragte ich Helle. Ich war gespannt, ob er die Tierärztin verteidigen würde.

»Da muss man nicht viel überlegen. R.S., damit ist Renate Sucharz überführt. Motiv Eifersucht«, stieß Helle Rauchwolken aus, die in ihrer Gestalt zwischen Herzen, Paragraphen, Gitterstäben und Totenköpfen variierten. Manchmal war Helle wie das Fähnlein auf dem Dach.

»Zu was denn überführt? Sicher, es klingt nach einem Verbrechen aus Rache. Aber R.S., ich meine, das kann auch Rita Schuster oder Robert Stadler heißen, also ein Mann sein«, probierte ich sein Fähnlein rotieren zu lassen.

»Ihr Affe heißt Horus, glaube ich. Den hat sie in ihre E-Mail-Adresse eingebaut. Außerdem ist die Schrift von keinem Mann.« Helle nahm das Fax. Er hielt es Mario vor die Augen, um von ihm ein entsprechendes graphologisches Gutachten zu bekommen.

»Meinst du Sie hat was mit dem Verschwinden von Judith und Vladho zu tun? Dann wären wir ja endlich mal wieder einer Meinung. Aber dieses Schreiben beweist nichts Genaues. Eifersucht kommt und geht.« Da sprach der Richtige.

»Kann ich meine Blacky weiter von ihr behandeln lassen?«

»Du musst sogar. So können wir mehr über die Sucharz herausbekommen. Du musst dich bei ihr umschauen und umhören, wenn du mit Blacky bei ihr bist. Mit der Frau ist was.«

»Ich kann auch ihre Nachbarinnen ein wenig ausfragen«, blühte Helle über mein Vertrauen zu seinen Ermittlerfähigkeiten auf.«

»Einwandfrei. Du bist mein Mann.« Wenn Helle derart weitermachte, dann würde ich aufstehen, zu der nahegelegenen Tankstelle laufen und ihm eine Schachtel Zigaretten nach Wunsch bringen.

»Prego, wie ende' Radames und Aida?«, fragte Mario.

»Wie leichtsinnige Steilwandfahrer – in der Todeswand. Sie starben zu früh. Wurden von tödlichen Wänden eingeschlossen. Eingemauert für immer. Aus Eifersucht.«

Helle durfte sich eine weitere Zigarette von Mario ziehen.

Während Mario noch mit seinem Club-Vorsitzenden über die neue Homepage redete, widmete ich mich mit Helle dem ominösen Fax. Wir bestellten uns noch ein Gläschen. Helle widerrief seine Bestellung. Er wollte jetzt wieder sein Bier. Dann wollte er von mir wissen, wie weit eigentlich unsere Homepage bei Ismail fortgeschritten war.

»Wird das irgendwann noch was?«

Das war eine Idee, die ich angekurbelt hatte. Dafür war wohl ich allein verantwortlich.

»Ich dachte, ohne Homepage geht's heutzutage nicht mehr?«, erinnerte er mich an meine Worte.

»Momento!«

Ich zückte mein Handy. Ich erreichte Ismail im Büro. Ich vereinbarte mit ihm einen Termin für den morgigen Samstag um 18 Uhr im Datamogul-Büro. Helle und ich beschlossen, dass wir uns eine Stunde vorher in der nahe gelegenen Kahnfahrt treffen würden. Ich wollte da mit meiner Tochter vorher hingehen. Mit ihr rudern. Bei schlechtem Wetter Treff gleich bei Ismail.

Die Tische im sardischen Club füllten sich. Die Männer spielten Karten, sahen fern, lasen italienische Zeitungen oder unterhielten sich. Eine Pizza wurde serviert. Ihr leckerer Duft war im ganzen Raum zu riechen.

»Ich bekomme langsam Hunger«, sagte ich zu Helle. »Eine Pizza wär' jetzt nicht schlecht.«

Ob es auch eine Pizza-Diät gab?

Kapitel 30

Der Herbstplärrer lockt die Besucher in Massen an – Blacky darf in die Pyramide – Zwei Mumien sind noch nicht lange tot – Eine Geheimtüre muss gefunden werden – Eine Frau schießt scharf – Cleopatra drang mit einem Trick bis zum römischen Herrscher Cäsar vor

Helle hatte seine Blacky im Tragekäfig dabei. Nach der Behandlung von Renate Sucharz war Blacky von ihren Anfällen geheilt. Munter wie zuvor. Helle schwärmte von den Heilkünsten der Sucharz. Von ihren alten ägyptischen Rezepten gegen Katzen-Epilepsie. Irgendwelche Geheimnisse konnte er bei seiner Tierärztin allerdings nicht herausbekommen. Weder Hinweise auf die Brandkatastrophe, noch auf die Frauenmorde, oder auf das verschwundene Pärchen.

Freitag 29. September: erster Tag des Herbstplärrers. Schönes Wetter. Helle wollte der Sucharz die gesunde Blacky vorführen. Er hatte sie angerufen. Sie hatte ihm gesagt, dass sie jetzt im Kassenhäuschen der neuen Panik-Pyramide war. Nicht weil sie die Inhaberin war. Sie war nur die Geschäftsführerin, beauftragt von einer Firma, hatte sie Helle erzählt. Sie konnte nicht weg. Die Panik-Pyramide war der Knüller auf dem Herbstplärrer. Die Leute stürmten nur so hinein. Leider habe das Bauwerk noch einige technische Schwächen. Wir stellten uns in einer langen Schlange vor dem Kassenhäuschen der Panik-Pyramide an. Blacky scharrte und kratzte in ihrem Käfig. Ein junger Mann saß im Kassenhäuschen.

»Die Chefin kommt bald wieder«, sagte er uns. »Irgendwas ist wieder defekt.«

Wir zahlten und liefen in die Panik-Pyramide.

»Mir ist mulmig«, sagte Helle, als sich die Gruft-Türe hinter uns schloss. »Schon als Kind war's mir in der Geisterbahn mulmig.«

»Wenn es schlimm wird, kannst du meine Hand halten. Außerdem hast du die Blacky als Wache dabei. Die Katzengöttin wird auf euch aufpassen.«

Dann wurde es dunkel. Als sich die Tore mit den beiden hundsköpfigen Anubiswächtern hinter uns schlossen, gingen wir durch die mit Stakkato-Blitzen ausgestatteten Räume der Mumifizierer. Das wirkte alles viel unheimlicher als in Wunderles Halle. Jetzt war auch mystische Musik zu vernehmen in die grässliche Schreie von Schakalen und Hyänen gemischt waren. An der Wand lehnten die Mumien-Särge mit den goldenen Gesichtern. Einige halb und ganz ausgewickelte Mumienköpfe hingen über unseren Köpfen. Aus einer großen goldfarbenen Schale an Ketten stieg künstlicher Rauch empor. Es roch feierlich-merkwürdig. Ein wenig wie Tempel, ein wenig wie Friedhof.

»Bleib hier, Blacky!«, rief Helle mit bettelnder Stimme der Katze nach.

Seine Katze war aus dem Trage-Käfig abgehauen. Vor dem Mumifizierer, der das Gehirn mit dem Eisenhaken aus dem Schädel herauszog. Wunderle hatte am Eisenhaken an der beweglichen Hand des altägyptischen Hirn-Anglers mit der Anubismaske eine schwefelgrün leuchtende Glibber-Masse angebracht, die bei der Leiche aus der Nase gezogen wurde. Sowas wie Slime. Blackys Schwanz verschwand hinter einem Mumiensarg, auf dem uns ein goldenes Gesicht mysteriös anlächelte. Das zuckende Stroboskop-Licht machte die Suche nach Blacky nicht einfacher.

»Blacky, wo bist du? Blacky? Fressie, Fressie!« Helle machte mir einen schwer nervösen Eindruck.

Bestimmt hatte er Angst, dass sein Kätzchen hier umkam. Dann konnten wir seinen Liebling auf den Katzenfriedhof bringen oder gleich hier in eine Kanope stecken. Helles Stimme wurde von einem ängstlich zitternden Stimmband erzeugt. Inzwischen sah ich auch Helle nicht mehr.

Ein ägyptischer Priester stand vor mir.

»Halt!«, sagte er laut mit erhobener Hand, »hier dürfen Sie nicht rein!« Es war Daniel aus der Kunstwelt. Das flackernde Licht machte ein Erkennen schwierig.

»Hallo, Daniel, ich bin Klaus Kessler«, gab ich mich zu erkennen. »Ich suche meinen Freund und seine Katze, die sind hier wo rein.«

Vier kreischende Teenies gingen vorüber. Die hielten uns bestimmt für einen gelungenen Gag, für besonders gut gelungene Gruselfiguren. Ausnahmsweise mal keine Schießbudenfiguren.

»Ah, alles klar. Hast du die Bücher in der Stadtbücherei abgegeben? Komm mit, ich helfe dir suchen«, sagte Daniel, der für seinen Reparatureinsatz von Wunderle als ägyptischer Priester verkleidet wurde, damit es den Zuschauern nicht auffiel, wenn er noch einige technische Pannen während des Betriebes behob.

»Das Schlimmste ist das undichte Dach«, erklärte mir Daniel, »wenn da Regen durchkommt, wird die Elektrik durchknallen.«

Blacky saß wie eine Totenwache auf einem Mumiensarg. Es war die Kopie von Tutenchamun mit der Goldmaske, dem berühmtesten Gesicht aus der Zeit vor Jesus. Neben ihm war das Goldgesicht der Hatschepsut zu sehen. Helle stand vor seiner Blacky mit dem leeren Tragekäfig.

»Miez, miez, miez«, lockte Helle seine Katze.

Die saß fest wie eine Figur aus Stein. Das Stroboskop zerlegte Helles Bewegungen in Einzelteile. Seine Arme richteten sich nach vorne. In Richtung Blacky. Ich näherte mich von der anderen Seite. Als Helle nach seiner Blacky griff, rutschte der Sargdeckel herunter. Ich eilte hinzu. Das konnte einigen Ärger geben, wenn wir die nicht gerade billige

Ausstattung in der Panik-Pyramide beschädigten. Wegen einer davonlaufenden Katze. Zwei Männer sind zu doof, um auf eine Katze aufzupassen. Ich griff nach dem herunterrutschenden Deckel der Pharaonin Hatschepsut. Er rumpelte zu Boden.

Blacky erschrak. Sie sprang davon.

Ich blickte in den Mumiensarg. Ebenso Helle und Daniel. Das zuckende Stroboskop-Licht zeigt eine junge Frauenleiche. Sie sah nicht aus wie eine umwickelte Mumie. Überhaupt nicht. Nur wie eine tote junge Frau. Keine paar Tausend Jahre schon tot. Nur ein paar Tage.

Sofort verließen wir die schaurige Panik-Pyramide und riefen Stefan Weissberg und Sara Insagg an. Sie versprachen, sofort zu kommen. Sie wollten die Leiche sehen. Wir fingen sie vor der Panik-Pyramide ab.

»Stellen Sie das Ding ab!«

Der Kommissar zeigte dem Mann an der Kasse seinen Ausweis. Wir gingen in die stillgelegte Panik-Pyramide. Die Plärrer-Wache schickte die enttäuschten Leute weiter, die in die Panik-Pyramide wollten. Die Kommissarin blieb bei ihnen am Kassenhäuschen. Sie wollte sich um Renate Sucharz kümmern, wenn die auftauchte.

Wir gingen mit Weissberg zum Mumiensaal und zeigten ihm die Leiche von Judith Malke. Der Kommissar hob den Deckel des Mumiensarkophags neben Judith Malke. Diesen Pharao kannte ich. Es war der tote Vladho. Der Kommissar versuchte über Handy seine Leute herbeizurufen. Das funktionierte innerhalb der Panik-Pyramide nicht. Zuviel Elektrik und Elektronik ringsum. Wir gingen wieder raus. Gerade als Weissberg zu seiner Kollegin ging um ihr von den beiden Toten zu berichten, kam Renate Sucharz. Sie griff in ihre Handtasche. Sie richtete die Pistole auf uns. Der Knall fiel in dem Geräuschemischmasch des Plärrers aus Klingeln, Menschengekreische, Gehupe und Hip-Hop-Drums nicht auf. Damit machte sie uns klar, dass sie gefährlich war. Wir duckten uns hinter das Kassenhäuschen. Sie flüchtete hinter die Panik-Pyramide.

»Ihr nach!«, rief Weissberg. Die Insagg und die Plärrer-Wache spurteten hinter die Panik-Pyramide.

Nach einer Weile kamen sie von der anderen Seite keuchend heran.

»Nichts. Sie ist spurlos verschwunden«, meldete die Kommissarin.

»Kann sie in ihrem Wohnwagen sein?«, fragte Weissberg enttäuscht.

»Haben wir auch geschaut«, sagte einer von der Plärrer-Wache. »Da ist sie auch nicht.«

»Womöglich ist sie hier in der Pyramide«, meinte die andere Plärrer-Wache.

»Wie das?«, runzelte Weissberg die Augenbrauen.

»Durch den Hintereingang, wusste die Kommissarin.

»Und wieso seid ihr nicht nach?«, wurde Kommissar Weissbergs Stimme schneidend. Das kannte ich von ihm nicht. Bis jetzt.

»Ging nicht. Die Türe ist zu. Die zwei haben sich dagegengeworfen. Hat nichts geholfen«, verteidigte die Kommissarin die Plärrer-Wache und sich.

Ratlosigkeit machte sich breit. Weissberg flüsterte mit der Insagg.

»Dann gehen wir eben von vorne rein, erklärte Weissberg die neue Strategie um Renate Sucharz zu suchen.

»Sie hat aber eine Pistole, meldete Sara Insagg ihre Bedenken an.

»Wir auch!, wurde Weissberg resolut. »Wenn sie Angst haben, können sie ja bei den beiden Herren bleiben. Das bedeutete, dass wir nicht mit durften. War nicht so schlimm. Weissberg bedeutete der Plärrer-Wache ihm zu folgen. Den Schluss der Suchtruppe bildete die Kommissarin. Helle und ich hatten am Kassenhäuschen genug zu tun um den Neugierigen zu erklären, dass die Panik-Pyramide wegen technischer Probleme nicht geöffnet war. Wir rieten dem verwirrt herumstehenden Helfer ein Schild mit der Aufschrift »Außer Betrieb« anzufertigen und es an das Kassenhäuschen zu hängen. Helle stieß mir den Ellenbogen in die Seite und zeigte in die Menge, aus der sich uns ein Mann näherte, der mir bekannt vorkam.

»Göttliche Fügung, Osiris ist uns hold«, spielte ich einen ägyptischen Tempel-Priester und erschrak über meinen makabren Scherz, der von Helle durch zusammengekniffene Augen kommentiert wurde.

Dirk Wunderle, der Erbauer der Panik-Pyramide war vor uns erschienen. Er wollte sein Bauwerk in Aktion sehen. Zur gleichen Zeit kam das Kommissar-Duo und die Plärrer-Wache erfolglos aus der Panik-Pyramide zurück.

»Wir suchen die Sucharz da drin«, sagte ich zu Wunderle. Dann stellte ich ihm Kommissarin Insagg und Weissberg vor.

»Wir wollen Frau Sucharz wegen Mordes festnehmen«, sagte die Insagg zu Wunderle.

»Mord? Renate Sucharz soll eine Mörderin sein?« Wunderle wurde fahl im Gesicht.

»Wir gehen davon aus, dass die beiden Leichen in der Panik-Pyramide durch Renate Sucharz ums Leben kamen. Meine Kollegin meint, wahrscheinlich durch Eifersucht.«

»Das hätte ich nicht von ihr gedacht«, stammelte Wunderle. »Sie ist zwar etwas eigenartig mit ihrem Hang zu den Mumien, aber deswegen bringt man doch niemanden um.«

»Kann sie sich in dieser Pyramide so gut verstecken, dass wir sie nicht finden?«, wollte Weissberg wissen.

»Wir haben das Ding von oben bis unten gründlich durchsucht und sie nicht entdeckt«, sagte Sara Insagg.

»Hmmm. Da wäre noch eine Möglichkeit. Sie wollte, dass ich ihr einen Geheimgang in die Panik-Pyramide baue. Wie in den richtigen Pyramiden. Da könnte sie drin sein«, schätzte Wunderle die Lage ein.

»Normalerweise wurden die Erbauer der Pyramiden hinterher getötet, damit sie diese Geheimgänge nicht verraten konnten«, aktivierte ich mein Kurzzeitgedächtnis, das durch die Leserei in den Ägyptenbüchern aus der Stadtbücherei gut ausgestattet war.

»Jetzt wo Sie es sagen, fällt mir ein, dass ich neulich an meinem Auto ein abgerissenes Bremskabel entdeckte«, sagte Wunderle. »Ich wäre beinahe gegen einen Baum gefahren. Da wird doch nicht diese Hatschipust dahinter stecken?«

»Hatschipust?«

Weissbergs Augen verengten sich. Sollte eine weitere Verdächtige auftauchen? Das konnte er jetzt nicht brauchen. Es genügte schon, wenn er daran dachte, dass er durch irgendwelche Geheimgänge krabbeln musste, um eine Mörderin zu fangen.

»Es gab mal eine Pharaonin, die hieß Hatschepsut, vielleicht ist die gemeint?«

Ich wollte Wunderle nicht bloßstellen, weil ich annahm, dass er den Namen verkehrt ausgesprochen hatte. Ist ja auch ein schwieriger Name.

»Wir nannten die Sucharz scherzhaft immer Hatschipust, weil sie uns von dieser Pharaonin vorschwärmte. Dabei musste sie manchmal niesen, wenn sie sich in unserer Werkstatt beim Bau der Panik-Pyramide aufhielt. Die Gerüche unserer Laugen und Farben kitzelten ihre Nasenschleimhäute«, sagte Wunderle. »Folgen Sie mir bitte.«

Wir gingen zur rechten Seite der Panik-Pyramide. Einer von der Plärrer-Wache blieb am Kassenhäuschen zurück. Mit gezücktem Funkgerät.

Dirk Wunderle baute sich in der Mitte der rechen Seitenwand auf. »Hier ist die Türe zum Geheimgang«, zeigte er auf die Pyramidenwand, an der nichts Besonderes zu sehen war. »Sie hat zwei Ein-, sprich Ausgänge.«

»Wo ist der andere?«, fragte die Insagg.

»Der ist auf dem Dach.«

»Dann müssen wir da rein«, sagte Weissberg. »Zeigen Sie mir, wo hier der Eingang ist, dann lassen wir ihn bewachen«, meinte Weissberg und bestimmte damit die weitere Vorgehensweise.

Wunderle kniete sich vor der Pyramidenwand hin. Er tastete mit ausgebreiteten Händen die Wand ab.

»Hier muss die Hieroglyphe für die Türe zu spüren sein«, murmelte er vor sich hin. Seine Hände wanderten langsam über die Fläche. Seine Finger suchten eine kleine Erhebung. »Hier! Ich spüre sie.«

»Und jetzt?« Die Insagg machte einen ungeduldigen Eindruck.

»Momento. Gleich haben wir's«, sagte Wunderle und strahlte über das ganze Gesicht. »Ich musste übrigens in meinem Herstellervertrag unterschreiben, dass ich niemandem etwas von diesem Geheimgang verrate, sonst trifft mich Anubis' Fluch«, sagte Wunderle zu uns mit verschwörerischer Stimme.

»Scheiß auf diesen Fluch!«, verlor Weissberg die Nerven. »Wir sind hier, um eine Verbrecherin zu fangen. Hören Sie auf mit diesem blöden Pharao-Kram.«

Die Insagg verdrehte die Augen.

Wunderle, der uns voller Stolz seine tolle Mechanik für die Geheimtüre zeigen wollte, war etwas sauer, sagen wir: not amused.

»Dann machen Sie doch diese Türe auf«, brummelte er dem Kommissar zu.

»Sie machen die Türe auf und zwar schleunigst ...«, bellte Weissberg. »Sonst, sonst ...« Dabei trat er gegen die Pyramidenwand. Voller Wut.

»Halt, Sie machen ja alles kaputt«, fiel ihm Wunderle in den Arm. Das sah nach einer Rauferei aus.

Kommissarin Insagg trennte die beiden. »Herr Wunderle, bitte zeigen Sie uns doch den Mechanismus der Geheimtüre«, flötete sie zu Wunderle voller Verständnis.

Wunderle befühlte noch mal die Hieroglyphe, dann ging er an der glatten Pyramidenwand drei Schritte nach rechts. Wir gingen schweigend mit. Die Sucharz wusste ja nicht, dass wir den Pyramidenbauer kannten. Sie wusste noch weniger, dass wir mit ihm vor ihrer Pyramide standen und sie bald in ihrem Geheimgang aufstöbern konnten. Sie war also womöglich nicht mal in Panik.

»Achtung, jetzt kommt's. Aufgepasst!«

Wunderle stemmte sich mit ganzer Kraft gegen einen aufgemalten Pyramidenstein. Der künstliche Stein glitt einige Zentimeter nach innen. Dann klappte Wunderle das Wandstück nach hinten um. Ein roter Hebel wurde sichtbar. Wunderle drückte mit der rechten Hand den roten Hebel herunter. Geräuschlos öffnete sich in der Wand eine Türe. Sie war maltechnisch geschickt in die Pyramidenfelsen eingepasst. Weissberg klopfte Wunderle bewundernd auf die Schulter.

»Beste Hydraulik», erklärte Wunderle.

Er zog die Türe ganz auf. Der Schuss traf ihn in die Hüfte. Wie ich bereits erwähnte, lebten Pyramidenbaumeister schon immer sehr gefährlich. Die Kugel warf Wunderle, der aus Verblüffung nicht mal einen Schmerzensschrei von sich gab, auf den Boden.

Die Insagg zog ihn weg. Dann telefonierte sie sofort nach den Plärrer-Sanitätern. Weissberg zog seine Pistole. Er stellte sich mit dem Rücken neben die Geheimtüre. In der rechten Hand die Pistole. Helle und ich drückten uns neben Weissberg. Dann blickte er in die Geheimtüre. Er ballerte rein. Kein Schrei kam. Sekunden später waren davoneilende Schritte auf einer Metalltreppe zu hören. Weissberg ging mit der Pistole voraus hinein. »Frau Sucharz, geben sie auf!«, rief er hinein. Keine

Antwort. Er rief diese Aufforderung noch mehrmals. Ohne Feedback. Er ging noch weiter hinein.

»Niemand zu sehen«, teilte er uns mit.

Wir waren auf seinen Fersen.

»Vorsicht, es geht eine schmale Treppe hinauf«, blickte sich Weissberg zu uns um. Vor mir war die Kommissarin, hinter mir Helle. Beim Stichwort Treppe wurde mein Verfolgungseifer sofort geringer.

»Ich gehe mit dem Kommissar nach oben«, flüsterte Sara Insagg mir zu. »Dann schnappen wir sie uns. Sie können nicht mitkommen!«

Die Kommissarin hielt inzwischen ebenfalls ihre Kanone in der Hand. Die zweite Plärrer-Wache kümmerte sich um die Wunde von Wunderle. Ich ging zu Wunderle zurück.

»Äh, Herr Wunderle, können Sie noch reden?«

Wunderle stöhnte ein tapferes »ja« heraus.

»Wo genau endet dieser Geheimgang?«

»Habe ich Ihnen doch schon gesagt, der ist auf dem Dach.«

Mehr war aus ihm nicht herauszubekommen. Die Sanitäter hoben ihn auf eine Bahre und trugen ihn weg. Helle und ich schlüpften in den Geheimgang. Zuerst ging es eine eiserne Wendeltreppe hoch. Einige kleine Lampen spendeten etwas Licht. Ich konnte Helle nur als dunkle Silhouette sehen, die vor mir Schritt für Schritt, die Hand am Eisengeländer hochstapfte. Mir wurde langsam komisch.

»Mir wird schwindlig«, flüsterte mir Helle zu.

Die Ausstiegsklappe zum Dach war geöffnet.

Was war geschehen? Hatten Insagg und Weissberg die Sucharz bereits verhaftet? Hatte die Sucharz den Weissberg und die Insagg niedergestreckt? Warf sie gerade die Leichen der Kommissare hinunter?

Helle streckte seinen Kopf durch die Ausstiegsluke.

»Kannst du was sehen?«, zischte ich ihm von unten zu.

Helle kletterte raus. Ich hinterher. Auf dem Dach der Panik-Pyramide waren die wahren Ausmaße der ägyptischen Götterfiguren Horus und Isis zu sehen, die hier festgemacht waren. Mit stabilen Verstrebungen von Wunderle. Sie wurden von hellen Strahlern beleuchtet. Das Dach war teilweise von einer großen Plane überdeckt. Hatte Daniel nicht was von undicht erzählt? Weissberg und Insagg lagen hinter der Horusfigur. Im Strahler-Schatten von Horus. Kaum zu sehen.

Ein Schuss krachte. Die Insagg zielte. Sie schoss. Lag die Sucharz hinter der Isisfigur? Wie viel Schuss hatte sie noch? Hatte sie eine zweite Pistole? Helle und ich blieben bei der Ausstiegsluke liegen. Zwischen den Luftrohren, mit denen die Abluft aus der Panik-Pyramide gepumpt wurde. Dann ging es los. Es war ja Freitag. An Plärrer-Freitagen ist für die Nacht ein großes Feuerwerk angesagt. Leuchtraketen zischten in die Luft. Böller krachten. Freitags schließt der Plärrer immer mit einem Feuerwerk. Bunte Feuerräder wirbelten durch die Luft. Leuchtbögen erhellten den nächtlichen Himmel. Eigentlich ein schöner Anblick. Helle klammerte sich an mich.

»Wenn sie jetzt hierher kommt«, dachte er laut an eine Flucht der Sucharz.

Eine gute Gelegenheit. Wir waren unbewaffnet. Ich suchte in dem zuckenden Licht nach einer Waffe. Was würden Weissberg und Insagg tun? Die beiden schienen noch bewegungslos hinter Horus zu liegen. War das nicht die Gestalt der Sucharz, die auf uns zukam?

Zisch. Krach. Wumms. Heul. Wusch. Rumms. Farben und Feuer. Jubel von den Zuschauern unten. Der Rauch der abgebrannten Feuerwerkskörper zog über die Panik-Pyramide. Das Feuerwerk erreichte seinen Höhepunkt. Feuerwerker Sauer aus Gersthofen hatte sich wieder übertroffen.

Die Sucharz kam tatsächlich auf uns zu. Ihr Kopf kam dicht vor unseren Gesichtern unter einer Plane hervor, die das Dach fast vollständig abdeckte. Unter der war sie von Isis bis zu uns gekrochen. Sie richtete die Pistole auf uns. Wir schauten dumm aus der Wäsche.

»Werfen Sie Ihre Waffe weg«, schrie ihr Weissberg zu.

Er stand rund fünf Meter hinter der Sucharz.

»Wenn Sie auf mich schießen, mache ich aus den beiden Herren hier Schweizer Käse«, versprach die Sucharz.

Wir hatten die Sache verdorben. Wieso waren wir nicht unten bei den Polizisten geblieben? War mal wieder diese Mischung aus Neugier, Abenteuerlust und dem Gefühl, dass es ohne uns nicht ging. Nicht so gut jedenfalls. Seit wir mit unseren Ermittlungen Erfolg hatten, glaubten wir wohl, dass in Augsburg keine Mörder ohne uns gefangen werden konnten. Ein Irrglauben, den wir jetzt teuer bezahlen mussten. Mit was? Mit unserem bisschen Geld kaum. Dann womöglich mit dem Leben.

Ein lauter werdendes Blubbern ließ die Sucharz nach oben blicken. Hatte der Feuerwerker noch was in petto? Es klang nach Hubschrauber-Rotoren. Wenigstens keine Heuschrecken und kein Hagel.

Es schien ein Polizeihubschrauber zu sein.

Was ich nicht wusste: Weissberg wusste, dass ein Freund bei der Polizei heute einen nächtlichen Übungsflug über den Dächern von Augsburg hatte. Ein Suchlicht stach durch die Dunkelheit. Wie das Auge des Horus. Der Lichtkegel erfasste dummerweise Weissberg. Dieser richtete seine Pistole geradeaus. Ein gutes Ziel. Ein Schuss. Weissberg kippte nach hinten um. Die Sucharz hatte ihn getroffen. Jetzt schob die Sucharz ein Magazin in die Pistole nach. Wie ein Profi-Killer. Woher konnte sie das? Egal. Wir waren schuld am Tod der Kommissare. Würde das ein Nachspiel für uns haben? Kaum. Es sah nicht so aus, dass wir diesen Plärrer überlebten. Der Scheinwerferkegel des Hubschraubers erfasste die Frau mit der Pistole.

»Geben Sie auf, Sie können nicht entkommen. Widerstand ist zwecklos«, ertönte eine Stimme von oben.

»Ihr könnt mich!«, schrie die Sucharz in den Himmel.

Mit einem Schuss in Richtung Polizeihubschrauber unterstrich sie ihre Ansicht. Das Suchlicht erlosch. Treffer. Alle Achtung. Der Hubschrauber wirkte wie eine unentschlossene Libelle, die nicht wusste, ob sie einen Sitzplatz an der Dotterblume beim Bach oder im Schilf des Sees aufsuchen will. Vielleicht hatte die Sucharz früher mal eine Schießbude auf dem Plärrer gehabt? Wir waren jedenfalls ideale Schießbudenfiguren. Sie blickte auf uns herab wie auf vernichtenswertes Gewürm. Ihr freundlicher Tierärztinnen-Blick der stete Hilfsbereitschaft verkündete, hatte sich gewandelt. Aus ihren Augen kamen Laserstrahlen. Sie war zu einer herzlosen Furie mutiert. Oder hatte sich ihr wahres Ich nach außen gekehrt? Das war eine Frage, die, wenn überhaupt, nur durch viele und lange Gespräche beantwortet werden könnte. Momentan nicht der richtige Zeitpunkt dafür.

Pamm! Pamm!

Sie schoss. Auf uns!

Ich spürte nichts. Der Schock. Wo hatte sie mich getroffen? War ich schon tot? War Helle schon tot? Sie grinste. Das war kein mitfühlendes Tierarztlächeln für eine notleidende Kreatur. Das war ein teuflisches Grinsen. Ihr gefiel es, dass wir verängstigt zusammenzuckten. Eine Sadistin. Sie wurde wieder vom Suchscheinwerfer des Hubschraubers erfasst. Vom zweiten. Klar, ein Polizeihubschrauber war doch für Notfälle ausgerüstet. Die Sucharz schaute verblüfft in das grelle Licht. Sie kniff ihre Augen zusammen. Pamm! Pamm!

Diesmal ging der Suchscheinwerfer nicht aus. Sie sollte ihr Glück doch lieber bei Hau den Lukas probieren. Ich wurde frech. Jedenfalls mit der Denke. Ein gutes Lebenszeichen. Sie hatte uns nur zwischen die Beine geschossen. Ich fasste hin. Alles noch da!

»Sie haben keine Chance. Sie können nicht entkommen. Seien Sie vernünftig. Geben Sie auf,« forderte die Stimme von oben.

Also, bei diesen Worten hätte ich sofort meine Pistole hingeworfen. Die Sucharz schien das nicht zu beeindrucken.

Pamm! Pamm!

Sie hatte plötzlich eine Kaltblütigkeit, die mich verstehen ließ, wie sie in der Lage war, Vladho und dessen Freundin Judith zu töten. Das musste mehr sein als Rache. Das war Vernichtungswille bis zum eigenen Untergang. Ohne Rücksicht. Der fremde Tod war nichts. Der eigene Tod war nichts. Innerlich vereist. Kaltherzig. Kaltblütig. Was hatte die Frau so werden lassen? Was hatte sie erleiden müssen? Was nützte mir jetzt Mitleid mit ihr? Ein wenig innerliches Eis konnte mir in dieser Situation auch nicht schaden. Oder wollte ich enden wie die beiden Kommissare? Mit einem Miau lief plötzlich Blacky zwischen uns und die Sucharz, deren Pistole sich auf Helles Herz richtete. Der nächste Schuss würde ein Loch darin hinterlassen. Dann würde meins durchlöchert. Zwei Herzen reif für die Ablage.

Blacky sprang auf Helles Brust um ihn zum Wiedersehen erfreut abzuschlecken. Die Sucharz versuchte Blacky mit dem Fuß wegzuschieben. Dabei hielt sie ihre Pistole in die Luft.

Helle hatte die gleiche Idee wie ich. Unsere Hände packten den Rand der Plane. Die Sucharz fiel um, als wir schnell und kräftig an der Plane zogen, auf der sie stand. Sie verlor die Pistole. Wie war das gewesen? Cleopatra ließ sich als hübscher Teenie heimlich zu Cäsar transportieren, eingewickelt in einen Teppich, um den römischen Herrscher dann einzuwickeln.

»Einwickeln!« Wir warfen uns über die Sucharz.

Dann rollten wir ihren Körper in die Plane. Wir verpackten sie wie einen Steckerlfisch in Zeitungspapier. Der Suchscheinwerfer half uns dabei. Auch wenn der Berliner Reichstag leichter zu verpacken war als die strampelnde und brüllende Sucharz, klappte es doch irgendwie. An den Körpern von Weissberg und Insagg stoppten wir. Die Mörderin steckte in einer Verpackung, bereit zum Abliefern. Aber an wen? Während Helle mit seinem Taschenmesser die übrige Plane abtrennte, wollte ich mit Weissberg und Insagg Kontakt aufnehmen, falls diese noch unter den Lebenden weilten. Die Insagg war sogar recht lebendig. Sie saß im Schneidersitz neben Weissberg, der auf dem Bauch lag und sich nicht rührte. Mit der rechten Hand hielt sie ihre linke Schulter und mit der anderen Hand rüttelte sie am Körper ihres Kollegen. Ich gab ihr die Pistole von Renate Sucharz.

»Auch eine Competitor«, sagte sie.

»Wo sind Sie getroffen?«, fragte ich.

»Wohl nur ein Streifschuss«, erklärte sie mir tapfer lächelnd.

Sie telefonierte mit dem Handy in der linken Hand mit dem wartenden Hubschrauber.

»Wir haben sie. Ihr könnt sie in Empfang nehmen. Sie ist unschädlich. Völlig. Eingewickelt wie in eine Falafel.«

»Was ist das?«

»Was Leckeres. Essen die Ägypter gerne.«

»Das müssen sie mit mir essen gehen«, versuchte ich an unsere positive Verona-Phase anzuknüpfen.

»Danke, ich mache gerade Diät«, gab Sie mir ein leichtes Bussi auf die Wange.

»Sollten Sie nicht unten bleiben?«, erwachte Kommissar Weissberg aus seiner Ohnmacht. »Auuu! Auuuu!«, stöhnte er auf. Er rappelte sich unter Schmerzen etwas hoch. »Verdammt, wo ist sie? Sie hat mir ins Bein geschossen. Ouuu!«

»Wir haben ein Postamt eröffnet«, sagte die Kommissarin.

War sie auch am Kopf getroffen worden? Sie schien mir leicht wirr. Helle schnitt eine längeres Stück Elektrokabel ab. Der Strahler, der die Isis beleuchtete, erlosch daraufhin. Wir umwickelten die Plane mit Inhalt mit dem Kabel, das wir mehrmals verknoteten. Selten hatte mir das Verpacken eines Geschenkes mehr Spaß gemacht. Was sollte ich eigentlich Weihnachten meinen Kindern schenken? Einen Plärrer-Bummel-Pass?

»Unser Päckchen für Aichach wird gleich abgeholt«, spann Sara Insagg weiter.

Aichach? Klaro. Mir kam's. Frauengefängnis. Eines der gefürchtetsten in Deutschland. Aus dem länglichen Päckchen, das sich ein wenig bewegte, klangen dumpfe Laute. Ein bisschen erinnerte es mich an eine Mumie. Die Ausstattung eines nicht besonders reichen Ägypters, sowas wie ein Schreiberling, der im Jenseits versuchen konnte, sein Einkommen aufzubessern, um irgendwann doch in einem vergoldeten Sarkophag liegen zu können.

Der Polizeihubschrauber ließ eine Trage herunter.

»Los, ihr beiden Helden, bindet sie rauf«, befahl uns Weissberg.

Wir kamen ins Schwitzen. Aber wir schafften es. Nachdem wir die Riemen über der eingepackten Sucharz verzurrt hatten, wurde sie in den Hubschrauber gezogen, der über uns wie eine riesige Libelle im Nachthimmel stand.

»Jetzt Kommissar Weissberg«, sagte die Stimme aus dem Hubschrauber. Sie wussten von seiner Verletzung. Auch Weissberg schwebte mit der Bahre in den Bauch des Polizeihubschraubers.

»Ich komme nach so schnell ich kann. Nein, wir fahren nicht mehr mit dem Karussell.« Die Kommissarin steckte ihr Handy ein. »Solche Witzbolde«, zog sie amüsiert die Augenbrauen hoch.

Ihr Beruf schien ihr doch zu gefallen.

Kapitel 31

Helle hat den Film eines Toilettenspanners – Die Traumdeuterin musste ihren Urin sammeln – Helle kennt die Frau mit dem dunklen Fleck eigentlich recht gut – Aus einer hölzernen Wäscheklammer wird eine lustige Maus die von Helles Katze unermüdlich gejagt wird

Ich saß vor dem Dom. Am Brunnen mit den drei Heiligen aus Bronze. Aus den beiden Fischköpfen in der glatten Brunnenwand sprudelte Wasser. Es war ein milder Oktobertag, bei dem die Sonne noch die Nachmittagsluft wärmte. Die letzte Woche des Herbstplärrers hatte begonnen. Der Abend, das ahnten meine Knochen schon, würde erst frisch, dann kalt werden. Ich hatte mich wegen der Hämorrhoiden auf einen zusammengefalteten Werbeprospekt gesetzt. Der steinerne Brunnenrand war kühl. Die Füße hatte ich übereinander geschlagen. Der Heilige Ulrich stürmt auf einem Pferd vorwärts, das Kreuz wie einen Tennisschläger haltend. Der Heilige Simpert hat einen Wolf an seiner Seite. Die Heilige Afra ist an einen Stamm gefesselt. Das Feuer züngelt bereits an der Afra empor.

Mein Handy piepte. Helle rief mich an. Ich sollte sofort herkommen. Die Traumforscherin hätte ihm was gegeben. Das könnte uns weiterhelfen, bei unseren leer laufenden Ermittlungen in Sachen Wohnwagenbrand. Ich fuhr mit der 2er-Tram von der Haltestelle Mozarthaus mit Umsteigen am Bärenwirt in den 23er-Bus zu Helle in den Bärenkeller. Helle erwartete mich schon aufgeregt in seiner Dachwohnung. Er öffnete seine Eisentüre. Zwei Ess-Stäbchen fielen auf den Boden seines Flurs.

»Willst du nach China?«

»Wieso?«

»Weil du mit chinesischen Ess-Stäbchen zugange bist.«

»Ach so. Nein, die habe ich zur Sicherheit.«

»Wieso das?«

»Irgendjemand hat versucht, bei mir heimlich die Türe zu öffnen. Nachts.«

»Das willst du mit Ess-Stäbchen verhindern?«

»Genau.«

»Zeig mal, wie das funktioniert.«

»Ganz einfach.«

Helle steckte zuerst den Schlüssel ins Schlüsselloch. Es war ein einfacher Schlüssel, der eine Griffschlaufe hat. Durch diese Griffschlaufe steckte Helle die beiden Ess-Stäbchen über Kreuz, sodass sie am Türgriff anstießen und damit verhinderten, dass der Schlüssel von außen umgedreht und dann durchs Schlüsselloch gestoßen werden konnte. Er vermutete, dass jemand den gleichen Schlüssel oder einen Dietrich für seine Tür hatte. Befürchtete er, dass seine Blacky gestohlen wird?

»Woher weißt Du, dass jemand in deine Wohnung will?« Mir kam Helles Sicherheitsmaßnahme etwas skurril vor.

»Weil der Schlüssel gestern Früh nicht mehr so im Schloss steckte, wie ich ihn beim Absperren drin gelassen habe.«

»Nämlich?«

»Ich sperre immer zweimal ab und lasse ihn dann stecken.«

»Immer?«

»Immer.«

»Hmm. Merkwürdig. Wer will in deine Wohnung? Hast du was Wertvolles?«

»Seit gestern. Eine Digital-Filmkamera.«

»Woher? Ist die wertvoll?«

»Die Kamera dürfte so um die viertausend Euro kosten. Gehört mir aber nicht. Aber das gefilmte Zeug da drauf, das könnte ganz schön wertvoll sein. Vor allem für uns.«

»Was ist da drauf?« Ich wurde kribbelig.

Wir setzten uns in Helles Wohnzimmer. Blacky spielte mit einem undefinierbaren Spielzeug am Katzenbaum.

»Hat mir die Hüllfig geschenkt«, zeigte Helle auf Blackys Spielzeug, das irgendwie aus Federn zu bestehen schien.

Helle holte die Digital-Kamera.

Blacky verzog sich ins Schlafzimmer.

»Könnte mit unserem Brandfall zu tun haben.« Ich schaute mich nach Knabberzeug um. Ich war etwas nervös.

»Lass sehen.«

Ich leerte eine Tüte Salzstangen auf den Tisch.

Denk ruhig mal negativ. Was konnte Helle jetzt noch zu unseren Ermittlungen beim Wohnwagenbrand beitragen?

Helle klappte das Display aus der Kamera.

»Gestern war ich mit Sonja Hüllfig, du weißt schon, die Traumforscherin, im Charly-Bräu. Stell dir vor, was sie da entdeckt hat.«

»Dass deine Träume alle von mir sind?«

»Nein, Schmarrn, diese Digital-Kamera.«

»Aha. Und?«

»Da ist was drauf.«

»Eine Toilettenschüssel, nehme ich an.«

»Nicht nur. Auch einige Frauen.«

»Das hast du dir zusammen mit deiner Traumdeuterin angeschaut? Also, also ...« Mir blieb schier die Spucke weg. Die Traumforscherin war eine Toiletten-Voyeurin.

Aber wieso bei Frauen? Hatten sie nicht mal einen Lehrer erwischt, der seine Schülerinnen auf der Toilette filmte?

»Ist anders, als du denkst. Sie stieß durch Zufall auf die Kamera.«

»Durch welchen Zufall denn?«

»Sie hat nicht nur Schlafstörungen. Manchmal juckt ihre Haut auch unerträglich. Sie muss nicht nur ins Schlaflabor, sondern auch zum Hautarzt. Dem musste sie Urin mitbringen.«

»Wo ist das Problem? Den kann sie doch bequem zu Hause abfüllen.«

»Eben nicht, sie muss den Urin von einem ganzen Tag mitbringen. Sie ist ja viel unterwegs. Immer wenn sie bieseln muss, muss sie die Urin-Flasche dabei haben und sich notieren, wann sie in die Flasche gebieselt hat.«

»Ganz schön umständlich. Gut, dass mich meine Haut nicht juckt.«

»Sie hatte im Charly-Bräu eine Stofftasche dabei, in der sie ihre Urin-Flasche mitschleppte. Als sie aufs Klo musste, nahm sie die Tasche mit.«

»Ein umständliches Geschäft. Bei Männern geht das ja, aber bei Frauen ist das bestimmt nicht einfach.«

»Darüber hat sie auch gejammert. Sie wollte im Klo ihre Stofftasche wo hinhängen. Bei der Suche nach einem Haken ist sie auf die versteckte Video-Kamera gestoßen. Sie war entsetzt. Sie musste gar nicht mehr. Sie kam gleich zu mir an den Tisch. Sie wollte sich beschweren. Richtig Wirbel machen. Skandal schreien und so. Ich machte ihr klar, dass das viel Aufsehen nach sich zieht. Verhöre, Protokolle, Presse, Gericht, Zeugenaussagen. Vielleicht war gar nichts drauf? Sie hat mir die Kamera mitgegeben, damit ich das kontrolliere. Sie wollte nichts mehr damit zu tun haben.«

»Und? Ist was drauf?«

»Du wirst staunen«, meinte Helle.

Helle schaltete die Kamera ein. Auf dem herausgeklappten Display in einer Größe von 6 cm x 10 cm war der Innenraum einer Toilette zu erkennen. Man sah, wie sich die Klotüre öffnete. Eine Frau kam herein.

»Moment, das ist sie noch nicht«, drückte Helle auf den Vorlaufknopf.

Nach zwei Versuchen hatte Helle die Stelle gefunden.

Eine Frau kam in die Toilette. Sie machte sich aber nicht bereit, um sich auf die WC-Schüssel zu setzen. Sie machte einen regelrechten Striptease. Sehr schnell. Sie holte aus einer Umhängetasche Kleidungsstücke. Legte diese auf die geschlossene Toilettenschüssel und den Wasserkasten. Dann entledigte sie sich schnell ihrer Kleidung. Auch der Unterwäsche. Sie war kurz nackt. Aber der Anblick war nicht besonders zu genießen, weil durch die hastigen Bewegungen nichts Genaues zu sehen war. Die Peepshow auf dem kleinen Bildschirm, die wir Backe an Backe betrachteten, war zwar gratis aber nicht der heiße Aufgeiler. Die gefilmte Frau stopfte die ausgezogenen Kleidungsstücke hastig in ihre Umhängetasche, die sie mit einem Reißverschluss schloss. Dann schlüpfte sie blitzartig in ihre Kleidung. Das vollbrachte sie hauptsächlich mit dem Rücken zur Kamera. Wir hatten kein besonderes Spanner-Glück. Die frisch angezogene Frau verließ mit der alten Kleidung in der Tasche die Toilette. Helle stoppte die Kamera. Der kleine Bildschirm zeigte wieder eine leere Toilette.

»Wie die Kamera wohl funktioniert? Mit Fernsteuerung?« Ich rätselte über die Technik, die der Kamera-Voyeur benutzte.

»Sie war mit einem Draht mit der Klotüre verbunden.«

»Ahso.« Helle hatte Heimspiel.

»Ist dir was aufgefallen?«

Was war mir aufgefallen? Ich war von der Filmaction derart verblüfft, dass ich auf keine Details geachtet hatte.

»Die Frau hat sich nur umgezogen. Sie hat gar nicht gemusst.«

»Richtig. Was noch?«

»Müsste ich noch mal sehen. Wie oft hast du den Film schon angeguckt?«

»Ein paar Mal. Hast du nicht bemerkt, dass die Frau das Gleiche angezogen hat, was sie ausgezogen hat?«

»Jetzt wo du es sagst. Lass noch mal sehen.«

Helle holte die Umkleidungs-Szene her.

»Was holt sie aus der Tasche?«

»Einen Jeansanzug.«

»Was noch?«

»Lila Dessous.«

»Genau. Was zieht sie aus?«

»Moment, lila Dessous und ihren Jeansanzug.«

Helle stoppte den Film, als die Frau die Toilette verließ.

»Wozu soll das gut sein«, fragte ich Helle.

Helle drehte sich eine Zigarette in seiner Maschine und zündete sie an. Er hatte einen Ausdruck im Gesicht, als wüsste er mehr als ich. Eine gewisse Überlegenheit machte sich in seinem Gesicht breit. Es gab Momente, wie diesen, da konnte ich mir auch ein zukünftiges Leben ohne Helle vorstellen.

»Schau dir mal das Aufnahmedatum und die Uhrzeit an, die unten eingeblendet ist.«

»Was ist damit?«

»Das ist doch genau der Tag, an dem die Wohnwagen auf dem Plärrer brannten.«

Helle holte den Kalender her.

Ich versuchte an dem flimmernden Standbild die Uhrzeit zu lesen: 23:39.

»Stimmt. An diesem Tag hat die Brandkatastrophe stattgefunden.

War zwar kein 11. September – aber trotzdem habe ich mir gerade diesen Tag gemerkt. Hier begann unsere Niederlage.«

»Was war am 11. September?« Helle interessierte unsere Niederlage nicht.

»Welchen 11. September meinst Du?«

»Wieso ich, du hast damit angefangen.«

»Vergiss es. Nach diesem Tag sollte die Welt nicht mehr so sein, wie sie war.«

»Luthers Thesen an die Kirchentür, war das am 11. September?«

»Falsch, da war was in Amerika.«

»Columbus' Ankunft bei den Indianern?«

»Vergiss es. Die Welt ist jeden Tag anders und jeden Tag passiert das Gleiche. Die Uhrzeit ist 23 Uhr 39, also, die Uhrzeit am Ende des Umzugmanövers der Frau. Könnte hinkommen. Wann wurde der Brand entdeckt?«

Helle holte einen Ordner, in den er fein säuberlich die Presseartikel zum Wohnwagenbrand auf dem Plärrer gesammelt hatte. Steckten alle in Klarsichthüllen. Er blätterte darin.

»Hier steht's. Die Feuerwehr begann um Mitternacht mit den Löscharbeiten.«

Ich kam ins Nachdenken.

»Das kann Zufall sein. Auch wenn sich diese Frau komisch verhält. Leider ist ihr Gesicht kaum zu erkennen.«

»Einmal sieht man ihr Gesicht ganz gut.« Helle ließ den Film noch mal ablaufen.

»Hier, sie schaut fast direkt in die Kamera.«

Das war die Stelle, wo die Frau in der Toilette den neuen BH anzieht, der sich vom alten nicht unterschied. Was auf Toiletten alles passiert. Vielleicht sollten wir ein Buch herausbringen mit den schönsten Toiletten der Welt?

»Sie kommt mir irgendwie bekannt vor«, meinte ich.

»Mir auch«, meinte Helle. »Sehr sogar«.

»Wie meinst du das?«

Helle wirkte etwas verschämt.

»Wie ich es sage. Ich war mit der mal zusammen.«

Dieses Augsburg war ein Filz aus Beziehungen. Wie oft war zwischen Lech und Wertach schon die Ex ihrem Ex begegnet, wobei er gerade die Ex ihres aktuellen Ex herumschleppte, die wiederum die Ex des Bruders seiner Ex war. Mir war es schon passiert, dass ich mal mit meiner Ex, meiner Ex-Ex und meiner Ex-Ex-Ex im Café zusammentraf. Ein erhebendes Gefühl überkommt einen da, man ist dabei sowas wie ein Harems-Pascha auf Raten. Etwas gemindert von der Angst, dass die die Ex, die Ex-Ex und die Ex-Ex-Ex gegen mich auspackten. Doch Helles Frauenverbrauch verwunderte mich. Hatte ich ihn bisher unterschätzt?

»Ist dir aufgefallen, dass sie ein Muttermal zwischen Nase und Oberlippe hat?«, machte mich Helle auf ein besonderes Merkmal der gefilmten Person aufmerksam.

Ich starrte auf das Standbild mit dem Gesicht. Es war verschwommen. Sie war zu nah an der Kamera. Doch ein dunkler Fleck zwischen Nase und Oberlippe schien zu existieren. Helle sah mich an mit einem guten Schuss Erkenntnis in den Pupillen.

»Ist das eine, mit der du mal gemeinsam Matratzenhorchdienst hattest?«, formulierte ich behutsam.

»Ihre Bewegungen, das Gepfeife, das Gesicht mit diesem Muttermal, das könnte sie sein. Irgendwas irritiert mich aber.«

»Wir kennen sie vielleicht in einer anderen Kleidung? Wie würde sie denn heißen, wenn sie es wäre?«, fragte ich Helle.

Die Waschmaschine in Helles Badezimmer hörte zu Rumpeln auf.

»Warte mal. Ich muss die Wäsche aus der Maschine holen. Die hänge ich später auf den Dachboden.«

»Hast du keinen Wäschetrockner?«

»Kaputt.«

»Von wann ist die letzte Aufnahme in der Filmkamera?«, rief ich durch die angelehnte Türe in das Badezimmer.

»Vom Juni, glaub ich«, scholl es heraus.

»Wieso hat sie der Kerl nicht mitgenommen oder wenigstens eine neue Kassette eingelegt?«

»Wie meinst du das?«

»Na ja, kann doch nicht sein, dass seit Juni niemand mehr auf der Damentoilette war, denke ich.«

»Vielleicht war sie kaputt?« Helle wusste, dass nicht nur Wäschetrockner ihren Geist aufgeben konnten.

»Was war kaputt? Die Filmkamera oder die Toilette?«

»Eher die Filmkamera.«

»Das hätte der Voyeur doch merken müssen. Der wird doch ab und zu nach seiner Kamera geschaut haben. Soviel wird er nicht angebracht haben.«

»Was glaubst Du?« Helles Stimme drang durch die offene Badezimmertüre.

»Dem ist was dazwischengekommen. Ein Unfall? Womöglich liegt er im Krankenhaus? Er kann auch gestorben sein. Egal. Hauptsache, wir haben die Kamera.«

Helle schleppte den Plastikkorb mit der frisch gewaschenen Wäsche schnaufend aus dem Badezimmer und stellte ihn neben dem Wohnzimmertisch ab. Dann brachte er ein Körbchen mit Wäscheklammern. Eine Wäscheklammer purzelte auf den Boden. Blacky kam herbeigesprungen und fetzte mit der Wäscheklammer durch das Wohnzimmer. Die Wäscheklammer sollte eine lustige Maus darstellen.

»Das sind ja noch alte Holzwäscheklammern«, wurde ich nostalgisch. »Die gibt's kaum noch.«

»Habe ich von meiner Mama«, sagte Helle, der sich über Blackys wilde Jagd amüsierte. »Du kannst mir gleich helfen, auf dem Dachboden die Wäsche aufzuhängen.«

Ich versuchte diese Aktion hinauszuziehen. Da erwarteten uns Staub und Gestolpere. Vielleicht rettete mich ein wichtiger Handy-Anruf davor? Es fiel mir nichts Besseres ein, als das Kapitel über die Holzwäscheklammer etwas auszudehnen.

»Wir haben als Kinder manchmal Figuren aus den kaputten Wäscheklammern gebastelt.« Ich nahm eine Holzwäscheklammer in die Hand. »Hast du wo einen Filzer? Ich mal für Blacky eine Maus drauf.«

Helle sprang auf. Die Idee fand er gut. Ich begann mit den Mausaugen. Dann die Schnurrbarthaare. Als Schwanz klebte ich einen Faden an, den ich aus Helles Tischdecke zauberte. Helle sah mir voller Bewunderung zu.

»Gleich kriegst du eine tolle Maus zum Spielen«, informierte er seine Blacky.

»Wie nennen wir sie?«, wollte ich von Helle mit dem Filzstift in der Hand wissen.

»Keine Ahnung.« Helle schaute mich an wie ein Kreuzworträtselheft. »Ich weiß, wie sie heißt.«

Ich starrte auf die Wäscheklammer-Maus in meiner Hand.

Helle öffnete gerade das Tabakpäckchen. Er hielt inne.

»Wer? Die Maus? Wie?«, versuchte ich den Faden nicht zu verlieren.

Er warf wieder seine Zigarettendrehmaschine an. Aus einer Schachtel holte er den Filterstummel. Er war voller Schwung.

»Ach was. Ich weiß, wie die Frau heißt«, erklärte er mir.

»Welche Frau?«

»Die auf der Toilette.«

Helle fiel die Zigarettenhülse, die eigentlich in die Zigaretten-Drehmaschine sollte, aus der Hand auf den Teppich.

»Jetzt plötzlich?«, staunte ich.

Blacky kam herbeigeschossen. Ich rettete für Helle die Zigarettenhülse, weil ich meine Mausklammer vor Blackys Schnauze hinwarf.

»Ja, es ist die Bedienung im Binswanger-Zelt.«

»Mit der du mal was laufen hattest?«

»Ja, die.«

»Und? Wie heißt sie?«

Helle wurde wieder verschämt.

»Ich weiß ihren Namen nicht mehr. Irgendwas wie Micky Maus.«

Da taten sich tiefe Abgründe auf. Ich stand am Rand davon.

»Du musst einen Frauenverschleiß haben, wenn du ihre Namen nicht mehr weißt.«

Helle bekam einen roten Kopf.

»Das ist die Einzige, bei der mir der Name nicht mehr einfällt.«

Ich hatte Erbarmen mit ihm.

»Meinst Du, wir sollten sie uns im Dirndl vorstellen?«

»Lass mich bitte in Ruhe überlegen. War ein lustiger Name. Irgendwas wie Muggi oder Schluggi.«

»Weißt Du, wo ihr Name stand? Weswegen ich draufgekommen bin.« Ich griff nach einer weiteren Salzstange.

»Mein Name steht auf der Türklingel.« Helle präparierte die nächste Zigarette zum Gebrauch. Er füllte langsam und bedächtig die von mir gerettete Zigarettenhülse.

»Wo haben Bedienungen im Binswanger-Zelt ihre Namen? Na?«

Der Inquisitor griff nach einer weiteren Salzstange. Durchaus bereit, mit dem salzigen Ding in der Wunde herumzustochern. Falls sein Gedächtnis von mir wund gefragt wurde. Der Triumph mit seiner Traumdeuterin war ihm doch sichtlich in den Kopf gestiegen. Er musste wieder auf den Boden der Tatsachen zurück. Nein, kein Neid. Nur Freundespflicht. Ich schwöre. Wegen so einem Schmarrn schwört man nicht, sagte meine Mutter. Dann eben nicht. Eine knallharte Frage müsste genügen.

»Ihren Namen, den haben die, den haben die ...«, Helle suchte den Körper einer Binswanger-Bedienung imaginär – Gehirnzelle für Gehirnzelle – ab. Er bereitete lieber die nächste Zigarette vor.

»... auf einer Wäscheklammer am Ausschnitt«, hob ich ihm aus dem Körbchen eine Wäscheklammer demonstrativ vors Gesicht. Ich drückte mit Daumen und Zeigefinger auf die beiden Enden der Wäscheklammer. Sie öffnete ihr Maul. Sie schnappte sogar versehentlich zu. Zerquetschte Helles frisch angezündete Zigarette zwischen den Schenkeln der Wäscheklammer.

»Ich hab's, sie hieß Duggi, das ist die Duggi«, legte Helle die Zigarette im Wäscheklammerwürgegriff in den Aschenbecher. »Wenn ich sie mir im Dirndl vorstelle, erkenne ich sie sofort. Auf der Toilette ist sie auch ganz anders geschminkt. Ich mein, sie ist nicht geschminkt. Nur dieser Fleck, an den kann ich mich erinnern. Sie hatte es nicht gerne, wenn man sich ihm zu sehr widmete.«

»Sapperlot! Du kennst diese Frau ziemlich intim.«

»Drei Monate, sowas bin ich mit ihr gegangen. Drei Monate zu lang. Wir haben sie sogar zur Plärrer-Eröffnung im Binswanger-Zelt gesehen. Sie hat uns da die erste Maß gebracht. Vor der Schlägerei.«

»Kann ich mich nicht mehr dran erinnern. Und du willst mir erzählen, du hast die Frau nicht sofort erkannt? Gibt's doch nicht.«

Der Rauch der Zigarette, in der Mitte gewürgt von der Wäscheklammer, wurde weniger. Die Zigarette hörte auf zu rauchen. Sie war klinisch tot. Helle besah sich das Schauspiel mit zusammengekniffenen Augen. Sein Gesicht war an der Grenze von tiefer Betroffenheit. Würde ihn dieser Schock vom Rauchen befreien? Er griff zur nächsten Zigarettenhülse.

»Ich hab' sogar mal von ihr geträumt«, wurde Helle romantisch.

Ich klippste die Wäscheklammern zu einer Holzschlange zusammen, die mit jeder Wäscheklammer am Schwanz der vorderen länger wurde.

»Willst du nicht wissen, was ich von ihr geträumt habe?«

»Sicher. Doch. Was?«

»Ich war Donald Duck und sie war Daisy Duck. Wir waren beide im Bierzelt.«

»Ist das alles? War ich auch dabei? Als Dagobert Duck hoffentlich?«

»Du warst nicht im Traum. Sie baute mir als Bedienung eine riesig hohe Pyramide – wie die Zugspitze – aus Maßkrügen auf. Höher und höher. Ich war als Bergsteiger angezogen. Mit Seil und Pickel. Sie wollte ein Edelweiß für Ihr Dirndl haben ...«

»Und? Hast du eins gefunden auf deiner Bier-Pyramide?«

»Fast. Es kam was dazwischen.«

»Was denn? Eine betrunkene Gämse?«

»So ähnlich. Du könntest auch Traumdeuter werden. Es war Blacky. Als monstermäßiger Wolpertinger. Wie eine Mischung aus Yeti und Steinbock. Sie hat mich von der Bier-Pyramide gestoßen.«

»Was hast du deiner Daisy Duck erzählt? So ohne Edelweiß?«

»Nichts. Ich bin aufgewacht. Ich weiß aber noch, dass ich sie im Traum Ducki genannt habe.« Das traute ich Helle zu.

Er nannte mich ja auch Klausi. Wenn er mich fertig machen wollte. Klausi, dieses Wort aus seinem Mund, das war sowas wie schachmatt.

»Was konnte deine Traumdeuterin daraus schließen?«

»Der habe ich den Traum nicht erzählt.«

»Den tollen Traum? Warum nicht?«

»Sie mag keine Träume, in denen Frauen vorkommen.«

»Soso. Die wird doch nicht eifersüchtig sein?«

»Schmarrn. Das hat sie nicht nötig. Die steht über solchen Dingen.«

»Die Duggi ist auch eine Ex. Du wirst doch eine Ex nicht aufwärmen?«

Aber war nicht ich es gewesen, der Helle eingetrichtert hatte, dass wir es uns mit keiner Ex je verscherzen sollten. Jede Ex war eine kleine Nachrichtenstation, die wir anzapfen konnten. Mir fiel ein, dass Helles Ex-Frauen meistens Bedienungen waren. Wie kam das? Und jetzt diese Traumforscherin, mit der er nur geistig was hatte. Das würde doch nicht die Wende sein? Helles Hochzeit? Ein Alptraum für mich.

»Ich wärme nichts auf. Das geht nicht gut. Das sagt die Traumdeuterin auch. Sonst erhalte ich ein ungünstiges Mental-Karma.«

»Tolle Frau. Die musst du dir warm halten«, spöttelte ich. Mir fiel etwas ein: »Ist diese Duggi womöglich diese Bedienung von der du mir mal erzählt hast, die du vor ihrem schlägernden Freund schützen solltest und die dich dann auch bei der Polizei anzeigte, weil die du sie angeblich auch verprügelt hattest?« Mir wurde klar, warum Helle jegliche Erinnerung an diese Frau verdrängte.

»Ja, das ist sie,« gestand Helle.

»Zur Sache: Wurde Duggis Wohnwagen nicht auch ein Opfer der Flammen? Hatte sie überhaupt einen Wohnwagen?« Ich kam wieder zurück auf den Boden der Vermutungen.

Mit dieser Frage erklärte ich uns wieder zum gleichberechtigten Detektiv-Team. Helle reichte mir eine Salzstange. Gönnerhaft. Brüderlich. Als gäbe es keinen Sieger und keinen Verlierer. Wir hatten das Glück, bei aufkeimenden Krisen durch hartnäckige Rückkehr zum entscheidenden Thema in eine harmonische Stimmung hinüberzudriften. Männer. Partner. Freunde. Unzertrennlich.

»Klar hatte die Duggi einen Wohnwagen. Jetzt wo wir länger drüber reden, fällt's mir wieder ein, sie hat mich in ihren Wohnwagen sogar schon mal eingeladen, als ich mal ohne dich im Bierzelt war.«

»Und? Wie war's?«

»Ich musste für dich was erledigen. Ich konnte nicht.«

»Du Ärmster. Wie kann ich das wieder gut machen? Aber warum hat sie sich auf der Toilette ihrer Kleidung entledigt?«, fragte ich.

»Damit sie keiner erkennt?«

»Dann hätte sie doch was anderes angezogen. Sie hat wieder das gleiche angezogen. Sie wollte wieder erkannt werden«, schloss ich die Gedankendrähte zusammen, um den Strom der Erkenntnis durchfließen zu lassen.

»Dann müssen wir sie halt fragen«, meinte Helle. »Ist ja noch Plärrer.«

Er wusste, wie er schnell an einen guten Tropfen kommen konnte. Willst du Bier vom Hasen, musst du dahin rasen, formulierten meine Dichterzellen unter den Haaren. Wir beschlossen wegen dieser Sache ein wenig mit Duggi zu sprechen. Wir fuhren zum Plärrer. Im Binswanger-Zelt suchten wir uns einen Platz, an dem Duggi bediente.

»Hallo ihr beiden«, begrüßte sie uns. »Was darf ich euch bringen?«

Helle bestellte zwei Maß Bier für uns.

Wir versuchten die Kellnerin unauffällig zu studieren. »Duggi« stand auf ihrer holzernen Wäscheklammer am Busen-Ausschnitt des Dirndls. Die Wäscheklammer sah nigelnagelneu aus. Ich stellte sie mir im Jeansanzug vor. Das konnte hinkommen.

»Ich müsste mich schon schwer täuschen, das ist sie«, sagte Helle nach dem ersten Schluck, der seine Aussage bekräftigen sollte.

»Wie weit seid ihr mit Eurer Suche«, fragte sie uns.

»Noch nicht so weit«, antwortete ich. »Dürfen wir dich was fragen?«

»Gerne, nur zu!«, sagte sie und wartete gespannt.

»Wo warst du an dem Abend, als es brannte?«

»Ich? Im Charly-Bräu. Am Stammtisch. Wieso?«

»Dann könntest du die Frau mit dem Jeansanzug sein« , sagte ich, während Helle den Inhalt seines Maßkruges studierte.

»Spioniert ihr mich aus? Wollt ihr mich verdächtigen?« Waltraud Strobels Miene verhärtete sich zusehends und ihre Augen starrten uns feindlich an.

»Ach wo. Wir müssen nur alle Personen am Stammtisch identifizieren.«

»Dann ist es gut. Ja, ich glaub, ich hatte damals einen Jeansanzug an. Doch.«

Sie ging an den nächsten Tisch, um Bestellungen aufzunehmen. Die Kapelle, Roy Blacks ehemalige Band, The Cannons, spielte *Help!*

»Jetzt müssen wir nur noch herausbekommen, warum sie sich in der Toilette umgezogen hat.«

»Sollen wir sie das auch einfach fragen?«

»Das machst Du.«

»Nein, Du.«

»Du!«

»Wieso ich?«

»Du hast das Video gefunden.«

»Wir hätten gern eine große Breze und noch eine Frage«, sagte Helle zu Duggi.

»Was jetzt noch?«

»Wo wohnst du jetzt?«

»In einem Leihwohnwagen. Warum?«

Helle ging auf die Gegenfrage nicht ein. Ich hätte übrigens auch nicht gewusst, was er mit dieser Frage bezweckte.

»Ist das nicht teuer?«

»Der ist günstiger als ein Hotel. Kostet mich nur zweihundert Euro in zwanzig Tagen.«

»Ist das der Wohnwagen hinter dem Plärrer-Café?«

Helles Taktik war langsam zu erahnen.

»Nein. Meiner steht neben dem von der Achterbahn.«

»Ich möchte mir für den nächsten Urlaub auch einen mieten«, erklärte Helle seine Ferienpläne. »Kann ich mir deinen mal anschauen, was der so bietet?«

Helle ging ran. Alle Achtung.

»Gern. Wann?« Duggi setzte sich zu Helle.

Sie rauchte mit ihm eine. Sie drückte sich an ihn. Sie musste einen push up BH haben. Ihr Busen wogte unübersehbar im Ausschnitt.

»Wann's bei dir geht«, meinte Helle.

»Heute Abend ging's. Um 16 Uhr ist meine Schicht zu Ende. Du holst mich hier ab und dann schauen wir meinen Wohnwagen an.«

Bis dahin hatten wir noch zwei Stunden Zeit. Ich ging mit Helle über den Plärrer. Wir gingen zum Wohnwagen des Achterbahn-Inhabers. Ein kleinerer stand daneben. Die Tochter des Achterbahn-Inhabers schaute heraus.

»Was wollen Sie hier?«

»Ist das der Wagen von der Kellnerin Duggi?«

»Was geht Sie das an?«

Viel. Aber das konnten wir ihr nicht sagen, dass wir Duggi als Brandstifterin vermuteten. Wir verzogen uns. Wir setzten uns zu den Kindern ins Kasperletheater. Patsch! Pasch! Patsch! Der Kasperle prügelte das gefräßige Krokodil und den gemeinen Teufel in die Kiste. Die Kinder tobten vor Begeisterung. Die Gerechtigkeit hatte gesiegt. Applaus!

Wir gingen kurz vor 16 Uhr zum Binswanger-Zelt zurück. Ich bestellte mir noch eine Maß. Helle kam nicht dazu.

»So, also«, sagte Duggi und nahm Helle mit zur Wohnwagenbesichtigung.

Ich blieb sitzen, bis sie aus dem Bierzelt waren. Ich ließ mir Zeit.

Helle würde länger brauchen. Er hatte den Auftrag, die lilafarbene Unterwäsche von Duggi zu finden. Diese aus dem Wohnwagen zu schmuggeln, damit wir sie untersuchen konnten. Auf Rauchspuren. Nach einiger Zeit machte ich mich auf den Weg zu Duggis Wohnwagen. Neben der Imbissbude Schwabenpfanne, wo Sauerkraut und Baunzen ihren typischen Geruch verströmten, führte ein schmaler Gang zu den Wohnwagen. Auf einer Seite war Wellblech, auf der anderen Seite ein hohes Eisengitter.

Ich zwängte mich durch. Hier sah mich niemand. Ich legte mein Ohr an den Wohnwagen. Die Stimmen von Duggi und Helle waren zu hören, aber ich konnte nichts Genaues verstehen.

Ich musste zu harten Bandagen greifen.

Sonst kam ich hier nicht weiter.

Kapitel 32

Klaus Kessler gibt sich als Kommissar aus – Helle hat einen BH in der Hand – Die Plärrerlichter machen farbige Streifen – Gefährliche Messerattacke – Im Labyrinth gibt es meistens nur einen Ausgang

Mit veränderter, amtlich klingender Stimme rief ich bei Hans Lieblein an. »Hier spricht Kommissar Weissberg, es geht um den Flammenwerfer, den sie laut Herrn Kessler gefunden haben.«

»Was ist damit?«

»Bringen Sie das Ding schnellstmöglich zum Plärrer.«

»Wieso?«

»Es geht um eine Gegenüberstellung. Bitte, beeilen sie sich.«

»Der Plärrer ist groß. Wohin genau soll ich kommen?«

Hans Lieblein hatte eine aktiv aufgeregte Stimme. Ihm schien das Detektivspiel zu gefallen. Ich schaute mich um.

»Hinter das Spiegel-Labyrinth. Kommen Sie sofort. Jede Sekunde zählt!« Ich sagte ihm noch meine Handy-Nummer, falls er mich nicht gleich finden sollte, dann beendete ich meinen illegalen Undercover-Auftrag.

Wenn Lieblein kam, war der Kommissar halt zufällig schon weg. Das würde ich ihm schon passend verklickern.

Duggi kam im Jeansanzug heraus. Die vorbeiflitzenden Lichter beleuchteten sie zehntelsekundenweise. Sie war kaum noch als die Bedienung aus dem Bierzelt zu erkennen, so ohne Trachtenkleidung. Ich spähte auf die Stelle zwischen ihrer Nase und der Oberlippe. War dort der dunkle Fleck? Es sah so aus. Helles Lippen und Zunge hatten gute Arbeit geleistet. Er hatte sich geopfert. Danke, mein Freund. Duggi mischte sich unter die Plärrer-Besucher. Helle erschien in der Wohnwagentüre. Die Plärrerlichter zogen farbige Streifen über seinen Körper. Da stand er wie ein Wesen aus einer anderen Welt.

»Sie holt uns was zum Trinken«, rief er mir zu.

Dabei hob ein lilafarbenes Höschen mit zwei Fingern vor seine Nase. Er schnupperte daran. Wie ein Slip-Fetischist, der wild auf getragene Frauenunterwäsche ist.

»Riecht frisch gewaschen, kein Rauchgeruch«, stellte er fest. »Aber ihr Slip sieht aus wie der vom Toiletten-Video.«

»Dann könnte die Duggi das gewesen sein, die auf dem Video«, kombinierte ich laut.

»Schon«, meinte Helle leicht zögernd.

»Wo ist sie hin?«

»Ins Bierzelt, an die Bar, Sekt holen.«

»Nimm besser ihre verdächtige Unterwäsche und wir verschwinden.«

»Du meinst, ich soll sie klauen?« Er schaute mich ungläubig an.

»Sicher. Und zwar schnell, bevor sie zurück ist. Das ist allerbestes Beweismaterial für's Polizeilabor.«

»Es fehlt noch der BH. Sonst ist das nur eine halbe Sache.« Helle blickte in den Wohnwagen.

»Meinst Du?«

»Mein ich.«

»Du willst doch nur mit ihr eine Nacht im Wohnwagen verbringen.«

»Schmarrn. Ich lasse meine Katze doch nicht die ganze Nacht allein.« Helle schaute mich empört an.

»Ich werde von dir und Duggi träumen«, drohte ich ihm.

Er stopfte Duggis Slip in die Hosentasche. Er schloss die Wohnwagentüre. Gerade als er die Wohnwagentreppe herunterkommen wollte, erstarrte er. Kam Duggi? Ich verdrückte mich, quetschte mich an die dunkle Rückseite einer Bude.

»Na endlich«, tat Helle erleichtert. Er öffnete mit einer einladenden Geste wieder die Wohnwagentüre.

Tatsächlich. Duggi kam zurück. Ihre Schritte hatten etwas Siegreiches. In jeder Hand eine Sektflasche. Sie ging in ihren Wohnwagen. Bahnte sich da was an? Warum nicht? Wenn Helle dabei rausbekam, warum Duggi die Unterwäsche im WC wechselte, dann vergönnte ich ihm die Lustmomente.

Mein Handy meldete sich.

Hans Lieblein wollte wissen, wo er mit dem Flammenwerfer genau hin sollte, er stehe schon auf dem Parkplatz hinterm Arbeitsamt. Ich, also ich als Kommissar Weissberg, beschrieb ihm den Weg zu Duggis Wohnwagen. Ich legte mein rechtes Ohr an die Wohnwagenwand. Ich hörte dubiose Geräusche. Duggi schien auf Helle einzureden. Hans Lieblein kam angeschnauft. Er transportierte den Flammenwerfer in einem Einkaufs-Trolly. Ich beendete meine Abhöraktion.

»Nanu«, staunte er mich an, »was machst du hier? Wo ist der Kommissar?«

»Da drin, im Wohnwagen. Könnte sein, dass die Frau mit der er da drin ist, mit dem Flammenwerfer die Wohnwagen abgefackelt hat.«

»Willst du jetzt ihren abfackeln?« Hans lächelte schief. Er war noch beim Erkunden, ob ich witzelte oder es ernst meinte.

Gute Frage. Was hatte ich mir überlegt gehabt? Wieso wollte ich, dass Hans mit dem Flammenwerfer hierher kam? Die Geräusche im Wohnwagen hatten mein Gehirn leer gefegt. Ich sah eine wilde Duggi, die meinen armen Helle auszog. Der sich für unsere Recherchen opferte. Opferte? Vielleicht genoss er es? Vielleicht machte sie ihn hörig? Vielleicht war er dann auf ihrer Seite? Vielleicht schluckte er ihre Dessous hinunter, um sie zu schützen? Ich überlegte mir meinen nächsten Schritt.

»Ist der Kommissar da drin?« Hans lehnte den Trolly gegen den Wohnwagen.

»Ja, der Kommissar und eine Frau. Er verhört sie.«

Hans legte sein Ohr an die Wohnwagenwand.

»Ich höre nichts«, verkündete er.

Ich stellte mich neben ihn. Ich hörte auch nichts mehr. Doch. Schritte. Die Wohnwagentüre öffnete sich. Duggi schaute heraus. Sie war nur mit Jeans und einem BH mit aufgedruckten Rosen bekleidet. So weit waren sie also schon gewesen. War Helle bereits nackt, weil er nicht mit herauskam? Sie sah uns. Hatten wir zu laut geredet?

»Ihr geilen Spanner, haut bloß ab, sonst passiert was!«

Sie hatte ein langes Küchenmesser in der Hand. Womöglich das Fleischmesser. Die Mordwaffe Nummer Eins der deutschen Hausfrau. Damit kam sie auf uns zu. Ich schaute mich um. Ein Fluchtweg war nicht vorhanden. Drei Wohnwagen und eine Budenrückwand bildeten für uns eine Sackgasse. Ich versteckte mich hinter Hans. Der trat hinter seinen Trolly.

»Ich steche euch ab. Ihr Schweine«, drohte Duggi.

Es sah nicht nur nach Drohung aus.

»Moment«, sagte Hans, »Moment, ich gehöre gar nicht dazu.«

»Sie haben die Wohnwagen angezündet«, versuchte ich die wütende Duggi zu verblüffen, zu bremsen.

Vergebens. Duggi stach auf den Trolly vor Hans ein. Wie rasend. Sie zerschlitzte den Trolly. Hans drückte sich nach hinten. Gegen mich. Ich sah über seine Schulter, wie Duggi den Trolly abmurkste. Ich sah schon das Blut an meinen Händen herunterlaufen, wenn ich ihre Messerattacke stoppen wollte. Meinen Vorwurf hatte sie in ihrer Wut anscheinend nicht bemerkt.

Oder war er ihr einfach egal?

War das wirklich ihr dunkler Fleck gewesen, den wir auf dem Video in dem Gesicht entdeckt hatten? Konnte auch nur der Schatten der Nasenspitze gewesen sein. Warum kam Helle nicht heraus? War er schon abgemurkst? Ihr Messer war allerdings noch blitzblank.

»Hören Sie doch auf. Es ist ganz anders als Sie denken«, wollte ich unserem Messertod entkommen.

Mir fiel nicht mehr ein als die müde Ausrede von ertappten Ehemännern. Ich konnte kaum noch atmen. Hans drückte mich an die Budenwand, um einige Zentimeter Abstand zwischen der tödlichen Duggi zu gewinnen. Er verkroch sich fast vollständig hinter dem gefüllten Trolly. Mein Brustkorb gab ungefähr vier weitere Zentimeter Abstand her. Gesponsert von der aus meiner Lunge entweichenden Luft. Sie hieb ihr Messer in den Trolly. Aus dem frischen Schlitz quoll etwas wie Gedärm heraus. Sie hörte auf. Aber nicht weil alles ganz anders war. Der Schlauch des Flammenwerfers rollte sich aus dem Trolly wie ein Dickdarm. Duggi stutzte. Mit der Messerspitze schob sie die Trolly-Fetzen auseinander. Sie erkannte den Inhalt. Sie schaute hoch zu uns.

»Deswegen seid ihr da.«

Sie ließ das Messer fallen. Helle erschien in der Wohnwagentüre. Er hatte sich ein Badehandtuch umgeschlungen.

»Du wolltest mich nur aushören, was, du mieses Stück Scheiße«, ging sie auf Helle los. Sie zerkratzte ihm das Gesicht. Er wollte sie festhalten. Duggi riss sich von Helle los. Sie lief davon.

»Los, wir müssen sie kriegen«, munterte ich Hans zu einer kleinen Verfolgungsjagd auf.

Wie sollte das gehen? Mitten im kunterbunten Plärrer-Treiben? Zwischen herumwirbelnden Gondeln, wummernden Hip-Hop-Bässen, kreisenden Lichtern, kreischenden Mädels. Keine Chance.

Duggi versuchte in der Besuchermenge zu verschwinden. Ihre minimale Kleiderausstattung fiel nicht weiter auf. Hier liefen einige Mädchen mit weitaus weniger Stoff herum. Der Plärrer war immer noch die große Anmach-Bühne. Sie kam nicht schnell vorwärts. Der Besucherstrom verdichtete sich. Der laue Abend hatte die Leute auf das größte schwäbisch-bayerische Volksfest gezogen wie die Wespen zum frischen Zwetschgendatschi.

Wir rannten gegen den Besucherstrom, der wie eine Wand auf Füßen die flüchtende Duggi ratlos machte, weil sie nicht durchkam. Sie sah sich um. Sah uns, ihre Verfolger.

Wir drängten uns durch die Menschen. Mit den Händen rudernd. Unser Abstand zu ihr wurde kleiner. Noch ein paar Meter und wir hatten sie. Duggis gehetzte Blicke sahen einen Ausweg. Sie lief in die Bude neben ihr, in das Spiegel-Labyrinth. Sie drückte sich an der Besucherschlange vorbei. Die Frau im Kassenhaus rief Duggi hinterher. Als wir hineinwollten, kam sie heraus. Sie baute sich vor uns auf.

»Hey, ihr da, jetzt reichts! Ist mir schon diese Verrückte durchgewitscht. Wir haben heute zwar Familientag aber nicht Sozialamtstag. Ihr stellt euch hinten an und zahlt wie alle anderen. Sonst passiert hier gleich was.!«

Helle kam korrekt angezogen herbeigesprungen. Er stellte sich hinten an der Schlange an. Ich ging vor das Spiegel-Labyrinth. Konnte Duggi hinten raus verschwinden? War da ein Ausgang? Kannte sie den? Sollte ich an die Rückseite gehen? Mir wurde heiß. Sehr heiß. Ich hatte den Verdacht, sie könnte uns entwischen.

Jemand tupfte mir auf die Schulter. Es war Dominik Schiblinski, der Achterbahnbesitzer.

»Ich weiß jetzt, wer meine Frau auf dem Gewissen hat«, sagte er zu mir. Sein Blick war dumpf. Irgendwie unmenschlich. Wie ein Golem.

»Die ist da drin, falls sie noch drin ist«, mutmaßte ich über Duggis aktuellen Aufenthalt.

»Sie wissen auch, wer das Feuer gelegt hat?«

»Zumindest ist sie abgehauen, als wir ihr das Feuerzeug präsentierten. Für mich ist das wie ein Schuldgeständnis.«

»Wen meinen Sie eigentlich?«

»Wen meinen Sie?«

»Die Kellnerin aus dem Binswanger-Zelt.«

»Da gibt's einige.« Ich wollte es schon genauer.

»Die Duggi war's.«

»Woher wissen Sie das so plötzlich?«

»Vorhin war die Musikerin bei mir. Sie hat die Duggi gesehen. In der Brandnacht, bei den brennenden Wohnwagen.«

Hinter den verspiegelten Glasscheiben tauchte Duggis Gesicht auf. Sie irrte durch das Spiegel-Labyrinth. Sie hatte keinen Hinterausgang gefunden. Oder sie suchte ihn noch.

Ihr Blick hatte was Irres.

Mit ihren ausgestreckten Händen lief sie weiter durch die Gasse aus einseitig verspiegelten Glasscheiben, in denen sie ihr Spiegelbild sah, während wir, das Publikum, zum Gaudium über die doof Herumirrenden durchsehen konnten. Wo war der normale Ausgang aus dem Spiegel-Labyrinth? Ich schaute mich um und entdeckte ihn. Am rechten Rand der Bude.

»Ist die Musikerin sich sicher, dass es die Kellnerin war?«

Ich ging zum Ausgang. Helle suchte mit legal gelöstem Eintritt den Weg durch das Spiegel-Labyrinth.

»Ich mach' sie alle, ich mach' sie platt«, drohte der Achterbahnbesitzer.

Er meinte wohl Duggi. Die Mörderin seiner Frau. War auch meine Annahme. Doch wollte ich keinen Lynchmord auf dem Plärrer. Er hatte Hände wie Schaufeln. Damit konnte er nicht nur seine astgroßen Schrauben ohne Werkzeug in die Achterbahn drehen. Er könnte Duggi damit glatt erwürgen. Kein Problem. In ihm schien der Zorn am höchsten Pegelstand zu sein.

»Duggi hat meine Frau hereingelegt, sie hatte nie was mit Gold-Willi, nie, niemals«, legte mir der Achterbahnbesitzer seine Pranken auf die Schulter. Ich ging leicht in die Knie. »Meine Frau war keine solche«, lamentierte er.

Ich befürchtete, dass er mich an seine Brust zog und abweinte. Ausgerechnet wenn Duggi beim Ausgang in die Freiheit entwich. Ohne dass der Minotaurus, das stierköpfige Monster, sie aufgefressen hatte. Ich nahm seine Bagger-Hände von meiner Schulter.

»Wie kann die Musikerin in der Nacht, in dem Feuer-Chaos die Kellnerin erkannt haben?« Das wollte ich ein wenig detaillierter wissen.

Konnte mir nur nutzen, wenn ich der Versicherung meine Honorar-Rechnung schrieb. Musste ich nicht die Polizei von unserem Verdacht informieren? Noch nicht. Diesen Fahndungs-Erfolg wollte ich ohne Polizei einfahren. Ich hatte einfach mein Handy bei dieser Verfolgungsjagd verloren. Ich musste es später aber auch wirklich wegwerfen. Erst wenn wir Duggi hatten, würde ich Weissberg anrufen. Oder die Insagg? Lieber die Insagg.

»Die Musikerin hat Duggis Wäscheklammer bei der Brandstelle gefunden. Sie hat sie mir vorhin gezeigt. Ich bring sie um.«

Der Mann war kein Sprücheklopfer. Der klopfte lieber mit etwas Handfestem. Er würde sie töten. Nachdem sein Rache-Pegel ganz oben war, kam ihm die Erkenntnis.

»Sie ist da drin. Stimmt's? Sie warten hier auf sie.«

»Kein Kommentar«, rutschte mir ein Kommentar heraus.

Er blickte um sich. Er sah auf seine Hände. Er ging hinter die Bude. Ich blieb am Eingang und schaute ihm ums Eck nach. Er schien sich auszukennen. Er kam mit einem Vorschlaghammer zurück. Den schwang er beim Laufen hin und her.

»Was wollen Sie damit?«

Wieder tauchte Duggis Gesicht im Spiegel-Labyrinth auf. Es war zur verweinten Fratze mutiert. Ein trotzig verzweifeltes Gesicht. Sie schien auszurasten. Sie trommelte gegen die Spiegel. Die Leute vor dem Labyrinth waren begeistert. Hier suchte eine Durchgeknallte ihr Ziel. Eine Hoffnungslose wusste nicht mehr wohin.

Ging es uns nicht allen so? Im Labyrinth des Lebens? Dachten das die Zuschauer? Oder waren sie nur lüstern auf eine durchgedrehte Frau?

Ich versuchte Schiblinski aufzuhalten. Er schwang den Vorschlaghammer gegen mich. Ein Schlag streifte mein Schienbein. Das tat höllisch weh. Ich krümmte mich. Umfasste das schmerzende Schienbein mit beiden Händen. Helle ging gerade ordentlich mit gekaufter Karte in das Labyrinth. Er bekam meinen Aufschrei nicht mehr mit. Hans Lieblein stand wie gebannt vor dem Spiegel-Labyrinth. Den Trolly mit Inhalt hatte er angelehnt. Der Schlauch des Flammenwerfers schlängelte sich aus dem abgestellten Trolly über die Plärrer-Straße.

Der Achterbahnbesitzer drosch mit dem Vorschlaghammer in die Spiegelfront. Unzählige Scherben klirrten durch die Luft. Ein Glasregen prasselte herunter. Wieder ein Schlag. Jetzt musste ich die Polizei anrufen. Trotz meines schmerzenden Beines und meiner gekrümmten Haltung. Ich erreichte die Insagg. Ich hatte Glück, sie war erst seit gestern im Dienst. Wegen dem Streifschuss. Sie versprach, sofort zu kommen. Mit Verstärkung. Hinter mir erschien die Plärrer-Wache.

»Aufhören, sofort aufhören«, rief sie.

Der Achterbahnbesitzer drosch weiter mit dem Vorschlaghammer in die Spiegel. Er watete in Scherben. Schreiende Menschen kamen aus dem zerstörten Spiegel-Labyrinth. Das Geschehen war nicht genau zu überblicken. Die strenge Frau aus dem Kassenhäuschen wollte den Achterbahnbesitzer stoppen. Sie kam nicht an ihn ran. Er wirbelte wie Thor seinen Schreckenshammer. Er nahm keine Notiz von ihren Drohungen. Er agierte wie ferngesteuert. Sie musste Abstand halten, weil die Glassplitter durch die Luft zischten wie bei einer Splitterbombe.

Es war ein Wahnsinns-Chaos. Schlimmer als das Zerschlagen von Klavieren oder Autos, aus Rekordgründen. Der Hammer des Zorns wütete weiter. Duggis Tod war beschlossen. Würde er sie zu Brei schlagen? Endete sie als formlose Masse aus Fleisch und Knochen? Hackepeter a la Plärrer? Hacke-Duggi a la Minotaurus? War dies das gerechte Ende einer Brandstifterin, die zwei Menschen den tödlichen Flammen auslieferte? Gab es nicht eine weitere Kellnerin namens Duggi, deren Wäscheklammer verloren gegangen war? Kaum.

Ein Halbkreis aus Menschen hatte sich um das Spiegel-Labyrinth gebildet, das bereits zur Hälfte zerstört war. Manche riefen irgendwelche dummen oder klugen Ratschläge. Andere schwiegen wie gebannt. Die Plärrer-Wache war machtlos. Immer noch kamen Menschen aus dem Spiegel-Labyrinth. Die beiden Plärrer-Polizisten konnten nicht auf den Wütenden schießen. Sie hätten in dem Durcheinander womöglich Unschuldige getroffen. Wo war Duggi? Wo war Helle? Ich sah ihn. Instinktiv hatte mein Blick ihn lokalisiert. Er hatte seine Arme schützend um Duggi gelegt. Die Schläge des Hammer-Manns waren langsamer geworden. Sah ich richtig? Helles Faust schoss gegen seinen Kopf. Blitzartig. Ich war fast mehr überrascht über die Box-Kunst meines Freundes und Kollegen als der Getroffene. Der Rächer wankte. Der Vorschlaghammer fiel ihm aus der Hand.

Die Plärrer-Wache stürzte sich auf ihn.

»Was ist hier los?«

Hinter mir erschien die Kommissarin. Mehrere Polizisten, die mit ihr gekommen waren, forderten die Leute auf weiterzugehen. Dann sperrten sie die Budenstraße ab.

»Könnte sein, dass mein Freund die Wohnwagenbrandstifterin in den Armen hat«, meldete ich mit einem gewissen Stolz.

Wir gingen zu Helle und Duggi. Sie zitterte in seinen Armen. Jetzt war die Plärrer-Wache wieder in ihrem Element. Der Achterbahnbesitzer lag mit Handschellen am Boden. Der Griff des Vorschlaghammers war blutig. Sein Gesicht war vor lauter Blut kaum zu sehen. Einige Glassplitter steckten darin. Ebenso in seinen Armen, die auch blutig waren. Seine Hände waren aufgeschnitten. Ein Sani verband sie. Die Insagg sagte zur Plärrer-Wache, dass sie den Mann in ihrer Wachstube festhalten sollten, bis sie käme. Sie führten ihn zwischen sich weg. Der Sani lief mit. Da wartete noch viel Arbeit auf ihn. Die Inhaberin hatte anscheinend ihren Mann herbeigeholt. Sie kehrte laut schimpfend die Scherben zusammen. Er sah sich die verbogenen Halterungen an, fummelte daran herum.

»Sie hat's zugegeben«, sagte Helle. Duggi hatte die Augen geschlossen. Sie hatte das Inferno überlebt. »Sie hat die Wohnwagen angezündet. Mit dem Flammenwerfer.«

Er steckte eine Hand in die Hosentasche. Hoffentlich holte er jetzt nicht das Beweismittel, den lilafarbenen Slip, heraus. Er holte das Feuerzeug heraus. In seinem Mund baumelte eine Zigarette. Wo hatte er die plötzlich her?

»Ja, dann. Wir unterhalten uns darüber besser in meinem Büro.«

Die Insagg nahm Duggi am nackten Arm.

»Ich werde Sie beide in meinem Bericht löblich erwähnen«, verabschiedete sie sich. »Weissberg sagte, Sie bekommen eine Prämie von der Versicherung.«

»Damit sollten wir mal wieder essen gehen. Was meinen Sie?«

»Gerne«, rief sie zurück. »Mit der Falafel hats ja nicht geklappt.«

Neulich war ich beim Judenberg an dem Imbiss namens Kichererbse vorbeigelaufen. Falafel wurde da angeboten. Ich aß eine. War lecker. Ich dachte: Erst Nase operieren, dann Frauen.

»Sie wollten doch eine Diät machen!«, rief ich.

»Bei einem tollen Date vergesse ich jede Diät.«

»Dann was Italienisches«, rief ich. Das war problemlos. Italienische Lokale gab es in Augsburg fast an jeder Ecke.

Wie besiegt man ein Trauma? Immer wieder sich damit auseinandersetzen, sagen die Psychotherapeuten. Könnte mit Eifersucht genau so funktionieren.

»Si, si. Mit Soave«, drehte sie sich noch mal zu uns um und präsentierte ihr freches Rothaarsommersprossen-Grinsen.

Zusammen mit Duggi, umgeben von einem Rudel Polizisten, ging sie weiter. Die Sperrung der Plärrer-Straße war damit aufgehoben. Die Zuschauermenge löste sich auf, integrierte sich in den kreisenden Strom der Volksfest-Besucher. The Show must go on.

»Die kennst du aber gut«, grinste Helle etwas anzüglich.

»Im Wohnwagen war ich jedenfalls noch nicht mit ihr.«

Wo ich mit der Insagg war, das würde nicht lange mein Geheimnis bleiben. Helle konnte so herrlich staunen, wenn ich ihm unglaubliche Dinge erzählte. Wir gingen zurück ins Binswanger-Zelt. Es war gerammelt voll.

»Die war ja völlig durch den Wind«, rückte sich Helle seine Maß zum gut greifbaren Abstand vor die Brust.

»Wer? Die Duggi?«

»Ja. Sie sagte nach ihrem Geständnis noch zu mir ich sollte mal einen Schriftsteller namens Gotthelf lesen. Dann würde ich ihr Schicksal erkennen können. Die Welt sei ein Teufel. Sowas von hinüber.«

Mir fiel dazu nicht viel mehr ein als »Gott wird ihr vielleicht helfen.« Ich war geschafft. Ich klammerte mich wie Helle an den Maßkrug wie an einen Rettungsring und beobachtete das Treiben im Bierzelt.

Die Vorfälle auf dem Plärrer hatten ihm nicht geschadet. Im Gegenteil. Der Plärrer-Killer hatte die Leute angelockt. Auch wenn es keiner war. Sondern eine Plärrer-Killerin. Nein, zwei Plärrer-Killerinnen. Den Durstlöscher hatten wir uns ehrlich verdient. Wir gingen durch die Reihen, um einen geeigneten Platz zu finden. Hans Lieblein war uns gefolgt. An einem Tisch wurde uns Platz gemacht. Wir hatten eine heroische Ausstrahlung.

»Wo ist der Trolly?«, fragte ich Hans.

»Habe ich der Kommissarin gegeben«, antwortete er.

»Gut gemacht. Dann löschen wir nun unseren Durst«, proklamierte ich die Rückkehr in den Alltag.

»Ungewohnt, mit links zu trinken«, prostete er uns zu. »Sie hat mich mit dem Messer erwischt. Habe ich erst später gemerkt.«

Seine rechte Hand war dick verbunden. Frische weiße Mullbinde von den Plärrer-Sanis. Wir durften unsere Namen mit Filzer auf den Verband kritzeln. Ich malte ein Labyrinth dazu.

»Was wird mit der Messerheldin passieren?«, wollte er wissen.

»Da müssen wir uns keine Sorgen machen, die wird von einer sehr netten Kommissarin betreut«, gab ich bekannt.

Eine Kellnerin kam an unseren Tisch. Auf ihrer Wäscheklammer am Blusenausschnitt stand »Susi.« Sie begann mit Hans ein Gespräch über Elvis. Wahrscheinlich, weil die Band gerade *Heartbreak Hotel* intonierte. Susi und Hans schwärmten von ihrer Jugendzeit. Von ihren gemeinsamen Erlebnissen auf dem Plärrer. Ja, sie waren beide in dem Zelt gewesen mit der großen, schnell drehenden Holzscheibe auf die man sich setzte, bis man von der Rotationskraft hinuntergeschleudert wurde. Genau gesagt klammerte man sich bei irgendjemand fest, bevor man herunterrutschte. War toll, dabei konnte man jemanden kennen lernen. Stimmt. So war das. Helle schien das Bier nicht besonders zu schmekken. Konnte nicht am Bier liegen.

»Wie geht's deiner Blacky?«, begann ich ein Gespräch.

»Prima. Stell dir vor, die Behandlung von der Sucharz hat voll eingeschlagen. Kein Rückfall bisher. Blacky ist wieder putzmunter«, erzählte er mir. »Bin gespannt, wie hoch die Rechnung von ihr ist.«

»Nullkommanull.«

»Nullkommanull?«

»Renate Sucharz ist in U-Haft, hast du das vergessen? Die kann dir zur Zeit keine Rechnung stellen. Du kannst das eingesparte Honorar ja dem Tierheim spenden.«

»Ich weiß ja nicht wieviel das Honorar ausmacht. Äh, weil wir gerade beim Thema Rechnung sind, wann gehst du zur Korb um unsere Erfolgsprämie zu kassieren?«

»Gleich morgen erledige ich das. Dann habe ich keine Zeit mehr. Morgen bis Sonntag kommt meine Tochter zu mir. Vielleicht will sie am Wochenende mit mir auf dem Plärrer? Der ist am Sonntag dann rum. Oder was haben wir heute für ein Datum?«

»Heute müsste Donnerstag, der 11. Oktober sein«, schätzte Helle.

»Dann kommts hin. Am 14. Oktober ist Plärrer-Ende ...

»... und ganz Augsburg kann aufatmen.« Eigenlob kann auch duften.

Während Hans mit der Bedienung die Telefonnummer austauschte, planten wir von der Prämie unser gemeinsames Verlags-Büro in der Maximilianstraße.

Ich wollte es mehr neben einer Eisdiele.

Helle mehr neben einer Kneipe.

Kapitel 33

Feuer im Ohr – Ein Stein fällt vom Herzen – Bei der Versicherung ist auch nicht alles sicher – Ismail kann die E-Mails von Joy lesen und raucht mit Klaus eine Weile eine Wasserpfeife mit Apfeltabak

Ich hatte meine Tochter am Freitag-Vormittag bei ihrer Mutter in München abgeholt. Für meinen Sohn hatte ich die präparierten Stiefel in einer schwarzen Papiertüte mitgehabt. Die Stiefel hatte er bei Ebay ersteigert. Er wollte auf den Sohlen vorne und hinten Eisen draufhaben. Damit es ordentlich klackerte. Aber auch um den Sohlenabrieb zu verringern. Meine elfjährige Tochter wollte einen radikalen Kurzhaarschnitt haben. Schließlich spielte sie mit den Nachbarjungs Fußball. Der türkische Frisör am Jakobsplatz kam mir dafür geeignet vor. Der beherrschte diesen Stoppelschnitt perfekt und war zudem sehr preiswert. Wir vertrieben uns die Wartezeit mit dem Beobachten der Fische im Aquarium.

»Der hat ein Feuerzeug«, flüsterte meine Tochter ihre Beobachtung über den Frisör in mein Ohr. Wollte der Frisör hier im Salon rauchen? Wir wühlten uns durch den Lese-Zirkel. Dann durfte meine Tochter auf den Stuhl. Ihre Locken fielen auf den Boden. Ich steckte mir heimlich eine ein. Nachdem meine Tochter den Stoppelschnitt besaß, fiel mir ein, dass ich mich ausrasieren lassen könnte. Diese gekräuselte Wolle in meinem Nacken mit dem langen Rasiermesser wegputzen lassen. Ich hatte gesehen, dass der türkische Frisör mit dem langen Rasiermesser profimäßig umging. Es war sowieso schade, dass unsere deutschen Frisöre keine Rasur mehr ausführten. Das war für mich einer der wenigen Gründe, nach Italien zu fahren. Sich nach alter Väter Sitte mit viel Schaum, langem Rasiermesser, blutstillendem Stift, heißen Tüchern, rasieren zu lassen. Plötzlich machte es neben meinem Ohr Ratsch-Klick! Eine Flamme stach in meine Ohrmuschel. Der Geruch von verbranntem Horn stach in meine Nase. Der türkische Frisör brannte die Haare aus meiner Ohrmuschel. Das war's. Deswegen das Feuerzeug. Praktisch. Ich hatte meinem Vater früher mühsam mit Schere und Pinzette die Haare im Ohr entfernt. Wenn ich einen Mißerfolg verdauen muss wandere ich mit meinen Gedanken oft in die Kinder- und Jugendzeit zurück.

Vor einer Stunde waren wir im Büro von Karin Korb gewesen. Wegen der Erfolgsprämie. Ich wollte wissen, wie diese ausbezahlt wird, nachdem wir mit Duggi die Brandstifterin erwischt hatten.

»Frau Korb ist nicht mehr hier«, informierte mich ihre Sekretärin, die hinter dem Computerbildschirm vorlugte.

»Wie meinen Sie das?«, begleitete mich bei dieser Frage das eiskalte Gefühl der Erkenntnis, dass was Negatives meine schönen Honorar-

Träume zerstören könnte. Sollte der ganze Aufwand umsonst gewesen sein? Eine kalte Flüssigkeit schien in meinem Rückgrat hochzusteigen.

»Frau Korb ist entlassen worden, fristlos«, erklärte mir die Sekretärin. In ihrer Stimme war keine Trauer zu bemerken.

Hatte wohl nicht das beste Arbeitsverhältnis zwischen den beiden geherrscht.

»Was mache ich jetzt? Wo bekomme ich mein Erfolgs-Honorar her? Ich war von Ihrer Versicherung beauftragt, die Wohnwagenbrandstifterin auf dem Plärrer zu finden«, bekam meine Stimme ein leichtes Zittern.

Enttäuschung legte sich leicht lähmend auf meine Stimmbänder. Mir fiel es schwer, einen ordentlichen Satz zu formulieren.

»Dazu kann ich Ihnen nichts sagen«, beschied mir die Sekretärin. »Am besten Sie rufen deswegen bei der Zentrale an«, drückte sie mir den Telefonhörer in die Hand. Ich rutschte auf dem Stuhl näher an ihren Schreibtisch.

»Ich verbinde Sie mit Herrn Hoffmann, der ist zuständig für die Korb-Abwicklungen«, erklärte mir die Sekretärin.

»Hier Volksfürsorge, Helmut Hoffmann, was kann ich für Sie tun?«, war eine kräftige Stimme zu vernehmen.

»Äh, ja, also, es geht um mein Honorar, ich sollte für Frau Korb, also für Ihre Versicherung herausfinden, wer die Wohnwagen auf dem Plärrer angezunden hat«, machte ich mit wackliger Stimme mein Anliegen klar.

»Davon ist hier nichts bekannt«, wimmelte mich der Mann ab.

»Ich habe die Täterin gefunden, ich sollte dafür laut Frau Korb ein Erfolgs-Honorar erhalten«, sagte ich mit letzter Kraft. »Sie hat das mit Ihnen abgesprochen.«

»Ich muss Sie enttäuschen. Davon wissen wir nichts. Wir betrachten solche Dinge als Aufgabe der Polizei. Und wenn wir solchen Dingen nachgehen, dann tun das unsere hauseigenen Leute. Frau Korb ist zu solchen Aufträgen von uns nie befugt worden. Mehr kann ich Ihnen dazu nicht sagen. Sonst noch was?«

Ich verabschiedete mich von der männlichen Stimme. Jetzt hieß es tapfer sein damit meine Tochter keinen schwächelnden Vater erlebte, der übellaunig vor sich hinstarrte weil er mal wieder einen Flop kassiert hatte. Sie schaute mich sowieso an, als hätte sie meinen Stimmungsumschwung bemerkt. Sie konnte nichts dafür. Sie sollte schöne Tage mit mir erleben.

»Was ist denn mit Frau Korb passiert?«, gab ich den Telefonhörer der Sekretärin zuruck.

»Soweit ich weiß, war sie in den Brand der Plärrer-Wohnwagen mehr verwickelt, als sie sein sollte«, verkündete mir die Sekretärin mit einem Unterton von Schadenfreude und blinzelte mich durch ihre Brille an.

Sie mochte die Korb ganz und gar nicht. Das war klar zu bemerken.

»Sie hat anscheinend versucht, mit den Geschädigten überhöhte Schadenszahlungen herauszuschinden«, legte die Sekretärin nach. »Genaues allerdings weiß ich dazu auch nicht.«

»Wie kann ich jetzt Frau Korb erreichen?« Dieses Problem musste ich persönlich mit der Versicherungs-Lady besprechen.

»Die ist nach Amerika geflogen, zu ihrem Ex-Mann.«

»Für wie lange?«

»Keine Ahnung.«

Mit meiner Tochter an der Hand verließ ich das Versicherungs-Büro. Die kleine Mädchenhand in meiner Hand war tröstend. Ihr fröhliches Geschnatter lenkte mich von der Niederlage ab. Wer mich sah, konnte sich denken, hier ist ein voll frustrierter Mensch auf seinem Weg ins Nirgendwo. Ein Verlierer. Ein Versager. Ein Nichts. Karin Korb hatte mich benutzt. Um falsche Spuren zu legen? Um von ihren Aktionen abzulenken? Hätte sie mir das Erfolgs-Honorar aus der eigenen Tasche gezahlt, wenn sie nicht ertappt worden wäre? Womöglich hätte sie die Abmachung mit mir bestritten. Ein schriftlicher Vertrag mit ihr existierte schließlich nicht. Hätte sie einfach abgestritten, dass ich mit Helle die Duggi als Brandstifterin gefunden hatte? Ich kam mir benützt vor. Wie ein Putzlappen.

Vom türkischen Frisör aus gingen wir zur Kahnfahrt beim Oblatterwall. Familie Gehring mit ihrer Tochter Sandra, der Freundin meiner Tochter war auch da. Die beiden Mädchen wollten Tretboot fahren. Von einem Tisch am Rande des geteerten Ufers, an dem die Ruderboote, die elektrischen Boote und die Tretboote lagen, saßen die Gäste an den hölzernen Biertischen auf einfachen Bänken. Auf der einen Seite der verbreiterte Stadtbach mit dunkelgrünem Wasser, in das ab und zu die Kastanien plumpsten, die jetzt im September ausgereift waren. Später würden sie als schwarze Kugeln im Wasser kleine Bojen für die herumschwimmenden Enten abgeben. Auf der Seite, wo die Kahnfahrt-Gaststätte an die alte Stadtmauer gebaut ist, wucherten die Pflanzen im Rücken der Gäste. Bootschupfer Sigi, der die Boote mit den Kapitänen, Ruderern und Passagieren ins Wasser schob, zog diese auch wieder an Land, wenn sie eine Lücke zwischen den am Ufer liegenden, noch nicht ausgeliehenen Booten ansteuerten. Dazwischen rumorte er am Grill herum, um Schweinenackensteaks servierfertig zu machen.

Meine Tochter ging mit Sandra, deren Brüdern und Eltern zum Enten füttern. Bei der schmalen Brücke über den Stadtbach beim Fünffingerturm. Sie hatten ihr gesamtes altes Brot dabei. Klein geschnitten. Schnabelgerecht für die Enten. Hinterher wollten sie noch ins Thalia-Kino gehen. »Stewart Little, Teil II« anschauen. Dann würden sie meine Tochter wieder zu mir bringen.

Ich bestellte mir ein Apfelschorle und einen Teller Kartoffelsalat. Ich sah den Leuten in den Kähnen zu, die vorbeiruderten. Wollte ich diesen Sommer nicht mit Fleur hier im Boot herumfahren? Ich wählte Fleurs Handy-Nummer. Konnte ja sein, dass sie schon aus Paris zurück war. Obwohl ich die Hoffnung schier aufgegeben hatte.

»Wer ist dran?«, fragte eine männliche Stimme.

Verdutzt unterbrach ich die Verbindung. Ich hatte mich doch nicht verwählt? Wo war Fleur? Mit welchem Mann war sie zusammen? Wieso ging sie nicht hin? War sie gerade unter der Dusche? Was war mit Fleur? Wer war dieser Kerl an ihrem Handy? Verflucht, verflucht, die Eifersucht hat mich schon wieder heimgesucht. Im Zorn begann ich in Reimen zu denken. Vielleicht ein Versuch mich zu beruhigen? Selbst die schlimmsten Dinge wirken im Reim wesentlich harmloser. Ist nachzulesen. Zum Beispiel beim Papierfabrik-Direktoren-Söhnchen Bert Brecht, dessen Jugendhaus auf der anderen Seite der Kahnfahrt stand. Deswegen hat der schnell die Reimform aufgegeben. Ich wählte nochmal Fleurs Handy-Nummer. Ich wollte es wissen.

»Hallo wer ist dran?«, erkundete sich die tiefe Stimme, die mir langsam vertraut vorkam.

Attacke! Mir Liebes-SMS senden und dann in den Armen eines anderen liegen. Konnten Frauen, speziell die eine meine, derartig falsch sein? Da hätte ich die Kommissarin nicht zurückweisen brauchen.

»Hier spricht Klaus Kessler, ich wollte Fleur de Paris sprechen«, wurde ich amtlich.

»Ja lustig, ja, so ein Zufall, hier ist Ismail.«

»Welcher Ismail?«

»Na, der Ismail von Datamogul, der Ihre Homepage macht, alles klar?«

Ich war perplex.

»Nanu, wieso sind Sie dran und nicht meine Freundin?«

»Die war vorhin bei mir. Mit Grüßen von Ihnen. Sie will eine Homepage als Chanson-Sängerin haben. Mit der Domain Fleur de Paris. Auf Ihre Empfehlung hin. Als sie vorhin ging hat sie ihr Handy bei mir liegen lassen.«

»Ach, so ist das.«

Mir fiel ein Stein vom Herzen. Hatte ich an Fleurs Liebe zu mir zu Unrecht gezweifelt?

»Wo sind Sie?« Ismail wollte mir das Handy bringen.

»Was, ehrlich, in der Kahnfahrt? Mensch, prima, dann bin ich in drei Minuten bei Ihnen.«

Dann konnte ich Fleurs Handy untersuchen. Welche Nummern und SMS hatte sie gespeichert? Pfui Klausi, das tut man nicht. Ich erwischte mich bei einem inneren Machtkampf, dessen Ausgang ungewiss war.

Wieso hatte mich Fleur bei ihrer Rückfahrt nicht sofort angerufen?

Liebte sie mich noch? War sie doch zu lange weg gewesen? Wollte sie damit ihren Abstand zu mir demonstrieren? Oder hatte ich alles verkehrt gemacht? Hätte ich nicht so bockig sein sollen? Warum war ich nicht einfach mal zu ihr nach Paris gefahren? Weil das ausschaute als würde ich ihr nachlaufen, als hätte sie mich weichgekocht? Ich hatte eben schon im Voraus ein ungutes Gefühl, wenn ich daran dachte, dass ich sie in einem Pariser Bistro inmitten von Freunden und Fans antraf. Wenn ich wie ein Fremdkörper herumstehen würde. Unangenehm. Sehr unangenehm. Nie fühlt man sich fremder und verlassener. Das wollte ich mir nicht antun. Aber war ich da nicht zu empfindlich? Hätte sie sich nicht einfach gefreut und mich vor allen Leuten umarmt? Mich allen als ihren tollen Freund vorgestellt. Mich ließ das Gefühl nicht los, dass ich mich bei Fleur in zu viele falsche Gefühlen verwickelt hatte. Aus Stolz? Aus Angst vor Enttäuschung? Aus Dummheit? Wieso hat man bei der ersehnten Rückkehr seiner Liebsten derartig komische Gefühle im Bauch? Im Herz auch. Reimschleim vertschüss dich.

»Hallo Klausi!« Helle kam an meinen Tisch. Bei der Anrede Klausi musste Helle sein Bier selber zahlen. Er hatte jemanden dabei. Einem gewisser Jürgen Sandauer, der in Helles Verlag ein Buch über die Geschichte Neudeks herausbringen wollte. Jürgens Vorfahren kamen aus dem Städtchen im Erzgebirge in der Tschechei, das bei Karlsbad liegt und heute Nejdek heißt. Viele Neudeker waren nach dem Zweiten Weltkrieg nach Augsburg geflohen. Wegen den Textilfabriken. In Neudek war eine große Wollkämmerei und in Augsburg waren große Spinnereien und Webereien. Helle und Jürgen kamen gerade vom Neudek-Heimatmuseum in Göggingen.

»Bald ist der Sudetentag in Augsburg, dann können wir den Vertriebenen unser Buch mit Lastwägen zum Verkaufen anliefern«, begeisterten sich Autor und Verleger. Helle hatte Recht. Er musste sich ein weiteres Standbein aufbauen. Mit mir war momentan nicht viel Staat zu machen.

»Apropos Vertriebene«, begann ich Helle auf den unrühmlichen Abgang der Versicherungs-Lady aufmerksam zu machen. »Stell dir vor, unsere Versicherungslady hat das Weite gesucht. Unser Honorar können wir abschreiben.« Ich schilderte ihm kurz die Neuigkeiten. Langsam schnallte Helle die schlechte Botschaft.

»Wieso solls dir besser gehen als mir«, meinte Helle.

»Gestern war die Traumdeuterin bei mir zu Hause.«

»Und – wie war's?«

»Sie wollte sehen, wie ich schlafe. Sie sagte, sie habe aus meinen Träumen erkannt, dass mit meinem Schlafzimmer was nicht stimmt. Verkehrt eingerichtet. Nicht nach Feng Shui. Zudem seien da bestimmt einige störende Wasseradern im Boden oder irgendwelche negativen elektrischen Leitungen in den Wänden.«

»War sie lange bei Dir?«

»Ich habe sogar ein bisschen gekocht.«

»Gulasch?« Helles Lieblingsspeise.

»Nein. Sie ist Vegetarierin.«

»Sojagulasch?« Wie weit hatte er sich für eine Frau erniedrigt?

»Nein, Kaiserschmarrn mit Apfelkompott.«

»Was hat sie in deinem Schlafzimmer entdeckt?«

»Sie hatte ihre Wünschelrute dabei. Eine Astgabel. Hat sie mal im Westerwald gefunden. Bei einem Gewitter.«

»Spannend, spannend. Bitte weitererzählen.«

»Als sie in meiner Wohnung war, tränten ihr die Augen. Sie meinte, das sei ein Anzeichen, dass in meiner Wohnung einiges nicht stimmt. Es sei kein Wunder, wenn ich solche destruktiven Träume hätte.«

»Hoffentlich hat sie sich gut umgeschaut.«

»Bei meinem Bett entdeckte sie eine negative Energie-Ader. Kein Wunder, wenn ich krank würde, sagte sie.«

»Fürwahr eine gefährliche Stelle. Was hat sie dann gemacht?«

»Sie wollte herausbringen, wie diese negative Strömung auf mich einwirkt. Ich musste mich auf das Bett legen. Sie fuhr mit ihrer Wünschelrute meinen ganzen Körper ab, damit sie rausbekam, woher die schlimmsten Strahlen kamen.«

»Auch eine Art von Verführung. Wie lange hast du ihr widerstanden, bis deine Wünschelrute ins Spiel kam?«

»Wie meinst du das? Ich hatte keine Wünschelrute. Sie hatte eine. Na ja, dann passierte es. Plötzlich schoss Blacky unter der Bettdecke hervor. Sie schlief unter der Zudecke am Bettende. Das ist ihr Lieblingsplatz. Da wärmt sie nachts immer meine Füße. Sie sprang der Sonja Hüllfig ins Gesicht.«

»Und dann?«

»Eine Katzen-Allergie hat sie, die Traumforscherin. Sie hasst Katzen. Ich dachte, sie wüsste von meiner Blacky. Wegen dem Federdings, das sie mir geschenkt hatte. Als ich ihr dann zeigte, wie nett Blacky mit diesem Federgestell von ihr spielte und es in ihrem Spieltrieb schon tüchtig zerfetzt hatte, war es ganz aus. Getobt hat die. Ob ich richtig gebacken sei, noch alle Tassen im Schrank habe. Das Federzeugs sei nicht für die Katze bestimmt gewesen.«

»Wieso hast du angenommen, dass diese Federn für Blacky sind?«

»Da hing ein Zettel an den Ringen mit den Federn.« Helle lieh sich von der Bedienung ein Stück Papier und einen Kugelschreiber aus. »Das stand drauf. Ich kann das Englische schlecht aussprechen. Was würdest du meinen?« Er schrieb »Dream Catcher«. »Ich kann nicht viel Englisch. Aber ich weiß immerhin, dass Cat Katze heißt.«

»Richtig.«

»Na also. Dann war es doch für meine Blacky.«

Was sollte ich sagen? Einen Freund stellt man nicht bloß. Nicht wegen einer falschen Übersetzung. Er würde sich womöglich noch bei der Traumdeuterin entschuldigen. Das musste nicht sein. Diese Frau hatte auf ihn sowieso einen zu starken Einfluss gehabt.

»Das sei ein Traumfänger und ich sei ein gefühlloser Klotz hat sie gemeint. Ein rettungsloser Fall. Sie verschwand blitzschnell aus meiner Wohnung. Ohne Gruß.«

»Und ihre Wünschelrute?« Ich wollte mich noch ein wenig in Helles Drama suhlen.

»Hat Blacky. Nimmt sie als Kratzbaum für ihre Krallen.«

»Eine interessante Frau, was?«

»Dumme Nuss.«

Helle war in Fahrt.

»Noch ein Bier«, orderte er.

»Hauptsache, ich muss keine Träume mehr erfinden. Uff.« Ich atmete auf.

»Was, du hast die Träume erfunden, die du mir erzählt hast?«

»Nicht alle. Nur wenn ich keinen Traum hatte oder ihn nicht mehr wusste.«

»Das hast du gemacht?« Helle sah mich entgeistert an. So unter dem Motto, kein Wunder, wenn dadurch die Sache mit der Traumdeuterin aus dem Ruder gelaufen ist. War ich jetzt der Schuldige? Ich war jedenfalls froh, dass Blacky die Traumdeuterin vergrault hatte. Welches Futter mag Blacky am liebsten? Ich musste Blacky ein Geschenk machen.

Man stelle sich vor, Helle hätte eine feste Freundin. Dann hätte er für mich kaum noch Zeit. Dazu Gartenarbeit bei seiner Mutter, die Traumdeuterei, da geht doch der Rollladen runter. Unsere Geschäfte würden verkommen. Die Freundschaft auch. Die meisten Männerfreundschaften gehen durch Frauen verloren. Helles Mutter rief auf seinem Handy an. Er solle vorbeikommen.

»Was will sie?«, fragte ich ihn.

»Ihre Wohnung muss tapeziert werden. Außerdem hat sie was Komisches geträumt. Das will sie mir erzählen, und wissen, was das bedeutet, weil ich mich da so gut auskenne.«

Helle entfernte sich mit seinem neuen Autor.

Ismail Debre kam an meinen Tisch.

»Ich dachte schon, Sie sind der neue Liebhaber meiner Fleur«, stauchte ich ihn scherzhaft zusammen.

»Sie waren mächtig sauer. Auweia, hab ich an Ihrer Stimme gemerkt. Was sollte ich machen, wenn Ihre Freundin ihr Handy bei mir vergessen hat. Ich dachte, Ihre Freundin ist es, die mich anruft, von einer Zelle aus, um nach dem Handy zu fragen.«

»Wo haben Sie es?«

Ismail fummelte aus seiner Jackeninnentasche das Gerät hervor. Es hatte einige farbige Tasten.

»Ein hypermodernes Gerät«, bewunderte ich das Ding vor mir. »Wusste gar nicht, dass man mit dem Handy auch Fernsehsender auswählen kann.«

War ein Witz. Ismail hatte versehentlich die Fernbedienung vom Fernseher mitgenommen.

»Bin ich blöd«, schimpfte er sich. »Ich bin nicht blöd, ich bin sogar total blöd«, machte er sich weiter runter, als er im Geiste die offen gelassene Tür von seinem Computerladen sah. »Gehen Sie mit? Ich habe meinen Laden nicht abgesperrt.«

Ich nahm den Bestellungszettel und das Glas in dem er steckte und präsentierte das Frau Balogh an der Kasse. Sie rechnete zusammen und ich bezahlte mein Getränk und den Teller Kartoffelsalat. Dann gingen wir über die Ziegelsteinbrücke zum Laden von Ismail. Dann kam Ismail Debres Selbsterniedrigung. Er suchte nach Fleurs Handy. Fand er nicht. War sie hier gewesen? Hatte sie es mitgenommen? Die Tür war schließlich offen gewesen.

Ich wählte ihre Handy-Nummer.

»The Number you called is temporarly not available ...«, antwortete die Frauenstimme, die zu den bekanntesten der Welt gehört. Die bereits abermillionen Menschen in die Verzweiflung getrieben hat. Trotz ihres durchaus sympathischen Klangs.

»Was sie wohl treibt, wo sie wohl ist?«, bohrte ich in Ismail hinein, der zwischen Festplatten, Mäusen, Kabeln, CD-Laufwerken und Grafikkarten nach Fleurs Handy wühlte. »Egal«, warf ich schnell einen Aktions-Blocker ein. »Haben Sie wirklich für Judith, die Mitbewohnerin Ihrer Freundin eine Homepage eingerichtet?«

Der ließ sich auf seinen Sessel vor dem Computer-Bildschirm fallen. Er fuhr die Kiste hoch.

»Ich zeige sie Ihnen. Sie ist unter www.studio-juma.de zu finden.«

Ismail haute in die Tastatur. »Gleich haben wir's.«

Auf dem Bildschirm erschien Judith. Sie hielt in der linken Hand ihre Digital-Kamera. In der anderen einen Schwung Pinsel.

»Wenn man auf die Kamera klickt, erscheint ihre Fotogalerie, wenn man auf die Pinsel klickt, dann sieht man ihre gemalten Bilder«, erklärte mir Ismail die Verlinkungen auf Judiths Seite.

»Damit wird ihre Kunst weltweit bekannt«, sah Ismail große Möglichkeiten der Image-Pflege für eine junge unbekannte Künstlerin.

»Wird ihr leider auch nix mehr nützen«, schüttete ich Wermut in seine Begeisterung.

»Wie meinen Sie das?«, drehte er sich zu mir um. »Sagen Sie mir ehrlich, woher wollen Sie das wissen? Eine Vermutung ihrerseits?«

»Sie war tot, als ich sie das letzte Mal gesehen habe. Sie lag in einem ägyptischen Sarkophag. Ermordet.«

»Kann ich nicht glauben. Die arme Judith. Schrecklich. Wer hat sie umgebracht?«

»Ist noch nicht hundertprozentig raus.«

»Akire durfte von der Existenz der Homepage nichts wissen. Ich musste das Judith versprechen.«

»Hat Sie E-Mails bekommen, kann man die lesen?«

»Weiß nicht. Müsste ich schauen.«

»Können Sie das? Kommen Sie da ran?«

»Ich kenne ihr Geheimwort, wenn Sie das meinen. Sie wollte sogar, dass ich es kenne. Sie sagte, das wäre deswegen gut, falls mal was ist.«

»Und jetzt ist was.«

Ismail holte ihre E-Mail-Seite her. Er tippte das Geheimwort so schnell ein, dass ich nicht mitbekam, wie es hieß. Es erschienen sechs Sternchen in dem Kasten für das Geheimwort.

»Sie hat 18 gelesene und 3 ungelesene E-Mails«, verkündete Ismail.

»Zuerst die ungelesenen«, bat ich ihn.

Im ersten ungelesenen E-Mail war zu lesen:

> »Was kostet's bei Dir? Hast du auch sonntags Zeit? Welche Sex-Spiele hast du drauf?«, wollte Aratingax77 wissen.

Ismail klickte auf das zweite ungelesene E-Mail.

> »Hey Du!
> Renate hat mir verraten, dass diese Frau von der Geisterbahn viel Schwarzgeld versteckt hat. Sie kann nichts machen, wenn es ihr fehlt. Das Geld soll in Draculas Sarg versteckt sein. Originell was? Ich schaue dort morgen nach. Das wird unsere neue gemeinsame Existenz. Keine Angst. Unendlich viele Küsse,
> Dein Vladho.«

»Da war's zwar nicht versteckt, aber er hat es trotzdem erwischt«, wusste ich aus eigener Erfahrung. »Nützt ihm aber auch nichts mehr.«

Ismail klickte auf die nächste ungelesene E-Mail-Botschaft.

> »Hey Du!
> Ich habe das Geisterbahn-Geld. War einfacher, als ich dachte. Hat niemand mitbekommen, dass es seinen Besitzer gewechselt hat.«

»Total verlogen. Er hat eine Frau erschossen und einen Hund. Mich hätten sie wegen ihm fast von der Mauer kratzen können«, korrigierte ich die Mitteilung.

Weiter war in diesem E-Mail zu lesen:

> »Gestern habe ich Renate die Wahrheit gesagt. Über unsere Liebe. Es ist vorbei mit ihr. Wir können jetzt zusammenleben. Hast du Lust, dieses Wochenende nach Italien zu fahren? Küsse wie Sand am Meer, Dein Vladho.«

»Wieso hat er ihr das nicht telefonisch gesagt?«, murmelte ich vor mich hin. »Vielleicht hat er sie nicht erreicht. Manche Leute schreiben auch lieber«, antwortete ich mir mit dem gleichen Gemurmel.

Ismail zuckte die Schulter. »Können Sie damit was anfangen, oder sollen wir die andern Mails auch noch anschauen?

»Wenn wir schon dabei sind, machen Sie mal bei den gelesenen E-Mails ein paar Stichproben.«

»Die meisten Mails kamen von dieser Hotlilith«, stellte Ismail fest.

> »Hallo Joy!
> Das sind merkwürdige Aufträge, die du von dieser Frau bekommst. Zwar supergut bezahlt, doch klingen sie gefährlich. Habe ich das richtig verstanden? Sie verteilt Gutscheine und die damit beglückten Männer können diese dann bei dir einlösen? Mich beschleicht dabei ein ungutes Gefühl, wenn ich lese, dass du ganz bestimmte Männer abklappern sollst. Jetzt schreibst du mir auch noch, dass diese Männer ausgerechnet zu eurem Volksfest gehören, wo zwei Frauen ermordet wurden. Ausgerechnet von einem Triebtäter. Hast du inzwischen schon herausbekommen, wer deine Auftraggeberin ist?
> Deine Liebe zu Vladho freut mich. Ehrlich. Auch wenn ich bald meine netteste Kollegin verliere.
> Ich umarme und drücke dich fest,
> Deine Lilith.«

»Diese Lilith scheint eine befreundete Kollegin von Judith zu sein«, folgerte Ismail.

Folgerte ich auch.

»Hat sie darauf geantwortet?«

»Mal schaun.«

Ein neues E-Mail öffnete sich. Absender: Joy-Erotic-Girl.

»Hier, das hat sie dann dieser Lilith geschrieben.«

Ich bückte mich über Ismails Schulter, um besser auf dem Bildschirm lesen zu können.

»Du hast Recht, liebe Lilith.
Dieser Auftrag macht mir irgendwie Angst. Vor allem jetzt, wo die Frauenleichen auftauchen. Irgendwie habe ich auch das Gefühl, dass die Morde mit mir und meiner Auftraggeberin zusammenhängen könnten. Du bist die einzige, die davon weiß. Behalte es für Dich!!! Nicht mal Vladho weiß davon.
Jetzt weiß ich auch, was das für ein Gefäß ist, wo ich die Spermien reintun soll. Ich habe mir dazu Literatur in der Stadtbücherei besorgt. Stell dir vor, es handelt sich um eine Kanope, in die früher die ägyptischen Mumifizierer die Innereien der Leichen reinstopften. Brrrr und igitt!!! Eklig, was? Diese Frau hat doch einen Schlag weg, oder? Ich habe sie fotografiert. Unbemerkt.
Neulich habe ich sie sogar verfolgt, um herauszubekommen, wo sie wohnt. Leider verlor ich sie aus den Augen. Bei den letzten beiden Aufträgen habe ich sie ausgetrickst. War ganz einfach. Sie hat ja nur mit einem Wattestäbchen nachgeprüft, ob die gewünschten Spermien da sind. Dran gerochen hat sie auch noch. Das war's dann schon. Ich sollte noch weiteren Männern und wenn es geht auch dem Schaustellerpfarrer die Spermien abjagen. Du hast richtig gelesen. Jawoll – auch dem Schaustellerpfarrer. Wegen diesem Plärrer-Killer habe ich natürlich Angst bekommen. Ich bin da nicht mehr hin. Gott sei Dank hat mein erster Kunde, dieser Fotoschießbudenmensch, derart massig abgespritzt, dass ich damit noch einige dieser Kanopen meiner Auftraggeberin füllen könnte. Na ja, ich habe halt immer soviel reingetan, dass was da war.
Übrigens, ich habe Vladho, der alles über mich weiß, versprochen, wenn ich mit ihm nach Italien fahre, dann höre ich mit meinem Nutten-Job auf.
Pass gut auf dich auf,
Deine Joy.«

»Schnallen Sie, um was es hier geht?«, schaute mich Ismail ratlos an.

»Halbwegs«, untertrieb ich. »Renate Sucharz hatte die Spermien, die sie sich von ihrer Samen-Jägerin Joy besorgen ließ, an den getöteten Frauen verteilt. Damit es nach einem Triebtäter ausschaut.«

»Wieso das?«

»Wenn eine Frau aus sexuellen Gründen ermordet wird, auf wen würden Sie als Täter tippen? Auf eine Frau oder einen Mann?«, fragte ich Ismail.

»Echt blöde Frage. Auf einen Mann natürlich. Von lesbischen Lustmörderinnen habe ich bisher noch nie was gehört oder gelesen.«

»Das hat sich die Sucharz auch gedacht. Sie hat nur nicht bedacht, dass ihr Joy jeweils das Sperma vom gleichen Mann unterjubelte.«

»Was zur Folge hatte?«

»Dass ein Mann verdächtig wurde. Dann aber noch einer, dummerweise sogar ein Polizist.«

»Jetzt wird's kompliziert. Ich frage nicht weiter.«

»Sagen Sie mal, können wir auch der Augsburger Kripo ein E-Mail senden?«

Ismail fahndete mit der Suchmaschine Google nach der Augsburger Kripo.

Er fand die richtige Spur. Kommissarin Sara Insagg vom K1, zuständig für Mordfälle und andere schwere Verbrechen, hatte sogar eine eigene E-Mail-Adresse. Extra eingerichtet für die Fahndung nach dem Plärrer-Killer.

»Bitte schreiben Sie«, befahl ich Ismail.

»Sehr geehrte Kommissarin Insagg,
gerade habe ich einen Beweis erhalten, dass Renate Sucharz mit ziemlicher Sicherheit der Plärrer-Killer ist. Mit Hilfe der Prostituierten Joy, die in Wirklichkeit Judith Malke heißt, welche ihr die verdächtigen Männer-Spermien besorgte. Mehr mündlich. Ich rufe Sie bald an.
Viele Grüße,
Ihr Klaus Kessler.
P.S.: Ich sende Ihnen die Mails von Judith (Joy) und einer Lilith als angehängte Datei mit.«

»Jetzt noch die beiden Mails von Joy und Lilith anhängen«, sagte ich zu Ismail.

»Hätte ich sowieso gemacht.«

Dann klickte er mit dem Mauspfeil auf »Senden.«

»Sollen wir jetzt noch an Ihrer Internet-Seite weiterbasteln?«, schaute mich Ismail ermattet an.

»Domani«, antwortete ich zu seinem Wohlgefallen.

»Wie gehts deinem Onkel, dem Dirk Wunderle? Seiner Schussverletzung?«

»Er läuft noch mit Krücken herum. Das ist ja eine wilde Geschichte, die er mir erzählt hat. Sie waren ja dabei. Das hätte ich auch gerne gesehen. Er will in Zukunft jedenfalls keine Geheimgänge mehr bauen, hat er mir gesagt.«

Ich kam mir plötzlich ein wenig ausgebrannt vor. Der Fall, die Fälle, schienen zu einem Teil gelöst zu sein. Doch es waren noch viele Fragezeichen, die mit ihren Strohhalmen mein Hirn aussaugten.

»Wie wär's mit einer Wasserpfeife?«, schaute mich Ismail aufmunternd an.

»Habe ich noch nie geraucht.«

»Na, dann lass uns mal.«

Ismail holte aus einem Karton die Teile zu seiner Wasserpfeife. Er schraubte sie zusammen. Ich musste derweil draußen auf dem schmalen Streifen Wiese zwischen Straße, Gehweg und seinem Büro in einem alten Grillgerät, das einen kugeligen Bauch hatte, eine Ladung Holzkohle anzünden und zum Glühen bringen. Ich suchte trockene Äste zusammen, auf die ich die Holzkohle schüttete. Unter die Äste hatte ich noch zerrissene Wellpappe gelegt. Dann zündete ich mit einem Feuerzeug die Wellpappe an. Die Flamme züngelte los. Der Rauch stieg hoch. Es gab auch schönes Feuer. Wir setzten uns vor seinen Laden. Dann pafften wir los. Ismail demonstrierte mir, wie man mit langsamen und regelmäßigen Zügen den Rauch aus der blubbernden Wasserpfeife genoss, der durch einen langen Schlauch mit Mundstück angesaugt wurde.

Wir unterhielten uns.

»Nach diesen E-Mails wird mir einiges klar. Renate Sucharz hat Judith beauftragt, um an das Sperma von einigen Männern zu kommen, um die als Triebtäter zu verdächtigen.«

»Schaut so aus.«

»Aber hat sie die Frauen auch selber getötet und wie? Judith und Vladho hat sie getötet. Die haben wir in ihrer Panik-Pyramide gefunden. Die hat sie aus Eifersucht getötet. Renate Sucharz war mit Vladho zusammen, bis Judith kam.«

»Ist das nicht die Arbeit der Polizei?

»Doch. Aber ich bin da irgendwie mit reinverwickelt.«

»Welche Frauen soll sie noch getötet haben?«

»Die Inhaberin des Riesenrads und die Leiterin des Marktamtes.«

»Und warum hat sie das getan?«

»Auf jeden Fall sollten Männer des Mordes verdächtigt werden, die es nicht waren.«

»Warum?«

»Aus Rache schätze ich. Warum sonst? Dazu hat sie der Polizei auch ein anonymes Schreiben mit den Namen der Männer zukommen lassen, denen sie einen Gutschein für Joy vermachte.«

»Ganz schön viel Aufwand.«

»Wenn sich Frauen rächen wollen, dann ist denen nichts zu viel.«

»Ist diese Sucharz schon verhaftet?«

»Sie sitzt bereits in Untersuchungshaft.«

»Dann ist alles paletti. Was quälst du dich noch damit rum? Die Polizei und der Staatsanwalt brauchen auch Arbeit.«

»Das geht mir halt durch den Kopf. Dirk Wunderle wird sein Geld wahrscheinlich nicht bekommen, wenn Renate Sucharz verurteilt wird. Wegen mehrfachen Mordes.«

Wir waren bei der Wasserpfeife zum du übergangen. Passte.

»Der muss diese Pyramide dann eben an jemand anderen verkaufen.«

»Was Vladho und Judith wohl mit dem Geld von Yvonne Kampa gemacht hätten?«

»Sie wollte ein Atelier in der Toskana. Wegen dem schönen Licht dort. Wegen der schönen Sonne.«

»Re oder Ra?«

»Wie, was? Re oder Ra?«

»Der ägyptische Sonnengott, heißt der Re oder Ra?«

»Ich glaube Ra.«

»Weißt Du, woraus nach dem Glauben der alten Ägypter die Menschen entstanden sind?«

»Nein. Sag's mir.«

»Ra, die Sonne, wurde von der Urgöttin Neith geboren. Als Neith ihr neugeborenes Kind rief, konnte dieses seine Mutter nicht finden, es wurde vom eigenen Licht und Glanz geblendet. Ra weinte. Aus Ras Tränen entstanden die Menschen.«

»Wunderbare Geschichte.«

Die Leute, die vorbeikamen, sahen zwei entspannte Männer an der Hausmauer lehnen, auf die das goldene Licht der herbstlichen Abendsonne fiel.

»Ich habe uns Tabak mit Apfelgeschmack rein. Von der besten Sorte. Nicht den schlechten, den sie in Istanbul den Touristen verkaufen.«

Ismail erzählte mir von einigen schiefgelaufenen Jobs und von Aktienkäufen, bei denen er einiges Geld verloren hatte. Er machte sich Gedanken über seine Zukunft. Ich packte von meinem Flop mit der Korb aus. Auch Negatives kann verbinden.

Ich nahm ab und zu einen tiefen Zug aus dem Schlauch. Es blubberte in der Wasserpfeife. Der Rauch wirkte. Ich vergaß die Probleme, die in meinem Kopf ihr Unwesen trieben.

»Was ist wahres Glück?«, sah mich Ismail an.

»Hmmm. Ein Zustand den wir erreichen wollen. Ein Zustand in dem uns keine materiellen Dinge mehr interessieren.«

»Manche Menschen sind aber erst glücklich, wenn sie im Geld baden können.«

»Fragt sich nur, ob das wahres Glück ist. Oder nur Ersatzbefriedigung. Ich bade lieber im Leben.«

»Wann weiß ich, ob ich wirklich glücklich bin?«

»Niemals.«

»Hast du dich noch nie glücklich gefühlt?«

»Ich habe mich gut gefühlt. Auch schon sehr gut. Aber wie soll ich mich glücklich fühlen, wenn ich nicht weiß, was wahres Glück ist?«

Ismail schaukelte nachdenklich auf seinem Stuhl.

»Krank. Ist es nicht krank, dass manche Menschen mehr haben wollen als andere?«

Ein dunkelblauer Mercedes der S-Klasse hielt vor uns am Straßenrand.

Die Wagentüren sprangen auf. Drei Gestalten kamen heraus. Plötzlich wurde der Geruch des Apfeltabaks von Rosendüften überlagert. Ein kleiner Typ mit fettigen Haaren im schlecht sitzenden Anzug brüllte Ismail was Türkisches zu. Ismail fiel der Wasserpfeifenschlauch aus der Hand. Er presste sich mit dem Rücken an die Wand. Das Türken-Trio baute sich vor uns auf. Einer hielt einen leeren Kebap-Spieß in der Hand, einer ein Kebapmesser. Der kleine Typ, mit einem schwarzen Schnauzer, der eine golddurchwirkte rosafarbene Krawatte trug, dessen Füße in spitzen Schuhen steckten, deren hintere Ränder pantoffelartig heruntergetreten waren, war unüberhörbar der Chef. Er belegte Ismail mit irgendwelchen türkischen Schimpfwörtern, wie aus der zürnenden Miene mit harten Falten und den geballten Fäusten abzulesen war. Dann scheuchte er seine Gehilfen auf uns. Ein Kebapspieß drückte sich in Ismails Sweatshirt mit dem roten Drachenmotiv. Die Klauckestraße roch nun wie ein holländisches Gewächshaus, in dem Rosen gezüchtet werden.

»Ich verstehe nichts. Was wollen die?«, sagte ich gezwungenermaßen geradeaus blickend. Das lange Kebapmesser hatte sich zwischen meinen und Ismails Kopf geschoben.

»Irgendwas ist bei denen schief gelaufen. Sie konnten ihren neuen Kebapladen in der Maximilianstraße nicht eröffnen und ...«

Der kleine Schnauzerträger ließ Ismail nicht weiter mit mir reden. Er packte Ismail am Hals.

»Jetzt ist aber Schluss, ich rufe die Polizei«, brachte ich tapfer heraus.

Doch den Worten konnte ich keine Taten folgen lassen, weil das lange Kebapmesser mit der Schneide auf meinen Adamsapfel gesetzt wurde. Obwohl sich der Kebapspieß tiefer in Ismails Drachenmotiv bohrte, nach einem weiteren Millimeter sicher auf Ismails nackte Brust traf, war der Internet-Spezialist völlig verstummt. Er presste die Lippen zusammen, obwohl ihm der Schnauzbartträger am Hals zerrte und einige Kopfnüsse mit den Faustknöcheln verpasste.

»Lassen Sie meinen Freund in Ruhe! Sofort!«, war eine laute Frauenstimme zu vernehmen.

Es war Akire. Sie stieg hinter dem Mercedes von ihrem Fahrrad. Sie lehnte das Rad an einen Baum. Die Türken drehten sich verblüfft zu ihr, die nun auf thailändisch weiterredete. Der kleine Schnauzbärtige begriff schnell, wer diese junge Frau war. Der kleine Schnauzbärtige ließ ein Stilett aufspringen. Er hielt es Akire an den Hals. Sie keuchte angstvoll. Der Chef der Kebap-Mafia redete wieder und zeigte dabei zuerst auf Ismail und dann auf Akire. Immer wenn ich was sagen wollte, erhöhte sich der Druck des Kebapmessers auf meinen Adamsapfel und ich schwieg lieber. Mein Hals sollte nicht in einem Kebapfladen enden. Um was ging es hier? Um Eifersucht? Um eine Familienfehde? Um Blutrache?

»Halt, Paula, halt! Bleib stehen!«, ertönte eine Mädchenstimme.

Das dazugehörige Mädchen war nicht zu sehen. Ein dunkler Blitz zischte auf dem Fußweg daher. Es war das vietnamesische Hängebauchschwein, das in der Bleichstraße seinen Gartenstall bewohnte, das sich anscheinend von seiner Begleiterin losgerissen hatte. Paulas nachgeschleppte Leine brachte den Türken zu Fall, der Ismail bedrohte. Die Schweineleine hatte sich in dessen Füßen verfangen. Mein Kebapmessertürke wandte sich hilfesuchend seinem Chef zu. Ich nutzte den Augenblick und donnerte meinem Bedroher die Wasserpfeife auf den Schädel. Der Mann ging in die Knie, hieb jedoch dabei sein Kebapmesser durch die Luft um mich unter Kontrolle halten zu können.

Paula quietschte auf. Das frisch geschliffene Kebapmesser hatte ihren Hals fast durchtrennt. Aus dem Schweinkörper floss üppig Blut auf den grauen Gehwegteer. Das Mädchen, aus deren Hand sich Hängebauchschwein Paula befreit hatte, kam ums Eck gebogen. Sie begann heftig zu heulen, als sie Paulas Leiche in einer großen Blutlache erblickte. Sie lief mit Mama-Rufen entsetzt davon. Der Kebapmessermann rutschte in Paulas Blut aus. Er fiel mit seinem Gesicht direkt in die Holzkohlenglut, die aus der kaputten Wasserpfeife gefallen war. Wie ein Derwisch drehte er sich in die Höhe, jaulte irgendwas und lief dann mit den Händen vor dem verbrannten Gesicht quer über die Straße ziellos davon. Damit war wieder mal bewiesen, dass Schweinefleisch für Moslems keinen Segen bringt. Ismail war in seinen Laden gestürmt. Er kam mit einer Computertastatur heraus, die er am Kabel – wie ein Cowboy sein Lasso – um seinen Kopf schwang. Das Tastaturkabel schlang sich um den Hals des verblüfften Schnauzbartträgers, dem das Stilett aus der Hand fiel. Das Messer rutschte in einen Gulli. Ich schaute genau hin. Durchgefallen. Die Blamage mit der hängengebliebenen Pistole wollte ich mir nicht noch mal geben.

Akire zog an der Tastatur und Ismail zog an dem Stecker des Tastaturkabels, womit dem Schnauzbartträger die Luft abgeschnürt wurde. Ismail wies den verbliebenen Helfer des Schnauzbärtigen an, das tote Schwein zu nehmen und im Kofferraum des Mercedes zu verstauen. Paulas Kopf hing noch an ihrem erkaltenden Körper. Das Schweineblut lief dem eingeschüchterten Türken dabei über die Hände, die Jackenärmel und die Schuhspitzen. Dann packte Ismail den kleinen Schnauzbartträger, der nach Luft schnappte, wie ein Fisch auf dem Trockenen, an seiner golddurchwirkten Krawatte.

»Mach bitte die Mercedestüre auf,« sagte Ismail zu mir. »Deutschlands größter Kebapunternehmer will nach Hause fahren.«

Ich öffnete die Mercedestüre. Ismail drückte den kleinen Schnauzbartträger, um dessen Hals noch die Computertastatur hing mit einigen gezischten türkischen Worten auf den Beifahrersitz. Der andere Türke setzte sich ans Steuer.

»Der Kerl hätte mich glatt mit dem Messer erstochen«, fingerte Akire in ihrer Bluse herum. »Wenn er gekonnt hätte.« Akire zeigte uns eine Ledertasche, die sie auf ihrer Brust trug. Die Tasche für ihre Papiere und ihr Geld. Im Leder der Tasche war noch die Eindruckstelle des Stiletts bestens zu sehen. »Du bist schuld, du hast diese Kebapleute betrogen«, sagte Akire zu Ismail, der gerade sein Handy aus dem Büro holte und eine Nummer eingab.

»Wen rufst du an«, fragte ich Ismail.

Ich kehrte mit einem Besen aus seinem Büro die Scherben der Wasserpfeife zusammen. Langsam gewann der Apfeltabakgeruch gegenüber dem Rosenduft wieder die Oberhand.

»Die Polizei«, antwortete Ismail verschmitzt lächelnd.

»Wieso die Polizei?« Akire schaute ratlos drein. »Die könnten genausogut dich festnehmen. Du hast diesen Leuten doch das Geld mit einem falschen Tip abgenommen.«

»Ja, hallo, es geht um Tierquälerei«, sagte Ismail ins Handy. »Halten Sie unbedingt einen schwarzen Mercedes mit dem Kennzeichen A-EM-782 auf, der wahrscheinlich zur Maximilianstraße 54 fährt. Im Kofferraum dieses Autos finden sie ein Schwein, eigentlich zwei Schweine, aber das im Kofferraum wurde vom Autobesitzer brutal zugerichtet.«

»Was erzählst du da der Polizei?«, staunte Akire. Ich auch.

»Wenn die in Alis Mercedes das tote Schwein finden, kann der auswandern. Dann ist er geliefert. Das geht bei den Türken in Deutschland rum wie ein Lauffeuer. Das wird ein Erste-Seite-Aufmacher bei Hürriyet. Ali wird zum Spott seiner Landsleute als Schweinetransporteur. Seine Träume von einer deutschlandweiten Kebapkette sind damit passé. Der muss froh sein, wenn ihn Salman Rushdie noch als Schuhputzer nimmt.«

»Sag, was hatte der Spuk zu bedeuten?« Mir fehlte immer noch der vollständige Durchblick bei dem gerade stattgefundenen Kebap-Drama.

»Ismail hat diesem Ali ein Haus in der Maximilianstraße vermittelt«, erzählte Akire, die sich wieder ihre schützende Ledertasche um den Hals hängte. »Dafür hat er Vermittlungshonorar von diesem Ali verlangt. Nicht gerade wenig ...«

»Erstens bekam er das Haus über mich zu einem sensationellen Preis. Zweitens habe ich ihm auch eine Homepage für seine geplante Pascha-Kette gestaltet, mit Newsletter-Funktion, Gästebuch und einer neuartigen Gastronomie-Software, inklusive Newsletter-Service«, warf Ismail ein.

»Funktioniert die Homepage nicht? Warum war diese Ali-Truppe dermaßen sauer auf Dich? Das kam mir vor wie ein Akt der Blutrache«, wollte ich von Ismail die wahren Hintergründe dieses Überfalls wissen.

Ismail holte einen Handbesen und eine Schaufel aus seinem Laden. Akire besah sich ihr Rad. War damit meine Fragestunde beendet? Welche Abgründe taten sich in Ismails Leben auf, die ich nicht kennen lernen durfte.

»Kurz bevor Ali hier andüste, wollte er den ersten Laden seiner Pascha-Kette in der Maximilianstraße eröffnen. Hat aber leider nicht geklappt.«

»Ursache?«

»Ordnungsamt und Tiefbauamt waren dagegen.«

»Fehlte der Notausgang? Die Rockfabrik musste einst ihr Eröffnungsbüfett im Werte von 20.000 Mark zwei mal bestellen, weil das Licht über einem Notausgang vor der Eröffnung fehlte. Nicht die Ehrengäste, sondern die noch anwesenden Bauarbeiter mussten dann das erste Büfett niedermachen.« Als Herausgeber des Augsburger Kneipenbuches konnte ich mich an diese Eröffnungskatastrophe gut erinnern.

»Ali hatte seinen Imbiss an ein baufälliges Haus gebaut. Das ist nicht erlaubt. Das hat er mir vorhin gesagt. Er wollte mich deswegen fertigmachen. Er wollte sein Vermittlungsgeld zurück. Sonst wolle er mich umbringen. Ich hätte ihm das baufällige Haus nebenan absichtlich verschwiegen.«

»Und, hast Du?«

»Natürlich hat er«, schimpfte Akire. »Dafür hat er sogar mein Leben riskiert. Ich sollte mit ihm Schluss machen. Du wolltest ihm das Geld nicht zurückgeben, obwohl er mich tot machen wollte.«

»Schatzi, ich hätte ihm das Geld nicht zurückgeben können, auch wenn ich wollte, weil ich es gar nicht mehr habe.«

»Noch schlimmer.«

Akire sah ihn mit erbost funkelnden Augen an. Sie stieg aufs Rad. Mit den Fußspitzen berührte sie den schmalen Rasen zwischen Gehweg und Straße.

»Du wolltest doch mit mir eine Internet-Agentur aufbauen. Wie soll das ohne Geld funktionieren?«

»Kein Problem«, erwiderte Ismail, in gebückter Haltung die Wasserpfeifenscherben mit dem Handbesen auf die Schaufel schiebend. Ich stützte mich auf den Besenstiel und hörte gespannt zu.

»Vorhin hat sich ein Herr Schober gemeldet, der stellt Windmesser her. Der hat mir den Auftrag für eine internationale Homepage gegeben, die alle Funktionen haben soll, die irgendwie möglich sind. Vom Chat bis zum Wetterdienst.«

»Damit kann er gleich deine heiße Luft messen. Ich glaube dir nichts mehr. Du lügst wie alle anderen«, empörte sich Akire.

»Lothar hat sich auch gemeldet. Der braucht für seinen neuen Fond Yacht und Kapital schlaue Software für ein Buchhaltungsprogramm. Das wird ein dicker Fisch.«

»Der Fisch beginnt immer vom Kopf her zu stinken«, zuckte Akire die Schulter. »Regle erst mal alles in deinem Kopf. Dann sehen wir weiter.« Sie stellte einen Fuß abfahrbereit aufs Pedal. Den anderen hatte sie noch auf dem Boden.

Ismail baute sich mit der gefüllten Kehrschaufel vor ihrem Lenker auf. »Scherben bringen Glück«, murmelte er schwach. »Morgen fängt Toni bei mir an. Der beste Verkäufer Deutschlands. Dann geht's aufwärts.«

»In Thailand gibt es ein Sprichwort, das heißt: Manche merken nicht, dass es nach einem Berggipfel wieder abwärts geht.«

Akire fuhr los. Ohne sich umzuschauen.

»Schatzi, bleib da, bitte«, rief Ismail flehend hinterher. Einige Scherben rutschten von Ismails Schaufel, die er angeschlagen etwas senkte.

Zwei Männer standen um Paulas enormen Blutfleck herum.

»Vielleicht sollte ich Zoo-Direktor werden«, schaute ich in das dunkle Rot auf dem Boden.

»Krank,« schüttelte Ismail den Kopf. »Die ist krank. Die gesamte Menschheit ist krank.«

Wie die ägyptischen Priester versuchte ich aus dem Blut des Opfertieres die Zukunft zu lesen. Das musste doch was zu bedeuten haben, dass ich in letzter Zeit mit Hilfe einer Katze, einem Affen, mit Hunden, mit einem Gecko und jetzt noch mit einem toten vietnamesischen Hängebauchschwein zu tun hatte. Hatte nicht Fleur Sternzeichen Fisch? Und die Kommissarin, was hatte die für ein Sternzeichen? Ich tippte auf Steinbock oder Widder.

Ab und zu flatterten meine Gedanken an Fleur oder die Kommissarin wie Fledermäuse durch mein dunkles Herz.

Kapitel 34

Eine frisch operierte Nase will wieder in die geliebte Heimat – Das Geständnis der Kommissarin – Ein Museumswärter vergisst beinahe seinen Hochzeitstag – Zwei Frauen und ein Mann – Küsse haben oftheilende Wirkung – Gott der Schreiberlinge hat eine Erkenntnis

Ich kam mit einem kleinen Verband unter der Nase aus dem Großhaderner Krankenhaus in München, Bereich HNO, Hals Nasen Ohren. Die Nasenoperation vor zwei Tagen war relativ normal verlaufen. Erst Vollnarkose. Dann ein paar sanfte Ohrfeigen zum Aufwachen. Ausgerechnet bei der Operation wegen schlechten Schlafes schlief ich zu gut. Ich geb's zu, ich hatte Muffensausen, als sie mich – nur mit einem abnehmbaren Krankenhemd bekleidet – liegend in den OP kutschierten.

Zuerst hatten sie mich eine Nacht mit einer Vielzahl von Kabeln und Geräten im Schlaf mit einem winzigen Mikrophon unter der Nase kontrolliert und vermessen. Ich vergaß kurz meine Angst vor dem drohenden Skalpell, als eine junge Ärztin ein langes Kabel durch meine Pyjama-Hose zog.

Nach dem Herbstplärrer hatte ich sogar für ein paar Tage die erste Schlafschule Deutschlands besucht, im Sibyllenbad in der Oberpfalz. Menschen mit Schlafstörungen sollten hier lernen, ihre Schlafprobleme zu lösen. Klang gut. Trotz dem bayerischen Innovationspreis und den Entspannungen im orientalischen Badetempel wurde es mit meiner Schlaferei und meinen Erschöpfungszuständen hinterher nicht besser. Nach und nach verging mir die Lust aufs Leben. Ich freute mich nicht mehr auf den nächsten Tag. Die Lust auf neue Taten hatte stark abgenommen. Ich ließ unser Büro verkommen. Termine mit Helle versuchte ich zu vermeiden. Erst wenn er das Büro verlassen hatte, marschierte ich ein. Ich wachte immer später auf und ging immer später ins Bett. Manchmal saß ich nur da und beobachtete das Innenleben meines Kopfes, in dem es sehr eigenartig zuging. Wurde ich verrückt und würde ich es überhaupt merken, ob ich verrückt war, falls mich dieser Zustand übermannte? Diese Frage begann mich zu plagen. Das war nicht mehr ich. Ich musste unters Messer, wenn ich nicht verkommen wollte.

Die Beobachter meines Schlafes befanden sich hinter einer nur von ihrer Seite aus durchsichtigen Spiegelscheibe. Das waren Medizinstudenten. Die lösten sich ab in der Nacht. Dann folgte das Beratungsgespräch. Mein schlechter Schlaf war ein Atemproblem. Wie sie schon festgestellt hatten: ein kleiner Tumor verstopfte den Atemweg durch die Nase. Das konnte mit der Zeit noch schlimmer werden. Sie boten mir einen Eingriff in der Nase an. Ich willigte ein. Damit wurde mein Konto um rund 5.000 Euro leichter. Es ist vielleicht doch nicht die beste Idee gewesen, nicht versichert zu sein, nur weil ich seit einigen Jahren nicht mehr krank war. Fleur hatte gemeint, ich sollte doch versuchen, in die Künstlersozialversicherung zu kommen. Wie sie. Die wäre saubillig. Mit Rente dabei. Helle gestattete mir einen Kredit von unserem Geschäftskonto. Ein gesunder Freund wäre ihm wichtiger, sagte er. Dafür wollte ich ihm meinen neuesten Traum erzählen. Er verzichtete darauf mit der Bemerkung »Träume sind Schäume.« Ich würde ihm dafür ein schönes Buch über die Kultur des Bieres schenken, das hatte ich mir fest vorgenommen. Bier- Schaum ist echt und schmeckt. Falls ich das Gemetzgere an meiner Nase überlebte. Die Grusel-Literatur, die ich in letzter Zeit häppchenweise in Zeitungen und Magazinen über das so genannte Schlafapnoe-Syndrom gelesen hatte, an dem angeblich mindestens eine Million Menschen in Deutschland leiden, ließ mich diesem Geld nicht nachtrauern. Ich wollte nicht mehr zu dieser leidgeplagten Million gehören.

Jetzt war der atembehindernde Tumor raus. Ich hätte noch einen Tag drin bleiben sollen. Dann hätten sie mir den Verband abgenommen. Ich sollte wenigstens täglich meine Nase kühlen, rieten sie mir. Mindestens eine Woche lang. Ich wollte auf eigene Verantwortung raus. Augsburg rief! Nur in Augsburg konnte ich frei atmen. Der oberbayerische Knödel-Moloch München drückte auf meine Datschiburger Seele. Helle hatte außerdem heute ideal Zeit, um mich abzuholen. Wir hatten soviel zu besprechen. Geschäftlich und privat. Er war ohne Frau. Ich war ohne Frau. Das war ein plausibler Grund, um unsere alte, etwas rissig gewordene Freundschaft wieder zu kitten. Dann musste eben mein Hausarzt den Verband entfernen. In sechs Monaten sollte ich die Verbesserung des Atemweges merken. Die allgemeine Kondition würde sich verbessern. Ja, auch die Liebeskondition, hatten sie mir versichert. Dann hatte ich ja Zeit. Über die Schulter hatte ich eine Umhängetasche mit meiner Wäsche gehängt. Ich stand im Krankenhaus-Foyer. Helle wollte mich mit seinem neuen Auto abholen. Und wo war er?

»Hallo!«

Diese Stimme kannte ich. Es war nicht Helles Stimme.

Es war die Stimme von Sara Insagg.

»Nanu, was machen Sie hier?«, staunte ich über ihre Erscheinung. »Waren Sie auch im Schlaflabor?«

»Nein, ich schlafe lieber mit netten Männern in italienischen Hotels«, zwinkerte sie mich an.

»Was machen Sie dann hier?« Ihre Anspielung steckte ich locker weg. Erster Heilerfolg.

»Ich will Sie abholen.«

»Sie? Mich? Ich werde schon abgeholt«, musste ich zugeben.

»Schade, von wem?«, schaute sie gespielt traurig drein.

»Von meinem Freund und Kollegen Helmut Bärwasser.«
»Der kann nicht.«
»Wieso? Woher wissen Sie das?«
»Eine gute Kommissarin weiß alles. Sie könne ihn ja anrufen.«
Sie hielt mir ihr Handy hin. Helles Nummer war eingegeben, das konnte ich auf dem Display erkennen. Ich glaubte ihr. Wenn es nicht stimmte, musste Helle eben Verständnis dafür zeigen, dass ich ihr einige passende Auszüge aus meinem letzten Traum erzählen würde.
»Wie wär's mit einem kleinen München-Bummel?«, schaute sie mich kess an.
»Wie komme ich zu dieser Ehre?«
»Sie haben mir soviel geholfen bei der Aufdeckung der Plärrer-Morde, dass ich mich kaum genug dafür revanchieren kann. Sie werden heute dafür von mir ausgehalten.«
»Prima. Und wohin solls gehen?«
»Egal. Wie es uns gefällt. Die Sonne scheint. Es ist ein herrlicher Herbsttag. Ich dachte, wir gehen ein bisschen durch den Englischen Garten, dann zum Ägyptischen Museum, dort ist auch ein schönes Café im Hof. Ist das eine Idee?«
»Ein gute sogar«, stimmte ich zu, »wenn Sie mein komischer Nasenverband nicht stört.«
»Ach was, überhaupt nicht. Dann können Sie mir wenigstens nichts tun«, lachte sie. »Ich habe was für Sie dabei«, zog sie zwei Futterale aus ihrer Manteltasche.
Sie öffnet die Futterale. Es lagen unsere Sonnenbrillen aus Italien drin. Wir setzten sie auf. Dann gingen wir los. Ich hielt ihr meinen Begleiterarm hin. Sie legte ihre Hand drauf.
»Hat Renate Sucharz schon alles gestanden?«, wollte ich mich über den Stand der Dinge informieren.
»Ich besuche sie fast täglich. Ich habe das Gefühl, dass sie mir auf meine Fragen am ehesten antwortet, wenn ich mich um sie kümmere. Wenn ich mit ihr über Archäologie rede, ihr dazu Bücher und aktuelle Berichte mitbringe. Besonders beim Thema Reich des Pharaos wird sie mir gegenüber gesprächig. Sie hat die Morde an Helga Winkler, Roswitha Kammnagel, Judith Malke und Vladho gestanden. Allerdings passt meiner Meinung nach noch nicht alles genau zusammen. Ich bin mir auch noch nicht sicher, ob Vladho im Auftrag von Renate Sucharz die Yvonne Kampa erschossen hat, oder nicht.«
»Verstehe. Es könnte ja gewesen sein, dass Vladho in ihrem Auftrag das Geld geraubt hatte, es aber mit der falschen Frau verjubeln wollte.«
»Sie hat mir sogar erzählt, dass sie auch Yvonne Kampa ermordet hätte, wenn ihr Vladho nicht zuvorgekommen wäre.«
»Der hatte mit der Kampa-Kohle und Judith Malke viel vor.«

Ich wollte nicht zu tief in das Mörderüberführungsspiel einsteigen. Nur zu gut hatte mir eine höhere Macht durch den Flop bei meiner Brandstifterinnen-Ermittlung gezeigt, dass ich für Polizeiarbeit nicht geeignet war, dass ich nicht umsonst vor Jahren aus dem Polizeidienst ausgeschieden war, um mich kreativ betätigen zu können.

»Wie ist ihr Streifschuss verheilt?« , erkundigte ich mich nach ihrer Schussverletzung beim Kampf mit der Sucharz auf der Panik-Pyramide.

»Ich musste einige Tage einen Verband tragen. Jetzt spüre ich nichts mehr davon.«

»Und wie gehts Weissberg?«

»Den hats etwas schlimmer erwischt als mich. Der hat am rechten Oberschenkel einen glatten Durchschuss. Der ist noch eine Weile krank geschrieben.«

»Es ist doch nicht häufig, dass Frauen zu Mörderinnen werden?«, versuchte ich etwas Licht in die Motive, in das unbekannte Seelenleben von Renate Sucharz zu bringen.

»Weibliche Gewalt ist selten, stimmt«, ging die Kommissarin auf meine Frage ein. »Meistens richtet sich bei Frauen die Gewalt gegen die eigenen Kinder. Weniger häufig töten sie ihren Partner, beteiligen sich daran, oder geben den Partner-Mord in Auftrag. Dass eine Frau eine andere Frau, oder gar andere Frauen tötet, ist äußerst, äußerst selten. Deswegen haben wir hinter den Frauenmorden einen Mann vermutet. Das ahnte Renate Sucharz, deswegen ist sie auch so vorgegangen. Ihre Morde werden in der nächsten Zeit sicherlich noch einige Kriminalpsychologen beschäftigen.«

»War das Mord-Motiv von Renate Sucharz Eifersucht?«

»Eigentlich hat sie keine Gefühle mehr, habe ich den Eindruck nach den Gesprächen mit ihr. Sie war vor ihren Morden bereits seelisch abgestorben. Sie fühlte sich betrogen und beraubt. Ihr Leben war dadurch sinnlos geworden. Ihr Eintauchen in die altägyptische Welt gab ihr die Kraft zu den Morden. Ohne ihre tierärztliche Erfahrung hätte sie allerdings kaum derart brutal mit dem Messer gegen ihre Opfer vorgehen können. Bei ihrem Doppelmord an Judith und Vladho lebte sie fast schon vollständig in diesem Wahn aus Osiris, Horus und Seth, in dieser uns fremdartigen Götterwelt der Pharaonen und Pyramiden. Renate Sucharz, die ständig hilfsbereite Tierfreundin, wollte auch eine mächtige Pharaonin sein wie Hatschepsut, die sich in ihren Abbildungen immer männlicher darstellen ließ, die sich selbst zur Herrscherin ausrief um über Leben und Tod ihrer Untertanen bestimmen zu können. Statt von Lech und Wertach spricht sie Von Euphrat und Tigris. Das gibt ein längeres psychologisches Gutachten, sage ich Ihnen.«

»Jaja, Frauen sind rätselhafte Wesen«, sagte ich irgendwas um irgendwas zu sagen. Das Thema Unzurechnungsfähigkeit ließ ich außen vor. Das sollten lieber die Gutachter und die Richter entscheiden.

»Männer auch«, erwiderte die Kommissarin. »Jeder Mensch ist ein rätselhaftes Wesen, das muss ich bei meiner Polizeiarbeit feststellen.«

»Bei Frauen denke ich an Geburt, an Leben, an Liebe, nicht an Tod«, gab ich mein Frauenbild wider.

»Da liegen Sie wie so viele Männer schwer daneben. Haben Sie vergessen, dass das Frauenbild eine Bandbreite von Heilige bis Hure hat?« Die Kommissarin begann sich zu ereifern. »Was sind und sollen Frauen alles sein? Fee, Angebetete, Ehefrau, Mutter, Hausfrau, Haushälterin, Berufstätige, Geschlechtsverkehrverpflichtete, Lustobjekt, Dulderin, Nervensäge, Gerüchteküche, Schönheit, Ehebrecherin, Hexe, Striptease-Tänzerin, Nymphomanin, Giftmischerin und was weiß ich noch. Das überfordert einige, da brennt bei mancher irgendwann die Sicherung durch ...«

»Und Plöckl? Was ist mit Ihrem Kollegen Plöckl geschehen?«, kam ich auf männliche Probleme und Rätsel zu sprechen.

»Der wurde vom Dienst suspendiert. Der hat das nicht mehr verkraftet. Der muss in psychiatrische Behandlung. Regelmäßig. Seine Frau hat sich von ihm getrennt.«

»Hart.«

»Polizisten sind auch nur Menschen. Wenn ich bedenke, was meine Kollegen alles mitmachen müssen, dann sind die Ausfälle ungewöhnlich gering, muss ich sagen.«

Wir unterhielten uns unterm Laufen und kamen zufällig beim Literaturhaus vorbei. Auf der anderen Straßenseite ist das Antiquariat von Hugendubel. Ich schleppte Sara Insagg mit hinein. In einer Ecke stieß ich auf ein kleines Buch mit dem Titel »Die schwarze Spinne«. Ich zog es zwischen den anderen Büchern heraus und kaufte es als ich den Namen des Autors las: Jeremias Gotthelf.

»Hier drin ist das Schicksal von Waltraud Strobel, der Brandstifterin, zu finden«, winkte ich bedeutungsvoll mit dem Gotthelf-Buch vor der Nase der Kommissarin herum, die mich verständnislos anschaute. Bei einem Espresso im Café des Literaturhauses las ich ihr die Kurzbeschreibung des Buches vor:

»Die tapfere Bäuerin Christine schließt mit dem Teufel einen Pakt. Der Fürst der Unterwelt soll die Not ihres Dorfes lindern, das durch den Gutsherrn erbarmungslos ausgebeutet wird. Der Teufel soll dafür das nächste geborene und ungetaufte Kind als Lohn erhalten. Mit einem Kuss auf Christines Wange wird dieser Vertrag besiegelt. Nachdem das nächste neugeborene Kind aber doch getauft wird bevor es der Teufel holen kann, fühlt sich der Teufel hintergangen. Dort, wo sie der Teufel geküsst hat, entsteht in Christines Gesicht ein schwarzes Mal. Unter furchtbaren Qualen schlüpfen aus diesem schwarzen Mal Millionen von kleiner schwarzer Spinnen. Diese verbreiten sich überall und lösen ein schlimmes Viehsterben aus ...«

»Was hat das mit dem Schicksal von Waltraud Strobel zu tun?«

»Sie hat auch einen dunklen Fleck im Gesicht.«

»Sind daraus schwarze Spinnen geschlüpft?«

»Nein. Das nicht. Duggi, also Waltraud Strobel, meinte wohl, dass in ihr etwas Böses gewachsen ist, das sich selbständig machte und anderen Leuten einen Schaden zufügte.«

»Und wer ist der Teufel der sie geküsst hat? Ihr Freund?«

»Kaum. Wenn der eine Frau auf die Backe küsst, dann wächst da höchstens eine Hopfenblüte. Ich glaube mit dem Teufel, damit ist die ganze Welt gemeint.«

»Werden Sie das Buch lesen?«

»Ich werde es Helle schenken. Schließlich wurde es ihm von Waltraud Strobel empfohlen.«

»Ich kenne auch ein Buch, wo ein schwarzer Fleck den Tod bringt. Raten Sie mal welches es ist«, sah sie mich schmunzelnd an. Den Kaffeelöffel hatte sie dabei auf ihre Lippen gepresst.

Ich kam nicht drauf. Aber es war schön sich mit ihr über Literatur zu unterhalten. Diese Frau würde niemals einen Fernseh-Mogul wie Berlusconi wählen. Wie konnte ich ihr nur eine Vorliebe für Italiener unterschieben? Waren das nicht diese Menschen, die lieber mit einem Fernseher als mit einem Buch ins Bett gingen? Da war für die Phantasie kein Platz mehr. Ich war auf meine erst Nacht, frisch operiert, im eigenen Bett, sehr gespannt. Heute würde das sein. Später. Mit wem?

»Einem alten Pirat wird der Schwarze Fleck gebracht, was bedeutet, dass er bald sterben muss. Zuvor übergibt er eine Schatzkarte an einen Jungen namens Jim.

»Die Schatzinsel von Stevenson?«

»Richtig. Die Schatzinsel. War in meiner Kindheit meine Lieblingslektüre. Bei der Suche nach dem Schatz kämpfen die guten Menschen gegen die bösen. Das fordert viele Menschenleben. Wenn ich es mir recht überlege, könnte mich dieses Buch sogar zu meinem Polizeiberuf gebracht haben.«

Hier scheint man gut zu essen, beobachtete ich die Gäste an den Nebentischen. Auf der schwarzen Restaurant-Tafel wurde mit einer schwungvollen Kreideschrift eine »Orientalische Woche« verkündet.

»Gibt es auch Falafel?«, fragte ich den Kellner.

»Leider schon aus, aber wir hätten noch Couscous.«

»Klingt hervorragend, nehmen wir das, oder sind Sie gerade auf Diät?«, fragte ich die Kommissarin.

»Zur Zeit versuche ich es mit der Glyx-Diät. Aber wegen mir können Sie sich ruhig was bestellen.«

»Nein, allein essen mach mich nicht glyxlich«, schmollte ich.

»Also gut, zur Feier des Tages, weil die Operation bei Ihnen geglyxt ist, nehmen wir halt zwei Mal Couscous«, bestellte sie lachend beim Kellner, der unsere Diskussion und deren Ausgang abwartete. »Wissen Sie, was mir wesentlich mehr Spass macht, als eine Diät anzufangen?«

Ich schüttelte ohne nachzudenken den Kopf, weil ich versuchte mir ein erotisches Essen mit Kuss und Kuss vorzustellen.

»Eine Diät abzubrechen! Besonders wenn's mir gut geht, fühle ich mich rundum in Ordnung, dann fühle ich mich gut wie ich bin, wenn meine Stimmung steigt, dann habe ich nichts dagegen, wenn auch mein Nahrungsverbrauch und mein Gewicht steigt.«

»Ich dachte, man isst aus Frust in sich heinein.«

»Ich bin da eine Ausnahme, ich esse aus Lust, aus Lebenslust.«

Zum Couscous, das aus gekochter Hirse besteht, wurden uns auch diverse Soßen, gebratenes Hühnerfleisch und gedämpftes Gemüse in verschiedenen Schalen serviert. Während wir vergnügt speisten unterhielten wir uns über Essen in der Literatur und kamen bis zum Essen in der Pop-Musik. Wir rieten gemeinsam wie die Pralinen heißen, die von den Beatles besungen werden und lachten über die *Sauerkraut-Polka* von Gus Backus.

Nach dem Essen verließen wir das Literaturhaus. Nach der Überquerung des Odeonsplatzes standen wir vor dem kleinen ägyptischen Museum in der Residenz. »Staatliche Sammlung Ägyptischer Kunst« stand auf der Tafel beim Eingang in der Hofgartenstraße. Wir legten unsere Sonnenbrillen in die Futterale zurück.

»Wir machen in einer halben Stunde zu«, sagte der Mann an der Kasse, bevor sein Telefon klingelte.

Wir zahlten trotzdem den Eintritt und gingen hinein. Wir hörten noch, wie der Mann sagte: »Sicher Schnucki, sicher, ich habe unseren Hochzeitstag nicht vergessen, sicher, ich bin pünktlich da.«

Ein schmaler Gang, der beidseitig mit einer Fototapete, einem Panorama des »Tals der Könige«, ausgestattet war, führte zu den künstlich beleuchteten Museumsräumen. An der Decke war eine Fototapete mit Aufnahmen voller Hieroglyphen und Bildern aus einer Grabkammer, wo der Schakalköpfige Anubis eine Mumie ins Totenreich schleppte. Wir betrachteten in einer Glasvitrine einige Amulett-Figuren auf schwarzem Samtboden, bei denen ein Schild verkündete: »Fayence mit blaugrüner Glasur, Horussöhne, Falkenköpfe, Anubis, Flügelskarabäus, Herkunft unbekannt, Spätzeit 26./27. Dynastie, um 550 v. Chr. Amulette dieser Art wurden außen auf die Mumienbinden, öfters in Verbindung mit einem Netz aus Fayenceperlen, aufgenäht, wie die vorhandenen Durchbohrungen nachweisen.«

»Was ist eigentlich mit Horus geschehen?«, fragte ich Sara Insagg.

»Horus wurde von Seth zum letzten Wettstreit herausgefordert. Wer mit einem steinernen Schiff am schnellsten über den Nil fuhr. Horus trickste. Er baute ein Schiff aus Kiefernholz und bestrich es außen mit Kalk, damit es wie Stein aussah.«

Sie schien sich durch ihren Umgang mit der inhaftierten Renate Sucharz auch Literatur über das alte Ägypten besorgt zu haben. Ich meinte eigentlich einen anderen Horus. Aber ich war auf ihre Geschichte gespannt und hörte brav zu.

»Seth war darüber wütend und schlug mit einer gewaltigen Keule einen ganzen Berggipfel ab, aus dem er ein viel größeres Schiff wie Horus baute. Seths Schiff sank jedoch. Horus konnte sich aber nicht lange des Sieges freuen, denn Seth verwandelte sich in ein Nilpferd und zertrümmerte das Sieger-Schiff. Horus wollte das Nilpferd mit einer Harpune töten. Das verhinderten die anderen Götter.«

»Sie wissen ganz schön was über das alte Ägypten.«

»Einiges angelesen, einiges von Renate Sucharz. Übrigens danke. Ihr E-Mail von Datamogul aus, das hat mir viel geholfen. Renate Sucharz hat die meisten Ihrer Vermutungen bestätigt.«

Ich streckte meine Hand zu ihr aus.

Sie schaute mich fragend an.

»Knabber, knabber«, sagte ich.

»Tja, meine letzten Erdnüsse habe ich an Horus verfüttert.«

»Schade. Wie geht's denn Horus, dem Affen von Renate Sucharz?«

»Den haben wir zum Augsburger Zoo gegeben.«

»Ist da nicht auch gerade Ärger, weil der Zoodirektor und seine Frau auf Kosten des Zoos zum Karneval nach Köln geflogen sein sollen?«

»Der Frau des Zoodirektors wurde deswegen gekündigt«, erzählte die Kommissarin.

»Meiner Meinung nach hat da aber der Aufsichtsrat total versagt. Gewisse hohe Herren aus dem Stadtrat, die vorher mit steigendem Speichelpegel von der Zoodirektor-Familie den weihnachtlichen Wildgansbraten aus dem Zoo entgegennahmen«, blickte ich in die Tiefen magenfreundlicher Korruption.

»Man sollte lieber die Zootiere fragen, was sie zu dieser Sache meinen«, lachte die Kommissarin. »Wenn ich an den früheren Augsburger Tiergarten denke, dann war das eine einzige Tierfolteranlage, bis der neue Zoodirektor mit seiner Frau kam.«

»Wenn ich denke, wieviele Millionen in Augsburg der Bau von einigen Fußgängerunterführungen gekostet hat, die man später sang- und klanglos wieder zuschüttete. Von diesem Geld hätte die Zoodirektor-Familie lebenslang zum Karneval auf den Mond fliegen können. Die wahre Geldverschwendung findet woanders statt,« hielt ich meine

Antrittsrede als nächster OB-Kandidat. Noch war keine Stadtratswahl. Ich wendete mich wieder meinen kriminalistischen Angelegenheiten zu.

»Wie konnte sich Renate Sucharz diese Panik-Pyramide leisten?«

»Sie hatte bei Helga Winkler, ihrem ersten Opfer, viel Geld gefunden. Rein zufällig, sagte sie.«

»Hat der Kommissar rausbekommen warum und wieso Duggi , also Waltraud Strobel, die Bedienung, die Wohnwagen angezündet hat? Hat sie Wilhelm Kampa und Doris Schiblinski absichtlich darin verbrannt?«

»Waltraud Strobel hat inzwischen gestanden. Sie hatte einen Versicherungsbetrug vor. Und sie wollte zweimal kassieren. Auch das Geld von Wilhelm Kampa für ihren Wohnwagen. Die beiden Toten scheint sie nicht einkalkuliert zu haben, passte ihr aber durchaus in den Kram. Wissen Sie, warum Waltraud Strobel gestanden hat?«

»Nein. Klären Sie mich bitte auf.«

»Wir haben bei einer Hausdurchsuchung bei ihr das Geld von Wilhelm Kampa gefunden. Es waren gefälschte Euros. Das hat sie derart fertiggemacht, dass sie alles Wort für Wort erzählte.«

»Falschgeld?«

»Ziemlich gutes sogar. Das müssen wir auch noch untersuchen, wo das herstammt.«

»Das Schicksal geht manchmal merkwürdige Wege.«

»Nicht nur Wege, auch Steilpfade und Schluchten.«

»Was wollen Sie damit sagen?«

»Sie war hinterm Geld her und bekam falsches. Renate Sucharz wollte nur Rache und bekam Geld.«

»Glück hat's beiden nicht gebracht.«

Wir standen in dem kleinen ägyptischen Museum vor einer Skulptur, die mit ihren Händen nach vorne griff. An einigen Stellen war die Farbe abgeblättert. Sie hatte die Gestalt eines falkenartigen Vogels mit Menschengesicht.

»Ba-Vogel, Holz mit Stucküberzug und Resten von Vergoldung« informierte das Schild am Sockel der Figur, die »als Seele des Menschen zwischen den Göttern im Himmel und den Mumien im Friedhof hin- und her fliegt.«

»Man suchte Rat bei Osiris in der Unterwelt. Osiris drohte mit ihren schrecklichsten Dämonen um Horus beizustehen. Seth wurde in Ketten zu Ober-Gott Ra gebracht. Horus erhielt die Krone Ägyptens. Seth durfte zu Ra in den Himmel und durfte von dort aus mit Stürmen, Blitz und Donner die Menschen in Angst und Schrecken versetzen.«

Das Licht ging aus. Es wurde dunkel. Stockdunkel. Das Museum hatte keine Fenster. Wir konnten uns nur noch mit ausgestreckten Händen ertasten. Wir riefen nach der Aufsicht. Keine Antwort.

»Der hat uns eingesperrt. Der hat uns vergessen«, vermutete ich.

»Sieht so aus«, bestätigte sie nervös kichernd. »Der muss ganz schön Angst vor seiner Frau haben.«

»Ja, man sollte nicht heiraten, dann kann man auch keinen Hochzeitstag vergessen.«

»Wie kommen wir hier wieder raus?«

Wir tasteten zwischen den Skulpturen und Vitrinen herum. Wir hatten kein Feuerzeug und keine Zündhölzer. Durch den Verband an meiner Nase drang mein aufgeregtes Schnaufen.

»Das wär ja was, wenn wir beide hier drin übernachten müssten«, sah die Kommissarin in die nahe Zukunft. »Verona, Kapitel zwo.«

»Vielleicht steht ein ägyptisches Bett herum?«, deutete ich unsere nähere gemeinsame Zukunft an.

»Da gings uns ja in Verona noch Gold«, erinnerte sich Sara Insagg im Kempowski-Stil an unseren ersten Aufenthalt im Doppelbett.

Warum war aus uns kein Pärchen geworden, nach den wilden Brenner-Gefühlen? Sie hatte viel Arbeit, kümmerte sich um Leichen und ihre Hersteller, was auch nicht gerade liebesfördernd ist, und ich wollte keine Kommissarin als Freundin haben, die Tag und Nacht davonsprang, um irgendwelchen Bösewichtern auf die Schliche zu kommen. Das kannte ich zur Genüge. Danke. Irgendwo in einer meiner Herzkammern hatte sich noch Fleur versteckt.

»Bin ich was von doooooof«, sagte Sara Insagg. »Ich habe doch mein Handy dabei. Wen ruf ich jetzt am besten an, damit sie uns hier rausholen?«

Das Handy-Display strahlte ein wenig diffuses Licht aus.

»Scheibenkleister, kein Netz, das darf doch nicht wahr sein.« Sie stolperte mit ihrem Handy durch das gesamte Museum, um in irgendeinem Winkel ein Stück vom Telefon-Netz zu erhaschen.

»Verflucht und zugenäht«, hörte ich sie irgendwo aus dem Dunkel. »Akku alle.« Damit war auch der grünliche Display-Schimmer als Lampenersatz futsch.

Ich setzte mich schicksalsergeben auf eine erfühlte Steinbank, hinter der sich die Statue des Gottes Thot in hockender Gestalt befand, den ich allerdings nicht sah. Der Wesir und Sekretär des Sonnengottes überragte mich um einige Zentimeter. In der Form eines Pavian ist er allgemein ein passiver Gott. Das sah ich aber auch nicht.

Irgendwo im dunklen Raum waren die leisen Schritte der Kommissarin zu vernehmen. Was suchte sie? Plötzlich berührte mich eine Hand.

»Aua! Fhhhhhh!« Schmerz lass nach. Die Kommissarin war mit ihrer Hand gegen meinen Nasenverband gestoßen.

»Tut mir Leid, mein Liebling, das wollte isch nischt«, vernahm ich eine bekannte Stimme mit französischem Akzent ganz dicht neben mir.

»Fleur, bist Du's?«, irrte meine Stimme unsicher durch den Raum.

»Sischer – wer sonst?«

Hatten mich die ägyptischen Götter mit einem Wahnsinnszauber belegt, oder hatten sie mich in ein ägyptisches Museum in Paris gezaubert? Wie kam Fleur hierher? Wo war die Kommissarin? Ich spürte bekannte Lippen im Gesicht, die meine suchten. Was passierte mit mir?

»Isch will deinen Schmerz 'eilen«, flüsterte mir Fleur ins Ohr und hielt meine Hände.

Was wusste die Kommissarin von Fleur? Was hatte ihr Helle erzählt? Trieb Sara Insagg ein böses Spiel mit mir? Gab sie sich als Fleur aus? Küsste ich die Kommissarin? Wollte Sie mir was entlocken? Mir stand der Schweiß auf der Stirn.

Thot war der Mondgott der alten Ägypter und galt bei denen auch als Herr des Kalenders und der Wissenschaft. Sein Hauptkultort war in Hermupolis. Zusammen mit einer Achtheit von Urgöttern die Schlangen- und Froschgestalt hatten. Thot brachte den Menschen die Kunst des Redens und des Schreibens.

Auf was würde er nun achten? Was würde er schreiben, wenn er uns vor sich beobachtete?

Es wurde Licht.

Die Lampen des Museums leuchteten plötzlich wieder. Die verschlossene Türe, die nur ein paar Meter von mir entfernt war, öffnete sich.

»Alles Gute zum Geburtstag!«, rief der Museumswärter mir herbeieilend zu, während ich hastig meine Lippen von Fleurs Lippen löste. Es war wirklich Fleur, die dicht neben mir auf der Steinbank saß.

Hinter einem kleinen Obelisk trat Sara Insagg hervor.

»Hier, zu Ihrem Geburtstag.« Sie hielt eine Packung langer Spaghettis in der Hand. »Die sollten Sie Ihrer Fleur heute Abend machen, »das hat sie verdient.«

Dazu drückte mir die frech grinsende Rothaarsommersprossen-Kommissarin noch eine Dose Tomaten in die Hand. Hatte ich heute wirklich Geburtstag? Hatte ich den wegen meiner Nasenoperation völlig vergessen? Stimmt. Vor der Operation hatte ich noch daran gedacht, dass ich in zwei Tagen Geburtstag hätte.

»Ich würde meinen Hochzeitstag nie vergessen«, sagte der Museumswächter, der mir als Geburtstagsgeschenk einen bronzenen Skarabäus schenkte.

»Fleur, wie kommst du hierher?«, wollte ich wissen.

»Mademoiselle Kommissarin 'at misch mitgenommen.«

Langsam dämmerte es mir. Das ganze war ein abgekartetes Spiel.

»Mit was habt ihr den guten Mann bestochen, sag.«

»Mit einer neuen CD von mir«, strahlte Fleur den Museumswärter charmant an. Der strahlte zurück, mit ihrer CD in der Hand. Er bat noch um eine Widmung. Passend zum Hochzeitstag von ihm und seiner Frau.

Er verabschiedete sich von uns. Die Kommissarin auch. Sie wollte noch shoppen gehen.

Ich ging mit Fleur durch München. Hand-in-Hand. Ich nahm mir vor, diese tolle Frau nicht mehr loszulassen. Ich versuchte sogar meine Nase etwas hochzustellen. Wo war das nächste Geschäft in dem ich Zigarillos bekam? Die einen essen was, wenn es ihnen gut geht, die anderen paffen was.

»Und wenn er uns wirklich drin vergessen hätte?«, versuchte ich für Fleur ein erschreckendes Horror-Szenario auszumalen.

Sie sagte mit einer Stimme, die mein Herz in eine rosarote Wolke verwandelte: »Oh Liebling, isch bin sischer, wir ’ätten es nosch eine lange Zeit ausge’alten.«

Ich dachte mir: »Wir hätten es bestimmt sehr lange ausgehalten.« Wurde ein Traum wahr - oder wurde die Wahrheit zum Traum?

Musste ich Helle fragen.

Thot trug in sein göttliches Protokoll ein:

Eine Liebe wurde gerettet.

Erster Augsburg-Krimi von Peter Garski

DER PERLACH-MORD

Klaus Kessler und Helle ermitteln beim Historischen Bürgerfest:

Auf dem Augsburger Perlachturm wird zu Beginn des Historischen Bürgerfestes eine Leiche gefunden. Ohne Kopf. Durch ein blutiges Schwert fällt der Verdacht zuerst auf die Mitglieder von rivalisierenden historischen Gruppen. Dann folgen Klaus Kessler und Helle auch anderen geheimnisvollen Spuren. Wieso wird ein türkischer Zocker tot aus dem Herkulesbrunnen gefischt? Wird im Folterkeller die Tatwaffe versteckt? Können Klaus Kessler und Helle den Nebel aus Intrigen, und Neid durchschauen und die brutalen Morde aufklären?

Zweiter Augsburg-Krimi von Peter Garski

LECH-LEICHE UND THEATER-TOD

ODER: DER INTENDANT STIRBT DRAMATISCH

Klaus Kessler und Helle ermitteln im Theater:
Bei der Premiere des Musicals »Frankenstein's Monster« fallen im Augsburger Theater der umstrittene Bauunternehmer Vitus Ziegler und der beliebte Intendant Ludger Stoltze vom Balkon. Sie sterben. Klaus Kessler und Helle, die zufällig in dem Musical als Statisten mitspielen, sind Zeugen des tödlichen Sturzes der beiden Männer. Es stellt sich heraus, dass der Bauunternehmer durch einen Giftpfeil getötet wurde. Klaus Kessler und sein Freund Helle ermitteln im Esoterik-Camp, im Marketing-Club, im Nachtzug, im Botanischen Garten, im Zentralklinikum und in der Theaterkantine, um den Mörder ausfindig zu machen. Kann das Ermittler-Duo im gefährlichen Sumpf aus Leidenschaft und Hass den wahren Täter finden?

Vierter Augsburg-Krimi
von Peter Garski

DAS FUGGEREI-PHANTOM

Klaus Kessler und Helle ermitteln in der Fuggerei:
Klaus Kessler stößt in der Fuggerei, Augsburgs großer Touri-Attraktion, auf eine brutal verstümmelte Leiche. Kessler wird für den Mörder gehalten. Dadurch gerät er in die kriminellen Aktivitäten einer deutsch-russischen Bande und wird erbarmungslos gejagt. Will ihn jemand aus Rache massakrieren, oder weil er zu viel gesehen hat? Dummerweise entzweit sich Kessler mit seinem Kumpel Helle, der nach Bad Wörishofen auf Kur muss. Bei einem Besuch in der Kurstadt trifft Kessler auf unbefriedigte reiche Damen, die ihn in obskure Liebes-Rituale verwickeln. Was haben augenlose Opfer mit Kaviar zu tun? Was weiß die Kommissarin Sara Insagg wirklich? Klaus Kessler stürzt durch seine diversen Probleme ins Bodenlose, muss sogar im Obdachlosen-Asyl übernachten. Der ehemalige Polizeipressesprecher Klaus Kessler erlebt eine gefährliche Odyssee durch Augsburgs unbekannte Unterwelt, schläft in einem Brauereikeller und muss auf der Suche nach dem Fuggerei-Phantom sogar ins Gefängnis.

Fünfter Augsburg-Krimi
von Peter Garski

PANIK IN DER PUPPENKISTE

Klaus Kessler und Helle ermitteln in der Augsburger Puppenkiste:

Wieso findet sich eine bekannte Marionette aus der Augsburger Puppenkiste bei einer übel zugerichteten Leiche? Klaus Kessler hat die Schnauze voll als Privat-Schnüffler und zieht sich aufs Land zurück. Ein entsetzlicher Fund auf einem Bauernhof bringt ihn aber wieder mit der Kommissarin Sara Insagg zusammen, mit der ihn intime Momente verbinden. Hat ein dubioser V-Mann der Polizei einen Mord begangen? Warum wird in der Augsburger Puppenkiste bei der Einweihung des Puppen-Museums ein Feueralarm ausgelöst? Was haben die Söhne einer Apothekerin angestellt? Eine wichtige Rolle spielen auch kinderlose Promi-Frauen, die sich ein Kind wünschen und dafür viel Geld zahlen. Die Voodoo-Heilerin Matata stachelt die Sexgelüste mit merkwürdigen Tieren an. Und warum wird Klaus Kessler von gefährlichen Flintenmännern aus dem Swinger-Club entführt?